LOS
SIETE
MINUTOS

IRVING WALLACE

LOS SIETE MINUTOS

Versión al español de
ANTONIA MENINI PAGÉS

best
sellers

grijalbo

EDITORIAL GRIJALBO, S. A.

BARCELONA - BUENOS AIRES - MEXICO, D. F.

LOS SIETE MINUTOS
de Irving Wallace

Título de la obra original en inglés:
THE SEVEN MINUTES

Versión al español de Antonia Menini Pagés,
de la primera edición inglesa de
Simon and Schulter, New York, 1969, U.S.A.

HECHO EN MÉXICO   PRINTED IN MEXICO

A
Fanny, Constance y Molly,
que la hicieron posible,
y
a
Sylvia, David y Amy,
que le dieron el visto bueno

La señora Digby me contó que cuando vivía en Londres con su hermana, la señora Brooke, solían verse honradas de vez en cuando con las visitas del doctor Johnson. Este las visitó un día después de la publicación de su inmortal diccionario. Ambas damas lo felicitaron a este respecto. Entre otros tópicos de alabanza, elogiaron en gran manera la omisión de todas las palabras **feas.** "¿Cómo, queridas mías? ¡Entonces significa que las han buscado ustedes!" —dijo el moralista.

H. D. Best,

"Recuerdos Personales y Literarios"
(Londres, 1829)

1

A las once en punto de la mañana, el sol ya había salido y las mujeres de Oakwood, en su mayoría amas de casa en atuendo veraniego y en su mayoría al volante de sus propios coches, convergían todas en el sector comercial para efectuar sus compras.

Ante la repentina densidad del tráfico, el verde coupé Ford de dos puertas con una fea abolladura en el guardabarros frontal, se vio obligado finalmente a aminorar la marcha.

Hundido en el asiento contiguo al del conductor, Otto Kellog manifestó su desagrado y después se incorporó impacientemente. Le molestaban las demoras en momentos como éste, cuando debe hacer algo y la ansiedad lo domina por algo que tiene que hacer pronto. Deseaba terminar cuanto antes.

Se produjo un estridente chirrido cuando Iverson, que conducía el coche, accionó los frenos murmurando:

—Al diablo las mujeres que conducen.

—Sí —dijo Kellog—. Esperemos que se muevan.

En la parte posterior, el tercer ocupante del vehículo, Eubank, más viejo, más tolerante y menos expuesto al mundo exterior que sus acompañantes, parecía gozar de la situación. Se había incorporado en su asiento para mirar por encima del hombro de Iverson a través del parabrisas.

—Conque esto es Oakwood —dijo—. Bonito. No sé cuantas veces habré estado fuera, pero creo que nunca he prestado demasiada atención a nada.

—No es tan distinto —dijo Iverson, dejando de presionar el freno con el pie—. Sigue siendo el Condado de Los Angeles.

—Bueno, pero me parece más floreciente y sosegado —dijo Eubank.

—Tal vez no dure mucho —dijo Iverson—. Hoy vamos a sacudirlos un poco.

9

Miró hacia Kellog y sonrió:

—¿Qué dices, Otto? ¿Preparado para actuar?

—Sí —dijo Kellog—. Siempre y cuando podamos llegar.

Miró bizqueando a través de sus gafas de sol:

—La Calle Tres está al doblar la próxima esquina. Dobla en la próxima esquina a la derecha.

—Ya lo sé —dijo Iverson.

El tráfico se movió, volvió a hacerse más fluído y el coupé verde avanzó al mismo ritmo a lo largo del Center Boulevard, girando después bruscamente en dirección a la Calle Tres.

Tanto el tráfico rodado como el de peatones era menos denso en aquella calle lateral. El hombre del volante suspiró aliviado.

—Allí está, a media cuadra de la manzana —dijo—. Se ve el rótulo justo después de la Joyería Acme. ¿Lo ves? Fremont, Emporio del Libro. ¿Qué les parece el nombre? Emporio.

—Parece que hay mucho sitio para estacionar —dijo Eubank—. Temía que no hubiera ningún lugar en las cercanías.

—Siempre se encuentra sitio una vez se sale del Center Boulevard —dijo Iverson.

Giró el volante del coche en dirección al bordillo de la acera y se detuvo con pericia ante la joyería. Al ir a apagar el motor, observó a una joven rubia que vestía un ajustado jersey y unos pantalones cortos y que se disponía a cruzar la calle. Iverson emitió un prolongado silvido:

—Miren qué pecho—. Observó a la rubia mientras ésta se dirigía apresuradamente al otro lado de la calle—. No está mal toda ella, pero yo soy estrictamente un hombre de pecho. Me gustan grandes y fuertes.

Buscó la aprobación de su compañero de asiento:

—¿Qué dices tú, Otto?

En aquel momento, a Kellog no le interesaban las preocupaciones de su amigo por las mujeres. Tenía una mente de una sola pista y la pista ya estaba ocupada. Su mano derecha rebuscaba en el interior de su chaqueta sport a cuadros, por debajo de su sobaco izquierdo. Al final, levantó la mirada con el rostro serio y tenso.

—¿Estoy bien? —le preguntó a Iverson mientras cerraba el botón central de la chaqueta y se arreglaba el cuello abierto de su camisa sport.

—¿Se nota?

—No se nota nada —dijo Iverson—: Tienes el aspecto de un aficionado al tenis corriente. No, estoy bromeando. Estás muy bien, Otto —como un vendedor de seguros o un contable que se haya tomado una mañana libre para hacerle las compras a su mujer.

—Así lo espero.

—No te preocupes.

—¿Qué hora es?

—Son las once —las once y catorce minutos.

—Es mejor que empiece a marcharme—. Giró sobre su asiento—. ¿Estás preparado ahí detrás, Tony?

Eubank dio unas palmadas a la tapa abierta de una maleta situada en el asiento posterior—. Todos los sistemas están en posición de funcionamiento.

Kellog volvió a dirigirse al conductor:

—¿Tú te quedarás aquí?

—No me moveré un palmo hasta que me necesiten.

—De acuerdo —dijo Kellog—. No tardaré más de diez minutos.

Abrió la portezuela de su lado, salió del coche con dificultad, luego la cerró y permaneció unos momentos parado en la acera, arreglándose la chaqueta. Después, despreocupadamente caminó por delante de la joyería, se acercó a la librería, pasó frente a su puerta y se detuvo ante el escaparate principal. En el ángulo inferior derecho del escaparate, podía observarse pintada una representación de Pegasso y, debajo, con carácteres spencerianos, "Emporio del Libro de Ben Fremont, Fundado en 1947". Al otro lado del escaparate principal, a la altura de los ojos y pegado con cinta adhesiva por el centro estaba un anuncio de periódico de una nueva novela, a toda plana.

Kellog se inclinó hacia el anuncio. Estudió los descarados titulares:

¡DENTRO DE UNA SEMANA A PARTIR DE MAÑANA GRAN ACONTECIMIENTO EDITORIAL!

Los ojos de Kellog corrieron rápidamente por el resto del anuncio.

Después de 35 Años de Supresión, la Novela Más Injuriada y Más Alabada de la Historia —escrita por un Americano Expatriado— Será Finalmente Accesible al Público.

Usted debe leer —

"El libro más amplia y completamente prohibido de todos los tiempos".

Osservatore Romano, Roma

Usted debe leer —

"La obra pornográfica más obscena escrita desde que

11

Gutenberg inventó la imprenta... Brillante como una revelación privada, pero imperdonable como una confesión pública".

Le Figaro, París.

Usted debe leer —

"Una de las obras de arte mas honrada, sensible y notable entre las creadas por la moderna literatura occidental".

Sir Esmond Ingram, Times de Londres

CON JUSTIFICADO ORGULLO,
LA EDITORIAL SANFORD HOUSE
OFRECE A AMERICA Y AL MUNDO
LA VERSION ORIGINAL NO EXPURGADA
DEL SUBREPTICIO CLASICO MODERNO

LOS SIETE MINUTOS

DE

J J JADWAY

Kellog pudo observar que había más, pero no se tomó la molestia de leerlo. Lo había leído todo en el periódico del último domingo.

Rápidamente, la mirada de Kellog estudió el contenido del escaparate. El escaparate contenía muchos libros, tres elevadas pirámides de libros, pero todos los volúmenes correspondían a un mismo libro, con el mismo título. Cada ejemplar estaba dotado de una sobrecubierta blanca y, en la portada, se representaba delicadamente el débil perfil de una muchacha desnuda tendida de espaldas, con las piernas dobladas, levantadas y separadas. Impreso más arriba en escritura corrida artísticamente imitada, en color rojo, podía leerse el título Los Siete Minutos y debajo del mismo, "por J J Jadway".

J sin punto, J sin punto, Jadway.

Sí.

Kellog deslizó su mano derecha por el interior de su chaqueta sport, buscó debajo de su axila, tocó el frío metal y, entonces, ya estuvo preparado.

Penetró rápidamente en la tienda. Era una tienda brillante, alegre y desordenada. Hacia el centro del local, estaban unas mesas rectagulares, con altas pilas de recientes publicaciones. De pie, junto a la mesa más próxima, repleta de ejemplares de *Los Siete Minutos*, Kellog escudriñó el interior. En la parte de atrás había dos personas —clientes en apariencia—, uno era un hombre anciano removiendo en las estanterías bajo el letrero de *LIBROS EN RUSTICA*, otra una mujer de baja estatura, probablemente la madre de alguien, curioseando bajo el letrero de *LITERATURA JUVENIL*. A corta distancia de aquellos clientes, una señora gorda vistiendo bata corta, sacaba libros de una caja de cartón y los colocaba sobre una mesa.

Entonces Kellog observó la presencia de otra persona en el local. A su izquierda, a unos cinco metros de distancia, unos estantes que sobresalían de la pared formaban como una especie de alcoba. Por la parte exterior, se encontraba cerrada por un mostrador sobre el que descansaba una caja registradora y otra columna de ejemplares de *Los Siete Minutos*, y, sentado sobre un taburete detrás del mostrador, se encontraba hojeando unas facturas un hombre ligeramente corpulento, de unos cuarenta años quizás. Compensando el escaso cabello de la parte superior de su cabeza, mostraba unas espesas patillas morenas. Llevaba también unas gafas de gruesos cristales con montura de metal, que distorsionaban sus ojos. Poseía nariz aguileña, mandíbulas retraídas y tez color rosa pálido. Su jersey marrón estaba mal abrochado por la parte de abajo.

Kellog nunca había visto a aquel hombre, pero Iverson sí, e incluso lo había descrito.

Kellog contuvo la respiración, se dirigió torpemente hacia la caja registradora y exhaló un suspiro.

—Oiga —dijo el vendedor de seguros, que se había tomado una mañana libre para hacerle las compras a su mujer.

El sujeto calvo y miope levantó la mirada, esbozó inmediatamente una sonrisa especial para clientes y dijo cortésmente:

—Buenos días, señor. —Apartó el taburete y dejó las facturas—. ¿Puedo ayudarle en algo esta mañana o prefiere usted curiosear un poco por aquí?

—¿Está el señor Fremont —Ben Fremont?

—Yo soy Ben Fremont.

—Oh, encantado de conocerle. Estoy intentando recordar si he estado aquí alguna otra vez. Es muy agradable. Debería dedicarle más tiempo a los libros pero estoy demasiado ocupado, me paso la mitad del tiempo por la carretera. Mi mujer es la lectora de la familia. Es una de sus clientes. Quiero decir, que suele venir aquí de vez en cuando.

—Estupendo —dijo Ben Fremont—. Estoy seguro de que recuerdo su nombre.

—No creo. Ella suele venir de vez en cuando. Sí. No permitiré que no tenga nada que hacer. Ya conoce usted a las mujeres.

—Claro, claro.

—De todos modos, estoy aquí en calidad de representante. Parece ser que tuvo un ataque de cálculos renales. Ya ha pasado y ahora se encuentra bien, pero todavía está en el Hospital Saint John y quiere algo para leer. La televisión puede llegar a aburrirle a uno mucho.

—Se leen más libros que nunca, gracias a la televisión —asintió Fremont seriamente—. No hay nada como la experiencia de un buen libro, tal como evidentemente lo sabe su esposa.

—Un buen libro —repitió Kellog—. Sí. Esto es lo que quiero para ella.

—Bien, ahora tenemos libros para todos los gustos. Si pudiera darme usted alguna indicación...

Kellog se acercó más al propietario de la tienda.

—La chica lee de todo. Incluso historia. Pero creo que lo que más le gusta son las novelas. De todos modos, estando en el hospital, creo que no debe ser nada muy profundo o triste. Tal vez algo rápido y de fácil lectura, algo que tenga un poco de garra. Y nuevo, tendría que ser una auténtica novedad, para no comprarle algo que a lo mejor ya le han prestado sus amigos. Anoche le pedí que me ayudara un poco —¿qué quería?— pero ella se limitó a decirme:

—Otto, dame tú una sorpresa. Y si te encuentras en apuros, acércate a Ben Fremont y pregúntale qué te sugiere.

—Y aquí estoy.

—Bueno, estoy seguro de que podemos encontrar...

—Desde luego —le interrumpió Kellog, inclinándose sobre el mostrador y bajando la voz—, no creo que a ella le importe que el libro contenga un poco de realismo. Ya sabe, un poco de... en fin...

—Oh, claro, claro, ya comprendo.

—No me interprete usted mal. A ella le interesan también los temas profundamente intelectuales, pero desde luego le gustó mucho aquel libro de *Lady Chatterley*. Le gustó extraordinariamente, no sé si me entiende. Y sin embargo, era un clásico pero, por lo menos, no resultaba aburrido. Bueno, pues ella está en el hospital y si usted tiene algo que sea la mitad de bueno que aquél y que acabe de publicarse...

—¿La mitad de bueno? —Fremont se animó—. En cuanto usted me describió a su esposa, supe lo que iba a sugerirle. Escuche, tengo un libro que es una absoluta novedad, una novedad extraordinaria, todavía no ha sido publicado oficialmente siquiera, y este libro es diez veces mejor que *Chatterley* o que cualquier otro clásico semejante, tal vez cien veces mejor. Yo se lo digo a todas las mujeres que entran en la tienda, y no es que yo lo elogie todo. Le apuesto a que dentro de un par de semanas, los ojos de todas las lectoras de Oakwood y de todo Los Angeles estarán pegados a este libro.

Fremont agarró un volumen de la columna situada junto a la caja registradora.

—Aquí está. ¿Ella está en el hospital? Muy bien, esto es justamente lo que el médico le ha recetado.

Kellog hizo ademán de quitarse las gafas de sol.

—¿Qué dice la cubierta?

La yema del dedo de Fremant señaló el título de la portada.

—*Los Siete Minutos*, de J J Jadway. Es algo que ninguna mujer podrá olvidar jamás. A su esposa le entusiasmará, le garantizo que le entusiasmará —y, sin embargo, es literatura.

—Oh, es literatura. Bien. No estoy seguro, tal vez no es exactamente...

—Perdone. No es eso lo que yo quería decir. Me refiero a que no es nada de que uno tenga que avergonzarse de leer si uno es un lector, un lector sofisticado como su esposa. La mayoría de la gente, como no es sofisticada sino zoquetes o puritanos, puede sentirse escandalizada por el tema. Pero si usted sabe lo que es la vida, podrá apreciar la sinceridad de una novela como ésta. Por lo que a mi respecta, puede tomar todos los libros de Cleland, D. H. Lawrence, Frank Harris o Henry Miller y le aseguro que son como leer *Blancanieves y los Siete Enanitos* comparados con Jadway. No saben nada acerca del sexo, y nadie ha sabido nunca nada, hasta que apareció Jadway. El lo inventó. El lo inventó para *Los Siete Minutos*, sólo que el suyo es real, más real que todo lo que yo he leído.

—¿Ha leído usted el libro?

—Dos veces. La primera vez en París. La edición *Étoile*. Los franceses no autorizaron su publicación en francés y los Estados Unidos y Gran Bretaña no autorizaron su publicación en inglés, por lo que sólo existía aquella pequeña edición especial de París para turistas. Después leí esta primera edición comercial, la primera destinada al público en general. ¿No vio usted el gran anuncio del periódico del domingo? El libro más prohibido de todos los tiempos.

—¿Pero por qué fue prohibido *Los Siete Minutos*? —quiso saber Kellog—. ¿Acaso es obsceno? ¿Es por eso?

Fremont frunció el ceño.

—Este libro fue prohibido porque... sí, supongo que fue prohibido en todos los países del mundo porque se consideró obsceno. Hasta que un gran editor de Nueva York tuvo finalmente la valentía de decir que tal vez el mundo había crecido un poco, por lo menos algunas personas, y que tal vez ya era hora de sacarlo a la luz ...porque, a pesar de lo que se haya dicho del libro que es obsceno o lo que sea, no deja de ser una obra maestra.

—¿Cómo es posible que un libro sea obsceno y al mismo tiempo una obra maestra?

15

—Este lo es. Es ambas cosas.

—¿Cree *usted* que el libro es obsceno, señor Fremont?

—¿Quién soy yo para decirlo? Se trata simplemente de una palabra. Hay una palabra de cuatro letras que algunas personas consideran sucia y otras consideran hermosa. Esta es la cuestión. Algunas personas, la mayoría de las personas, dirán que es sucio, pero habrá mucha gente que dirá que vale la pena.

—Se refiere usted a los lectores sofisticados.

—Eso es. A ellos no les importa la obscenidad si, al final, disfrutan de una buena lectura que les proporciona un nuevo discernimiento y una nueva comprensión de la naturaleza humana; eso es, de la naturaleza humana.

—¿Y este libro se lo proporciona?

—Desde luego que sí.

—¿A pesar de las prohibiciones? ¿Qué hay en el libro? Quiero decir de qué trata.

—Es sencillo, muy sencillo, como todo el verdadero arte —dijo Fremont—. Una muchacha, una mujer joven, está tendida en la cama y piensa en el amor. Esta es la esencia.

—¿Y eso es todo? —preguntó Kellog—. Casi había conseguido usted interesarme, pero si me lo pone usted así... parece bastante aburrido.

—¿Aburrido? Espere un momento, escuche. He dicho que estaba tendida en la cama, desde luego, pero, mientras está tendida, la están poseyendo sexualmente, poseyendo de verdad. Y mientras, ella va pensando, recuerda cosas, y Jadway nos muestra la repercusión en su mente de lo que le está pasando abajo y lo que piensa ella de otros hombres que ha tenido o que hubiera deseado tener. La manera en que lo hace le enloquece a uno.

Kellog sonrió.

—Esto ya está mejor. Ya es algo de lo que esperaba. ¿Y cree usted que una cosa así va a gustarle a mi mujer?

Fremont volvió a sonreír.

—Le aseguro que se olvidará de las piedras del riñón.

—¿Cuánto vale?

—Seis dólares noventa y cinco centavos.

—Es mucho dinero para un libro tan pequeño.

—La dinamita se entrega en pequeños paquetes —dijo Fremont—. Esto es dinamita, se lo garantizo. El libro no se pondrá oficialmente a la venta hasta la próxima semana. Recibimos pronto los envíos por barco aquí en la Costa, y tuvimos que desembalar y sacar inmediatamente los ejemplares como consecuencia de la gran demanda que se había producido a raíz del anuncio previo. Jadway ya se ha convertido en nuestro mayor *best-seller*.

—Envuélvalo. Ha conseguido usted vendérmelo. —Kellog sacó la cartera—. Aquí tiene usted un billete de diez. ¿Puede cambiarme?

—Desde luego que sí.

Kellog esperó mientras Ben Fremont marcaba el valor de la venta en la caja registradora, sacaba el cambio y colocaba la factura y el ejemplar de *Los Siete Minutos* en el interior de una bolsa de papel a rayas.

—Siento haber sido un cliente tan difícil —dijo Kellog excusándose.

Fremont sonrió y le entregó la bolsa a rayas a través del mostrador.

—Me gustan los clientes difíciles. No me importa que desafíen. Ello me estimula. Y no se preocupe por el libro. Acelerará la recuperación de su esposa, puede creerme. Buenos días.

En cuanto salió de nuevo a la luz del sol, Kellog deslizó su mano por el interior de su chaqueta sport y oprimió el interruptor de la caja que llevaba bajo la axila. Apresuradamente, se dirigió hacia el Ford coupé y, al hacerlo, levantó la bolsa de papel a rayas por encima de su cabeza. Inmediatamente, Ike Iverson descendió del coche portando una bolsa similar y le alcanzó frente a la joyería.

Al encontrarse, Kellog preguntó:

—¿Qué tal le fue a Eubank en el asiento trasero?

—Se recibió todo muy alto y muy claro —dijo Iverson—. Oye, has estado dentro un buen rato.

—Estas conversaciones literarias son un poco laboriosas —dijo Kellog, guiñando el ojo. Sacudió su compra—. Pero está en la bolsa. Duncan estará contento. Bueno, es mejor que empecemos a comparar.

Kellog extrajo un ejemplar de *Los Siete Minutos* de la bolsa a rayas. Abrió el libro, buscó la hoja frontal en blanco, sacó la pluma y escribió cuidadosamente sus iniciales y la fecha. Al terminar, Iverson estaba a su lado, con otro ejemplar de *Los Siete Minutos*.

—¿Preparado? Vamos a compararlos —dijo Iverson—. La misma cubierta y el mismo título. ¿De acuerdo?

—De acuerdo.

—El mismo editor, la misma fecha de publicación y los mismos derechos de propiedad literaria. ¿De acuerdo?

—De acuerdo.

—El mismo número de páginas impresas. ¿De acuerdo?

Exactamente el mismo.

—Vamos a comparar ahora los pasajes marcados de mi libro con las mismas páginas del libro que acabas de comprar.

—Muy bien —dijo Kellog.

Rápidamente, ambos hombres compararon media docena de páginas.

—Lo mismo —concluyó Iverson—. Bien, Otto, los libros son idénticos. ¿Estás de acuerdo?

—Sí.

—Creo que es mejor que le hagamos otra visita al señor Fremont.

—Sí —dijo Kellog, introduciendo de nuevo el libro en la bolsa.

—Otto, no te olvides de tu equipo Fargo.

Kellog introdujo la mano bajo su chaqueta de sport y encontró el interruptor del micrófono de su unidad transmisora portátil Fargo F-600. Apretó la palanca.

—Ya está en marcha.

Caminando a grandes zancadas, ambos regresaron al Emporio del Libro de Fremont, y penetraron en el mismo.

Una vez en el interior, Kellog observó que Ben Fremont se encontraba todavía detrás del mostrador, junto a la caja registradora, ocupado en verter un Coke en un gran vaso de papel. Kellog se encaminó hacia él, seguido de Iverson.

Fremont acababa de llevarse la suave bebida a los labios cuando reconoció a Kellog.

—Hola, aquí otra vez...

—Señor Fremont —dijo Kellog— usted es Ben Fremont, propietario del Emporio del Libro Fremont ¿verdad?

—¿Qué quiere decir? Claro que lo soy. Ya lo sabe.

—Señor Fremont, será necesario que nos presentemos oficialmente. Yo soy el sargento Kellog, del Subdepartamento del Despacho del Sheriff del Condado de Los Ángeles. —Le mostró la placa y la volvió a guardar en su bolsillo—. Mi compañero es el oficial Iverson, también del Subdepartamento del Sheriff.

El librero pareció perplejo.

—No... no lo entiendo —dijo posando el vaso con fuerza y derramando el contenido del mismo— ¿Qué pasa...?

—Ben Fremont —dijo Kellog—. Queda usted detenido por infracción del artículo 311.2 del Código Penal de California. El Código establece que toda persona que deliberadamente ofrezca distribuir cualquier clase de materia obscena, es culpable de un delito de menor cuantía. Bajo el artículo 311a, "obscenidad" significa que, para una persona corriente, aplicando una medida común contemporánea, el atractivo predominante de la obra en cuestión, considerada en su conjunto, se debe a su interés lascivo. Ello significa que la obra rebasa los límites habituales de candor en sus descripciones, careciendo totalmente del atenuante de importancia social. El Fiscal del Distrito cree que el libro Los Siete Minutos de J J Jadway, sería considerado obsceno en los tribunales; por consiguiente, queda usted detenido por vender este libro.

Ben Fremont, con la boca abierta, con el rostro ceniciento, agarró el borde del mostrador, tratando de hallar una respuesta adecuada.

—Esperen un momento, esperen, no pueden ustedes detenerme. Soy simplemente un sujeto que vende libros. Hay miles igual. No pueden.

Señor Fremont —dijo Kellog— queda usted detenido, absolutamente. Ahora, por su propio bien, no nos ponga dificultades. Queremos todas las facturas de la Sanford House correspondientes a los ejemplares de este libro adquiridos. Tenemos que confiscar todos los ejemplares de Los Siete Minutos que existan en este local y mantenerlos bajo custodia. También es necesario que quitemos aquel anuncio del escaparate y todos los materiales de propaganda del libro.

—¿Y yo qué?

—Creía que recordaba usted el procedimiento. No importa. Tenemos fuera un vehículo de la policía. Tendremos que acompañarle al despacho del Sheriff en la calle West Temple, para el registro.

—¿Al despacho del Sheriff?... Pero ¿por qué..., por qué? ¡maldita sea! ¡Yo no soy un criminal!

De repente, Kellog se impacientó.

—Por vender una obra obscena. ¿Acaso no me lo dijo usted hace diez o quince minutos...?

Iverson se acercó apresuradamente, colocando una mano moderadora sobre el hombro de Kellog.

—Un minuto, Otto. Permíteme que le informe al caballero de sus derechos. —Se dirigió al librero—. Señor Fremont, todo lo que ha dicho usted antes de su detención y todo lo que está diciendo ahora está siendo registrado por un transmisor sin hilos portado por la persona del sargento Kellog y conectado con un magnetofón situado en el interior del vehículo de la policía de aquí afuera. No era necesario advertirle a usted de sus derechos antes de ser detenido. Ahora que ya está usted bajo arresto, es mi deber advertirle, que no es necesario que conteste a las preguntas, que tiene usted el derecho de guardar silencio, que tiene usted derecho a la presencia de un abogado. Ahora ya está usted completamente informado. Si usted quiere hacer preguntas o contestar preguntas, es cosa suya.

—¡No voy a decir ni una sola palabra más a ninguno de ustedes dos, maldita sea! —gritó Fremont—. ¡No diré nada hasta que tenga un abogado!

—Puede usted hacer una llamada —dijo Kellog, muy tranquilo—. Puede llamar a su abogado y encontrarse con él en el cuartel general del Sheriff.

Instantáneamente, la cólera de Fremont se desvaneció, cediendo el lugar al temor. —Yo... yo no tengo abogado. Quiero decir, que ni siquiera conozco a ninguno. Tengo simplemente un contable. Yo no soy más que un...

—Bueno, el tribunal puede designarle... —empezó Kellog.

—No, no, espere —le interrumpió Fremont—. Acabo de acordarme. El agente de ventas del editor, el agente de ventas de la Sanford House, cuando me vendió el libro me dijo... me dijo que si sucedía algún contratiempo, le llamara inmediatamente, porque ellos defenderían su libro y el joven Sanford, que es el editor, intervendría y nos conseguiría a cualquiera de nosotros un abogado. Voy a llamar a su agente de ventas. ¿Puedo llamarle?

—Haga usted todas las llamadas que desee —dijo Kellog—. Pero dese prisa.

Fremont tomó el teléfono. Pero, antes de marcar, miró fijamente a los oficiales. Era como si una nueva idea hubiera cruzado por su mente y estuviera considerando la posibilidad de comunicarla. Habló.

—Escuchen ¿tienen ustedes idea de lo que están haciendo? —dijo con la voz temblorosa—. Ustedes creen que no es nada. Creen que están deteniendo a un pobre librero sin importancia y que eso es todo. Bueno, pues tal vez no es eso. ¿Saben lo que están haciendo realmente? Están deteniendo a un autor muerto y a su libro... están deteniendo un *libro*, algo que un hombre tenía que decir. Están deteniendo y tomándole las huellas digitales a una libertad, a una de nuestras libertades democráticas y, si ustedes creen que esto no es nada, esperen y verán lo que puede suceder...

Fue mientras conducía a lo largo del Wilshire Boulevard, a medio camino entre la oficina jurídica de Beverly Hills, que acababa de dejar para siempre, y su apartamento de tres habitaciones de Brentwood, cuando la completa comprensión de lo que acababa de sucederle afectó a Mike Barrett con todo su impacto.

Después de tantos años de lucha, se había liberado.

Ya se había emancipado. Lo había conseguido.

Con el rabillo del ojo, podía observar la caja de cartón colocada en el asiento contiguo. Una hora antes, la había llenado con los papeles y efectos personales que había acumulado en el escritorio de nogal de la empresa, el escritorio que había sido su escritorio de empleado, durante dos años. El contenido de la caja de cartón constituía en cierto modo la evidencia de una carrera legal frustrada, insatisfecha y de segunda categoría, que cubría una década de sus treinta y seis años. La misma caja de cartón, el acto de trasladarla, simbolizaba una victoria que (en la más negra de las noches de insomnio y de odio hacia sí mismo) ya casi había desesperado de alcanzar.

Ello exigía una celebración, una marcha triunfal, un arco, por lo menos una guirnalda. Bueno, todo ello estaba presente en su cabeza y en su imaginación. Sosteniendo con firmeza el volante del coche con una sola mano, deshizo el nudo de la corbata con la otra mano libre y se quitó la corbata de un tirón. Después le llegó el turno al cuello de la camisa. Lo desabrochó y lo abrió. Sin corbata a mediodía de una jornada laboral. *Lese-majesté* en el reino del Colegio de Abogados americano, a no ser que uno sea la propia *majesté*. Después se le ocurrió la frase latina *Rex non potest peccare*. El rey no puede hacer nada mal.

Dios mío, qué día tan estupendo. El sol, hermoso. La ciudad de Los Angeles, hermosa. La gente de las calles, sus súbditos, hermosos. Empresas Osborn, Inc., hermoso. Faye Osborn, hermoso. Todos los amigos herm... No, tal vez no todos —Abe Zelkin no. Abe, hermoso, sí su amistad, sí, ésta también, sólo que tal vez no exista dentro de unas horas, y se sintió culpable, y una mueca desfiguró de repente su cara de alegría.

Fue consciente de atravesar Westwood en su Pontiac descapotable con la cubierta bajada y había gente, las aceras estaban abarrotadas de gente, pero no eran sus súbditos que le aplaudían en aquel gran día. Era Abe Zelkin reprendiéndole por su deserción.

El honrado Abe. ¿Quién demonios necesita una conciencia que le sermonee a uno cuando se tiene un amigo como el Honrado Abe?

Y, sin embargo, había sido Abe Zelkin el que había plantado la semilla que había dado lugar, aquel día, a la separación de Zelkin y Barrett y a la unión de Barrett y Osborn. Su mente trató de recordar el principio, lo revivió paso a paso, para proporcionarle el informe antes de defender su caso ante Zelkin a la hora de comer.

¿Dónde había empezado? ¿En la Universidad de Harvard? No. Aquella época correspondía a su amistad con Phil Sanford, cuando habían compartido una habitación juntos. No, no fue en Harvard, sino algún tiempo más tarde, en Nueva York. Pero no en aquella gran empresa jurídica en la que había empezado a trabajar, porque aquella empresa no le había gustado, lo que a él le interesaba era defender los derechos humanos, no los derechos de propiedad; considerándose retrospectivamente se veía como un estúpido patán legal, con un mechón de pelo por cerebro. Fue en el otro sitio, en aquel invernadero para la flor y nata de la abogacía, el Instituto de Buen Gobierno de Park Avenue, donde el salario consistía en remiendos en los codos de las raídas chaquetas y en citaciones de Cardozo y Holmes en provecho de la ley. El Instituto de Buen Gobierno, una fundación sostenida por veinte grandes empresas en calidad de soborno para sus propios remordimientos, donde todos los casos derivaban del desbordamiento de la Unión Americana de Libertades Civiles y donde cada cliente era el omnipresente perdedor. Seis años de aquello, de mal vivir de cacahuates, sintiendo que se estaban combatiendo algunos males y muchos errores, llegando a creer que éstos eran los auténticos enemigos, hasta que uno llegaba a comprender que no eran más que molinos de viento que lograban mantenerle a uno ocupado en un espectáculo de relaciones públicas para los fundadores del Instituto. Seis años para llegar a conocer la identidad de los auténticos enemigos, para comprender que aquel trabajo era un fraude, que aquel "hacer el bien" era una patraña. Seis años para aprender la verdad sobre cómo le han manejado a uno los poderosos. Cuando él y Abe Zelkin se dieron cuenta, se marcharon.

Se habían ido con un mes de diferencia. Barrett se fue primero. Su decepción del Instituto había sido total debido a la muerte de su madre. Había conseguido cierta evidencia de que el medicamento recién lanzado al mercado que le habían administrado a su madre para conservarle la vida, en realidad había acelerado su muerte. Y, dado que podía husmear igual que un pachón, supo muy pronto de otras muertes prematuras por anemia aplásica, efecto secundario de aquel mismo medicamento. Afectado, Barrett esbozó el esquema del caso legal, encontró un querellante adecuado y, finalmente, presentó su memorandum al director del Instituto. El memorandum era una denuncia contra uno de los más famosos laboratorios farmacéuticos americanos. Barrett solicitó fondos para llevar a cabo una investigación completa y pidió que, si los resultados confirmaban sus sospechas, se procesara al laboratorio o bien se celebrara una vista ante la Administración de Alimentos y Medicamentos. Estaba seguro de que le animarían a proseguir.

El director del Instituto solicitó de Barrett una entrevista privada. El director habló y Barrett le escuchó asombrado. La solicitud de Barrett de proceder a una investigación, seguida de un pleito o de una vista, había sido rechazada por la junta de gobierno. Sus pruebas habían sido consideradas demasiado endebles y además... oh, además, no era un caso bien definido en el que el Instituto deseara verse mezclado. La decepción y la perplejidad de Barrett sólo duraron cuarenta y ocho horas. Al final de este tiempo, después de discretas averiguaciones, supo la verdad. Uno de los principales sostenedores y contribuidores del Instituto era, precisamente, la misma compañía farmacéutica que Barrett había pretendido denunciar.

Al día siguiente, Mike Barrett abandonó el equipo del Instituto de Buen Gobierno.

Abe Zelkin, después de una decepción análoga, lo abandonó poco tiempo después de Barrett.

Y entonces cada uno de ellos tuvo que hacer su elección. Qué bien lo recordaba Barrett. Zelkin eligió primero: se trasladó a California, fue admitido en el cuerpo de abogados y ocupó una plaza en la Oficina de Los Angeles de la Unión de Libertades Civiles.

Pero la realidad había convertido a Barrett en demasiado cínico para poder imitar la elección de Zelkin. Así, pues, hizo su propia elección: si no puedes luchar contra ellos, únete a ellos. Se había incorporado al mundo del poder, de las grandes empresas, de los grandes manejos. Si iba a ser un bienhechor, concentraría sus fuerzas en hacerle el bien a una persona, es decir, a sí mismo. El juego de los grandes se llamaba dinero. Se convertiría en un grande también. Era el adiós a todos los sueldos de ocho mil dólares al año, más las bonificaciones de sé-fiel-a-tí-mismo. Era el saludo a una nueva vida de dieciocho mil dólares al año y una nueva meta: convertirse por los medios que fuera —por ósmosis, por adiestramiento, por asociación— en uno de Ellos, en uno de los poderosos.

La nueva vida empezó con un cargo de asociado menor de una gran compañía jurídica de Madison Avenue —una colmena de cuarenta abogados— especializada en derecho mercantil. Fueron dos tristes años.

El trabajo era bastante técnico, agotador, monótono. Casi nunca había tenido la ocasión de ver a un cliente y no había visto una sola vez una sala de justicia, arena en la que tanto había disfrutado en sus días del Instituto. Tenía que emplear su tiempo libre participando en los acontecimientos cívicos y culturales de Nueva York, tal como prescribían los miembros más antiguos de la empresa. Las oportunidades de progreso económico significativo habían sido muy pocas. Puesto que se sentía desgraciado, intranquilo y malhumorado, su limitada vida social también había sido desgraciada. Mantuvo dos relaciones amorosas, una con una apetecible divorciada y otra con una brillante modelo pelirroja de alta costura y, sin embargo, siendo ambas físicamente atractivas, a él no le habían satisfecho. Porque estaba aburrido de sí mismo, porque le aburrían los demás.

Su situación se iba aclarando. Había intentado pasar al otro bando —dejar de luchar contra ellos, de unirse a ellos— y convertirse en uno de ellos. Oh, ellos recibían todos los Faustos con los brazos abiertos, atraían a todos con brillantes promesas, les daban a comer pastel en lugar de pan... y después le destinaban a uno a trabajos forzados en el calabozo del derecho mercantil, de las fusiones comerciales y de los impuestos; y después tiraban la llave. Sí, ya estaba más claro. Se podía servir a los poderosos, pero no era fácil unirse a ellos... porque no había sitio suficiente arriba, porque *alguien* tenía que servirles, y porque su magia nunca podría eliminarse en realidad. O eso al menos le parecía a Barrett entonces, en su gran desesperación.

Hacía falta un cambio drástico, y un día se le ofreció la posibilidad de cambiar. En una de sus cartas mensuales, Abe Zelkin le había escrito acerca de muchos cargos bien pagados para abogados eficientes y expertos en Los Angeles. Al mismo Zelkin le habían ofrecido varios, pero los había rechazado, si bien admitía que uno o dos habían sido magníficos y muy atrayentes. A raíz de ello, el señuelo de California creció en la mente de Barret y, poco tiempo después, tomó una decisión e hizo el cambio.

Superó el examen del cuerpo de abogados de California y, unos meses más tarde, se encontró instalado en un pequeño despacho cómodamente arreglado, en calidad de uno de los catorce abogados que trabajaban para la importante firma de administración de empresas Thayer y Turner de la Rodeo Drive en Beverly Hills. Todos los clientes eran gente célebre o bien rica, o ambas cosas, y la proximidad del éxito le había hecho concebir una vez más a Barret la esperanza de conseguirlo. Pero, después de casi dos años —años duros y agotadores en su despacho, en la biblioteca legal de la firma, en las salas de justicia y en los despachos de opulentos clientes— durante los cuales se había especializado en la ley de contribuciones, Barrett empezó a llegar lentamente a la conclusión de que no estaba destinado al éxito.

Sus cualidades personales eran muchas, y podía ser fríamente objetivo a este respecto. No era lo que suele llamarse un hombre clásicamente apuesto, es verdad, pero poseía un rostro áspero, curtido por la intemperie. Medio polaco y medio galés-irlandés, su rostro escabroso estaba marcado por unas pocas líneas, débiles restos de contraer la frente y los ojos, consecuencia del escepticismo y de la decepción (semejantes a las de un rápido boxeador semi-pesado un poco mayor, que empieza a recibir más golpes que de costumbre y que ya se encuentra cerca del final). Su cabello era negro y mate, sus ojos inquietos e impacientes, su nariz corta y recta, las mejillas hundidas y las mandíbulas cuadradas. Medía casi un metro ochenta de altura, sus hombros eran flexibles e inclinados, el musculoso cuerpo de nadador. Su porte exterior era flexible, casual, amblador, desmañado, descuidado, pero, como todos los hombres, sabía que poseía otro hombre en su interior y éste estaba alerta, tenso, agazapado, como un atleta esperando el disparo de salida. Sólo que no había disparo.

En el trabajo, Barrett era serio, aplicado, tranquilo y regular. Podía crear, incluso, la sensación de ser bien parecido (cuando no estaba de mal humor) dado que tenía un gran sentido del ridículo y una fuerte tendencia hacia el humor sardónico, junto con un cuidadoso instinto que le permitía percibir lo que sentían las demás personas y comprender el porqué de sus conductas. Poseía una conversación fácil y brillante cuando quería, cosa que ya no era muy frecuente. Era más culto que Sir William Blackstone. Había tenido la intención de licenciarse en literatura inglesa, pero también deseaba ser práctico y el derecho le ofrecía mayores horizontes. Además era dueño de dos cualidades singulares, maravillosamente útiles en la práctica legal. La primera era una memoria monstruosa. Como sus más ilustres predecesores —Rabbi Elija de Lituania, que recordaba todo el contenido completo de dos mil quinientos volúmenes de erudición, incluyendo el Talmud y la Biblia, y como el cardenal Mezzofanti, conservador de la Biblioteca Vaticana del siglo diecinueve, que había aprendido 186 idiomas y setenta y dos dialectos—, el ojo de Barret era una cámara oscura, captando para siempre lo sagrado y lo profano, lo momentáneo y lo trivial y lo grababa en el cerebro, guardándolo allí para cuando necesitara alguna referencia instantánea o algún recuerdo. Si quería, podía recitar buena parte del Código de Hamurabi, el decreto de Dred Scott, el testamento de Shakespeare y el epitafio de Sir John Strange ("Aquí yace un honrado abogado y es Strange"). La segunda cualidad era su mente inquisitiva y sagaz, capaz de disfrutar de los misterios, de los enigmas, de los juegos, de todos los fenómenos no resueltos de Charles Fort. Sabía que estaba hecho para la profesión de abogado y le estimulaban las perspectivas de nuevos casos. Después del derecho, la literatura constituía simplemente una auto-concesión, una descongelación del pasado.

Y, sin embargo, a pesar de que las cualidades superficiales existían indudablemente, también tenía defectos ocultos, ciertas faltas; ello era indiscutible e indudable, sobre todo cuando uno lo pensaba a las tres de la madrugada. Hábil en su trabajo, empero carecía de agresividad económica y social. Siendo creador, no sabía hacerse valer lo suficiente para exigir autoridad cuando ésta era necesaria. Era demasiado pensativo e inteligente, tal vez se autocensuraba demasiado cuando se refería en público a sí mismo o a su trabajo. No era ni extrovertido, ni introvertido, sino ambas cosas a la vez; era intrépido y arrojado y, al mismo tiempo, indeciso y remiso. Pensaba que, al desprenderse del árbol de la familia, su Ego se había estropeado en el accidente.

Barrett dudaba que sus superiores, Thayer y Turner, lo consideraran una personalidad única, un individuo indispensable. Y lo peor era —sí, lo peor de todo, su secreto— que no creía en lo que estaba haciendo. No pensaba que fuera importante (más allá de la cómoda subsistencia que le proporcionaba), y, secreta o no, tal ausencia de interés probablemente había sido captada por el radar de sus patrones. Era como si... bueno, qué demonios, como si Henry David Thoreau hubiera tomado un empleo de abogado especialista en impuestos. Eso era. Era una situación análoga.

Hacía algunos meses, se había dado cuenta de que había llegado al límite. El trabajo se hizo tan aburrido y rutinario como despertarse cada mañana y Los Angeles era, tal como había dicho alguna vez alguna alma gemela, simplemente un maldito día bonito tras otro. Desesperado, llegó a someterse a cuatro sesiones consecutivas de cincuenta minutos de duración con un psicoanalista, pero no consiguió eliminar aquella sensación de vacío. Se resistió a discutir la cuestión de sus padres fallecidos, y a penetrar en su Id o en su Ego herido, hasta que, finalmente, anuló la quinta sesión.

Posteriormente, de la noche a la mañana, como si la bruma hubiera desaparecido, dejando al descubierto un retazo de esperanza al final del arco iris, se produjo un pequeño milagro. Y, unas semanas más tarde, se produjo una revelación mayor, un milagro mayor, y el retazo de esperanza se convirtió en un retazo de oro.

La esperanza, provenía de Abe Zelkin. Por aquel entonces, Zelkin ya formaba parte de la comunidad, tenía relaciones muy importantes y había decidido dejar la Unión Americana de Libertades Civiles para abrir su propio bufete en Los Angeles. Estaba seguro de que tendría clientes, la clase de clientes del tipo Scopes-Vanzetti con los que él y Barret habían soñado tantas veces, y variados casos que enriquecerían sus vidas, si no sus carteras; importantes e interminables oportunidades de luchar contra la injusticia, la inhumanidad y el fanatismo. Para abrir su propio bufete, Zelkin necesitaba un compañero. Quiso a Barrett.

El ofrecimiento de volver a ser joven, de realizar buenos trabajos y de llenar cada día de significado, fascinó a Barrett. Sería independiente. Se sentiría vivo. Ayudaría a los demás. Lo tendría todo —excepto aquello que tanto había creído desear, es decir, los bienes de fortuna, que también podían llamarse poder.

Barret se mostró interesado, muy interesado, pero dudó. Quería pensarlo. Quería que el próximo cambio fuera adecuado y tenía que estar seguro. Pero sí, era una buena idea, la idea de Zelkin y Barrett, Consejeros de la Ley, Especialistas en Idealismo, y pensó que lo aceptaría. Zelkin le había dicho que no corría prisa, porque Zelkin todavía tenía que solucionar algunos casos. Cuando terminara, le preguntaría a Barrett y si Barrett estaba preparado, colgarían ambos su letrero profesional.

Este era el retazo de esperanza de Zelkin. Y, cuatro semanas más tarde, como una visión aparecida en el azul, se produjo el retazo de oro de Osborn. Y entonces comprendió Barrett que lo había conseguido, que finalmente lo había conseguido.

Con asombro, emergió de su reciente pasado revivido, observando que había cambiado automáticamente el Wilshire Boulevard por el San Vicente Boulevard y que casi se encontraba como en su casa. En la Barrington Avenue, dirigió su descapotable hacia el Torcello (su propietario no había olvidado nunca aquella luna de miel en Italia), el edificio de seis pisos construido alrededor de un patio y una piscina en el que había alquilado un apartamiento de tres habitaciones, después de su primer año de permanencia en Los Angeles.

Al llegar al edificio, Barrett dirigió el coche hacia la entrada cavernosa junto al camino de acceso, penetrando en el garaje subterráneo. Al salir del coche, miró el reloj. Faltaba todavía una hora para su cita con Zelkin. Disponía de tiempo suficiente para volverse a duchar, ponerse un traje más ligero y ensayar lo que iba a decirle a Zelkin.

Rodeó el descapotable, se inclinó y sacó la caja de cartón que contenía su pasado y se dirigió rápidamente hacia el ascensor. Este le condujo suavemente hasta el tercer piso del Torcello. Atravesó el pasillo, abrió la puerta de su apartamiento, depositó la caja en un oscuro escondrijo del armario de invitados y después fue a marcar el número de la centralita telefónica del edificio.

Las cortinas del salón estaban corridas para evitar el sol y el apartamiento estaba frío. La habitación parecía menos suya que de costumbre, menos cómoda, si bien tenía que admitir que era más elegante. Era obra de Faye. Al igual que muchas mujeres ricas que disponen de mucho tiempo, poseía un título de decorador. La primera vez que había posado sus ojos en aquel apartamiento amueblado, se había estremecido.

—¡Qué mal gusto tienen estos caseros! ¿De qué época es el mobiliario? ¿Primitivo Valle de San Fernando?

Muy pronto, el sencillo sofá con cojines del casero, había sido sustituído por un austero sofá Chippendale, con respaldo de camello. Las paredes fueron revestidas de tela de cáñamo, se había instalado una iluminación indirecta y, en un rincón, un escritorio de tapa corredera de estilo victoriano tardío y una silla de nogal de estilo campestre francés. Después del primer punto de avanzada, había proseguido la invasión de buen gusto. El había accedido a colocar una mesita de café de vidrio y acero, demasiado baja para ser utilizada a no ser en calidad de objeto en el cual golpearse las espinillas y despertarle a uno por completo a la mañana siguiente. Más recientemente, el teléfono se había camuflado inoportunamente bajo una caja de madera grabada, hallada en el Decorator's Row del Robertson Boulevard procedente de la Aldea Suiza de París. Sobre la caja, había una lámpara y dos frágiles figuras de Limoges. Siempre que estaba solo, como ahora, Barrett invertía la posición de las figuras de Limoges y del teléfono.

Sacando el teléfono de la caja, Barrett introdujo dentro de la misma las figuras de Limoges, colocó el teléfono junto al brazo curvado del sofá y marcó el número de la centralita del vestíbulo.

—Soy Mike Barrett. ¿Hay alguna llamada?

—Oh, me alegro que haya regresado, señor Barrett. Dos conferencias urgentes, durante la última media hora. Eran las dos del mismo sitio. Del señor Philip Sanford de Nueva York. Desea que le llame usted inmediatamente. Ha dejado los números de su casa y del despacho.

Vamos a ver. En Nueva York no son más que las tres y veinte. Pruebe a llamar al despacho.

Levantándose del sofá, se quitó la camisa, la tiró a un lado y se dirigió hacia la cocina para tomar una bebida ligera. Mientras la preparaba, recordó a Phil Sanford. Había dos cosas extrañas en las sucesivas llamadas de Sanford. Solía llamar a largos intervalos pero, cuando lo hacía, unas pocas veces al año, siempre era por la noche. Además, las llamadas siempre eran casuales, sin prisas, llamadas de un amigo solitario para reafirmar una vieja amistad. El pobre Sanford recibía muy poco consuelo de su esposa y ninguno de su despótico padre. Pero, al parecer, aquellas llamadas matutinas, no eran de carácter social. Eran urgentes. Y Barrett se preguntó ahora por qué.

Sorbiendo su refresco, Barrett pensó en su viejo amigo y en su amistad, una amistad que era más antigua si bien más difícil que la de Abe Zelkin. Después de Harvard, cuando él y Philip Sanford se habían trasladado a Nueva York, él para convertirse en un desilusionado bienhechor y Sanford para empezar a familiarizarse con el trabajo de un editor en la famosa empresa editorial de su padre, vio a su compañero de habitación con cierta frecuencia. No sólo le gustaba Phil, sino que además le estaba muy agradecido por todo lo que había hecho durante el año de crisis de Barrett como consecuencia de la enfermedad de su madre. Incluso después de casarse Phil Sanford, Barrett siguió encontrándose con su amigo en la comida semanal del Baroque Restaurant y saliendo ocasionalmente con él para presenciar algún acontecimiento deportivo en el Madison Square Garden. Desde que se había trasladado a California, Barrett había visto a Sanford una media docena de veces. Tales ocasiones no le habían proporcionado placer alguno. Phil Sanford siempre adoptaba un aire triste al hablar de su mujer y de sus dos hijos y aparecía más desconsolado que nunca por su irremediable condición de esclavo en la Sanford House, que su padre dirigía con exclusividad.

Pero la última vez que Barrett había visto a Phil Sanford (quizás hacía tres meses o menos), cuando Barrett había volado a Nueva York para un corto desplazamiento de negocios y habían cenado juntos en el Salón de Roble del Plaza, su encuentro había sido más alegre que de costumbre. La vida de Sanford había cambiado algunos meses antes de aquel encuentro con Barrett. Por primera vez, se le había concedido la oportunidad de demostrar su valía. Estaba lleno de temores pero también de entusiasmo.

Aquel gigante de las empresas editoriales, Wesley R. Sanford, padre de Phil, había sido víctima de un repentino ataque. Si bien no había sido muy grave, constituyó una advertencia, lo suficientemente severa, como para aconsejarle el descanso. A los ojos del abatido gigante gris, la Sanford House, que durante tanto tiempo había descubierto y apoyado a los ganadores del Premio Nobel de Literatura, del Premio Pulitzer, del Prix Goncourt, era una casa sin jefe. Phil Sanford, su único heredero, siempre fue considerado condescendientemente, incluso con desprecio, por su poderoso padre. Veía a su hijo como un pigmeo, como un débil, como un incompetente, como una decepción total. Esta había sido la cruz de Phil y el hecho de que hubiera soportado este trato durante tanto tiempo, sin establecerse por su cuenta, había influido a su esposa, que también llegó a considerarle un débil y un pusilánime.

El rumor de que Wesley R. Sanford había abandonado un floreciente negocio editorial sin un heredero satisfactorio corrió inmediatamente desde los círculos editoriales hasta Wall Street. Los grandes grupos comerciales, las asociaciones que buscan una diversificación de sus acciones, se mostraron interesados en comprar la empresa con su valioso catálogo y su prestigioso nombre. Se decía que, una vez recuperado parcialmente de su ataque, Wesley R. Sanford se decidiría a venderlo. Y, entonces, su único hijo se acercó a su lecho y le suplicó una oportunidad. Ya sea porque la enfermedad hubiera privado al gigante convaleciente de su decisión o bien porque la hubiera estado esperando durante mucho tiempo, Wesley R. Sanford le dijo ásperamente a su hijo que le daría una oportunidad.

Philip Sanford obtuvo dos años de plazo para demostrar que era capaz de convertirse en un editor por sus propios medios. Si, durante ese tiempo, conseguía mantener la empresa a salvo de deudas, conservando y extendiendo su prestigio se quedaría en la familia, con Philip como presidente y eventual propietario. Sin embargo, si la dirección de Philip resultaba deficiente, sería retirado del despacho principal y la editorial sería enteramente vendida, con todo su catálogo, a uno de los múltiples aspirantes.

Como no estaba acostumbrado a tomar decisiones y a ejercer una autoridad, los comienzos de Philip Sanford fueron pésimos. De los veinte libros publicados bajo su dirección durante el primer año, la mayoría fueron fracasos; y el resto o bien se habían sostenido a duras penas o sólo proporcionado muy escasos beneficios. Ninguno de ellos había sobresalido, ninguno se había convertido en un *bestseller*. Ninguno había conseguido grandes ventas secundarias en clubes de libros o sucesivas tiradas baratas. Al final, con la valentía que nace de la misma desesperación, Philip Sanford realizó un último esfuerzo por escapar a la sombra de su padre y hallarse a sí mismo. Decidió publicar lo que él quisiera publicar y no lo que él pensaba que su padre hubiera deseado publicar. Adquirió una novela que había leído y admirado durante una travesía en barco desde Le Havre a Nueva York, un libro cuya publicación nunca se había autorizado públicamente en ninguna nación de habla inglesa del mundo. Se trataba de una obra llamada *Los Siete Minutos* y, en la publicación y el éxito de esta novela, depositaba Philip Sanford todo su futuro.

La última vez que Barrett cenó con Sanford en Nueva York, éste le había hablado con entusiasmo acerca de las posibilidades del libro. Por primera vez en la historia literaria moderna el clima resultaba propicio para la aparición de un libro como aquel, insistía Sanford. Un mundo occidental que había aceptado finalmente *El Amante de Lady Chatterley* y *Fanny Hill*, sería lo suficiente maduro como para aceptar *Los Siete Minutos*. El libro ya estaba en prensa. El interés dentro del ramo era creciente. Prometía convertirse en un éxito clamoroso. Sólo entonces Sanford tendría su propia editorial, su puerto, su futuro y sólo entonces sería un hombre independiente. La discusión acerca de la supervivencia de Phil ocupó buena parte de la velada. Sólo al final, en los últimos diez minutos, Barrett tuvo ocasión de hablar de sí mismo. Se quejó de su triste carrera en Thayer y Turner. Citó, como únicos puntos brillantes, el ofrecimiento de Abe Zelkin y el cariño que sentía por la hija de Willard Osborn.

Y ahora, de repente, Philip Sanford quería hablar con Barret; acerca de algo urgente. Considerando lo que sabía sobre la vida de Sanford, se preguntó qué podría ser urgente.

El teléfono situado a la altura de su codo estaba sonando.

Descolgó el aparato.

—¿Diga?

—¿Mike? —Era la voz de Sanford. No le había precedido ninguna secretaria. Ello subrayaba la urgencia del caso—. ¿Eres tú, Mike?

—Soy yo mismo. ¿Qué tal estás, Phil? Siento no haber estado en casa antes. Acabo de llegar. ¿Qué tal van las cosas?

—Como siempre, como siempre, si te refieres a la familia. Esto es otra cosa. Es una cuestión de negocios, Mike. Me consuela que hayas llamado tan pronto.

Barrett se percató inmediatamente del tono de voz de Sanford. Era nervioso, angustiado.

—Parece como si te pasara algo. Hay algo en que pueda...

—Puedes, puedes ayudarme.

—Dime de qué se trata.

—Mike ¿recuerdas cuando estuviste aquí la última vez y te dije que estaba intentando crearme mi primera lista, *mis* libros, no los sobrantes de Wesley R.?

Barrett recordaba que Sanford se refería a su padre, Wesley R.

Sanford, como Wesley R., ya que nunca había sido capaz de llamarle padre.

—Sí, te mostrabas optimista...

—Exactamente. Gracias a un libro que tenía entre manos, *Los Siete Minutos* de J J Jadway. Todas mis esperanzas estaban puestas en este libro. Todo o nada. ¿Lo recuerdas?

Barrett asintió.

—Es cierto. La novela que nadie se había atrevido a publicar desde hacía treinta y cinco años. Ví tu anuncio el domingo. Tremendo.

La voz de Sanford sonó angustiada.

—¿Tú has visto el libro, verdad? Te mandé un ejemplar previo por avión.

Sintiéndose culpable, los ojos de Barrett se dirigieron hacia la puerta del dormitorio. *Había* recibido el ejemplar anticipado de regalo hacía unas tres semanas y el libro había permanecido sin abrir sobre la mesilla de noche de su cama de matrimonio. Había pensado leerlo para poderle escribir una nota dándole las gracias y animándole a proseguir, pero le habían sucedido tantas cosas desde entonces que no había podido hacerlo. Al diablo las buenas intenciones.

—Sí, lo recibí, Phil. Está junto a mi cama. Cada día pensaba escribirte y darte las gracias y desearte buena suerte, pero he tenido un montón de cosas que hacer. Lo he ojeado y puedo decir que el libro es todo lo que tú pensabas, un éxito, un verdadero éxito.

—Lo es —afirmó Sanford excitado—. Está destinado a ser la sensación del año, tal vez el libro de más venta de toda la década. No puedes imaginarte la demanda de los mayoristas y de las librerías. Aún faltan días para la publicación oficial y ya hemos hecho una segunda tirada. Tenemos doscientos mil en prensa y ya hemos enviado, por barco, ciento treinta mil. ¿Te das cuenta de lo que significa, Mike? Demonio, de escucharme a mi tantos años, sabes mucho acerca de los negocios editoriales. Toma una novela corriente. Si se trata de un primer libro, y el de Jadway es un primer libro, su único libro, entonces se imprimen tal vez unos cuatro mil ejemplares al principio y, a lo mejor, los agentes de ventas reciben pedidos previos correspondientes a dos mil y tú los envías con la condición de que puedan ser devueltos si no se venden... y, a lo mejor, medio año o un año más tarde, resulta que se han vendido setecientos cincuenta ejemplares. Esto forma parte del negocio editorial que el público no conoce, detrás del alboroto de las críticas de los periódicos y los anuncios. Pero una vez cada muchos años, si tienes suerte, consigues una auténtica bomba, una primera novela que sale como un cohete. Y esto son *Los Siete Minutos*. Desde luego, el libro posee propulsión propia. Todas las prohibiciones. El rumor de que es sucio, cosa que no es cierta. Ahora, por primera vez y en treinta y cinco años, la gente podrá ver de qué se trata realmente. Hemos recibido pedidos correspondientes a ciento treinta mil ejemplares y habremos vendido los doscientos mil al cabo de una semana de su aparición. Y esto es sólo el principio, Mike. Una vez se halle expuesto por todas partes y se venda y la gente hable de ella y discuta, su éxito crecerá por momentos. Podríamos llegar a los trescientos mil o cuatrocientos mil ejemplares en pocos meses. Y eso no es todo. Lo ofreceremos a los editores de tiradas baratas. Una vez hayamos conseguido que sea considerada y demostrado que ha sido aceptada, pujarán a cual más para conseguir los derechos de reedición. Esto puede representar un millón de dólares de entrada, sin contar las ventas futuras y los tantos por ciento... y no olvides que la Sanford House, la editora, percibe el cincuenta por ciento de los ingresos de las ediciones en rústica. ¿Comprendes lo que quiero decir, Mike? No hay límite. ¿Sabes lo que se ha vendido de *El Amante de Lady Chatterley*, según el último informe? En edición de lujo y en rústica, había vendido más de seis millones de ejemplares y probablemente ahora ya se acerca a los siete millones. Bueno, pues esto es lo que tenemos aquí, son *Los Siete Minutos*, tal vez algo mayor, mucho mayor. Conoces mi situación, Mike, esto le hará abrir los ojos a Wesley R., por enfermo que esté, y hará que yo sea independiente para siempre. Podrás imaginarte lo que esto significa para mí, Mike; tú eres el único fuera de la familia que sabe lo que esto significa para mí.

El torrente casi histérico de palabras se detuvo bruscamente. Se escuchó una pesada respiración a través de la línea transcontinental.

Barrett dijo:

—Sí, lo sé. —Pareció perplejo. —Me parece que ya has conseguido tu éxito.

—He conseguido mi éxito, Mike... *si* todo sale bien.

Sin pensarlo, casi automáticamente, Barrett empezó a decir:

—¿Pero qué podría ocurrir...

—La censura —lo interrumpió Sanford—. No tendré nada si la policía no permite que las tiendas vendan el libro e impide que la gente lo compre. Si esto sucede, no sólo no tendré un éxito, sino que ello significará un terrible fracaso. Wesley R. me echará de aquí inmediatamente y lo mismo hará mi dulce Betty. Perderé el negocio y los hijos. No tendré nada, excepto el dinero de mi madre y esto no basta para mantener con vida el interior de un hombre, créeme Mike, no basta.

A Barrett le estaban empezando a aburrir los presentimientos de su amigo.

—Phil, tienes una buena cosa entre manos ¿por qué anticipas un desastre que no tiene ninguna posibilidad de producirse? ¿La censura? No es probable. Estamos viviendo una nueva era. Todo se muestra sin tapujos. Todo el mundo sabe que la reina tiene piernas. De hecho, sabe también que tiene una figura estupenda. Se puede adquirir *Fanny Hill* en cualquier librería. ¿Recuerdas cuando en la escuela comprábamos ejemplares en mimeógrafo? ¿Recuerdas cuando leíamos lo de «aquella deliciosa abertura de carne, en la que el agradable monte de vello se dividía y presentaba una entrada de lo más incitante»? ¿Y *Lady Chatterley*?, ¿te acuerdas de Connie «rodeando con sus brazos sus blancos y finos lomos e inclinándolo hacia ella, de tal manera que sus colgantes y oscilantes pechos rozaban el extremo del excitado y erguido falo»? Y esto vendió —¿cuánto has dicho?— de seis a siete millones de ejemplares. Así están las cosas ahora y así estarán durante algunos años, a no ser que la gente se canse de la verdad y volvamos de nuevo a la era del asterisco. Pero ahora no. A la gente le asusta menos el sexo, sobre todo si se presenta artísticamente...

El libro de Jadway no ha sido prohibido sólo por el sexo —intervino Sanford—. Se debe a que este sexo es en parte sacrílego.

—Me importa un comino lo que sea —dijo Barrett—. Muchos expertos que lo han leído en secreto, afirmaron públicamente que es una obra de arte. No tienes ningún problema. No anticipes dificultades que no existen.

—Mike, espera, te lo iba a decir. Te he llamado por esto. Mira...

Una repentina sospecha se apoderó de Barrett. Su amigo estaba acostumbrado a vivir en futuro, a imaginarse los éxitos futuros, las preocupaciones futuras, a lo mejor esto, a lo mejor aquello, al igual que hay personas que viven en pasado. Este era uno de los aspectos más exasperantes de Sanford, puesto que le impedía hablar sinceramente del presente.

—Un momento, Phil —le interrumpió Barrett—. Has dicho y repetido que lo conseguirás si todo sale bien. —Se detuvo—. ¿Ha salido mal algo?

Hubo un breve silencio.

—Sí —dijo Sanford.

—¿Y por qué no me lo has dicho al principio?

—Quería explicarte lo importante que era todo esto para mí.

—¿Qué ha pasado? —preguntó Barrett.

—El propietario de una tienda de tu ciudad acaba de ser detenido hace un par de horas por vender *Los Siete Minutos*. Tal vez me estoy inquietando sin motivo, tal vez exagero, porque mi situación es difícil. Probablemente será una cosa sin importancia. Aun así, quiero estar seguro de que eso es todo y de que no pasa nada.

—Muy bien, cuéntame.

—Nuestro agente en la Costa recibió una llamada desesperada del propietario de una librería —vamos a ver, lo tengo todo anotado— un tal Ben Fremont, propietario del Emporio del Libro de Fremont en Oakwood, no sé dónde está eso.

—Oakwood es una zona de la clase media alta, muy bien emplazada, al oeste de Los Angeles, entre las áreas de Westwood y Brentwood y la ciudad de Santa Mónica, a unos diez minutos de donde yo estoy. No está incorporada, no forma parte de la ciudad de Los Angeles, sino del condado de Los Angeles. Muy bien y después ¿qué ha sucedido?

—Fremont es un buen comerciante, pero no es poderoso y no tiene abogado. Llamó a nuestro agente en demanda de protección y de ayuda y, desde luego, tenemos que proporcionársela. El agente de ventas me ha llamado y yo te llamo a ti. Parece ser que en Oakwood hay una asociación llamada Liga de la Fuerza a través de la Decencia —estos nombres tan farisáicos— y su presidenta, una tal señora St. Clair, ha leído el libro y cursado inmediatamente una denuncia al Fiscal de Distrito de Los Angeles. Creo que esto queda bajo su jurisdicción.

—Sí. La Oficina del Fiscal de Distrito y la Oficina del Sheriff del Condado de Los Angeles, tienen bajo su jurisdicción las áreas no incorporadas.

—Bueno, el Fiscal de Distrito ha recibido la denuncia de la señora St. Clair y él, a su vez, ha enviado una carta al Sheriff solicitando del mismo una inmediata investigación, y una vez que el Fiscal de Distrito dispuso de un informe completo, ha preparado una demanda criminal y dos agentes del Subdepartamento de la Oficina del Sheriff detuvieron a Ben Fremont esta mañana. Confiscaron todos los ejemplares de *Los Siete Minutos*, de que todavía disponía Fremont. Son en total unos ochenta ejemplares.

—Sigue. ¿Hay algo más?

Sanford repasó los pocos hechos fragmentarios acerca de la detención comunicados por Fremont al agente de ventas de la campaña.

—Fremont está en la cárcel desde hace varias horas —prosiguió Sanford—, esperando ser puesto en libertad bajo fianza. Quiero que se le ponga en libertad inmediatamente. Pagaremos éste y cualquier otro gasto. Hubiera enviado a uno de nuestros propios abogados pero esto exige algún tiempo y, además, nuestros abogados no conocen las leyes de California. Necesito a alguien de Los Angeles que pueda intervenir inmediatamente y que sepa cómo van las cosas por ahí. Y alguien que sepa lo que me va en ello. Mike, no puedo permitir que este pequeño incidente se exagere. Quiero que todo se arregle en seguida y tranquilamente. Entonces el comercio sabrá que apoyamos a los libreros y al libro. Entonces todos seguirán vendiéndolo sin preocupaciones. Es posible que aún haya una o dos detenciones como ésta. Tendremos que solucionarlas de la misma manera. Lo que hay que hacer es darle al libro la oportunidad de que se empiece a vender en las grandes librerías y cadenas de las ciudades más importantes. Al cabo de unas pocas semanas o meses, una vez haya conseguido una amplia aceptación por parte del público, no habrá ningún medio de coacción que pueda impedirnos el paso. Estaremos a salvo. Por eso quiero solucionar los pequeños problemas al principio, antes de que cunda el pánico en los grandes comercios. Quiero arreglar esto inmediatamente, en silencio, procurando que trascienda lo menos posible a los periódicos. Desde luego, he pensado en ti, Mike. Sé que tienes un empleo, pero si pudieras...

—Acabo de dejar Thayer y Turner esta mañana, Phil. Tengo algo mucho mejor en perspectiva. Ya te hablaré de ello en otra ocasión. Pero en este momento, estoy libre. Me encantará poner manos a la obra.

—¡Estupendo! Es estupendo, Mike. Necesitaba a alguien en quien confiar, que supiera lo que esto significa para mí. Estoy seguro de que me lo podrás solucionar en seguida.

Barrett tomó la pluma y una hoja de papel.

—¿Has dicho que este Ben Fremont se encuentra en la cárcel central? Tendremos que depositar una fianza, sacarle hoy mismo. ¿Qué quieres declarar?

—¿Te refieres a culpable o inocente?

—Sí. Si se declara inocente, ello significará un juicio.

—Ah, no. Quiero sacarle de esto rápidamente y en silencio, para demostrarles a los demás libreros que no deben preocuparse, sacarle sin embargo con la menor publicidad posible.

—Entonces, haremos que se declare culpable. Por lo que me consta, si uno es convicto de suministrar pornografía en California, y es un primer delito, entonces se considera un delito de menor cuantía. La multa puede ser de mil dólares más cinco dólares por cada unidad de material obsceno de que se disponga. Fremont tenía ochenta libros, por consiguiente son cuatrocientos dólares más... mil cuatrocientos dólares. Y se puede ir a la cárcel seis meses. Si se trata de un segundo delito, se incurre en un delito de mayor cuantía... dos mil dólares de multa, más los cuatrocientos, y un año de cárcel. ¿Es el primer delito de Fremont?

—Es el segundo, Mike, el segundo. Ya fue detenido en otra ocasión hace no sé cuántos años, ni él se acuerda... cuando tenía una tienda más pequeña en el centro de Los Angeles. Creo que entonces se trató de una revista. ¿Si esto es delito de mayor cuantía, significa un año de cárcel? No puedo permitir que un librero que venda nuestro libro vaya a la cárcel tanto tiempo.

—Bueno, puede escogerse entre esto o bien una declaración de inocencia y una vista pública —dijo Barrett.

Sanford se lamentó.

—Es lo mismo.

—Hay otra posibilidad —dijo Barrett—. Si esta detención no levanta excesiva publicidad...

—No lo creo.

—Bueno, si no la levanta, es posible que pueda arreglar el asunto silenciosa y rápidamente. Declararse culpable, pagar la multa y conseguir que se suspenda la condena.

—¡Esto sería estupendo!

—Creo que podré conseguirlo. Ahora tenemos aquí un Fiscal de Distrito —se llama Elmo Duncan— que es una persona muy honrada, muy íntegra. Pero es un realista. Sabe cuándo hay que dar y cuándo hay que tomar y creo que es la clase de hombre con quien se puede hablar. Le conozco personalmente. He coincidido con él dos o tres veces en fiestas de los Willard Osborn. Si voy a visitarle, se acordará de mí. También recordará que salgo con la hija de Osborn. Creo que podré convencerle a ser razonable.

Barrett quiso interrumpir a Sanford para decirle que no se trataba de ningún favor, que no era más que un pequeño pago de la deuda que tenía contraída con él desde hacía tanto tiempo y que no había olvidado. Pero no dijo nada. Dejó que Sanford prosiguiera.

—Porque estaba muy preocupado por esto, pero ahora ya me encuentro mejor, mucho mejor. Mike, tú haces milagros.

—Todavía no —contestó Barrett, haciendo una mueca—. Es necesario conseguir la colaboración de nuestro Fiscal de Distrito. Creo que podré arreglarlo. Te diré lo que voy a hacer. Llamaré a Elmo Duncan e intentaré conseguir una cita para esta tarde. Después me pondré en contacto con un fiador que conozco en Hill Street y me encargaré de que se ponga en libertad a tu librero. Después me entrevistaré con el librero —estaba tomando notas en la hoja de papel— Ben Fremont de Oakwood ¿verdad?... y me enteraré exactamente de lo que ha sucedido y lo que ha dicho, y lo tranquilizaré. Después, espero entrevistarme con el Fiscal de Distrito. Tan pronto como obtenga algo definitivo, te telefonearé. A lo mejor habrá que esperar a mañana.

—Lo que tú digas, Mike. Me bastaba saber que tú te encargas de ello.

—Yo me encargo. Dentro de cuarenta y ocho horas, podremos hablar de otras cosas.

—Gracias, Mike.

—Me comunicaré contigo —dijo Barret.

Después de colgar, meditabundo, terminó su bebida. Dejando a un lado el vaso vacío, se dio cuenta de que tenía apetito. Entonces recordó la cita para comer que había concertado con Abe Zelkin.

Estaba decidido encontrarse en el Brown Derby de Beverly Hills, que resultaba apropiado para ambos puesto que distaba veinte minutos del apartamiento de Barrett y sólo quince minutos del nuevo despacho de Zelkin, situado en un elevado edificio de reciente inauguración, en la zona de Beverly Hills.

Antes de llamar al fiador y al Fiscal de Distrito, Barrett decidió llamar a la secretaria de Zelkin. Le pediría que solicitara de Zelkin un retraso de media hora en la cita y que Zelkin llevara una fotocopia de la sección del Código Penal de California que trataba del suministro de material obsceno. Por lo menos, ello le proporcionaría la oportunidad de hablar de otra cosa con Zelkin antes de enfrentarse con el momento de la verdad. Iba a ser una entrevista muy dura. Esperaba poder explicarle a Zelkin con sencillez la realidad de la vida: Abe, escucha, ser honrado y pobre es bueno, muy bueno, pero créeme, Abe, honrado y rico es mejor, mucho mejor.

Se preguntaba si Zelkin le entendería —o, por lo menos, si sabría perdonarle.

Se hallaban sentados en un cómodo reservado semicircular, bajo las caricaturas enmarcadas de personajes del mundo del espectáculo, terminando sus bebidas, y todavía no habían hablado gran cosa hasta entonces. El Brown Derby estaba abarrotado de gente y había mucho ruido; ellos eran de los pocos que no hablaban.

Mike Barrett, fingiendo leer de nuevo la fotocopia de la sección de censura del Código Penal de California, podía ver a Abe Zelkin al otro lado de la mesa, sorbiendo un martini y leyendo el extenso menú. Parecía tranquilo y alegre, lo cual aumentó la sensación de culpabilidad de Barrett. Desde luego, tal como Barrett sabía, Zelkin siempre aparecía tranquilo y alegre, con aire inocente —si bien no era así, porque su rostro natural ocultaba a un tigre, sobre todo cuando trataba de hallar las pruebas de algún caso en el que creía. Barrett había pensado una vez, y ahora lo recordaba, que la cabeza de Abe Zelkin presentaba el aspecto de una pequeña y divertida calabaza, si la calabaza se hubiera adornado con un desordenado brote de cabello negro y un pequeño huevo por nariz, sobre el que se apoyaban unas enormes gafas bifocales de montura negra. Era bajo, barrigudo, y siempre habían restos de ceniza de puro en sus solapas. Los hombres importantes deseaban protegerle y las mujeres importantes deseaban ser su madre, sin comprender que aquel encantador y diminuto ser humano poseía un cerebro que en parte era un detector de *missiles* y, en parte, un lanzador de cohetes.

Zelkin tenía dos excentricidades y una obsesión. Sus excentricidades eran: honradez absoluta —hacia los demás y hacia sí mismo—

sin importarle las consecuencias, y una total pureza de lenguaje; difícilmente, profería juramentos (cuando estaba excitado, se inclinaba todo lo más hacia los pomposos juramentos de las novelas baratas). Su principal obsesión era la Declaración de Derechos de la Constitución de los Estados Unidos y los abusos que se habían cometido a este respecto. Le gustaba repetir los sentimientos del Presidente de la Corte Suprema, Warren, que había observado en cierta ocasión que si la Declaración de Derechos fuera presentada en la actualidad en calidad de nueva parte de la legislación, dudaba mucho que el Congreso la aprobara.

Se acercó un camarero:

—¿Ya están ustedes dispuestos a pedir, señores?

Zelkin dejó el menú.

—¿Qué dices tu, Mike? ¿Quieres otro trago?

Barrett colocó la mano sobre su vaso de whisky con agua.

—Es suficiente. Vamos a comer. ¿Tú que vas a tomar?

—Si me dejaran, ya sé lo que querría. —Tristemente Zelkin estudió su prominente estómago—. Pero la noche pasada, mi pequeña, se me subió a las rodillas, me tocó el estómago y me dijo: "Papá ¿estás embarazado?" No sé dónde demonios habrá aprendido esta palabra —en las guarderías modernas o en la televisión, desde luego— pero capté el mensaje.

Se encogió de hombros en dirección al camarero.

—Bistec a la parrilla, de tamaño mediano, sin patatas, nada. Y un poco de café.

—Pongamos dos cafés —dijo Barrett—. Y una ensalada para mí. Salsa francesa.

El camarero se marchó. Estaban solos. Y Barrett todavía no estaba preparado para afrontar la verdad. Había mencionado la llamada de Philip Sanford y la detención de Ben Fremont. El tema de Fremont seguía constituyendo un buen pretexto. Tomó las fotocopias de Zelkin.

—Esta definición estatutaria de la obscenidad es muy confusa en realidad. No proporcionan ninguna pauta clara.

Zelkin sonrió.

—Richard Kuh —que fue fiscal de distrito adjunto en Nueva York— dijo una vez que tratar de definir la obscenidad es un imposible tan frustrante como intentar pegar flanes a los árboles. Y el Juez Curtis Bok decía que era como intentar habérselas con un cerdo untado de grasa. Pero te diré lo que afirmó una vez el Juez Stewart. Dijo que quizás no podía definir la obscenidad pero que, desde luego, podía reconocerla cuando la veía.

—Bueno, tal vez —dijo Barrett como dudando—. Yo me inclino más bien por lo que dice Havelock Ellis —¿cómo puede definirse una noción tan nebulosa que no reside en la cosa contemplada, sino en la imaginación de la persona que la contempla? Tú le muestras a un hombre una fotografía de un desnudo de mujer y dice "arte" y muestras la misma a otro sujeto y te dice "postal indecente".

—Mi querido Michael, una mujer desnuda *siempre* es arte.

Barrett rió.

—Tú has resuelto esta cuestión. Ojalá fuera tan fácil con un libro. Aquí tenemos a Sanford que, aparte su interés comercial, cree realmente que este libro de Jadway es la esencia de la pureza y, en cambio, a Elmo Duncan, guardián de la seguridad pública, que, en su actuación de esta misma mañana, está demostrando que considera que el libro es sucio. Por un lado, Sanford insistiendo en la importancia social del libro y, por el otro, Duncan insistiendo en que la atracción ejercida por el mismo se debe únicamente a —¿dónde está la definición?— sí, a un "vergonzoso interés morboso" hacia la desnudez y el sexo careciendo "totalmente del atenuante de importancia social". Y ese pobre librero detenido irremediablemente.

Zelkin terminó el martini.

—Bueno, a veces un buen juicio —y las apelaciones que puedan seguir— pueden constituir un gran paso para llegar a la elaboración de una definición más satisfactoria.

—Pero esta vez no será así —dijo Barrett—. Me consta que Sanford desea evitar un juicio, si bien tampoco le agrada la idea de una declaración de culpabilidad. Quiere que todo se arregle por las buenas y sin ruido. Creo que tiene razón. De todos modos, tengo una cita con el Fiscal de Distrito a las tres y media.

Se detuvo.

—Espero que sea tan amable tras su escritorio como lo es en una cena.

—¿Le conoces mucho? —preguntó Zelkin.

—Desde luego no nos tuteamos, nada de eso. Ha sido invitado de los Osborn varias veces, mientras yo estaba allí con Faye.

—Esto no te perjudicará.

—No... no, supongo que no. —Barrett miró fijamente por encima de la mesa—. ¿Qué tan profundamente lo conoces?

—¿A Duncan? Bastante bien. No somos lo que se dice amigos íntimos, pero, después de ser elegido, cuando yo estaba todavía en la Unión de Libertades Civiles, tuve muchas ocasiones de coincidir con él fuera y dentro de las salas de justicia. —Zelkin desdobló la servilleta y se la colocó sobre las rodillas—. Me agrada. No sé si puedo decirte algo que te sea útil. ¿Quieres saber algo acerca de él? Héroe del Vietnam con dos Corazones Púrpura. Treinta y dos años de edad. Buen padre de familia. Cuatro hijos. Un fiscal competente, honrado, decente, recto. Un conversador público muy dinámico, una maravi-

39

llosa personalidad televisiva, no es brillante pero es preciso y fuerte. Es un ser político por naturaleza. Sabe que está destinado al éxito. Cuando fue elegido fiscal de distrito, se produjo la victoria más aplastante de nuestra historia electoral local. Elmo Duncan sabe que él es superior al cargo que ocupa actualmente. Ahora bien, corren rumores de que hay alguien, alguien importante, que también lo sabe. ¿Has oído hablar alguna vez de Luther Yerkes?

—¿El de las Global Industries? Aviones y electrónica. Desde luego. Una vez leí algo acerca de él en la revista *Fortune*. No decía mucho de él, hablaba más bien de sus acciones y de su fortuna —millones, billones, algo así. No sabía que viviera por aquí.

—Pues sí —dijo Zelkin—. Luther Yerkes posee una casa en Malibu, una residencia de treinta habitaciones en Bel-Air y otra casa en Palm Springs. Tú no sabes de todo esto porque a Yerkes no le gusta la publicidad. A él le gusta el dinero. El poder. No le importa la fama. Es bastante comprensible. De todos modos, según rumores bien fundados, Yerkes desea disponer de un senador propio en Washington —no un senador por California, sino un senador por Yerkes. Como tú sabes, el actual, el senador Walter Nickels se encuentra en apuros y desea que se produzca pronto la reelección. Nuestro senador Nickels está en desacuerdo con el ricacho de Yerkes. Parece ser que el senador Nickels está ejerciendo presión en el Congreso con el fin de que se lleve a cabo una investigación de las industrias de aviación que, según se afirma, se han confabulado para sobrecargar los precios y aprovecharse del Tío Sam con contratos gubernamentales de cuantía más elevada. Y Luther Yerkes posee más contratos con el gobierno que nadie. Y no desea que ningún asqueroso legislador le meta en líos. ¿Cómo detener entonces la investigación? Abatiendo al autor de la misma, desde luego. Librarse de él, para que el hecho sirva de escarmiento a sus seguidores, demostrándoles lo que puede sucederles si se desvían. Pero ¿cómo librarse del líder, sin seguir el correspondiente procedimiento? Buscando simplemente a otro individuo más atractivo, apoyarlo, enfrentarlo a Nickels y aplastarlo en las elecciones. ¿Y quién es ese individuo? Ya lo has adivinado. Elmo Duncan, joven F. de D. de L. A. No dispongo de fotografías para demostrarlo. Me limito simplemente a prestar oído a los rumores. Y ten en cuenta que nuestro Fiscal de Distrito se ha convertido de repente en una autoridad en todo, desde la A hasta la Z. Estos últimos meses, si alguien habla en público, puedes estar seguro de que este alguien es Elmo Duncan. En resumen, Mike, nuestro Elmo Duncan se preocupa en estos momentos de hacerse simpático a todo el mundo, sobre todo al mundo que es alguien. Tu Williard Osborn II, es alguien. Y Faye Osborn es su hija. Y tú eres el prometido de Faye. Ahora resulta que tú quieres un pequeño favor de Elmo Duncan. Yo supongo que lo conseguirás, por consiguiente, tranquilízate.

—Ya me siento mejor —dijo Barrett.

Zelkin se había quitado las gafas y se las estaba limpiando con la servilleta.

—En cierto modo, es lástima —murmuró— que tengas que barrer la detención de Fremont bajo la alfombra. Si se celebrara un juicio, sería un caso perfecto para empezar la colaboración **entre Barrett y Zelkin**. Es lo nuestro, Mike, una buena causa, un desafío, un medio de publicidad, todo. Pero, qué demonio, tendremos muchos casos.

Zelkin se puso las gafas de nuevo y escudriñó a Barrett.

—¿Vas a dejar Thayer y Turner, verdad?

Barrett sintió un nudo en la garganta. Tragó saliva.

—Ya los he dejado, Abe. Los he dejado esta mañana.

Zelkin juntó las manos.

—¡Magnífico! —exclamó—. ¿Por qué me has mantenido en vilo? ¿Por qué no me lo has dicho en seguida?

Barrett sintió calor en la frente. Procuró no divagar.

—Bueno, Abe, primero deja que te diga, te explique...

—Perdón, señores.

Era el camarero empujando la mesita de ruedas con los platos hasta el reservado.

—Siento haber tardado tanto. Pero el bistec lleva un poco de tiempo. Aquí está calentito, a lo mejor hasta la ensalada está caliente.

Zelkin había dejado a un lado la servilleta y se estaba levantando.

—Espera, Mike —dijo alegremente—. Antes de que me lo cuentes, déjame ir a un sitio. Vuelvo en seguida. Quiero saber todo lo que ha sucedido.

Tristemente Barrett le vio alejarse hacia la barra, al fondo.

Abatido, ignorando la presencia del camarero que estaba colocando los platos, Barret se apoyó contra el respaldo tapizado de su asiento, cerró los ojos e intentó revivir lo que había sucedido y pensar qué le parecería a su amigo —o ex-amigo.

Había empezado con el asunto de Osborn.

Williard Osborn II, presidente de la Osborn Enterprises, Inc., poseía o controlaba la mayoría de las acciones de las estaciones de radio y televisión de Los Angeles, Phoenix, Las Vegas, San Francisco, Seattle, Denver y otros lugares del oeste. Sus intereses sólo en estas estaciones, sin incluir inversiones adicionales en compañías productoras de películas, empresas fabricantes de cintas, centros de diversión y hoteles, ascendía a cuarenta y dos millones de dólares. No siendo Osborn un Luther Yerkes, un super-magnate, era lo que suele decirse una persona acomodada. Además, ambicioso. Al insistir en su búsqueda del poder, Osborn se había envuelto en una intrincada negociación acerca de una posible e inmensa nueva adquisición. La compra había quedado paralizada debido a que el nuevo negocio presentaba un complicado problema de impuestos. En un esfuerzo por saber si podría resolverse, había contratado los servicios de la compañía administradora de Thayer y Turner. Y Thayer y Turner, tal como era su costumbre, habían fragmentado varios aspectos del difícil obstáculo y distribuído las partes a los miembros más jóvenes de la empresa. Cuántos eran, Mike Barrett no lo sabía, pero se daba cuenta de que él era uno de aquellos tantos empleados que trabajaban toda la jornada en un programa destinado a crear una estructura tributaria que hiciera factible la negociación de Osborn.

El trabajo había sido casi demoledor, difícil, días sin horas, fines de semana sin descanso, un proyecto agotador tanto física como mentalmente. Llegó a detestar la ley de contribuciones, pero al mismo tiempo disfrutó con el proyecto Osborn. Disfrutó porque le permitió ver de cerca la disección de la anatomía del poder. Por una vez, pudo verlo de cerca hasta el extremo de que los precedentes legales y las cifras de negocios se convirtieron en su imaginación en majestuosas mansiones y regios jardines —y ello intrigaba y estimulaba su instinto creador. Le había dolido entregar sus papeles, sus resultados, sus investigaciones y sugerencias y volver a vivir entre gente menos importante y entre problemas, pero, al final, había entregado su parte de trabajo.

No oyó hablar del proyecto Osborn hasta más tarde, aproximadamente unos cuatro meses atrás, cuando el viejo Thayer anunció en el transcurso de una reunión que su informe permitió que Osborn Enterprises pudieran cerrar con éxito un fabuloso negocio de varios millones de dólares. Ahora Thayer, en su propia representación y en la de Turner, deseaba darle las gracias a cada uno de los colaboradores que habían intervenido en aquel difícil trabajo de equipo.

Tres días después de aquella reunión, el viejo Thayer mandó llamar a Mike Barrett solo a su despacho. Le ofreció un jerez. Insólito. Después dijo que Willard Osborn deseaba ver a Barrett aquella misma tarde. No, no en el edificio Osborn Tower, sino en la propia residencia de Osborn al norte del Sunset Boulevard, en Holmby Hills. Cuando Barrett preguntó de qué se trataba, el viejo Thayer dudó y contestó que Osborn deseaba simplemente verle.

—Creo que le parecerá a usted interesante —añadió Thayer con una ligera sonrisa.

Después de comer, Barrett se dirigió hacia la residencia de la colina de Osborn. Aunque estaba preparado para la grandeza, recordando las informaciones de algunos colegas que habían sido lo suficientemente afortunados como para ser invitados a la residencia, la hacienda española era superior a todo lo imaginado. Barrett sabía que Osborn había construido la mansión tomando por modelo el Palacio de Liria, la residencia de los duques de Alba, junto a la Plaza de España de Madrid. Alguna vez había visto fotografías del original y su reproducción en pequeño resultaba tan impresionante como aquél. Habían unos alegres jardines a ambos lados de la calzada para coches, y bajo el tejado de tejas, se observaban frontispicios de adobe con columnas dóricas delante de unas imponentes pilastras.

Asustado, Barrett fue conducido por una doncella impecablemente uniformada a través del amplio vestíbulo de entrada y después, cruzando un largo y espacioso corredor, hasta la biblioteca de alto techo. Allí, rodeado de lienzos flamencos y con un maravilloso óleo de Goya a su espalda, esperaba Willard Osborn II. Sentado sobre un sofá junto a su adornado escritorio, acariciaba a un dócil pastor alemán cuando apareció Barrett. Osborn se levantó inmediatamente —era un hombre alto, levemente inclinado, de cabello entrecano, pesados párpados y facciones angulosas— y estrechó la mano de Barrett. Le indicó a Barrett el sofá y después se sentó a su lado.

Lentamente, se volvió hacia Barrett y lo estudió.

—Bien, señor Barret —dijo después de una pausa— tal vez se pregunte usted por qué le he pedido a Thayer que le enviara. Por una cosa, quería darle las gracias personalmente. Y por otra, quería conocer al joven responsable de haberme hecho ahorrar, en impuestos, dos millones de dólares.

Las cejas de Barrett se levantaron al escuchar la cifra. Osborn no ocultó su satisfacción.

—Es cierto, señor Barrett —prosiguió—. Oh, no fue fácil determinar de quién había sido el mérito. Thayer y Turner hubieran querido apropiárselo o bien afirmar que se trataba de un trabajo de equipo, pero yo no podía creerme esta simpleza. Les acosé. Al final, resultó que de todas las ideas presentadas, la de usted era la más original y la más factible, y, tomando por base su idea, elaboraron la propuesta.

Se detuvo.

—Un inteligente truco legal y de lo más original. En tiempos de mediocridad, no es frecuente que tenga la suerte de conocer a un joven como usted. Me sentiría fascinado de poder saber cómo fue que usted concibió toda la estructura de impuestos. Pero, ante todo ¿le apetece tomar un café conmigo?

Mientras tomaban el café, se les agregó otra persona, Faye Osborn, la hija única del anfitrión que, procedente de la pista de tenis, había penetrado en la biblioteca para recordarle a su padre cierto compromiso social. Le fue presentada a Barrett. Al ser presentada y al ser informada de su labor, ella preguntó si podía quedarse a tomar café con ellos.

Durante la media hora siguiente, le fue resultando cada vez más difícil a Barrett mantener su mente concentrada en cuestiones de impuestos. Los ojos de Faye no se apartaban de él. Parecía examinarle con la fría objetividad de una amazona estudiando al ganador de un derby a punto de ser subastado. En cuanto a Barrett, no podía evitar dirigir constantemente su atención hacia la glacial belleza del rostro de Faye y hacia la perfección de su figura. Su cabello rubio, aclarado por el sol, estaba peinado hacia atrás y recogido con una cinta roja. Sus facciones eran delicadas, perfectas, griegas. Su blusa blanca con el cuello desabrochado permitía entrever las curvas de su pecho. Sus piernas graciosamente cruzadas eran largas y bien torneadas. Tal vez veintiocho años, pensó Barrett. Seguramente terminó sus estudios en Suiza, pensó. Y mimada, estaba seguro.

Al terminar el café y la conversación, Faye Osborn lo acompañó a la puerta. Allí le dijo:

—El sábado por la noche he invitado a gente interesante a tomar un refrigerio. Me encantaría que viniera usted.

—Con mucho gusto.

—Me alegro. —Le miró fijamente—. ¿Hay alguien a quien desee traer?

—Nadie en especial.

Entonces venga usted solo. Anularé mi cita. ¿Le importará ser mi acompañante?

—Esperaba que así fuera.

Y así fue como sucedió. Durante los dos meses siguientes, Barrett se convirtió en un visitante asiduo de la residencia Osborn, siempre en calidad de acompañante de Faye. Una noche, cuando regresaban a Holmby Hills desde el Auditorio Filarmónico, Faye le pidió que le enseñara su apartamiento. Después de dos tragos, se acurrucó junto a él y le dijo que lo amaba. El admitió que también la amaba a ella.

—¿Por qué no me lo has demostrado? —murmuró ella.

—¿Qué quieres decir?

—Nunca me has invitado aquí. Y todavía no he visto el dormitorio.

—Tenía miedo. Tú tienes mucho dinero. Me cohibo.

—¿Qué sucedería si yo fuera una dependienta de comercio o la secretaria de alguien?

—Te habría desnudado en la primera cita.

Ella le acarició el muslo.

—Mike, snob al revés, por favor desnúdame.

Después de aquella noche, empezó a verse con Faye de cuatro a cinco veces por semana. A veces se encontraba presente Willard Osborn II y Barrett presentía que el viejo Osborn lo estudiaba. Con

44

frecuencia, en la monotonía de su trabajo legal, Barrett se sorprendía a sí mismo soñando en lo que podía suceder. Estos sueños habían sido la causa de que dudara cuando Abe Zelkin le había llamado un mes antes. Zelkin quería saber si ya había decidido algo sobre su colaboración. Había dudado. Tal vez él no fuera más que uno de los tantos caprichos de Faye, tal vez había sobreestimado el interés que le demostraba el viejo Osborn. No obstante, siguió soñando. Le dijo a Zelkin que tenía un trabajo tremendo en su despacho. Además, cabía la posibilidad de un ascenso y todavía no estaba seguro de si debía marcharse. ¿Podía concederle Abe un poco más de tiempo? Zelkin le contestó:

—Un poco más, pero no mucho, Mike. Por mí mismo, no puedo esperar. Ya he entregado mi dimisión a la UALC. Me voy y abriré mi propio bufete. Pero no puedo llevarlo solo. Conozco a varios muchachos excelentes que desean colaborar conmigo, pero ninguno de ellos es como tú, Mike. Mira, llevaré la carga solo durante un mes, esperaré y te tendré el despacho preparado. Espero que, para entonces, me digas que sí. Esperaré a que vengas.

Barrett había seguido demorando su visita. Pero, tres días antes, decidió que, mientras que sus relaciones con Faye eran auténticas, sus esperanzas en cuanto al padre eran algo distinto y bastante vago, por lo que debía llamar a Zelkin y acceder a colaborar con él. Después, dos días antes, Faye le había llamado. Su padre quería verle aquella noche, después de cenar, por cuestiones de negocios.

Negocios. Su esperanza se puso a danzar, hasta que él la apresó y la apartó de su imaginación.

Allí estaban otra vez aquella noche, una vez más en la biblioteca, él y Willard Osborn II.

—Michael —dijo Osborn— creo que es usted lo suficientemente perspicaz para haber observado que me intereso por usted. He estado esperando el momento oportuno. Ahora ha llegado este momento y he tomado una decisión. Estoy seguro de que me ha oído usted hablar de esta cadena de televisión Midwest que va a ponerse a la venta. Yo puedo conseguirla, si consigo eliminar ciertos detalles tributarios. Necesito a un hombre adecuado para llevar las negociaciones. Se me presenta la alternativa de utilizar a uno de mis más antiguos colaboradores o bien de elegir a alguien de fuera. He decidido elegir a alguien de fuera. Sólo hay una condición. El nuevo hombre tendría que estar dispuesto a empezar a principios de la próxima semana. Michael ¿qué le parecería a usted convertirse en vicepresidente de la Osborn Enterprises, con unos ingresos anuales iniciales de setenta y cinco mil dólares?

La buena oportunidad, al fin!

Siguió una excitada noche de insomnio. Su mente era un alegre

Mardi Gras, exceptuando una preocupación. Estaba trabajando en un proyecto que tal vez tardara semanas en resolverse y tenía un acuerdo con sus patrones según el cual no abandonaría un proyecto sin su consentimiento. Ayer por la mañana había ido al despacho temprano, esperando la llegada de Thayer. Se había presentado a Thayer y le había expuesto la fantástica proposición de Osborn. Thayer le había escuchado con desdén. Al terminar, Barrett pensó que se le opondría resistencia. Pero el viejo Thayer se limitó a sentarse y le dijo:

—Le enviaré a Magill. Infórmele usted de su proyecto y él se encargará del mismo. Puede usted marcharse mañana por la mañana. Buena suerte. Tenemos por costumbre no interponernos en el camino de nadie.

Por el énfasis que Thayer puso en la frase "el camino de nadie", Barrett comprendió que el anciano no se refería a su camino, sino al de Osborn. Y esta mañana ya estaba libre.

Había querido llamar a Faye inmediatamente y también a su padre, para aceptar oficialmente el cargo. Pero, en lugar de ello, llamó a Abe Zelkin y se citó con él para comer, puesto que no tuvo el valor de decirle por teléfono lo que había sucedido. Seguía pensando en telefonear a los Osborn, pero su sentido del orden, de la cronología, de las primeras cosas primero, no le había permitido hacerlo. Tenía que ver a Zelkin primero, pasar por este mal trago, aclarar las cosas, y después se sentiría verdaderamente libre.

Y aquí estaba ya con Abe Zelkin.

Barrett abrió lentamente los ojos al presente y, para asombro suyo, allí estaba Zelkin, frente a él, sonriéndole.

Me estaba preguntando cuándo saldrías de este estado de catalepsia —dijo Zelkin—. Para ser un muchacho que sólo trae buenas noticias, tenías un aspecto bastante abatido. ¿O acaso te encontrabas en un estado de meditación Yoga y era un cara de éxtasis? Bueno, yo te diré ua cosa, estoy contento, Mike.

Tomó el cuchillo y el tenedor y empezó a cortar el bistec.

—Hemos tardado mucho en llegar a trabajar juntos.

—Abe, déjame...

—De acuerdo, perdona. Ibas a contarme qué ha sucedido.

—Sí, deja que te lo cuente todo. —Empezó a revolver su ensalada sin comérsela—. Hay que retroceder al día en que conocí a Faye Osborn. Recuerdas que te lo dije.

—Una muchacha estupenda, esta Faye.

—Sí, pero no me refiero a esto. Me refiero a su padre. Pero no me interrumpas, Abe. Déjame que te lo cuente todo porque para eso he venido.

Con cuidado, escogiendo y ordenando los acontecimientos que

acababa de revivir en su memoria, Barrett empezó a relatar el comienzo de su creciente relación con Willard Osborn II. Le contó la llamada de Faye diciéndole que su padre deseaba verle en privado. Después empezó a contarle su entrevista con Osborn en su biblioteca y procuró no mirar a Zelkin al mencionar el ofrecimiento de setenta y cinco mil dólares al año y una vicepresidencia.

Procuró no mirar, pero no pudo evitar ver que el rostro de calabaza de Zelkin se levantaba del bistec y se tensaba bajo el tejido adiposo. Zelkin dejó de comer.

No servía de nada evitar aquella mirada dolida. Barret levantó los ojos.

Veré a Osborn mañana por la noche. Voy a aceptar este cargo. Lo siento, Abe, pero tengo que hacerlo. No creo que tenga otra alternativa; por mucho que haya deseado trabajar contigo, una oferta como la de Osborn sólo se produce una vez en la vida. No puedo dejar perder esta ocasión. Tengo que agarrarla. Yo... yo espero que me comprendas.

Con aire ausente, Zelkin se acercó la servilleta a los labios.

—Bueno, qué demonio ¿qué puedo decirte? No puedo decirte que lo que yo te ofrecía es mejor desde el punto de vista material. Quiero decir, que nuestro bufete sólo podría ofrecerte migajas en comparación con esto. Tal vez trabajaras treinta años sin conseguir setenta y cinco mil dólares en tres años, no ya en uno. Y, a pesar de que tengo unos despachos bonitos y agradables, no serían más que cuartos de almacén comparados con lo que Osborn puede ofrecerte. Y en cuanto a los clientes... pues, ya sabes, tendríamos a los desvalidos y a la escoria frente a los personajes importantes que tú tendrás ocasión de conocer. La cuestión estriba en... lo que tú busques.

Barrett no quería dejarse vencer.

—Sé lo que busco, Abe.

—¿De veras? Nunca me pareció que estuvieras muy seguro, ni siquiera cuando abandonaste el Instituto de Buen Gobierno para jugar el juego de Hazte Rico Pronto. Al fin y al cabo, habías pensado colaborar conmigo.

—Es cierto. Y mi actitud era sincera. Pero esto fue antes de que se produjera el ofrecimiento de Osborn. Es el que he estado esperando durante muchos años.

Zelkin sacudió la cabeza.

—Sigo sin convencerme de que esto es lo que quieres. Olvidando tus deseos de hacer el bien. Técnicamente, también puedes hacerles el bien a los ricos. Tal como dijo A. J. Liebling al hablar del periodista Westbrook Pegler. Dijo "Pegler es un valiente defensor de las minorías —por ejemplo, la gente que paga cuantiosos impuestos sobre la renta". Perdóname, Mike. No lo he dicho para ofenderte. Lo dije en broma. Pero me salió sarcástico. Permíteme decírtelo de otra manera, Mike. Tú eres un abogado y donde vas a meterte no es en el derecho, sino en los negocios. Te convertirás en un hombre de negocios. Doy por sentado que a los ojos de los demás, serás un hombre de éxito. Pero, a tus propios ojos, Mike, tendrás que ver antes o después que las situaciones no serán las mismas que en nuestra clase de ley. La gente no será la misma que la gente corriente y no necesitará la clase de ayuda que sólo tú podrías ofrecer a los clientes que acudieran a nosotros. ¿Qué es lo que buscas en este cargo?

—Dinero —dijo Barrett sencillamente.

Nadie, ni siquiera Zelkin, iba a convencerle, como si fuera un Benedict Arnold cualquiera. Tal como Milton decía, "El dinero gana honor, amigos, conquista y reinos". *Paraíso Recobrado*.

—Bueno, tal como Thackeray dijo —prosiguió Zelkin suavemente—. A veces compramos el dinero a un precio muy caro.

Barrett se sintió exasperado de repente.

—Abe, sin citar a nadie más que a mí mismo, por favor no hablemos más de este asunto. Deja que te diga algo, algo que nunca te he contado del todo. Mi madre escatimó y ahorró el dinero que pudo y se privó de muchas cosas para que yo pudiera ir a Harvard y pudiera estudiar derecho. Ella y mi padre vinieron como inmigrantes con pasaje de tercera clase cuando eran niños y crecieron asustados y solos y fueron despreciados porque eran pobres. Después de conocerse y casarse en Chicago, mi padre trabajaba veinticinco horas al día para poder subsistir y guardar unos pocos billetes por si algún día hacían falta. Y cuando murió, dispusimos de aquella suma depositada en el banco, una pobre suma, para mantenernos mi madre y yo.

—Mike, conozco estas cosas —dijo Zelkin—. Sucedió algo parecido con mis padres.

—Muy bien, entonces tendría que resultarte más fácil comprender el resto. Por qué cuando terminé los estudios secundarios, mi madre no se guardó sus pequeños ahorros. Sabía lo que sucedía en la pequeña y dorada América. Es cuestión de dinero, y si quieres aprender el lenguaje, es mejor que vayas a la escuela y que sea a la mejor escuela que haya. Y después, si lo consigues, serás alguien y podrás ser independiente y nadie te tratará a empujones. Gastó lo que tenía en su hijo, para que pudiera ir a Harvard y pudiera conseguirlo. Hasta aquí muy bien y parte del resto ya lo conoces.

—Claro que lo conozco y estimo...

—No puedes estimar por completo lo que te digo, Abe, porque hay algo que no sabes. Y, después de escucharlo, Abe, no me empieces con tus conversaciones freudianas acerca de las madres y de los hijos y de por qué ella hizo así y el efecto que ello ha tenido

48

en mí y todas estas historias. Mira, soy tan crecido como tú y soy un gran admirador de Freud, pero ya me cansa y aburre toda esta generación de asnos elegantes que te consideran un chiflado neurótico si dices algo bueno de tu madre, o la defiendes o dices que le debes algo. Pues bien, maldita sea, diré como Confucio que yo le debo mucho. No hizo nada por mí para recibir una recompensa después. Lo hizo por la satisfacción de saber que yo tal vez pudiera ser más de lo que ella y mi padre habían sido según los standards sociales. Pero yo le debía mucho y cuando llegó el tiempo de pagarle, cuando ella lo necesitó, yo no pude hacerlo, porque yo no poseía la oferta formal de pago del reino. Sólo tenía la póliza falsificada del idealismo.

—Mike, yo no quería...

—Déjame terminar —prosiguió Barrett bruscamente—. Te lo diré en pocas palabras. Al terminar los estudios, dejé escapar varias buenas oportunidades para ocupar aquel puesto en el Instituto y tener ocasión de hacer en el mundo algo más humano para la humanidad. Justamente fue cuando la conocí. Mi madre contrajo una enfermedad grave, muy grave. Te ahorraré los detalles médicos. Para poder sobrevivir, necesitaba los mejores médicos, los mejores cuidados, lo mejor de todo. Necesitaba dinero. ¿Y dónde estaba el dinero? Te estoy hablando de dinero de vida-o-muerte, no de dinero superfluo. ¿Dónde estaba? Ya no habían ahorros guardados por si un día hacían falta. Los había invertido en mí. Y yo, estaba demasiado ocupado haciendo el bien para poder ahorrar diez centavos.

—Estabas ocupado haciendo lo que tenías que hacer, abriéndote camino. Sólo estabas empezando...

—Abe, no me presentes unas excusas prefabricadas para mis culpas. Lo que yo hacía era perder el tiempo, volverle la espalda a la realidad y a las responsabilidades, entregarme a mi pequeña anarquía y convencerme de que no había ningún mundo auténtico fuera de aquello, con el que yo tuviera que tratar. Piensa en la situación, Abe. Necesitaba dinero pronto y no lo tenía. Poseía méritos y cualidades, pero aquello no era una oferta formal de pago. El dinero era una oferta formal de pago y decidí conseguirlo. ¿Sabes dónde fui a implorarlo?

—No tengo la menor idea, Mike, —dijo Zelkin tranquilamente.

—Sólo tenía una conexión con el mundo influyente. Phil Sanford. Acudí a él. Mucho antes, él me había pedido en cierta ocasión que entrara a trabajar en la empresa editorial de su familia para poder ganar así dinero juntos, y consideré su ofrecimiento como una invitación a trabajar en una casa de pecado. Yo era un abogado y mi lugar estaba fuera, ejerciendo de abogado. Y allí me fui, con el sombrero en la mano, diciendo que había cambiado de idea y que no me importaba aceptar un empleo mejor pagado en la Sanford

House. Bueno, siempre le estaré agradecido a Phil por esto. Puede ser superficial e insensible en algunos aspectos, pero el día en que acudí a él, su tercer oído estaba a mi misma longitud de onda y sus percepciones fueron agudas. Comprendió que había algún problema e insistió en saber el porqué de aquel drástico cambio en las directrices de mi carrera. Al principio, no quería decírselo, pero después salimos, tomamos algunas copas y yo me desahogué contándoselo todo. Pues bien, no quiso que yo me apartara de mi vocación por culpa del dinero.

—Pues si es sólo por dinero —dijo— sólo por dinero... y me entregó el dinero que necesitaba. Un préstamo. Con él, pude comprar los mejores médicos y salvaron a mi madre y, con el dinero, pude ofrecerle los mejores cuidados durante los días que le quedaran de vida. Aquello hubiera debido ser mi lección. El dinero habla. El dinero salva. El dinero te hará libre. Pero una lección no basta cuando se es joven. Cuando mi madre sufrió una segunda crisis —y esto tú ya lo sabes— y empezaron a someterla a tratamiento con aquel medicamento, que, más tarde, supimos que hubiera debido ser prohibido, yo aprendí mi segunda lección. Cuando el medicamento la mató, aprendí que los bienhechores no quieren hacer el bien cuando tienen que enfrentarse a una de las fuentes de sus ingresos. Hasta entonces no aprendí la segunda lección, con todo su significado. Fue entonces cuando me hice aquella promesa. Soy un esclavo, me dije a mí mismo, y sólo el dinero puede liberarme y si algún día se produce la gran ocasión, prometo aprovecharme de ella. Por eso tengo que unirme a la Osborn Enterprises.

Zelkin había permanecido en silencio, con los ojos fijos en su taza de café vacía.

—Ya veo —dijo— quiero decir que ahora te comprendo.

—Para estar seguro de que me comprendes —dijo Barrett— permíteme añadir otra cosa. He conocido a algunas personas del mundo del espectáculo de Hollywood y estos individuos tienen un dicho popular que es muy rudo pero que lo dice todo en una sola frase. El dicho es: "Se consigue el éxito cuando se consigue el dinero de «vete-a-la-mierda»". Y eso es en esencia. Cuando se tiene dinero suficiente para decirle a todos los bastardos del mundo "Vete a la mierda, desgraciado", entonces y sólo entonces se es independiente. Yo pretendo ser independiente.

Zelkin sonrió débilmente.

—Te he comprendido perfectamente, Mike, sólo —sólo que hay muchas maneras de ser independiente.

—Muy bien. —Barret extrajo su tarjeta de crédito de la cartera y la colocó sobre la cuenta del restaurante—. Permíteme pagar, Abe. Al fin y al cabo, voy a ser un vicepresidente.

—De acuerdo. Pagaré yo la próxima vez.

De repente, Barret se sintió mejor.

—Me alegra que hayas dicho "la próxima vez". Esperaba que lo dijeras. No quería que esto estropeara nuestra amistad.

—No te preocupes —dijo Zelkin—. También me gustan los amigos ricos.

Barrett firmó la cuenta en la hoja correspondiente de la tarjeta de crédito, dejó una propina y consultó su reloj de pulsera.

—Es mejor que me vaya en seguida. Me queda menos de media hora para llegar al centro y entrevistarme con nuestro Duncan en el Palacio de Justicia. ¿No te importa que me vaya en seguida, Abe? Recuerda, es mi actuación de despedida como hacedor del bien —un hacedor del bien que, además, quiere saldar su última deuda.

Tres minutos antes de la hora prevista, Mike Barrett se dirigió hacia el edificio de medio siglo de antigüedad, en el que el Fiscal de Distrito Elmo Duncan tenía su cuartel general y ejercía el control sobre 260 abogados de su departamento. Sobre el elevado arco de entrada, grabadas en piedra, podían leerse las intimidantes palabras PALACIO DE JUSTICIA.

Penetrando a través de una de las puertas, Barrett bajó apresuradamente el corto tramo de escaleras, cruzó la conocida arcada del vestíbulo con sus numerosas máquinas expendedoras de comidas y bebidas y tomó el ascensor. Al llegar al sexto piso, encontró la moderna mesa de recepción y se le indicó que siguiera recto hasta llegar a otro dintel y pasar a un corredor más ancho. Cruzando la sala de prensa, llegó ante la puerta en cuyo panal de cristal podía leerse "Elmo Duncan, Fiscal de Distrito".

Dentro, había una habitación de tamaño regular, con dos escritorios, En el de la izquierda, había un rótulo que rezaba "Lt. Hogan", de quien Barrett sabía que era el chofer y guardaespaldas del Fiscal de Distrito. La silla de este escritorio estaba vacía. Al otro lado de la habitación, más allá de un grupo de sillas y de un mimeógrafo, se encontraba el otro escritorio, que parecía tener mayor actividad, y éste estaba ocupado. Hasta que Barrett no llegó junto a su tecleante máquina de escribir, la recepcionista no se percató de su presencia. Levantó la mirada como pidiendo perdón y él se presentó. Consultando rápidamente su hoja de citas, ella asintió y le dijo a Barrett que el Fiscal de Distrito Duncan le estaba esperando en el despacho del señor Víctor Rodríguez, su ayudante especial y Jefe de la Sección de Apelaciones. El despacho del señor Rodríguez estaba al otro extremo del corredor. Ella llamaría al Fiscal de Distrito y le diría que el señor Barrett se estaba dirigiendo hacia allí.

Volvió sobre sus pasos y recorrió el pasillo hasta llegar a la Sección de Apelaciones. Al entrar, la única ocupante de la habitación, una bonita muchacha morena, dejó de escribir a máquina y se levantó.

—¿Señor Barrett? Por aquí, por favor. El Fiscal de Distrito le verá inmediatamente.

La muchacha mantuvo abierta la puerta de un despacho interior, Barrett le dio las gracias y pasó por delante de ella. Dos hombres estaban de pie junto a una mesa adosada a un escritorio, profundamente enfrascados en su conversación. Barrett reconoció a Elmo Duncan inmediatamente. Era el más alto de los dos, por lo menos medía un metro ochenta. Tenía el cabello rubio y liso, los ojos azules y estrechos, la nariz afilada y el mentón partido. Era de tez blanca y ligeramente pecoso. Vestía con gusto: traje de alpaca azul y camisa a rayas blancas y azules. Su acompañante, más bajo, poseía un cabello rizado negro azabache y un rostro atezado con una nariz prominente sobre un abundante pero bien recortado bigote.

En el momento en que la puerta se cerró detrás de Barrett, Duncan levantó la mirada, interrumpió la conversación y se adelantó con una ancha sonrisa y la mano extendida. Al darle la mano, dijo:

—Me alegro de verle, señor Barrett, siento haberle hecho andar tanto. Sólo puedo hacer las cosas cuando salgo de mi despacho. Víctor y yo... oh, tal vez no se conocen ustedes: Víctor Rodríguez, mi ayudante. Víctor, te presento a Mike Barrett, uno de nuestros más brillantes abogados.

Barrett le dio la mano a Rodríguez en presencia de Duncan.

—El señor Rodríguez tiene que irse —tiene una reunión fuera— a no ser que usted lo necesite aquí —dijo Duncan—. Me ha dicho que deseaba usted discutir el... ¿cómo se llama este hombre?

—Ben Fremont —dijo Rodríguez.

—Sí, Fremont —dijo Duncan—. Bueno, Víctor Rodríguez es el hombre que se encarga de los casos de pornografía. Desde luego, como todo lo demás, yo los reviso, pero si usted prefiere que el señor Rodríguez esté presente . . .

—No será necesario —dijo Barrett.

Rápidamente, Rodríguez se despidió de ellos. Duncan señaló dos sillones de cuero situados delante del escritorio.

—Siéntese. Póngase cómodo.

Barrett se acercó a uno de los sillones de cuero, apartándolo de las estanterías de libros de derecho y acercándolo más al escritorio. Duncan se sentó detrás del escritorio cubierto por una hoja de cristal, y se hundió en el sillón giratorio de cuero. Señaló un jarro de agua, pero Barrett sacudió la cabeza. Duncan le ofreció un paquete de cigarrillos.

—Fumaré mi pipa, si no le importa —dijo Barrett.

Duncan encendió un cigarrillo, mientras Barrett llenaba su pipa inglesa y acercaba una cerilla al tabaco.

—Creo que es la primera vez que le veo a usted fuera del pequeño palacio de Willard Osborn —dijo Duncan—. ¿Qué tal está Willard estos días? No tengo mucho tiempo para ver televisión, pero parece ser que todo el mundo la mira, por lo que supongo que lo está haciendo bastante bien.

Barrett sonrió.

—Diría que no tiene más preocupaciones que los Beneficios Internos.

—Ojalá fuera éste mi único problema —dijo Duncan alegremente—. Sabe una cosa, Willard Osborn es uno de los pocos hombres ricos que conozco, que me seguiría gustando si fuera pobre. Es muy inteligente y amable.

Barrett asintió. Estuvo tentado de decirle al Fiscal de Distrito que pronto iba a ser vicepresidente de la Osborn Enterprises, para impresionarle un poco más. Pero, mientras Duncan proseguía, Barrett comprendió que no era necesario identificarse más con Willard Osborn. Elmo Duncan lo estaba haciendo por él. El Fiscal de Distrito estaba recordando varias cenas en casa de los Osborn en las que había estado presente Barrett, hizo muchos elogios de Faye y después empezó a hablar de una larga anécdota acerca de un proceso en el que se había visto envuelto Osborn y que era un ejemplo perfecto de la astucia de Osborn.

Pasaba el tiempo y entonces Elmo Duncan se detuvo bruscamente, encendió otro cigarrillo con la colilla del anterior, dirigió su sillón giratorio hacia la mesa y dijo:

—Pero basta ya de eso. Estoy seguro de que desea usted que hablemos de negocios. ¿En qué puedo ayudarle, señor Barrett?

Barrett se sacó la pipa de la boca, la vació y dijo:

—Puede hacerme un favor.

—No tiene más que decírmelo. Cualquier cosa —que sea razonable.

—No estoy aquí por Willard Osborn. Estoy aquí representando a otro cliente, a un viejo amigo mío de Nueva York. Philip Sanford, el director de la Sanford House, editora de *Los Siete Minutos*, este libro . . .

—Ya sé. El asunto de Ben Fremont.

—Exactamente. —Barrett estudió al apuesto hombre rubio del otro lado del escritorio—. Señor Duncan ¿puedo preguntarle si ha leído usted el libro?

—A decir verdad, no.

—Yo tampoco —dijo Barrett—. Pero un buen número de importantes críticos y profesores sí lo han leído y han escrito mucho acerca del mismo, antes de ser publicado por primera vez en los Estados Unidos, y opinan que posee cualidades muy estimables. No se trata de un tema de sucia pornografía creada para obtener un beneficio comercial y distribuída a los bazares y librerías por un pobre impresor de basura de Resedá o Van Nuys. Es la obra de una figura legendaria de los años treinta y la ha publicado una de las más prestigiosas e importantes firmas del negocio editorial. La pequeña intervención de la policía de esta mañana le ha causado a a mi cliente una gran perturbación y puede provocarle un considerable problema económico. Pensé por tanto que era conveniente venir aquí y . . .

—Vamos a ver —dijo Elmo Duncan, levantando un montón de folios de papel manila de una esquina del escritorio— Vamos a ver de qué se trata. Aquí está: "Fremont, Ben. Sección 311".

Sacó el expediente y apartó los demás. Antes de abrirlo, dijo:

—Desde luego estoy seguro de que comprende que estas detenciones no se practican sin motivo. Siempre van precedidas de una cuidadosa investigación. Sé que después de recibir la denuncia, Rodríguez y su ayudante Pete Lucas, especialista en pornografía y magnífico abogado —además— leyeron el libro en cuestión con todo cuidado. Bien, vamos a ver.

Abrió el expediente y empezó a ojear y pasar unas cuantas páginas.

Barrett permaneció en silencio, mientras llenaba de nuevo y encendía la pipa. Chupando con regularidad, esperó.

Cuando Duncan terminó, dejó el expediente sobre el escritorio y se acarició la barbilla.

—Bueno, lo que voy a decirle a usted es extraoficial, creo que se deba a lo siguiente. La señora Olivia St. Clair, presidenta de la LFPD de Oakwood, cursó la denuncia. Pete Lucas, y después Víctor Rodríguez, como ya he dicho, leyeron la novela. Para ellos, no ha cabido duda de que era pornográfica. La cuestión estriba en si es legalmente obscena según las normas contemporáneas aceptadas por la comunidad.

—Puesto que el libro ha sido confiscado, quisiera aclarar un punto —dijo Barrett rápidamente—. En tiempos de Flaubert, *Madame Bovary* fue considerada obscena. Ahora no es más que la suave y triste historia de una esposa infiel. Recientemente he tenido ocasión de leer unas estimables memorias de un caballero victoriano —se llaman *Mi Vida Secreta*— en las que el autor narra explícitamente cómo poseyó a mil doscientas mujeres de veintisiete países y ochenta nacionalidades. Creo que la única excepción fue una lapona.

Duncan le había estado observando inquietamente, pero ahora esbozó una sonrisa.

—Es verdad —prosiguió Barrett—. Cuando aquel victoriano escribió el libro, no pudo conseguir publicarlo. En nuestros tiempos se ha convertido en un *best-seller* y no creo que le haya sacado canas a nadie. ¿Por qué? Porque los tiempos han cambiado. Es otro juego. Tal como un profesor ha observado, la actividad sexual ya no es contraria a la ética predominante. Entonces ¿por qué no hablar del sexo tan abiertamente como se práctica? Creo que fue Anatole France quien dijo que de todas las aberraciones sexuales, la castidad era la más extraña.

Duncan volvió a sonreir levemente, pero no habló. Esperó.

Puesto que todavía no había perdido terreno, Barrett decidió seguirse aprovechando del mismo.

—Tampoco creo que esta libertad en cuanto al sexo haya perjudicado a nadie en nuestro país. El doctor Steven Marcus escribió una vez acerca de esta nueva libertad. "En mi opinión, no denota laxitud moral, fatiga o deterioración por parte de la sociedad. Sugiere más bien que la pornografía ha perdido su antiguo peligro, su antiguo poder". Yo estoy totalmente de acuerdo.

El Fiscal de Distrito se agitó en su asiento.

—Bien, es cierto buena parte de lo que usted ha dicho, pero no estoy completamente de acuerdo. Tal vez, alguna pornografía ha perdido su peligro, pero me temo que no toda. Podríamos pasar un día, tal vez una semana, discutiendo este problema tan terriblemente complicado.

—Perdóneme —dijo Barrett—. No quería ir tan lejos. Todos nos perdemos en disquisiciones alguna vez. Quería limitarme simplemente al libro de Jadway. Admito que en los años treinta, cuarenta, cincuenta, *Los Siete Minutos* pudiera considerarse obsceno —pero ¿hoy?— Señor Duncan ¿ha ido al cine últimamente? ¿No ha visto con sus propios ojos representarse en la pantalla no sólo la cópula, sino masturbación femenina, homosexualidad y, en fin, todo lo que usted quiera? Sólo pretendo afirmar que actualmente, para las personas normales, según los standards modernos, el libro de Jadway no es más o menos explícito que otras obras mucho menos importantes desde el punto de vista artístico. Entonces ¿por qué la detención?

—Sí, bueno, este es el punto discutible. Pero nuestros colaboradores tomaron esta decisión por dos motivos. Un amplio grupo de mujeres de mentalidad corriente había presentado la denuncia, demostrando así que este libro rebasaba lo que es aceptable según los standards contemporáneos . . .

—¿Considera usted a la clase de mujeres que constituyen un club de decencia como normales y corrientes? —dijo Barrett agriamente.

—Desde luego que sí —dijo Duncan con asombro—. No son distintas a las demás mujeres. Se casan, tienen hijos, realizan los trabajos propios del hogar, cocinan, se divierten, leen libros. Ciertamente son lo más corriente que pueda darse.

Barrett quiso contradecir al Fiscal de Distrito, pero comprendió que Duncan era sincero —¿acaso no le había calificado Abe Zelkin de "honrado" e "íntegro"?— y no serviría de nada oponerse a él. Barrett guardó silencio.

—Y si unas damas así, una gran organización, muy grande . . . —prosiguió Duncan.

Una gran organización significaba un elevado número de votantes, pensó Barrett, recordando que Zelkin también había calificado al Fiscal de Distrito de "político".

—se sienten ofendidas por este libro, ello nos indica que tal vez hay en Oakwood más gente con normas muy elevadas de decencia que las personas que acuden a presenciar las películas que usted ha mencionado. Esta es nuestra primer razón. La segunda y más importante es que hemos comprendido que esta invasión de literatura ofensiva, este lodo desagradable y sadomasoquista, está aumentando y es necesario detenerlo, sobre todo es necesario detenerlo para que no sea accesible a los jóvenes y a los impresionables. Tal vez, tal como usted afirma, los tiempos han cambiado, las fronteras morales se han extendido, permitiendo una mayor comprensión y tolerancia. No obstante, hay límites, tiene que haber ciertos límites en alguna parte. Tal vez, tal como ha dicho certeramente un sacerdote congregacionalista, este país está sufriendo los efectos de una orgía de liberalidad. Recuerdo haber asistido a un discurso pronunciado en el este por el Juez del Tribunal Supremo de Pennsylvania, Michael Musmanno. En aquel discurso afirmó: "Un ancho río de suciedad está cruzando la nación, manchando las playas y extendiendo por los campos su nauseabunda hediondez. Pero, lo más desagradable, es que las personas cuyas narices debieran ser especialmente sensibles a este asalto olfatorio, no lo advierten en absoluto. Me refiero a los Fiscales de Distrito y a los funcionarios fiscales de toda la nación". Pues bien, señor Barrett, nunca he podido olvidar estas palabras. Pretendo ser uno de los Fiscales de Distrito que sí advierten la hediondez.

—Ciertamente —dijo Barrett—. Todos queremos eliminar el hedor de la vulgar pornografía comercializada . . .

Duncan levantó la mano.

—No. Los miserables suministradores de vulgar pornografía se-

56

creta no son los que nos preocupan. A nosotros nos preocupa que esta misma clase de material obsceno sea presentado bajo apariencia respetable por editoriales importantes, como la Sanford House, y que sea posible adquirirla en todas las librerías. Precisamente por la importancia de la Sanford House hemos seleccionado el libro de Jadway, para que sirva de aviso a las grandes editoriales y éstas comprendan que esta clase de materia ha alcanzado el límite máximo y hay que acabar con ella. Pero, en realidad, señor Barrett, no deseo exagerar en este caso mis sentimientos. Quiero decir que, en el caso específico de Ben Fremont, no considero necesaria tanta severidad. Me parece necesario el rigor en cuanto a toda la tendencia de la literatura y de las películas de nuestro país, pero no tenía ninguna intención de hacer del "Pueblo versus Ben Fremont" una causa célebre. No. Tenemos crímenes mucho más importantes en nuestra agenda de investigaciones y en nuestro calendario jurídico. Este es un asunto relativamente poco importante.

—Entonces . . .

—Se trata de estas mujeres de Oakwood. Han estado ejerciendo presión sobre nosotros, con cierta justificación, y teníamos que complacerlas. Estoy seguro de que usted me comprende.

—Y con la detención de Fremont, las ha complacido usted.

—Exacto —dijo Duncan—. Hemos cumplido con nuestro deber. Pero usted también tiene un cliente y un deber que cumplir. Deseo colaborar con usted, dentro de los límites de lo que ya ha sucedido. La detención se ha llevado a cabo. El acusado ha sido llevado a la cárcel. Usted le ha conseguido la libertad bajo fianza. ¿Qué otra cosa pretende usted hacer ahora?

Barrett se acercó la pipa a los labios y contempló la columna de humo. Al final, se inclinó hacia el escritorio.

—Yo también quiero ser razonable, señor Duncan. Creo que esto complacería a mi cliente. Me gustaría que Ben Fremont se declarara culpable y pagara la multa de dos mil cuatro cientos dólares y, como compensación, quedara en suspenso la sentencia de un año de prisión. Si pudiera llegarse a este arreglo, nos mostraríamos muy satisfechos.

—Mm, bien, si esto pudiera arreglarse así, ya comprenderá usted que una declaración de culpabilidad equivaldrá a una prohibición de Los Siete Minutos en todo Oakwood. Todas las demás librerías de Oakwood temerán la LDPF y también la acción de la policía.

—Oakwood nos importa un comino —dijo Barrett—. Que no pueda comprarse el libro allí. De esta manera, usted complace a la LDPF de esta comunidad. Puesto que Oakwood no está incorporado al Condado de Los Angeles, que es un área separada a pesar de estar bajo su jurisdicción, ello significa que el libro quedará prohibido allí pero podrá venderse en otras localidades del Condado de Los Angeles.

—Desde luego.

—Muy bien. A mi cliente le interesa el resto del Condado de Los Angeles y los efectos de cualquier acción emprendida por la policía contra los libreros del Condado de Los Angeles o de cualquier gran ciudad del país. Si el libro puede seguir vendiéndose en la mayor parte del Condado de Los Angeles, esto es lo único que nos interesa. En cuanto a Oakwood, ningún miembro de aquella comunidad podrá sentirse ofendido por la presencia del libro. Y aquellos que deseen adquirir el libro podrán dirigirse a Brentwood o Westwood o a cualquier otro lugar de las cercanías de Los Angeles, y comprarlo. Esto es lo importante. Y dentro de una o dos semanas, el libro estará a la venta en todas las grandes ciudades de la nación y será aceptado. La impresión que produzca quedará atenuada por la aceptación, y ya no se producirán más dificultades. Y eso es todo, señor Duncan.

Elmo Duncan apagó su cigarrillo, se levantó, se metió las manos en los bolsillos y empezó a caminar despacio entre el sillón giratorio y las estanterías repletas de gruesos libros de derecho, adosados a la pared.

Se detuvo bruscamente.

—Señor Barrett, lo que me acaba usted de decir me parece razonable.

—Estupendo.

—Complaceremos a aquellas damas. En cuanto a Lucas y Rodríguez, están tan inmersos en esta clase de cosas, que a veces me inclino a pensar que se muestran excesivamente sensibles a todas las palabras que leen. Desde luego, es comprensible. Tienen que encargarse de las denuncias casi a diario. Tienen que dar una respuesta a los denunciantes, como al grupo de Oakwood. Pero sé que puedo refrenar a mis ayudantes. De hecho, podría llegar a este acuerdo con usted ahora mismo en relación con la reducción de la pena, pero creo que le debo a mi equipo de colaboradores la deferencia de discutirlo con ellos antes, puesto que han dedicado al caso tanto tiempo. Pero estoy de acuerdo. Se trata de una cuestión molesta, de una cuestión de rutina, y podemos tratarla rutinariamente. Esperemos pues hasta mañana, señor Barrett. Permítame suavizar un poco las cosas y, cuando lo haya hecho, presentará usted su declaración de culpabilidad y puedo prometerle que hablaré con el juez y el resultado no será más que una multa y una suspensión de la sentencia de prisión. ¿Le parece bien?

Barrett se levantó.

—Muy bien.

El Fiscal de Distrito rodeó rápidamente el escritorio, le estrechó la mano a Barrett y lo acompañó hasta la puerta.

—No se olvide de llamarme mañana aproximadamente a esta misma hora.

—No se preocupe. No lo olvidaré.

Al abrir la puerta, Duncan pareció recordar algo.

—Y, a propósito, si va a ver a Willard Osborn pronto...

—Cenaré con él mañana por la noche.

—Bien, no se olvide de decirle que me ha visto y que le mando recuerdos a través de usted, que me ha agradado mucho todo lo que su cadena de televisión nos ha ofrecido últimamente. Puede decirle que lo aprecio mucho.

Esto, pensó Barrett, es igual que en el mercado, como en todas partes.

—Pierda usted cuidado, se lo diré —contestó Barrett.

Duncan miró hacia el reloj de la pared.

—Ahora es mejor que me apresure. Tengo una tarde muy ocupada y una noche todavía más ocupada.

A pesar de que aquel día de verano había sido suave y cálido, al anochecer se levantó viento del este y, a última hora de la tarde, hacía frío. Sobre todo hacía frío por aquel paseo marítimo.

Temblando ligeramente como consecuencia de la insólita temperatura, Elmo Duncan se acurrucó en un rincón del Cadillac *limousine* que Luther Yerkes le había enviado después de cenar. Duncan echó una ojeada a las ventanillas para ver si estaban completamente cerradas; lo estaban. Pensó pedirle al chofer que pusiera en marcha la calefacción, después reconoció por las señales que se encontraban a unos cinco minutos de la colonia Malibu y pronto estaría aislado del viento y del frío.

Después de un día largo y agotador, casi sin tiempo para intercambiar algunas palabras con su esposa, prestarles atención a los niños o comer tranquilamente, este paseo desde su nueva casa en el distrito Los Feliz hasta la residencia de la playa de Yerkes le resultaba doblemente cansado. Hubiera deseado que Yerkes hubiera utilizado su otra residencia más accesible, la enorme mansión de estilo campestre francés en Bel-Air, para la celebración de aquellas conferencias. O, por lo menos, celebrarlas en su solitaria residencia de Palm Springs —los fines de semana, cuando la distancia no importa— porque su atmósfera era más relajante. No obstante, a pesar de su irritación, comprendía el acierto de utilizar la casa de la playa. Estaba apartada. Yerkes atribuía gran importancia a su derecho a disfrutar de una vida privada, sobre todo porque no deseaba que sus actividades íntimas estuvieran expuestas al conocimiento y a las especulaciones públicas.

Aquellas reuniones habituales entre el Fiscal de Distrito de Los Angeles y el industrial más rico de California, que podían ser consideradas como sospechosas, habían comenzado unas semanas antes en calidad de conferencias semanales, pero ahora que intervenían y se habían incorporado a las mismas Irwin Blair y Harvey Underwood, su frecuencia había aumentado a dos o tres veces por semana. Más tarde, se manifestaría claramente la alianza entre Duncan y Yerkes pero ahora era demasiado pronto y la táctica vital consistía en mantener a la oposición, es decir, a la organización política del senador Nickels, confiada y libre de dudas. Esta noche, aparte de aquellos con quienes iba a reunirse, sólo dos personas más conocían su destino. Una era su esposa y la otra su jefe de policía.

Mientras contemplaba distraídamente las casas alineadas junto a la carretera de la costa del Pacífico, Duncan pensó —tal como solía hacer cuando se acercaba a aquel lugar de la carretera— que había tenido mucha suerte al haberle escogido un creador de reyes para más altas empresas. Muchas de aquellas casas de la playa eran los segundos hogares, las residencias estivales de los personajes influyente. Sería agradable tener una igual para su familia. Sería satisfactorio tener mucho más que esto. Aún más, sería maravilloso tener poder.

Elmo Duncan había crecido en Glendale, pertenecía a una familia de la baja clase media, sin pobrezas ni auténticas privaciones, pero tampoco sin ninguna clase de extras o ventajas. Los mayores del sistema de castas de su adolescencia le habían advertido: No rebases el presupuesto y conoce siempre tu lugar. Tal vez, vivir así había sido una ventaja. Había intentado rebelarse contra aquella vida que giraba en torno a la economía (se pensaba en el dinero antes que en otra cosa, porque no había más remedio) y contra una vida que exigía humildad (había que escuchar a la gente que era económicamente superior a uno, pero ellos no tenían que escucharle a uno). Bien pensado, había recorrido un largo camino. La noche en que supo que había sido elegido fiscal de distrito por una aplastante mayoría, creyó haber alcanzado la cima del éxito. Sólo después de dos dramáticos casos judiciales, en los que intervino con gran intensidad y habilidad logrando que su nombre se hiciera famoso por todo Los Angeles, empezó a escuchar los primeros susurros de lo que era posible alcanzar. Incluso cuando comprendió que había otras cumbres más allá de lo que él ya había conseguido, no se creyó capaz de conseguir aquellas elevadas posiciones. Es decir, no lo creyó hasta que el fabuloso Luther Yerkes se acercó y le armó caballero. Elmo Duncan sabía que Yerkes no escogía nunca a los fracasados.

Recordando aquel dorado fin de semana —había sido el invierno último en el apartado refugio de Luther Yerkes en Palm Springs—

Duncan entró en calor y desapareció su cansancio. Ese viernes por la noche, antes de pasar el fin de semana, Duncan se había preguntado qué propósito secreto se ocultaba detrás de aquella invitación. Yerkes no necesitaba ningún favor de un simple fiscal de distrito. A él no le interesaba coleccionar nombres. Por consiguiente, sólo podía haber un motivo tras aquella invitación y ese otro motivo no podía ser social. Sin embargo, al pasar el viernes y ceder el paso al sábado y buena parte del domingo sin que se produjera ningún indicio, las esperanzas de Duncan se desvanecieron por completo.

Recordó que después de aquella cena del último día —iba a regresar a Los Angeles inmediatamente después— se odió a sí mismo por haberse mostrado ilusamente ambicioso y odió a Yerkes por haberlo convertido en un estúpido a sus propios ojos. Recordó la primera impresión que le había producido Yerkes. Fue una impresión de desagrado, una herejía contra un creador de reyes, que él no quiso admitir hasta el principio de aquella velada final, cuando su desencanto ya se había adueñado gradualmente de él.

Luther Yerkes era un hombre bajo de aproximadamente un metro sesenta y cinco de estatura, pero pesaba ochenta kilos. Su cabeza redonda estaba coronada por un desconcertante mechón de pelo castaño rojizo. Su rostro era suave, imperturbable, casi benigno. La gordura, el doble mentón y los atributos externos del poder, pensó Duncan, decepcionaban al visitante. Pero cuando se conocía a Yerkes, cuando se le observaba delante de las cintas del indicador automático, cuando se le escuchaba por teléfono, cuando se le hablaba y las gafas de cristales azules que usaba en su casa dejaban de ocultar sus pequeños ojos de mármol, su rostro suave y mofletudo no encubría al artero, engreído y arrogante hombre que era. Sus manos femenilmente enjoyadas y su andar menudo también eran mentira, porque las manos ocultaban unos nudillos de bronce y podían firmar una sentencia de muerte y sus andares le permitían conservar el equilibrio incluso cuando avanzaba sobre las cabezas de otras personas.

La última noche de aquel fin de semana de invierno, ambos cenaron solos. Luther Yerkes había empezado a hablar con aquella voz suya cortante y ligeramente ronca y, aparte de tragar algún bocado de comida de vez en cuando, estuvo hablándole a Duncan sin parar casi media hora seguida. Invitó a Duncan porque le habían hablado muy favorablemente de él. Pero antes investigó la vida y carrera, el pasado y el presente de Duncan, así como a su familia y sus parientes lejanos y amigos. Le habían hablado de Duncan, pero no lo conocía personalmente, no lo había visto actuar ni le había escuchado. Esta era la razón de aquella invitación del viernes por la noche, del sábado y de buena parte del domingo. Estudiar a Duncan.

Ahora quería decirle a Duncan que lo había estudiado y que

resultaba adecuado. ¿Adecuado para qué? Pues para ser el próximo senador de los Estados Unidos por California. ¿El senador Nickels? Sí, ciertamente se presentaría a la reelección. Pero él ya no resultaba adecuado. Las botas le venían grandes. Podía ser derrotado. Pero sólo podía hacerlo el hombre apropiado. Yerkes había decidido que Elmo Duncan era el hombre apropiado. Sí, era lo suficiente grande para el Senado de los Estados Unidos. Duncan siempre había sido perspicaz y comprendió que "dejarse llevar" significaba que si seguía aquel camino, si llegaba a ocupar uno de los más altos puestos de la nación, tendría que recordar quién le había ayudado a ocuparlo.

Duncan siempre se apreciaba mucho y siempre se había enorgullecido de su propia integridad. También había aprendido a recordar a los amigos y a comprometerse en pequeñas cosas para alcanzar fines mayores, si uno pretende ser un político. Así, en cierto modo la integridad de uno permanece intacta, por lo menos buena parte de ella, la mayor parte de ella. Y advirtió que Luther Yerkes comprendía y respetaba el grado en que él se mostraba dispuesto a convertirse en el hombre de Yerkes. A los ojos de Duncan, Yerkes experimentó una nueva metamorfosis. Yerkes era ahora amable e inteligente, apuesto y paternal. Y cuando Yerkes le acompañó hasta el coche, Duncan ya había accedido a dejarse llevar. Yerkes sería su mentor y su protector.

Elmo Duncan canturreó alegremente en voz alta durante las tres horas que duró su viaje de vuelta a Los Angeles.

Más tarde, algunos días después, decidió investigar a su protector, de la misma manera que su protector le había investigado a él. Duncan siempre había sabido que Yerkes era rico y poderoso. Siendo él curioso y curiosa su mujer, decidió conocer la magnitud de la riqueza y el poder de Yerkes. Thelma, la esposa de Duncan, llevó a cabo la investigación. Las acciones de Yerkes en la industria electrónica y aereoespacial eran demasiado extensas e intrincadas para que pudiera entenderlas un lego. Era propietario del Space Parts Center, valorado en cincuenta millones de dólares, con siete mil empleados entre obreros y técnicos, junto a San Diego. Su División de Vuelo por Propulsión, junto a Pasadena, le había proporcionado el año último unos beneficios correspondientes a un billón de dólares. Su compañía Recom de Dallas, había superado a la Lockhead Aircraft, a la Boeing y a la Douglas con su propuesta de un nuevo avión supersónico de transporte de 290 toneladas, lo cual le había proporcionado un contrato que podría representar unas ventas potenciales de veintisiete billones de dólares. Controlaba en algún lugar una sección de Sistemas de Datos que superaba a las computadoras de control de procesos. Se había unido a empresas extranjeras para financiar proyectos en el Oriente Medio y Latinoamérica.

Yerkes tenía sesenta años de edad y no había vuelto a casarse después de su primer divorcio hacía casi cuarenta años. Sus deportes favoritos eran la pesca del pez vela y un equipo de *base-ball* de primera división, del que era propietario. Sus *hobbys* eran coleccionar Impresionistas franceses, Rolls-Royces y Bentley. Sus intereses en política nunca se habían dado a conocer. No obstante, se sabía positivamente que había apoyado a cuatro candidatos presidenciales, seis candidatos senatoriales, y tres candidatos para gobernador, siempre contra oponentes cuyas promesas manifestadas en el transcurso de las campañas electorales, amenazaron sus posesiones. Todos los candidatos apoyados por Yerkes habían sido elegidos, por lo que Duncan pudo saber. La obsesión de Yerkes era el dinero. Sus convicciones políticas no estaban aliadas con ningún partido, su única obsesión y la única base de la misma parecía ser: derrotar a todo el que haya obstaculizado o desee obstaculizar el progreso de la libre empresa.

Duncan experimentó una violenta sensación al comprender que Luther Yerkes se interesaba no sólo económica sino también personalmente en hacerlo candidato para el Senado.

—Ya hemos llegado, señor —le anunció el chofer.

Observó que se habían alejado de la carretera de la costa del Pacífico y que penetraban por la entrada junto a la casa del guarda de la colonia Malibu y se acercaban a la gran residencia de la playa de Yerkes.

Al detenerse la *limousine*, Duncan, sin esperar a que el chofer le abriera la portezuela, salió del coche y pisó la calzada embaldosada. Los latigazos del viento le despeinaban su suave cabello rubio enrollándose la gabardina en las piernas. Tocó el timbre y, pocos segundos más tarde, el mayordomo escocés abrió la puerta y le tomó la gabardina.

—Lo esperan en el salón de billar, señor Duncan.

—Gracias.

Avanzó rápidamente cruzando una galería enrejada; a un lado la piscina llena de agua caliente semejaba un riñón, y al otro un par de vestidores y un baño sauna. Una vez en la casa, pasó frente al piano de cola del salón y descendió los tres peldaños que conducían al cómodo salón de billar, que estaba dominado no por una mesa de billar sino por una enorme y antigua mesa de trucos adornada.

Harvey Underwood, parecido a una garza pensativa, con su habitual mirada meditabunda y su inevitable traje de tejido *tweed* inglés, colocaba tres bolas sobre la mesa, mientras Irwin Blair, con su revuelto cabello ondulado y su holgado traje de dacrón de color beige, aplicaba tiza al taco y decía que no podía conseguir aquella jugada más de una vez de cada tres. Luther Yerkes, acercándose a los labios un cigarrillo mentolado (había dejado de fumar hacía poco), los miraba sin interés. Yerkes vestía una camisa de sport a cuadros, pantalones de color arcilla y unas ridículas botas indias de ante que le llegaban hasta los tobillos. Ante un ojo crítico, presentaba el aspecto del hermano gemelo de Hetty Green, si ésta hubiera tenido un hermano gemelo. Pero, para Duncan, estaba soberbio.

Duncan se pasó el peine por el desordenado cabello, lo guardó y tosió ligeramente. Yerkes levantó la mirada, miró a través de sus gafas azuladas e inmediatamente se adelantó hacia él.

—Elmo, me alegro de que hayas conseguido llegar al final.

—Nos retrasamos por culpa del tráfico de Sunset —dijo Duncan—. Siento haberte hecho esperar.

Los otros dos le saludaron y él levantó la mano en ademán amistoso.

—Hola Harvey ... Irwin.

—Vamos al salón y veamos en seguida el negocio —dijo Yerkes—. Son las diez y cinco. No queremos estar toda la noche.

El móvil rostro de Blair manchado por el acné reveló su decepción.

—¿No desean ver esta jugada maestra?

—Sí —dijo Yerkes, con una punta de sarcasmo— pero quiero vértela jugar en tu trabajo, no aquí. Ahora vamos.

Como un polichinela bailando la mareba, Yerkes dirigió la procesión subiendo las escaleras hasta llegar al enorme salón, abarrotado de costoso mobiliario antiguo de estilo barroco, espejos y mesas doradas, sillas talladas, un antiguo escritorio con deslumbrante marquetería de nácar. El sordo rumor de las olas que morían en la playa resultaba absurdo en aquella habitación amueblada de tal modo.

Dos profundos sillones se enfrentaban a un amplio sofá que estaba al otro lado de una mesilla de café semejante a una pequeña arca Sendai. Yerkes se encaminó hacia uno de los sillones y le indicó a Duncan que se sentara en el otro; Underwood y Blair tomaron automáticamente asiento en el sofá. Duncan observó que Underwood sacaba de su delgado portafolios de cuero unas páginas amarillas.

El mayordomo escocés entró silenciosamente con una bandeja de bebidas. Ya conocía las costumbres de cada uno. El mayordomo fue entregando las bebidas; una copa de armagnac para Yerkes; otra copa de lo mismo para Duncan, que había pedido armagnac en su primera visita por la simple razón de que Yerkes también lo había pedido, sólo que el suyo tenía un vaso de agua al lado; whisky J and B con hielo para Underwood; una Coca-Cola para Blair.

El ritual consistía en un sorbo y un trago cada uno, tras lo cual empezaba la reunión. Yerkes levantó su armagnac y los demás tomaron sus bebidas.

Duncan disfrutó de su reconfortante brandy y observó el par de individuos del sofá. No podía haber dos hombres más distintos. Underwood era un hombre tranquilo y positivo, perfecto producto matemático de la era de las comunicaciones. Blair era un bronco extrovertido, lleno de fantasías exageradas, el perfecto soñador. Los hechos y las cifras proporcionaban una exacta información semanal acerca de lo que a la gente le importaba y le interesaba y esta información se catalizaba después por medio de la fantasía y de la imaginación, ofreciendo a la gente una idea aproximada de lo que ésta quería. Ambos estaban asociados. Constituían los cerebros de la Underwood Associates. Underwood era uno de los directores más respetados de organizaciones sondeadoras de la opinión pública de América, utilizadas por los políticos y los industriales. Había creado la Underwood Associates. Más tarde, al comprender que necesitaba a un ayudante que completara los resultados obtenidos, para proporcionar así a sus opulentos clientes un servicio completo, se asoció con Irwin Blair.

Blair había empezado haciendo publicidad en Hollywood, pero tenía demasiado talento para limitarse a los negocios del espectáculo. Cuando uno de los actores para quienes trabajaba decidió presentarse a las elecciones para la Cámara de Representantes de los Estados Unidos, a pesar de las burlas de sus colegas, Blair se encargó del reto. Porque el actor poseía una personalidad encantadora y atractiva, un actor, Blair lo expuso a interminables sesiones de apretones de manos y apariciones en público, y porque el actor carecía de ingenio y estaba muy superficialmente informado, un actor, Blair le hizo mantener la boca cerrada, permitiéndole abrirla sólo para sonreir. Blair inventó media docena de slogans simplificados y se los entregó al actor en forma de anuncios, folletos y carteles. Después, Blair se encargó de destruir al oponente de su cliente y en tal menester se sirvió de las brillantes técnicas empleadas anteriormente por una empresa conocida como Campaigns Incorporated, cuando dicha empresa estaba dirigida por el equipo constituído por el matrimonio Clem Whitaker y Leone Baxter, a quienes Blair adoraba. Whitaker y Baxter consiguieron derrotar a Upton Sinclair cuando éste se presentó para el cargo de gobernador de California. Procurando desviar la atención de la gente, apartándola del atractivo programa de Sinclair, la centraron en lo que parecían ser aparentes amenazas en sus escritos anteriores. Alquilaron los servicios de un dibujante para que hiciera treinta caricaturas que representaran los aspectos más agradables de la vida de California; después le hicieron manchar con una gota de pintura negra parte de cada una de aquellas dulces escenas americanas y, dentro de cada mancha, se colocó una cita incompleta de Upton Sinclair, que lo hacía aparecer como un monstruo o un anarquista. Upton Sinclair fue derrotado. Imitando a Whitaker y Baxter, Irwin Blair destruyó al oponente de su cliente actor. El actor se convirtió en miembro del congreso por una votación total de tres a uno. A raíz de ello, Blair dejó de encargarse de la publicidad de los personajes del mundo del espectáculo para pasar a convertirse en consejero de relaciones públicas de personalidades políticas. Pronto se asoció con Harvey Underwood.

Hacía tres meses, con unos honorarios astronómicos, Luther Yerkes había contratado los servicios de Underwood y Blair en relación con la candidatura de Elmo Duncan.

Al observarlos, Duncan volvió a sentirse inquieto, tal como se había sentido desde el día en que Yerkes les había contratado. Odiaba las manipulaciones, de otras personas, y de sí mismo. Aquellos hombres se encargaban de reunir los sentimientos y los deseos del público y de jugar con ellos; y, en esa conspiración, Duncan se sentía meramente un instrumento. No era deshonroso, pero daba la sensación de deshonroso. Odiaba todo aquello, pero lo toleraba porque incluso su esposa le había reprochado su excesiva rectitud y porque quería ser algo más que un simple fiscal de distrito de un condado.

Underwood pasaba rápidamente las páginas amarillas, preludio de la lectura de los resultados de los hallazgos tabulados de sus bien adiestrados investigadores que habían aplicado a mil personas a lo ancho de todo el estado, unas pruebas estratificadas al azar, basadas científicamente en el sexo, la edad, la religión, la raza, la profesión de cada una de las personas. A la vista de los resultados, los cuatro procuraron hallar cuáles eran las cuestiones más importantes para el público a las que Duncan debería entregarse tanto en su cargo actual como en sus crecientes apariciones en público. Una vez se hubieron puesto de acuerdo en una de las cuestiones, trataron de buscar la forma en que Duncan podría utilizarla. Después, Blair se encargaría de demostrar al público que los intereses de Duncan coincidían con los suyos y que estaba preparado para luchar por ellos y solucionar sus problemas.

El primer objetivo, tal como Yerkes había señalado hacía tres meses, era conseguir que el nombre de Elmo Duncan resultara conocido entre toda la población votante del estado. Tenía que ser tan conocido como su oponente, el senador Nickels. Una vez se hubiera cubierto este objetivo, la tarea siguiente sería hacer su imagen cada vez más atractiva y la de su oponente cada vez menos agradable. Pero la amplia exposición del nombre de Duncan seguía siendo el principal problema. Era suficientemente famoso en el sur de California, en buena parte gracias al último caso de asesinato en el que había intervenido tan brillantemente. Pero seguía siendo una figura local, "un héroe de provincia", tal como Yerkes solía decir. Tenía que convertirse en un héroe en todas partes, en Fresno, San Francisco,

Sacramento, en Salinas, Sonora y Eureka, al igual que en Los Angeles.

—Elmo necesita un gran caso judicial, muy grande, que pueda aparecer en los grandes titulares de la prensa —oyó que Yerkes le decía a Underwood, repitiendo lo que a él había estado diciendo durante varias semanas.

—Tienes que conseguir algo, Harvey, algo que sea auténtico y que nos sea útil.

Duncan se sorprendió a sí mismo asintiendo en señal de aprobación.

—Un caso importante que se relacione con alguna cuestión vital. Este era el problema más arduo.

Underwood ojeó de nuevo sus páginas amarillas.

—No puedo modificar los hechos, señor Yerkes. Todavía estamos limitados a lo que los votantes de este estado que hemos entrevistado, prefieren desde el punto de vista doméstico. Y tengo que repetir una vez más que el mayor interés de nuestro público —supera en más de un treinta por ciento a los impuestos y a la educación— es su preocupación por la violencia en las calles. Es decir, que se preocupan por la falta de ley, por el peligro, por la inquietud, no simplemente por el crimen racial o por el crimen organizado, sino por la violencia engendrada por la generación incontrolada de los adolescentes. No estoy generalizando. Usted sabe que nunca generalizo. Nuestras investigaciones secundarias acerca de esta preocupación por la violencia se proponen descubrir a qué atribuye la gente esta situación. Todavía estamos estudiando las razones. Hemos estado trabajando en dos de las razones y no llegamos todavía a ningún resultado que pueda serle útil al señor Duncan. Hace dos semanas, empezamos a estudiar una tercera razón, es decir, la idea de que gran parte de esta violencia juvenil se debe a la abierta obscenidad de las lecturas y de las películas de cine y televisión. Bien, sabemos que esta amenaza se presenta en la localidad de Elmo, y eso es algo sobre lo que él podría trabajar y creemos que la aparición de aquel libro del que Elmo se ha ocupado recientemente podría constituir un buen pretexto. Coincidimos en que debería tratar de atacar el Código Penal de California en cuanto a la censura, utilizar el libro como punto central para crear un caso de resonancia en todo el estado, en el que Elmo debería tratar de luchar contra la... la...

—La Mafia editorial que subvierte la moral —le ayudó Irwin Blair.

—Sí —dijo Underwood— y por medio de esta actuación y del proceso que puede derivarse de la misma, podría crearse una imagen de protector de los jóvenes y de los ancianos, de enemigo de la literatura-que-impulsa-a-la-violencia. Hemos coincidido en que debería intentarse...

—No hemos coincidido —le interrumpió Duncan—. Ustedes tres

han coincidido. Yo siempre he estado en contra desde el principio.

—Tú estuviste de acuerdo con nosotros —le recordó Yerkes suavemente—. Al final, estuviste de acuerdo en intentarlo.

—Bueno, desde luego, pero... —empezó Duncan.

—Y ahora me parece comprender que usted lo *ha* intentado —añadió Underwood—. El señor Yerkes me dice que, finalmente, ha decidido usted el arresto esta mañana. ¿No cree usted, antes de que discutamos otros extremos, que deberíamos esperar a...?

—No —dijo Duncan llanamente—. He venido aquí para hablar del verdadero punto de vista de la censura, y quiero hablar de ello ahora mismo. Repito, no me gustó este punto de vista ya desde el principio y sigue sin gustarme. Toda la reacción de la prensa nos ha demostrado que yo estaba en lo cierto. Tendríamos que comprender todos nosotros que ha sido un fracaso. Así, pues, olvidémoslo, y busquemos algo más prometedor.

Irwin Blair agitó la mano.

—Un momento, Elmo. ¿No es usted un poco impaciente? A lo mejor, el apartado 311 del Código se irá afianzando gradualmente. Admito que no ha salido lanzado como un cohete, pero...

—Ha fallado, ha sido un fracaso, es un argumento débil —dijo Duncan con énfasis. Se levantó automáticamente porque siempre hablaba con más efectividad estando de pie—. Sabe usted captar muy bien los hechos, Harvey. Pero yo también. Acusamos un libro de obscenidad y detenemos al librero teniendo en cuenta el apartado 311, por suministrar una obra obscena. De los cuatro periódicos que he visto desde esta mañana, tres se han limitado escuetamente a citar la detención, mientras que otro no se ha molestado siquiera en hacerlo. De los tres que la han mencionado, uno le ha dedicado dos párrafos en la sexta página y los otros dos le han dedicado un párrafo junto a los anuncios de demandas o la sección necrológica.

Irwin Blair se adelantó con tanto ímpetu que casi cayó del sofá.

—Mire, si es que me lo está reprochando —dijo en tono de disculpa— le diré que yo lo he intentado. Que advertí a la prensa. Me prometieron dedicarle espacio. No puedo controlar lo que sucede al final. Lo habrán cortado o reducido por considerar que otras noticias tenían mayor interés. Pero, por lo menos, dos comentaristas lo mencionaron por televisión.

—Cálmate, Irwin —hablaba Yerkes—. Nadie te está reprochando la falta de atención que ha despertado la noticia. Elmo no te está reprochando nada y yo tampoco. No perdamos nuestro precioso tiempo y nuestras energías con disputas personales. Elmo tiene razón. Tenemos que atenernos a los hechos.

Blair se reclinó en su asiento con aire molesto, al tiempo que Elmo Duncan se situaba detrás del suyo y se dirigía a los demás.

—Sí, los hechos, caballeros. El hecho cruel es que la censura no es una cuestión dramática, porque al hombre corriente, aunque se queje de los peligros de la indecencia provocativa, le resulta difícil relacionar un libro con todos los crímenes que se producen por las calles. Un libro es un objeto inanimado. Para empezar, no hay suficiente gente que conozca libros o que lea. Y, cuando lo hace, les resulta difícil comprender que las páginas impresas puedan constituir una amenaza para su seguridad o para sus vidas. De hecho, muchas personas pueden sentirse molestas porque interfiramos en su derecho a leer lo que deseen o a emocionarse con lo que lean. Haciéndolo así, sólo conseguiríamos satisfacer a un puñado de puritanos que no podrían ejercer ninguna influencia en una elección. Miren, creo sinceramente que buena parte de la materia obscena que se encuentra actualmente en los libros y que pasa por ser literatura es perniciosa y corrompida, y en mi despacho procuramos eliminar lo peor. Pero lo que yo crea a este respecto no tiene nada que ver con la posibilidad de convertir la censura, la prohibición de un libro, en un gran problema de apasionado interés por parte del público en general. Además, la iniciación de un proceso de esta clase, no contribuye a crear una imagen favorable. ¿Qué es lo que se conseguirá en el mejor de los casos? Enfrentar al Fiscal de Distrito de una gran ciudad contra un librero de poca monta y contra unas cuantas oscuras palabras impresas que probablemente ni una sola persona entre mil leerá y de las que ni siquiera oiría hablar. Señores, es un combate desigual y me hace representar el papel de un matón. Afortunadamente, no se habrá enterado mucha gente, porque era una cuestión demasiado intrascendente para captar la atención de nadie. Digo que hemos creado una problemática muerta y que es necesario enterrarla lo más rápidamente posible. De hecho, le he medio prometido al abogado de este librero, que solucionaría el caso rápida y silenciosamente. Señores, créanme ustedes, no conseguiremos estimular a millones de votantes diciéndoles que un libro puede causarles un grave daño. Me parece que es un tema incapaz de producir impacto en la gente.

—Pero un libro puede causar un grave daño.

Hablaba Harvey Underwood, sentado en el extremo más alejado del sofá. Duncan le miró duramente y los otros dos le prestaron atención. Underwood se pasó la mano por una de sus espesas cejas.

—Estaba pensando —prosiguió—. Mientras usted hablaba, Elmo, estaba pensando en los libros que han sido terremotos, que han inducido a masas de hombres y a civilizaciones enteras a perpetrar el mal, a la creación de un cambio o a la práctica de la bondad. ¿Cuántos millones de seres humanos murieron por culpa de un libro llamado *Mein Kampf*, escrito por Adolf Hitler? ¿Cuántos seres humanos murieron o fueron esclavizados por culpa de un libro llamado

Das Kapital, escrito por Karl Marx? ¿Cuánta violencia se produjo, para bien o para mal, por culpa de un libro llamado *Common Sense*, escrito por Thomas Paine; por culpa de un ensayo sobre un libro, llamado *Civil Disobedience*, escrito por Henry Thoreau; por culpa de un libro llamado *La Cabaña del Tío Tom*, escrito por Harriet Beecher Stowe?

Se detuvo.

—Elmo, no menosprecie la potencia incendiaria de un libro.

Duncan frunció el ceño, y apretó los nudillos contra el respaldo del asiento.

—No le discutiré estos libros, algunos libros. No obstante, se ha olvidado usted de un factor. Los libros que ha mencionado eran efectivos en cuanto a la creación o la instigación de la violencia, de las revoluciones, de las guerras y las protestas, porque cada uno de ellos estaba directamente relacionado con una necesidad inmediata de un gran número de personas. Aquellos libros agitaron e inflamaron a la gente porque trataban de cuestiones vitales. El libro de Hitler les decía a los alemanes que estaban en peligro y les demostraba cómo podían librarse del mismo. El libro de Marx proporcionaba a la hambrienta Rusia, ya madura para una revolución, una receta para poder comer de nuevo. Los escritos de Thoreau le proporcionaron a Gandhi una nueva arma más fuerte que las armas británicas con la que consiguió liberar a su país y este ensayo del mismo Thoreau proporcionó a la juventud americana las armas para poder enfrentarse a la camarilla militar de los Estados Unidos. Ciertamente, un libro explosivo puede utilizarse igual que una carga de dinamita. Pero ¿con qué estamos trabajando nosotros? ¿Qué es lo que tenemos? Una obscena novela de sexo, escrita por un autor ya fallecido. Una nación llena de gente que teme por su vida como consecuencia de la falta de ley y de la violencia. ¿Podemos decirle a esta gente: Vamos a condenar este libro y todos los que se le parezcan y, una vez los hayamos eliminado, todos vuestros temores se desvanecerán o la mayoría de ellos se desvanecerán, porque estaréis más seguros? Ciertamente podemos decir esto y, probablemente, sería verdad en parte, pero yo les aseguro que nadie iba a creerlo. Si no hay creyentes, no hay cruzada. Sin cruzada, no puede crearse un héroe —Duncan se acercó lentamente a la mesita de café y se detuvo junto a la misma—. Por esto estamos aquí ¿verdad? —dijo en tono medio de broma, para atenuar su turbación—. ¿Para convertir a Elmo Duncan en un héroe?

—Elmo, siéntate —dijo Luther Yerkes—. Has pronunciado tu discurso, ahora siéntate, termina tu trago y permíteme pronunciar el mío a mi vez.

Se quitó lentamente las gafas azuladas y escudriñó a los demás

—He escuchado tu punto de vista y el de Harvey e Irwin. Permitidme que yo sea el juez.

Se dirigió a los dos hombres sentados en el sofá.

—Elmo Duncan ha hecho todo lo que le hemos pedido. Ha colaborado. Le sugerimos que iniciara la cuestión de la censura como prueba, para ver si cuajaba. Elmo ha actuado en su calidad de Fiscal de Distrito. Pero, desde el punto de vista de las relaciones públicas, se ha visto obstaculizado por el Código Penal. Quería combatir un libro pornográfico, muy importante, pero la ley le ha obligado a centrarse en el vendedor del libro, en un juego de escasa importancia. Los periódicos no se han impresionado. Incluso aquellas citas televisadas... a decir verdad, yo arreglé una de ellas, dejé una nota personal a la secretaria de Willard Osborn, en la que decía que agradecería mucho que una de las estaciones informara acerca de ello. No ha sucedido mucho más, sobre todo, no ha sucedido nada que fuera espontáneo. A mi juicio, nuestro Fiscal de Distrito tiene razón. Un punto de campaña débil, es como un caballo de batalla débil. No lo montemos. Librémonos de él. Retrocedamos un poco y busquemos un nuevo caballo de batalla.

—Si usted lo dice, señor Yerkes —dijo Underwood.

—Lo digo yo —dijo Yerkes—. Digo que confiemos en el instinto de Elmo. Es un político nato, y todos los políticos natos tienen instinto con respecto a lo que les conviene o no les conviene, y este instinto es más útil para comprender a los electores que todas las computadoras del mundo. Elmo dice que lo dejemos, que busquemos algo que despierte el interés de millones de personas, y yo estoy de acuerdo. ¿Qué es lo que puede despertar interés? Un libro no, ya lo sabemos. ¿Entonces, qué? Recuerdo algo que un escritor dijo alguna vez o escribió en alguna parte. Tal vez ésta sea la respuesta. Este escritor dijo que los misterios del asesinato son populares y que fascinan a todo el mundo porque el asesinato es el único crimen irrevocable. El asesinato es definitivo. Pueden recobrarse una joyas perdidas, pero una vida humana nunca. En cierto sentido, esto nos interesa también a nosotros. Nuestro Elmo es un político y, además, el Fiscal del Distrito. Necesita un problema público que pueda dramatizarse y ser objeto de un proceso público. Necesita un crimen importante e irrevocable, un crimen que, por su propia naturaleza, conmueva y perturbe al hombre de la calle y al ama de casa. Un crimen afín al asesinato. Desde este punto de vista, la prohibición de un libro resulta un crimen pequeño y endeble, como el robo de unas joyas, que afecta a unas pocas personas, pero no conmueve a las masas. Esta noche, es necesario que encontremos un tema importante. ¿Están de acuerdo conmigo?

Duncan y Underwood asintieron.

Irwin Blair dijo:

—Empecemos de nuevo a trabajar.

—Muy bien —dijo Yerkes. Tomó su copa de brandy y removió suavemente su contenido líquido alrededor del borde. Finalmente, habló:

—La más reciente encuesta de Harvey nos indica que la principal preocupación del público es la violencia de las calles, las actividades y las presiones de los jóvenes y la inquietud que todo ello está creando en los adultos. Muy bien. Tenemos una gran ciudad y en ella toda clase de personas se agitan tal como Elmo podría confirmar, no pasa un minuto sin que se produzca alguna clase de perturbación, conflicto o crimen violento. ¿Cuáles fueron las últimas cifras facilitadas por el FBI? Una violación cada treinta minutos en todos los Estados Unidos. Esto es un crimen. Estos crímenes se siguen produciendo, en este mismo instante están sucediendo, y no dejarán de producirse. Tenemos que elegir el suceso más apropiado, en el momento más apropiado, entregárselo a Elmo y decirle: "Crea un caso con esto y nosotros te daremos a conocer de uno a otro estado". Ahora, Harvey, veamos con todo detalle los resultados de tu última encuesta. Después tendremos que ser imaginativos y prácticos al mismo tiempo y determinar qué hecho en especial de los que se produzcan esta misma noche en cualquier apartado rincón de la ciudad, o bien cualquiera otra noche, es digno de ser elegido y de convertirse en un caso adecuado para nuestro Fiscal de Distrito de Los Angeles, sirviéndole de propaganda al próximo Senador de los Estados Unidos por California. Un acto violento, de la categoría de un asesinato, no un robo de joyas, esto es lo que necesitamos...

Dios mío. Pensó que si alguna vez alguien llegaba a descubrir la verdad, si alguien llegara a saberlo, se mataría.

Hubiera querido matarse en aquel mismo momento.

Habían pasado tres horas y George se equivocaba al decirle que se sentiría mejor cuando pasara un poco de tiempo. Pero el paso del tiempo no le había servido de nada. Beber no le había servido de nada. Estar con los demás no le había servido de nada. Nada. Tal vez ahora temblaba menos que al principio. Ahora estaba entumecido, se sentía enfermo, sentía deseos de llorar, deseaba un vacío de olvido, la nada, adiós y perder la memoria.

Sus ojos se apartaron de la carretera que tenía por delante y contemplaron sus blancas manos adheridas como ganchos blancos al volante de su Rover sedán.

Escuchó hablar a George Perkins, sentado a su lado.

—Oye ¿seguro que te encuentras bien?

—Creo que sí —respondió Jerry Griffith—. Creo que ahora estoy bien.

—No lo parece. Pareces un *zombie*.

—Estoy bien —insistió Jerry Griffith.

Dirigió el coche hacia la manzana este de la Kelton Avenue, justo más allá del campus de la UCLA, donde su amigo George compartía un apartamiento con otros dos muchachos.

—No hay nada de que tengas que preocuparte —dijo George, mesándose la barba—. Olvídalo. Haz como si nunca hubiera sucedido. Coloca tu mente a otro nivel, como si te encontraras en un estado yoga o algo parecido. ¿Entiendes lo que quiero decir?

—Estoy bien —dijo Jerry Griffith.

—Oye, para muchacho, ya hemos llegado.

Jerry apretó el freno con lo que parecía ser un muñón, no un pie, y la brusquedad de la detención hizo que se golpeara el tórax contra el volante, pero no se hizo daño.

—Lo siento —dijo mientras George se apartaba del tablero.

Esperó a que George bajara pero George no bajó. Advirtió que George le estaba mirando fijamente. George se estaba acariciando sus largas patillas de color arena y su barba, sin dejar de mirarle fijamente.

—Jerry, muchacho, una cosa... —estaba diciendo George.

Esperó escuchar aquella cosa.

—Tal como te he estado diciendo toda la noche, estás libre, no tienes nada que temer. Nadie sabe que has estado allí.

—Ella sí lo sabe.

—Ella ni siquiera sabe tu nombre.

—Lo había olvidado.

—Por lo tanto, estás libre —dijo George—. Pero, una cosa. Si algo saliera mal...

—Has dicho que nada puede salir mal.

—No puede salir mal, si tú no lo permites —dijo George significativamente—. Tal como te he dicho alguna veces, tú eres tu peor enemigo. Como esto de vivir en casa.

—Ya sabes, George...

—Claro, lo sé todo de tu padre y de tí. Es lo único que me preocupa. Tú andarás por ahí inquieto y él te acosará a preguntas hasta saber la causa de tu angustia. Y esta preciosidad que llamas tu prima, esta Maggie...

—Termina ya, George.

—Tengo que decir lo que pienso. Estás preocupado por esto, pero si te confías a ella, habrás cavado tu propia tumba.

—Te he dicho que esto quedaría exclusivamente entre nosotros.

—Procura que así sea —dijo George—. Porque, de lo contrario, si algo sale mal, recuerda una cosa: estuviste solo. Yo no estuve allí, estuviste tú solo. Porque si dices que yo estuve allí, lo consideraré como una traición y tendré que decirles que fuiste tú quien le hizo daño. Si tenías o no intención de hacérselo es otra cosa, pero fuiste tú. Estamos de acuerdo pues. Yo no estuve allí. Así yo no podré decir nunca que tú estuviste. ¿Me comprendes?

—De acuerdo, George.

George Perkins abrió la portezuela, después vaciló y volvió a mostrarse amistoso.

—Pero, tal como te he dicho, no tienes que preocuparte. No ha sucedido nada.

—De acuerdo.

—Conserva el mismo buen recuerdo que yo. Tienes que admitir que ha sido estupendo.

—Sí.

—Puedes agradecerme que yo la abriera. Estaba tan apretada como una almeja cuando yo me metí. Pero, cuando lo conseguí, fue como bajar por una pendiente untada de grasa, y ella que se agitaba, que mordía y pegaba, casi lo solté al momento. Ha sido estupendo.

—Ha sido estupendo —dijo Jerry—. Pero...

—Olvida el resto —dijo George—. Ya conoces mi filosofía. Guarda los buenos recuerdos y tira la basura. Recuerda esto, muchacho.

—De acuerdo.

—¿Vas a casa en seguida?

—En seguida.

—Entonces te veré mañana. Te veré a la salida de clase.

—Ya nos veremos.

George Perkins dejó el coche y subió de dos en dos los peldaños de la escalera del edificio de apartamientos, desapareciendo en el interior.

Jerry Griffith apartó su entumecido pie del freno y presionó el pedal del gas. Dirigió el Rover a través de la Veteran Avenue para salir al Sunset Boulevard y llegar a su casa, en Pacific Palisades.

Era el camino más corto y él quería llegar a su casa por el camino más corto, porque estaba solo y no podía soportar estar solo mucho tiempo, por lo menos aquella noche, no, tal como se sentía no, estaba peor que antes, tenía deseos de suicidarse.

Pero he llegar al Sunset Boulevard y esperar a que cambiara el semáforo y dirigir el coche hacia la izquierda en dirección a Palisades, comprendió otra cosa.

No estaba solo.

La muchacha estaba con él, aquella muchacha que gritaba, aquella Sheri Moore de dieciocho años.

Pero ahora no gritaba, no, estaba silenciosa como un cadáver, y no emitía ninguna clase de sonido, no se movía en absoluto.

Jerry se consideraba una persona visual, porque, en su cabeza, todo lo que pensaba o recordaba era principalmente visual, se le representaba en imágenes gráficas, no en una serie de diálogos de palabras tal como decían que sucedía a las otras personas. Deseó estar solo, pero no lo estaba. Deseó no ser visual, pero lo era.

Allí estaba aquella escena que se le grabó en el cerebro antes de marcharse, antes de que George le arrastrara lejos de allí.

La muchacha yacía tendida de espaldas, completamente desnuda sobre la alfombra del lado de la cama. Yacía exageradamente tendida, floja, con sus torneados muslos color nata flojos y separados de tal manera que lo que primero saltaba a la vista era aquel montículo con aquel repliegue en medio visible a través del vello del pubis, semejante a la abertura de unos labios de mujer girada al través. Y con una mano levantada hacia la mesilla de noche y la otra extendida sobre el ombligo y aquellos pequeños pechos color nata aplastados, como si se hubieran deshinchado, y la boca colgando abierta y los ojos cerrados y la roja sangre manando todavía del cuero cabelludo a través de sus revueltos cabellos.

Esta era la escena.

Procuró apartarla de su imaginación y lo consiguió durante algún tiempo, pero, en su lugar, aparecieron otras imágenes, porque él era visual.

Podía verlos, a sí mismo y a George con sus Cokes, dentro del metro, el baile en aquel local de la Melrose Avenue y George escuchando a la muchacha decirle a alguien que ojalá alguien la acompañara en coche a casa, y George entablando conversación con ella y diciéndole que su amigo tenía coche y que dónde vivía, porque, si no se apartaba mucho de su camino, estarían encantados de acompañarla. Ella se llamaba Sheri y tenía un apartamiento que compartía con una amiga, Darlene, y estaba justo pasado el Santa Mónica Boulevard, en la Doheny Drive, o sea que no se apartaba mucho del camino.

Otra escena. Estaban estacionados delante, ella estaba en el asiento posterior con George y George bromeaba y ella mostraba parcialmente el muslo justo allá donde el vestido de algodón se le había levantado y Jerry no deseaba otra cosa más que quitarle la ropa y hacerle el amor toda la noche, imaginándolo todo visualmente, pero de repente, George salió y ella también salió y George le hizo indicación a él diciendo que le demostrarían que eran unos caballeros y que subirían a su apartamiento.

Otra escena, arriba, dentro. Ella se levantó para ir al cuarto de baño, que estaba fuera del dormitorio. George guiñando el ojo, dándose golpecitos en la entrepierna, diciendo que no importaba que ella quisiera, tanto si lo sabía como si no, estaba madura para ello, así es que mejor esperarla en el dormitorio y, cuando él hubiera terminado, Jerry la podría tener.

Otra escena. La puerta del dormitorio está cerrándose detrás de George. Y de él mismo bebiendo de una de las latas de cerveza que ella había sacado. Después, al cabo de un poco rato, la puerta abriéndose parcialmente y George de pie sin una prenda encima, alto y velloso con su miembro colgando en medio y George sonriendo y diciendo "Sólo quería que supieras que estoy esperando para darle una pequeña sorpresa". En aquel momento, la voz de ella y George regresando a la habitación y la voz de la muchacha protestando y algo de Darlene, la compañera, y lo que parecía ser un forcejeo, después viéndose a sí mismo, levantándose y cerrando la puerta del dormitorio para no escucharlos.

Otra escena, borrosa. Allí estaba ella desnuda sobre la cama ahora, se veía también a sí mismo desnudo y la humedad de entre sus muslos y él tapándole la boca con la mano.

Y después la escena en que se levantaba, recogiendo los calzoncillos y los pantalones y ella corría tras él y el dejando caer sus prendas de vestir y tratando de golpearla y ella tropezando, y la alfombra deslizándose debajo de ella y ella cayendo y golpeándose la cabeza contra el agudo ángulo de la mesilla de noche, después contrayéndose, deslizándose hacia el suelo, tratando de levantarse y cayendo de espaldas.

Y después un montaje de varias escenas, esta vez con diálogo. George entrando, diciendo que porqué demonios lo había hecho, y él balbuciendo y farfullando que había sido un accidente. George diciendo que se vistiera aprisa. George inclinándose sobre ella y diciendo qué desastre y está fría pero, gracias a Dios, está viva y respira. El vistiéndose y queriendo llamar a un médico. George arrebatándole el teléfono y diciendo que si estaba loco, arriesgándose a que los detuvieran. El insistiendo en hacer una llamada anónima a un médico y George insistiendo en que no, haciéndole terminar de vestirse, diciéndole que la compañera de habitación regresaría de un momento a otro y llamaría al médico y la chica está bien y vámonos de aquí ahora que podemos.

Otra vez la primera escena. Contemplando una vez más el cuerpo desnudo y extendido.

El resto de las escenas ya resultaban poco claras. La mayoría eran fragmentos de diálogo, con algunos retazos visuales. En su coche, George conduciendo y diciendo no estás en condiciones de irte a casa todavía, vamos a El Garaje, que era de verdad un garage auténtico que George y algunos de los muchachos habían alquilado y decorado como una especie de club para estar juntos y organizar fiestas, y él contestando que lo que dijera George. Dirigiéndose hacia El Garaje y George diciendo que tenía que pensar que, cualquier cosa que sucediera, todo iría bien, porque si a Sheri no le sucedía nada, ella no hablaría, porque entonces tendría que explicar cómo se había dejado detener porque, al fin y al cabo, no había ninguna prueba de que alguien se hubiera introducido en su casa para violarla, y, si se encontraba en malas condiciones, entonces tampoco podría hablar y eso era todo. En el interior de El Garaje estaban tres de los chicos y dos de las chicas, los de siempre, y mucha hierba y, a pesar del incienso, podía olerse, pero a nadie le importaba, y él tomó un cigarrillo y lo inhaló profundamente y retuvo el humo y esto lo calmó un poco, pero sólo un poco, sin embargo no lo suficiente. Y después él y George salieron a dar un largo paseo hasta que él estuvo en condiciones de tomar el volante y lo tomó para demostrar que se encontraba mejor y después acompañó a George a su apartamiento.

Una última escena, otra vez, otra vez la primera. La muchacha yaciendo de espaldas, completamente desnuda sobre la alfombra del lado de la cama, con el húmedo montículo vaginal y el cabello ensangrentado en la cabeza.

Tenía que sobreponerse, de lo contrario se vería en dificultades. Contempló el reloj del *tablier*. Casi media noche. Su padre y su madre estarían dormidos. Maggie probablemente también. Estaba a salvo.

Giró el volante a la altura de la estación de servicio de la esquina y dejó el Sunset Boulevard, acelerando el coche por la pendiente hasta que llegó a la vía de acceso del garaje de su casa. Pasando entre las cercas, apagó los faros del coche y condujo despacio hasta llegar a la amplia zona de estacionamiento frente al garaje. El Bentley S3 de su padre ya estaba en su sitio habitual y él dejó el suyo a su lado.

Sólo cuando hubo abandonado la zona de estacionamiento para dirigirse hacia la casa observó que el salón de su hogar aparecía iluminado detrás de las cortinas. Su madre, inválida, estaría durmiendo, pero su padre tal vez estuviera con algunos amigos. Lo más probable es que fuera Maggie que estuviera levantada leyendo. Tendría que estar preparado para enfrentarse con quien fuera. Tendría que mostrarse controlado y normal.

Las imágenes habían desaparecido de su mente y él se sintió más a salvo, más seguro.

Al llegar a la puerta principal, se metió las llaves del coche en el bolsillo de la chaqueta y buscó en el interior del pantalón el llavero de plata con su nombre grabado, regalo de Maggie por su último cumpleaños. Llevaba separadas las llaves del coche y las de la casa porque él y Maggie compartían el Rover y ella siempre extraviaba las suyas y se las pedía a él. De pie ante la puerta, Jerry buscó en su bolsillo. El llavero no estaba. Buscó en el otro bolsillo. Tampoco. Preocupado, buscó en los bolsillos de su saco sport. El llavero no estaba. Un estremecimiento de aprensión le sacudió el pecho y, en aquel momento, sintió pánico.

Escuchó un rumor procedente del seto de la izquierda y, de repente, el brillante haz de luz de una linterna le golpeó la cara y un oficial de policía uniformada apareció ante él.

En su mano libre, el oficial sostenía un reluciente disco de plata del que pendía una cadena, un anillo de metal y varias llaves.

—¿Estás buscando esto, hijo? —le preguntó el oficial.

El haz de luz se concentró entonces en el disco y en el anillo que el policía sostenía en la palma de la mano. Jerry leyó su nombre grabado en redondo en el disco.

—Usted es Jerry Griffith ¿verdad, joven?

—Sí. —Empezó a temblar sin poderlo evitar y adelantó la mano para tomar las llaves, pero el puño del oficial de policía se cerró sobre las mismas. Jerry levantó los ojos—. ¿Dónde ...dónde las ha encontrado?

—Las hemos encontrado, Jerry. Las hemos encontrado hace un par de horas en el suelo del dormitorio de Doheny, justo junto al cuerpo de la muchacha que se sospecha que usted ha violado esta noche. Ha sido una barbaridad, Jerry.

—¿Ah no? Bueno, su compañera de habitación encontró a la señorita Moore y, tras haber solicitado una ambulancia, la señorita Moore ha recuperado el conocimiento un momento y le ha dicho a su compañera de habitación que había sido violada, violada a la fuerza. Se encontraba en estado de coma al llevarla al hospital. Fractura de cráneo. Está grave, Jerry.

—Ha sido un accidente —balbució Jerry—. Resbaló y cayó y se golpeó la cabeza...

—O alguien la golpeó en la cabeza porque se resistía ¿verdad, Jerry? Esto no es una pregunta. No está obligado a contestar ninguna pregunta hasta que disponga de un abogado.

El oficial de policía dirigió la mirada más allá de Jerry y entonces él escuchó los pasos de alguien más sobre el cercano embaldosado de cemento.

—Nat —gritó el policía— este es el muchacho. Es mejor que lo registremos.

Escuchó que alguien se acercaba directamente hacia él por detrás y después un par de expertas manos le registraron los bolsillos.

El haz de la linterna volvió a dirigirse a su rostro.

—¿Ha intervenido usted solo? —le preguntó el oficial de policía.

—Yo... yo... Sí, estaba solo. Escuche, déjeme...

El policía volvió a mirar más allá de Jerry.

—¿Qué has encontrado, Nat?

—Cartera. Monedas. Otra colección de llaves. Navaja de bolsillo.

El oficial de policía que llevaba la linterna hizo un movimiento afirmativo con la cabeza.

—Navaja. Sí, esperaba algo parecido. Siempre llevan algo parecido cuando intentan violar a una mujer sola.

Jerry se sintió aturdido y débil.

—Escuchen, no, esta navaja es un *souvenir* de Suiza, cuando yo estaba... tiene varios dispositivos... tijeras y...

—¿Y cuchillas? —terminó el oficial—. ¿Para que sirve la otra colección de llaves?

—Para el... para ...para el coche, mi coche.

—¿Oyes esto, Nat? Es mejor que registres bien el vehículo. Ahora lo llevaré a la casa. Nat, nos encontraremos dentro cuando termines con el coche. —Tomó a Jerry del brazo—. Ahora vamos dentro, Jerry.

—¡No!

—Deje de causar problemas joven. Ya está usted metido en un problema para toda la vida. Su familia está reunida esperándole a usted y al abogado de la familia. Venga. Cuando el delito es violación con violencia y producción de lesiones, se necesita mucha ayuda. Así es que vamos, Jerry. Entre.

Luther Yerkes desabrochó la correa de su pesado reloj Rolex de oro, lo colocó sobre su bien cuidada mano y lo acercó a sus gafas ahumadas.

—Las doce y media —dijo—. No creía que fuera tan tarde. Creo que hemos hecho todo lo que se puede hacer en una reunión.

Elmo Duncan se levantó y se estiró bostezando.

—Estoy rendido.

Underwood había introducido de nuevo los papeles en la cartera de mano de cuero.

—Bueno, creo que ya hemos hecho algo.

—¿Por qué no volvemos a reunirnos dentro de unos días? —preguntó Irwin Blair, levantándose enérgicamente—. Tenemos una buena lista de nuevas ideas que podemos estudiar.

—Estoy demasiado agotado para saber si hemos llegado a una conclusión constructiva —respondió Duncan—. Pero agradezco todo vuestro interés.

Yerkes terminó de beber su tercer armagnac.

—No cederemos, Elmo. —De repente, ladeó la cabeza escuchando—. ¿Es el teléfono a esta hora? ¿Qué puede haber ocurrido?

Se escuchó un ligero sonido procedente del salón de billar y después el sonido amortiguado de la voz del mayordomo.

—Mi mujer, probablemente —dijo Duncan con una sonrisita—. Bien, señores, es mejor que...

El mayordomo escocés se materializó en el dintel de la puerta.

—Es una llamada para usted, señor Duncan.

—¿Lo ven? Se los dije —dijo Duncan.

—El Jefe de Policía Patterson desea hablar con usted, señor Duncan —añadió el mayordomo.

Duncan gruñó.

—Esto es peor. Es trabajo.

—Si quieres ahorrarte un paseo, Elmo, puedes recibir la llamada aquí. A no ser que se trate de algo personal. Hemos instalado un micrófono y un altavoz... se llama *Speakerphone*... para recibir llamadas telefónicas desde aquí.

Yerkes señaló dos pequeñas cajas verdes con las habituales perforaciones sobre el micrófono y el amplificador, colocadas sobre la mesa situada entre los dos sillones.

—No creo que sea nada personal. Ponlo en marcha, Luther, y veremos.

Yerkes se incorporó y presionó el botón del micrófono.

Duncan asintió con la cabeza dándole las gracias y después habló al micrófono del teléfono.

—Hola, Tim. Aquí Elmo. ¿Qué sucede?

La respuesta crujió a través del altavoz.

—Siento molestarte, Elmo. No es nada de particular, en realidad. Una violación por la fuerza en Doheny, al oeste de Hollywood. La víctima ha sufrido lesiones, está en coma, la han llevado al Mount Sinai. Es un caso de rutina en buena parte, pero está envuelto en el mismo un personaje importante, por lo que, cuando los oficiales me informaron de ello, creí oportuno comunicártelo.

—¿Quién es el personaje, Tim?

—Bueno, el muchacho de veintiún años que lo ha hecho —lo ha confesado todo, esto ya está solucionado— pero es el hijo de... Su padre es Frank Griffith.

—¿El Griffith propietario de las agencias de publicidad? —preguntó Duncan.

—El mismo.

Luther Yerkes se había levantado y le hizo a Duncan una señal con la mano.

—Elmo, pregúntale al Jefe de Policía si está bien seguro. Las Agencias Griffith se encargan de muchos asuntos míos. Conozco a Frank Griffith. Estoy seguro de que no puede ser el mismo...

Duncan se volvió hacia el micrófono.

—Era el señor Yerkes, Tim ¿Le has oído?

El altavoz crujió.

—Lo he oído. Sí, es el mismo Frank Griffith cuyo hijo...

—No puedo creerlo —dijo Yerkes—. ¿Pero sabéis quién es Frank Griffith? Trabaja con Benton y Bowles, Young y Rubicam, Doyle Dane Bernbach. Su reputación es intachable. Os acordáis, fue héroe olímpico... decatlón... hace años. Actualmente, es uno de los hombres más respetados de nuestra comunidad. ¿Cómo pudo su hijo...? —no puede ser su hijo.

Duncan se inclinó hacia el micrófono.

—Ya lo has oído, Tim. ¿Estás seguro de que se trata del hijo de Griffith?

Se escuchó de nuevo la voz del Jefe de Policía.

—Mis hombres han detenido al muchacho cuando regresaba a casa. Frank Griffith estaba allí y había mandado llamar a su abogado, Ralph Polk. Y, como ya he dicho, el muchacho se ha confesado autor de la violación.

Duncan echó una mirada a Yerkes y después al amplificador.

—Ha confesado, muy bien. ¿Hay más pruebas?

—La víctima es una tal señorita Sheri Moore, de dieciocho años. Su compañera de habitación no estaba en casa y cuando regresó la encontró en estado semi-inconsciente y ella le dijo que había sido violada y avisó a la policía. Jerry Griffith —así se llama el muchacho— sus llaves, con su nombre grabado en un disco, se encontraron junto al cuerpo de la víctima. Ha confesado haberlo hecho solo. Le encontramos una navaja, o sea que probablemente es verdad. Hemos recibido el informe del hospital. Las pruebas demuestran que ha sido violada, es indudable. Tras detener al muchacho, se ha registrado su coche. Se encontró una colilla de cigarrillo manchada de lápiz labial —los laboratorios la examinarán mañana— y, vamos a ver... ah, sí, cuatro libros en el portaequipaje, tres libros de texto y el cuarto se encontró bajo el neumático de recambio —un libro sucio— tanto si lo crees como si no... el mismo libro por el que hemos encerrado esta mañana al librero de Oakwood... ¿cómo diablos se llamaba?... sí, Los Siete minutos... estaba allí y también había...

—Tim, ¿quieres decir que encontraron este libro en el coche del joven Griffith?

—Sí, escondido debajo del neumático de recambio. De todos modos, he pensado...

Adelantándose, Yerkes se acercó y agarró el hombro de Duncan.

—Elmo, despídete, dile que hablarás con él más tarde —murmuró apresuradamente—. Déjame apagar esta maldita máquina.

Obedeciendo, Duncan gritó:

—Eso es todo, Tim. Gracias por llamar. Estaré en contacto contigo. Muchas gracias.

Se liberó de la mano de Yerkes y apretó el botón de CERRADO del micrófono.

Yerkes, que se estaba comportando como si padeciera el baile de San Vito, estaba acercando a sí a Underwood y Blair, uno a cada lado. Entonces miró hacia Duncan con una extraña excitación.

—Elmo, Elmo ¿no lo ves? —preguntó Yerkes.

—Creo que sí. El libro... el muchacho... pero no estoy seguro de que podamos...

—¡Yo estoy seguro! ¡Lo digo en serio! —gritó Yerkes—. El hijo de Griffith, este pobre muchacho, no cometió la violación ni fue el causante de las lesiones graves. El no lo hizo y no es responsable de ello. ¿Sabes quién es el responsable? ¿Sabes quién es el auténtico criminal? Es este sucio y asqueroso libro, *Los Siete Minutos*. Aquí tienes al verdadero criminal, al que impulsó a un honrado muchacho de buena familia a cometer una violación. Aquí tienes una prueba evidente de lo que enloquece a los jóvenes, enviándolos a las calles como hordas de bestias para perpetrar la peor clase de ataque criminal. Este vicioso libro, Elmo... ¡aquí tienes al violador!

Underwood y Blair asentían con las cabezas en hipnotizado asentimiento y Duncan se sorprendió también a sí mismo asintiendo con fervor.

—Por Dios, Luther, tienes razón, tienes razón —jadeó Duncan—. Creo que es posible...

Yerkes se había quitado las gafas ahumadas y sus ojos eran como unos puntos fanáticos.

—Elmo —dijo, bajando la voz— esta pequeña detención de censura de esta mañana... ya ha dejado de ser el robo de joyas... ¿sabes lo que es? Es el asesinato irrevocable... es el acto que puede despertar la atención de millones de personas en este estado y en este país. Elmo, olvídate de dormir y olvídate de las precauciones. Preséntate inmediatamente en casa de Frank Griffith lo más rápidamente que puedas y encárgate del caso personalmente. Porque sabes una cosa... ya hemos conseguido la cuestión que estábamos buscando... el gran caso, la cuestión importante, la cuestión que puede crear una imagen, la mejor que cabía encontrar. Abalánzate sobre ella. Destroza miembro a miembro a los violadores. Protege al público de estos libros incitadores-del-vicio que conducen al terror. Hazlo y lo habrás conseguido... ¡todos lo habremos conseguido, Senador Elmo Duncan!

2

Soñaba que tomaba el sol en la Riviera sobre la cubierta de su yate blanco anclado en Canner, cuando, de repente, una explosión sacudió su sueño, lo disolvió y le devolvió a su cama del oeste de Los Angeles.

Con los ojos cerrados, podía escuchar todavía las reverberaciones de la explosión, cercanas pero ya amortiguadas.

Su cabeza se fue aclarando y el sonido se hizo más nítido hasta que advirtió que el teléfono estaba sonando.

Abrió los ojos, giró la cabeza sobre la almohada y vio que eran las siete de la mañana. Se incorporó sobre un codo, más para terminar con la maldita persistencia del teléfono que para recibir una llamada, tomó el aparato y se lo acercó al oído. Si se habían equivocado, asesinaría a alguien. No se habían equivocado.

—¿El señor Michael Barrett?

La voz era femenina, secretarial y distante.

—Sí —graznó con su tono de voz gutural de antes-de-desayunar.

—El señor Philip Sanford le llama desde Nueva York. Un momento, por favor.

Agarrando bien el aparato, apartó la sábana, se sentó y sacó las piernas fuera de la cama.

Le llegó la voz de Philip Sanford.

—Mike, perdona que te despierte. He esperado todo lo que he podido.

Parecía inquieto y Barrett se preguntó el porqué.

—No te preocupes, Phil. ¿Pasa algo...?

—¿Has sabido lo que sucedió anoche en tu ciudad? ¿Has leído los titulares de los periódicos de esta mañana?

—No, todavía no.

—Deja que te lea uno de los titulares. No es el principal, pero viene en primera página, lo cual ya es suficiente. Aquí está. —Sanford pareció tomar aliento y después leyó en voz alta— "El Hijo de un Importante Publicista Se Confiesa Autor de una Violación: Atribuye la Culpa a un Libro Pornográfico". ¿Oyes esto? ¡Atribuye la culpa a nuestro libro!

Barrett estaba completamente despierto ahora.

—¿Pero qué es lo que ha pasado?

—Todos los periódicos le dedican grandes espacios. Y la televisión también. Los comentaristas de las noticias más importantes lo mencionan. Parece como si esta fuera la primera vez que se hubiera cometido una violación.

—Phil ¿quieres decirme por favor...?

—Perdona. Creía estar preocupado ayer pero ¡después de este maldito suceso! Un muchacho entabló conversación con una chica de dieciocho años y la acompañó en coche hasta su departamento y después la siguió al interior del mismo, la amenazó con una navaja y la violó. Según parece, ella intentó resistirse, él le golpeó la cabeza con algo y ella sufrió una conmoción; ahora se encuentra en el hospital en estado de coma. Al muchacho se le cayó algo del bolsillo mientras se vestía, la policía lo ha localizado y lo ha detenido. ¿Sabes lo que encontraron escondido en su coche? Lo has adivinado. Un ejemplar de la edición nuestra de *Los Siete Minutos*. Después, el muchacho admitió ser autor de la violación, atribuyéndole toda la culpa al libro. En uno de los reportajes —¿dónde está?— es igual, se menciona esta frase suya: "Leí el libro y me trastornó por completo. Después, algo estalló en mi cabeza y creo que me volví loco". Y, más adelante, dice, "Sí, esta novela, esto es lo que me indujo a hacer lo que hice".

—Estas últimas palabras estoy seguro de que no son de su cosecha —dijo Barrett—. La palabra "inducido", no es palabra de un joven. Es una palabra de la policía o del lenguaje de un periodista. Me parece como si hubieran coaccionado al muchacho.

—Pero él lo hizo, lo hizo sin lugar a dudas, y tenía nuestro libro en el coche.

—Yo no lo pongo en duda. Me estaba refiriendo a otra cosa. Me refiero a cómo están tratando los hechos. No importa. De todos modos...

—Mike, creo que estamos perdidos. Estoy preocupado. No me importa que se haga publicidad del libro. Es más, la deseo. Pero no de esta clase. Todo el mundo se pondrá en contra nuestra. Wesley R. ha estado intentando hablar conmigo por teléfono toda la mañana. Una de las pocas veces que mi... mi... mi padre ha reconocido que estoy vivo. Pero no quiero contestar. Mandé decir que he salido.

—El muchacho, el que ha violado a la muchacha, ¿qué antecedentes tiene?

—Excelentes, la mejor educación posible. ¿Quieres que te lea los reportajes?

—Será mejor. Por lo menos, las noticias de agencia.

Durante los cinco minutos siguientes, con voz temblorosa, Sanford le leyó las noticias de prensa a Barret. Al terminar, dijo:

—Aquí lo tienes. No comprendo por qué se le atribuye tanta importancia, como nc sea porque el muchacho es el hijo de Frank Griffith —familia importante.

—No —dijo Barret— no es eso. Se trata de la coincidencia de una violación con la detención de un librero por vender un libro obsceno. Cada hecho por separado, aislado, no constituiría una noticia. Yuxtapuestos, unidos, parecen constituir una verdadera noticia y parecen contradecir el bien conocido aserto del alcalde James J. Walker.

—¿A qué te refieres?

Se dice que Jimmy Walker afirmó en cierta ocasión, "Nunca he sabido de una muchacha que quedara embarazada por un libro". En realidad, yo creo que la versión al pie de la letra es "Nunca he sabido de una muchacha que fuera seducida por un libro".

—Sí, ya lo conozco.

—Bueno, aquí parece existir una situación efectiva que contradice esta afirmación. La prensa ha creado un caso. Muy bonito. La causa ...un libro que induce a un muchacho a atacar a una muchacha. El efecto... una muchacha seducida por un libro. Esto es noticia.

Sanford se iba inquietando por momentos.

—Lo único que me importa es hasta qué punto esto nos afecta a nosotros. ¿En qué medida modificará la detención de Ben Fremont que tú ibas a solucionar? Viste al Fiscal de Distrito, verdad?

—Sí, pero vayamos por partes —dijo Barrett tranquilamente. Estaba intentando captar la situación—. Primero, por lo que respecta a las repercusiones que pueda tener sobre nuestros esfuerzos en cuanto a Ben Fremont y el libro. He dicho que la prensa está intentando unir dos acontecimientos aislados, para hacer de ellos uno solo. Esto es lo que constituye una noticia. Cierto. Es una noticia, pero no es una prueba. Un crimen no tiene nada que ver con el otro, en sentido estrictamente legal. Pero dejemos la prensa. Centrémonos en la ley. Ben Fremont fue detenido por suministrar material obsceno. Esta es una cuestión. Jerry Griffith ha sido detenido por violar a la fuerza y lesionar a una muchacha. Esta es otra cuestión. Ante la ley, las lecturas de Jerry Griffith no tienen nada que ver con el delito del que se acusa a Fremont. El hecho de que Griffith haya leído *Los Siete Minutos* no es importante y no viene al caso en relación con el delito según el cual *Los Siete Minutos* sólo posee un interés lascivo, violando por tanto el apartado 311 del Código Penal de California. El caso Fremont se resolverá teniendo en cuenta sus méritos, por lo que a la ley respecta. Esto es lo que tenemos que saber distinguir.

—Pero nosotros no estamos enfrentados únicamente a la ley —protestó Sanford—. ¿Qué me dices de la opinión pública?

Esta era la gran pregunta, pensó Barrett, y él ya la había considerado por anticipado. Pero era demasiado pronto para contestarla. Tal vez tendría la respuesta más tarde, a lo mejor incluso aquel mismo día, pero todavía no la tenía.

—Cruzaremos este puente cuando lleguemos al mismo —dijo—. Ahora, concentrémonos en la ley, que es contra lo que debemos luchar. Esto me lleva a tu segunda pregunta. ¿Que si he hablado con el Fiscal de Distrito Elmo Duncan acerca del caso Fremont? Lo hice, Phil. Se mostró amable y dispuesto a colaborar. Estuvo de acuerdo conmigo en que la cuestión de la detención por culpa de la censura era un fastidio y me dijo claramente que le interesaba tan poco como a nosotros que se entablara un largo y costoso juicio. Me preguntó qué es lo que nos satisfaría y yo se lo dije. Consideró que nuestra petición era aceptable. Tendríamos que declarar culpable a Ben Fremont y después se arreglarían las cosas para que Fremont fuera multado con dos mil cuatrocientos dólares y condenado a un año de prisión, suspendiéndose la condena. Tu libro no se vendería en Oakwood, que es un área no incorporada al Condado de Los Angeles, pero podrías vender el libro en cualquier otro lugar del Condado de Los Angeles.

—¿Entonces está arreglado?

—No, no del todo. Por eso esperaba a llamarte; quería tenerlo todo solucionado. Está virtualmente resuelto. Cuando me despedí del Fiscal de Distrito, él me pidió simplemente discutir nuestro acuerdo con sus colaboradores, como detalle de cortesía. Me dijo que le llamara hoy para comunicarme su aceptación oficial. Y aquí estamos.

—En pasado, Mike, —dijo Sanford—. Aquí *estábamos* ayer. Tal vez, hoy es otro día.

—Phil, lo único que puedo repetirte es que, ante la ley, nada ha cambiado desde ayer. Duncan es seguramente tan buen abogado como yo, o tal vez mejor. Sabe que un caso de violación forzada no tiene absolutamente nada que ver con el apartado 311 por el que se condena a Fremont. Tratará el caso de Fremont según los méritos del mismo. Y si lo hace así, como yo creo que lo hará, entonces seguirá manteniendo nuestro acuerdo de ayer. Yo confío en que así será.

Se escuchó un suspiro a través del teléfono, un suspiro de alivio de Sanford.

—Gracias Mike. Me encuentro mucho mejor... Pero otra cosa. Mi secretaria no hace más que meterme memorándums debajo de las narices. Nuestro departamento de ventas está empezando a recibir una corriente creciente de preguntas procedentes de los libreros de todo el país que desean saber qué vamos a hacer en relación con el procesamiento del libro. Me gustaría poder decirles que no tienen por qué preocuparse, que hemos sacado a Fremont sin mayores dificultades y que todos pueden seguir vendiendo el libro tranquilamente. Cuanto antes podamos decirlo, mejor. ¿Podrás arreglar todo este asunto hoy mismo?

—Así lo espero —dijo Barrett—. Tenía que llamar por teléfono al Fiscal de Distrito. Creo que es mejor que baje al centro de la ciudad y que lo vea personalmente durante unos minutos. Además, también necesito liberarme yo mismo de este asunto cuanto antes. Tal como te dije ayer, he dejado a Thayer y Turner y tengo algo mucho mejor en perspectiva. Bueno, te diré de qué se trata. Es la vicepresidencia de la Osborn Enterprises.

—¡Es estupendo, Mike! Te felicito.

—Gracias. De todos modos, esta noche voy a cerrar definitivamente el trato. Por consiguiente, me interesa tanto como a ti quitarme cuanto antes de encima este fastidio de la censura. Y espero poder hacerlo. Te llamaré hoy mismo, inmediatamente después de haberlo solucionado.

Desde que había llegado a California para vivir con los Griffith le parecía a Maggie Russell que el mundo había dejado en cierto modo de girar en torno a su eje. Era como si toda la vida se hubiera detenido. A un día sucedía otro tan rápidamente, tan suavemente, tan sin cambios, cada nuevo día tan uniforme como el anterior, que apenas se notaba el paso de un mes o de una estación. No siendo una verdadera vida, tal como ella sospechaba, era sin embargo una forma de existencia tranquila que recibía con agrado en este período de su juventud. Después del frenesí y de la inseguridad de sus primeros años, perdiendo primero a su padre y siendo arrancada de Minnesota, después perdiendo a su madre y siendo arrancada de Ohio y después viviendo con unos familiares en Alabama y después tratando de encontrar unos trabajos para poder mantenerse y, al mismo tiempo, poder proseguir sus estudios en Carolina del Norte y Massachussetts, era maravilloso tener un puerto en que hubiera rutina y regularidad y en el que los días fueran y vinieran en trazos borrosos y suaves, pudiendo despertar y dormir a salvo y sin preocupaciones.

Esta era la causa de que la emoción hubiera sido mayor, reflexionó Maggie sentada discretamente sobre el alféizar del mirador del salón de los Griffith, observando toda la actividad y la tensión que se desarrollaba ante sus ojos.

El cambio repentino e inesperado en la rutina y en la vida del hogar la había trastornado. No es que siempre le hubiera resultado tan fácil acomodarse a los demás, aunque fueran parientes, sobre todo tratándose de uno tan altamente considerado y tan exigente como su tío Frank (si bien Ethel y el primo Jerry eran modelos de amabilidad y ella sentía hacia ellos un gran afecto), pero por lo que a hogares se refería, por todo lo que ella conocía o había conocido, éste había sido un cómodo capullo de gusano de seda, siendo cada uno de los apacibles días que pasaban tan predecible como el siguiente. Y ahora, de la noche a la mañana, este mundo se había trastornado y había empezado a girar sin control.

—Ayer, a esta misma hora, esta habitación era tranquila y apacible. Hoy era un manicomio cargado de emoción y de peligro.

¿O acaso, se preguntó ella, siempre había sido eso, por lo menos en potencia, y ella había cerrado sus ojos y su mente a la realidad porque anhelaba algo perfecto?

Aparte de ella, había cinco personas más en el salón, sentadas en círculo desigual, conversando incesantemente. Más allá, al pie de la escalera y junto al ascensor doméstico que había sido instalado varios años antes para tía Ethel tras quedar inválida, se observaba el sillón de ruedas vacío. Maggie agradeció que estuviera vacío y que el médico hubiera mandado acostar a su tía, tras administrarle un fuerte sedante. A su tía la hubiera perturbado mucho más esta escena —la otra noche, con la policía, después con el Fiscal de Distrito, ya había sido suficiente— al igual que a Maggie le había perturbado ver a Jerry, tan angustiado y asustado, entre todos aquellos hombres, al regresar de la primera instrucción quince minutos antes.

Cuidadosamente, Maggie estudió a los hombres que se encontraban en la habitación.

Dos le eran extraños, si bien el nombre de uno de ellos lo había visto con frecuencia en letra impresa y se lo había oído mencionar a su tío. Se los habían presentado al llegar, pero era la primera vez que los veía en la casa. Uno de los extraños, aquel cuyo nombre le resultaba conocido, era Luther Yerkes. A ella le fascinó su extraño aspecto físico, su manera de vestir y su leyenda. Comprendió también la importancia que tenía para su tío al observar la manera deferente con que Frank Griffith, generalmente brusco, autoritario y dominante, trataba al industrial. Procuró adivinar los motivos que se ocultaban detrás de la deferencia de Griffith. ¿Era tal vez porque Yerkes era uno de los mejores clientes de la Agencias Griffith? ¿O tal vez porque un hombre de tanta riqueza e influencia se había acercado para ayudar a un amigo de negocios en un momento de desgracia?

Para Maggie, no Pollyana, Luther Yerkes era un filántropo en dinero, pero no era la clase de filántropo que también lo es en tiempo. Y, sin embargo, acababa de oírle decir, que no hacía tan siquiera ni diez minutos, que estaba decidido a hacer todo lo que pudiera por el hijo de Frank Griffith y por perseguir al verdadero criminal —es decir, aquel libro corrompido—. "Aquel libro corrompido", había dicho.

Sentado junto a Yerkes, sin hablar en absoluto y ocupado en tomar constantemente apuntes en un cuaderno de cubiertas negras, se encontraba el hombre que había sido presentado como consejero de relaciones públicas de Yerkes. No había podido captar su nombre propio —pensaba que era Irving, o Irvin, o tal vez Irwin— pero recordaba que se apellidaba Blair. Su cabello parecía una venta de cosas usadas. Su voz parecía un trombón. Era el otro extraño, y Maggie no comprendía exactamente el papel que desempeñaba en la cuestión.

En el centro, se encontraba un hombre que ya había visto alguna que otra vez, es decir, el abogado de la familia, Ralph Polk, que siempre venía con Homburg (¡en California!) y vestía corbata de pajarita y cuello almidonado y era moderado y archiconservador.

Después estaba su tío Frank que habitualmente era una dínamo y que ahora presentaba un insólito aspecto tranquilo, mascando constantemente el extremo de un puro sin encender. Frank Griffith la había cohibido ya desde el primer día de su llegada aquí. No era simplemente por su éxito. En la familia Russell —su tía Ethel era una Russell y era la hermana de la madre de Maggie— se sabía que Frank Griffith había enfilado el camino del éxito gracias a los bien invertidos ahorros de su novia. Hacía tiempo que Maggie sospechaba que los ahorros de su propia madre habían sido despilfarrados por su padre, habiendo sido mal invertido el resto, por lo que, cuando Maggie quedó huérfana, la familia Griffith tuvo que costear los gastos del entierro de su madre. Pero Frank Griffith había empleado bien el dinero de su mujer y había aprovechado su fama de atleta como héroe olímpico, fundando y levantando la agencia de publicidad que ahora tenía su cuartel general en la Madison Avenue y sucursales importantes en Chicago y Los Angeles. Si bien la labor de Maggie consistía principalmente en servirle a su tía de secretaria social y acompañante, de vez en cuando solía pasarle a máquina por la noche a su tío algunos trabajos y sabía que su agencia manejaba cuentas por valor de más de ochenta millones de dólares al año, siete millones de los cuales procedían de las cuentas de Yerkes.

Pero no era esta faceta de Frank Griffith la que había cohibido a Maggie desde un principio. Fue su energía hercúlea y su increíble seguridad en sí mismo (podía convencerle a uno de que tenía razón incluso cuando uno sabía que estaba equivocado). En su gimnasio personal, entre las fotografías y trofeos que atestiguaban sus hazañas físicas, se dedicaba religiosamente cada mañana a la práctica de ejercicios físicos. Después seguían el golf y el tenis y los caballos y el rancho junto a Victorville y su avión particular Lear de propulsión a chorro. Y su constante movimiento: clubes y banquetes y cenas sociales en Los Ángeles, así como sus constantes traslados a Chicago, Nueva

York o Londres. Era suficiente, reflexionó Maggie, para que cualquier mortal se sintiera pequeño e inadecuado como Toulouse-Lautrec. Por lo menos, físicamente.

Ahora le observaba, con su copete recién recortado, su rostro fuerte y de buen color, su cuerpo fornido enfundado en un ligero traje de franela color gris oscuro, las grandes manos, luciendo en una de ellas una sortija de oro con sello. Allí estaba el astro, el gran directivo, uno de los ciudadanos más generosos de la ciudad, a los ojos de todo el mundo modelo de hombre que se ha hecho a sí mismo, modelo de esposo y modelo de padre.

Y allí estaba humilde, abatido, destrozado por un hijo que se había mostrado anormal y débil y que se había perjudicado, no sólo a sí mismo, sino a toda su familia. Ahora, Frank Griffith era todo preocupación y Maggie se planteó a sí misma algunas preguntas socráticas:

¿Su gran preocupación era el resultado de una confusión paternal como consecuencia de lo que le había sucedido a su único hijo, tan bien educado? ¿Era tal vez una preocupación pragmática, centrada en las repercusiones del escándalo en sus negocios y en su posición en el país? ¿O, finalmente, se trataba tal vez de una preocupación paternal y protectora por el destino de su hijo?

Maggie le conocía bien, pero no íntimamente, y nunca le había visto atravesar una crisis, por lo que no podía saber la respuesta con toda seguridad.

Y, finalmente, se encontraba presente aquel sobre quien ella no se había planteado pregunta alguna.

El hijo.

Era Jerry, el Griffith que ella conocía mejor y por quien más se preocupaba, el que ahora atraía su atención. Estaba sentado en una silla con respaldo de listones, ansioso y nervioso, cruzando y descruzando las piernas. Su aspecto era tristemente joven y perdido. Ella conocía las cifras, pero las cifras mentían. Jerry tenía veintiún años y ella veinticuatro, pero, para ella, él tenía diez años menos y ella diez más. Para ella, él era un niño y ella una mujer. Era inteligente, pero tímido y retraído. Era un manojo de incertidumbres y problemas (al igual que la mayoría de los chicos de su edad, pensaba ella). Su madre estaba demasiado preocupada por su propia enfermedad y por sus padecimientos; su padre estaba demasiado ocupado; sus amigos eran demasiado incongruentes para proporcionarle la confianza que él necesitaba. Por ser Maggie apacible, comprensiva, tolerante y, a veces, sensata y por estimar siempre su estilo auto-despreciativo y su árido sentido del humor, se había convertido en su confidente y mejor amigo. En realidad, no simplemente en un amigo, sino en una especie de madre-padre, consejero y tabla de armonía.

Había creído conocer a Jerry por dentro, mejor que nadie de los que le conocían, sin embargo no estaba preparada para su conducta de la otra noche. Si bien conocía sus problemas, no se lo podía imaginar forzando violentamente a una muchacha. No es que fuera raro o psicópata o que no pudiera resultar atractivo a los ojos de las muchachas. Medía casi un metro setenta y era delgado —lo cual le hacía parecer más bajo comparado con los morenos muchachos del sur de California que eran sus compañeros de universidad— sin embargo, podía resultar atractivo.

Siguió estudiándolo. Su cabello castaño oscuro aparecía tan bien peinado como siempre. Su rostro meditabundo y ascético, presentaba ahora un aspecto mucho más lívido y chupado que de costumbre porque la ansiedad se había cebado en él. Pero podía resultar atractivo y salía con chicas, normalmente con dos a la vez, o sea que no era eso. ¿Qué espíritu maligno se había apoderado de él para impulsarle a atacar a aquella muchacha desconocida? Había sido el libro, su padre lo había dicho anoche. Había sido el libro, el Fiscal del Distrito también lo había reconocido. Y Jerry había admitido, al final, las lascivas fantasías que el libro le había suscitado.

La resultaba difícil creer que un libro, el que fuera, pero sobre todo aquel en particular, pudiera ser un Frankenstein que creara tanta perversidad. Pero lo cierto era que había leído el libro y que había admitido haberse sentido estimulado por el mismo y sólo él podía conocer la verdad, y ella le creía. Además, como consecuencia de la influencia del libro sobre sus actos, es posible que nacieran más sentimientos de simpatías hacia Jerry y esto atenuaría el castigo. Para Maggie, este hecho apartaba a un lado cualquiera otra motivación impidiéndole mostrar incredulidad. Sentía pena por Jerry. Y también sentía pena por el libro que los había traicionado a ambos.

Contemplaba a Jerry y le parecía imposible. Los violadores tenían aspecto de violadores, esto es lo que a ella siempre le había parecido por los reportajes de los periódicos y las fotografías borrosas. Un violador tenía que presentar un aspecto —¿cómo?— bajo, perdido, enfermo, desviado. Pero Jerry seguía pareciéndose a Jerry; era el mismo muchacho con quien había disfrutado de tantos chistes privados, con quien había leído y discutido *Alicia en el País de las Maravillas* y Hermann Hesse y Vivekananda. Una noche, hablando de Thoreau y del anticonformismo, Jerry había citado de memoria: "Si un hombre no marcha al mismo paso que sus compañeros tal vez es porque escucha otro tambor". Con todo, si no en sus conversaciones privadas, sí por lo menos en su comportamiento público, Jerry nunca había dado muestras de escuchar otro tambor. Entonces ¿qué tambor había escuchado la otra noche? Un tambor llamado J. J. Jadway, había dicho Jerry. Este era el tambor.

Pobre Sheri como se llamaba, pobre Sheri que estaba en el hospital. Y pobre Jerry, pobre Jerry.

Era un caso sin criminales. Sólo había víctimas.

Se preguntó qué podría sucederle y después comprendió que se lo había preguntado porque estaba escuchando a alguno de los presentes especular acerca de ello con una pregunta retórica.

Era Ralph Polk, el abogado de la familia, el que estaba hablando. Maggie le prestó toda su atención.

—Permítanme resumir el procedimiento una vez más —decía Polk—. La noche pasada cuando fuimos a la delegación de policía, Jerry estaba encerrado y yo conseguí arreglar la fianza. Ahora, a pesar de todo lo que Jerry ha dicho hasta este momento, en circunstancias de extrema emoción, sigue siendo inocente hasta que se demuestre que es culpable. Pretendo decir que la ley nos proporciona todavía opciones, oportunidades, y yo voy a aprovechar estas oportunidades y seguir todos los pasos necesarios hasta que estemos seguros de que Jerry desea realmente declararse culpable.

—¿Dice usted que todavía puede declararse *inocente*? —preguntó Frank Griffith.

—Totalmente. Permítame explicarle. En los casos como éste, siempre hay una primera instrucción. Gracias a la intervención y la colaboración de nuestro Fiscal de Distrito, hubiéramos podido hacerlo esta misma mañana. Usted ha visto lo que ha sucedido. El Fiscal de Distrito ha leído los cargos contra Jerry y se ha establecido una fecha para la vista preliminar. Ahora bien, el propósito del paso siguiente, es decir, de la vista preliminar, es que el tribunal pueda determinar si la acusación dispone de pruebas suficientes contra el acusado para justificar la celebración de un juicio. Si seguimos este paso, el Fiscal de Distrito presentará parte de las pruebas contra Jerry por medio del sometimiento de determinados hechos, documentos fehacientes, testigos, etc. Yo tendría el derecho de someter a preguntas a los testigos si decidiera hacerlo así. Si en esta vista el juez se muestra satisfecho ante las pruebas de la acusación, ordenará la celebración del juicio. El tercer paso sería una segunda instrucción. A Jerry se le preguntaría si se declara culpable o inocente. Si se declarara culpable, la sentencia se pronunciaría varias semanas más tarde. Si se declarara inocente, el caso se incluiría en el calendario de los tribunales para la celebración de un juicio. Como saben, si se declara culpable, la condena puede oscilar entre tres años y cadena perpetua en una cárcel del estado. El juez de aquí es bastante moderado. Bajo determinadas circunstancias, la condena pudiera ser la mínima. Bajo otras, digamos si la joven, la señorita Moore, mantuviera que se le han inflingido lesiones permanentes, la sentencia, el castigo, podría ser el máximo. Ahora bien...

—¡No lo haré! —gritó Jerry Griffith—. ¿De qué servirá? ¡Ya he dicho que hice lo que hice!

Frank Griffith se volvió enojado a su hijo.

—Cállate ¿quieres? No interrumpas.

Maggie se levantó instintivamente para interponerse entre ellos y proteger a Jerry, pero vio que éste miraba desalentado a su padre, a los demás, y que, por fin, lograba dominarse.

Polk había girado un poco en su asiento y se dirigió a Jerry, pareciendo incluir también a Luther Yerkes, que montenía el ceño fruncido.

—Iba a explicar, y voy a hacerlo ahora, por qué he sugerido que aprovechemos todos los pasos que legalmente se nos permiten. Sé que el procedimiento es molesto, Jerry, pero hay buenos motivos para seguirlo. Yo soy el abogado de su padre y ahora soy su abogado, y quiero hacer todo lo que pueda por usted. Permítame elaborar una estrategia. En primer lugar, en mi calidad de abogado, me he visto envuelto en demasiados casos para no saber que un cliente, en el período de tensión que sigue inmediatamente a un acto aparentemente criminal, en el que se comporta con remordimiento y confusión, puede confesarlo todo e insistir en que es culpable. Transcurrido un período de enfriamiento, el cliente suele mostrarse menos seguro, e incluso llega a comprender que no fue culpable. Entonces tenemos la oportunidad...

—Soy culpable y he dicho que era culpable —persistió Jerry.

—Jerry, te lo advierto, si no te callas... —empezó Frank Griffith.

—No importa, Frank —dijo Polk pacientemente—. Déjeme intentar convencerle.

Ahora se dirigió directamente a Jerry.

—Sí, todo esto podrá parecerle una locura, como intentar jugar un juego perdido de antemano. Jerry, yo no digo que vayamos a declarar que existe esta posibilidad y que vale la pena tenerla en cuenta. El Fiscal de Distrito tampoco desea un juicio. Está agobiado de trabajo y un juicio significa una pérdida de tiempo para él y un gasto para los contribuyentes. Pero podemos jugar con esto, hacerle creer que aceptaríamos de buen grado un juicio y ello nos situaría en mejores condiciones para llegar a un acuerdo y conseguir una condena más leve. Sí, estoy de acuerdo con usted en que, tal como están las cosas, una confesión de inocencia no sólo no sería honrada sino que, además, sería inútil. Un juicio sería un esfuerzo vano y yo no le metería a usted en una situación tan terrible si no tuviera usted ninguna posibilidad de éxito. La verdad es —y esto debe quedar entre nosotros— que tengo la intención de declararle a usted culpable en la segunda instrucción. Porque el verdadero motivo que tengo para alargar las cosas, para hacerle pasar a usted por una vista, se basa en otra estrategia completamente distinta, que ha nacido de una breve conversación privada que mantuve anoche con el Fiscal de Distrito Duncan y de otra conversación mantenida con el señor Yerkes esta mañana. Y esto... esto es importante.

Yerkes asintió.

—Esto es en bien de usted, Jerry. Le sugiero que escuche.

—Vamos a hablar con sinceridad —dijo Polk. A puerta cerrada, el Fiscal de Distrito puede ejercer una gran influencia sobre el juez que emita la sentencia tras una confesión de culpabilidad por estupro. Ahora bien, el Fiscal de Distrito Duncan y el señor Yerkes coinciden en que usted fue una víctima de la obscenidad de *Los Siete Minutos*. Consideran que el verdadero criminal es el libro, su influencia en los lectores jóvenes e impresionables. Se acusa al libro según las leyes vigentes en el estado de California. Consideran que el público podrá comprender que si tales libros no fueran asequibles a los jóvenes como usted, muchos actos de violencia, como esta violación por ejemplo, nunca se habrían cometido. En pocas palabras, usted se sintió transitoriamente estimulado e incitado por este libro. Pero necesitamos tiempo para que esto cale profundamente en la mentalidad de la gente. Si lo conseguimos, habremos creado una atmósfera mucho más favorable para usted y podremos esperar que ello influya en el juez hasta el extremo de que emita un fallo más favorable para su causa. Esta es la razón de que yo pretenda que sufra usted la vista preliminar y la segunda instrucción. Se trata de ganar tiempo.

Jerry se incorporó en su asiento y sacudió la cabeza.

—Señor Polk... señor Polk, no me importa el fallo ni lo que pueda sucederme. Ya no me importa.

Polk sonrió con simpatía.

—Lo comprendo, Jerry. Está atravesando usted una gran tensión y ya suponía que ésta sería su opinión en estos momentos. —Se volvió hacia Frank Griffith—. Lo cual nos lleva a otra cuestión, Frank. Considerando la situación de Jerry, yo recomendaría... oh, Jerry puede ayudarnos a decidirlo, pero yo recomendaría que añadiéramos otro aspecto al caso, para paliar el fallo que pueda emitirse en un futuro. Me gustaría afirmar que este acto criminal se opone por completo al carácter de su hijo. Por consiguiente, me gustaría poder ofrecer como atenuante que Jerry no estaba legalmente en pleno uso de sus facultades mentales cuando cometió el crimen que se le imputa. Ello requeriría los servicios de un psiquiatra de primera categoría... uno como el doctor Roger Trimble.

—Haremos cualquier cosa que pueda ayudar a mi hijo —dijo Frank Griffith—. ¿Cree que podrá conseguir que lo vea el doctor Trimble?

—El doctor Trimble es amigo mío y también lo es del señor Yerkes. Yo creo...

—¡No! —hablaba Jerry y, esta vez, se había puesto de pie y estaba temblando—. A lo mejor pasaré por todo lo demás, pero no dejaré que un psiquiatra...

Griffith se levantó dominando a su hijo con su impresionante figura.

Al verlo, Maggie se sobrecogió. Pero, para asombro suyo, el tono de voz de Griffith sonó conciliador por primera vez.

—Jerry, estamos aquí para ayudarte en todas las formas humanamente posibles —dijo Frank Griffith—. Estoy decidido a aprovechar todo lo que pueda mejorar tu situación.

—Lo sé, padre, pero no puedo...

—Ralph Polk conoce las leyes. Si dice que el hecho de que te visite un psiquiatra puede influir sobre el fallo que emita el juez...

Polk también se levantó.

—Y puede, Jerry —dijo tranquilamente—. El juez tendrá en cuenta el hecho de que usted nunca se haya visto envuelto en ninguna clase de delito. Entonces designará un agente de vigilancia para que investigue su ambiente y consiga la mayor información posible acerca de su familia, sus amigos, profesores... Cuando el agente de vigilancia le informe de que el doctor Trimble le está sometiendo a tratamiento —un psiquiatra de su reputación— esto podrá suavizar muchos ángulos e influir en los informes del agente de vigilancia.

Jerry seguía sacudiendo la cabeza.

—Señor Polk, no, no puedo, no quiero a ningún psicoanalista. No me importa lo que usted piense. Yo no estoy loco. Fue simplemente una... una cosa momentánea. Hasta el Fiscal de Distrito lo dijo la última noche. El dijo también que había sido culpa del libro.

Polk se encogió de hombros.

—Desde luego, nadie puede obligarle a usted a que le visite un psicoanalista, Jerry. Pero creo que sería una jugada inteligente.

Frank Griffith se adelantó y colocó un brazo alrededor de los hombros de su hijo, dirigiéndose a Polk.

—No se preocupe, Ralph. Estoy seguro de que podremos convencer a Jerry de que esto es lo mejor para él. Siga adelante y póngase en contacto con el doctor Trimble y arregle todo lo que pueda. Ahora, Jerry, creo que estás un poco cansado. ¿Por qué no subes arriba y descansas un poco? Toma un sedante y reposa. Podemos arreglar el resto sin necesidad de que tú estés presente.

Jerry levantó los ojos hacia su padre, de repente se apartó y, sin dirigirle la palabra a nadie, salió apresuradamente de la estancia hacia la escalera.

Los ojos de Maggie le siguieron. Mientras los hombres empezaban a acomodarse de nuevo en sus asientos y a encender sus puros y cigarrillos, Maggie se levantó y se dirigió hacia el vestíbulo.

Una vez fuera del alcance de su vista, subió rápidamente la escalera.

Alcanzó a Jerry en el rellano del segundo piso.

—Jerry...

El esperó, procuró sonreír pero no lo consiguió.

—Siento que te hayan metido en todo esto.

El permaneció en silencio.

—Estoy segura de que están tratando de ayudarte a su manera —dijo ella.

Las manos de Jerry juguetearon nerviosamente con su *sweater*.

—No me importa que nadie me ayude. Hice una cosa mala, loca, y merezco ser castigado, por lo tanto, que me castiguen. Pero no deseo pasar por una tortura adicional. No quiero ir a ninguna sala de justicia —lo de esta mañana ya ha sido bastante, ha sido la última vez— no quiero que los abogados y los jueces me destrocen el cerebro delante de todo el mundo y no quiero que los psiquiatras me destrocen el resto. Lo único que quiero es que todos me dejen en paz.

—Muy bien, Jerry.

—Estas cosas... es como hacerme abrir la bragueta en público.

—Lo sé.

—Hice mal, por consiguiente que me castiguen y me dejen en paz. Lo único que quiero es que me dejen en paz. No me refiero a tí, Maggie, sino a los demás... Quiero que me dejen en paz y recibir el castigo que merezca. —Buscó su cara y después dijo. —Tú lo comprendes. ¿No podrías hacérselo comprender a ellos, Maggie?

—Yo... puedo intentarlo. Lo intentaré. Hoy no quizás. En el momento oportuno.

—Gracias... creo que no me encuentro muy bien. Es mejor que duerma un rato.

—Descansa, si puedes. Lo necesitas.

—De acuerdo.

—Se volvió y se dirigió hacia su dormitorio. Cuando estuvo dentro, Maggie regresó a la escalera. Lenta, pensativamente, descendió por la misma.

Al llegar abajo, pudo escuchar la conversación que se estaba desarrollando todavía en el salón. Se acercó a las voces. Se aproximó suavemente hasta la entrada de la habitación y permaneció de pie mirando y escuchando. Ellos estaban demasiado inmersos en la conversación para poder observar su presencia.

Ralph Polk estaba asintiendo a algo que había dicho Luther Yerkes y después Polk dijo:

—Sí, señor Yerkes, no cabe duda en cuanto a esto, no cabe la menor duda. Este libro pornográfico es nuestro argumento más elocuente en favor de Jerry. Es, como usted dice, el factor clave de nuestro caso. Por esta sola razón, si no hubiera ninguna otra, insistiría en que el muchacho fuera sometido a tratamiento por el doctor Trimble. Estoy casi seguro de que, en pocas sesiones, el doctor Trimble podría estudiar y valorar el trauma sufrido por Jerry tras la lectura de *Los Siete Minutos*. Esto sería muy importante para nosotros. —Le dirigió a Yerkes una breve sonrisa—. Y estoy seguro de que también sería muy importante para el Fiscal de Distrito, en caso de que procesara el libro.

Los ojos de Yerkes permanecían ocultos detrás de las gafas ahumadas y su rostro rollizo estaba impasible.

—Supongo que sí, pero no tengo la menor idea de lo que Elmo piensa hacer. De todos modos —se levantó e, inmediatamente, se levantó también Blair— puedo decirle lo que yo pienso hacer. Al estar en esta casa, al ver con mis propios ojos el horror y la destrucción que puede cernirse sobre un adolescente, sobre una familia honrada, sobre una comunidad, por culpa de un pantano disfrazado de literatura, me he convencido más que nunca de la necesidad de dedicarme al problema de que, a no ser que dispongamos de una censura en este país, se instaurará en el mismo, el caos y una violencia creciente. Tengo la confianza de que usted se unirá a esta lucha, no sólo porque ello es beneficioso en su caso, sino porque ello es beneficioso para el futuro de nuestra sociedad y para la causa de la justicia.

—Tiene usted mi promesa, señor Yerkes —dijo Griffith fervorosamente.

—Y usted tiene la *mía* —dijo Yerkes—. A partir de este momento, dedicaré todas mis energías, todos mis recursos y toda mi autoridad a librar a esta comunidad y a nuestro país de todos estos vendedores de obscenidad corruptora de la mente y destructora del alma. ¿Sabe lo que vamos a hacer juntos? Les tiraremos el libro a ellos —su libro— ¡y echaremos del templo para siempre a los avaros cambistas y a los estupradores!

En cierto modo, a Mike Barrett no le sorprendió que el Fiscal de Distrito estuviera demasiado ocupado para verle y de que su entrevista fuera breve y sencilla.

Elmo Duncan había establecido claramente el límite de tiempo unos segundos antes al llamar a su secretaria y decirle que retuviera las llamadas durante unos tres o cuatro minutos y que comunicara a las personas que estaban esperando sus citas que sólo tardaría unos minutos.

Al dirigirse hacia el Palacio de Justicia, Barrett sintió que volvía a encenderse en su alma una pequeña esperanza que justificaba el optimismo de que había hecho gala al hablar anteriormente por teléfono con Sanford. Confiaba en que Duncan mantendría su promesa del día anterior y que el nuevo sesgo que había adquirido la cuestión de *Los Siete Minutos* no influiría en la primitiva actitud de benevolencia en relación con el procesamiento del librero.

Barrett había sido conducido desde el despacho del recepcionista, pasando por la cocina particular del Fiscal de Distrito, hasta la habitación en que se encontraba la secretaria particular de Duncan. Ella le había acompañado hasta el espacioso, bien iluminado y moderno despacho de Duncan. Barrett observó que la puerta que daba paso el cómodo salón del Fiscal de Distrito permanecía abierta y se preguntó brevemente si Duncan le llevaría allí. Pero Duncan se limitó a indicarle con un gesto de la mano uno de los dos sillones de cuero colocados frente al amplio y bonito escritorio sueco. Esto significaba negocio. Nada de cumplidos. La esperanza de Barrett empezó a desfallecer y a esfumarse.

Entonces, Barrett pudo observar claramente que no se trataba del mismo hombre que le había recibido con tanta amabilidad el día anterior. Las facciones de Duncan aparecían tensas, como reprimiendo un sentimiento de impaciencia. La bandera de los Estados Unidos prendida de un asta colocada detrás del sillón giratorio de alto respaldo, parecía nacer directamente de su cabeza.

Nerviosamente, el Fiscal de Distrito rebuscó entre los papeles de su escritorio, echó una mirada al teléfono y al garrafón de agua que estaban junto a su codo y después observó los libros impresionantemente encuadernados que se encontraban en las estanterías; finalmente, con desgana, dirigió su atención hacia Barrett.

—No esperaba que viniera usted personalmente —dijo—. Creía que iba usted a llamar. Me temo que tengo un calendario un poco ocupado.

Duncan no dijo nada más. Esperó.

—Creía que sería más fácil así —respondió Barrett—. Seré breve. Teníamos que hablar de la cuestión de Ben Fremont.

—Sí.

El Fiscal de Distrito no le facilitaba las cosas en absoluto y Barrett comprendió que tendría que aceptar el nuevo curso de los acontecimientos y enfrentarse al mismo sin subterfugios.

—He leído los periódicos, desde luego. Sobre el muchacho Griffith. Y sobre el libro de Jadway. ¿Son fidedignos los reportajes? ¿Es eso lo que ha sucedido?

—Son fidedignos.

—Ya entiendo. Por el tono que emplea la prensa, parece deducirse que quien ha cometido el estupro es la sombra de J J Jadway.

Duncan buscó un cortaplumas español que estaba sobre su escritorio y lo tomó. Tenía forma de espada. Sin levantar los ojos, dijo:

—En esta oficina estamos tratando el caso de Griffith como un caso y el caso de Fremont como otro caso distinto. La prensa no es la que estudia estos casos, señor Barrett. Es mi oficina la que los estudia.

Barrett observó una actitud cautelosa.

—¿Me está usted diciendo entonces que, en su mente, el uno no tiene nada que ver con el otro y que sigue siendo usted tan objetivo como ayer en cuanto al caso de Ben Fremont?

La espada de Toledo del cortaplumas brilló al girar lentamente en la mano del Fiscal de Distrito.

—No le estoy diciendo tal cosa —dijo Duncan—. Le estoy diciendo que, ante la ley, estamos tratando cada caso por separado y los estamos juzgando a ambos de acuerdo con sus propias pruebas. Somos plenamente conscientes de que se trata de dos casos distintos. Pero, al mismo tiempo, somos también conscientes de que en el tribunal de la opinión pública pueden convertirse de la forma más natural en un solo caso.

—¿Está sugiriendo usted que la opinión pública puede prejuzgar su manera de tratar esos casos como casos separados?

Duncan se incorporó en su asiento, apoyando los codos sobre el papel secante de su escritorio. Su ojos se entrecerraron.

—Señor Barret, aquí tenemos acusaciones contra el vendedor de un libro obsceno. Aquí tenemos también acusaciones contra un joven que ha cometido una violación con violencia y ha causado lesiones graves, acto criminal al que le ha inducido la lectura de este libro precisamente. La reacción pública ante este hecho, no sólo a nivel local sino también nacional, ha sido instantánea y apasionada. Mientras que una gestión encaminada a conseguir el cumplimiento de la ley no tiene por qué tener en cuenta los caprichos del público, sí tiene que tener en cuenta la opinión del público cuando las demandas de éste coinciden con sus propias actividades. No debe usted olvidar, señor Barrett, que la ley es un instrumento de la opinión pública, creada por el público para protegerse a sí mismo. Y qué otra cosa soy yo, señor Barrett, sino un servidor público.

Barrett permaneció en silencio. La lección que se le había impartido, como si fuera un colegial, había sido presuntuosa e incluso condescendiente. Encubría todas las posibles motivaciones políticas. Era una conversación ambigua.

Barrett ya no estaba de humor para poder esperar alcanzar el éxito en su gestión.

—Ayer, señor Duncan, actuando en calidad de servidor público, estaba usted dispuesto a servir a la ley y al público tratando las acusaciones contra Ben Fremont como una infracción menor, e incluso discutible, de la ley. Prácticamente, me aseguró usted que, si declarábamos culpable a Fremont, usted conseguiría que todo terminara con la imposición de una multa y una suspensión de la condena. Unicamente quería usted disponer de tiempo para explicárselo a su equipo de colaboradores, por deferencia. Ahora estoy aquí esperando su decisión final. Una multa y una suspensión de la condena. ¿Sigue siendo ésta su intención?

El Fiscal de Distrito tiró a un lado el cortaplumas en forma de espada.

—Me temo que no —dijo—. He consultado con mi equipo. Desde ayer, disponemos de nuevas pruebas contra *Los Siete Minutos*. He examinado el libro con mayor detenimiento y he estudiado la acusación específica formulada contra él, iluminada por esta nueva prueba, y me he convencido de que no estamos tratando un simple delito de menor cuantía sino un auténtico crimen que podría tener extensas consecuencias poniendo en peligro la seguridad pública.

—¿Se refiere usted a una extensa multiplicación de los estupros? —dijo Barrett secamente.

Duncan no se divertía.

—Me refiero a la distribución de una peligrosa obra obscena titulada *Los Siete Minutos*... Puede informar a su cliente de que si Ben Fremont se declara inocente procesaremos al acusado hasta el límite que nos permita la ley. Celebraremos un juicio y utilizaremos todos los recursos de que dispongamos para demostrar que el acusado, y el libro si usted quiere, es culpable del delito de que se le acusa. No obstante, si usted prefiere declararle culpable, el acusado recibirá la máxima pena aplicable a su caso —la multa y doce meses de cárcel. Nada de tratos, nada de compromisos, señor Barrett.

Y nada de temor a la amistad entre Barrett y Willard Osborn II, pensó Barrett. El Fiscal de Distrito hablaba seguro de su fuerza. Evidentemente tenía un protector más rico, más influyente y más poderoso que Osborn.

—Y en cuanto a los dos casos —dijo Barrett— ¿sigue usted pensando tratarlos por separado?

—Son casos separados —dijo Duncan, dando muestras de una ingenua inocencia—. Desde luego —añadió— si celebramos un juicio contra el libro, es posible que nos veamos obligados a llamar a Jerry Griffith como testigo material.

—¿Testigo *material*, señor Duncan?

—Cuando un joven impresionable es impulsado, según confesión propia, a cometer un crimen atroz por culpa del contenido de un libro que acaba de leer, me atrevo a decir que ello es importante a los efectos de la afirmación según la cual el libro es pernicioso, por lo que debería ser prohibido constituyendo la venta del mismo un acto criminal. Oh, sí, creo que todo lo que Jerry Griffith pueda decirnos acerca del libro, acerca de los efectos ejercidos por el mismo en su mentalidad, es muy importante en este caso.

Involuntariamente, Barrett sacudió la cabeza. Hubiera deseado formular una objeción. Pero no estaba en una sala de justicia. Y el Fiscal de Distrito, siguiendo un camino tortuoso, había llegado antes que él con dos casos separados que ahora parecían uno solo. Un servidor público, pensó Barrett amargamente, respondiendo al mandato del público. O, probablemente, al mandato de Luther Yerkes. No, pensó Barrett, no le daría al Fiscal de Distrito la oportunidad de tergiversar la ley en ninguna sala de justicia.

—¿Deduzco entonces que ésta es su última palabra? —preguntó Barrett.

—Sí —contestó Duncan. Pero no hizo ademán de levantarse—. Y ahora me gustaría conocer su última palabra, señor Barrett. ¿Pretende usted declararle... culpable o inocente?

—Si la decisión dependiera de mí únicamente, podría tomarla ahora mismo. —Barrett se levantó—. Tendré que consultar con mi cliente de Nueva York.

Al levantarse, dijo Duncan suavemente:

—Estoy seguro de que le indicará que no puede haber ninguna posibilidad de compromiso. Si se declara culpable, Fremont permanecerá un año en prisión, el libro será culpable y no podrá venderse en Oakwood... para empezar. Si se declara inocente, entonces la única posibilidad es procurar conseguir que el librero —acentuó cuidadosamente las palabras— y el libro salgan absueltos. Pero, para esto, habrá que celebrar un juicio ante un tribunal.

—Así se lo indicaré —dijo Barrett.

Puede estar seguro de que así lo haré, pensó Barrett, le diré claramente a Phil Sanford que no vamos a darles a estos bastardos la oportunidad de unas vacaciones romanas y un circo de propaganda a expensas nuestras. Se encaminó hacia la puerta y la abrió.

—Le diré algo esta tarde.

De pie detrás del escritorio, ya más tranquilo, Elmo Duncan sonrió por primera vez.

—Lo esperaré —dijo.

Puesto que no había tiempo que perder y puesto que Phil Sanford estaba esperando noticias suyas, Mike Barrett decidió llamar a Nueva York inmediatamente. Sin fiarse de los teléfonos del edificio del Palacio de Justicia, se dirigió rápidamente a la Temple Street, al imponente edificio de la Sala de Archivos, y encontró una cabina vacía en el interior. Le concedieron la conferencia inmediatamente y Sanford fue informado de la misma en seguida, pero el editor tardó un buen rato en ponerse al aparato. Su forma dilatoria de considerar una llamada que le había parecido tan importante al principio confundió y molestó a Barrett. Cuando, al final, Sanford tomó el aparato, excusándose indiferentemente por haber hecho esperar a su amigo y explicándole que su despacho estaba más abarrotado de gente que la Estación Central, Barrett le interrumpió y le empezó a hablar inmediatamente del asunto que tenía entre manos.

Sin permitir que Sanford le interrumpiera con preguntas o comentarios, Barrett se enzarzó en un monólogo, informándole de los detalles de su entrevista con el Fiscal de Distrito y de la perfidia del cambio súbito de Duncan. Más explícitamente de lo que el mismo Duncan hubiera podido esperar, Barrett articuló las alternativas y las consecuencias legales de las dos declaraciones de culpabilidad o inocencia.

En los límites claustrofóbicos de la cabina telefónica, Barrett le estuvo hablando a Sanford durante varios minutos y aún no había terminado.

—¿Qué significa esto? —preguntó Barrett, planteándose la pregunta como para aclararse más las cosas a sí mismo—. Permíteme decirte lo que esto significa, Phil, y permíteme darte un consejo. Duncan casi me ha estado suplicando que le declaremos inocente y que se celebre un juicio. Desea un juicio como escenario desde el que pueda dramatizar el hecho e impresionar al público con su figura de campeón de la campaña contra las malas costumbres. Y ya ha conseguido el guión. Un guión que ejercerá una gran atracción en las masas. No afirmo que él sea falso y nada más. Quiero ser sincero con respecto a él. Evidentemente, él cree de buena fe que una novela como Los Siete Minutos puede causar graves daños. Es cierto que ayer no lo creía con tanto convencimiento. Considera que el estupro cometido por Griffith constituye una demostración práctica de la conducta antisocial que puede generar un simple libro. Estoy seguro de que lo cree así. Quién sabe, es lo suficientemente honrado como para eso. Al mismo tiempo, tú conoces mi escepticismo acerca de la honradez. Hurga en cualquier santo lo suficientemente hondo y tocarás el auto-interés. El hecho es que, con el muchacho Griffith como testigo principal, Duncan consigue un juicio que trasciende lo meramente literario o intelectual y se convierte en un carnaval emocional de amplio interés para el público. Desde una sala de justicia, podrá conseguir que su nombre sea conocido a nivel nacional, si consigue llevar a cabo su propósito. Y él está seguro de que puede conseguirlo. Y, hablando francamente, me inclino a estar de acuerdo con él.

—¿Qué estás diciendo, Mike? ¿Quieres decir que crees que puede ganar?

Barrett se acercó más al aparato.

—Voy a ser sincero contigo. Sí, basándonos en lo poco que sabemos ahora, la ventaja de que ellos disponen favorecería en mucho a la acusación. Ya sé que te he dicho esta mañana que estábamos tratando un caso aparte, un caso de censura, y que el estupro cometido por Griffith no tiene legalmente nada que ver con el mismo. Esto sigue siendo cierto. El propio Duncan lo admite. Pero la conversación que acabo de tener con él me hizo comprender el alcance de otras fuerzas que están interviniendo —la opinión y la presión públicas— la decisión de introducir al muchacho Griffith por la puerta lateral como testigo... las ambiciones políticas del Fiscal de Distrito o de sus protectores. En este clima, es probable que pudieran conseguir que ambos casos parecieran uno solo. Si lo hicieran, resultaría casi imposible obtener un veredicto de inocencia de un juez o un jurado. ¿Cómo demonios puede defenderse un caso como éste? Tú dices que este libro es una obra de arte e invocas la Constitución y la libertad de prensa en beneficio de una obra de arte. Por su parte, ellos se limitan a señalar a la patética muchacha que se encuentra en estado de coma en el hospital y que acaba de ser violada por alguien que dice que se vio inducido a ello por tu obra de arte. ¿Cómo juzgarías tales argumentos? Escucha mi consejo. No debemos declararle inocente y arriesgarnos a la celebración de un juicio. La publicidad desfavorable y la pérdida casi inevitable del pleito sería la causa de que el libro fuera prohibido en todas las principales ciudades de América. Estarías acabado, Phil...

—Espera, Mike, escucha, yo...

—Déjame terminar —lo interrumpió Barrett ásperamente—. Haz lo que yo te digo. Explícale la situación a Ben Fremont. El lo comprenderá. El no deseará pasar por todas las preparaciones previas al juicio, con toda su secuela de agitación y notoriedad. Estará en una situación diez veces mejor si se declara culpable. Le pagaremos la multa. Y en cuanto al año de prisión, no es que sea una broma, pero tampoco es la guillotina, y puede compensársele de alguna manera. Una vez se haya declarado culpable, habremos bajado la tienda del circo de Duncan y le habrás garantizado un futuro al libro. La condena de Fremont se mencionará en los periódicos por algún tiempo pero, al no disponer de nada nuevo que presentar ante los ojos del público, desaparecerá de vista para siempre. Si hubiera otros procesos en algún sitio, por lo menos éstos no estarán relacionados con un estupro... Cuando te hayas librado de ellos, podrás volver a vender el libro por todas partes, menos en Oakwood. Estoy seguro de que estarás de acuerdo conmigo. ¿Me dejas que llame a Duncan ahora mismo y le notifique nuestra decisión?

—Mike...

—¿Quieres?

Hubo lo que pareció un silencio interminable. Barrett escuchaba. Sólo podía escuchar la agitada respiración de Sanford a cinco mil kilómetros de distancia.

Al final, Sanford habló.

—Ya... ya es tarde, Mike. Es lo que estaba intentando decirte. Ya es demasiado tarde.

—¿De qué estás hablando?

—He hecho una declaración pública de lo que vamos a hacer. He afirmado que íbamos a declararnos inocentes. He afirmado que afrontaremos un juicio para defender a Ben Fremont y Los Siete Minutos. Ya está hecho.

En un gesto involuntario de incredulidad ante lo que había escuchado, Barrett se apartó el aparato del oído, lo miró y se lo volvió a acercar.

—¿He oído bien? ¿No me estarás tomando el pelo, verdad? No es precisamente cosa de broma.

—He hecho una declaración pública hace menos de una hora. Iremos a un juicio, Mike, y necesitamos todo el...

—En mi opinión, lo que tú necesitas es una camisa de fuerza y una docena de psiquiatras.

—Mike, no me has dado la oportunidad de hablar. No sabes lo que ha sucedido aquí, de lo contrario lo entenderías —se quejó Sanford—. Después de hablar contigo esta mañana, he sufrido un diluvio de telegramas y llamadas procedentes de todo el país. Todo el mundo ha enviado telegramas. La mayoría de las librerías importantes, algunos de los más importantes mayoristas —Baker y Taylor, A. C. McClurg, American News, Raymar, Dimondstein Bookazine, todos los que quieras— y todos con la misma pregunta. ¿Qué vamos a hacer con Ben Fremont? Si cediéramos en el asunto de Ben, significaría que cedemos con Los Siete Minutos. Si admitimos que Ben es culpable y merece ser encerrado sin oponer resistencia, parecerá que admitimos que el libro es obsceno y que no merece ser puesto a la venta. De hecho, si cedemos en el asunto de Ben Fremont, significará que exponemos a todos los libreros a ulteriores detenciones, sin ofrecerles ayuda alguna. Era como si la Asociación Americana de Libreros se dirigiera a mí con voz unánime. Lucha contra los censores aquí y evita que la censura se extienda, de lo contrario olvídate del libro. Porque si la Sanford House se niega a luchar, nadie se atreverá a comerciar con el libro.

Mira, ya sabemos lo que sucedió antes en una situación análoga, Mike. Me han dicho que cuando la Grove Press publicó Trópico de Cáncer, de Henry Miller, se produjeron más de sesenta procesos criminales y civiles contra libreros. Y, aunque el editor se ofreció a defender o a ayudar a defender a aquellos libreros, los restantes libreros se atemorizaron tanto que devolvieron —devolvieron, rechazaron ¿lo oyes?— setecientos cincuenta mil de los dos millones de ejemplares que se habían publicado. Cuando Putnam publicó *Fanny Hill*, no garantizaron ninguna clase de protección a los libreros. Pero cuando vieron las mareas periódicas de prohibiciones y embargos en lontananza, comprendieron que muy pocos libreros se atreverían a comerciar con la novela a menos que estuvieran respaldados. Entonces seleccionaron tres ciudades clave en las que el libro había sido atacado —Mackensack, Boston y Nueva York— y lucharon contra los censores. El resultado fue que sobrevivió su libro y la libertad de venderlo y de leerlo. En cierto sentido, somos más afortunados, Mike. De momento, sólo tenemos un caso de prohibición, sólo uno, tal vez más difícil y sensacional que los demás, pero un caso que, si defendemos y ganamos, desalentará a cualquier otra acción criminal o civil ulterior. ¿Si no luchamos en cambio? Entonces todos los mayoristas y todas las librerías empezarán a devolverme miles y miles de ejemplares. Nuestro libro habrá muerto antes de nacer. Esto lo he comprendido claramente.

¿Qué otra alternativa tenía, Mike? Estaba desesperado. Estaba tan desesperado que, al final, he contestado a las llamadas de Wesley R. ¿Sabes qué me ha dicho? ¿Sabes por qué me llamaba después de leer los titulares de los periódicos? Era para decirme que siempre había sabido que yo era un estúpido, pero que ahora también lo habían confirmado los demás... que no sólo era un estúpido sino también un bodoque por publicar a Jadway. ¿Y para ayudarme, para darme un consejo paternal, sabes lo que me ha dado? Una receta. "Cuécete en tu propio jugo", me ha dicho. Y cuando ya esté cocido, ha dicho, espera que quede algo para podérselo vender a alguien que sepa mejor cómo llevar el negocio. Yo estaba solo, en la olla a presión, con todos los comerciantes de libros esperando una respuesta. Estuve esperando y esperando a que tú llegaras a un compromiso con el Fiscal sabiendo que, aunque lo hubieras conseguido, ya sería demasiado tarde, demasiado tarde para declarar al libro culpable de estupro. Así es que, al final, convoqué a todo el mundo y redactamos un comunicado para nuestros principales mayoristas y libreros y para la prensa. Reafirmamos nuestra fe en la honradez y el valor literario de *Los Siete Minutos*. Nos comprometemos a defender el libro contra todas las fuerzas que se opongan al mismo. Hemos anunciado que apoyamos a Ben Fremont y al libro de Jadway y que nos declaramos inocentes y que, ante los tribunales, demostraremos nuestro argumento a los ciudadanos de Los Angeles, del país y de todo el mundo. He dado mi palabra... Lucharemos con todos los recursos de que dispongamos.

—Esto es justamente lo que el Fiscal de Distrito acaba de decirme, utilizando estas mismas palabras, exactamente tus mismas palabras.

—¿Cómo?

—Que lucharía contra *ti* con todos los recursos de que disponga.

—Lo... lo esperaba —dijo Sanford vacilante—. ¿No crees lo que has dicho de que no tenemos ninguna posibilidad de éxito en el juicio, verdad Mike?

—De repente, Barrett sintió pena por su amigo.

—Quizás he exagerado un poco. Lo que hubiera debido decir es que odio ver a nadie metido en un juicio. Los juicios son muy molestos, son costosos y pueden ser imperfectos. A veces, cuando terminan, es difícil decir quién ha ganado y quién ha perdido, porque todos parecen haber perdido. Y este caso es especialmente difícil. La acusación dispone de armas muy efectivas. Desde luego, entre este momento y la fecha en que se celebre el juicio es posible que consigas también buenas armas. —El cansancio se estaba apoderando de Barrett—. Bueno, es mejor que llame al Fiscal y le comunique que deseas declarar inocente a Fremont. Odio hacerlo, pero no me dejas otra alternativa.

—No tenía otra alternativa —insistió Sanford—. Si yo volviera la espalda a este caso, se abriría la compuerta de la esclusa. Sería el final de la libertad de expresión en nuestra país.

—¿Es ésta tu preocupación principal, Phil... la libertad de expresión?

—De acuerdo, bastardo. Y mi propio cuello. Me preocupa esto también.

Barrett no pudo evitar sonreir.

—Esto ya me parece más probable. Bueno, si es tu cuello lo que te preocupa, permíteme darte otro consejo y, esta vez, síguelo. Te encuentras en la línea de fuego. Necesitas el mejor proyectil que haya. Esto significa que necesitas el mejor abogado defensor de los Estados Unidos. Procura encontrarlo.

—Ya lo tengo.

—¿Lo tienes? ¡Estupendo! ¿Quién es?

—Tú, Mike. Te contraté ayer, ¿no lo recuerdas?

—Oh, no, no lo hiciste, Phil —dijo Barrett llanamente—. Yo he sido simplemente un relleno temporal para un editor-en-apuros. Iba a ser una rápida declaración de culpabilidad y basta. Un juicio ya es otra cosa. Puede llevar semanas y meses y yo ya estoy comprometido.

—Has dicho que habías dejado a Thayer y Turner. No insistiría si no supiera que estás libre.

—Phil, no estoy libre —insistió Barrett exasperado—. ¿No me has oído cuando te he dicho, no una vez sino dos, que los he dejado para incorporarme a la Osborn Enterprises? La ocasión de la vida.

Y una de las condiciones del nuevo trabajo es que pueda empezar de inmediato. Te lo dije esta mañana.

Pero entonces comprendió que tendría que contárselo de nuevo a su amigo, con detalles más convincentes. Procurando disimular su cansancio, volvió a repetir toda su aventura con Osborn y la oportunidad que se le había ofrecido.

—Ahora ya sabes por qué no puedo ser tu asesor legal —terminó.

Sanford no se inmutó.

—Puedes decirle a Osborn que aceptarás el empleo cuando hayas terminado el juicio.

—No me imagino pidiéndole ningún favor a Osborn. Bastante suerte he tenido consiguiendo un empleo en su empresa. Mira, Phil, en los Estados Unidos hay trescientos mil abogados y, por lo menos, hay cien mil que estarían encantados de encargarse de tu caso y que lo llevarían mucho mejor que yo. Por el amor de Dios, Phil, nunca he tratado un caso de censura.

—Tú has tratado muchos casos de Primera Enmienda cuando estabas en el Instituto de Buen Gobierno. Bueno, pues esto es un caso de Primera Enmienda, ni más ni menos. ¿Qué importa que el problema sea político o literario? Lo que se pretende defender es el derecho a la libertad...

El sabía lo que se pretendía defender. Sabía lo que estaba en juego. Fugazmente, el rótulo que colgaba en su viejo despacho del Instituto y que citaba una frase de la Unión Americana de Libertades Civiles, cruzó ante sus ojos. Afirmaba que, en una sociedad viva, los principios suelen entrar en conflicto. En algunas cosas, no podía haber conflicto alguno. Un hombre no puede tener la libertad de lesionar a los demás, de calumniar, de instigar al populacho al desorden, de crear el peligro de una conducta sexual ilegal, de una revolución o de un sabotaje. Pero, y ahora recordaba el texto exactamente, "Dentro de estos límites, las personas deberían poder decir lo que quisieran, por impopular o irresponsable que fuera. De lo contrario, no es posible decir cuándo la mayoría podrá decidir que las opiniones de uno son ofensivas". Este había sido su lema cuando defendía a los que proclamaban sus opiniones políticas, y Sanford tenía razón. También era el lema que había que aplicar a la libertad de hablar y escribir como a uno le plazca, y de leer lo que uno desee. Había utilizado una táctica equivocada con Sanford y se había hecho a sí mismo vulnerable.

—De acuerdo, Phil —dijo—. Digamos que estoy en condiciones de hacerlo. Pero lo cierto es que no estoy disponible. Te lo repito, puedo buscarte un abogado, una batería de abogados, no sólo capacitados sino también disponibles y deseosos de ayudarte. Sé razona ble. Déjame buscarte a alguien. Encontraré un abogado competente.

—No —replicó Sanford llanamente—. Tú eres el único a quien puedo confiar todo mi futuro. Sólo tú me conoces. Tú sabes lo que me va en ello. Tú tendrías un interés personal. Me defenderías como si defendieras tu propia vida. Te dedicarías a mí como amigo, no como simple cliente. Tú conoces el mundo editorial de Nueva York tan bien como las leyes de California. Y sabes de libros. Tú eres el único abogado que conozco que ama tanto la literatura como el derecho. Hubo una pausa significativa y después Sanford añadió: Mike, te lo debes a ti mismo... y a mí.

Barrett vaciló. Su amigo había pronunciado la palabra "deber". Barrett conocía muy bien las definiciones de la palabra "deber". "Tener una deuda... Estar obligado con alguien...". Siempre le había dolido la deuda que no le había pagado a Sanford. Los años habían pasado, pero la memoria y la obligación no se habían esfumado con el tiempo. Cuando estaba desesperado y no podía salvar a su madre, sólo una persona se ofreció a ayudarle. Hacía tiempo que le había pagado a Sanford el dinero que le debía. Pero nunca le había pagado su interés, ya que éste sólo puede pagarse con la moneda de la amistad, favor por favor. Nadie ayuda a nadie por puro altruismo. Todo el mundo espera un pago, ya sea éste amor o lealtad ...o asesoría legal.

Sin embargo, Barrett seguía resistiéndose a capitular. Sanford le había dicho que, por sí mismo y por la amistad entre ambos, estaba obligado a encargarse del caso. Tal vez quería decir con ello que se debía a sí mismo la satisfacción de luchar por una buena causa. O, más probablemente, que se debía a sí mismo el ayudar a un amigo acorralado, esfuerzo lingüístico que suavizaba una demanda brusca. Pero Barrett también sabía lo que se debía a sí mismo. Se debía a sí mismo el derecho de ser independiente de una vez para siempre, de desprenderse de todo sentido de culpabilidad y de renegar del vacío interés nacido de las deudas ya pagadas. Se debía a sí mismo rechazar a Sanford, tal como ayer había rechazado a Zelkin, uniéndose a Willard Osborn II. No se atrevía a comprometer el cargo que le ofrecía Osborn. Al mismo tiempo, no podía, por lo menos entonces, romper con un amigo.

Advirtió que Sanford le había estado hablando y que ahora le preguntaba:

—¿Estás ahí, Mike?

—Estoy aquí. Estaba pensando.

La voz de Nueva York sonaba angustiada y suplicante.

—Mike, no puedes abandonarme en una crisis como ésta. Te necesito.

—Me estás poniendo en un aprieto, Phil —dijo—. Pero déjame

pensar qué puedo hacer. Dejémoslo así. Procuraré hacer lo que tú me has sugerido. Hablaré con Osborn esta noche. Tengo la intención de decirle que acepto el cargo de vicepresidente que me ofrece. Al mismo tiempo, le pediré un aplazamiento. Le hablaré de tí y de nuestra amistad y de la necesidad de un juicio y después, en fin, después esperemos que todo salga bien. Pero, Phil, una cosa. Si se niega a concederme un aplazamiento, entonces aceptaré el cargo. Procuraré encontrarte uno de los mejores abogados de aquí. Si tiene que ser otro, espero que sabrás comprenderlo.

—Sólo comprenderé una cosa —dijo Sanford, invocando la tiranía de los débiles—. Nuestra amistad está por encima de todo. Si tú estuvieras en apuros y necesitaras mi ayuda, yo no lo pensaría dos veces. Haría cualquier sacrificio por echarte una mano.

Esto irritó a Barrett. Procuró disimular el resentimiento que experimentaba.

—Sabes perfectamente bien que haría cualquier cosa por ayudarte, dentro de los límites de lo razonable. He dicho que lo intentaré y eso haré esta noche. Lo único que no puedo hacer, si me veo en esta situación, es arruinar mi futuro. Si no entiendes eso, Phil, lo siento.

—Esperaré a que me llames —dijo Sanford, y colgó.

Enojado, Barrett colgó también el aparato. Deseaba huir de aquella cabina que era el escenario de su trampa. Pero aún tenía que cumplir otro deber.

Introduciendo otra moneda, marcó el número del despacho del Fiscal de Distrito. Al parecer, debía estarle esperando. Elmo Duncan tomó el aparato casi en seguida.

Le dijo a Duncan que había discutido la cuestión con su cliente de Nueva York y que habían llegado a un acuerdo en cuanto a la declaración y que ahora se dirigiría a Oakwood para informar de ello al encausado.

—Vamos a presentar una declaración de inocencia —dijo Barrett.

—¿Inocencia? Bien, muy bien —dijo Duncan, cantando la frase como si se tratara de un alegre villancico de Navidad—. Nos veremos en la sala de justicia.

Barrett hubiera querido decir que el Fiscal de Distrito probablemente vería a otro en la sala y no a él.

—En la sala de justicia —repitió.

Al salir de la cabina, deseó que Willard Osborn no le concediera ningún aplazamiento para encargarse de aquella defensa.

Para la defensa, en un juicio como aquél, la sala de justicia era un campo de batalla abierto, un cementerio indefendible. Se había pasado la vida escapando a duras penas de las emboscadas que se le habían tendido.

No podía permitirse un Little Big Horn.

Barrett había sido invitado a cenar temprano en casa de los Osborn, puesto que después iba a acompañar a Faye al Music Center de Los Angeles para presenciar la actuación del Ballet Bolshoi interpretando *La Bella Durmiente* de Tchaikovsky.

La comida, en el encantador comedor de estilo casi rústico, con sus toscas vigas de madera del techo y las baldosas hexagonales del suelo, fue deliciosa. En aquel momento, estaban retirando los últimos platos del mantel mexicano de color marrón tejido a mano y ya sólo quedaba en el centro de la mesa un antiguo candelabro de hierro forjado. Entró un sirviente con una caja de puros abierta. Willard Osborn tomó uno pero Barrett declinó el ofrecimiento señalando su pipa, que empezó a llenar sacando la picadura de una bolsa de cuero.

Al otro lado de la mesa, Faye estaba insertando un cigarrillo en su boquilla de oro. Su cabello rubio aparecía peinado hacia arriba, lo cual ponía de relieve el collar de perlas que lucía alrededor de su cuello lechoso. Encontró los ojos de Barrett y le guiñó el ojo inclinando ligeramente la cabeza en dirección a su padre como para indicarle a Barrett que había llegado el momento. Barrett dirigió la mirada hacia Willard Osborn, sentado a la cabecera de la mesa. Osborn había recortado el puro y esperaba a que el sirviente se lo encendiera.

Finalmente, quedaron los tres solos. A lo largo de la comida, la conversación, dirigida por Faye, había girado en torno a los cotilleos sociales y el arte. Nada de negocios. Barrett esperaba que el tema se comentara en el transcurso de la comida. Pero Willard Osborn lo había evitado deliberadamente. Barrett comprendió finalmente que, en el código de Osborn, las comidas y los negocios no se mezclaban, considerándose tal mezcla como de mala educación.

Ahora la cena había terminado y, dentro de veinte minutos, él y Faye tendrían que salir para asistir a la actuación del ballet.

Willard Osborn irguió su delgada figura y, por debajo de sus pesados párpados, estudió a Barrett.

—Bien —dijo— hemos hablado de barcos y de zapatos, de lacre, de berzas y de reyes y ahora creo que no tenemos más remedio que discutir el tema más importante: el de las vicepresidencias. Espero que esté usted preparado para decirme esta noche, Michael, si ha tomado una decisión y, en caso favorable, si ha podido arreglar el cambio. ¿Está usted preparado para discutirlo?

Barrett sonrió.

—Estaba esperando que me lo preguntara. Desde luego que mi

decisión es favorable. Ya fue favorable en el mismo momento en que me hizo usted el ofrecimiento. Pero el problema eran Thayer y Turner. Me complace decirle que he podido solucionarlo. Dimití ayer.

—¡Estupendo, Mike! —exclamó Faye alegremente.

—Pero lo único...

—Estoy muy contento —intervino Willard Osborn—. Sabía que encontraría usted la manera de arreglar las cosas. Muy bien. Ahora ya podemos seguir adelante, tal como teníamos planeado. Podrá usted empezar el lunes. Quiero que venga, que se familiarice con los archivos, que conozca a sus colegas y, dentro de una semana, podrá usted dirigir nuestra pequeña armada a Chicago para abrir las negociaciones referentes a esta cadena de televisión.

Sin atreverse a interrumpir el entusiasmo de Osborn, Barrett le había escuchado abatido. Tenía que hablar antes de que Osborn prosiguiera.

—Queda todavía un obstáculo en mi camino, Willard.

—¿En su camino hacia dónde?

—A poder trabajar inmediatamente con usted. Mire, un amigo mío, uno de mis mejores amigos, desea que yo me encargue de un juicio próximo a celebrarse en Los Angeles. No puedo convencerle de que contrate los servicios de otro abogado. Cree que, en un caso como éste, necesita a alguien que le conozca, a alguien en quien él pueda confiar. Ni siquiera hubiera considerado esta posibilidad de no haberse tratado de un amigo, que siempre me ha sido fiel y al que debo mucho.

Osborn dejó el puro y se acercó más a la mesa.

—Me temo que me está usted confundiendo, Michael. No puedo entender que algo pueda ser tan importante como para exigir el aplazamiento de que me está hablando. ¿Qué tiene de especial este caso que requiere su intervención y sólo la suya?

—Pues... —Barrett se agitó inquieto—. Es un tipo de caso... en resumen, que toda la carrera futura de mi amigo depende del resultado. Antes de que me refiera a todo ello, será mejor que le explique primero, si no le importa, algunos detalles de mi relación con mi amigo.

Con la mirada fija en la pipa fría que sostenía en su mano, sin levantar los ojos ni una sola vez, Barrett empezó a hablar, con frases breves y apresuradas, de su primer encuentro con Philip Sanford, de sus años de universidad juntos, de la ayuda de Sanford cuando la madre de Barrett estuvo gravemente enferma, de las dificultades de Sanford con su célebre padre, de su oportunidad de demostrarse capacitado para dirigir la Sanford House. Después, con mayor brevedad si cabe, Barrett mencionó Los Siete Minutos, describiendo la detención de Ben Fremont y la decisión tomada por Phil Sanford de defender tanto al librero como la novela ante los tribunales.

—Hoy he seguido las instrucciones que se me habían dado al respecto —dijo Barrett—. He comunicado al Fiscal de Distrito que íbamos a formular una declaración de inocencia. Le he dicho a Phil que procuraría encargarme de su defensa, dentro de los límites humanamente posibles.

Levantó la mirada al terminar de hablar y dirigió los ojos hacia Faye, que se encontraba sentada al otro lado de la mesa. Pero sólo pudo ver su perfil. Su rostro preocupado estaba dirigido hacia su padre. Barrett hizo un esfuerzo por mirar al padre.

Si la actitud de un hombre pudiera ser sinónimo de una palabra, las facciones de Willard Osborn eran sinónimo de "consternación". Su noble aspecto habitualmente tranquilo reflejaba ahora asombro, desaliento, zozobra y bochorno.

—Este libro —dijo Osborn, pronunciando 'libro" como si fuera una palabra escatológica de cuatro letras—. ¿Pretende usted defender este libro obsceno? ¿No hablará en serio?

Barrett se sintió montar en cólera.

—No tengo la menor idea de si el libro es obsceno o no. El único que ha dicho que lo fuera es el Fiscal de Distrito. Todavía no se ha escuchado a la otra parte. No he leído el libro, pero no obstante creo que merece...

—No merece nada —gritó Osborn—. Merece ser hecho trizas y tirado al cubo de la basura. ¿No tiene la menor idea de si el libro es obsceno? Me asombra que un hombre inteligente como usted haga esta clase de observación, Michael. No es necesario haber leído un libro para saber si es obsceno. Puede olerse. Yo, por ejemplo, sé lo que es. Hay suficientes pruebas para poderse formar un juicio. Conozco al Fiscal de Distrito. Usted mismo ha tenido ocasión de conocerle en esta casa. Es un hombre honrado y decente y ciertamente no es un mojigato. Si él considera que Los Siete Minutos es una obra obscena, yo confío en su juicio. Por si esto fuera poco, tenga en cuenta la historia del libro. Esta mañana hablaban de ello todos los periódicos. Exceptuando aquella miserable imprenta secreta de París, no ha habido ningún editor de ningún país que haya considerado a lo largo de más de tres décadas que este libro mereciera ser publicado. Y cuando su así llamado amigo, cuya moralidad seguramente está desviada como consecuencia del resentimiento psicopático hacia su padre, cuando este amigo, digo, decide oportunísticamente publicar el libro ¿qué es lo primero que sucede? El libro llega a las manos del joven hijo de Frank Griffith y despierta sus inhibiciones normales impulsándolo a llevar a cabo un acto de violencia.

—Sólo contamos con la palabra del muchacho a este respecto —dijo Barrett movido por la vehemencia de Osborn.

—Su palabra me basta —dijo Osborn—. Michael, tiene usted

que comprenderlo. No soy un extraño para la familia Griffith. Hace muchos años que conozco bien a Frank Griffith. Me ha comprado muchísimos espacios de televisión por cuenta de sus numerosos clientes. Sus clientes son los ejecutivos de las principales empresas del país y los tiene porque ha sabido ganarse su respeto. Es un ciudadano ejemplar y ha educado a su hijo a su propia imagen. Nada hubiera podido corromper la mente de un joven así, a no ser un libro criminalmente pornográfico. Usted ya me conoce un poco, Michael. Difícilmente podría usted calificarme de puritano. Debe saber que estoy en contra de aquellos que desearían restringir nuestras libertades. Me opongo a sus esfuerzos diariamente en una batalla interminable a través de nuestro mundo de la televisión. Pero la libertad también tiene que tener límites. De lo contrario, los codiciosos, los depravados utilizarán nuestra libertad contra nosotros y destruirán esta libertad y destruirán a los jóvenes y a los inocentes. Doy la bienvenida a la espontaneidad y al realismo si éste es honrado y contribuye a la apertura mental, pero también cierro la puerta ante el horrible rostro de un monstruo como *Los Siete Minutos*. Por usted mismo, Michael, aparte de nuestro futuro juntos, sobre todo por usted mismo, confío en que no habla en serio al decir que va a defender este libro.

Mientras escuchaba, el temor se había apoderado de Barrett. Su temor no era un temor hacia Willard Osborn, sino hacia la despiadada cólera que se estaba apoderando de su propio yo racional, que le estaba dominando y que despertaba en su interior sentimientos olvidados hacía tiempo que podían destruir su maravilloso futuro. No sabía qué decir pero, afortunadamente, en aquellos momentos no fue necesario decir nada, porque Faye se estaba dirigiendo a su padre.

—Papá, no es que no esté de acuerdo con lo que has dicho pero creo que no tienes en cuenta la cuestión que Mike ha apuntado. Mike puede o no puede hablar en serio al decir que desea defender este libro, pero la cuestión importante es que ya ha dicho desde un principio que, si lo defendiera, lo haría por lealtad a un viejo amigo. Te ha estado diciendo que piensa en la posibilidad de encargarse de este caso por el señor Sanford no por *Los Siete Minutos*.

—Bien, puede ser, pero pensar que Michael pueda verse mezclado... —Osborn volvió a dirigirse a Barrett—. En cuanto a los amigos, comprendo la lealtad hacia un amigo. Es admirable. Sin embargo, tengo mucha experiencia y sé también que uno no debe permitir que la amistad nos devore. La mayoría de nosotros pagamos nuestro tributo a la amistad. Pero nunca debemos llegar al extremo de destruirnos a nosotros mismos por esta causa. Recuérdelo, Michael.

—Tomó el cigarro y acercó al mismo un encendedor de mesa:

—Y ahora, volviendo a su puesto en la Osborn Enterprises. Lo necesitamos inmediatamente. Es posible que podamos llegar a un compromiso. ¿Cuánto tiempo tendría que dedicarle a este... a este juicio suyo?

—Es pronto para decirlo —respondió Barrett—. Yo diría cosa de un mes. Tal vez un poco más.

Osborn sacudió la cabeza.

—Imposible. Me temo que es pedir demasiado. No puedo permitirme mantener este cargo vacante durante tanto tiempo. Tendré que buscar a otra persona. Además, para serle sincero, hay otro aspecto de su intervención en el asunto de Sanford que también sería de mal gusto. Se trata de este juicio sucio y sensacional. Parte de esta suciedad caería automáticamente sobre usted y siendo uno de nuestros vicepresidentes, la suciedad alcanzaría a su vez a la Osborn Enterprises. Ello nos proporcionaría tanto a usted como a la compañía una mala reputación a los ojos de los clientes más conservadores que emiten anuncios a través de nuestras estaciones. Me resultaría extremadamente difícil justificar su papel en este juicio y también mi decisión de ofrecerle a usted un cargo de tanta responsabilidad, en una compañía relacionada con las comunicaciones, que tanto influyen en los jóvenes y en los viejos. —De repente, apagó su cigarro—. Qué demonios. Ya sabe lo que pretendo. Usted es lo suficientemente inteligente. Por eso quiero que trabaje con nosotros.

Osborn se levantó de la silla y la empujó a un lado. Volvió a aparecer tranquilo y benigno. Le dirigió a su hija una ligera sonrisa y después le dedicó otra más ancha a Barrett.

—Sé que puedo confiar en su sentido de los valores, Michael —dijo—. Pensándolo bien, el juicio no debería incluirse entre sus actividades. Hay cuestiones más vitales, más atractivas, que le interesan a usted. Le aconsejo que se olvide de la diversión de la sala de justicia. Puede decirle a su amigo Sanford que ha intentado convencerme, pero que yo me he mostrado irreductible. Puede decirle qu no he podido hallar ningún medio de sustituirle y que usted se debe ante todo a su compromiso anterior con la Osborn Enterprises. Cuando le haya dicho esto y él comprenda que habla usted en serio, desistirá de su intento. Hará lo que debiera haber hecho al principio. Se buscará la clase de abogado especializado en defender lo licencioso y lo obsceno, alguien que sea menos íntegro que usted. En cuanto a usted, Michael, lo prefiero en nuestro equipo, entre hombres de categoría tal como le corresponde. Deseo verlo entre los hombres que ascienden. Espero verle a usted a primera hora del lunes. Así, pues, vayan ustedes y diviértanse. Al fin y al cabo, tienen que celebrar muchas cosas.

El Ballet ruso terminó su actuación, después de haberse levantado doce veces el telón, a las once menos veinte. Hubo la acostumbrada espera para poder salir del estacionamiento y el habitual embotellamiento, pero, al abandonar la rampa, Barrett pudo aprovechar mejor el tiempo. Ahora, mientras su descapotable bajaba por el Sunset Strip, eran las once y cuarto.

Una vez más, Faye hablaba de *La Bella Durmiente* y comentaba las maravillas de la *troupe* Bolshoi. Advirtió que no recordaba apenas nada de lo que ella estaba describiendo. En el transcurso de toda la actuación del ballet, no había prestado atención. Mientras el *corps de ballet* se deslizaba aladamente y giraba sobre el escenario, la mente de Barrett había estado ocupada por otras imágenes más inquietantes que bailaban y brincaban por su cabeza.

—La nueva bailarina —estaba diciendo Faye— la que interpretaba el papel de la princesa Aurora —nunca puedo recordar estos terribles nombres rusos— ¿te acuerdas del nombre, Mike?

—No.

—Bueno, no importa, creo que nunca había presenciado una actuación tan maravillosa. El programa decía que éste era el papel que había hecho célebre a la Ulanova de la noche a la mañana. Pues yo creo que esta chica va a ser más famosa todavía ¿no te parece, Mike?

—Sí.

—Es francamente sugerente. Le hace a uno sentirse flotar o, por lo menos, oscilar... Vamos al Whisky a Go Go. ¿Te apetece, Mike?

—¿Qué? ¿Si me apetece qué?

—Bailar. Ni siquiera me estabas escuchando. Creo que no estás de humor.

—No, esta noche no, cariño. Lo haremos otro día.

Habían llegado a Beverly Hills y él guardaba silencio.

La mano de Faye se había adelantado y él sintió que le tocaba el brazo.

—Mike, querido...

El la miró. La tersa frente de Faye estaba marcada por la preocupación curiosa, como un delicado plato de porcelana con una grieta.

—Mike ¿qué sucede? Has estado encerrado en tí mismo toda la noche. ¿Por qué estás preocupado? ¿Es por papá? ¿Te ha molestado?

Era la hija de su padre y él siempre había tenido cuidado al hablarle de su padre. No es que hubiera tenido muchos motivos para criticarle hasta entonces. Willard Osborn siempre le había tratado con mucha amabilidad. Pero, a nivel personal, sólo conocía a Osborn como padre de su prometida, como huésped, como protector de carrera. El resto de Osborn, el Osborn humano, sólo lo había adivinado a través del conductor que era Faye. A veces —raramente, pero a veces— tenía dudas. Porque tal vez no era Osborn, sino únicamente Faye. Era difícil trazar una línea neta de separación que aislara a las dos personas. Esta era la razón de que, en las pocas ocasiones en que Faye le había hecho alguna observación o había mostrado algún prejuicio que a él le molestaba, sin poder saber si tales prejuicios eran suyos o bien derivaban de su padre, él siempre hubiera sido precavido.

Pero, aquella noche, había vivido con Osborn en el transcurso de toda la velada, y su resentimiento no había disminuído. Deseaba que sus pensamientos hablaran, que se libraran de Osborn, y decidió hacerlo así. Dejaría de tener cuidado. Sería simplemente sincero. Al fin y al cabo, había intimidad entre él y Faye, aunque todavía no estuvieran muy unidos. La intimidad tenía que servir de algo.

—Bueno ¿te ha molestado? —preguntó Faye—. ¿Es esto lo que te preocupa?

—Sí, creo que sí —dijo él—. Creo que he estado pensando en todo lo que me ha dicho después de cenar. Y esto me hizo pensar en otras cosas. O sea que no es simplemente por tu padre.

—Bien ¿y qué tienes que decir de mi padre?

—Creo que no esperaba un ultimatum de él. O todo o nada. Cuando le expliqué todo mi dilema, mi amistad y la deuda que tengo con Phil Sanford, creía que comprendería mi posición. Pero no fue así. O, por lo menos, no quiso hacerlo.

—Sé sincera, Mike. Yo estaba delante. A pesar de sus sentimientos con respecto al libro y al juicio y de la compasión que experimenta por Frank Griffith, papá se mostró comprensivo con tu problema. Estaba dispuesto a suavizar las condiciones, a ceder un poco. Te aprecia y desea verte alcanzar el éxito que mereces. Mike, te ha preguntado cuánto tiempo necesitarías para el juicio.

—Justamente —dijo Barrett—. Estaba dispuesto a concederme únicamente el tiempo que él consideraba que yo necesitaba. Si el juicio se refiriera a otra cosa, estoy seguro de que se hubiera mostrado más flexible. Pero, tratándose de este juicio, tratándose de este libro, ha establecido un límite para su magnanimidad. Hizo el gesto pero las condiciones siguieron siendo tan imposibles como al principio. Sabe muy bien que uno no puede prepararse para un juicio, ir a la sala de justicia y terminar en pocos días o en una semana. Sabe que me haría falta un mes o más. Cuando yo se lo comuniqué, retrocedió y me dijo no. ¿Por qué? Si de veras me necesitara el lunes y le hiciera falta que me trasladara a Chicago dentro de una semana, entonces no estaría dispuesto a prescindir de mí en ningún caso. Pero él sabe y yo sé que no se le ofrece a un hombre un cargo de vicepresidente simplemente por un proyecto inmediato. Si un hombre vale realmente, entonces vale para muchos años, para toda la vida, y se consideran las cosas a largo plazo. Por esto te digo que si le hubiera pedido tiempo para ayudar a un amigo en alguna cuestión civil, alguna cuestión de impuestos, algún proceso de tipo mercantil, algún pleito de negocio limpio, viril, puntilloso a la manera americana, habría mostrado más consideración y me habría concedido una tregua. Lo que no le gustó es el asunto en el que yo iba a verme envuelto. Entonces hace imposible mi intervención en este asunto... a no ser que yo esté dispuesto a despreciar el cargo que me ofrece.

Faye le había estado escuchando mordiéndose el labio inferior y, cuando él terminó, habló inmediatamente.

—Mike, estás afligido y por consiguiente enojado y esto te hace tergiversar las cosas. Nadie conoce a papá mejor que yo. Puedes creerme, no te está intimidando para que tú puedas ser lo mismo que él es. Lo dice por tí mismo, por tu propio futuro. Sabe cómo la gente suele utilizar a los demás y él tal vez puede ser más objetivo que tú y ver más claramente que tú, que Sanford te está utilizando. No quiere que tu reputación se empañe por haberte él permitido asociarte con un libro obsceno.

—Bueno, yo no... —Cuidado, Barrett, cuidado, se dijo a sí mismo, ya has dicho lo que tenías que decir. Ahora es mejor mostrarse suave—. Bueno, quizás tengas razón, Faye. No es decente tratar de escudriñar las razones ocultas de los demás. Digamos que lo que me ha molestado es su prejuicio en relación con un libro que no ha leído, del que no sabe nada, como no sea lo que un Fiscal de Distrito deseoso de notoriedad ha creído oportuno comunicar a la prensa.

—Mike ¿y qué me dices de ti? Tú mismo has admitido que no habías leído el libro y, sin embargo, tú también lo prejuzgas ¿no es cierto? Tú lo prejuzgas en sentido favorable.

El se quitó un sombrero imaginario ante ella.

—Tienes razón, querida. Retiro mis palabras, pero no todas. De todos modos, tu padre no sabe nada del libro y yo, por lo menos, a través de Phil Sanford, estoy familiarizado con...

—Mike, haberlo o no haberlo leído no es la cuestión. Me sorprendes. Se pueden conocer ciertas cosas por la reputación que las precede o bien porque personas en quien confiamos nos dicen que son malas. Si las personas que lo saben etiquetan una botella con la palabra "Veneno" ¿acaso ésto no basta? ¿Es que se tiene que analizar el veneno para convencerse de que es necesario apartarse del mismo?

—No es lo mismo —dijo Barrett—. El veneno puede analizarse científicamente y clasificarse como peligroso de antemano. Con una obra de literatura no se puede, o por lo menos no resulta tan fácil.

—Oh, por favor, Mike. Este libro corrompido ha sido analizado científicamente ante nuestras narices. En el experimento, se ha utilizado un conejillo de Indias humano. Jerry Griffith. Y quedó envenenado.

—Tú dices Jerry Griffith. Examinemos a Jerry Griffith con más detenimiento. Yo soy abogado, Faye. Me han enseñado a considerar a las personas y sus acciones no por sus apariencias. Se analiza, se hacen preguntas y con más frecuencia de la que te imaginas se descubren motivaciones distintas a las que aparecían a primera vista. Tal vez, *Los Siete Minutos* sea el único responsable del crimen de Jerry. Puede ser también que su conducta tenga otros motivos y que el libro haya sido simplemente la causa última, la que hizo disparar el gatillo. Si no hubiera existido el libro, posiblemente otra cosa hubiera hecho disparar el gatillo. ¿Cómo podemos saberlo, cómo puede el mismo Jerry saberlo, sin analizar más a fondo? No estoy preparado para juzgar el libro ni para condenarlo basándome en esta única prueba. Y lo que me asombra e indigna es ver cuánta gente educada, como tu padre, como tú misma y como miles de otras personas, se muestran inclinadas a reprimir la libertad de expresión sin disponer de una prueba concluyente.

Faye sacó su boquilla de oro y un cigarrillo del bolso.

—Bueno, nosotros te asombramos a ti y, francamente Mike, tú me asombras a mí. Supuse que el motivo principal que tenías para defender este sucio librito era el de hacerle un favor a un viejo amigo. Esto era algo que yo podía comprender. Ahora, de repente, no es la amistad, sino la libertad de expresión.

—Creo que esta noche he recibido una sacudida. Hacía tiempo que había olvidado que en otro tiempo fui un idealista. No creía que pudiera experimentar todavía estos sentimientos.

—Bueno, ojalá los experimentaras hacia algo que lo mereciera, que valiera la pena y no hacia una basura incendiaria. —Sostuvo la boquilla—. Lo sé, lo sé, no puedo decirlo hasta que haya probado el veneno.

El procuró reprimir su resentimiento.

—O, por lo menos, hasta que estés segura, querida Faye, de que en la botella no se haya pegado una etiqueta equivocada.

Su voz estaba adquiriendo un tono ácido y él se apresuró a suavizarlo por medio de la moderación.

—Faye, hay una cosa segura; tal como tú has dicho, ninguno de nosotros hemos leído el libro, tú no lo has leído. Tu padre tampoco. Yo tampoco. Por consiguiente, ninguno puede decir con conocimiento de causa si se trata de una obra de baja pornografía o de una obra de arte erótico. Entonces ¿por qué discutimos?

—Una obra de arte. Já. Léela tú, yo no. Léela y ya me contarás. Cerremos el tema. El ballet era más divertido.

Se reclinó en su asiento, fumando. Después, al desviarse Barrett del Sunset Boulevard, ella enderezó de repente el cuello y se incorporó.

—Oye ¿dónde me llevas, Mike?

—A tu casa.

Ella se balanceó.

—¿Pero qué es eso? ¿No íbamos a tu casa? No me digas que estás molesto conmigo sólo porque no estoy de acuerdo.

—Desde luego que no. Me conoces lo suficiente, Faye.

—Entonces ¿por qué no nos quedamos más tiempo juntos?

—Porque esta noche voy a tener otra compañía. Esta noche, voy a acostarme —con un libro—. Dirigió el coche hacia la calzada de la residencia de los Osborn. —Voy a poner en práctica lo que he estado predicando. Quiero descubrir si el veneno ha sido etiquetado correctamente.

—Bueno, si es eso. —Pareció aliviada y se sintió alegre de repente—. Pero recuerda, si te estimula, no hace falta que salgas galopando para insidiar y violar a cualquier pobre chica. Yo estoy dispuesta, lo deseo y estoy disponible.

—Lo tendré en cuenta.

Se aproximó a la impresionante edificación de estilo español, cambió la marcha, pisó el freno de emergencia, dejando sin embargo que el motor siguiera funcionando. Iba a salir para acompañarla hasta la puerta, cuando ella le detuvo con una pregunta.

—Mike ¿acaso has pensado rechazar el cargo de papá para encargarte del caso de Sanford?

—No sé que pensar. No, lo más probable es que no sacrifique el empleo de tu padre. Seguramente no tendría valor. Además, no quisiera perder la oportunidad de poder mantenerte tal como tú estás acostumbrada.

—Pero todavía no has rechazado a Sanford. Y vas a leer el libro.

—Es cierto, cariño —admitió—. Porque no quiero volverme rico y gordo y viejo con el escrúpulo y tal vez con el romántico arrepentimiento de no haber hecho una vez algo importante que debiera haber hecho. Un antiguo sabio dijo que no hay nada más fútil que el arrepentimiento. Otro sabio, que soy yo, dijo: no hay carga más pesada que el arrepentimiento. Quiero anticipar y abatir albatros e incorporarme al equipo el lunes por la mañana, libre de culpa y vigoroso.

—Tonto —rio ella y después se puso seria. —No, en serio, Mike...

—Muy bien, muy en serio: me temo que no tengo muchas alternativas para escoger. No obstante, hay un pequeño fragmento de mi conciencia, aterrorizado a temprana edad por Clarence Darrow, que me pide explicaciones de algunas de las cosas que hago. No grita mucho este fragmento, pero está allí y es muy meticuloso. Antes de que rechace a Phil Sanford mañana, antes de que me desentienda de este libro, considero que todo ello merece una atención, se le conceda la oportunidad de hablar por sí mismo, la ocasión de ser juzgado honradamente. Entonces este fragmento de mi conciencia se sentirá satisfecho de que le haya concedido al acusado el proceso a que tenía derecho. Cuando esta noche haya leído *Los Siete Minutos* y me haya convencido de que verdaderamente es pornográfico, de que fue exclusivamente escrito con el deliberado propósito de explotar la obscenidad, y que éste es el único motivo... cuando me haya convencido de ello, entonces no tendré ninguna dificultad en rechazar a Phil Sanford.

—¿Y si lo lees y consideras que hay algo más que la simple pornografía?

—No permitiré que suceda. —Sonrió—. Si sucede, tendré que luchar con mi conciencia y ver si puedo hacerle cerrar la boca.

Salió del coche, lo rodeó rápidamente y ayudó a Faye a descender del mismo. Ella le tomó la mano y ambos caminaron en silencio hacia la imponente puerta de roble. Buscó la llave, abrió parcialmente la puerta, la dejó y se volvió de nuevo hacia él.

—Mike, estoy segura de que no harás ninguna locura con este libro. Pero si... si por algún motivo irracional —si no puedes superar tu sensación de culpabilidad por no ayudar a Sanford, si ves que luchas con tu conciencia y pierdes... entonces es mejor que te diga que estaré de tu parte. —Lo rodeó con los brazos y reclinó la cabeza contra su pecho—. Siempre consigo que papá haga lo que yo quiero. Si no tengo otro remedio, le obligaré a que te guarde el cargo de vicepresidente hasta que hayas terminado el juicio.

La besó y escuchó los latidos de su corazón y sintió que el deseo crecía en su interior. Se separó rápidamente de ella murmurando:

—Gracias, cariño.

Después le indicó el dintel y la dirigió hacia el interior de la casa.

Tras cerrarse la puerta y quedar solo, permaneció de pie observando el cielo azul de la noche, iluminado por una infinidad de estrellas, brillando como gemas, tan resplandeciente como los prismas de cristal puro de un valioso candelabro. Allí arriba, en alguna parte, allí es donde nacían todas las conciencias. Su viaje hacia el habitat del hombre las hacía frágiles y las armaduras protectoras que adoptaban eran tan carnalmente débiles y endebles y tan propensas a extinguirse, que resultaba un verdadero milagro que sobreviviera en la tierra algún fragmento de conciencia humana.

Aquella noche le había asombrado descubrir que la débil voz de su conciencia superviviente pudiera exigirle tanta atención como su más vehemente y dominante ambición. Y también le había asombrado ceder ante las exigencias de aquel rechinante fragmento de conciencia.

Le había prometido un juicio y ahora este juicio tenía que celebrarse.

Barrett se dirigió hacia el coche.

Leería el maldito libro y acabaría de una vez para siempre.

El reloj eléctrico colocado sobre la mesilla de noche señalaba las cuatro de la madrugada y Mike Barrett ya casi había terminado.

Vestido con pijama y bata de franela, apoyado sobre dos grandes almohadas, Barrett pasó la última página de *Los Siete Minutos*, leyó el párrafo final y, lentamente, cerró el libro. Lo contempló con incredulidad unos instantes y después lo dejó reticentemente sobre la sábana.

Se sentía profundamente agitado.

Sólo una vez recordaba haberse sentido afectado hasta este extremo por un libro, en aquella ocasión no se había tratado de una obra de ficción. Siendo muchacho, en sus años de bachillerato, había leído la *Introducción General al Psicoanálisis*, de Sigmund Freud. Si bien no había comprendido todas las palabras del libro de Freud, sí había entendido lo suficiente para saber que había experimentado una revelación. Antes del libro de Freud, Barrett aceptaba la actitud de los contemporáneos más conservadores de Freud, según la cual había algo ligeramente vergonzoso e indecente en el sexo. De un solo golpe, proporcionándole una nueva comprensión, Freud consiguió librarle de sus neuróticos sentimientos relacionados con el sexo. En aquellos momentos, no pudo definir con exactitud lo que había aprendido. Más tarde, en un estudio de H. R. Hays que versaba sobre los antropólogos sociales, pudo aclarar la revelación que se había producido en su juventud: "Una sociedad que cubría modestamente con ropajes las patas de los pianos iba a aprender de Freud que la inocencia de la infancia y la pureza de las mujeres, dos de sus ilusiones favoritas, eran puro mito. Este concepto fue tan ofensivo como el ataque de Darwin contra el Jardín del Edén".

Ahora, a aquella hora de la madrugada, por segunda vez en su vida, un libro había creado una nueva perturbación en los sentimientos de Mike Barrett con respecto al sexo.

Permaneció inmóvil apoyado contra las almohadas, procurando calmarse. Predominaba una emoción. Ardía de deseo. Deseo de salir corriendo a las calles de la ciudad y buscar a la primera mujer que pudiera encontrar. La necesidad que experimentaba no era carnal, no era para satisfacer su lujuria, sino para confesar y expiar la pecaminosa falta de sensibilidad que la mayoría de los hombres manifiestan en sus relaciones con todas las mujeres. Quería gritarle a una mujer que acababa de leer un libro y que había visto una luz que iluminaba por completo la auténtica mentalidad y el corazón de las mujeres, una luz que tal vez le proporcionara a él, y a otros hombres, una nueva percepción del otro sexo. Al resplandor de aquella luz despiadada y purificadora, los caprichos de la vergüenza y del temor, de la culpa y de la inconciencia, volverían a ocultarse en la oscuridad primitiva, incapaces ya de roer las raíces internas de las relaciones humanas.

Oh, esta noche, sus pensamientos, sus esperanzas, eran sublimes.

Y todo este deseo de divulgar la noticia de su hallazgo había nacido de estas últimas horas pasadas con este libro asombroso. No era el estilo del libro, ni sus personajes, ni el argumento, lo que le impulsaba a una reacción de fervor evangélico. Era la penetración del libro en la entraña más profunda en la que nace el comportamiento humano y la desnuda honradez del libro al exponer todos los aspectos de la evolución del comportamiento humano.

Procuró serenarse con el fin de que sus facultades críticas pudieran discernir la causa de su emoción. En realidad, no era más que una novela que acababa de leer. No era ningún estudio profundo de la humanidad, de tipo filosófico o psicológico. Se trataba simplemente de una pequeña obra de ficción escrita por un corazón, no por una cabeza. Y si no se consideraba en su conjunto, sino fragmento a fragmento, se se examinaba dividida, no estaba exento de numerosas faltas. Ciertamente, para los arrojados cazadores blancos, para los cazadores de lo obsceno, había caza abundante —las palabras de cuatro letras, las frases vulgares, los pasajes de sexo anormal y sacrílego. Pero, considerado como un todo, el libro no era pornografía. Era belleza, la belleza de la verdad que hace posible el auto-descubrimiento y el auto-conocimiento.

En conjunto, Los Siete Minutos era —y perdóname, Faye— una obra de arte.

Con respeto y cariño, Mike Barrett tomó el libro una vez más en sus manos. En la mano, parecía más corpóreo de lo que pudiera sugerir su tamaño. Constaba únicamente de 171 páginas impresas.

Abrió el libro y estudió sus hojas en blanco. El interior del forro y la página siguiente estaban ilustrados con una reproducción fotográfica de la portada de la edición original de París. No la había leído antes, pero la leyó ahora:

LOS SIETE MINUTOS
DE
J J JADWAY

Imprenta Étoile   18, rue de Berri   París

Derechos de propiedad de la Imprenta Étoile
París 1935
Impreso en Francia
Reservados todos los derechos

Pasando a la más atractiva portada de la edición americana, Barrett observó que sólo eran distintos el tipo de letra y los datos editoriales. El mismo título, el mismo autor, sólo que ahora el pie de imprenta correspondía a la Sanford House, Editores, Nueva York, y el año de publicación era el presente.

No se mencionaba ninguna otra obra de J J Jadway previamente publicada. Entonces Barrett recordó que en la contraportada explicaba que aquel considerable *tour de force* había sido la primera y la última novela de su autor y que una gran carrera en potencia se había truncado bruscamente como consecuencia de su prematura muerte en un accidente fuera de París. Jadway había fallecido a los veintisiete años. No se tenían más datos acerca de la vida del autor.

La página de la dedicatoria resultaba todavía más enigmática. Sólo dos palabras:

> Para
> Cassie

El epígrafe de la página siguiente le había proporcionado al autor la estructura de su novela, tal como Barrett pudo comprobar. Volvió a leer el epígrafe:

> Si bien se observó una gran variedad en cuanto a la respuesta, la mayoría de las mujeres que experimentaron orgasmos, ya fueran éstos producidos manualmente, oralmente o por medio de la cópula, alcanzaron el estado de clímax en siete minutos.
>
> —*Estudio Collingwood de 100 Mujeres,*
> Edades 18 a 45 (Londres, 1931,)

Barrett comprendió ahora que aquellos siete minutos constituían los siete capítulos del libro de Jadway, representando a su vez cada uno un minuto de la mente de una mujer que está tendida sobre la cama y mantiene una relación sexual con un hombre cuyo nombre no se menciona. Toda la novela se narraba a través de los pensamientos de aquella mujer, de sus sentimientos, de sus recuerdos, de sus sueños, durante los siete minutos del acto sexual.

Esta era la estructura y el método de *Los Siete Minutos.*

De repente, Barrett se preguntó si Jadway pudo conocer, o por lo menos encontrar a James Joyce durante los últimos años de su estancia en París. Y si Jadway habría leído la edición del *Ulysses* de la Odyssey Press que circulaba por París aquellos años. Seguramente Jadway había leído la novela de Joyce o, por lo menos, las últimas 25,000 palabras de la misma, es decir, la triste y alegre y sedicente lasciva parte que corresponde al brillante monólogo interior de Molly Bloom.

Las descripciones de todos los siete sensuales y reveladores minutos de la mente de la Cathleen de Jadway presentaba cierta similitud con la ensoñadora corriente que guía por la mente de la Molly Bloom de Joyce. ¿Acaso Jadway se había inspirado en Joyce para escribir su libro? Barrett experimentó inmediatamente esta curiosidad.

Saltó de la cama y se dirigió descalzo hacia el librero, echó un vistazo a los títulos y encontró el *Ulysees*. Pasó rápidamente las páginas hasta encontrar a la Molly de Joyce en la cama, tendida sobre la misma "satisfecha, reclinada, henchida de semen".

Siguió leyendo y encontró a Molly en el momento en que, tendida en su lecho, pensaba en Blazes Boylan, en el joven Stephen Dedalus, en su marido, Leopold Bloom, en los amantes que había poseído y en los que había deseado, en el pasado y en el futuro.

Mente de Molly:

> Me pondré mis mejores ropas y prendas le dejaré echar una buena ojeada a todo esto para excitarle así aprenderá si eso es lo que quería que su mujer sea jodida y bien jodida casi hasta el cuello y no por él 5 o 6 veces seguidas aquí hay la señal de su yesca sobre la sábana limpia ni siquiera me molestaría en plancharla esto tendría que bastarle y si no me crees tócame el vientre a no ser que le obligue a estar de pie y me lo meta dentro tengo intención de decírselo todo y obligarle a hacerlo delante de mí le está bien él tiene la culpa de que yo sea una adúltera...

Pero, al final, la mente gozosa de Molly:

> Cuando me puse la rosa en el pelo como solían hacer las muchachas andaluzas o quizás es mejor que me ponga uno de color rojo y cómo me besó bajo la pared moruna y pensé que estaba bien tan bien él como otro y después le pregunté con los ojos que me preguntara otra vez sí y después él me preguntó si diría que sí que mi montaña de flores dijera sí y primero le rodeé con los brazos sí y lo acerqué hacia mí para

que pudiera sentir mi pecho todo perfume sí y su corazón latía locamente y sí yo dije sí lo quiero sí.

Con aire ausente, Barrett volvió a dejar a Molly Bloom en la estantería y regresó a la cama. Ahora no estaba tan seguro de que la heroína de Jadway, Cathleen, hubiera derivado de la Molly de Joyce. Posiblemente, posiblemente, pero no importaba. De lo que sí estaba absolutamente seguro era de que Jadway se había inspirado muy poco en los escritos de Joyce. Pero le había hecho recordar a Barrett "la corriente de conciencia de Joyce con sus caleidoscópicas y perennemente cambiantes impresiones", tal como decía el jurista Woolsey; las largas frases de Joyce sin puntuar; las palabras compuestas de Joyce y el opaco uso del inglés; la poesía, la parodia y el sentido del humor de Joyce. *Los Siete Minutos* de Jadway reflejaba muy poco de estas innovaciones y de estas tendencias. Y, sin embargo, en cierto sentido, Jadway había emprendido una tarea casi tan difícil como la de Joyce. Porque, si bien toda la novela era un monólogo interior y solo ocasionalmente presentaba pasajes efectivos de libre asociación de palabras, por lo general el libro era controlado en su empleo de la estructura convencional de las frases, orden de las palabras y puntuación, y seguía un orden cronológico en cuanto a la revelación dramática de la narración. Mientras que Joyce había buscado el punto de vista del personaje tratando de reproducir los meandros amorfos de la mente de una persona, Jadway había buscado el punto de vista del lector que analizaba la mente del personaje al lenguaje más comprensible de la conversación convencional.

Barrett se incorporó en la cama y, acercándose a la mesilla, tomó la botella de brandy y se vertió un último trago. Mientras sorbía el brandy, Barrett trató de comprender la razón que le había impulsado a comparar a J J Jadway con James Joyce. De repente, lo comprendió. No había sido un ejercicio literario. Había sido un ejercicio legal. La obra de Joyce había sido publicada en París en 1922 y posteriormente había sido prohibida en los Estados Unidos por considerarse un libro obsceno hasta que se celebró un juicio en el Tribunal de Distrito de Nueva York ante el juez John Woolsey. En 1933, Woolsey afirmó que, a pesar de la "insólita sinceridad, no observo en parte alguna lascivia sensual. Mantengo por tanto que no es pornográfico". Y, en 1934, el juez Augustus Hand del Tribunal Itinerario de Apelaciones abundó en su misma opinión.

Ahora, *Los Siete Minutos* tenían que someterse a un juicio semejante y tal vez más difícil.

¿Mantendría un juez o un jurado que no era pornográfico?

¿O acaso sería condenado por absoluta obscenidad?

Trató de imaginarse la historia, situándose en el papel de "la persona corriente, aplicando los patrones comunes de moralidad". Revisó rápidamente los perfiles de la misma.

Empezaba en el interior de la mente de aquella mujer joven, Cathleen, que estaba tendida de espaldas, desnuda en una cama de un lugar desconocido. Comenzaba con sus pensamientos y sus sentimientos mientras su compañero de cama varón, también desnudo, penetraba en su interior y empezaba lentamente a hacerle el amor. A medida que avanzaba el acto sexual, la mente de Cathleen reaccionaba a la cópula a dos niveles. En el primero, registraba sus sensaciones físicas inmediatas. En el segundo, inspirada por su pasión gradualmente creciente, recordaba fragmentos de experiencias sensuales de su joven pasado y después proyectaba estos recuerdos sobre unas experiencias futuristas salvajemente eróticas de amores que no habían tenido lugar pero que trataba de imaginar. Su imaginación creaba escenas de amor físico con Jesús, con Julio César, con Shakespeare, con Chopin, con Byron, con Washington, con Parnell. Mezclada con todas estas fantasías, se imaginaba la fornicación con un negro africano, con un asiático, con un indio americano.

Conjurando estas vívidas imágenes mentales, revivía también momentos de carnalidad con tres hombres de su vida que habían sido amantes suyos. Los tres hombres eran muy distintos en cuanto a sus dotes y proezas físicas, así como en sus actitudes hacia las mujeres y el amor. Cada uno de ellos le había ofrecido algo, le había enseñado algo, y sus experiencias con los tres se habían fundido convirtiéndola en una mujer completa. Y esta historia nacía en la novela de la decisión de Cathleen de aceptar a uno de estos hombres como compañero suyo para toda la vida, es decir, al que esta noche se había acostado con ella, precisamente el que estaba dentro de ella durante aquellos siete minutos. Hasta la última página al manifestar con sonidos entrecortados su amor hacia él en el paroxismo final del orgasmo, no pronunciaba y revelaba el nombre del que había escogido.

Esta era la estructura esquemática del libro que Barrett acababa de leer.

Permaneciendo todavía dentro del papel del "lector corriente" y "aplicando las normas comunes", Barrett dedujo que la estructura de por si no podía considerarse legalmente obscena, dado que el acto sexual en sí mismo no era legalmente obsceno.

Pero entonces Barrett comprendió que no había analizado el libro con ojos de absoluta honradez. Había sustituído con eufemismos el realista lenguaje de alcoba empleado por Jadway. Al esbozar el esquema esencial de la narración de Los Siete Minutos, no se había mostrado honrado con respecto al espíritu de la verdad de Jadway.

A sus ojos, Cathleen se había entregado al trato sexual, a la cópula, al ayuntamiento, a la fornicación, al amor.

A sus propios ojos, la Cathleen de Jadway, se había estado simplemente apareando.

La vieja palabra sajona en sí misma tal vez no prejuzgara el fallo de un juez o de un jurado en relación con una obra de arte. El empleo de la misma en la literatura moderna había sido frecuente y constante. La palabra ya había dejado de convertir automáticamente en pornográfica una obra literaria que la utilizara. Había cobrado carta de naturaleza gracias a un histórico debate que tuvo lugar en el transcurso del proceso de *Ulysees*.

Barrett lo recordaba.

El lenguaje de la novela de James Joyce había sido objeto de discusión. Y parte de la discusión se centraba en el empleo de Joyce de la palabra "joder".

El abogado de Joyce le había dicho al juez Woolsey:

—Señor juez, en cuanto a la palabra "joder", un diccionario etimológico la hace derivar de *facere* —hacer. Esto, Señoría, es más noble que cierto eufemismo utilizado constantemente en la literatura moderna para descifrar precisamente el mismo acto.

—¿Por ejemplo? —preguntó el juez Woolsey.

—Pues —"Se acostaron juntos"— dijo el abogado de Joyce. —Significa lo mismo.

El juez Woolsey había sonreído.

—Pero, abogado, ¡esto habitualmente ni siquiera es verdad!

Al final de aquel debate, "joder" había sido aceptado en las páginas impresas.

No, no era el lenguaje de *Los Siete Minutos* lo que podía tropezar con dificultades ante un jurado de personas corrientes, sino el contexto dentro del que se utilizaba el lenguaje. Que a Molly Bloom la jodiera un hombre llamado Boylan era una cosa. Que la Cathleen de Jadway imaginara ser jodida por el Padre de la Patria o por el Hijo de Dios, esto ya era distinto.

Además, había otro problema: el problema del sexo explícito, de escenas que iban "más allá de los límites habituales de candor en las descripciones o representaciones de tales temas... tema que carece absolutamente del atenuante de importancia social".

Había colocado un ejemplar de *El Amante de Lady Chatterley* y la edición inglesa de *El Proceso de Lady Chatterley* sobre la mesilla de noche con la intención de ojearlos después de haber leído la novela de Jadway. Ya era tarde, pero no pudo resistir la tentación de ojear *El Amante de Lady Chatterley*. Buscó determinados pasajes hasta que sus ojos se detuvieron en uno. Mellors le estaba haciendo el amor a su dama. Perdóneme, señor Joyce. Mellors estaba jodiendo a la dama. Leyó el pasaje:

...y la embestida de sus ancas le parecía ridícula y aquella especie de ansiedad de su pene por alcanzar su pequeña crisis de evacuación le resultaba de farsa. Sí, esto era amor, este ridículo brinco de las posaderas y el marchitamiento del pobre, insignificante y húmedo pene. ¡Esto era el divino amor!

Barrett siguió ojeando la novela: "El acarició suavemente la sedosa colina de sus lomos, bajando por sus suaves y cálidas posaderas"; y, más adelante: "Ternura, realmente... maravillosa ternura", y de nuevo "ella sostuvo suavemente el pene en sus manos".

Barrett cerró la novela, la dejó sobre la mesilla de noche, y tomó el informe del proceso de Londres. Al abrirlo, se encontró con la declaración de un lector de Cambridge, biógrafo de D. H. Lawrence, en la que éste afirmaba que "los pasajes sexuales objeto de la discusión, no creo que ocupen más de treinta páginas de todo el libro. El libro tiene en total trescientas páginas aproximadamente... No hay ningún hombre en sus cabales que escriba un libro de trescientas páginas como simple relleno para treinta páginas de tema sexual".

Sólo treinta páginas de tema sexual, y 270 páginas adicionales de otro tema y, a pesar de ello, la dama de Lawrence había provocado años de furor. ¿El tema restante poseía la suficiente importancia social como para atenuar las escenas sexuales explícitas? Barrett volvió a pasar las páginas hasta encontrar de nuevo la afirmación inicial de la defensa:

"El autor piensa, y ello se deduce claramente del libro, pensaba, en determinados aspectos de nuestra sociedad... es decir, de nuestra sociedad de los años veinte, de los años de la Depresión —con los que no se mostraba de acuerdo... Creía... que los males que padecía la sociedad no podían curarse por medio de la acción política; y que el remedio residía en la reinstauración de las relaciones correctas entre los seres humanos, y, en particular, en las uniones entre hombres y mujeres. Creía que una de las cosas más importantes de la vida era la relación amorosa entre un hombre y una mujer, constituyendo la unión física de ambos una parte esencial de una relación que era normal y sana y no algo de que avergonzarse, algo que no pudiera discutirse abierta y sinceramente".

Atenuante de importancia social. Y sólo una página sobre diez dedicada explícitamente al sexo.

Pero aquí estaba Los Siete Minutos de Jadway, un libro en el que, no una sola página sobre diez, sino prácticamente cada una de las 171 páginas impresas de que constaba, se refería al acto sexual. Pero, maldita sea, no se trataba simplemente de un apareamiento animal, de lo contrario ¿por qué se había sentido él tan purificado como persona, ¿por qué había comprendido mejor a las mujeres al terminar de leer el libro? Aquel prolongado acto sexual había sido hermoso, y había constituído el pretexto para poder hablar de la comprensión entre los sexos, y del amor, y de la compasión y de la ternura y de los sueños y del significado de la vida y de la muerte. La conducta de Cathleen no precisaba de ninguna clase de atenuante, pero si la ley exigía que la descripción de su pasión debida a la pluma de Jadway poseyera el atenuante de importancia social, esta última podía observarse en cada una de las páginas del libro.

Pero Barrett comprendía que subsistían otros problemas, muchos problemas, incluyendo el propósito y los motivos del autor. Cómo hubiera deseado que Jadway viviera para que pudiera explicar, no sólo por qué había escrito el libro, sino también para solucionar muchos de los misterios que encerraban sus páginas. Pero sólo se disponía del legado de Jadway, es decir, del libro, para que hablara en su nombre durante el juicio. Sí, había problemas graves, pero el hecho de que la novela fuera obscenidad o literatura no constituía uno de los problemas, por lo menos no lo constituía para Barrett.

Si el libro no era obsceno, tendría que haber alguien que lo defendiera y lo protegiera. Al igual que tenía que haber alguien que defendiera y protegiera la Constitución y la Declaración de Derechos contra aquellos que pretendieran burlarse de sus garantías.

Recordó la obsesión de Zelkin y la preocupación del presidente de la Corte Suprema, Warren, en el sentido de que la Declaración de Derechos —incluyendo la porción de la Primera Enmienda, "El Congreso no deberá votar ninguna ley que limite la libertad de expresión o de prensa"— tal vez no se votara como ley en la actualidad. Después recordó que otro abogado, Edward Bennett Williams, un gran jurista, había escrito también una vez acerca de ello. Williams consideraba que la Declaración de Derechos no sólo no se votaría como ley hoy en día, sino que ni siquiera conseguiría salir de la comisión y llegar al Congreso para ser sometida a votación.

"Hemos permitido que tuviera lugar una erosión de la libertad individual y colectiva en el transcurso de las tres últimas décadas", había señalado Williams; "no como resultado de la acción de un gobierno fuerte, ni como resultado de los ataques deliberados contra las prerrogativas y las libertades durante la última década, sino más bien como consecuencia del letargo colectivo y de una desdeñosa actitud de despreocupación. Creo que hemos llevado a cabo una sustitución en nuestra escala nacional de valores... una sustitución evolutiva que ahora está alcanzando su punto culminante. Hemos situado a la seguridad en primer lugar, subordinándole la libertad individual".

Si un hombre no podía hablar del sexo en la actualidad, es posible que llegara un día en que no pudiera hablar de religión, de política, de instituciones públicas, de pobreza, de igualdad racial, de representación o de justicia. Un día este hombre, que simbolizaba a todos los hombres, enmudecería. La Declaración de Derechos sería suprimida, prohibida, considerada sediciosa.

Podía empezarse con un libro.

Confuso, Barrett contempló *Los Siete Minutos*.

Ya estaba decidido.

Miró el reloj de la mesilla de noche. Eran tres horas más tarde en Nueva York. Eran las siete y media en casa de Philip Sanford.

Phil Sanford estaría despierto, tal vez estuviera esperando.

Barrett descolgó el teléfono y marcó el número de la central correspondiente al área de Sanford y después el número de su casa.

Sanford estaba completamente despierto, pero su voz casi no se oía como consecuencia de la ansiedad que experimentaba.

—No sé cómo podré ingeniármelas con Osborn —dijo Barrett— pero sé lo que pienso acerca de *Los Siete Minutos*. Acabo de leerlo, Phil, y merece ser defendido. No tengo la menor idea de lo que pueda sucederle o sucedernos, pero tenemos que defenderlo y someternos al juicio. Si cedemos, si les mostramos bandera blanca a los censores, la libertad de expresión no tendrá ningún futuro. Nos abatirán. Nos harán enmudecer para siempre. Este es el momento y, cualesquiera que sean las consecuencias, estoy dispuesto para llegar hasta el fondo.

—¡Mike, muchas gracias!

—De ahora en adelante, estaremos juntos, o nos separaremos... así es que haz la maletas. Te espero aquí dentro de una semana. A partir de ahora, es la guerra.

Al colgar, no experimentó ninguna clase de arrepentimiento. Tal vez le costara su gran oportunidad con Osborn. Lo más probable era que no, dado que Faye estaba de su lado y le había prometido encargarse de su padre. Por consiguiente tampoco era un gran sacrificio que digamos y él no es que fuera un abogado muy intrépido. Pero hacía lo que quería hacer. Y le parecía bien, para variar.

Tomó el reloj y puso en marcha el dispositivo del despertador. Sabía que aquella noche podría dormir profundamente y que se despertaría descansado y con fuerzas, aunque sólo durmiera cuatro horas. Se levantaría temprano porque tenía que hacer otra llamada. Quería llamar a Abe Zelkin para decirle que tenía un colaborador, aunque sólo fuera en un caso que marcara un hito.

Imaginariamente, por breve tiempo, había un rótulo. Barrett y Zelkin, Abogados y Hacedores del Bien.

3

Cuando Mike Barrett regresó al Beverly Hills Hotel acompañado de Abe Zelkin, Philip Sanford ya los esperaba en el frío vestíbulo. Dado que Zelkin y Sanford habían hablado varias veces por conferencia los diez últimos días, Barrett no tuvo necesidad de presentarlos oficialmente. Se dieron un cordial apretón de manos e inmediatamente se tutearon como buenos amigos.

—Leo Kimura ha llamado desde Westwood —explicó Barrett al editor—. Tardará un poco en venir. Le dije que nos encontraría en la piscina.

Después, mientras los tres se dirigían al jardín del hotel, Barrett añadió:

—Abe y yo estamos más tranquilos cuando Leo llega con retraso. Significa que tiene algo entre manos. Es posible que no hubiéramos podido solucionar los preparativos previos al juicio en tan poco tiempo, de no haber dispuesto de un hombre como Leo Kimura.

—Teniéndole a él con nosotros es como tener un hato de sabuesos, si bien éstos no pueden compararse con un solo Leo Kimura —añadió Zelkin con satisfacción.

—Y yo que creía que la mayoría de los japoneses de California eran jardineros o propietarios de restaurante —dijo Sanford.

—Sus padres lo eran —dijo Zelkin—. Sus padres formaron parte también de los diez mil ciudadanos americanos presos detrás de alambradas después de Perl Harbor. Nuestro pequeño experimento particular de campo de concentración. El padre de Kimura fue internado en el Centro de Recolocación del Lago Tule. ¿Esto es justicia verdad? Pues nuestra generación de Nisei no lo ha olvidado. En cualquier caso, Leo Kimura no lo ha podido olvidar nunca y desea que nunca puedan darse otra vez injusticias parecidas; por esta razón decidió estudiar en la Escuela de Derecho de la Universidad del Sur de California. En cuanto lo conocí, inmediatamente después de abrir mi

131

bufete, comprendí que era para mí. Sabes, la mitad de los casos legales que se someten a un proceso se ganan o se pierden en una biblioteca jurídica o fuera, en la calle, haciendo ejercicio de piernas. En tu caso, yo me encargo de la biblioteca, Kimura se encarga del ejercicio de piernas y nuestro Mike hace un poco de todo, incluyendo la preservación de sus cuerdas vocales para cuando llegue el momento del juicio.

Bajaron a la piscina del hotel. Era un día fragante y sin viento y muchos de los huéspedes, evidentemente adinerados, se hallaban sentados junto a la piscina vestidos en mangas de camisa o bien con trajes de baño y, de la media docena de personas que estaban en el agua, tres eran hermosas muchachas en bikini. Si bien Barrett llevaba un traje de tejido ligero, se sintió excesivamente vestido. Pero después pensó que no tendría que permanecer allí mucho tiempo. Este día, al igual que todos los días de la semana y media anterior, iba a ser muy ajetreado.

Observó que Sanford y Zelkin se dirigían hacia una mesa que habían reservado un poco alejada de la piscina y protegida por una sombrilla de color amarillo. El uno junto al otro, Sanford y Zelkin resultaban de apariencias incongruentes. Zelkin era Zelkin —su vivaz cabeza de calabaza, bajo la cual colgaban una chaqueta sport de talla excesivamente grande y unos pantalones anchos arrugados. Philip Sanford era la delicia de un sastre e incluso las prendas de recurso que se había puesto al llegar del aeropuerto —camisa de playa, pantalones Bermudas y mocasines italianos de cuero trenzado— eran sartorialmente impecables. Sanford era tan alto como Barrett, pero más bien compuesto, un tipo rigurosamente de club gimnástico; sin embargo, toda aquella aparente fortaleza quedaba algo atenuada como consecuencia de su aplanado cabello color herrumbre y de su tez yesosa que parecía borrar la individualidad de sus facciones, exceptuando su permanente expresión de ansiedad.

Barrett alcanzó a sus amigos y se reunió con ellos junto a la mesa a tiempo para pedir algo de beber. Indicaron al camarero que esperarían a que llegara el tercer miembro del grupo para pedir la comida. Esta referencia a la tardanza de Kimura provocó de nuevo una serie de nerviosas preguntas por parte de Sanford acerca de los progresos alcanzados en los diez últimos días, desde que Ben Fremont se había declarado inocente y Barrett, junto con Zelkin, se había encargado del caso y había establecido la fecha del juicio. Con gran entusiasmo, Zelkin empezó a esbozar algunos de los esquemas de la defensa.

Barrett se puso las gafas de sol y contempló distraídamente la piscina. Su atención se fijó por unos momentos en una esbelta muchacha de tipo californiano, de unos veinte años quizás, que salía del agua. El mínimo sujetador del bikini apenas conseguía contener su pecho exuberante y Barrett pensó convencido que éste se le saldría de un momento a otro. Pero no fue así y, escurriendo el agua de pie junto a la alberca y ajustándose triunfalmente el sujetador, ella le dirigió una sonrisa a Barrett y éste se la devolvió tímidamente fingiendo estar prestando atención a la conversación que tenía lugar en la mesa.

—Como ves, Phil, el problema principal es el tiempo —estaba diciendo Zelkin con gran seriedad—. Tú nos has estafado un poco de tiempo. Comprendo que era necesario pero...

En aquel momento, servían la ginebra y el agua tónica. Barrett tomó su vaso, ladeando ligeramente la silla para poder disfrutar de un poco de sol. Después, sorbiendo la bebida, echó la cabeza hacia atrás para que el sol la bañara y cerró los ojos.

El problema era el tiempo, lo sabía, o la falta del mismo en aquel estadio crítico previo al juicio. Lo había discutido ya antes con Sanford en el aeropuerto pero no había insistido por motivos egoístas.

Había llegado al Aeropuerto Internacional media hora antes de la llegada matinal de Sanford, procedente de Nueva York. Tuvo suerte porque el jet de Sanford llegó catorce minutos antes. Barrett no perdió ni un minuto de tiempo en plantearle el problema, planteándoselo en realidad porque Abe Zelkin le había suplicado que lo hiciera.

Ya había depositado el equipaje de Sanford junto a la calzada de cemento de la terminal y ahora ambos estaban esperando que el servicio de estacionamiento del aeropuerto les entregara el automóvil de Barrett cuando éste trajo el tema a colación.

—Phil, vamos a enfrentarnos con este gran proceso y Duncan o alguien más van a conseguir que sea un gran proceso; será un carnaval parecido al juicio de Scopes o de Bruno Hauptman —empezó Barrett.

—Es increíble la repercusión que ha tenido —dijo Sanford con placer no disimulado—. No sólo en el este, no sólo en todos los periódicos de América, sino también en el extranjero, en Inglaterra, en Francia, en Alemania, en Italia, en todas partes. Hemos montado un servicio de recortes y...

—Sé lo que está sucediendo y ésta es otra de las cuestiones que me preocupan —dijo Barrett—. Ya es bastante grave tener entre manos un caso complicado, pero es infinitamente peor que la mayoría de los periódicos y de las estaciones de radio y televisión lo conviertan en algo espectacular. Lo que yo había empezado a decirte es que vamos a afrontar este juicio con algo más de dos semanas de preparación. Lo único que hace posible la defensa en tales circunstancias es el hecho de que hayamos trabajado el doble. Por consiguiente, tal vez dispongamos del equivalente de cuatro semanas de preparación antes de presentarnos ante el tribunal. Considerando lo que está en juego, hubiéramos podido utilizar fácilmente de doce a dieciséis semanas.

—Vuestro Fiscal de Distrito no tendrá más tiempo del que habéis tenido vosotros —protestó Sanford— y, sin embargo, parece estar impaciente de presentarse ante el tribunal.

—La acusación está casi siempre más impaciente de presentarse ante el tribunal que la defensa. El estado es el agresor. En este caso, la oficina del Fiscal de Distrito estaba trabajando, preparando el ataque contra el libro, antes de que nosotros supiéramos que iba a producirse una detención. Y ya disponen de un testigo estrella. Les conviene presentar su espectáculo ahora, teniendo a la opinión pública de su parte, mientras aumenta progresivamente la histeria con respecto a la violación y al libro. Cada día se nos saluda con un boletín de cabecera del Monte Sinaí que nos habla del estado crítico de Sheri Moore, de su prolongado estado de coma, y, a cada boletín, se acompaña una reiteración del hecho que la llevó al hospital no el acto de Jerry Griffith, sino el libro de J J Jadway. Pero, tal como Zelkin me está repitiendo, siempre es la defensa la que tradicionalmente solicita más tiempo y provoca demoras, no sólo para conseguir que disminuya el clima de histeria, sino también para disponer de más tiempo para la preparación. Como defensores, estamos en desventaja. Estamos contrapunzando y necesitamos tiempo para recuperarnos y tomar la iniciativa. Si hubiera menos presión interna, podríamos solicitar un aplazamiento tras otro, interponer una pantalla de pedimentos y provisiones previas al juicio, retrasar la confrontación de seis meses a un año. Abe me ha pedido que te lo recuerde una vez más. ¿Podemos convencerte de que nos permitas tratar de aplazar el juicio?

—Imposible —dijo Sanford—. Un aplazamiento largo sería tan desastroso para mí como perder el juicio. Todos los ejemplares del libro ya están fuera. ¿Qué harían las tiendas con ellos? Temerían exponerlos. No dispondrían de sitio para almacenarlo si el resultado del juicio fuera dudoso mucho tiempo y fuera necesaria esta medida. La mayoría de los propietarios de librerías se asustarían y nos devolverían los envíos. Dentro de un año, no es probable que pudiéramos resucitar un cadáver. No, a pesar del riesgo que ello supone, es necesario que nos lancemos inmediatamente.

El coche de Barrett había llegado y, mientras cargaban el equipaje en el portamaletas, Barrett se preguntó hasta qué extremo serían sinceras las razones aducidas por Sanford para desear un proceso rápido. Se le ocurrió pensar que Sanford, al igual que Elmo Duncan, quería aprovecharse de la publicidad.

Después, mientras se acomodaba en el asiento del conductor, Barrett comprendió que, en parte, él tenía la culpa. Le había estado ofreciendo jarabe de pico al deseo de Zelkin de conseguir un aplazamiento. No se había mostrado persuasivo con respecto al retraso por motivos personales y egoístas. Faye había conseguido de su padre que le guardara el cargo de vicepresidente otro mes. Barrett tenía una opción más a un futuro de éxitos. No se atrevía a perderla.

Sí, mientras se dirigía hacia la avenida, experimentó remordimientos de conciencia. Se había propuesto defender un libro en el que creía.

Al mismo tiempo, Barrett tenía tanta culpa como su cliente, Phil Sanford, por no haber tratado de conseguir los días o las semanas necesarias para preparar una sólida y bien armada defensa. Su situación era no sólo simplemente arriesgada, sino francamente peligrosa.

Era como si Phil Sanford hubiera leído sus pensamientos. Sanford había estado meditando en silencio y, al llegar a la carretera San Diego, dio rienda suelta a sus palabras expresando su preocupación.

—Mike, me has puesto un poco nervioso antes con lo que me has dicho. Me has parecido derrotista.

—Lo soy todo menos derrotista —contestó Barrett—. Estoy decidido a ganar. Todos lo estamos. Lo único que me preocupa es entrar en batalla con un rifle, pudiendo haber dispuesto, de haber tenido tiempo, de un lanzador de cohetes.

—Todas las veces que os he llamado a tí o a Abe, me ha parecido que estabais muy ocupados, que estabais consiguiendo testigos importantes.

—Y los hemos conseguido, pero me gustaría estar seguro de que son lo suficientemente importantes y los mejores. Es más, antes de que nos sentemos a comer, es mejor que te ponga al corriente de ello.

Mientras avanzaban por la carretera, Barrett le enumeró los nombres de los testigos de la defensa de que ya disponían. Tenían a Sir Esmond Ingram, el anciano, chiflado y célebre antiguo rector de Oxford, que años antes había elogiado *Los Siete Minutos* como "una de las más honradas, sensibles y notables obras de arte creadas por la moderna literatura occidental", frase ampliamente utilizada por la Sanford House en la propaganda de la novela.

En su jubilación, se había dedicado a tres bodas y divorcios con tres muchachas inglesas a las que doblaba la edad. Había encauzado sus energías a asociaciones que se proponían llevar a cabo la creación de un calendario mundial, de un lenguaje universal y de una cruzada vegetariana. Había estado en la cárcel dos veces por tenderse frente al número 10 de la Downing Street como protesta contra el armamento nuclear. Debido a la creciente fama de excentricidad de Sir Esmond, Barrett temía que el valor de la defensa del libro de Jadway por parte de Sir Esmond disminuyera un tanto. Pero Zelkin había señalado que los americanos consideraban a los ancianos ingleses como algo excéntricos y que el acento inglés de un testigo siempre ejercía una autoridad efectiva que tendía a intimidar a los miembros del jurado y, además, ¿acaso había otra persona de más reputación que hubiera elogiado el libro?

Consiguieron localizar a Sir Esmond a través del teléfono transatlántico en su casa de campo de Sussex y el entusiasmo de éste por el libro había sido tan grande como siempre (si bien Barrett sospechaba vagamente que el rector inglés creía que estaban hablándole de El Amante de Lady Chatterley). Sí, estaría encantado de poder contribuir a luchar contra "los quemadores de libros", siempre que quienes pretendían presentarle lograran convencer a los funcionarios de la oficina de inmigración de los Estados Unidos de que él no era un anarquista. Zelkin pudo convencer a la oficina de inmigración y Sir Esmond Ingram iba a ser uno de los principales testigos.

Barrett le aseguró a Sanford que disponían de otros testigos para distintos fines. Guy Collins, el popular exponente de la novela naturalista que con tanta frecuencia había escrito acerca de la influencia favorable que en él había ejercido la obra de Jadway, también había accedido a ser testigo de la defensa. Se estaba tratando de obtener el apoyo de otros dos o tres expertos en literatura, admiradores de Los Siete Minutos. Después, anticipándose al esfuerzo del Fiscal de Distrito por demostrar, por medio de Jerry Griffith y de otros testigos adicionales, que la atracción lasciva ejercida por el libro perjudicaba a la juventud americana y a la seguridad de toda la comunidad en general, tanto Barrett como Zelkin se habían encargado de buscar testigos que contradijeran tal afirmación. Para la defensa consiguieron los servicios del doctor Yale Finegood, autoridad psiquiátrica especialista en violencia y delincuencia juvenil, y del doctor Rolf Lagergren, especialista sueco en estudios sexuales cuyos hallazgos le habían granjeado renombre universal y una cátedra de profesor invitado en el Reardon College de Wisconsin. Tanto Finegood como Lagergren atribuían la delincuencia juvenil no a la literatura obscena o a las películas sino a otras causas distintas, y el apoyo que ambos habían accedido a prestar a la defensa permitía abrigar cierto optimismo.

—Pero no te confundas —advirtió Barrett, dirigiendo el coche hacia la rampa de salida del Sunset Boulevard—. El verdadero acusado de este proceso no será Ben Fremont, sino J J Jadway. En todos los grandes procesos de esta clase, la cuestión principal ha sido siempre la motivación y los propósitos del autor al escribir el libro, porque esto contribuye a demostrar la importancia social del mismo. Ahora bien, estamos situados junto a una capa muy delgada de hielo y tenemos que decidir si nos atrevemos a cruzarla o si preferimos dar un rodeo. Tenemos una alternativa. Al igual que el Fiscal de Distrito. Cada parte tiene que decidir cómo se propone actuar antes de que empiecen los fuegos artificiales.

—¿A qué te refieres exactamente, Mike?

—Si no podemos dejar suficientemente sentado que el propósito de Jadway al escribir *Los Siete Minutos* era absolutamente irreprochable, es mejor que afirmemos que el propósito de un autor no tiene nada que ver con la obscenidad, cosa que ya se ha hecho con éxito en otras ocasiones. Tenemos la disensión del magistrado Douglas en el caso Ginzburg. Douglas afirmó entonces que "Un libro debía valorarse por sí mismo, sin tener en cuenta las razones por las que había sido escrito ni los ardides utilizados para venderlo". Aunque nos atengamos a esta afirmación, es posible que la acusación nos empuje hacia la capa delgada de hielo. Si esto sucede, aún podemos utilizar el argumento empleado por Charles Rembar en una de las apelaciones de *Fanny Hill*. Mira, cuando Rembar defendió *Lady Chatterley* no tuvo ninguna dificultad en demostrar que las intenciones de Lawrence al escribir el libro eran inmejorables. Pero, al defender *Fanny Hill*, el camino le resultó mucho más dificultoso porque la única prueba de que se disponía acerca de las intenciones del autor demostraba que éste había escrito el libro con propósitos cínicos, por motivos burdamente comerciales. ¿Te acuerdas? John Cleland estaba en la cárcel por deudas. Necesitaba dinero para salir. Un editor se le acercó y le ofreció veinte guineas, cantidad que le bastaba para poder salir de la cárcel, si escribía una novela salaz que pudiera venderse bien. Por consiguiente, es probable que Cleland escribiera *Fanny Hill* por esta razón, por dinero, para salir de la cárcel; fue puesto en libertad y el editor consiguió unos beneficios correspondientes a diez mil libras con las ventas subsiguientes.

—Es cierto —dijo Sanford—. ¿Cómo explicó el abogado de la defensa este hecho?

—Rembar lo explicó con mucho sentido común. Insistió en que los motivos de Cleland eran una cuestión de historia literaria, no una cuestión legal. Tal como Rembar dijo, "Los tribunales no podían establecer, a distancia de dos siglos y cuarto, cuáles habían sido los pensamientos de la cabeza de Cleland". Lo que importaba era el resultado final, el libro, sus ideas, sus puntos de vista acerca de la vida, no los motivos personales que habían inducido al escritor a escribir el libro. Además, arguyó Rembar, "Sería fútil e inconveniente... que los tribunales se dedicaran a descubrir las distintas fuentes del esfuerzo artístico. Los tristes relatos de los propios artistas al criticar su propia obra —las burlonas verbalizaciones que a veces escuchamos de labios de personas inteligentes de las artes no verbales— demuestran que la confesión de sus propósitos reviste muy poca importancia; lo verdaderamente importante es lo que crean".

—¿Cuál fue el veredicto final de los jueces?

—Dijeron que no. Resultó efectivo, pero no lo suficiente —respondió Barrett agriamente—. Los jueces votaron tres contra dos en favor de la supresión, considerando que no podían aceptar todos los argumentos aducidos por Rembar.

—¿Pero tú has dicho que tenemos otra alternativa?

—Y la tenemos. La otra alternativa consiste en enfrentarnos con lo que tenemos por delante. La gran mayoría de la opinión legal afirma que la motivación y los propósitos de un autor constituyen una de las cuestiones más importantes para poder calificar a un libro de obsceno o no. Recuerda lo que dijo el juez Woolsey en el proceso del *Ulysses*. Observó que "En todos los casos en que se afirme que un libro es obsceno debe establecerse primero si el propósito con el que fue escrito fue lo que se denomina pornográfico en el lenguaje habitual —es decir, si fue escrito con el propósito de explotar la obscenidad". Más tarde, el juez van Pelt Bryan añadió, en uno de los casos de *Lady Chatterley*, que "La sinceridad y la honradez de propósito de un autor expresadas en la forma en que un libro está escrito y en la que el tema y las ideas del mismo se desarrollan son muy importantes a los efectos del valor literario e intelectual. Aquí, al igual que en el caso del *Ulysses*, no cabe ninguna duda acerca de la honradez y sinceridad de propósito de Lawrence, de su integridad artística y de su falta total de propósito en provocar un interés lascivo".

Barrett se detuvo y observó el preocupado perfil de Sanford.

—Esta es nuestra cuestión, Phil. ¿Escribió Jadway el libro honradamente, sinceramente, con integridad artística? Esta es la pregunta a la que debemos responder afirmativamente y sin reservas. Es una pregunta que estará en la mente de cada uno de los miembros del jurado. O bien nos retiramos de puntillas o bien demostramos, sin ninguna sombra de duda, que Jadway no escribió su libro por motivos comerciales, sino que lo escribió por motivos artísticos y morales, razón por la cual posee la importancia social necesaria. De todos modos, Abe y yo ya hemos elegido. Hemos decidido intentar demostrar la buena intención de Jadway.

Sanford emitió un gemido.

—¿Cómo váis a demostrarlo? Hace un millón de años que ha muerto Jadway. Era joven, no era nadie; era prácticamente un desconocido cuando murió. Nada queda que pueda demostrar sus buenas intenciones. Tú sabes cuanto me ha costado a mí. No podía encontrar nada. No dejó nada y no puede decirnos nada. Los muertos no dicen nada.

—Pero los fantasmas pueden resultar muy impresionantes —dijo Barrett suavemente. Señaló a su derecha—. A propósito, aquí está el campus de la UCLA. La escuela de Jerry Griffith. Creo que tendremos que realizar algunas investigaciones por aquí.

Sanford no mostró interés alguno por el campus de Los Angeles de la Universidad de California.

—¿Qué quieres decir con eso del fantasma de Jadway?

—Pocas personas mueren sin dejar ninguna herencia. Quizás sólo sea algo de sí mismas confesado o revelado a amigos o conocidos. Hemos utilizado el presupuesto que nos concediste destinado a la investigación en Europa. Tenemos a varios investigadores recorriendo París y otros lugares. Estamos tratando de evocar el fantasma de Jadway. Hemos sabido que había un artista italiano llamado da Vecchi que solía frecuentar los cafés de París que también frecuentaba Jadway en los años treinta. Sabemos que este da Vecchi vive y que una vez pintó un retrato de Jadway. Si eso es cierto, será la primera representación pictórica suya que se conozca. De todos modos, estamos tratando de localizar al pintor. Después buscaremos a una tal Contessa Daphne Orsoni. Es una mujer de Dallas que contrajo matrimonio con un rico conde italiano. Inmediatamente después de la publicación de su libro, Jadway pasó una vacaciones en Venecia, la Contessa había oído hablar de la "perversa" novela y le invitó a un baile de disfraces en su palazzo. La hemos localizado en España. Según parece, tiene una casa en la Costa Brava. Pero, para evocar el buen fantasma, nuestra principal esperanza se centra en el francés que publicó la versión secreta de Los Siete Minutos...

—Christian Leroux —le interrumpió Sanford—. ¿Sabes algo más?

—Lo mismo que ya te dije hace unos días. La Imprenta Étoile ya no existe, pero Leroux vive. Mientras viva Leroux, podremos resucitar la sombra de Jadway. Si podemos localizar al editor francés, dispondremos también de nuestro testigo estrella, el que necesitamos para contrarrestar el testimonio del muchacho Griffith. Al fin y al cabo, Leroux publicó Los Siete Minutos. Debió creer en el libro y conocer mucho a su autor. Es nuestro hombre. Le estamos buscando y creo que estamos a punto de encontrarle. Kimura esperaba saber algo acerca de ello hoy.

—Es absolutamente necesario que localicemos a Leroux —dijo Sanford.

Barrett gruñó.

—Y que lo digas.

Pocos minutos más tarde, dejó a Sanford en el Beverly Hills

Hotel, donde éste había reservado un bungalow, y después Barrett se dirigió al despacho de Wilshire Boulevard. Estuvo dos horas hablando con Zelkin, haciendo llamadas telefónicas y dictándole a Donna Novik, la secretaria que compartía con Zelkin. Le gustaba trabajar con Donna. Era ofensiva a la vista, tenía el cabello color alcana, los ojos pequeños, una cara excesivamente empolvada y un cuerpo sin forma vestido sin gracia, pero era una delicia por ser tan digna de confianza como una *madonna*, absolutamente fiel y leal, y poseer habilidades asombrosas como estenotipista, mecanógrafa y contable hasta el extremo de que Barrett pensaba que ella misma tal vez estuviera acoplada también a un contacto eléctrico.

Tras telefonear a Kimura para comunicar que llegaría un poco más tarde, Barrett llamó a Zelkin y ambos salieron para comer con Phil Sanford.

Y allí estaban los tres. Barrett advirtió que su frente ardía por culpa del sol, que el vaso que sostenía en la mano estaba vacío y que Zelkin le estaba presentando a Leo Kimura a Sanford. Acercando su silla a la sombra del parasol, Barrett dirigió una inclinación burlona hacia Kimura y éste se inclinó en serio, tomando asiento en la silla dispuesta para él. Colocó su pandeada cartera de mano sobre sus rodillas y empezó a abrirla.

—¿Quieres beber o tienes hambre? —le preguntó Barrett.

—Estoy hambriento —dijo Kimura—. Me comería un toro.

—Puedo esperar, si preferís a que hablemos primero.

Barrett sentía un gran aprecio por aquel abogado Nisei. Kimura llevaba el pelo cortado muy corto, tenía una tez de color azafrán con facciones que daban la impresión de impasibles y la acerada y tensa apariencia de las personas que parecen haber brotado de un cañón.

—Preferimos comer y hablar —dijo Barrett.

Zelkin ya estaba pidiendo los menús y, en cuanto los tuvieron, pidieron una comida ligera.

Al marcharse el camarero, todos se concentraron en Kimura.

—¿Y bien —preguntó Zelkin— cuáles son las últimas noticias, Leo?

Kimura ya había terminado de sacar papeles de la cartera. La cerró, la dejó apoyada contra la silla, colocó los papeles sobre la mesa y levantó la mirada.

—Hemos hecho algún progreso, creo. Guardaré lo mejor para el final. Primero, Norman C. Quandt. —Se dirigió a su nuevo cliente—. Señor Sanford, tengo aquí la información que usted dictó acerca de la forma en que adquirió los derechos de *Los Siete Minutos* del señor Quandt. Ahora que le tengo a usted delante de mí en persona, me gustaría saber si se omitió algo. ¿Podría usted referirme una vez más los hechos de la adquisición?

Sanford se encogió de hombros.

—Dudo que haya algo que pueda añadir. De todos modos, se lo repetiré con mucho gusto. Hace dos años, mi padre me envió para que le representara en la Feria del Libro de Frankfurt. Una noche fui a cenar con un viejo amigo de mi padre, Herr Karl Graeber, propietario de una importante y conocida editorial de Munich. Empezamos a discutir sobre la nueva libertad de escribir y publicar y Graeber dijo que ello era muy beneficioso porque muy pronto muchas obras que hacía tiempo que merecían publicarse podrían llegar hasta el público. Mencionó varias de estas obras, pero la que más admiraba era una llamada Los Siete Minutos. El mismo había pensado publicarla justo en el período en que Hitler alcanzó el poder, pero le fue imposible y tuvo la suerte de poder huir con su esposa. Puesto que ya había vuelto a establecer su residencia en Alemania, yo le pregunté por qué no lo intentaba una vez más. Me contestó que ya era demasiado viejo para iniciar una lucha contra los conservadores de Bonn y que, además, ahora se especializaba en libros de texto y religión por lo que un libro como el de Jadway en su catálogo podía perjudicar el resto de la lista. Graeber consideraba que había mucha más libertad en América por lo que el libro tenía más probabilidades de conseguir una primera aparición pública en nuestro país. Pensaba también que el pie de imprenta de mi padre podía garantizarle al libro cierta protección. Le pregunté quién era el propietario de los derechos de Los Siete Minutos. Graeber dijo que había oído decir que Leroux había vendido los derechos a un modesto editor de Nueva York llamado Norman C. Quandt. Graeber localizó un ejemplar de la edición Étoile y me pidió que se la mostrara a Wesley R., mi padre. Ya me llevaba un buen número de libros de la Feria de Frankfurt y les añadí la obra de Jadway. Regresé en barco y, dado que disponía de tiempo suficiente para leer y lo que Graeber había dicho acerca del libro de Jadway me interesaba, lo leí. Antes incluso de terminarlo, comprendí que no resultaba adecuado para mostrárselo a mi padre. No era la clase de literatura que a él le gustaba. Por consiguiente, le mostré los restantes libros que había encontrado, pero no éste. Después, el año pasado, como sabe, mi padre cayó enfermo y yo me encargué temporalmente de la Sanford House. Estaba deseoso de encontrar algo insólito y provocativo, y me acordé del libro de Jadway. Creí que había llegado el momento oportuno. Así es que busqué a Norman C. Quandt.

—¿Estaba en Nueva York? —preguntó Kimura, blandiendo un bolígrafo.

—Tenía el despacho justo en la Calle Cuarenta y Cuatro. Le visité allí. Quandt no era más que un editor de vulgar pornografía con ventas por correo, obras originales en rústica especializadas en sadismo y masoquismo. Y estaba en apuros. Acababa de ser sometido a un proceso ante un tribunal de distrito de los Estados Unidos acusado por el director general de correos de enviar material obsceno por correo. Había sido declarado culpable. Había formulado una apelación contra esta decisión y esperaba poder llevar la cuestión al Tribunal Supremo de los Estados Unidos. Necesitaba dinero para poderlo hacer y estuvo encantado de vender sus derechos sobre *Los Siete Minutos*. En tres días se redactaron y firmaron los contratos y conseguí el libro de Jadway por cinco mil dólares. Esto es todo lo que puedo decirle, Leo. Me temo que no le he dicho nada nuevo.

Kimura había estado comparando el relato de Sanford con las páginas que tenía delante.

—¿Y, después, no volvió a ver a Quandt?

—Nunca —contestó Sanford—. Desde luego, seguí el curso de su apelación ante el Tribunal Supremo. Como sabemos, por una simple cuestión técnica, el Tribunal Supremo anuló la anterior decisión por cinco votos contra cuatro. Quandt fue absuelto. Desde luego, le dieron una buena paliza en las apelaciones. Estaba claro que su negocio era sucio y se basaba en el halago de los gustos más pervertidos y supongo que en lo sucesivo debió observar mayores precauciones en relación con las autoridades de correos. Sea como fuere, cuando yo me disponía a publicar *Los Siete Minutos* y necesitábamos algunos datos más acerca de Jadway para mencionarlos en la cubierta, pensé que Quandt tal vez pudiera ayudarnos. Pensaba que tal vez hubiera podido saber algo a través de Leroux. Llamé a Quandt pero ya no estaba allí. Me dijeron que había abandonado el negocio editorial y que se había trasladado a Pittsburgh...

—Aquí dice Filadelfia —dijo Kimura.

—Perdón. Sí, Filadelfia. Tampoco pude localizarle allí y no tenía la menor idea del negocio en que se hallaba metido.

—Se encuentra metido en el negocio cinematográfico y ahora vive en el Sur de California —dijo Kimura.

Barrett se incorporó en su asiento.

—¿No es una broma, Leo? ¿Cuándo lo has sabido?

—Hoy. Pero, por desgracia, no consta ningún Quandt en nuestras guías telefónicas.

—Si está metido en el negocio cinematográfico, no nos será muy difícil encontrarle —dijo Zelkin.

Por primera vez, Kimura sonrió levemente.

—Señor Zelkin, hay películas y películas. De todas maneras, tengo varias pistas y espero que alguna pueda conducirnos hasta el señor Quandt.

Sanford se dirigió con aire preocupado a Barrett.

—Mike ¿no estarás pensando en traer como testigo a este Quandt si lo encuentras, verdad?

—Dios nos libre —contestó Barrett—. Desde luego que no. Pero podría proporcionarnos alguna información vital acerca de la vida de Jadway. De hecho, precisamente la información que tú deseabas conseguir, algo que hubiera podido decirle Leroux.

Barrett volvió a dirigirse una vez más a Kimura:

—Lo cual nos lleva a nuestro testigo más importante. ¿Qué hay de Leroux?

—Christian Leroux —contestó Kimura, como saboreando el nombre—. Lo guardaba para el final. —Rebuscó entre sus notas hasta que encontró lo que buscaba—. Christian Leroux. Muy útil. Acabo de tener noticias de nuestro hombre de París. Ha conseguido localizar a Leroux en un apartamiento de la Orilla Izquierda. Por medio de una propina de cien francos al portero pudo saber que Leroux acababa de marcharse a la Riviera y que había reservado habitación en el Hotel Balmoral de Montecarlo. Tendría que estar mejor dicho, ya debiera haber llegado. Nuestro hombre de París ha contratado los servicios de un investigador privado de Niza, un tal Monsieur Dubois, y le ha dado instrucciones. Este Dubois se ha trasladado a Montecarlo. Estará en el Hotel Balmoral esperando a que llegue Leroux.

—Estupendo —dijo Barrett—. Y muy útil, Leo, tal como tú has dicho.

—Maravilloso, maravilloso —dijo Sanford, sacando un cigarrillo del interior del bolsillo sobrepuesto de su saco.

Kimura había separado un fajo de notas cogidas con grapas del resto de los papeles.

—En cuanto a la familia Griffith, no he podido añadir ningún otro dato significativo al expediente de que ya disponemos. Uno que otro dato acerca de Frank Griffith, de su mujer Ethel Griffith y de su ambiente. No hay más datos acerca de la sobrina que vive con ellos, Margaret o Maggie Russell. No hay ninguna grieta en el acorazamiento de la familia... todavía.

—¿Y qué hay del chico? —preguntó Zelkin.

—Ahora iba a decirlo —dijo Kimura, pasando las páginas—. Me temo que tendremos que profundizar en nuestras investigaciones. Tengo un principio...

—¿Un principio? —se quejó Zelkin—. Se seleccionará al jurado dentro de un par de días. Cuando esté formada la lista de los jurados, cuando hayan prestado juramento, empezará el juicio.

—Si no se tiene un principio, nunca se pódrá tener un final —dijo Kimura—. Perdona, pero es difícil investigar sobre alguien que está en edad de estudiar. Tratándose de una vida corta, no puede haber historia larga. Sabemos algunos datos. Jerry Griffith era un estudiante muy brillante de pre-universitario. Asiste ahora al tercer año de carrera y no tiene un expediente académico demasiado bueno. Hoy he visitado la UCLA. Recordé que hay unos asesores para los estudiantes. He podido encontrar a la asesora de Jerry Griffith. Ella me ha comunicado que no le era posible discutir acerca de Jerry —existe una norma que prohibe proporcionar información acerca de los estudiantes a no ser que exista una orden superior. Tuve que seguir el procedimiento habitual y, al final, conseguí esta orden del Decano del Colegio de Letras y Ciencias. La asesora recibió el permiso de poder hablar acerca de Jerry con cualquier persona de nuestro despacho. Y este ha sido el principio.

El esmerado y detallado informe de Kimura estaba agotando a Barrett.

—¿Qué es lo que tenía que decir la asesora, Leo?

—Tras recibir la orden, se mostró dispuesta a colaborar. Resulta que se ha encontrado varias veces con Jerry y que está muy impresionada por lo que ha hecho. Puesto que disponemos de muy pocas fuentes de información con respecto a Jerry, he considerado que ella era demasiado importante para que yo la interrogara. Creo que sería mejor que tú o el señor Zelkin la viérais. Es la señora Henrietta Lott. He fijado una cita para cualquiera de ustedes dos esta misma tarde. La señora Lott estará muy ocupada el resto de la semana y he pensado que era mejor aprovechar su buena disposición a hablar de Jerry ahora. —Arrancó una hoja de papel y la estudió—. Su nombre, el número del despacho —los despachos de los asesores académicos están en el edificio de la administración— y la hora de la cita. Espero que uno de vosotros...

Barrett tomó la hoja de papel.

—Iré yo —le dijo a Zelkin—. De todos modos pensaba ir a la UCLA esta tarde. Tienen un departamento muy bueno de inglés y me gustaría saber si algún miembro de la facultad entiende lo suficiente el libro como para poder hablar del mismo ante los tribunales en tono elogioso. Antes, veré a Ben Fremont.

—Y yo también saldré a arreglar algunos asuntos —dijo Zelkin.

—Leo —le dijo Barrett a Kimura—, es mejor que te quedes en el despacho, o por lo menos, que le digas a Donna dónde puede encontrarte si sales, para no perder la conferencia de Montecarlo. Cuando hayamos localizado a este editor francés, habremos conseguido la gran oportunidad. Aquí está la comida... Bueno, Phil, ¿qué tal te encuentras en el lugar de la acción?

Sanford se irguió y su rostro se iluminó.

—Estoy empezando a encontrarme bien, ahora que veo lo que se está haciendo. Te digo que si el Fiscal de Distrito —Duncan— si Duncan supiera la mitad de lo que estamos haciendo, tiraría la toalla.

Barrett se quitó las gafas ahumadas e hizo una mueca.

—No estés tan seguro. Si *nosotros* supiéramos la mitad de lo que *él* está haciendo, tal vez nos entrarían deseos de matarnos. Puedes estar bien seguro. Duncan no está cruzado de brazos.

Para Elmo Duncan, aquella llamada telefónica y aquel ruego que se le había formulado por la mañana habían sido algo inesperado y su presencia, a primera hora de la tarde, en el despacho de aquel célebre prelado, poseía cierto aire extraño y misterioso.

Esperando en el despacho de la chancillería a Su Eminencia el Cardenal MacManus, el Fiscal de Distrito volvió a fijar su atención en el sillón de terciopelo vacío situado frente al retrato del Papa que colgaba de la desnuda pared. Cuando el secretario del Cardenal le acompañó hasta aquel despacho, le indicó a Duncan que todos los príncipes de la Iglesia disponían de un sillón parecido situado frente a un retrato del Papa, un sillón que siempre estaba preparado por si Su Santidad se dignaba hacer una inesperada visita en persona. Tradición.

Elmo Duncan siguió examinando el despacho de la chancillería. Toda la decoración producía la impresión de edad venerable y de continuidad. De nuevo, la tradición. Ricos cortinajes de damasco enmarcaban las ventanas. La chimenea aparecía chamuscada, ennegrecida por los años de calor que había proporcionado. Encima del viejo escritorio, sobre un pedestal, se encontraba un crucifijo de madera corriente del que pendía una imagen tallada del Salvador, un crucifijo que muy bien hubiera podido llevar Junípero Serra en sus caminatas por California.

Sólo había un objeto que desentonaba del resto. También se encontraba sobre el escritorio del príncipe. Se trataba de una brillante máquina de dictar de último modelo. Exactamente el mismo modelo que Duncan tenía en su propio despacho.

Si bien ya estaba más seguro de tener con el príncipe de la Iglesia más cosas en común de lo que había temido al principio, Duncan seguía sintiéndose intranquilo. Le hubiera apetecido un cigarrillo. Pero, en su calidad de protestante en los cuarteles generales de la diócesis de Los Angeles de la Iglesia Católica, no tenía ni la menor idea acerca de las prohibiciones o, quizás, de los caprichos personales del Cardenal. Duncan decidió no fumar.

Una vez más, Duncan volvió a recordar la petición de primera hora de la mañana.

La llamada telefónica había procedido del Reverendísimo Monseñor Voorhes.

—¿El Fiscal de Distrito Duncan? —Monseñor Voorhes se presentó rápidamente.

—Soy el secretario de Su Eminencia el Cardenal MacManus, arzobispo de Los Angeles. Le telefoneo por orden expresa del Cardenal MacManus. Se trata de un asunto por el que Su Eminencia se interesa particularmente.

—¿Sí?

—Me refiero al juicio legal próximo a celebrarse contra el libro *Los Siete Minutos* y a su acusación de esta obra. El Cardenal considera que el cargo civil de usted y su propio cargo eclesiástico pueden tener un objetivo común en este asunto, por lo que pudiera resultar beneficiosa una mutua colaboración.

—Bien, yo aceptaré muy gustoso colaborar con cualquier fuente. Pero no acabo de entender a que se refiere usted o, mejor dicho, Su Eminencia.

—La Iglesia se sentiría muy satisfecha si se pudiera destruir esta obra. El Cardenal entiende que podría alcanzar este fin ayudando a su causa.

—¿Han pensado ustedes en algo determinado?

—Sí. Este es el propósito de mi llamada, señor Duncan. Su Eminencia desearía poder celebrar una entrevista con usted tan pronto como le sea posible.

—Estaré encantado de verle hoy.

—Excelente. Tal vez fuera más oportuno que la entrevista tuviera lugar en el despacho de la chancillería del Cardenal MacManus. Estamos en el 1519 de la Calle Novena Oeste, junto al centro de Los Angeles. ¿Sería conveniente para usted a las dos de la tarde?

—Sí. Puede decirle a Su Eminencia que estaré allí a las dos. Y, por favor, transmítale mi agradecimiento por su interés en este caso.

Más tarde, al reunirse con Luther Yerkes, Harvey Underwood e Irwin Blair para una comida de negocios en el patio de la residencia de Yerkes de Bel-Air, Duncan mencionó la curiosa llamada y se preguntó qué podría significar.

Yerkes advirtió a Duncan inmediatamente que no esperara ninguna ayuda concreta del Cardenal MacManus.

—La Iglesia tiene un interés permanente por la censura —dijo Yerkes—, así es que probablemente te dirá que tienes al Señor de tu parte. No esperes otra cosa.

Después se abandonó el tema de la cita de Duncan con el Cardenal MacManus porque había cosas importantes que hacer. Aquella misma tarde, iba a celebrarse un acto organizado por la Liga de la Fuerza por la Decencia en el Gran Salón de Baile de Beverly Hilton Hotel. El principal conferenciante, tal como Irwin Blair lo había dispuesto, sería el Fiscal de Distrito Elmo Duncan. El título de la conferencia era "La Libertad de Corromper". Los cuatro dedicaron el tiempo que les quedaba a revisar y corregir la conferencia que ya se había preparado.

Y ahora Elmo Duncan se encontraba en el despacho de la chancillería de la diócesis de Los Angeles, esperando lo que el Cardenal podría ofrecerle que fuera útil, para su caso. ¿Consistiría el ofrecimiento, tal como Yerkes había sugerido cínicamente, en la bendición del Señor? ¿O acaso sería algo más consistente?

—Señor Duncan, siento haberle hecho esperar. Le agradezco que haya venido.

La voz procedía del extremo más alejado del despacho y Elmo Duncan se volvió viendo entonces al Cardenal MacManus que cerraba la puerta tras de sí y levantaba una mano en ademán de saludo. Duncan había visto con frecuencia fotografías del Cardenal MacManus en los periódicos y, en dichas fotografías, siempre aparentaba más edad que tenía, es decir, setenta y ocho años. Ahora, si bien vestía traje negro y alzacuello en lugar de sus complicadas vestiduras de ceremonia, seguía teniendo la misma cara y el mismo aspecto que en las fotografías —el mismo cabello blanco algodonoso, los mismos ojos caídos, la misma piel arrugada, la misma espalda encorvada. Lo que no era lo mismo, lo que era evidente al verle en persona, era la viveza del Cardenal. Si bien cojeaba, cruzó rápidamente la habitación, con sus vivos ojos hundidos, moviendo vigorosamente una huesuda mano junto a su chaqueta negra y extendiendo la otra.

Duncan tomó la mano del prelado.

—Cardenal MacManus, celebro conocerle.

—El gusto es mío, señor, y le agradezco su amabilidad al venir hasta aquí desde tan lejos. No ha sido mi edad ni mis achaques la causa que me ha impedido venir hasta usted. De hecho, ha sido mi convicción de que no nos beneficiaría —incluso en algunos círculos podría interpretarse erróneamente— que la Iglesia y el Estado no aparecieran separados a los ojos del público, a pesar del axioma según el cual lo religioso y lo secular deben proponerse un mismo objetivo.

—Lo comprendo perfectamente, Eminencia —dijo Duncan.

—Siéntese, por favor —dijo el Cardenal, acompañando a Duncan hacia un amplio sofá de color marrón.

Cortésmente Duncan esperó a que el prelado tomara asiento y después se acomodó en el sofá.

—No mediré las palabras —dijo el Cardenal. Su voz era seca y quebrada y sonaba como papel de envolver arrugado y apretado en el puño—. Cuando uno es viejo como yo o joven como usted, se aprende a no desperdiciar el tiempo y las palabras en interminables conversaciones sociales. Mi secretario le ha informado a usted de mi interés por el proceso en el que está usted a punto de intervenir y del deseo de la Iglesia de ayudarle en toda la medida de lo posible.

—Me ha dicho esto, pero nada más. Por consiguiente, no estoy muy seguro de...

—¿Lo que puede esperar, no es cierto? Es posible que usted ponga en duda la ayuda que yo pueda prestarle, y se comprende. Es posible que usted piense que le tengo aquí simplemente para bendecir su cruzada y prometerle mis oraciones. Bien, ciertamente bendigo su empresa y le ofrezco mis oraciones. Tenemos una muy buena referente a la literatura decente, una que recibió el *imprimatur* del arzobispo de Cincinnati. —De repente, con los ojos elevados al cielo y con las mejillas temblorosas, empezó a recitar con voz profunda y crujiente—: "Oh Dios, que dijiste «Dejad que los niños se acerquen a mí», ayúdanos y bendícenos en nuestros esfuerzos por despertar el interés de la opinión pública, de tal manera que podamos eliminar la literatura obscena e indecente de las librerías y los puestos de periódicos. Con Tu Auxilio Divino, que se observen las leyes para que esta clase de literatura deje de existir en nuestro país y en todo el mundo. —Tomó aliento, resolló asmáticamente y añadió—: Virgen María, cuya vida es un modelo para todos, protégenos e intercede por nosotros para que nuestros esfuerzos se vean coronados por el éxito, por Nuestro Señor Jesucristo. Amén".

Impresionado, Duncan murmuró:

—Gracias, Eminencia.

Las vellosas ventanas de la nariz del Cardenal MacManus aspiraron audiblemente.

—Si esto fuera todo lo que yo pudiera ofrecerle, no tendría usted ningún motivo para darme las gracias. Pero eso no es todo lo que yo puedo ofrecerle. Tengo mucho, mucho más que ofrecerle.

Se pasó los dedos por el interior de su rígido alzacuello y la gran piedra del pesado anillo que lucía en uno de sus dedos refulgió brillantemente, mientras permanecía absorto en sus pensamientos un buen rato. Después cruzó los brazos, dirigió la mirada hacia el techo y empezó a hablar suavemente.

—He dicho que tenemos una causa común. Y la tenemos. A nuestros enemigos les gustaría creer que el único interés de la Iglesia es la moralidad y la religión y el sacrificio de la libertad de expresión. Esto no es cierto. Vivimos en una sociedad ordenada. Para mantenerla civilizada y en orden, es necesaria la autoridad y son necesarias determinadas restricciones. Sin restricciones, dejaríamos de tener libertades democráticas al cabo de algún tiempo. Tendríamos una sociedad atea y pagana en la que reinaría la anarquía y sólo prevalecería la fuerza. La Iglesia desea la libertad de expresión. Nosotros sólo deseamos coartar a quienes pretenden abusar de dicha autoridad. Tal como ha observado un editor católico, no pedimos gazmoñería, pedimos simplemente prudencia. No pretendemos, tal como ha dicho este mismo editor, convertirnos en árbitros del gusto nacional cuando se trata de la libertad de elección de un adulto. Lo único que nos interesa es poner freno a la obscenidad evidente evitando que corrompa a la juventud. Somos defensores de la buena literatura, incluso de la literatura vulgar cuando ésta posee valor social y es sincera. Nos oponemos únicamente a la pornografía, a la pornografía que se disfraza de literatura y cuyo exclusivo propósito es el de impulsar a los jóvenes a una vida de pecado. A esto se opone la Iglesia. No puedo creer que usted, desde el puesto que ocupa, piense de otra manera. No fue un cura pronunciando un sermón en una iglesia, sino un portavoz del Departamento de Policía de Chicago quien afirmó: "La literatura obscena es destructora, nauseabunda, depravada, despreciable, desmoralizadora, corrompida y capaz de envenenar las mentes de todas las edades. Las publicaciones obscenas se burlan del voto matrimonial, escarnecen la castidad y la fidelidad, y glorifican el adulterio, la fornicación, la prostitución y las relaciones sexuales contra la naturaleza". ¿Puedo deducir por tanto, señor Duncan, que somos de la misma opinión acerca de los libros como *Los Siete Minutos*?

—Somos de la misma opinión —contestó Ducan con convicción—. No queremos debilitar la libertad, sino reforzarla eliminando a quienes desean corromperla.

—Muy bien. En el año 1938, los obispos católicos de los Estados Unidos, junto con los dirigentes de muchas otras confesiones, fundaron la ONLD —Organización Nacional de Literatura Decente— y lo hicieron, tal como ellos mismos afirmaron, "para movilizar las fuerzas morales de todo el país... contra la literatura de carácter lascivo que amenaza la vida moral, social y nacional". Normalmente, tratándose de una acción local, hubiera sido más probable que usted recibiera la colaboración de la Iglesia a través de la organización sucesora de la ONLD, es decir, de la CLD —Ciudadanos de la Literatura Decente—. No obstante, dado que la Iglesia considera *Los Siete Minutos* como una fuerza extraordinariamente destructora, puesto que el proceso contra dicho libro ya ha rebasado los límites nacionales y ya ha adquirido difusión internacional, y dado que la Iglesia es la única que puede proporcionarle a usted una ayuda especial en dicho proceso, la Iglesia ha decidido que la colaboración proceda de su más alto nivel.

—¿El más alto...? —repitió Duncan asombrado

—Del mismo Vaticano. He recibido instrucciones del Cardenal encargado de la Sagrada Congregación para la Doctrina de la Fe del Vaticano. Señor Duncan, por deseo personal de Su Santidad el Papa, la Sagrada Congregación contribuirá con todos los recursos de que disponga para ayudarle en este proceso. Le ayudaremos, sin duda.

La confusión de Duncan era total.

—¿Quiere decir que el Papa —Su Santidad— sabe de este proceso? Estoy asombrado —muy complacido por su interés, desde luego— pero no puedo comprender por qué...

—Se lo explicaré —dijo el Cardenal MacManus—. Y después le ayudaré.

— Por favor —dijo Duncan.

—Para informarle a usted, para explicarle cuándo se plantó la semilla de nuestro interés hacia un caso como el suyo, es necesario que empiece por el principio. Cuando Gutenberg hizo posible que los libros pudieran aparecer en grandes cantidades en el occidente europeo —es decir, en 1454— el Vaticano comprendió que tendría que adaptarse a este nuevo fenómeno. Hasta entonces, el púlpito había sido el medio principal a través del cual se propagaba el conocimiento y la fe. Entonces los libros le ofrecieron la posibilidad de ser utilizados como agentes de transmisión más eficaces. Al mismo tiempo, el Vaticano comprendió el poder de los libros para propagar el mal, para subvertir las mentes y los corazones de los hombres e inducirles a comportarse peligrosamente en relación con la sociedad y la religión. En el año 1557, bajo el pontificado del Papa Pablo IV, la Iglesia entró en acción. Redactó una lista de libros prohibidos por motivos de sensualidad, de misticismo o de ideas heréticas, publicó esta lista prohibida en el primer *Index Librorum Expurgatorius*. Durante cuatro siglos desde su primera publicación inicial, el *Index* se ha ido actualizando y reestructurando de vez en cuando. ¿Ha visto usted alguna vez una copia del mismo?

—No —dijo Duncan.

—Permítame mostrarle una edición reciente. —El Cardenal se levantó, se dirigió hacia su escritorio, tomó un volumen encuadernado en papel gris y regresó al sofá con el mismo—. Aquí está, quinientas diez páginas que enumeran aproximadamente unos cinco mil libros prohibidos, reproduciendo cada título en el idioma original en que fue escrito.

Abrió el *Index*.

—Permítame traducirle algunas observaciones del prefacio a la edición de 1929, prefacio que también se incluye en esta edición más reciente del año 1946. Empieza así —el Cardenal tradujo lentamente—: "En el transcurso de su existencia, la Iglesia ha tenido que sufrir siempre tremendas persecuciones de todas clases, al tiempo que aumentaba el número de sus héroes y mártires. Pero hoy existe una amenaza mucho más peligrosa procedente del infierno: las publicaciones inmorales. No hay peligro mayor y, por consiguiente, la Iglesia nunca cesará de advertir a los fieles contra las mismas".

El Cardenal MacManus se detuvo, leyó en silencio para consigo mismo y después prosiguió:

—Tres o cuatro páginas más adelante, el prefacio aclara la posición de la Iglesia: "Sería erróneo afirmar que la condena de libros perniciosos es una violación de la libertad humana, porque es una verdad incuestionable que la Iglesia enseña que el Hombre ha sido dotado de libertad por su Creador y que la Iglesia siempre ha defendido esta doctrina contra quienes se han atrevido a negarla. Sólo aquellos que padecen aquella plaga que se llama liberalismo pueden decir que tales restricciones del libertinaje, impuestas por un poder legítimo, son limitaciones del libre albedrío del Hombre: como si el Hombre, poseyendo un libre albedrío, estuviera autorizado por ello a hacer siempre lo que quisiera". Después, el siguiente párrafo: "Es evidente por tanto que las autoridades de la Iglesia, al evitar por medio de las leyes, la difusión de los errores, al intentar retirar de la circulación aquellos libros que pueden corromper la moral y la Fe, no hace más que salvar la frágil naturaleza humana de aquellos pecados en que, por su misma debilidad, ésta puede incurrir".

Levantó la cabeza.

—Hasta el año 1917, la autoridad que se encargaba de la prohibición de libros pertenecía a la Congregación del Indice. Después, de las funciones del *Index* se encargó el despacho de la Curia llamado Sección de Censura de Libros, bajo la autoridad de la Suprema Congregación del Santo Oficio. Pero, dado que el Santo Oficio había estado asociado durante mucho tiempo en la mente de muchas personas con la Inquisición, y también para complacer a los hermanos protestantes, el Santo Oficio fue abolido en el año 1965 por el Papa Pablo VI. A partir de entonces, se encarga del *Index* la menos conservadora Sagrada Congregación para la Doctrina de la Fe y esta es la sección con la que estamos tratando. ¿Le parece suficientemente claro lo que acabo de explicarle?

—Totalmente, Eminencia.

—Señor Duncan, hay dos motivos principales por los que un libro puede ser condenado por la Iglesia e incluído en el *Index*. Hasta el año 1399, un manuscrito se prohibía si enseñaba o narraba historias "sensuales o relacionadas con cuestiones carnales", o bien si "tendía a destruir los fundamentos de la religión", o "atacaba o ridiculizaba los dogmas católicos o la jerarquía católica". En nuestros días, un libro puede ser condenado por inmoralidad por una parte o bien por herejía por otra. Por inmoralidad, encontrará usted en las páginas del *Index* a autores como Casanova por sus *Memorias* y a Gustave Flaubert por *Madame Bovary*, así como Balzac, D'Annunzio, Dumas *pere* y *fils* por sus novelas sensuales, y más recientemente, en 1952, a Alberto Moravia por sus libros obscenos. Por su anticlericalismo, teología heterodoxa, franca herejía se encuentran en el *Index* autores tales como Laurence Stern por su *Viaje Sentimental a Francia e Italia*, Edward Gibbon por su *Decadencia y Caída del Imperio Romano*, Bergson, Croce, Spinoza, Kant, Zola y, más recientemente, Jean-Paul Sartre, por sus comentarios, historias y filosofías antirreligiosas. Hay algunos autores que han sido condenados también por ambas cosas, es decir, por inmoralidad y herejía. Uno de los pocos doblemente condenados es André Gide.

El Cardenal había empezado a ojear el ejemplar del *Index*.

—Y otro de los autores doblemente condenados en el *Index* fue un novelista cuya obra original fue publicada en inglés. Fue el segundo escritor de habla inglesa que se incluyó en el *Index* —el primero fue, entre paréntesis, Samuel Richardson por *Pamela*, prohibido por el Vaticano en 1744— pero el segundo novelista de habla inglesa condenado e incluido en el *Index* tanto por inmoralidad como por herejía, fue... aquí tiene, véalo usted mismo.

—Duncan aceptó el *Index* y siguió el dedo del Cardenal hasta el fundo de la página 239 y allí, entre "Ittigius, Thomas" y "Juénin, Gaspar", figuraba el nombre "Jadway J J" y, después del nombre, lo siguiente: The Seven Minutes. Decr. S. Off. 19 apr. 1937".

Duncan levantó la mirada asombrado.

—Jadway figura aquí.

El Cardenal asintió.

—Ciertamente. ¿No sabía usted que figuraba en el *Index*?

—Debo haber visto algo —en nuestro informe acerca del autor había alguna mención, estoy seguro— pero no le presté demasiada atención. Conocía poco el *Index* si bien le ordené a mi ayudante que lo estudiara más a fondo; de todos modos, no estaba demasiado seguro de que este hecho pudiera revestir importancia ante los tribunales. Tenía intención de referirme a ello de pasada, una vez me hubiera cerciorado de que el *Index* todavía existía.

—Ahora ya lo sabe usted —dijo el Cardenal—. Y permítame subrayar por qué *Los Siete Minutos* figura como condenado en estas páginas. He dicho que se trataba de un libro prohibido tanto por su inmoralidad como por su actitud herética con respecto a la fe cristiana. Cierto. Pero, en los años treinta, la obscenidad por sí misma no hubiera inducido a la Iglesia a condenar *Los Siete Minutos*, dado que su desconocido pie de imprenta, su publicación en un país que no era del autor y su inmediata prohibición sólo permitían que circulara muy limitadamente. Si usted da una ojeada a estas páginas, no encontrará referencia alguna a la edición de la Obelisk Press de la *Fanny Hill* de John Cleland o a los libros escritos por James Joyce o William Burroughs. No, en tiempos recientes hace falta algo más que la obscenidad para que un libro sea condenado por el *Index*.

Al igual que el *Decamerón* de Boccaccio no fue incluído en el *Index* únicamente por su indecencia e inmoralidad. Por estos hechos, el *Decamerón* hubiera podido escapar a la censura. Fueron las blasfemias de Boccaccio, sus ataques contra el clero, mezclados con la obscenidad, lo que le ganó un lugar en el *Index*. De hecho, cuando el *Decamerón* fue corregido sustituyendo a los monjes y monjas pecadores por nobles y damas pecadoras, el Concilio de Trento consideró que la blasfemia se había eliminado. Su Santidad consideró oportuno entonces borrar la obra de Boccaccio del *Index*. Como ve, señor Duncan, no es sólo la inmoralidad, sino la mezcla de la inmoralidad con la blasfemia, lo que induce a la Iglesia a la condena. Fue esta mezcla de lascivia con herejía la que obligó al Santo Oficio a proscribir *Los Siete Minutos*. Sí, he leído la novela de Jadway y no puedo repetirle los sentimientos que experimenté al leer aquel pasaje en que el autor nos presenta a su pecadora heroína —¡heroína!, prostituta atea la llamaría yo— soñando en Nuestro Señor y en los santos martirizados de la Iglesia, pronunciando Su nombre y sus nombres en vano. Una obra inspirada por el Diablo, no cabe duda.

Respirando nasalmente, el Cardenal procuró recuperar su aplomo.

—Pero, a pesar de su obscenidad, *Los Siete Minutos* hubiera podido constituir una de las tantas reliquias de la lista del *Index*, olvidado y con la edición agotada, no causándole a la Iglesia mayores preocupaciones. En su tiempo, como consecuencia del *Index*, fue prohibido en todos los países católicos, y, por su contenido obsceno lo fue también en muchos otros países. Gozó de un momento de maldad y basta. Sin embargo, al decidir una respetable editorial de Nueva York revivir el libro, la jerarquía eclesiástica se ha alarmado. No sé si la Iglesia hubiera decidido actuar contra el libro por su cuenta. Tal vez no lo hubiera hecho, temiendo provocar viejos resentimientos en muchos sectores, contra nuestra supuesta represión de siglos pasados. Afortunadamente, un hombre, un instrumento del estado, no perteneciente a nuestra fe, ha tenido el valor de superar el temor y de luchar contra la horrenda bestia soltada por los explotadores neoyorquinos de la obscenidad. Usted ha sido y es este hombre, señor Duncan, y nos enorgullece poder apoyar su valiente cruzada.

Duncan se enardeció.

—Gracias, Eminencia. Me conmueven sus palabras.

—Le he prometido algo más que palabras —dijo el Cardenal MacManus—. Le he prometido ayuda.

—Estimaré en lo que vale cualquier cosa que usted me ofrezca.

El Santo Padre me ha autorizado a ofrecerle a usted los servicios del Padre Sarfatti —uno de los dos sacerdotes del Vaticano directamente encargados del *Index*— como testigo de su acusación. Antes de condenar *Los Siete Minutos*, los miembros del Santo Oficio investigaron cuidadosamente al autor, J J Jadway, cuando todavía vivía. Todos los datos recogidos hace tres décadas y media se los sabe el Padre Sarfatti al dedillo. Se me ha autorizado a informarle que el Padre Sarfatti está dispuesto a divulgar, en bien de su acusación, no sólo sus experiencias personales con Jadway, sino toda la información clasificada de que la Iglesia dispone acerca de este infame libro y de su igualmente infame autor.

—En cuanto a esta información —dijo Duncan ansiosamente—, me gustaría saber si puede usted darme alguna idea de su ...

—¿Sabía usted que el autor, J J Jadway, era católico cuando escribió el libro? ¿Sabía usted que fue excomulgado antes de morir por haber escrito este libro? ¿Sabía usted que su muerte, después de la excomunión, no fue accidental, tal como los reportajes de los periódicos han venido diciendo, sino que él mismo se dio la muerte?

Duncan abrió la boca asombrado y permaneció sentado en el sofá presa del aturdimiento.

—¿Que Jadway se mató?

—Tras la publicación del libro, se suicidó y sus restos fueron sometidos a cremación.

Duncan se levantó con las facciones crispadas, mientras sus dedos buscaban distraídamente un cigarrillo.

—No... no sabía nada de eso. Fuera de esta habitación, no hay nadie en los Estados Unidos que lo sepa. Pero debieran saberlo. Todo el mundo debiera saberlo.

Con un gruñido, el Cardenal MacManus se levantó del sofá.

—Es la verdad. Pero aún hay más. ¿Desea al Padre Sarfatti como testigo de su acusación?

—¿Que si le deseo? Sí, mil veces sí. *Tengo* que tenerle.

—¿Cuándo quiere usted que venga a Los Angeles?

—Dentro de tres días, cuatro a más tardar, a ser posible.

—Es posible. Lo notificaré al Vaticano. El Padre Sarfatti vendrá. Que dios bendiga nuestra causa. Siempre recordamos la frase de San Agustín: "Aquel que nos creó sin nuestra ayuda no nos salvará sin nuestro consentimiento". Queremos salvar a América y usted nos ayudará a obtener el consentimiento de nuestros ciudadanos. Gracias, señor Duncan.

—Gracias a *usted*, Eminencia.

Al salir del Emporio del Libro de Ben Fremont, Mike Barrett decidió recorrer a pie las tres manzanas que le separaban de la Biblioteca Sucursal de Oakwood.

Después de depositar otra moneda en el contador del estacionamiento, dejó el coche y se fue andando. Dado que Oakwood estaba más cerca de la playa que Bevery Hills donde acababa de comer hacía menos de una hora, el aire era más limpio, menos bochornoso, más vigorizante, por lo que aspiró profundamente mientras cruzaba el sector comercial de la ciudad.

Barrett recordó la conversación que acababa de mantener con Ben Fremont. A Barrett le divertía que aquel delgado y miope librero fuera ahora más atrevido que la tarde en que se conocieron por primera vez tras la detención de Fremont. Aquella tarde, Fremont estaba encogido de terror y su conversación no era más que un susurro. Pero la subsiguiente atención que había recibido, había llenado de orgullo su Ego. Le gustaba ser objeto de la simpatía de aquella minoría de clientes, amigos y libreros, que le consideraban un mártir heroico. Disfrutaba más si cabe con el repentino papel de escandaloso agente de Satanás que le habían atribuído la LFPD y los comentaristas sensacionalistas de la prensa y la televisión. Por su tono de voz, Barrett creyó adivinar un ligero resentimiento por el hecho de que J J Jadway y *Los Siete Minutos* estuvieran despertando más interés que él. En determinado momento, Fremont admitió tímidamente que su mujer estaba confeccionando un álbum de recortes. Además, su porte era más seguro, su conversación más autoritaria, habían desaparecido sus anteriores actitudes plañideras o de adulación. Barrett lo comprendía y aquel hombre le gustaba. La mayoría de los hombres, aquellos precisamente que viven vidas de tranquila desesperación, sólo reciben el reconocimiento del público dos veces en toda su vida, la participación de sus nacimientos y sus esquelas mortuorias, no pudiendo leer ninguna de las dos. La vida le había ofrecido a aquel oscuro librero una bonificación inesperada. Se había convertido, increíblemente, fugazmente, en una figura pública.

Pero siempre que Barrett hablaba con él, Fremont se mostraba más realista en relación con su situación personal. El era el acusado, en una causa criminal. Su encarcelamiento en una prisión era una de las posibilidades. Por consiguiente, al llegar Barrett, Fremont se mostró realista y dispuesto a colaborar.

Barrett llegó con un montón de preguntas. La policía había confiscado ochenta ejemplares de *Los Siete Minutos* y las facturas del departamento de ventas de la Sanford House demostraban que se había efectuado un envío de cien ejemplares al Emporio del Libro de Fremont. ¿Eran correctas estas cifras?

—Sí, señor Barrett.

¿Significaba ello que Fremont había vendido veinte ejemplares antes de su detención?

Sí señor, mejor dicho, no, tenía un ejemplar en casa que lo estaba leyendo mi mujer. Significa que vendí diecinueve, dos de ellos a los policías que me detuvieron.

¿Disponía Fremont de algún archivo en el que constaran los nombres de los diecisiete clientes restantes que habían adquirido el libro?

—Sólo de los que me lo hicieron sentar en cuenta y tardaría un poco en encontrarlos. La mayoría de mis clientes pagan al contado.

¿Le importaría a Fremont revisar las cuentas pendientes correspondientes al breve período comprendido entre la recepción del envío y su detención y ver si, entre las mismas, figuraba el nombre de Jerry Griffith?

—A esta pregunta puedo contestarle inmediatamente, señor Barrett. Ninguno de los Griffith tiene crédito en mi tienda.

¿Entonces tal vez Jerry había venido y había pagado al contado?

—Lo dudo. Tengo buena memoria para los nombres y las caras. La fotografía del muchacho se ha reproducido en todos los periódicos y no recuerdo haberle visto nunca en mi tienda. Desde luego, hay cientos de tiendas por Los Angeles, en las que él pudo adquirir el libro.

Barrett comprendía que podía haber sido así por lo que ya había enviado a Kimura y a muchos otros empleados a recorrer otras tiendas con fotografías de Jerry Griffith.

—Envidio estas otras tiendas, señor Barrett. Deben estar vendiendo un montón de ejemplares y todo gracias a mí.

Barrett dudaba que hubiera muchas tiendas de fuera de Oakwood que se atrevieran a exponer el libro. La mayoría esperaba los resultados del juicio.

—Pero no todas, señor Barrett —dijo Fremont pensándolo mejor.

Esto le proporcionó a Barrett la oportunidad de una pausa. Observó al librero con más detenimiento. ¿Acaso quería decir Fremont que algunos de sus colegas vendían el libro bajo mano?

—Algunos, algunos.

¿Recordaba Fremont el consejo que Barrett le había dado?

—¿Cuál? Ah, sí, ya recuerdo. ¿Se refiere usted a que no intentara vender el libro bajo mano? No se preocupe. No hay cuidado. Además ¿de dónde sacaría yo los ejemplares? Dios sabe que ojalá pudiera vender el libro. No puede imaginarse la cantidad de llamadas telefónicas que recibo cada día preguntándome si tengo alguno para vender. Mire ¿a que no sabe quién ha llamado esta mañana? Rachel Hoyt. Estupenda chica. ¿No la conoce? Pues debiera usted conocerla. Es la primera bibliotecaria de la Biblioteca de Oakwood. Es muy valiente. Hace dos años que lucha contra la señora St. Clair y la LFPD. Está muy indignada por mi detención y por esta tentativa de prohibir Los Siete Minutos. Cree que es un crimen. Está tan enojada que ni siquiera quiere esperar a adquirir el libro por medio del departamento de adquisiciones del condado. Quiere comprar uno por su cuenta y colocarlo en las estanterías y actuar así definitivamente contra la LFPD. Por esto me ha llamado, para conseguir un ejemplar. No me he atrevido a darle el que mi mujer está leyendo. Pero esta Rachel encontrará algún ejemplar donde sea.

Y ahora Mike Barrett había llegado a la moderna estructura de un solo piso en la que se albergaba la Biblioteca Sucursal de Oakwood. Entró en la misma dispuesto a hablar con Rachel Hoyt, la bibliotecaria.

Hacía mucho tiempo que Barrett no entraba en una biblioteca pública y tanto el aspecto físico del interior del edificio como su atmósfera le tomaron por sorpresa. Sus recuerdos juveniles de las bibliotecas estaban asociados con palabras tales como "oscura", "mohosa", "grave", "silenciosa". La Biblioteca Sucursal de Oakwood era alegre, clara, ventilada, su ambiente reflejaba una contenida vivacidad. Varias muchachas y muchachos universitarios se hallaban reunidos junto a la mesa de Guías Periódicas y charlaban animadamente pero en voz baja, tratando de reprimir sus risas. Otros visitantes estaban sentados cómodamente junto a unas mesas alargadas, leyendo tranquilamente o bien tomando notas. Una romántica pareja emergió de entre las bien iluminadas pilas, él rodeándola a ella con el brazo libre y ella con los brazos cargados de libros. Junto a la entrada, se observaba una estantería con el siguiente rótulo: RECIENTES ADQUISICIONES, así como una plancha de corcho en la que estaban prendidas las sobrecubiertas de las más recientes adquisiciones. Barrett examinó rápidamente los títulos. *Los Siete Minutos* no figuraba entre los mismos.

Junto al mostrador de recepción, Barrett preguntó por la señorita Rachel Hoyt, dio su nombre y ocupación y la pequeña empleada le miró con los ojos muy abiertos y después entró por una puerta que se encontraba a su espalda.

Al regresar, iba seguida de Rachel Hoyt y Barrett experimentó entonces la segunda sorpresa desde su llegada. Al igual que la mayoría de los adultos, el recuerdo que Barrett tenía de las bibliotecarias que habían poblado sus años de universidad se había convertido con el tiempo en una bibliotecaria estereotipada. Este estereotipo poseía cabello peinado en moño, gafas sin reborde, nariz puntiaguda y desaprobatoria y unos invisibles y comprimidos labios. El estereotipo era una mujer sin amor, eficiente, ratonesca, sin humor y sin jugo.

Y aquí estaba Rachel Hoyt, bibliotecaria principal, tan bonita como un retrato de Marie Laurencin y con tanto color como un *poster* psicodélico. Llevaba el cabello peinado suavemente hacia atrás y recogido en la nuca con un pasador de esmalte. Sus húmedos labios aparecían pintados con un brillante carmín y llevaba una blusa color de rosa unida por medio de un ancho cinturón a una falda corta de lana de color gris. Era menuda, compacta, aseada, con una expresión descarada y una especie de explosiva vitalidad. Tendría probablemente unos cuarenta años pero aparentaba unos treinta. A Barrett no le cupo duda de que debía ser extraordinariamente inteligente. Tampoco le cupo duda de que no permitía que su inteligencia interfiriera en su vida social.

—¿Es usted la bibliotecaria principal? —preguntó.

—La misma —contestó Rachel Hoyt, apartando hacia atrás varios brazaletes que lucía en su antebrazo. Le miró con expresión divertida.— ¿A quién esperaba usted encontrar... a la Ratita Minnie o a una muchacha con falda corta y pantalones anchos? Hace tiempo que no se estilan estas cosas. Pero usted, señor Barrett, tampoco parece uno de estos abogados criminalistas sobre quienes leemos o a quienes vemos retratados por la televisión. No parece usted ni un astuto perseguidor de los malhechores ni tampoco un maravilloso defensor de los oprimidos. No parece usted Darrow o Rogers o Howe o Hummel, que para el caso es lo mismo.

—¿No? —se quejó Barrett en tono de broma—. ¿Y por qué no?

—Demasiado bien definido y demasiada mandíbula. Sus ojos no están ni siquiera un poco inyectados de sangre. Su corbata es cara. Charles Darnay, quizás. Sydney Carton, no.

—Si usted supiera lo que me juego por encargarme de este caso, diría Sydney Carton y de qué manera.

Rachel Hoyt rio.

—De acuerdo, Sydney, entre.

Rodeó el mostrador de recepción y la siguió a su despacho tan aseado y abierto como su propia persona, excepto la mesa del centro que le servía de escritorio. Estaba llena de montones de libros nuevos y de pilas del Library Journal, del Top of the News y del Wilson Library Bulletin. Sobre la mesa se observaban también tarjetas de papel de tres por cinco sujetadas con gomas elásticas, un portalápices, un percolador eléctrico que zumbaba y un plato de papel que contenía un trozo de sandwich.

—¿Le importa que termine mi jamón con queso y que me tome un café? —preguntó ella rodeando la mesa y vertiendo café en el interior de un vaso de papel—. ¿Le apetece tomar uno?

—No, gracias.

—Entonces acérquese una silla y póngase cómodo.

Fue a buscar una silla pero le distrajo un gran tablero enmarcado que colgaba de la pared. Su encabezamiento rezaba: DECLARACION DE DERECHOS DE LAS BIBLIOTECAS. Había sido redactado por el Consejo de la Asociación Americana de Bibliotecas.

—Nuestros seis mandamientos —gritó Rachel Hoyt—. Lea los números tres y cuatro.

Miró el número tres. Decía: "La censura de libros, impuesta o practicada por los árbitros voluntarios de la opinión moral o política o bien por organizaciones que pretendan establecer un concepto coercitivo del americanismo, debe ser combatida por las bibliotecas en conformidad con su responsabilidad en orden a proporcionar al público información e instrucción a través de la palabra impresa".

Sus ojos leyeron el número cuatro. Decía: "Las bibliotecas deben buscar la colaboración de los grupos relacionados con los campos de la ciencia, de la educación y de la publicación de libros con el fin de combatir toda restricción del libre acceso a las ideas y a la total libertad de expresión que constituyen la tradición y la herencia de los americanos".

Se volvió y acercó una silla a la mesa.

—Creo que está dicho todo —dijo.

Ella terminó el último bocado de su sandwich.

—No lo creo —dijo ella—. Yo diría que todos los bibliotecarios están de acuerdo con estas dos reglas y, en realidad, con las seis, Pero no coincidimos en cuanto a la interpretación de lo que es o no es "ilustración a través de la palabra impresa". Tanto si lo sabía como si no, el presidente Eisenhower subrayó en cierta ocasión nuestro problema en un precioso discurso que pronunció en el Dartmouth College hace muchos años. "No os unáis a los quemadores de libros", dijo a su auditorio. Comprendía que no se pueden ocultar las faltas, ocultando las pruebas de su existencia. No deberíamos temer penetrar en una biblioteca y leer todos los libros que ésta contenga siempre que no se vean ofendidas nuestras propias ideas de la decencia. "Esa debiera ser la única censura", dijo Eisenhower.

Sorbió el café.

—Tres vivas a Ike. Pero, en realidad ¿qué es lo que debería ser la única censura? Pues aquello que ofenda nuestras propias ideas de la decencia, desde luego. Pero ¿qué ideas exactamente? Tomemos un libro determinado. Eisenhower dirá tal vez que es indecente, el juez Warren dirá que es decente. Tomemos otro libro. Un comunista americano dirá que es políticamente decente, un miembro de la Sociedad John Birch dirá que es indecente. Tomemos Los Siete Minutos. Usted y yo diremos que es decente, pero Elmo Duncan y Frank Griffith gritan que es indecente. Sí, tomemos este mismo libro de Jadway. Yo digo que posee valor social y mérito literario y tengo intención de comprarlo y exponerlo en las estanterías de la Biblioteca Sucursal de Oakwood. Al mismo tiempo, es posible que los bibliotecarios que se reúnan para la selección de libros de la Biblioteca Libre de Filadelfia, Pennsylvania, lleguen a la conclusión de que el libro posee un interés lascivo y que su estilo literario es vulgar, por lo que es posible que se nieguen a adquirirlo y a hacerlo circular. El director de alguna biblioteca pública de Alabama puede considerar que el libro posee importancia social, pero por temor a alguna organización como la DAR, censurará la novela y no permitirá que sus bibliotecarios la adquieran. Lo cual nos lleva de nuevo a la misma pregunta —¿la idea de la decencia de *quién* tenemos que seguir?—. Ser un bibliotecario hoy en día es un empleo tan polemístico como ser un político. Es una de las ocupaciones más arriesgadas del mundo. Ya no hay sitio para los ratones. Pero hay todavía muchos ratones en nuestra profesión. Sin embargo, hay muchos, muchos más tigres en estas consagradas salas de lectura, créame. Y yo soy uno de ellos. Yo rugiré, me agazaparé y lucharé hasta la muerte para proteger mi cría, mi colección de libros, mis estanterías libres y abiertas. Y ahora, señor Barrett ¿qué demonios hace usted aquí?

—Señorita Hoyt, he venido para pedirle un favor. No compre ni exponga *Los Siete Minutos*.

Ella levantó las cejas.

—¿Esto viene usted a decirme? ¿Bromea usted?

—Hablo completamente en serio.

—Yo quiero que este libro sea accesible a todo el mundo que desee leerlo.

—Pero todavía no.

—¿Y por qué no?

Barrett jugueteó con su pipa.

—Le diré por qué no. Ya tenemos una persona que se ha enfrentado con la ley por haberse atrevido a exponer libremente *Los Siete Minutos*. Ya tenemos nuestro mártir. Dos mártires serían muchos. Es como si, bueno, como si dos Cristos distintos hubieran sido juzgados por Pilato y hubiera habido dos Mesías crucificados el mismo día en el monte del Gólgota. ¿Se hubieran sentido inspirados los cristianos por dos martirios? ¿Habría nacido el cristianismo de aquello?

—Es una analogía inadecuada —respondió Rachel Hoyt—. Cuando se pretende defender un bastión de la libertad que está sitiado, yo creo que es mejor disponer del mayor número posible de voluntarios. Creo que cuantos más seamos, mejor.

—También es una analogía inadecuada —dijo Barrett—. Mire, un judío es acusado y enviado a la Isla del Diablo, y usted puede gritar "J'accuse!" y despertar el interés de todo el mundo por una sola injusticia. El mundo puede identificarse con un mártir desvalido. En cambio, en Alemania fueron perseguidos y asesinados seis millones de judíos y el mundo se siente intelectualmente perturbado pero no se conmueve emocionalmente y va a lo suyo porque ¿quién demonios puede identificarse con seis millones de muertos?

La señorita Hoyt jugueteó con su vaso de papel. Después lo arrugó.

—Ya veo —dijo— ¿Qué es lo que se pretende que yo haga exactamente?

—Se pretende que usted me diga que está dispuesta a ser testigo como experta en literatura para la defensa. ¿Está usted dispuesta?

—No me mantendría usted alejada del estrado ni siquiera con una ametralladora.

—De acuerdo, pues, ya está usted en la lista. ¿Supongo que ha leído el libro de Jadway?

—Tres veces. No lo creerá. La primera vez fue hace seis años. Realizaba uno de estos viajes organizados. Nosotros los bibliotecarios no tenemos sueldos muy altos, sabe. Era una especie de recorrido de museos de arte y, después de tres días de visita al Louvre, dispuse de un día libre. Me fui a pasear junto a los puestos de libros de las orillas del Sena y allí encontré un viejo ejemplar de la edición Étoile de *Los Siete Minutos*. Había oído hablar con frecuencia de este libro y sentía curiosidad. Me senté en un café y pasé la mañana leyendo. Comprendí por primera vez cuán hermoso era ser mujer. Después, cuando supe a través del *Publishers' Weekly* que la Sanford House iba a publicar el libro aquí, me entusiasmé. Pensé, Dios mío, este viejo país de las tartas de maíz ya ha llegado a su mayoría de edad. Cuando llegué a casa, volví a leer mi vieja edición de París. La narración me pareció tan bella como la primera vez. Después, cuando Ben Fremont fue detenido, comprendí que debía tomar una decisión en mi calidad de bibliotecaria responsable. Volví a leerlo por tanto por tercera vez con cuidado y objetividad de bibliotecaria.

—¿Y qué le dijo a usted su objetividad de bibliotecaria?

—Me dijo sin asomo de duda que mis dos primeras reacciones habían sido correctas. El libro merecía un lugar en las estanterías públicas, pero un lugar inmediato, aunque sólo fuera para demostrarles a los perseguidores de brujas que Ben Fremont no estaba solo. Ahora usted me ha convencido de aplazar mi decisión. Pero, por lo menos, tendré la oportunidad de decirle al mundo lo que piensa una bibliotecaria inteligente.

—¿Ha pensado usted en las consecuencias?

—Señor Barrett, si me preocuparan las consecuencias, no hubiera escogido este maldito trabajo, para empezar. Cuando me mire al espejo cada noche, no quiero sentirme avergonzada de lo que vea. Por lo tanto, al diablo las consecuencias. ¿Sabe usted con qué tiene que habérselas un bibliotecario corriente cada día, no una vez al mes o una vez al año... no las cuestiones importantes, sino los menudos problemas contra los que tiene que luchar cada día de cada año? No me refiero a los jóvenes. No tengo nada contra ellos. Son la única esperanza que tenemos para salvar a esta vieja bola de fango en la que vivimos de la extinción total. Son sus padres y parientes.

Los sabios, los mayores que afirman tener la respuesta de lo que está bien y lo que está mal y que califican a ésta de "sentido común". ¿Y qué es el sentido común? Un conglomerado de folklore, de fábulas y de prejuicios recibidos de sus padres y de sus abuelos y un reducido número de experiencias, observaciones y pensamientos mal digeridos. Los padres son los que vienen a las bibliotecas —bibliotecas públicas y universitarias— para protestar por cómo estamos destruyendo a sus hijos con este libro o el de más allá, sin llegar a comprender que son ellos quienes están subvirtiendo a sus retoños porque han pasado por la experiencia de la paternidad con costras en el cerebro. Esta gente se asusta de todo lo nuevo.

—Los conozco bien —dijo Barrett.

—Le creo. Pero tenemos que vivir con ellos, tratar con ellos, y usted y yo sabemos la limitación tan asfixiante a que se llega cuando la sociedad espera que todos los libros se acomoden a las normas comunitarias contemporáneas. La mayoría de los libros auténticamente importantes fueron primero importantes por haber desafiado o superado antes alguna fórmula, la trivialidad o la tradición comunitaria. Fueron los libros que se atrevieron a decir algo nuevo o, por lo menos, a decir las cosas de otra manera. Fueron los escritos de Copérnico, Newton, Paine, Freud, Darwin, Boas, Spengler, en el campo de la no ficción, y de Aristófanes, Rabelais, Voltaire, Heine, Whitman, Shaw o Joyce en el campo de la ficción. Fueron los escritos que presentaron ideas nuevas y, a veces, ofensivas. Y es absolutamente necesario que defendamos tales escritos en la actualidad. Pero ¿cómo? Un director de biblioteca dijo que nosotros deberíamos representar la selección en contraposición con la censura... selección de los mejores libros, basada principalmente en la supuesta finalidad del autor y en su sinceridad de propósito. La selección, dijo, empieza con la premisa de la libertad de pensamiento; la censura, con la premisa del control del pensamiento.

Rachel Hoyt se detuvo como para reprimir su indignación y prosiguió más calmada.

—¿Cree usted que estas gentes conformistas de ahí fuera lo entienden? No señor. Nosotros luchamos por la selección y ellos luchan por la censura. Debiera usted escuchar las quejas diarias. Proceden de traficantes de ignominia y de fanáticos de todas clases.

—¿Qué clase de quejas?

—Me han pedido, por ejemplo, que elimine de la circulación La Letra Escarlata de Hawthorne porque describe un comportamiento licencioso y La Buena Tierra de Pearl Buck porque describe un alumbramiento y Crimen y Castigo de Dostoyevski por su contenido irreverente e incluso... Lo que el Viento se llevó de Mitchell porque Escarlata observa una conducta inmoral. He leído en algún sitio que una asociación de padres-y-profesores pretendía que se eliminaran de las estanterías los *Mitos Clásicos* porque trataban del incesto... incesto entre dioses, ¡pobres dioses! En Cleveland, se opusieron al *Asno de Oro* de Apuleyo por su título depravado y en otro sitio se opusieron a *La Vuelta del Tornillo* de Henry James ya sabe usted por qué. Pero el límite máximo del absurdo se alcanzó en Downey, California, cuando los miembros de una junta vigilante literaria se propusieron eliminar de las estanterías de las bibliotecas la serie de *Tarzán* de Edgar Rice Burroughs porque pensaban que Tarzán y Jane no estaban casados y vivían en pecado. ¿Se lo imagina?

Barrett sacudió la cabeza.

—Parece imposible.

—Pues lo es. Y no crea ni por un momento que sólo son los ignorantes, los fanáticos o los excéntricos quienes nos causan preocupaciones. La mayoría de la gente —me refiero a la gente considerada normal— desea instintivamente que las demás personas se acomoden a sus propias ideas de lo bueno y de lo malo. Y dado que la mayoría de la gente —¿cómo lo dijo Freud?— se siente perturbada por todo lo que le recuerda inequívocamente su naturaleza animal, se siente perturbada por la literatura espontánea y pretende imponer su perturbación a los demás. Así es que la gente considerada normal también nos causa quebraderos de cabeza. Se ven mezclados en ello mucha gente absolutamente respetable. Piense en las personas más importantes de nuestra comunidad... un hombre como Frank Griffith que anda diciéndole a la prensa que fue J J Jadway el que violó a esta pobre muchacha y no Jerry. El responsable de este crimen no fue ni Jadway ni Jerry. El responsable fue un hombre como Griffith.

Barrett se incorporó en su asiento.

—¿Griffith? ¿Por qué lo dice? ¿Le conoce?

—No, gracias —dijo Rachel Hoyt—. Tuve un encuentro con él y fue suficiente. Su hijo, Jerry, solía venir para consultar libros o utilizar nuestra sección de referencias. Conocía un poco al muchacho. Era un muchacho simpático, apacible y encantador, convertido en una especie de tartamudo por culpa de su opresivo y omnisciente padre. La última vez que ví a Jerry, tal vez hace un año o más, vino para tomar algunas notas de referencia destinadas a un trabajo que estaba preparando para la clase de Literatura americana. Le era difícil encontrar lo que buscaba, vino a hablarme y yo supe qué libro podría serle útil. Era el *Diccionario de Slang Americano*, el publicado por Crowell, y puesto que era tarde y Jerry no tenía tiempo de consultar lo que necesitaba, le permití llevarse a casa el libro de referencia durante veinticuatro horas. La próxima noticia que tuve fue al día siguiente, cuando me llamó Frank Griffith por teléfono muy enojado.

—¿Frank Griffith la llamó?

—Puede estar seguro.

—¿Qué le dijo?

—Estaba furioso. ¿Cómo me atrevía a recomendarle aquel libro a su hijo? Le dije que el libro no tenía nada malo; era un diccionario de consulta corriente que hacía muchos años que se utilizaba. Griffith dijo que había reconocido aquel sucio libro. Se trataba del libro que, en 1963, un concejal del ayuntamiento de San Diego había calificado de "obsceno" y que nuestro Superintendente de Instrucción Pública del Estado había denominado "manual práctico de perversión sexual", probablemente porque contenía definiciones de varias palabras fuertes anglosajonas. Griffith quería que se retirara aquel libro de las estanterías y yo me negué diciéndole que no podía privar a los estudiantes de aquel medio de consulta fidedigno y erudito. Griffith me dijo que, si tuviera tiempo, discutiría conmigo ante los tribunales acerca de este libro, pero dado que no lo tenía, se limitaba a advertirme que no volviera a recomendarle nada discutible a su hijo. Si lo hacía, prometía darme mi merecido. Por desgracia, nunca volví a tener la oportunidad de recomendarle nada a Jerry porque él no volvió. Envió a un amigo a que devolviera el libro de su parte, me diera las gracias y se excusara por todas las molestias que me había causado. Creo que debió sentirse demasiado avergonzado para devolverme el diccionario o aparecer de nuevo por aquí. Estoy segura que, desde entonces, se habrá servido de la biblioteca de la UCLA ¿Qué le parece?

—El amigo de Jerry —dijo Barrett con prontitud—. ¿Recuerda su nombre?

—¿Del amigo? No estoy segura. Mire, Jerry era un solitario, tal vez tenía uno que otro amigo ocasional, pero aquel muchacho de la barba es el único con quien le vi más de una vez. —Se detuvo—. ¿Es importante, señor Barrett?

—No sé. Pudiera serlo.

Ella se levantó.

—Vamos a ver si puedo averiguar algo.

Se dirigió hacia la puerta, llamando:

—¡Mary!...

Barrett se levantó y casi no había terminado de llenar su pipa de tabaco cuando regresó Rachel Hoyt.

—¿Hemos tenido suerte? —preguntó él.

—Sí, una de mis secretarias recordaba el nombre del amigo de Jerry. Se llama George Perkins. También estudia en la UCLA.

Barrett tomó nota y volvió a guardar su block de notas en el bolsillo.

—Gracias. Esto puede ser útil. Y gracias por acceder a ser testigo de la defensa. Me pondré en contacto con usted antes de que llegue su turno de subir al estrado. ¿No le importará repetir esta pequeña anécdota que me ha contado de Frank Griffith ante los tribunales, verdad?

—Lo haré encantada.

—Señorita Hoyt, en nombre de Sydney Carton...

—No hagamos cumplidos. Yo Jane. Tú Tarzán.

El sonrió.

—De acuerdo. Yo Tarzán darte gracias a ti Jane.

La sala de consultas que estaban utilizando se encontraba en el edificio de la administración del campus de la UCLA. No era más que un cubículo vacío, exceptuando un sillón giratorio, un bonito escritorio de acero con un fichero, un teléfono y una planta verde y dos sencillas sillas para los visitantes. Para Mike Barrett era tan triste como el consultorio de un médico. Había estado entrevistando a la señora Henrietta Lott por espacio de quince minutos y el ambiente que le rodeaba se iba haciendo cada vez más claustrofóbico y opresivo. Pensó que sería así porque, hasta aquel momento, la sesión con la señora Lott había resultado infructuosa.

Henrietta Lott era una regordeta y amable mujer de mediana edad sobrecargada de trabajo, que parecía sentirse más a su anchas proporcionando información acerca del plan de estudios del Colegio de Letras y Ciencias. Su percepción de los estudiantes, por lo que Barrett pudo observar, era más bien superficial. Su mayor virtud residía probablemente en su carencia total del sentido del vicio. Esto o bien su seriedad. Estaba encargada de asesorar a los subgraduados con apellidos comprendidos entre la G y la J. Griffith pertenecía a la G, por consiguiente ella era la asesora de Jerry Griffith. Había hablado con él cuatro veces. Aparte de lo que indicaba la tarjeta universitaria que sostenía en su mano en aquellos momentos, no conocía demasiado a Jerry y tampoco podía recordarle muy claramente (un buen comentario, pensó Barrett). Lo sentía mucho, pero había tantos, tantísimos estudiantes, quince mil sólo en el Colegio de Letras y Ciencias.

—Ojalá pudiera decirle algo más —dijo la señora Lott apenada—, pero me temo que no se me ocurre otra cosa.

Barrett decidió plantear una pregunta que ya le había dirigido dos veces.

—¿Tiene usted alguna impresión acerca de la personalidad de Jerry Griffith?

—Pues, sólo que era muy serio y algo tímido. —Contempló distraídamente la tarjeta que sostenía en la mano y después dirigió la mirada hacia la ficha que se encontraba sobre su escritorio—.

Y... Supongo que podría decir que parecía un muchacho sin muchas motivaciones, como la mayoría de los jóvenes de hoy. Comparado con todos los estudiantes que veo diariamente, tal vez podría decir que Jerry era más íntegro y honrado que los muchachos pertenecientes a su clase.

—¿Le oyó usted hablar alguna vez de su familia, señora Lott?

—No, me parece que no. Mejor dicho, espere, hubo una ocasión. —Ahora pareció más alegre—. Una vez me pidió información acerca del programa de deportes que podían practicarse dentro del marco del colegio. Sí, ahora lo recuerdo. Su padre había sido un atleta olímpico —¿o tal vez es que lo he leído en los periódicos?— de todos modos, su padre quería que practicara algún deporte, porque consideraba que sería beneficioso para él tomar un poco el aire y hacer ejercicio y no ser simplemente un ratón de biblioteca. Jerry había decidido por tanto informarse. Dijo que no era muy buen deportista, pero creo que me dijo que había tomado lecciones de tenis en preuniversitario. En cuanto a clubes, pertenecía a uno de bridge —¿o era de ajedrez?— no, estoy segura que era de bridge... un club de bridge de Westwood.

—Me han dicho que Jerry seguía un curso de Literatura americana hace cosa de un año. ¿Puede usted proporcionarme alguna información al respecto?

La señora Lott se inclinó hacia el fichero.

—En realidad, tengo aquí una nota en la que se indica que ha seguido siete cursos de literatura... mejor dicho, ya ha seguido cinco y ahora está siguiendo dos, o estaba antes de... cuando dejó la universidad. ¿Quiere usted los nombres de las clases y de los profesores?

Los leyó lentamente, mientras Barrett anotaba los detalles en su block de notas. Cuando terminó levantó la mirada.

—Este último curso —dijo— de literatura de expatriados americanos que enseña el doctor Hugo Knight. Parece interesante. ¿De qué se trata?

La señora Lott se encontraba en su elemento ahora y, de repente, se sintió más tranquila.

—Es un curso muy popular y el doctor Knight lo enseña con mucho entusiasmo. Sí, Jerry se había matriculado, lo estaba siguiendo hasta que pasó la desgracia. Es lástima que no haya podido presentarse al examen final y recibir el certificado.

—¿De qué trata el doctor Knight en este curso?

—El planteamiento es inteligente. El doctor Knight pretende demostrar de qué manera la experiencia de la expatriación, los sentimientos de alienación así como la absorción de hábitos y ambientes extraños, la experiencia de vivir y de crear en el extranjero, ha influído en la corriente principal de la literatura desde Nathaniel Hawthorne a Heny James o Ernest Hemmingway. A los jóvenes parece gustarles, lo deduzco de las conversaciones que sostengo con ellos, porque el doctor Knight estudia con mucha sinceridad la historia y las influencias de aquellos autores que fueron *avant-garde* y demasiado realistas para ser publicados en su América natal. Fueron publicados en cambio en París por la Obelisk Press de Jack Kahane, entre los años 1931 y 1939 y por la Olimpia Press que su hijo, Maurice Girodias, fundó en el año 1953. Publicaron a Frank Harris, a Radcliffe Hall, a Henry Miller, a Lawrence Durrell, a James Hanley, Jean Genet, William Burroghts, en una época en que nadie se atrevía a publicar las obras de tales autores. Como es natural, el doctor Knight insiste más en los autores americanos.

—¿Sabe usted por casualidad si el profesor incluye las Éditions Étoile, fundadas por Christian Leroux, y el libro que yo represento, *Los Siete Minutos* de J J Jadway, en el programa de sus clases?

—No veo cómo podría no haberse referido a Jadway, o por lo menos de pasada. En realidad, creo que es mejor que hable usted directamente con el doctor Knight. Estoy segura de que tratará de ayudarle. Podría prepararle una cita con él durante sus horas de despacho.

—¿Hoy, por ejemplo, señora Lott, ya que me encuentro en el campus? El doctor Knight parece poseer los requisitos indispensables de un excelente testigo.

Casi aliviada, la señora Lott fue a tomar el teléfono pero después lo pensó mejor.

—Es mejor que no ocupe la línea porque estoy esperando una llamada. —Se levantó de su silla de ejecutivo y se dirigió hacia la puerta—. Tardaré un minuto. Voy al despacho del doctor Knight.

Barrett se levantó, se pasó la mano por la espalda y esperó

La señora Lott regresó antes de haber transcurrido un minuto.

—Ha tenido usted suerte, señor Barrett. Su próximo horario de despacho será dentro de media hora. Le he dicho quién era usted y lo que deseaba saber y me ha contestado que estará encantado de conversar con usted. Permítame anotarle su localización en el campus y dibujarle el camino más corto para llegar hasta allí.

Mientras ella escribía y dibujaba un diagrama, a Barrett se le ocurrió otra cosa. Esperó a que ella le entregara la hoja de papel.

—Otra cosa, señora Lott —dijo—. Hay alguien más a quien desearía ver, a ser posible... un subgraduado, amigo íntimo de Jerry Griffith. Si está en el campus y puedo averiguar dónde se encuentra, me gustaría hablar con él durante esta media hora de que dispongo antes de ver al doctor Knight o bien inmediatamente después. Se llama George Perkins. Siento molestarla tanto, pero...

—No es ninguna molestia —dijo Henrietta Lott—. Permítame ver lo que puedo encontrar.

Lo que pudo encontrar era que George Perkins, al igual que Jerry, también estudiaba el tercer año de geología y que tenía clase en aquellos momentos. La señora Lott escribió una nota para el instructor de la clase, pidiéndole que requiriera a George Perkins para que esperara al terminar la clase y decidió enviar la nota a través de una secretaria con el fin de que ésta acompañara después al muchacho hasta Barrett.

Quince minutos después, Barrett se encontraba de pie junto a la esquina de Dickson Plaza, el cuadrado oeste del viejo edificio de la biblioteca de la UCLA contemplando la pendiente aparentemente interminable de peldaños de ladrillo que conducía al gimnasio y tratando de no distraerse con las limpias y lozanas muchachas que pasaban, mientras esperaba a que regresara su guía acompañado de George Perkins.

De repente, descubrió a la secretaria que venía por la calzada situada frente al Royce Hall. Junto a ella, un desgarbado y alto muchacho con enmarañado cabello color arena y con barba, vestido con un jersey de cuello de cisne, pantalones de pana y botas militares de faena. La muchacha se detuvo y Barrett observó que lo estaba señalando al muchacho; el muchacho asintió, ella saludó a Barrett con la mano y éste le devolvió el saludo.

El muchacho estaba cruzando la plaza, dirigiéndose hacia Barrett. Se estaba pasando los libros de texto de un brazo al otro y, al acercarse, Barrett pudo observar que su rostro de buey presentaba una expresión perpleja.

—Hola —dijo—. Soy George Perkins. Me han dicho que alguien quería verme. No me han dicho para qué.

—Soy Michael Barrett. Estaré encantado de decírselo.

Al escuchar el nombre de Barrett, George frunció el ceño, como tratando de recordarlo.

—Es posible que haya usted leído mi nombre en los periódicos —prosiguió Barrett—. Soy el abogado de Ben Fremont, el librero que fue detenido por vender Los Siete Minutos.

—Ahora recuerdo —emitió como un murmullo George Perkins—. Bueno, pues...

Pero algo cruzó por su imaginación y su expresión se hizo cautelosa.

—¿Qué quiere usted de mí?

—Que me conteste usted algunas preguntas, nada más. Creí que usted podría ayudarme en una cosa. Estoy tratando de reconstruir un poco el ambiente de Jerry Griffith. Me han dicho que es usted amigo de Jerry.

—No más que muchos otros —respondió George, en tono precavido y cauteloso—, le conozco un poco, por aquí me lo encuentro de vez en cuando. Me ha acompañado un par de veces a mi apartamiento. Y eso es todo.

—Me han dicho que eran ustedes amigos íntimos.

—Señor, se lo informaron mal. No, no hay nada de eso. Lo siento. —Se apartó un poco—. Mire, señor, si usted me perdona, ahora tengo la oportunidad de que me lleven a casa. Es mejor que me vaya.

George Perkins se dirigió hacia los peldaños de ladrillo que conducían hasta la calzada particular que corría paralela a los campos de deportes, pero Barrett lo alcanzó y siguió andando a su mismo paso.

—¿Le importa que le acompañe hasta el coche? —dijo Barrett—. Quizás pueda usted darme alguna indicación.

—Está perdiendo el tiempo.

—Bueno, puesto que se trata de mi tiempo, permítame que lo pierda —dijo Barrett alegremente, al tiempo que bajaba la escalera junto a George Perkins—. Pero, por lo menos, conoce un poco a Jerry. ¿Conoce a algún miembro de su familia?

—No.

—¿Oyó hablar a Jerry alguna vez de su padre?

—No.

—¿De qué oyó usted hablar a Jerry? ¿Tenía algún tema preferido?

—Nada en particular. Es un oyente. Todos somos oyentes. ¿Acaso no lo ha oído usted, señor? Nosotros somos la generación que lo desprecia todo y sabemos lo que no debemos hacer. —Miró burlonamente a Barrett de soslayo—. Dejamos que trabajen los demás.

Barrett asintió divertido.

—Tanto mejor para ustedes. Pero, a lo mejor, los oyentes, también son lectores. Me han dicho que Jerry Griffith leía mucho.

—Todo el mundo lee mucho si desea seguir estudiando.

—¿Vio a Jerry alguna vez leer o le oyó discutir acerca de *Los Siete Minutos*?

—Tal vez. No lo recuerdo. Le gustaba mucho Hesse, el *Hermann*. Pero este libro de Jadway acababa de salir ¿verdad? Probablemente no vi a Jerry después de que este libro se pusiera a la venta ¿cómo podría haberlo discutido conmigo? Los periódicos dicen que lo leyó, o sea que sabe usted tanto como yo.

—¿Cuándo vio por última vez a Jerry Griffith?

George Perkins bajó en silencio el último tramo de la escalera. Después dijo:

—Tal vez una semana antes de que violara a esta chica.

—¿Lo ha visto usted después, George?

—No, y tampoco me gustaría.

—¿Por qué no?

—Porque le ha dado mala fama al sexo. ¿Pero qué clase de sujeto es habiendo tantas gatitas por ahí... que intenta conseguirlo así? ¡Imagínese, conseguirlo así *hoy en día!*

—Esto es lo que a muchos nos desconcierta.

—Mire, yo estoy de acuerdo con Jerry en lo que dice. El dice que este libro de ustedes le puso en órbita. Bueno, puesto que siempre están hablando del poder de la prensa, esto es un ejemplo de este poder. Este libro de ustedes parece que le proporciona a uno más excitación que el LSD.

Llegaron al final de la escalera. Barrett comprendió que sería inútil seguir hablando.

—Creo que es suficiente, George. Le agradezco su ayuda.

—No veo por qué. ¿Qué ayuda?

—Por lo menos ahora sé que Jerry no tiene amigos.

—Ah, bueno.

—Tal vez uno de sus profesores pueda decirme algo más. Me han dicho que tenía clase con el doctor Hugo Knight. ¿Sabe algo de Knight?

—Homosexual. Y un burro, además.

—¿Cómo se llega a su despacho desde aquí?

—George Perkins levantó el pulgar por encima del hombro.

—Por donde ha bajado. Pero subiendo. Espero que le hayan hecho un cardiograma últimamente.

—No se preocupe. Gracias por su ayuda, George.

—Señor, un momento...

Barrett dudó.

—¿Sí?

—Usted me ha hecho varias preguntas. Tal vez tendría que hacerle yo alguna a usted. ¿Quién le ha dicho a usted que Jerry Griffith y yo éramos amigos? ¿Lo ha dicho el mismo Jerry?

—No. No conozco ni he visto nunca a Jerry. Me lo ha dicho una empleada de la Biblioteca de Oakwood que le vio a usted varias veces con Jerry.

George pareció aliviado y, por primera vez, se mostró amable.

—Ah, fue ella. Entonces se comprende. Pero estaba equivocada. Bien, siento no haberle podido ser más útil pero buena suerte de todos modos.

Barrett lo observó mientras se alejaba pasando por delante del gimnasio y comprendió que no podía saber gran cosa de Jerry Griffith a través de los muchachos de su edad. Para una persona como él, la Unión de los Jóvenes sería como una tienda cerrada. Tristemente, contempló el Everest de escaleras que se elevaba hacia el cielo ante sus ojos. ¿Valdría la pena hablar con un afeminado que se llamaba doctor Hugo Knight? Bueno, había venido a la UCLA en busca de mayor información, por consiguiente valía la pena intentarlo. Empezó a subir cansadamente la empinada escalera de ladrillos.

Pasó una hora y media antes de que Mike Barrett regresara a su despacho temporal de las oficinas que Abe Zelkin había alquilado. Las oficinas se hallaban situadas en el quinto piso de un elevado edificio de reciente construcción, enclavado entre el Robertson Boulevard y el La Ciénaga Boulevard, justo delante del Miracle Mile del Wilshire Boulevard. El alfombrado despacho de la esquina que se le había asignado a Barrett producía una agradable e insólita sensación —podía olerse todavía la pintura verde pálido de las paredes— y a Barrett le gustaba el gran escritorio de roble colocado junto a una gran ventana panorámica, las sillas provisionales tapizadas en cuero y, algo más allá, aquel sofá con cojines y las dos sillas de estilo clásico que rodeaban el enorme disco de una masa de café. No había todavía ningún diploma enmarcado, ni menciones honoríficas, ni reproducciones impresionistas o fotografías de personajes célebres colgadas de la pared. Pero, junto a su escritorio, colgaban de la pared cuatro cintas enmarcadas, que había encargado a un estudiante de bellas artes reproducido en caracteres de cursiva. Eran cuatro de sus máximas favoritas. La primera le recordaba al enemigo exterior: "La administración de la justicia siempre está en las manos adecuadas: STANISLAUS LEC." Las dos siguientes eran amuletos contra la vanidad; una de ellas decía: "Abstente de juzgar porque todos somos pecadores: SHAKESPEARE". La otra decía: "Tal vez, andando el tiempo, la Edad del Oscurantismo incluirá también a la nuestra: GEORG C. LICHTENBERG". La última, le recordaba el insoluble problema básico de todas las censuras: "¿Quién podrá guardarse de los guardianes?: JUVENAL".

Las puertas rompían el verde monocromo de las paredes. Una puerta daba al pasillo que conducía a los visitantes procedentes del espacioso vestíbulo de recepción de Donna Novik. Otra puerta daba a un área común que incluía un cuarto de baño y ducha, una pequeña sala comedor y una pequeña cocina. La tercera puerta daba paso al salón de conferencias que también se abría al despacho de Abe Zelkin, detrás del cual se encontraba el cuartel general de Kimura, la biblioteca legal de Zelkin y un despacho adicional utilizado como almacén.

En el despacho de Barrett sólo un escritorio revelaba la actividad que se había estado desarrollando en aquellas oficinas en el transcurso de los últimos días. Estaba atestado de fichas, notas mecanografiadas y datos referentes al caso de Ben Fremont, constituyendo el arsenal de papel de la defensa dispuesto a enfrentarse con el asalto preparado por la acusación. Pero lo que también contribuía a proporcionar al escritorio de Barrett el aspecto de un escarpado paisaje montañoso eran las transcripciones encuadernadas de anteriores procesos de censura ingleses y americanos. Entre éstas, todas llenas con una auténtica selva de marcadores de páginas de papel, se encontraba el de Regina v. Hicklin, Londres, 1868; el proceso de la Corona contra *El Pozo de la Soledad, Londres, 1928*; el proceso seguido por el gobierno de los Estados Unidos contra Un Libro Titulado *Ulysses, 1934*; el proceso de la Grove Press contra el director general de Correos Christenberry sobre *El Amante de Lady Chatterley,* 1959; el proceso del Estado de California contra el librero *Bradley* Reed Smith sobre *Trópico de Cáncer, 1962*; el proceso de Massachusets de *Fanny Hill, 1964*. Después había sentencias definitivas y opiniones del Tribunal Supremo de los Estados Unidos: Roth contra E. U., 1957; Jacobellis contra Ohio, 1964; Ginzburg contra E. U., 1966 y otras muchas. Perdido en algún lugar del paisaje del escritorio se encontraba el informe sobre *Vistas sobre Control de Material Obsceno,* compilado por un subcomité del Senado que había estudiado la delincuencia juvenil en el año 1960.

Al regresar de la UCLA, Barrett observó que se habían añadido a la masa de material de su escritorio varios memorándums de Leo Kimura, y uno de ellos era importante.

Había llegado un telegrama de Montecarlo solicitando que Kimura telefoneara al investigador privado Dubois al Hotel Gardiole de Antibes, a las cinco de la tarde. Esto era enigmático, dado que Dubois tenía que haber localizado a Leroux, el editor francés de Jadway, mucho antes, en el Hotel Balmoral de Montecarlo. En aquella nota, Kimura no se extendía en especulaciones acerca del significado del telegrama. Se limitaba a afirmar que se dirigía a la suite de Philip Sanford para interrogar ulteriormente a éste, que efectuaría la conferencia transoceánica desde allí y que, en cuanto tuviera alguna noticia, buena o mala, se pondría en contacto con Barrett.

Ahora eran las cinco en punto y Barrett decidió ignorar el reloj y su estado de ansiedad por los resultados de la llamada de Kimura a la Riviera, con el fin de poder terminar su informe verbal para Abe Zelkin. Por espacio de quince minutos, sentado detrás de su escritorio, fumando su pipa, Barrett resumió para Zelkin, que paseaba arriba y abajo, las entrevistas de aquella tarde. Barrett refirió sus entrevistas con Ben Fremont, Rachel Hoyt, Henrietta Lott y George Perkins y ahora estaba hablando de su entrevista con el doctor Hugo Knight, del departamento de inglés de la UCLA.

—Entonces me sorprendió que el doctor Knight me dijera que Rodríguez, de la oficina del Fiscal de Distrito, ya le había visitado. Creo que fue ayer.

—¿No es broma? —dijo Zelkin—. Por lo visto, a estos muchachos no se les escapa nada. Supongo que Duncan quería al profesor como testigo.

—Querían conocer la actitud de éste con respecto al libro —dijo Barrett—. Rodríguez quería saber si el profesor había leído la novela, qué pensaba de la misma, si incitaba a sus alumnos a leerla. El doctor Knight la había leído, había leído el ejemplar que figuraba en la sección de la biblioteca de la UCLA de colecciones especiales. Nunca había incitado a sus estudiantes a que la leyeran, porque, hasta que Sanford decidió publicarla, no se disponía de ejemplares. En cuanto al libro, al doctor Knight le gustaba mucho. Por estos motivos, a Rodríguez dejó de interesarle el profesor como testigo. Hubo otra cosa. El doctor Knight dijo que Rodríguez estuvo intentando descubrir si Jerry Griffith había mostrado algún interés especial por *Los Siete Minutos*. El doctor Knight contestó que sus grupos eran tan numerosos —cien o más por aula— que con frecuencia no conocía a los estudiantes por su nombre. Sólo al ver reproducida en los periódicos la fotografía de Jerry, pudo recordarle como uno de sus alumnos. Por lo que podía recordar, Jerry nunca había manifestado ningún interés especial por aquel libro o por cualquier otro de los mencionados en clase. Por lo menos, nunca había levantado la mano ni se había acercado para discutir acerca de ninguno. De todos modos, Rodríguez dejó bien sentado que el Fiscal de Distrito no tenía ulterior interés en él.

Abe Zelkin, con las manos en los bolsillos, se detuvo frente a él.

—¿Y nosotros qué? ¿Tenemos interés en el doctor Knight? Parece útil.

Barrett hizo una mueca.

—No sé. Este muchacho, George Perkins, tiene razón. El doctor Knight es un burro. Quise averiguar lo que dice en sus clases acerca de *Los Siete Minutos*. Al parecer, dice muy poco. Se limita a mencionarlo como un ejemplo más de los grandes escritos creados por los autores americanos expatriados. De todos modos, pareció estar bien informado personalmente acerca de Jadway y de la novela. Por consiguiente le pregunté: "¿Conoce algo más de Jadway que no se haya mencionado recientemente en los periódicos?". El contestó: "Pocas personas conocen a Jadway como yo. Lo sé todo de él". Te digo, Abe, que, en aquel momento, creció mi esperanza. Pero murió en seguida. Resultó que lo sabía todo de Jadway a través de la interpretación de la novela. Nuestro profesor considera el libro como una obra maestra de alegoría. Quizás lo sea, si bien me resulta difícil creer que los personajes de este libro sean representaciones alegóricas de los *Siete Pecados Capitales*.

—Eso y más. Creo que también mete a Leda y el Cisne por algún sitio.

Zelkin rio.

—Ya estoy viendo a doce buenas personas del jurado creyéndose esto.

—Pero esto no fue lo peor. Cuando intenté refutar el simbolismo tratando de demostrarle al profesor que el libro era una muestra de realismo, me miró como si fuera un cretino sin remedio. Empezó a mostrarse superior y condescendiente y a hablar de la incapacidad de los legos iletrados para captar la simbología, los recursos artísticos destinados a revelar verdades intangibles. Entonces dejé de discutir porque comprendí que muchos de estos vanidosos académicos necesitan su pequeña reserva particular de superioridad y que no sacaría nada en limpio oponiéndome.

—¿Qué has pensado hacer con él?

—Abe, los mendigos no escogen. Necesitamos testigos que crean que *Los Siete Minutos* es una maravilla literaria. He pensado que, a pesar de los defectos del doctor Hugo Knight —unos modales que pueden resultar ofensivos, una tendencia al lenguaje ampuloso y engolado— es un hombre apropiado, puesto que le entusiasma *Los Siete Minutos*. Le pregunté si accedería a presentarse en calidad de testigo por la defensa. Se mostró encantado.

—No me extraña —dijo Zelkin—. En las universidades, la alternativa solía ser publica o muere... ahora parece ser sé testigo o marchítate.

—Espero que podamos mantener algunas entrevistas con él antes del juicio y que podamos convencerle de que la cuestión del simbolismo no resulta conveniente en un...

Sonó el zumbador del teléfono, Barrett se encogió de hombros mirando a Zelkin y tomó el aparato. Era Donna a través de la línea de comunicación interior. Ella le anunció que Philip Sanford estaba en la línea uno.

Barrett apretó el botón iluminado.

—Buenas noticias, Mike ¡las mejores! ¡Ya tenemos a nuestro testigo estrella, el antiguo editor de Jadway! ¿No es estupendo?

—¿Que tenemos a Christian Leroux de testigo? —repitió Barrett dirigiéndole una mirada radiante a Zelkin—. Es maravilloso. Pero ¿cómo...

—Espera, te paso a Leo. El te informará de los detalles. Quería decírtelo yo primero. Aquí está nuestro genio de la investigación.

Se escuchó la voz de Kimura.

—Señor Barrett...

—Estoy aquí con Abe. Ha ido a tomar la extensión de la otra habitación. Muy bien, no te olvides de nada, danos todos los detalles.

—No hay muchos detalles —dijo Kimura con su meticulosa pronunciación—. Lo que hay que decir es altamente favorable. Acabo de hablar con Dubois, que se encuentra en Antibes. Estaba esperando en el vestíbulo del Hotel Balmoral de Montecarlo cuando llegó Christian Leroux procedente de París. Nuestro hombre se acercó a Monsieur Leroux y le explicó por qué estaba allí... el motivo exacto del negocio que le había traído. Monsieur Leroux contestó en seguida que le sería posible colaborar, si se le ampliaba la información. Pronto comprendió Dubois que lo que nuestro editor deseaba no era una información acerca del caso sino información acerca de lo que estaríamos dispuestos a pagarle como testigo. Leroux quedó bastante maltrecho ya hace varios años cuando los libros pornográficos o prohibidos, que eran su especialidad, empezaron a publicarse abiertamente por parte de editoriales de todo el mundo, más importantes y de más prestigio que la suya. Desde entonces, Leroux ha estado intentando comenzar de nuevo, reunir el dinero suficiente para fundar una nueva editorial de clásicos de la obscenidad comentados. Dubois le ha presentado nuestra oferta inicial, tal como se había acordado... viaje de ida y vuelta más alojamiento y manutención en Los Angeles más tres mil dólares. Leroux se ha mostrado indeciso afirmando que su tiempo valía más que eso. Inmediatamente, Dubois ha aumentado la oferta hasta el valor máximo acordado, viajes y gastos de estancia más cinco mil dólares. Esto le ha parecido mejor y Leroux ha accedido a presentarse como testigo.

—Has conseguido una buena pieza —dijo Zelkin.

—Una cosa —dijo Barrett— ¿ha dicho Leroux lo que podrá afirmar que nos sea favorable?

—No muy bien. De todos modos, le ha dado a entender a Dubois que comprendía por qué se le pagaba. Ha querido saber qué se esperaba de él. Al fin y al cabo, le dijo a Dubois, hay hechos y hechos, y la verdad tiene muchas facetas. Dio a entender que podría añadir o suprimir hechos de acuerdo con lo que fuera conveniente para el caso. Dubois le ha dicho por tanto, basándose en sus limitados conocimientos del caso, lo que estábamos buscando. Le explicó a Leroux que esperábamos demostrar que J. J. Jadway no había escrito *Los Siete Minutos* por motivos puramente económicos, en calidad de escritor de pornografía en busca de dinero rápido, sino en su calidad de artista que escribía con honradez e integridad. A esto Leroux contestó: —*Voila*, entonces puedo darles a ustedes lo que me piden porque ¿acaso no fui yo su único editor? ¿acaso no fui yo el único que creyó en el libro, aparte de él mismo? Le proporcionaré a su defensa lo que necesita.

—Jadway —preguntó Barrett—. ¿Dijo algo de Jadway?

—Sólo que había sido íntimo suyo...

—¡Estupendo! —exclamó Zelkin.

—Y que nos lo dirá todo en cuanto llegue a Los Angeles y le hayamos pagado —dijo Kimura—. Dubois ha dicho que nuestro testigo es tan astuto como una pescatera francesa.

—¿Qué otra cosa hay? —preguntó Barrett.

—Tratándose de un detective, Dubois es muy precavido, tal vez más de lo necesario. De todos modos, dado que varias personas, amigos, sabían que Leroux estaría en Montecarlo, Dubois ha decidido sacarlo de allí y ocultarlo en otro lugar, en algún sitio desconocido de todos. Ha hablado con Leroux y le ha trasladado a un pequeño hotel, el Gardiole de Antibes, inscribiéndole en el registro bajo el nombre de Sabroux. Leroux ha accedido a permanecer en su habitación hasta que Dubois le recoja mañana, le entregue sus pasajes de ida y vuelta y una paga y le meta en el Caravelle Niza-París en tránsito para Los Angeles. Dubois nos telegrafiará la hora exacta de su llegada para que podamos irle a recoger al Aeropuerto Internacional. Así, pues, tendremos a nuestro testigo estrella pasado mañana; yo diría que hemos tenido suerte.

Después de colgar, Barrett se levantó de un salto y, alegremente, le propinó unos golpes a Zelkin.

—Calma, calma —protestó Zelkin con una amplia sonrisa en los labios—, de lo contrario te vas a quedar sin colega que te ayude a ganar el caso.

—Por Dios, Abe —dijo Barrett— ésta es la primera vez que creo de veras que tenemos una oportunidad.

—Sí, ahora tenemos una oportunidad. También tenemos nuestra primera excusa para celebrar algo. ¿Por qué no llamo a Sarah y le digo que ponga dos bistecs más en la parrilla y que ponga a enfriar un poco de champagne de California para dos invitados más, tú y Phil?

—Esto sería —empezó Barrett, después recordó y se detuvo—. Maldita sea, no puede ser. Tengo una cita con Faye. Saldrá conmigo esta noche. Me gustaría ver el golpe maestro que ha planeado para esta noche la LFPD para recaudar fondos. El principal conferenciante de la velada será nuestro estimado enemigo Elmo Duncan. El tema: "La Libertad de Corromper". He pensado dejarme caer por allí sin llamar la atención. Me parece que sería una buena idea espiar al enemigo. Ello podría proporcionarnos una visión previa de su afirmación inicial en el juicio y una idea de su estilo oratorio.

—De acuerdo, los bistecs estarán en el frigorífico hasta que llegue Leroux.

—Ahora —dijo Barrett volviendo a su escritorio—, voy a dedicar la hora siguiente a una composición o algo así de carácter creativo.

—¿Y será...?

—Tenemos una estrella —dijo Barrett—. Ahora es mejor que escriba para él un papel inolvidable.

Llegaban con retraso y Mike Barrett estaba enojado.

La reunión para allegar fondos patrocinada por la LFPD estaba programada para las ocho y media de la noche y eran las nueve menos diez cuando llegaron al Beverly Hilton Hotel. Barrett había llegado a tiempo a casa de los Osborn pero Faye, como de costumbre, todavía se estaba vistiendo.

En el Beverly Hilton, dejando el coche en manos de los encargados del estacionamiento, Barrett empujó apresuradamente a Faye y ambos franquearon las puertas automáticas del enorme vestíbulo. Con sus prisas, la hizo tropezar y, al sostenerla, observó que ella se había enojado momentáneamente.

—¿Por qué tantas prisas? —preguntó ella—. No es que tú seas el invitado de honor o algo parecido. ¿Es que siempre tienes que ser tan puntual?

—No, no es eso... —empezó a decir, pero se detuvo porque comprendió que ella no lo entendería y, además, no era importante. Ser puntual aquella noche no tenía nada que ver con la puntualidad habitual. Hubiera deseado llegar cuando estaba llegando todo el mundo, para perderse así entre la gente y que fuera menos evidente su entrada y su presencia allí. Al fin y al cabo, se encontraba en territorio enemigo y, para la LFPD, él era el repugnante adversario. Ahora esperaba que el auditorio estuviera tan absorto siguiendo las palabras del conferenciante que no prestara atención a los retrasados.

Cruzaron el vestíbulo rápidamente, Faye adelantándole y dirigiendo el camino como dándole a entender que comprendía y que se arrepentía por su arranque anterior. Atravesaron el amplio pasillo, pasaron por delante de la farmacia de la planta baja y, finalmente, llegaron al foyer y al bar que había que cruzar para pasar al Gran Salón de Baile.

—No somos los últimos —dijo Faye.

Más tranquilo, vio que tenía razón. Seis personas por lo menos estaban desfilando ante las dos mesas de control de entradas, detrás de las cuales se encontraban sentadas varias mujeres corpulentas. Cuando le llegó el turno, Barrett explicó rápidamente que no había tenido tiempo de enviar un cheque por el importe de los billetes pero que esperaba que todavía quedaran localidades. Quedaban y le aceptaron su billete de diez dólares.

Mientras él y Faye seguían a los demás dirigiéndose hacia la entrada del salón de baile, varios otros invitados se acercaron procedentes del bar. Faye saludó a alguien.

—Hay una persona que conozco. —Se apartó de Barrett—. Hola, Maggie. Me alegro de verte.

Estaba hablando con una morena muy atractiva que traía en la mano una bebida de color oscuro.

—¿Qué tal Faye? —dijo la morena. Levantó su vaso con afectación—. No soy una bebedora. Pero necesito beber algo durante las conferencias. Las conferencias tienden a deshidratarme.

—Quería telefonearte —dijo Faye—. Quería decirte cuanto sentíamos la desgracia de Jerry. Creo que papá ha llamado a tu tío. De todos modos, lo sentimos mucho. Oh, perdona —tomó el brazo de Barrett pidiéndole que se acercara—. No sé si conoces a mi prometido... Maggie Russell... Mike Barrett.

—Encantado de conocerla, señorita Russell —dijo Barrett.

—Lo mismo digo —contestó Maggie estudiándolo fríamente—. Creo que ya le había reconocido.

—¿Le parece que estas terribles fotografías de los periódicos me favorecen? —dijo Barrett.

—Quiero decir que se han publicado muchas —dijo ella sin sonreir—. Y da la casualidad de que tengo un interés especial en este caso.

Antes de que él pudiera contestar, se dirigió a Faye:

—Estás preciosa, Faye.

—Tengo motivos —dijo Faye, tomándole la mano a Barrett.

Por un extraño motivo, le molestó que se le clavara una bandera en aquel momento. Aceptó la mano de Faye, la apretó ligeramente y la volvió a soltar.

Faye y Maggie Russell caminaban un poco adelantadas, conversando en voz baja, pero Barrett se quedó donde estaba sin dejar de mirar a la atractiva morena. Inexplicablemente, deseó estar a solas con ella, para intentar explicarle... y, de repente, se sintió confuso. ¿Explicarle qué? ¿Explicarle por qué defendía aquel libro que había contribuido a destruir a su familia? ¿O tal vez... explicarle por qué estaba con Faye Osborn?

Siguió mirando fijamente a Maggie Russell. Era diametralmente opuesta a Faye. Faye era más alta, más delgada, tal vez más clásicamente hermosa, una perfección muy rubia, angular y fría. Pero Maggie Russell resultaba indefiniblemente más atractiva.

Sus ojos se detuvieron en la contemplación de su cabeza y después bajaron lentamente por todo su cuerpo, tratando de descubrir la fuente de su atracción. Al volver ella la cabeza, Barrett observó que presentaba un aspecto algo descuidado, tal vez porque su reluciente cabello oscuro estaba peinado —¿cómo lo decían las revistas de modas para mujeres?— con los extremos rizados graciosamente alrededor de sus mejillas. Sus ojos separados eran de color verde-gris y su mirada era directa, su nariz era pequeña y ancha, su boca húmeda y parcialmente abierta, y su labio inferior más carnoso. Los perfiles tanto de su cara como de su cuerpo eran suaves y sensuales y lo que acentuaba la pujanza de su pecho y la plenitud de sus caderas era su fina cintura y sus esbeltas piernas. Junto a Faye, se ladeó al alcanzar la entrada y él observó el corto vestido de punto de seda que parecía moldear su cuerpo de tal manera que resultaban ligeramente visibles las líneas de las gomas elásticas de las bragas.

Observó que ella había mirado repentinamente hacia atrás y que había captado su mirada, por lo que había vuelto de nuevo la cabeza hacia adelante.

Turbado, dirigió culpablemente la mirada hacia Faye, que en aquel momento se volvió para decirle:

—Mike, creía que tenías prisa.

Adelantándose, alcanzó a Faye y la tomó del brazo y los dos juntos penetraron en el Gran Salón de Baile, pisándole los talones a Maggie Russell. La amplia sala estaba iluminada a media luz, cosa que le complació, y el auditorio se acercaba probablemente a las mil personas. En el fondo, había varias sillas plegables vacías y, mientras seguían a Maggie Russell, se preguntó si se sentarían juntos. Pero al llegar a un pasillo provisional, Maggie encontró una silla vacía al final de una fila ya ocupada. Decepcionado, Barrett condujo a Faye a lo largo del pasillo hasta donde se encontraban unas sillas vacías y la dirigió con firmeza a la segunda silla empezando por el pasillo, sentándose él en la que daba hacia afuera.

Faye se inclinó hacia él, acercándole la boca al oído.

—Perdona —susurró—. No debiera haberte presentado, pero lo he hecho sin pensar. ¿Te ha molestado, verdad?

—¿Por qué iba a molestarme? —dijo él.

—Es la sobrina de Frank Griffith y muy amiga del muchacho.

—Tanto mejor —murmuró él—. Podría resultar útil conocer a alguien muy amigo del muchacho.

Faye se quitó los guantes.

—Dejémoslo —dijo—. Has tenido suerte de que no te escupiera a la cara.

Faye se acomodó en su asiento y se concentró en el escenario y, por primera vez, Barrett se dio cuenta de que todos los ojos estaban fijos en el conferenciante.

El conferenciante era la principal atracción de la velada, el Fiscal de Distrito Elmo Duncan, erguido e imponente, con las manos apoyadas en los cantos del atril e inclinándose hacia el micrófono para subrayar una frase. Barrett se irguió en su asiento y escuchó.

—Por consiguiente, no cometamos un error en relación con la palabra "pornografía" en sí misma —estaba diciendo Elmo Duncan—, no olvidemos la derivación de la palabra. Procede de la palabra griega *pornografhos* que significaba "escritura de las prostitutas". Se refería a todos los escritos o descripciones de la vida sexual de las rameras o prostitutas, una clase especial de literatura que se proponía ser afrodisíaca por su contenido. O, tal como ha dicho un comentarista moderno, la pornografía originaria era "una escritura de y sobre las prostitutas destinada a estimular la lujuria del hombre con el fin de que acudiera a una prostituta". Los siglos han pasado, pero la palabra pornografía no ha cambiado de significado. Lo afirmo aunque nuestros más altos tribunales hayan solicitado de quienes estamos dedicados a velar por el cumplimiento de la ley que no creamos que todos los libros pornográficos son igualmente criminales. Se nos ha dicho que un libro pornográfico que posea parte de narración no erótica, que presente pasajes de sedicente valor social, debe tratarse con mayor tolerancia y favor que otros libros cuyo contenido erótico no se vea matizado por digresiones de carácter moral. En mi opinión personal, esto se llama insensatez legal, esto es como buscar piojos, y esto es precisamente lo que ha debilitado el cumplimiento de las leyes referentes a la obscenidad. La dilución de la definición de pornografía es la causa que ha obligado a quienes deben velar por el cumplimiento de la ley a luchar desesperadamente, tal como afirma el juez Black, en un tremedal.

Pero queridos amigos y conciudadanos, yo os aseguro que no estoy atrapado en ningún tremedal. Para mí, un libro obsceno, aunque pretenda expresar una idea o un mensaje social, no es menos desagradable que un libro de vulgar obscenidad total. De hecho, muchos juristas afirman que la calidad estética de una obra escrita convierte a un libro obsceno en un arma más destructiva. Para mí, la suciedad es suciedad, por mucho que se trate de disfrazar. Sí, los griegos tenían la palabra apropiada, la palabra que significaba escritos que estimulaban los pensamientos lascivos y las acciones lujuriosas. Tal como un fiscal de distrito delegado, experto en materia de obscenidad, afirmó una vez, "el único propósito de los libros pornográficos es el de estimular el instinto erótico. La pornografía induce a la gente a pensar en morbosas fantasías sádico-sexuales..." Y nosotros tenemos la prueba, una prueba auténtica, de que los libros pornográficos estimulan y provocan algo más que fantasías. Sabemos ahora que inducen a cometer crímenes de violencia.

Los hombres que están más próximos a este problema conocen la verdad. Permitidme citar al doctor Fredric Wertham, antiguo psiquiatra del Hospital Bellevue de Nueva York, y asesor psiquiátrico de un subcomité del Senado encargado de estudiar el crimen orga-

nizado. Según el doctor Wertham, "las actitudes y consiguientes acciones de los niños están definidamente influídas por la lectura de
la literatura que presenta una combinación de sexo y violencia. Estoy
convencido de que esta combinación está creando en la imaginación
de los niños el Ego ideal del bruto que, por la fuerza física, se apodera
de la ley, dicta sus propias normas y resuelve todos los problemas
por medio de la fuerza". Para demostrar esta afirmación, disponemos
de las estadísticas de nuestra Oficina Federal de Investigación (FBI)
correspondiente a un reciente período de diez años de nuestra historia, un período en el que se registró la mayor producción de libros
pornográficos, un período durante el cual las violaciones por la fuerza
aumentaron en los Estados Unidos en un treinta y siete por ciento.
y la edad de los violadores que más aumentó a este respecto fue
la correspondiente a los muchachos adolescentes de menos de
veinte años.

Pero aún hay más. Desde los tiempos de aquel gran jurista inglés del siglo dieciocho, Sir William Blackstone, hasta nuestros días,
hemos observado que nuestra sociedad puede experimentar la muerte
de su alma si se les concede a los escritores de pornografía libertad
ilimitada. Blackstone nos dijo que castigar los escritos peligrosos u
ofensivos, "es necesario para la preservación de la paz y del buen
orden, del gobierno y de la religión, que son los únicos fundamentos
sólidos de nuestra libertad civil". Ahora, después de doscientos años,
aún es necesario que nos recuerden nuestros deberes. La antropóloga
Margaret Mead nos ha dicho que todas las sociedades humanas de la
tierra ejercen alguna clase de censura explícita sobre el comportamiento, especialmente sobre el comportamiento sexual. Desde Inglaterra, Sir Patrick Devlin nos aconseja que no nos atrevamos a tolerar una
apertura completa en relación con la libertad sexual. "No hay ninguna sociedad", dice, "que pueda mantenerse sin la intolerancia, la
indignación y el desagrado; éstas son las fuerzas que mueven la ley
moral". Nuestro propio juez Thurman Arnold está plenamente de acuerdo con esta afirmación. El mismo ha llegado a afirmar que "el hecho
de que las leyes contra la obscenidad no tengan ninguna base racional ni científica, sino que simbolicen más bien un tabú irracional,
no las hace más innecesarias. Son importantes porque las personas
comprenden que, sin ellas, el estado carecería de modelos morales".
En resumen, tanto si nuestras leyes contra la obscenidad poseen base
científica como si no —y yo considero que dicha base existe— es
necesario que se observen y se cumplan las leyes si queremos que
nuestra sociedad sobreviva a los erosivos efectos de la inmoralidad.

Amigos, no temamos ser severos censores, y no temamos la
censura justificada. Lo cierto es que la censura, que es tan antigua
como la historia misma, hace tiempo que ha demostrado ser una

necesidad para el bien común y para la supervivencia del hombre civilizado. Mucho antes de Jesucristo, el filósofo Platón se planteó la siguiente pregunta: "¿Debemos imprudentemente permitir que los niños escuchen narraciones ocasionales que puedan relatarles personas ocasionales y que reciban en sus mentes ideas en su mayoría contrarias a las que nosotros hubiéramos deseado que tuvieran al llegar a la edad adulta?" Y Platón contestaba con la respuesta de la civilización: "Entonces, lo primero que hay que hacer es establecer una censura de los escritores de ficción, para que los censores acepten las narraciones de ficción buenas y rechacen las malas; y tendremos que permitir que las madres y las ayas narren a los niños únicamente los relatos autorizados".

Amigos, ha llegado la hora en que todos y cada uno de nosotros debemos enfrentarnos con el hecho de que la pornografía, por mucho que se disfrace, no es más que absoluta obscenidad y una amenaza para nuestras familias, para nuestro futuro y para la salud de nuestra gran nación. Tenemos que decirnos a nosotros mismos y a los demás, a todo el país, que ha llegado la hora de resistir y de acabar con la negra plaga de la pornografía. Ha llegado la hora y, en mi calidad de conciudadano y fiscal de distrito ¡yo ofrezco todas las energías y todos los recursos de que dispongo para dirigir esta cruzada!

Elmo Duncan se detuvo esperando la correspondiente respuesta y ésta se produjo en forma de una tempestad de aplausos. Mientras duraban los aplausos, Barrett miró a Faye. Sus ojos brillaban mirando fijamente a la figura del escenario y sus manos aplaudían. Turbado, Barrett volvió la cabeza y miró al otro lado del pasillo. Maggie Russell, con el rostro pensativo y pálido, permanecía inmóvil. Sus manos aparecían apoyadas sobre el regazo. Curioso, pensó Barrett, pero entonces volvió a escucharse la profunda voz del conferenciante y Barrett volvió a dirigir su atención hacia el escenario.

Desde el año 1821 —estaba diciendo Duncan— cuando en los Estados Unidos se celebró el primer proceso por obscenidad, el año en que un tal Peter Holmes fue acusado de publicar *Memorias de una Mujer de Mala Vida* —que no era otra que *Fanny Hill*— varios editores, que en los últimos años se han convertido en una auténtica legión, se han aprovechado de nuestra tolerancia y de nuestras libertades y se han burlado de nuestra Constitución y de nuestros instrumentos de justicia. El resultado de todo ello es que la publicación de obras obscenas se ha convertido en un negocio de dos billones de dólares al año.

Yo acuso a estos editores de apoyar, y a veces estimular, la producción de suciedad, y yo los acuso de promocionar la venta de la misma por todo el país en nombre de la literatura, cuando lo único que pretenden es su propio beneficio. Acuso igualmente a los libreros por carecer de fibra moral suficiente para rechazar esta basura, por pensar en su negocio particular antes que en el bien común. Y también acuso a los escritores de esta suciedad. Que no escape ninguno de estos creadores, envilecedores de la libertad de expresión que se ocultan detrás de la túnica de aquella misma Musa que ellos se encargarían de manchar y profanar.

En el estrado, Elmo Duncan se había detenido sacudiendo la cabeza.

—Escritores... escritores —dijo tristemente— que se traicionan no sólo a sí mismos sino también mutuamente por Mamona, su verdadero dios. Permitidme citar las palabras de un célebre escritor. "Yo mismo sería el censor de la auténtica pornografía", escribió. "La pornografía se propone insultar el sexo, mancharlo. Esto es imperdonable". Imperdonable ciertamente. ¿Y quién dijo estas gloriosas palabras? Permitidme que os lo diga. ¡D. H. Lawrence, el autor de aquel himno a la pureza que se llama *El Amante de Lady Chatterley*!

Hubo risas y aplausos y Elmo Duncan recibió estas muestras con una sonrisa y un movimiento de la mano.

—No he terminado —dijo—. Escuchad esto. Cuando James Joyce publicó *Ulysses* en París ¿quién se encontraba entre los primeros que lo calificaron de obsceno, solicitando su prohibición? Ya lo habéis adivinado. ¡D. H. Lawrence, autor de *El Amante de Lady Chatterley* y pretendido protector de la moralidad pública... protegiendo a la gente de la pornografía de otros, ni más ni menos!

Otra ronca oleada de aplausos saludó la parrafada del Fiscal de Distrito.

Duncan se puso serio otra vez.

—He mencionado el *Ulysses* de Joyce, lo cual me hace recordar algo que hace tiempo deseaba decir. Durante años se nos elogió la valentía del juez John M. Woolsey por haber permitido la entrada de este libro pornográfico en nuestro país y durante años se elogió la valentía de los jueces Augustus y Learned Hand que defendieron el veredicto de Woolsey en su tribunal de apelaciones contra la opinión de un juez que se oponía al mismo. Pero, amigos, y perdonadme por esto, no hay ningún Woolsey que se haya cruzado ante mis ojos ni ningún Hand que me haya tapado los oídos para que no pudiera reconocer y escuchar a la única persona que realmente merecía ser escuchada antes que las demás... porque la auténtica valentía en el caso del *Ulysses* fue la de aquel árbitro que se opuso al veredicto de los Hand en aquella apelación. Me refiero al ya olvidado juez itinerario Martin Manton y a su oposición que todos nosotros deberíamos llevar escrita en nuestros estandartes en esta cruzada contra los corruptores de la libertad. "El Congreso ha votado este estatuto contra la obscenidad para la gran masa de nuestro pueblo", escribió el juez Manton, añadiendo que son minoría las personas que creen que se bastan a sí mismas para protegerse. Después, el juez Manton añadió: "La gente no existe para la literatura, para proporcionarle celebridad a un autor, riqueza a un editor y mercado a un libro. Al contrario, la literatura existe para la gente, para aliviar a los cansados, consolar a los afligidos, animar a los apesadumbrados y deprimidos, para incrementar el interés del hombre por el mundo, su alegría de vivir, y su simpatía hacia toda clase de personas de toda condición. El arte por el arte es cruel y, muy pronto, deja de ser arte; el arte al servicio de las personas es un elemento noble, vital y permanente de la vida humana... Las obras maestras nunca han sido creadas por hombres entregados a la obscenidad o a los pensamientos lascivos... hombres que no tienen Maestro... Las obras literarias de calidad no son un blanco permanente; son como todos los trabajos bien hechos, nobles y duraderas. Exigen un objetivo humano... animar, consolar, purificar o ennoblecer la vida de las personas. Con tales objetivos, la literatura siempre ha dado en el blanco. Sólo a través de las obras nobles pueden los hombres de letras justificar su derecho a un lugar en el mundo". Estas son las palabras que espero que siga apoyando la LFPD; entonces la comunidad empezará a prestar oído...

Al escuchar estas palabras del juez itinerario Manton, las células grises de Barrett habían empezado a agitarse y, finalmente, lograron descubrir al juez Manton en la memoria y lo cercaron. El moral juez Manton, pocos años después de pronunciar aquellas nobles palabras, fue detenido por haber intervenido en una conspiración destinada a bloquear la justicia y pasó diecinueve meses en una prisión federal. Barrett se preguntó si sería conveniente ofrecerle esta post-data a la interesada Faye. Pensó que no. Estaba demasiado entusiasmada con las palabras del Fiscal de Distrito. Barrett se arrellanó en su asiento para seguir escuchando.

...sí, a prestar oído a estos sentimientos del juez Manton —estaba diciendo el Fiscal de Distrito— porque de haber sido ellos el modelo en el que se hubieran basado hace pocas semanas un editor y un librero, yo os aseguro que nuestra ciudad hubiera conocido menos violencia y nuestros conciudadanos hubieran experimentado menos dolor.

Elmo Duncan se detuvo y los aplausos estallaron en respuesta a su primera referencia indirecta a Los Siete Minutos y al acto de violación cometido por Jerry Griffith.

Una vez más, Barrett pudo observar que Faye aplaudía calurosamente y, una vez más, se volvió para observar a Maggie Russell. Igual que antes, e igual que él mismo, tampoco aplaudió. Muy al contrario, tomando el vaso vacío y el bolso, se levantó bruscamente, se encontró con los ojos de Barrett y después salió al pasillo.

Su partida repentina dejó perplejo a Barrett. Evidentemente, había asistido a aquella reunión porque simpatizaba con la LFPD y con Elmo Duncan, porque se proponían castigar al libro que, en su opinión, había impulsado a Jerry a cometer el crimen. Y Jerry era pariente próximo de Maggie Russell. Entonces ¿por qué bruscamente y con una aparente finalidad, había decidido marcharse antes de que terminara el discurso del Fiscal de Distrito?

Una remota posibilidad cruzó por la imaginación de Barrett. Inexplicablemente, aquella muchacha le había vuelto la espalda a la acusación. Tal vez, si se le daba la oportunidad, no le volviera la espalda a la defensa. Valía la pena averiguarlo.

En el escenario, Duncan había reanudado su discurso y, junto a Barrett, Faye escuchaba atentamente. Barrett se inclinó y se dirigió hacia ella:

—Perdóname un momento, cariño. Vuelvo en seguida.

—Mike ¿dónde vas...?

—Lavabo —murmuró—. Acuérdate de decirme lo que me haya perdido.

Levantándose del asiento, se dirigió hacia el pasillo, rodeó la última fila de sillas y salió.

En el *foyer*, observó a Maggie Russell dejando el vaso vacío sobre la barra. Cuando ya se dirigía hacia el corredor del vestíbulo, Barrett apresuró el paso para alcanzarla.

—Señorita Russell... —gritó.

Ella se detuvo y esperó, sin mostrar asombro.

El la alcanzó.

—Puesto que tengo la ocasión, me gustaría hablar dos palabras con usted.

—Ella permaneció en silencio, esperando.

—Es sobre sus parientes, los Griffith. Me han dicho que usted vive con ellos.

—Yo soy la secretaria y acompañante de la señora Griffith.

—Faye me ha mencionado su relación con Jerry.

—¿Qué le ha dicho?

—Me ha dicho que estaba usted muy unida al muchacho.

—No somos simplemente parientes, somos amigos, además. —Miró fijamente a Barrett y después añadió con dureza—. Y estoy dispuesta a defenderle contra quienes quieran hacerle daño.

Barrett frunció el ceño.

—Si lo dice por mí, se equivoca usted. No tengo ningún motivo para hacerle daño a Jerry Griffith. Todo lo contrario. Lo siento por él y todos ustedes me resultan muy simpáticos. Mi único interés por Jerry es de carácter profesional. Estoy encargado de la defensa de un hombre que vendió un libro que Jerry afirma que le impulsó a cometer un crimen. Por lo poco que sé acerca de la delincuencia juvenil, no estoy convencido de que la simple lectura pueda ser responsable de actos antisociales. Hay otros muchos factores que deberían considerarse más seriamente, entre ellos la educación y la familia del muchacho. Esperaba que pudiéramos hablar un poco de ello.

Sus ojos verde-gris no pestañearon. Le estudió sin emoción.

—Hasta me asombro de estarle escuchando. ¿Cómo ha podido usted pensar ni por un momento que yo pueda hablarle a usted de los asuntos privados de mi familia?

—Por una cosa, por su comportamiento en el salón de baile —dijo Barrett—. El que usted asistiera a este acto me parece muy natural. Pero, al ver que usted era la única persona, aparte de mí mismo, que no aplaudía la sarta de insensateces de Duncan y al ver que abandonaba la sala, se me ha ocurrido pensar que tal vez no estuviera usted totalmente de acuerdo con sus puntos de vista. A lo mejor, he interpretado mal su conducta, pero esto es lo que he pensado. Y por otra cosa, al mirarla... bueno, usted me parece honrada, integra e inteligente, me parece una persona que puede comprender que colaborar conmigo no puede hacerle daño alguno a Jerry, y que incluso puede serle útil.

Tranquilamente, ella cruzó las dos manos sobre el bolso y contestó:

—Señor Barrett, considerando en primer lugar la segunda cosa que me ha dicho, yo soy honrada e íntegra, por eso puedo decirle que soy lo suficientemente inteligente para comprender que cualquier ulterior conversación con usted sería un acto de deslealtad hacia quienes me han dado tanto. En cuanto al señor Duncan, no me interesan sus puntos de vista sobre la censura en general. Mi único interés en la vida, en estos momentos, es el de proteger a Jerry. He venido aquí esta noche para ver y escuchar cómo actuaba en público el Fiscal de Distrito, dado que, al atacar a su libro ante los tribunales, atacará la fuente del problema de Jerry. En este sentido, el señor Duncan apoyará y justificará la conducta de Jerry y contribuirá a atenuar la culpabilidad de mi primo. Me he marchado porque ya había visto y escuchado lo suficiente.

Se detuvo y después prosiguió con un tono de mayor gravedad en su voz:

—Señor Barrett, no tengo ni la menor idea de hasta qué punto la pornografía contribuye por sí sola a la delincuencia juvenil, lo único que sé es que alguien a quien quiero me ha confesado que le hizo daño. Aparte de esto, yo aborrezco toda clase de censura, sobre todo la que se ha venido defendiendo esta noche. Tampoco me importa la clase de gente que la censura atrae ni la atmósfera que crea. En cambio, soy partidaria de una restricción limitada de lo que pueda permitirse leer a los jóvenes, sobre todo restricciones de libros escritos y creados para vender o excitar. Deploro la censura de las obras honradas, de las obras educativas a pesar de todas las palabras de cuatro letras que puedan contener, a pesar de lo explícitas que puedan ser en relación con el sexo. Estos libros no pueden hacerle daño a los jóvenes. Los otros tal vez. Eso es lo que pienso.

Barrett estaba lo suficientemente impresionado como para atreverse a formular otra pregunta.

—De acuerdo, señorita Russell, es muy razonable. Entonces —suponiendo que haya usted leído el libro— ¿puede decirme si considera *Los Siete Minutos* honrado u obsceno?

A punto de contestar, dudó y después dijo:

—En este momento, no me apetece discutir con usted mis gustos literarios.

—Pero estoy seguro de que admitirá usted que, aunque el mismo Jerry haya afirmado que dicho libro ejerció influencia en él, es posible que haya habido otras influencias más fuertes, de las que él no haya sido consciente, que también le hayan perturbado. ¿Lo admite usted?

—Señor Barrett, yo no soy un psicoanalista. No lo sé. Lo único que sé es que ya le he dicho a usted que no tengo intención de discutir con usted ni con nadie acerca de mi familia.

—Bien, quizás haya alguna otra persona allegada a Jerry que piense que descubrir la verdad acerca de él, por su propio bien y por el de todos nosotros, pueda resultar útil al final. Supongo que es una locura preguntar si Frank Griffith accedería a verme.

—Creo que el señor Griffith le consideraría a usted como algo salido de debajo de una roca. Si pudiera, estoy segura de que lo eliminaría a usted.

—Me han dicho que la señora Griffith es más pacífica.

—Evidentemente lo es. Pero, en una cuestión como ésta, sólo lo parece porque está inválida. Es usted un insensato, señor Barrett. No somos una familia dividida. Estamos juntos en esto. No sé lo que usted pretende.

—Pretendo encontrar a Jerry. Me gustaría verle porque creo que él puede ayudarme y, al hacerlo así, ayudarse a sí mismo.

—Está usted perdiendo su tiempo y el mío. Jerry no le querría ver así que pasaran un millón de años y, aunque él lo quisiera, ninguno de nosotros se lo permitiría. Debo decirle, señor Barrett, que su insistencia empieza a resultarme molesta.

Barrett sonrió excusándose.

—Lo siento, lo siento de veras. Pero usted hubiera podido desairarme y, sin embargo, no lo ha hecho. Se ha sometido a mi interrogatorio. ¿Por qué? ¿Buena educación, señorita Russell?

Ella no se divertía.

—Nada de buena educación, señor Barrett. Quería ver por mí misma si era usted la clase de hijo de perra que todo el mundo dice que es.

—Y... ¿lo soy?

—No estoy segura de lo que es usted, pero, por lo que he visto esta noche, sospecho que es usted despiadado y ambicioso, más interesado en ganar un proceso que en los sentimientos humanos. Bien, no me interesa ni usted ni su juicio, señor Barrett. Me importa un comino su caso, aparte lo que pueda concernirle a Jerry. Conque, si no es lo que la gente dice, puede demostrármelo no molestándome más. Se ha terminado el interrogatorio, señor Barrett. Buenas noches.

Le volvió la espalda y se dirigió rápidamente hacia el vestíbulo.

La vio marchar y cuando volvió hacia el salón de baile sólo experimentó una emoción. No era cólera. No era dolor. Sólo era pesar. Sintió pesar por ser ella tan encantadora —más encantadora que nadie a quien hubiera conocido, exceptuando tal vez a Faye que era encantadora pero de otra manera— y porque la vida les hubiera situado a los dos en campos contrarios.

Tristemente, regresó al salón de baile y se acomodó junto a Faye. Empezó a murmurar una excusa, pero ella se acercó el índice a los labios y después le señaló el escenario. Miró hacia el escenario y vio que Elmo Duncan estaba a punto de terminar su discurso.

Así, pues, amigos míos —dijo el Fiscal de Distrito, pasando las páginas de su conferencia sobre el atril— sabemos que tenemos que luchar, y por qué tenemos que luchar y sabemos que sólo podremos alcanzar el éxito si trabajamos todos juntos codo con codo. Mientras avanzamos hacia nuestro objetivo común, recordemos las palabras que Tocqueville pronunció refiriéndose a nuestro amado país. «América es grande», dijo, «porque es buena y cuando América deje de ser buena, dejará de ser grande». Dediquemos de nuevo nuestros esfuerzos a la bondad de América, para que su grandeza no disminuya nunca, nunca. Muchas gracias.

Los mil miembros del auditorio parecieron levantarse al unísono, como una especie de gigante en erupción, aplaudiendo, dando vivas y gritando su entusiasmo.

A Barrett le molestó comprobar el número, la solidez y la pasión de la oposición. Pensó, si un número igual de personas, multiplicado por cada comunidad de América, estuviera tan unido y determinado a erradicar el cáncer, la pobreza, la desigualdad racial e incluso la guerra, en lugar de promover discusiones públicas acerca del sexo, la tierra de la libertad sería auténticamente libre y buena. Pero luchar por otras causas es menos divertido, menos terapéutico para la vieja enfermedad calvinista, que luchar contra el sexo.

Seguían los gritos y las aplausos y Barrett observó que era el único que había permanecido sentado. Para no ponerse en evidencia y evitar ser linchado, se levantó rápidamente con Faye y los demás.

Al ver que la observaba, Faye dejó de aplaudir.

—Me temo que me dejo llevar por la oratoria —se excusó—. Aparte de lo que sea, tienes que reconocer que nuestro amigo Elmo es muy eficaz, aunque sea un excitador del populacho. Pero la mayoría de los políticos tienen que ser así ¿verdad? No pongas esta cara tan triste, Mike. Tú vales el doble que él y le harás picadillo ante los tribunales. Lo único que me ha sorprendido es su manera de actuar ante un auditorio.

—Era un auditorio que ya se le había entregado antes de que abriera la boca —dijo Barrett—. Aunque hubiera sido tartamudo, le hubieron vitoreado como si hubiera sido Demóstenes. Vamos, salgamos de aquí.

Faye señaló el escenario

—Espera un segundo, creo que va a haber algo más.

Elmo Duncan no había abandonado el estrado. De pie junto al atril, estaba escuchando a un hombre moreno que había aparecido do no sé dónde en cuya persona Barrett reconoció a Víctor Rodríguez, Fiscal de Distrito Adjunto. A su lado se encontraba también una mujer alta y caballuna, con un vestido color malva que debía ser caro pero que le sentaba muy mal, y que Barrett supuso que sería la señora Olivia St. Clair, presidenta de la LFPD. Rodríguez le había entregado a Duncan una hoja de papel y parecía estarle explicando algo.

Después la mujer caballuna le dirigió una pregunta a Duncan, a la que éste respondió asintiendo enérgicamente al tiempo que le entregaba el papel.

El ruido había empezado a disminuir pero, al abandonar Duncan el escenario seguido de Rodríguez, los aplausos volvieron a arreciar y Duncan se inclinó dando las gracias, saludó con la mano y bajó del escenario, perdiéndose entre una masa de admiradores. Mientras, la mujer caballuna se había acercado al micrófono situado delante del atril. Levantó ambas manos pidiendo silencio, sosteniendo todavía el papel con una de sus manos enguantadas.

Para conseguir el silencio del auditorio, la mujer gritó estridentemente a través del micrófono.

—Atención por favor... atención un minuto más ¡porque acabamos de recibir una noticia muy importante, algo que nos interesa a todos los que estamos reunidos aquí!

Inmediatamente, el salón de baile enmudeció y un cierto tono de triunfo de la estridente voz de la presidente de la LFPD, le proporcionó a Barrett una vaga premonición de una desgracia.

—¡La noticia más importante que podamos imaginar! —gritaba la mujer ante el micrófono, agitando el papel que sostenía en su mano levantada—. Antes de comunicarla, señoras y señores, socios de la Liga de la Fuerza Por la Decencia, quiero hablarles como presidenta, y en nombre de todos los que...

Esta era ciertamente la formidable señora St. Clair, tal como Barrett había imaginado. Ella había sido la instigadora de los acontecimientos que habían conducido a la acusación de Ben Fremont y de Los Siete Minutos y Barrett se preguntó qué otra desgracia le estaría preparando.

—... quiero agradecerle a nuestro distinguido y eminente Fiscal de Distrito su edificante e instructiva conferencia de esta noche —prosiguió la señora St. Clair—. Con servidores públicos como el señor Duncan que nos ayuden en nuestros esfuerzos, sabemos que podremos conseguir la victoria en un futuro próximo. Y ahora...

Acercó la hoja de papel al micrófono.

—...ahora disponemos de otra prueba, más dramática, que servirá para apoyar nuestra campaña en favor del aumento de vigilancia en el control del material de lectura y que proporcionará a nuestro Fiscal de Distrito la munición final que le permitirá derrotar a las fuerzas de la pornografía.

Se acercó el papel, lo estudió y después levantó la cabeza.

—En realidad, se trata de una noticia que merecería ser anunciada por nuestro Fiscal de Distrito. De todas maneras, dado que concierne directamente y afecta a su acusación de Los Siete Minutos, se me indica que no sería ético que el señor Duncan hiciera algún comentario público antes de terminar el juicio. Si bien el señor Duncan se ha referido, y seguirá refiriéndose, al juicio pendiente, estima que no puede discutir hechos que puedan considerarse parte de las pruebas del juicio. Por otra parte, dado que la LFPD se propone los mismos fines que la Oficina del Fiscal de Distrito con respecto a la pornografía en general y a Los Siete Minutos en particular, tengo la obligación, como presidenta de la LFPD, de informar a ustedes de los más recientes acontecimientos relacionados con la acusación de Los Siete Minutos.

El auditorio del salón de baile permanecía de pie y ahora estaba esperando la noticia de la señora St. Clair con una mezcla de expectación y curiosidad.

Barrett sintió que su corazón latía con fuerza y también esperó.

La señora St. Clair levantó los ojos apartándolos del papel que sostenía en la mano.

Señoras y señores, socios de nuestra liga, tal como muchos de nosotros sabemos, el primer editor secreto de Los Siete Minutos fue un francés, un tal Christian Leroux, que conoció personalmente al fallecido J J Jadway y que era el único hombre del mundo que podía responder a muchas preguntas que hasta ahora habían quedado sin respuesta, en relación con este libro y con su autor. Todos nosotros nos hemos preguntado ¿qué clase de hombre podía escribir un libro como éste? ¿Qué motivos tuvo para escribir este libro? ¿Qué le sucedió después? ¿Cuál fue la causa de su temprana muerte? Esta noche, tenemos finalmente las respuestas y las tenemos directamente de labios de Christian Leroux, el editor francés de Jadway.

El corazón de Barrett latía locamente y él le dirigió una muda mirada a Faye, volviendo después a concentrar su atención en el escenario.

—Hace no más de una hora, en Francia, Christian Leroux, después de luchar con su propia conciencia, ha emergido de su escondite para ofrecer sus servicios al pueblo de California, de América, del mundo, en la acusación de *Los Siete Minutos*. Christian Leroux ha confesado su pecado inicial, que consistió en publicar este vil libro. Fue, ha dicho, un error compuesto de juventud, falta de madurez y avaricia. Pero ahora, antes que permitir que otras personas repitan su pecado corrompiendo a la humanidad con esta obra perniciosa, ha decidido expiar su pecado y trabajar a nuestro lado para tratar de conseguir la prohibición de *Los Siete Minutos*.

Empezaron a sonar los aplausos, pero Olivia St. Clair los detuvo con un gesto para poder seguir hablando.

—Las preguntas sin respuesta ya están contestadas y las ha contestado la única persona de la tierra que puede hablar de J J Jadway. De acuerdo con el editor francés, Jadway escribió el libro porque necesitaba urgentemente dinero. Jadway vivía un vida de disolución y de inmoralidad en la Orilla Izquierda de París, derrochando sus ahorros en la bebida, la droga y en su última amante. Sí, una amante que tenía y que sólo conseguía hacer feliz con regalos. Según Leroux, el escritor le pagó su afecto tomándola como modelo de su lasciva, obscena y desvergonzada heroína de *Los Siete Minutos*. El verdadero nombre de esta pobre criatura era Cassie McGraw y es el modelo de la Cathleen de esta sucia novela. Cuando se le terminó el dinero, Jadway escribió esta narración irremisiblemente obscena entregándola a una editorial secreta para conseguir así dinero fácil y rápido. Pero Jadway procedía de un medio ambiente religioso y, después de la publicación del libro, comprendió el daño que su obra causaba a las gentes inocentes. Al final, comprendió el alcance de su depravación y de su pecado mortal. Y, esta noche, Christian Leroux ha confirmado lo que nuestro Fiscal de Distrito ya sabía de fuente fidedigna que, en sus momentos finales de cordura, J J Jadway comprendió el horrendo crimen que había perpetrado contra la humanidad y pensó que su alma sólo podía salvarse si renunciaba a su repugnante y peligroso libro. Y, presa del remordimiento por lo que había hecho, ¡J J Jadway se suicidó!

Se escucharon rumores por todo el salón.

La señora St. Clair levantó el tono de voz.

—Si el autor del libro se suicidó por el remordimiento de haberlo escrito, merece que nosotros unamos nuestros esfuerzos para poder destruir en su nombre esta monstruosa obra y pueda él así alcanzar su salvación. Para ayudarnos a hacerlo, para ayudar a nuestro Fiscal de Distrito, Christian Leroux se trasladará a Los Angeles para presentarse como testigo por la acusación. Su valentía y su presencia nos asegurarán una victoria histórica ante los tribunales y nosotros invitaremos al señor Leroux a pronunciar una conferencia en nuestra próxima reunión. ¡Gracias, amigos y socios!

El salón de baile se había convertido en un manicomio de gritos y vítores.

Mike Barrett había escuchado la noticia sobrecogido y silencioso. Cada una de las palabras y frases del escenario habían caído sobre él como un cuchillo de carnicero. Ahora, sin sentirse derrotado, su instinto de supervivencia se resistía a la noticia y le sugería la imposibilidad de que ello fuera cierto. Pero tenía que estar seguro.

Tomó a Faye del brazo.

—Vamos le dijo bruscamente.

Se abrieron camino entre la gente hasta salir al foyer.

—¿Dónde vamos? —quiso saber Faye.

—No puedo creer lo que ha dicho —dijo Barrett dirigiendo a Faye hacia el vestíbulo—. No puede ser. Hace seis horas teníamos a Leroux encerrado como testigo nuestro, dispuesto a defender las razones de Jadway y, de repente, Duncan afirma que lo tiene él y que Leroux está dispuesto a acusar a Jadway y al libro. Tengo que saber la verdad.

—Mira, Faye —le dijo él—, espérame aquí, fúmate un cigarrillo mientras. No tardaré. Tengo que llamar a Abe Zelkin. El podrá confirmármelo o negarlo.

Barrett salió corriendo en busca de una cabina telefónica y, cuando encontró una, se encerró en la misma, depositó las monedas necesarias y marcó el número de Abe Zelkin.

—Estaba levantado, esperando que volvieras a casa —dijo Zelkin con una voz tan agitada como la del propio Barrett—. Tenía que hablar contigo. Acabamos de recibir noticias del detective Dubois, desde Francia. Acaba de telefonearnos. ¿Sabes qué ha sucedido? Nuestro testigo estrella, nuestro Christian Leroux, ha desaparecido. Nadie sabe dónde diablos está.

Barrett cerró los ojos y se apoyó contra una de las paredes de la cabina. Entonces era cierto.

—Abe, yo sé dónde está este bastardo. Se dirige hacia Elmo Duncan.

—¿Bromeas? Oh, no, no digas eso.

—Abe, te lo digo. Todavía estoy en el Hilton. ¿Sabes qué noticia acabo de escuchar?

Dolorosamente, le refirió todos los detalles de la afirmación pública de Olivia St. Clair.

Al terminar, Barrett añadió cansadamente:

—No sé cómo puede haber sucedido. Le teníamos escondido, bajo otro nombre, y estaba de acuerdo con nuestras condiciones. Sólo se me ocurre una posibilidad. Nuestro ofrecimiento le hizo comprender a Leroux su propio valor en el mercado. En cuanto nuestro hombre le dejó solo, Leroux se puso en contacto con Duncan y se vendió a él por un precio mayor.

—No, Mike. Dubois es lo suficientemente inteligente para haber pensado en Ello. Dubois se puso en contacto con el conserje del hotel, la telefonista y el director. Desde el momento en que Dubois le registró en aquel hotel de Antibes, Leroux no abandonó su habitación, no envió cartas, ni mensajes, ni telegramas, no hizo ninguna llamada exterior ni recibió llamadas. Lo único que han dicho en el hotel es que, pocas horas antes de que Dubois pasara a recogerle para nosotros, un francés solicitó visitar a Leroux en su habitación. Poco después, Leroux salió del hotel con su visitante y desapareció.

A Barrett se le ocurrió otra cosa.

—Entonces, sólo hay una explicación, Dubois. Nuestro detective privado. Sabía que se trataba de un negocio importante. Puede habernos traicionado.

—Absolutamente no, Mike —dijo Zelkin—. Acabo de comentarlo con Phil Sanford y Leo justo antes de que tú llamaras. Los dos han dicho que no. Sanford nos dio el nombre del representante francés de su padre y éste fue quien nos recomendó a Dubois. El respondió por Dubois. Es un hombre de absoluta integridad. Incorruptible. No, dudo que haya sido Dubois.

—Ha sido alguien, algo —protestó Barrett—. Ahora lo tenemos nosotros. Después desaparece. Ahora lo tenemos nosotros, después lo tienen ellos. Tiene que haber una explicación. No me importa tratar hechos que pueda ver y manejar —ganar, perder o ir al robo— pero soy una nulidad cuando tengo que tratar con lo sobrenatural.

—Es inútil gastar un solo erg de energía en especulaciones. No me interesa lo que ha sucedido después del hecho. Ha sucedido. Hemos perdido un round.

—Este era el décimo quinto round, Abe.

—No, no lo era. Vamos a dormir y veremos mañana qué puede salvarse.

Cuando Barrett regresó cansadamente al vestíbulo, Faye apagó su cigarrillo y se levantó del sofá acercándose a él.

Le miró preocupada.

—¿Era verdad la noticia de la señora St. Clair, Mike?

—Era verdad.

—Lo siento, Mike. ¿Es muy grave para ti?

—Es desastroso.

—¿Tienes el caso perdido?

—Tal y como están ahora los cosas sí, sí, me temo que sí.

Faye le tomó del brazo.

—Entonces, Mike ¿querrás escucharme? Soy la única persona que puede ayudarte. Por favor, escúchame.

—¿Qué?

—Solo una palabra. —Se detuvo—. Márchate.

El se apartó y la miró.

—¿Que me marche? ¿Quieres decir que abandone?

—Quiero decir que te marches mientras estás a tiempo. Admiro más a un hombre por tener el sentido común de abandonar un barco que se está hundiendo que por insistir ciegamente en que no se está hundiendo y sumergirse con él. Sabías desde el principio que tanto papá como yo pensábamos que estabas equivocado, mezclándote con toda esta sucia publicidad y con toda clase de gentes poco honradas y sin principios. Este tipo de caso no es apropiado para tí. No obstante, yo quería que pagaras tu deuda y que te sintieras satisfecho, por eso no me opuse. Ahora creo que has hecho todo lo que podías hacer. Ya le has pagado tu deuda a Sanford. Hay un límite en lo que le debes. No tienes que suicidarte por él. Has dicho que es una causa desesperada. Entonces, por mí, por papá, demuestra que eres un hombre que tiene la entereza suficiente para abandonar una causa perdida. Prométeme que lo harás ahora, antes de que empiece este horrible juicio.

La miró largamente y después dijo:

—No, Faye.

—Eres de lo más testarudo. ¿No me has oído? Ya le has pagado la deuda a Sanford...

—No es por Sanford. Es por Jadway. Mira, yo he leído su libro. Sé que Jadway no puede ser todas las cosas que Leroux ha dicho. Estoy convencido de que Leroux es un farsante y un mentiroso. Sólo hay un problema, cariño. ¿Cómo diablos voy a demostrarlo?

194

4

Mike Barrett dirigió el descapotable hacia el acceso al solar de estacionamiento situado detrás del Hospital Mount Sinaí, detuvo el coche para introducir un cuarto de dólar en el medidor, esperó a que se levantara la puerta a rayas y después penetró en el estacionamiento. Era la hora de visita de la tarde y el estacionamiento estaba casi lleno. En el pasillo más alejado, Barrett observó que un coche retrocedía, se dirigió hacia el puesto vacío y estacionó en el mismo.

El reloj del tablero le indicó que eran las tres y diez. No tenía prisa. Tenía tiempo suficiente para saber algo más de Sheri Moore, la víctima de la violación, que permanecía todavía en estado de coma en una cama del hospital.

Barrett necesitaba un intervalo para pensar un poco. Buscó su pipa, la llenó, la encendió y permaneció sentado al volante, fumando, pensando, tratando de hallar un poco de optimismo. Al pensar en la noche anterior, su sensación de pesadumbre siguió siendo la misma. La pérdida Christian Leroux había sido un duro golpe y todavía no se había recobrado del mismo. Ninguno de ellos se había recobrado.

Normalmente, la mañana de un nuevo día siempre presenta la promesa de alguna brillante y alegre esperanza. Sin embargo, aunque le hubieran despertado al amanecer el doctor Pangloss y el señor Micawber juntos y le hubieran suministrado píldoras estimulantes, sabía que su estado de ánimo no habría mejorado. Su estado de ánimo, al igual que aquel día desapacible, aparecía encapotado y gris. Los periódicos de la mañana no habían contribuido gran cosa a estimular su optimismo. Aparecía un reportaje de primera plana acerca del discurso de Duncan y de la sensacional noticia de la señora St. Clair, así como nuevos detalles de la llegada de Leroux al día siguiente, procedente de Francia, para aparecer en calidad de testigo por el Estado.

En el despacho, no se habían producido novedades. Perseverando en su esfuerzo por conseguir algo útil acerca del autor de *Los Siete Minutos*, Kimura había indicado que estaba todavía tratando de encontrar a Norman C. Quandt, el especialista en pornografía que había adquirido de Leroux los derechos de publicación de la novela y que se los había vuelto a vender a Phil Sanford. A pesar de constarle que Quandt había trasladado su residencia al sur de California, Kimura no había conseguido averiguar nada más.

La comida resultó mejor. Le había proporcionado, si no una esperanza, cuando menos una directriz.

Comió en el bullicioso restaurante Bistro, abarrotado de personajes célebres, del Beverly Hills con el doctor Charles Finegood, joven y activo psiquiatra que había trabajado anteriormente en el Centro de Estudios Infantiles Reiss-Davis y que ahora trabajaba por cuenta propia. Finegood, especialista en problemas de adolescentes inadaptados, consideraba que no existía relación alguna entre la lectura de un libro o la visión de una película y la comisión de un acto de violencia. De hecho, afirmó, muchos de sus colegas opinaban que los libros pornográficos contribuían a disminuir el número de crímenes, dado que la lectura proporcionaba una evasión en forma de fantasías de los deseos sexuales que, de otro modo, podrían ponerse en práctica. El doctor Finegood citó un estudio llevado a cabo por dos investigadores criminólogos, Eleanor y Sheldon Glueck, sobre mil jóvenes delincuentes de Boston y sus alrededores. La deducción a que habían llegado los Glueck era que los auténticos factores que contribuían a la delincuencia de los sujetos eran las relaciones familiares desgraciadas, la falta de educación, el conflicto con la cultura predominante, los problemas psicológicos inherentes y los malos hábitos sociales como las drogas, la ingestión de alcohol y la promiscuidad sexual. La lectura de pornografía no constituía un factor significativo.

—¿Qué causa específica podría provocar que un muchacho tranquilo de veintiún años de una familia de clase elevada se convirtiera en sexualmente violento? —preguntó el doctor Finegood, haciéndose eco de la pregunta de Barrett—. Cada caso individual es distinto, pero la violencia sexual suele ser un reflejo de incapacidad sexual. La violación borra la sensación constante de inferioridad experimentada por el violador. Un muchacho de clase media o elevada que comete una violación puede reflejar simplemente una rebelión contra años de resentimiento reprimido en relación con su madre o su padre. Es probable que el violador haya tenido un progenitor o unos progenitores dominantes o, al contrario, indiferentes o inadecuados. Muéstreme usted a un muchacho sumiso por culpa de un padre al que teme y me estará usted mostrando a un joven que en potencia puede manifestarse algún día a través de un acto de violencia en el que es posible que humille a su víctima.

Al terminar la comida, cuando salían del Bistro, el doctor Fine-good le dio a Barrett otro consejo:

—Comprendo la importancia de la información acerca de Jadway en su caso. Pero, al mismo tiempo, no olvide la importancia de los protagonistas del caso de violación. Sé que fracasó usted en su intento de saber algo más acerca de Jerry Griffith, de su familia y de sus amigos. No obstante me atrevería a sugerirle que siguiera encaminando sus esfuerzos a conseguir más información a este respecto. Si lo hace, estoy seguro de que descubrirá otras razones de la conducta de Jerry... y entonces tal vez pueda usted convencer al jurado de que el libro de Jadway no fue el móvil que se ocultaba detrás del arranque criminal del joven. Y, en su lugar, yo iría aún más lejos. No perdería tiempo y me dedicaría a averiguar algo acerca de la víctima, esta muchacha de dieciocho años violada por Jerry. Le asombraría a usted lo que puede revelar una investigación de los dos protagonistas, el violador y la víctima. No quiero decir con esto que pueda llegarse a algo definitivo. Le estoy aconsejando simplemente que no deje ninguna piedra sin remover. Bien, buena suerte. Mantén-game informado de todo. Espero con impaciencia mi intervención en este juicio aunque la acusación disponga, según me han dicho, de un psiquiatra tan eminente como el doctor Roger Trimble para enfrentarlo a mí. De todos modos, creo que podré defenderme bien.

Después de comer, Barrett decidió seguir el consejo del doctor Finegood. Estudiaría un poco la vida y las costumbres de la joven Sheri Moore. Dudaba que pudiera sacar algo en claro, pero era necesario remover también esta piedra.

Los ficheros de recortes de periódicos de que disponía en el despacho sólo le habían proporcionado una información muy somera de la víctima. Sheri Moore era la más joven de cinco hermanos. Sus padres estaban divorciados hacía tiempo. Su padre, Howard Moore, era ingeniero de la North American Rockwell Corporation y vivía en Santa Monica. Sheri era una estudiante de primer curso en el Colegio Santa Monica. Compartía un apartamiento con una amiga llamada Darlene Nelson, en el Doheny Drive, al oeste de Hollywood. Estos dos últimos hechos confundían a Barrett. ¿Por qué vivía al oeste de Hollywood si estudiaba en Santa Monica? Era un viaje muy largo para hacerlo diariamente, sobre todo para una muchacha que no tenía coche. La respuesta a esta pregunta, así como algún detalle biográfico, era probable que la obtuviera en la escuela de Sheri. Barrett decidió por tanto visitar el colegio Santa Monica.

Se llevó una sorpresa en los archivos del departamento de administración. A pesar de los reportajes de los periódicos, Sheri Moore ya no era estudiante del colegio. Después de conseguir aprobar varios cursos durante el primer semestre de su primer año de estudios, había empezado a asistir a las clases con menos frecuencia y regularidad y a entregar menos trabajos por lo que, durante el segundo semestre, sus exámenes habían sido flojos. Un mes antes de ser víctima de aquella violación, Sheri Moore había abandonado el colegio Santa Monica.

A Barrett le presentaron una docena de antiguos compañeros de clase de Sheri, muchachos y muchachas que conversaban en grupo frente a la cafetería del colegio, en la librería o tomaban el sol tendidos sobre las colinas cubiertas de hierba del campus. Ninguna de las preguntas formuladas por Barrett obtuvo una respuesta objetiva o detallada. Una muchacha, muy buena estudiante, recordó que Sheri se aburría en la escuela y había hablado de una carrera como modelo o actriz y que después había abandonado la escuela y se había trasladado a vivir al oeste de Hollywood donde esperaba encontrar algún empleo de media jornada que le permitiera sufragarse sus estudios dramáticos. Un jugador de futbol murmuró que Sheri era "una chica divertida, una fresca". Pero, escuchando a los demás estudiantes, cualquier visitante hubiera podido pensar que estaban hablando de Juana de Arco. El hecho de que una igual a ellos se hubiera convertido en la víctima de un crimen, era gravemente condenado por todos e incluso parecía ejercer el efecto de que hablaran de ella con reverencia, ensalzando sus virtudes. Tal vez, se dijo Barrett a sí mismo al dejar el campus, se estaba comportando como un cínico. Tal vez fuera cierto que Sheri Moore fuera la virtud personificada.

Ahora en la etapa final de sus investigaciones acerca de la vida y costumbres de Sheri Moore, había llegado al Hospital Mout Sinaí.

Después de cerrar con llave la portezuela del convertible, Barrett atravesó el estacionamiento, subió rápidamente las escaleras y penetró en el pasillo posterior que daba acceso al vestíbulo de abajo y a los ascensores. Subió hasta el quinto piso y se dirigió directamente hacia el mostrador de las enfermeras.

Una enfermera de color le saludó desde su escritorio.

—Quisiera informarme acerca de Sheri Moore —dijo Barrett—. Soy un amigo.

—Está todo lo bien que cabe esperar —dijo la enfermera—. Se encuentra todavía en estado de coma.

Buscó un momento el diagrama y después desistió.

—Ha pasado una noche tranquila. ¿Quiere verla? Porque, en caso afirmativo, debo decirle que los visitantes sólo están limitados a los nombres que figuran en una lista que ha dejado el doctor. Si quiere usted darme su nombre...

—No, no importa. Sólo quería saber qué tal seguía. —Dudó—. ¿Hay mucha gente en esta lista de visitantes?

Ahora dudaba la enfermera.

—¿No será usted de la prensa, verdad?

—¿La prensa? No, por Dios, soy un amigo que...

—Tenemos que tener cuidado. Los periodistas rondan por aquí todo el día. Bueno, supongo que no hay nada malo en decirle que quienes pueden verla son los familiares de Sheri y su amiga más íntima. Precisamente, en este momento, se encuentran en la habitación su padre y la muchacha con quien vivía, Darlene Nelson.

—Gracias —dijo Barrett—. ¿Podría avisarme cuando saliera la señorita Nelson? Estaré en la sala de espera.

—No es necesario que espere para eso. Darlene está en la habitación. Con mucho gusto puedo llamarla, señor...

Modificó la entonación de la palabra "señor", convirtiéndola en pregunta.

—Barrett —dijo él—. Señor Barrett. Muchas gracias.

Bajó al vestíbulo y se dirigió hacia la sala de espera de los visitantes, una pequeña habitación con muebles de mimbre y tapicería de quimón y un aparato de televisión. La sala de espera estaba vacía. Barrett se detuvo frente a un cenicero, vació la pipa, volvió a llenarla y empezó a pasear por la habitación, fumando y pensando en la relación que pudiera tener Darlene Nelson con aquel caso de violación. Recordó que fue Darlene quien, al regresar al apartamento de Doheny Drive, descubrió a Sheri Moore tendida sobre el suelo del dormiorio, ensangrentada y semi-inconsciente.

Fue entonces cuando Darlene le oyó a Sheri murmurar que había sido violada, tras lo cual Sheri había perdido el conocimiento. Fue Darlene la que llamó a la ambulancia y a la policía.

Desde su escondrijo de la sala de espera, Barrett escuchó las voces de dos mujeres creciendo en intensidad. Se volvió y pudo ver a la enfermera y a una muchacha con un corte de pelo de muchacho, vestida con una blusa de flecos sobre los pantalones. Ambas estaban absortas en su conversación.

La enfermera estaba diciendo:

—Desde luego, te envidio, Darlene. El Ferrocarril del Metro, es mi lugar favorito de diversión siempre que tengo tiempo. Daría cualquier cosa por poder asistir a esta inauguración.

—Yo iré a bailar esta semana y la que viene, o sea que cualquier noche me irá bien. Lo único que siento es que la pobre Sheri no esté bien. Actúa su conjunto favorito. Tiene todos sus discos.

—Se pondrá bien.

—Ojalá.

La enfermera se había marchado y Darlene Nelson se estaba acercando a Barrett con expresión asombrada.

—Soy Darlene Nelson —dijo—. ¿Usted quería verme?

—Sí. Yo...

—¿Nos conocemos?

Tenía un tic nervioso que consistía en un movimiento de la mano como para apartarse el cabello de los hombros, si bien no tocaba nada porque llevaba el pelo corto. Tal vez el cabello corto fuera una idea reciente, pensó Barrett.

—Soy Michael Barrett —dijo. Ella pareció no reconocerle—. Soy el abogado que defiende a Ben Fremont, el propietario de la librería que...

Entonces le reconoció.

—El libro sucio —dijo ella. Empezó a mostrarse precavida—. ¿Qué quiere usted de mi?

—Simplemente que me conteste a un par de preguntas —dijo Barrett—. ¿Quiere sentarse, por favor?

Ella no hizo ademán alguno de sentarse. Se pasó la mano por la oreja.

—¿Qué preguntas?

—Bueno, primero ¿usted o la señorita Moore, alguna de las dos, conocía a Jerry Griffith antes de la noche en que él...?

—No —dijo ella.

—Muy bien —dijo Barrett—. ¿Y qué me dice de algún amigo de Jerry? ¿Conocían ustedes a alguno?

—¿Cómo puedo saber quienes son sus amigos? Aunque hubiera conocido a alguno por casualidad, no lo sabría.

—Señorita Nelson, me refiero a uno en particular. Es estudiante de la UCLA y vive en Westwood. Se llama George Perkins. ¿Le oyó usted hablar alguna vez a la señorita Moore —a Sheri— de él?

—No.

—¿Y usted? ¿Conoce usted a George Perkins?

—No. No, no le conozco.

—Hay otra cosa que espero pueda usted decirme. La noche en que encontró a Sheri...

—Señor Barrett, creo que no debería estar hablando con usted. No puedo decirle nada. Además, no hay nada que decir. Se lo dije todo a la policía y se ha publicado en los periódicos. Es mejor que me vaya. Perdóneme.

Darlene retrocedió y salió corriendo de la habitación.

Barret se encogió de hombros, vació la pipa, se la metió en el bolsillo y se dirigió hacia el ascensor.

Minutos después, bajó por la escalera posterior del hospital y se dirigió hacia el estacionamiento. Al acercarse a su coche, oyó que alguien corría detrás de él.

Se volvió y vio a un hombre fornido y musculoso, mayor que él, con una cabeza grande y casi sin cuello, corriendo hacia él. El hombre se había detenido jadeante, lívido, los puños crispados.

—¿Es usted el tipo llamado Barrett? —preguntó el hombre—. ¿El abogado que defiende este sucio y maldito libro?

Retrocediendo ante la furia de su interlocutor, momentáneamente estupefacto, Barrett asintió.

—Sí, yo...

—¡Entonces va a escucharme! —gritó el hombre adelantando ambas manos y agarrando a Barrett por las solapas—. Va usted a escucharme, bastardo asqueroso, porque voy a decirle algo...

Atrajo a Barrett hacia adelante y, en un movimiento instintivo de auto-defensa, éste agarró los brazos del hombre para soltarse. Por unos momentos, permanecieron separados y después el enfurecido sujeto volvió a abalanzarse sobre él. Barrett adelantó ambas manos para apartarle y el hombre le propinó un fuerte puñetazo en la cara. Barrett trató de retroceder pero la mano del hombre le agarró por la barbilla obligándole a rechinar los dientes y, perdiendo el equilibrio, cayó hacia atrás yendo a dar súbitamente con las posaderas contra el suelo.

El carácter repentino del ataque, más que la fuerza del mismo, había cogido por sorpresa a Barrett que permaneció sentado sobre el suelo, sosteniéndose la barbilla, tan incapaz de levantarse como un parapléjico. Levantando la mirada, pudo observar el rostro distendido de su asaltante.

—Escúcheme usted, bastardo —el hombre jadeaba, con las manos cerradas apretándolas—. Yo soy el padre de Sheri, ¿entiende? Yo soy Howard Moore... y esta paliza no es más que el principio. Le advierto a usted que no meta sus malditas narices en nuestros asuntos privados. Mi pobre hija se encuentra en estado crítico y todo porque un pequeño sinvergüenza enloqueció por culpa de su maldito y sucio libro... y todo el que defienda esta clase de libros va a recibir de mí. Recuerde esto, señor: no meta usted sus mocosas narices en mis asuntos, o la próxima vez le propinaré una paliza que le dejará en peores condiciones que mi pobre hija. ¡Recuérdelo!

Howard Moore se volvió alejándose con andar majestuoso.

Todavía confuso, Mike Barrett se levantó trabajosamente. Encolerizado por aquel ataque, por la innoble injusticia del mismo, experimentó el impulso inmediato de correr tras Moore y devolverle la paliza. Pero después, contemplando aquella patética figura junto a la puerta del hospital apoyando por unos momentos su cabeza contra la misma, la cólera de Barrett se trocó en compasión y comprensión. Aquel hombre era un padre desvalido y allá arriba, en el quinto piso, estaba la hija que había engendrado, su hijita, violada, inconsciente. Y, qué demonios, tenía derecho a desahogarse con algo, con alguien.

Barrett buscó el pañuelo y se lo pasó por los labios. La blanca tela del mismo quedó ligeramente manchada de sangre. Le había cortado el labio inferior por la parte de dentro. Bueno, qué se le iba a hacer.

Lentamente, sacudiéndose el polvo del traje, regresó al coche.

Hasta una hora más tarde, cuando de nuevo se sintió seguro en su despacho y Donna ya había regresado de la farmacia de abajo con un desinfectante, no le dirigió la pregunta que había estado esperando dirigirle. Recordaba haber oído hablar a Darlene Nelson y a la enfermera en el pasillo del hospital y aquí estaba Donna, la secretaria del despacho, que siempre leía las páginas destinadas a los espectáculos y las columnas dedicadas al chismorreo que hablaban de los jóvenes.

—Donna, encanto, me parece haber oído hablar de ello pero no puedo acordarme bien —olvidemos la Guerra Civil, ahora mismo, en la actualidad —¿qué es un sitio llamado El Ferrocarril del Metro?

—Muchacho, casi nada. Es el principal lugar de reunión de todos los jóvenes. Está en Melrose. Sólo conjuntos de rock, baile, cerveza ligera y ninguna bebida fuerte.

—Creo que esta noche debuta un nuevo conjunto.

—A lo mejor no es usted tan serio como pensaba. Sí. El Canto Gregoriano.

—¿Canto gregoriano? No estoy hablando de música religiosa medieval o coros. Quiero decir...

—Muy serio, muy serio, eso es usted jefe. El Canto Gregoriano. Antes se llamaba Chauncey y después Zapatos de Nieve. Son el mejor conjunto de rock del país en estos momentos. Y van a presentarse esta noche en El Ferrocarril del Metro a las siete. ¿Qué está usted pensando?

—Quiero cerrar la puerta de mi generación. ¿Qué es lo contrario de serio, Donna?

—Divertido.

—Eso seré yo esta noche a las siete y media.

Incluso desde la oscuridad del estacionamiento situado detrás de la gigantesca ferretería que había sido transformada en templo del rock, Mike Barrett podía escuchar la incesante y cacofónica música que se escapaba a través de todas las ventanas y paredes de El Ferrocarril del Metro.

Al detenerse bajo un farol de la Melrose Avenue pudo ver la hora en su reloj. Eran las siete y veinte de la tarde. Al otro lado de la calle había otros dos lugares de reunión para jóvenes, uno se llamaba El Limbo y el otro El Raga-Rock, pero esta noche estaban casi desiertos. La verdadera explosión popular se estaba produciendo a unos cien metros de distancia donde dos filas ordenadas de jóvenes extrañamente vestidos se movían hacia El Ferrocarril del Metro.

Barrett se acercó al final de una de las filas y se incorporó a la misma. Se alegró de haber seguido el consejo de Donna en el sentido de que no llevara traje ni corbata. En realidad, su jersey de algodón con cuello de tortuga y sus pantalones de pana eran lo suficientemente conservadores como para poder calificarle si no precisamente de mojigato, sí por lo menos de bastante serio. Pero, de hecho, sabía que no era su atuendo lo que le hacía sentirse molesto, sino su edad, y por primera vez creyó que la mitad de la población total de América estaba integrada por sujetos por debajo de los veinticinco años.

Siguiendo a la ondulante fila de jóvenes hacia la destartalada taquilla de la entrada, se alegró de no haberle dicho a Faye dónde iba. Hubiera querido venir, como se va al parque de las fieras, y esto ya hubiera sido demasiado. Se trataba de una de sus citas nocturnas fijas con Faye, de la noche especial de la semana, de la física, y no había tenido el valor de cancelarla o aplazarla. Por consiguiente, había llamado a Faye para decirle que tendrían que cancelar la cena juntos porque tenía que ordenar algunas cosas. Le prometió esperarla en su apartamento a las once.

No había nada que ordenar, desde luego. Se trataba simplemente de una noche importante en El Ferrocarril del Metro y pensaba que probablemente viniera Darlene Nelson y que, tal vez, otro de los asistentes fuera George Perkins. Una corazonada, nada más. Si George se presentaba, tendría amigos, que quizás también fueran amigos de Jerry Griffith. Toda una lista completa de los amigos de Jerry era lo que Barrett quería.

—Saquemos los billetes verdes, amigos —escuchó que alguien decía frente a él y advirtió que el sujeto que hablaba, que se parecía a Lincoln, suponiendo que Lincoln hubiera sido negro, se encontraba junto a la puerta recogiendo el importe de las entradas. Le pagó al hombre los dos dólares y avanzó hacia el interior.

De repente, se sintió perdido entre una multitud de clientes que cantaban o charlaban buscando una mesa.

Trató de acomodarse al ambiente y de acostumbrarse al sonido. Frente a él, pudo observar un manicomio de mesas a cuyo alrededor se apiñaban los amantes de la música. Después descubrió la pista de baile, tan animada como un cubo lleno de ondulantes gusanos y, frente a la pista de baile, el estrado de los músicos sobre el que giraba incesantemente un caleidoscopio gigante y, detrás, más mesas.

La iluminación que procedía del caleidoscopio giratorio producía un arco iris de colores psicodélicos. En la pista de baile, muchachos y muchachas de piel blanca, negra, parda o amarilla, con minifaldas, capas, uniformes de húsar no relacionados entre sí sino relacionados con la disonante música, se estaban entregando a las ondulaciones de su frenética danza altamente individual. Sin embargo, se observaba un movimiento común en aquella danza de carácter tribal: todos los varones nativos giraban la pelvis y el torso, y todas las hembras nativas echaban hacia adelante el busto y meneaban las posaderas, mientras rendían homenaje a las estridentes voces y a las ensordecedoras guitarras eléctricas del Canto Gregoriano.

Barrett centró su atención en el conjunto que actuaba en el estrado. Estaba formado por cuatro muchachos vestidos como esclavos recolectores de algodón y probablemente el papel gregoriano corría a cargo de tres muchachos blancos de cabellos hirsutos que rasgueaban una guitarras y que, de vez en cuando, se incorporaban al Canto cuando un grueso muchacho negro interpretaba los solos.

Empujado por todas partes, Barrett empezó a sentirse molesto. Le zumbaban los oídos. Y su corazón anhelaba la dulce seguridad de un Dave Brubeck, un Gerry Mulligan o un Davey Pell.

Necesitaba un lugar de observación más tranquilo y entonces vió a su izquierda, al otro lado del pasillo, la larga barra de roble del bar. Una parte de la misma estaba relativamente libre de humanidad. Empujando, excusándose, volviendo a empujar, avanzando de lado, se dirigió lentamente hacia el bar y, al cabo de varios minutos, pudo alcanzarlo.

—Whisky y agua —murmuró.

—Lo siento, señor —dijo el joven y bigotudo barman—. Sólo tenemos cerveza ligera... y desde luego toda clase de bebidas sin alcohol.

Barrett había olvidado que no servían alcohol.

—De acuerdo, una cerveza ligera.

Mientras la cerveza espumeaba en el interior del tarro, Barrett contemplaba la escena. El conjunto que estaba actuando había pasado a interpretar un nuevo número. Este era menos discordante, menos onomatopéyico, menos aporreante, menos chirriante. Parecía estar inspirado en la música étnica de Bessie Smith, una especie de blues negro y evangelio suavemente mezclado con música del Sur. Era triste y contenía un mensaje, y reflejaba el escepticismo, la decepción y la protesta de una generación, y abogaba por el amor del hombre hacia el Hombre. Y, de repente, a Barret le agradaron los sonidos y el espectáculo de aquellos perdidos muchachos de la pista. Había leído en alguna parte la explicación de Bob Dylan: La simple belleza es fea. Sí. Pero, de todos modos, era belleza, poseía una belleza propia.

Tomó su cerveza ligera, la sorbió lentamente, contempló los grandes *posters* del bar: Harriett Beecher Stowe, John Brown y su cuerpo, Dred Scott —y escuchó la música.

Después de una breve pausa, dejando su jarra de cerveza, volvió a contemplar una vez más toda la sala, decidido a buscar su presa. Pronto comprendió que se había propuesto una tarea imposible. Había demasiados jóvenes y demasiados se parecían al barbado George Perkins, sin que en ninguno de ellos le fuera posible distinguir al mismo George Perkins.

Decidió examinar el club por última vez, desde el dintel de entrada hasta el extremo más alejado del salón. Sus ojos miraron hacia la entrada y, para asombro suyo, observó de pie a un recién llegado a quien reconoció inmediatamente.

El recién llegado, era un muchacho delgado y macilento, con cabello bien peinado, tez cetrina y facciones angulosas, chaqueta y camisa de sport y pantalones apretados. Era el único que Barret no conocía, si bien le resultaba tan familiar como las innumerables fotografías suyas que habían aparecido en los periódicos. Lleno de asombro, presa de confusión, Barrett miró fijamente al recién llegado. Aquí, a corta distancia de donde él mismo se encontraba, estaba Jerry Griffith estudiando el club de la misma manera que él lo había hecho. Barrett se preguntó qué demonios estaría haciendo aquel muchacho en aquel local público, aunque estuviera en libertad bajo fianza. No podía imaginarse a Maggie Russell, incluso dejando aparte a Frank Griffith, permitiendo que Jerry abandonara la casa y acudiera a aquel lugar. ¿O acaso no lo sabían? ¿Se habría escapado Jerry?

Era una magnífica ocasión para acercarse a él, para hablarle con simpatía, para preguntarle y, no obstante, Barrett no se movió. Como persona, se resistía a hacerlo por un cierto sentido de nobleza y, como abogado, se resistía por cierto instinto que le hacía presentir una posible buena oportunidad. Siguió observando a Jerry Griffith y esperó con una sensación de expectación indefinida.

Barrett trató de leer en los ojos de Jerry. Al principio, habían sido furtivos y asustados como los de un hombre buscado por la justicia temeroso de ser reconocido. Después, como comprendiendo que la misma cantidad de gente le proporcionaba seguridad, se mezcló entre la masa, los ojos de Jerry perdieron el temor y se convirtieron más en los de un buscador que en los de un buscado. Resultaba evidente que el muchacho estaba buscando a alguien, a una persona determinada.

Andaba despacio, examinando a los ocupantes de todas las mesas, cuando su cabeza hizo un movimiento de reconocimiento, iba a saludar con la mano pero después debió pensarlo mejor. De repente, toda su expresión adquirió un aire intencionado. Había encontrado al que estaba buscando.

Jerry Griffith avanzó en dirección a Barrett, giró después bruscamente entre dos mesas y se dirigió hacia su objetivo pasando entre los muchachos que se hallaban sentados. Avanzó entonces lentamente y, al llegar a una mesa ocupada por tres muchachos y dos muchachas, se detuvo. Se inclinó hacia el joven de anchos hombros que se encontraba de espaldas y le dio unos golpecitos en el hombro. El joven volvió la cabeza y, al observar su perfil barbado, Barret le reconoció como George Perkins.

Escudriñando a través de la luz constantemente cambiante, Barrett trató de captar la reacción de George. En total, pudo observar tres reacciones que se sucedieron con rapidez asombrosa. La primera de sorpresa. La segunda de preocupación. La tercera de fastidio.

Desde la distancia del bar, Barrett siguió contemplando el desarrollo de aquel drama silencioso.

Jerry estaba intentando hablar con George Perkins. Y George no quería saber nada de él. Jerry agarró varias veces el hombro de George murmurándole algo en voz baja y George se lo sacudió de encima cada vez. Al final, pareció ganar la insistencia de Jerry ya que George se levantó y, sacudiendo la cabeza, se negó a seguirle escuchando. No obstante, Jerry siguió hablando en medio de aquel ruido ensordecedor. Finalmente, accediendo exasperado, George asintió y miró a su alrededor. Justo al detenerse la música y anunciar un componente del conjunto un descanso, George señaló con el dedo a una pareja que había abandonado la pista de baile y se estaba dirigiendo hacia una mesa situada junto al pasillo.

Automáticamente, la atención de Barret se concentró en aquella pareja. Por unos momentos, el muchacho ocultó a su compañera. El muchacho aparecía bien afeitado, aparte sus largas patillas, y era fornido. Después pudo observar a la muchacha. No era otra que Darlene Nelson, vistiendo todavía los mismos pantalones y la misma blusa de flecos que había llevado antes, en el transcurso de su visita al hospital.

Ahora intervino rápidamente una tercera figura. Era de nuevo Jerry Griffith casi arrollando a los demás clientes en su prisa por llegar hasta Darlene Nelson. Justo en el momento en que Darlene se estaba acercando a su asiento vacío, Jerry Griffith le cerró el paso.

Para Barrett, fue una vez más otro espectáculo de pantomima.

Jerry le bloqueaba el paso a la muchacha, pareciendo presentarse y tratar de hablarle. El desagrado de Darlene fue más evidente todavía que el de George Perkins. Trató de ignorar a Jerry y de llegar a su asiento, pero Jerry se lo siguió impidiendo el tiempo suficiente para conseguir que ella pudiera escucharle. Con un esfuerzo final, ella logró pasar.

El empezó a seguirla sin dejar de hablar y entonces ella se detuvo y dio media vuelta. Pareció hablar duramente, bruscamente, en voz baja, con la cara muy cerca de la de Jerry. Lo que le dijo a Jerry ejerció el efecto de una bofetada. Jerry retrocedió, con aire derrotado e intentó decirle algo mientras ella se sentaba, pero las palabras no salieron de su boca. Movió los labios y gesticuló sin emitir palabras.

De repente, Jerry pareció petrificarse, con las facciones lívidas, contemplando como ella reanudaba alegremente la conversación con sus amigos. Por un segundo, Barrett se preguntó si Jerry pegaría o intentaría estrangularla, pero no hizo ninguna de las dos cosas. Sus brazos cayeron lentamente junto a sus costados. Sus facciones se relajaron. Su cuerpo pareció marchitarse. Aturdido, retrocedió, se volvió, caminó por el pasillo que formaban las mesas hasta que, de repente, pareció recordar dónde estaba y quién era. Entonces, como galvanizado, en un arrebato, se abrió paso bruscamente entre la gente, alcanzó la puerta y salió.

Observando la enfurecida marcha de Jerry, Barrett permaneció clavado en el bar. Una cosa resultaba evidente: George, el amigo de Jerry, conocía a Darlene o, por lo menos, sabía cómo era. Por otra parte, estaba claro que no conocía de antes a Darlene, la amiga de Sheri. Pero ¿qué le habría dicho él y qué habría contestado ella que tanto le enfureció, le abrumó y le hizo huir al final? En aquel momento, Barrett decidió que tenía que averiguarlo. Una confrontación con Jerry era no sólo oportuna sino esencial.

Barrett abandonó el bar, pero, antes de poder dar tres pasos, quedó atrapado entre una bandada de jovencitas que acababan de entrar en el club. Le estaba resultando difícil escapar. Entonces una pequeña rubita vestida con blusa y pantalones, le descubrió.

Se le acercó.

—Chicas —gritó—, mirad lo que he encontrado... el hombre genuino de mil años de edad ¡el eslabón perdido! ¿No es el mono?

Besó a Barrett en la mejilla, suplicándole:

—Baila conmigo, eslabón, vamos, bailemos.

Le rodeó fuertemente con los brazos simulando bailar.

—Cariño, iba al lavabo —protestó Barrett—. Dadme un poco de descanso.

Ella le sonrió.

—¿Es más divertido que las chicas? —Le dejó—. A tu edad, supongo que sí.

Barrett se apartó. Al llegar a la acera, comprendió que había perdido cinco minutos. Miró a ambos lados de Melrose, pero no había trazas de nadie que se pareciera a Jerry Griffith. Habían más jóvenes haciendo cola, esperando entrar en el club. Barrett se acercó a ellos. Les explicó a los que estaban al principio de la cola que estaba buscando a alguien que acababa de marcharse del club hacía pocos minutos. Trató de describir a Jerry. Comprendió que le resultaba difícil. El único detalle que destacaba en él tal vez fuera su cabello tan bien peinado. Este detalle tampoco sirvió para que pudieran recordarle.

—Salió del club corriendo. ¿Le recuerdan ahora?

—¿Corriendo —preguntó una muchacha de largas trenzas—. Sí, he visto a un chico que salía corriendo porque recuerdo haber dicho: "A lo mejor lo asustó el Canto".

Los que estaban en la cola se echaron a reír y la muchacha le dijo a Barrett:

—Creo que se ha ido por allí.

Señaló hacia el oeste y los de la cola volvieron a reírse. Barrett le dio las gracias y subió por Melrose hacia el La Cienaga Boulevard.

Anduvo y anduvo, examinando el interior de las tiendas abiertas, cruzando y volviendo a cruzar la calle, pero Jerry Griffith no se veía por ninguna parte. Al cabo de un cuarto de hora, volvió al mismo lugar del principio.

Desconsolado, Barrett se dio por vencido. Se dirigió hacia la oscura zona de estacionamiento. Al acercarse a su convertible, advirtió que, en su frustración y prisa, había olvidado la posibilidad más factible del paradero de Jerry. El propio estacionamiento. Si Jerry no hubiera salido corriendo, su coche todavía hubiera estado allí cuando Barrett había salido. Entonces hubiera podido esperar a la entrada hasta que Jerry hubiera llegado para recoger su coche e irse a casa. Pero ahora probablemente ya hacía rato que había sacado el coche y se había ido.

Sin embargo, débil esperanza, tal vez el coche del muchacho aún estuviera allí. Barrett trató de recordar la marca del vehículo. Lo tenía anotado en las fichas del despacho correspondientes al muchacho Griffith. Era un automóvil británico. Seguro. De repente, se acordó. Un Rover blanco sedán último modelo.

Se detuvo y miró a su alrededor. Había un Thunderbird y un viejo y sucio Jaguar blanco y un Rover blanco sedán último modelo. Creció su esperanza. Es probable que hubiera docenas de Rover blancos sedán rodando por todos Los Angeles. No obstante, aquel podría ser el de Jerry.

Barrett se encaminó hacia el Rover. Al acercarse por detrás, aunque la iluminación fuera muy escasa en aquel rincón del garaje, pudo ver que había alguien en el asiento delantero. Rodeó el coche cautelosamente por si había no una sino dos personas y se estuvieran haciendo el amor.

Al llegar junto a la ventanilla cerrada de la portezuela delantera, pudo comprobar que se trataba de una sola persona. Era un joven y aparecía echado sobre el volante, muy quieto, como si estuviera dormido. Su cabello, la parte de cara que podía verse, suficiente para reconocer a Jerry Griffith.

Barrett dudó, después un terrible pensamiento cruzó por su imaginación y dejó de dudar. Golpeó el cristal de la ventanilla. La figura echada sobre el volante no se movió.

Rápidamente, Barrett trató de abrir la portezuela delantera. Se abrió y, al abrirse, la figura floja de Jerry resbaló del volante y empezó a caer lateralmente. Barrett la detuvo y, con un esfuerzo, consiguió incorporarla. El muchacho estaba inconsciente, sus ojos cerrados, su rostro tan pálido como la misma máscara de la muerte.

—Jerry —murmuró Barrett—. Jerry ¿puede oirme?

No hubo respuesta.

La forma inerte permaneció exánime.

Barrett se inclinó hacia el coche tratando de determinar si el muchacho respiraba y si podía percibirle el pulso en la muñeca. Al hacerlo, observó que la portezuela anterior había iluminado el interior del coche y, por primera vez, pudo ver lo que había en el asiento frontal del lado de Jerry. Era un frasco de píldoras vacío. Sobre el suelo del coche, una botella de gaseosa.

Jerry Griffith había intentado suicidarse.

¿Lo habría conseguido?

Sin estar seguro, Barrett apoyó el oído contra el pecho de Jerry para escuchar los latidos de su corazón. No pudo oir nada por culpa del ruido producido por el "Mr. Tambourine Man" de Dylan que se escapaba de la parte posterior de El Ferrocarril del Metro. Barrett volvió a concentrarse de nuevo en el pulso. Al principio, sus dedos no advirtieron nada pero, después, notaron una débil sacudida, pero no pudo estar seguro de si se trataba del pulso del muchacho o bien de las terminaciones nerviosas de sus propios dedos.

Instantáneamente, el cerebro de Barrett recibió y seleccionó las alternativas de su próximo acto. Podía llamar al servicio de urgencias del Departamento de Extinción de Incendios, podía tratar de reanimar por su cuenta al muchacho poniéndole de pie e induciéndole a vomitar o bien podía conducirle sin pérdida de tiempo a un médico particular.

Cada una de las posibilidades tenía sus riesgos. El Departamento de Extinción de Incendios era el servicio más rápido... y también presentaba el inconveniente de un segundo escándalo, una segunda muerte sin morir, suponiendo que todavía estuviera vivo. El intento de reanimar al muchacho por su cuenta era también un primer auxilio muy rápido, pero también era el más *amateur* e inadecuado. Un médico particular era el procedimiento más lento pero también el más seguro e inmediatamente Barrett tomó una decisión, pensó en un médico de las cercanías que podría ayudarle. El doctor Quigley, su propio médico desde que se había trasladado a Los Angeles, vivía en North Arden Drive, en Beverly Hills, a muy poca distancia de allí.

Precisamente la semana anterior había llamado al doctor Quigley y se había citado con él para cenar un día porque deseaba preguntarle algo acerca de la patología de la violación. Quigley había accedido, a pesar de lo ocupado que estaba trabajando todas las noches en su casa en un estudio profesional que iba a presentar muy pronto. Era muy probable que estuviera en casa. Y, pasara lo que pasara, sería discreto.

Rápidamente, Barrett examinó los bolsillos de la chaqueta del muchacho, hasta que, al final, dio con la llave del encendido. Desplazó el cuerpo de Jerry hacia el asiento de al lado y lo apoyó contra la portezuela. Seguidamente, tomó el volante y puso en marcha el Rover.

Sólo cuando hubo sacado el coche de allí y estuvo saliendo a Melrose, se preguntó Barrett si no le estaría llevando al doctor Quigley un cadáver —o bien un testigo estrella resucitado del Fiscal de Distrito Duncan.

Cuarenta minutos habían transcurrido desde que Barrett y el doctor Quigley habían trasladado el cuerpo de Jerry Griffith al interior de la casa del médico en el North Arden Drive. Barrett le explicó cómo había encontrado a Jerry y el médico no hizo comentario alguno.

Después de dejar al muchacho tendido sobre la camilla del estudio del médico, Barrett le mostró al doctor el frasco vacío que había encontrado.

El doctor Quigley lo observó y murmuró:

—"Nembutal".

Tomó el maletín negro que se encontraba junto a su escritorio y acercó una silla al muchacho.

—¿Está vivo, doctor? —preguntó Barrett.

El doctor Quigley no levantó los ojos.

—Veremos. Puede esperar en el salón, Mike.

Esto había sido cuarenta minutos antes y Barrett, rígidamente sentado en el sofá ojeando la misma revista que había estado intentando leer desde el principio, pensó que aquel tiempo tan prolongado era una buena señal. Si Jerry hubiera estado muerto al llegar, pensó Barrett, lo habría sabido antes. Aquel intervalo tan prolongado significaba que el médico seguía trabajando para salvar la vida de su paciente.

Barrett procuró de nuevo concentrarse en la lectura de la revista, cuando escuchó toser al doctor Quigley. Se levantó cuando éste penetró cansadamente en la habitación, vistiendo todavía su bata azul, y quitándose las gafas para frotarse los ojos.

—Está bien, Mike —anunció el doctor Quigley.

—Gracias a Dios... y a usted.

—Tomó píldoras para dormir suficientes para matar a todo un ejército. Debe haberlo encontrado usted justo cuando acababa de perder el conocimiento. Ha sido una suerte que le trajera usted inmediatamente. Cinco minutos más y hubiera muerto. Le administré antídotos fuertes. Reaccionó bien y ahora ya lo ha sacado todo.

—¿Recuperó el conocimiento?

—Totalmente. Pero está débil, muy débil. De todos modos, no será necesario hospitalizarle. Sobre todo, teniendo en cuenta su situación general. Una buena noche de sueño y un poco de descanso mañana, y se habrá recuperado del todo. Estos jóvenes tienen una considerable fuerza de recuperación. —El doctor Quigley buscó en el bolsillo de su bata y sacó una hoja de recetas—. Aquí hay un número al que deberá usted llamar. Dice que la única persona que quiere que lo sepa es una prima que se llama —está aquí— Maggie Russell.

El doctor Quigley le entregó el papel a Barrett, añadiendo:

—Este es su número de teléfono, el número del teléfono particular que tiene en su dormitorio. Jerry dice que insista en llamar hasta que la encuentre. Dice que ella vendrá a recogerle.

—Me encargaré de eso.

—Muy bien. Es mejor que regrese junto a mi paciente. —Dudó—. Frank Griffith le debe a usted mucho, Mike. Se merece usted su gratitud.

—Nunca lo sabrá —dijo Barrett—. De todos modos, lo único que me interesa es el muchacho.

—Vaya usted. —El médico tosió sobre la palma de su mano—. Hay una extensión de teléfono en el comedor.

El doctor Quigley se marchó. Barrett se dirigió hacia el comedor, encendió la luz del techo, tomó el teléfono que se encontraba sobre el aparador de la mesa de mármol y lo colocó sobre la mesa de comer. Colocó la hoja de recetas junto al teléfono, la estudió y después marcó el número particular de Maggie Russell.

El teléfono sonó y sonó, pero no hubo respuesta. Esperaría unos segundos y después volvería a intentarlo. Más tarde o más temprano, ella regresaría a su habitación. Mientras seguía escuchando la persistente llamada, ésta cesó de repente y se escuchó una jadeante voz femenina.

—Diga.

—¿Señorita Russell?

—Sí, ella habla.

—Soy Mike Barrett. Siento molestarla, pero...

—Creía haberle dicho que no deseaba volver a oir hablar de usted.

—Espere. No llamo por mi cuenta. La llamo de parte de Jerry.

—¿Jerry?

—Su primo. Estoy con él en este momento. Yo...

—No lo entiendo. No puede usted estar con él. No tiene permiso de abandonar la casa. Se lo habían dicho seriamente varias veces.

—Pues la ha abandonado a primeras horas de la noche, a pesar de la prohibición. Pero no perdamos el tiempo en palabras, déjeme explicarle lo que ha sucedido. Pero, primero, dígame ¿puede escucharnos alguien?

—No... no, es mi teléfono particular. —Su voz tenía un tono angustiado—. ¿Qué ha pasado? ¿Ha sucedido algo malo?

—Jerry está bien ahora, pero hace un rato la situación era muy grave. Permítame decírselo en pocas palabras. Poco después de las siete, tuve que acudir por motivos personales a cierto lugar de esparcimiento para jóvenes de la Melrose Avenue...

Describió rápidamente la llegada de Jerry a El Ferrocarril del Metro, las confrontaciones de que había sido testigo entre Jerry y George Perkins y Darlene Nelson y el hallazgo del cuerpo inconsciente de Jerry en el interior del Rover. Después le refirió el informe del doctor Quigley.

—Jerry ha querido que alguien se pusiera en contacto con usted. No quiere que lo sepa nadie más.

—Nadie debe saberlo —dijo ella ansiosamente—. Pero ¿él está bien? ¿El médico lo ha dicho, verdad?

—Está perfectamente bien. Cuando usted llegue aquí, estará en perfectas condiciones de irse a casa con usted.

—Iré en seguida.

—Voy a darle la dirección.

Se la dio y ella colgó el aparato.

Colocando de nuevo el teléfono sobre el aparador, Barrett se preguntó si sería conveniente esperar a que llegara Maggie Russell. No había ningún motivo para quedarse, como no fuera verla de nuevo y tratar de congraciarse con ella. Pero no le gustaba. Tampoco quería cohibirla con su presencia. A pesar de lo que había hecho aquella noche por los Griffith, seguía siendo el enemigo.

Esto le hizo recordar el juicio. Había tantas cosas que hacer y disponían de tan poco tiempo. Faye Osborn no llegaría a su apartamiento antes de las once. Tenía varias horas por delante y las aprovecharía para estudiar los precedentes legales de otros juicios previos de censura.

Le diría al doctor Quigley que Maggie Russell vendría en seguida y le indicaría que podrían encontrarle en su despacho en caso de que le necesitaran para algo y después tomaría un taxi hasta el lugar en que había dejado el coche.

En la tranquilidad nocturna de su despacho, Mike Barrett se dedicó, no a estudiar los precedentes legales de juicios anteriores de censura, sino a examinar unas hojas que contenían reportajes populares y al mismo tiempo eruditos acerca de la censura, aparecidos en revistas americanas e inglesas en el transcurso de los últimos doce años. Se trataba de amplios artículos debidos a autores, críticos, editores y estudiosos, recopilados por Leo Kimura para ofrecerle a él y a Zelkin un panorama de los argumentos sobre la censura en el campo literario.

Ya había leído nueve o diez de aquellos artículos y estaba ojeando otro escrito por Maurice Girodias para la publicación londinense *Encounter* cuando un párrafo le llamó la atención. Girodias había estado diciendo que la mayoría de los seres humanos habían nacido de un acto de lujuria nada romántico y que la especie seguía propagándose a través de la lujuria y que la mayoría de los seres humanos se preocupaban tanto por el sexo como por la comida o el sueño; y, sin embargo, a pesar de que el sexo era un elemento básico de la vida de todas las personas, la hipocresía convencional había complicado su práctica y deformado su imagen. De hecho, proseguía Girodias, cada hombre y cada mujer se encontraban envueltos cada día en actos de violación. Este era el párrafo que Barrett había vuelto a leer cuidadosamente.

"La violación", había escrito Girodias, "se considera la forma más incivilizada de ataque contra la intimidad de una persona. Y, sin embargo, el anodino padre de familia, el tranquilo y fiel marido cuya única conquista femenina memorable se llevó a cabo por medio del matrimonio, suele violar a docenas de muchachas cada día. Desde luego, la posesión es sólo visual; una rápida mirada de apreciación es todo lo que tiene esta microviolación, que siempre es furtiva y, a menudo, incluso inconsciente. Pero la acción está allí y produce una diminuta dosis de satisfacción sexual... En cuanto a la fiel esposa de este mismo hombre ¿acaso sigue la moda, usa joyas y perfumes para seducir a su propio esposo? De ninguna manera: utiliza todos estos trucos clásicos para seducir y ser violada por todos visualmente, desde luego. Los impulsos rudimentarios del hombre prehistórico siguen actuando todavía".

Cuán cierto, pensó Barrett.

Sus propios sentimientos se lo demostraban. Legalmente poseía a una sola mujer. Tenía a Faye. Sin embargo, ayer mismo, el impulso salvaje interior que se ocultaba bajo la capa de civilización, le había obligado a cometer una violación por lo menos dos veces —primero fue la violación de una muchacha en bikini que salió de la piscina del Hotel Beverly Hills, más tarde la violación de una atractiva joven llamada Maggie Russell a la que había seguido hasta el bar del Beverly Hilton Hotel. La única diferencia entre él y Jerry Griffith, y entre Jerry y la mayoría de los hombres, era que Jerry había violado por la fuerza a una mujer con su pene, mientras que Barrett y la mayoría de los hombres violaban a las mujeres con los ojos. El acto de Jerry era criminal mientras que el suyo era inofensivo, es cierto. Pero ambas clases de violación estaban inspiradas por el mismo instinto salvaje y natural. La diferencia estribaba únicamente en que Jerry había estado demasiado excitado para poder controlar su impulso, mientras que la inmensa mayoría de los hombres eran lo suficientemente razonables como para poder canalizar su impulso hacia alguna forma socialmente aceptable. Lo cierto era que no había ningún hombre que pudiera considerarse superior a sus semejantes en su actitud hacia el sexo o que pudiera creerse totalmente libre de culpa.

¿Cuántas violaciones visuales cometía cada día de la semana Elmo Duncan, protector de la moralidad pública?

Sacudiendo la cabeza, Barrett siguió leyendo. Al terminar el artículo, estaba a punto de comenzar el siguiente cuando sonó el teléfono de su escritorio. Tomó el aparato.

La voz que escuchó pertenecía a Maggie Russell.

—Esperaba que estuviera usted en casa del doctor Quigley cuando yo llegara —dijo—. El doctor me dijo que estaba usted en su despacho.

—¿Qué tal ha ido todo?

—Jerry está bien ahora. Le he metido en la casa sin que nadie se diera cuenta. Ahora duerme. Pensaba... pensaba si podría verle a usted un momento.

—Desde luego —dijo Barrett con auténtico entusiasmo—. Pero no es necesario que venga usted a este despacho tan agobiante. De hecho, iba a regresar a mi apartamiento y pensaba detenerme en Westwood Boulevard, hay una pequeña cafetería donde pueden tomarse unos sandwiches, se llama Ell's. Es...

—La conozco.

—Dentro de quince minutos entonces.

Exactamente dieciséis minutos más tarde, Mike Barrett se acercó a la estación de servicio contigua al Ell's, ordenó que le llenaran el depósito y que añadieran aceite si hacía falta y se dirigió rápidamente al restaurante.

Al entrar, vio que ella ya había llegado. Estaba sentada en una mesa del fondo, fumando pensativa, sin haberse percatado de su entrada.

Se dirigió hacia ella pasando frente al mostrador y los taburetes, sin dejar de mirarla. Su reluciente cabello oscuro, sus grandes ojos verde-gris y su carnoso labio inferior eran tan atractivos como él los recordaba. Lo único que podía ver de su atuendo por encima de la mesa era una diáfana blusa blanca de seda que se adhería provocativamente a sus puntiagudos pechos y el perfil de un sujetador de encaje que se adivinaba debajo de la misma. ¡Estaba maravillosa!

Otra violación, pensó, y no pudo evitar sonreír.

Pero, al acercarse a la mesa, pudo ver que ella estaba muy seria y, recordando lo que había sucedido aquella tarde y cuánto debía haberla afectado, él también se puso serio. Al dirigirse hacia allí, no había especulado demasiado acerca de los motivos que la habían impulsado a verle, si bien había creído adivinar cuáles eran estos motivos. Pocos segundos después de haberla saludado y de haberse sentado al otro lado de la mesa tras haber pedido sandwiches de queso fundido y café para los dos, ella le confirmó sus suposiciones.

—Tenía que verle para excusarme por haberme mostrado tan brusca por teléfono —le dijo— y para darle las gracias, cosa que también he olvidado hacer por teléfono, para darle las gracias por lo que ha hecho por Jerry... y por mí. No sé cómo podremos pagárselo.

—Señorita Russell, hice lo que hubiera hecho cualquiera otra persona en mi lugar.

—Cualquiera otra persona, no —insistió ella—. Y desde luego, no cualquier otro abogado. Estoy segura de que hay muchos abogados trapisondistas que hubieran mirado hacia otra parte y hubieran dejado morir a un testigo de la parte contraria en una situación semejante, ya que ello reforzaría su propia posición ante los tribunales. Apuesto a que hay muchos así.

—Señorita Russell, usted está hablando de seres infrahumanos. Yo estaba hablando de personas.

—Sí —dijo ella. Esperó a que la camarera sirviera el café y después siguió—. De todos modos, perdóneme mi comportamiento por teléfono. Tomé un taxi para ir a casa del doctor Quigley y, por el camino, comprendí que me había portado mal con usted; sin embargo, esperaba encontrarle allí y pedirle perdón y darle las gracias personalmente. El doctor Quigley me dijo que estaba usted en su despacho. Así es que, cuando hube metido a Jerry en la cama, me atreví a telefonearle, lo cual me ha resultado bastante difícil.

—Me alegro de que lo haya hecho. Ya le he dicho lo que he visto en El Ferrocarril del Metro. Todavía no sé qué le hizo salir de allí tan precipitadamente. ¿Quizás se lo ha dicho a usted?

—No. Estaba demasiado enfermo y agotado para hablar de nada. Dudo que me lo diga. Sé que yo no se lo voy a preguntar.

—No quería decirle que lo hiciera usted. Pero es un asunto muy grave. Cuando un muchacho intenta matarse, creo que es conveniente saber el por qué. ¿Supongo que tampoco habrá hablado de eso, verdad?

—No ha dicho nada. Probablemente tampoco explicará por qué llevaba aquellas píldoras.

—Puede ser que sus problemas y preocupaciones estuvieran a punto de estallar. Pero me pregunto cuál habrá sido la causa. ¿La forma en que George Perkins le trató? ¿Algo que le dijo Darlene Nelson? ¿O algo que ha sucedido durante el día, esta mañana o esta tarde?

—No lo sé —dijo ella. Sus ojos se encontraron brevemente con los de Barrett y después bajó la mirada—. O tal vez yo sé una cosa, algo que ha sucedido hoy. Quizás no debiera decírselo. Pero se ha mezclado usted lo suficiente con Jerry para... para salvarle y creo que se merece saber algo. Pero, antes de que se lo diga, yo... yo tengo una pregunta, una cosa que quería preguntarle.

—Adelante.

—Me pregunto qué estaría usted haciendo en aquel club del demonio, mientras Jerry estaba allí. ¿Acaso le estaba usted siguiendo... espiando como dicen? Supongo que ésta es una de las cosas que los abogados tienen que hacer para conseguir pruebas.

—No crea todo lo que vea por la televisión, señorita Russell —le dijo Barrett.

—No, pero...

—No, en realidad no estaba siguiendo a Jerry. No podía creer que hubiera una posibilidad sobre un millón de que Jerry se atreviera a salir de casa estando en libertad bajo fianza. Estaba siguiendo a otra persona. O, mejor dicho, tratando de encontrar a otra persona. Sabía que Jerry tenía un amigo que se llama George Perkins. Incluso había hablado con Perkins en una ocasión anterior. Esperaba verle con algunos de sus amigos, que esperaba que fueran también amigos de Jerry. Supe que El Ferrocarril del Metro era el lugar preferido de reunión de muchos jóvenes. Esta noche había un importante debut. Pensé que ello podría atraer a George Perkins. Y le atrajo. No imaginé ni por un momento que también atrajera a Jerry Griffith. Cuando él apareció, yo... yo no me acerqué a Jerry... decidí no molestarle hasta que aquella pequeña escena con Darlene le obligó a salir corriendo. Entonces pensé que era mejor buscarle y averiguar qué había sucedido. Y le encontré.

—Gracias a Dios —murmuró ella.

—¿Explicación satisfactoria, señorita Russell?

—Perdone. No quería obligarle a esto. Debe usted pensar que sospecho de todos los movimientos que hace. Anoche sospechaba. Pero, créame, señor Barrett, hoy ya no.

—Se lo agradezco.

Les sirvieron los sandwiches y, cuando la camarera se hubo marchado, Barrett empezó a comer. Levantando los ojos, advirtió que Maggie Russell no había tocado nada del plato.

Ella le miró con aire preocupado.

—Le he prometido decirle algo que ha sucedido hoy y que es posible que... bueno, que haya agitado a Jerry indebidamente.

—No es necesario que me diga nada, señorita Russell.

—No considero una deslealtad decírselo. Todo se descubrirá de todos modos y puede ser que explique en parte la conducta de Jerry de esta tarde. El señor Yerkes, Luther Yerkes —no sé cómo se ha visto envuelto en nuestros asuntos, lo único que sé es que es uno de los mejores clientes de mi tío y supongo que debe tener algún interés político en proteger al Fiscal de Distrito promoviéndolo a un cargo más elevado, por lo que desea que el señor Duncan se luzca frente a usted y piensa que Jerry puede ser un testigo importante contra *Los Siete Minutos*— bueno, él ya ha venido a casa varias veces y esta tarde, a primera hora, ha venido con el psicoanalista que había aconsejado el abogado de mi tío, es decir, el señor Polk. Ha venido con el doctor Roger Trimble.

—Luther Yerkes en casa de los Griffith. —Barrett chasqueó la lengua—. Bueno, no tendría que extrañarme. Es bastante normal. Hasta ahora, había escuchado rumores sin confirmar en los que se decía que Yerkes protegía a Duncan para convertirle en Senador. Esto parece confirmarlo. También explica toda la enorme publicidad que está consiguiendo el juicio de Duncan. Perdone que la haya interrumpido. Por favor, prosiga.

—Decidieron que Jerry se sometiera a un tratamiento con el doctor Trimble, contra su voluntad. La primera sesión ha sido hoy, arriba en el dormitorio de Jerry, el doctor Trimble y Jerry solos. Al cabo de una hora, bajó el doctor Trimble y nos informó acerca de la condición de Jerry. Sin entrar en detalles, no me importa repetirle lo que ha dicho. Afirmó que Jerry estaba extremadamente alterado. Ha dicho que Jerry se mostraba completamente ambivalente en relación con la violación. Por una parte, no quería hablar de ello. Por otra, cuando hablaba, revelaba cierto orgullo por haber cometido este acto. Dijo que Jerry mostraba deseos de auto-destrucción, posiblemente auténticos, pero, con mayor probabilidad, simple fantasía. Dijo que era mejor someter a Jerry a las menos presiones posibles. Entonces, el señor Yerkes ha querido saber qué tal podría actuar Jerry en calidad de testigo por la acusación contra el libro. El doctor Trimble eludió la respuesta. Dijo que era muy temprano para poder decirlo. Era cierto que Jerry se sentía víctima del libro y, de seguir persistiendo en aquella misma actitud, es probable que fuera un testigo muy efectivo. Al mismo tiempo, a Jerry le asustaba y cohibía hablar en público y, en caso de que se encerrara profundamente en sí mismo, podría resultar inútil como testigo. Entonces el doctor Trimble le prometió al señor Yerkes y al tío Frank tratar de visitar a Jerry una hora al día hasta que empezara el juicio y también durante el transcurso del mismo.

Ninguno de ellos pareció comprender, tal como lo comprendo yo, que a Jerry le molestara tener que hablar con un psicoanalista. Jerry únicamente quiere que le dejen solo —a pesar de su loca correría de esta noche— y le molesta que un médico hurgue en la intimidad de su mente. Soy lo suficiente objetiva como para reconocer que necesita un tratamiento. Pero tal vez no es oportuno en estos momentos.

—Estoy seguro de que el doctor Trimble lo comprende así —dijo Barrett—. Creo que su ayuda consistirá más bien en una especie de sostenimiento, visitando a Jerry mientras dure el juicio.

Maggie Russell mordisqueó un poco el sandwich, después lo dejó y apartó el plato a un lado.

—Sí, supongo que será una cosa así. Si fuera sólo por el doctor Trimble no estaría preocupada. Lo que me preocupa es la presión que están ejerciendo sobre Jerry tanto el señor Yerkes como el tío Frank. Tendría que haber visto usted lo que ha pasado al marcharse el doctor Trimble. En cuanto él se fue, el señor Yerkes dijo que teníamos mucha suerte porque la prensa y la televisión se estaban ocupando mucho de Jerry. El señor Yerkes piensa que tendríamos que complacerles porque ello proporcionaría al público la ocasión de ver, oir y leer acerca de un libro pornográfico que ha arruinado a un adolescente, lo cual crearía un sentimiento de simpatía hacia Jerry. El señor Yerkes ha dicho también que se había tomado la libertad de invitar a Merle Reid. En realidad, Merle Reid ya estaba esperando fuera.

—¿Reid? —dijo Barrett. Estaba bebiéndose el café. Dejó la taza—. ¿Se refiere al comentarista de televisión?

—El que aparece cada noche de costa a costa.

—Es nauseabundo. Una noche, le vi entrevistar a un prisionero condenado a muerte. Parecía que estuviera hablando con alguien en el transcurso de una fiesta.

—Me alegra oirle decir esto. Porque este idiota insensible me ha producido repugnancia. El señor Yerkes lo ha traído junto con dos técnicos, uno con una cámara de mano y el otro con las lámparas. El tío Frank me ha pedido que hiciera bajar a Jerry. Yo me he negado. Y mi tía Ethel estaba también de mi parte. Pero el tío Frank seguía insistiendo en que era por el bien de Jerry y lo ha mandado bajar. ¿Tengo que decirle más? Jerry parecía un pobre cachorro asustado y acorralado. Y cuando Merle Reid, ante la cámara de televisión le preguntó qué parte de *Los Siete Minutos* le había inducido a violar a esa muchacha... Dios mío, ha sido horrible. Jerry ha perdido el dominio de sí mismo, empezó a sollozar y a mí no me ha importado lo que me dijeran después, le he sacado de la habitación. Nadie me lo ha impedido. Pero Luther Yerkes se alegró de lo que había sucedido como si fuera un triunfo. No hacía más que repetirle a Reid:

—¿Lo ve usted? ¿Ve usted qué puede hacerle un sucio libro a un muchacho?

Y aquel estúpido de Reid decía:

—Esta escena en que se ha derrumbado su entereza ha sido estupenda, francamente maravillosa.

—Y cosas parecidas, como si estuvieran tratando con un robot. De todos modos, señor Barrett, esto le dará a usted una idea del estado emocional de Jerry antes de abandonar la casa.

Pareció aliviada por haberse librado de aquel peso y terminó de beberse el café ya más tranquila.

Barrett la observó durante varios segundos. Finalmente, habló.

—Sabe una cosa, señorita Russell, tengo la impresión de que toda la gente de esta casa teme a Frank Griffith. ¿Estoy en lo cierto?

Ella frunció el ceño y estudió la taza de café.

—No... no puedo decirlo. Aunque pudiera, no querría. Tal vez ya le he dicho más de lo que debía. Pero, si le hubiera dicho menos, no hubiera sido noble.

Muy bien. Pero me asombra que el señor Griffith, conociendo la precaria condición de su hijo, le imponga tantas cosas.

—No pretende hacerle daño, de esto estoy segura. Creo que de verdad pretende ayudar a Jerry... pero a su manera.

Barrett asintió.

—Quizás tenga usted razón. Y le prometo no hacerle más preguntas sobre los Griffith. Sin embargo, tengo otra pregunta, de carácter personal, sobre usted, si no le importa.

—Depende.

—Usted es atractiva, joven, inteligente, la clase de persona que podría conseguir todo lo que se propusiera. Y, sin embargo, se ha encerrado usted en el hogar de los Griffith, desempeñando una actividad que francamente no debe ser muy difícil. Parece una auto-limitación muy grande, tratándose de una muchacha de tan buenas cualidades. Yo me he preguntado el por qué. Y ahora he decidido preguntárselo a usted. ¿Por qué, señorita Russell?

—No es ningún misterio. Es muy sencillo. Hago lo que quiero hacer.

—No puedo creer que sea tan sencillo.

Ella sonrió levemente.

—Ahora es usted quien sospecha. —Después volvió a ponerse seria—. Sí, supongo que se trata de algo más complicado. Vamos a ver. Para empezar, yo siempre he necesitado una familia, a alguien cerca de mí. Mis padres murieron cuando yo era pequeña. Tenía muchos parientes y fui pasando de unos a otros, pero siempre me sentía más o menos como una extraña. Cuando tuve la edad suficiente, escapé y traté de crearme una vida propia. Primero estuve un año en la universidad de Carolina del Norte. Después, tres años en la universidad de Boston. Me gradué allí.

—¿En qué especialidad?

—Me especialicé en psicología y después estudié como materia secundaria literatura inglesa. Parece una cosa bastante inconsecuente. Todas las muchachas se proponen el mismo objetivo... el objetivo de casarse.

—¿Ha estado usted casada alguna vez?

—No. He estado demasiado ocupada buscándome a mí misma, para poder buscar a otra persona.

—¿Y esto sigue siendo verdad?

—Más o menos. Me *está* usted haciendo preguntas personales, señor Barrett. Pero, bueno, volviendo a la odisea que me trajo a Los Angeles, mi madre siempre había estado muy unida a su hermana mayor, Ethel —Ethel Griffith— y la tía Ethel quería mucho a mi madre, por consiguiente se sentía en cierto modo responsable de mí. Solía mandarme dinero para ayudarme en mis estudios. Sin ella, no hubiera podido terminar probablemente.

Barrett recordó sus relaciones de amistad con Phil Sanford y el teorema que se derivaba de las mismas: todo el mundo le debe algo a alguien. Todo el mundo está en deuda. Todo el mundo tiene que pagar su deuda más tarde o más temprano. No existen hombres libres. La línea de la vida de cada uno no era infinita, sino un círculo que le aprisionaba a uno por completo.

Miró a Maggie Russell.

—¿Y quiso usted pagárselo?

—No era sólo esto. Era también mi necesidad de conocer el calor de una familia. Quería conocer a la tía Ethel y comprobar qué era formar parte de su familia. Así es que, cuando ella me ofreció un empleo como secretaria social y acompañante suya, yo lo acepté ansiosamente. También me entusiasmaba ver Los Angeles. En realidad, no pensaba quedarme con mis tíos más de un año. Esto estaba claro. Pero me convertí en parte de la familia y cuando vi cuanto me necesitaba la tía Ethel y cuanto dependía Jerry de mí, decidí quedarme. Lo cual me lleva a la segunda razón por la que estoy con los Griffith. Es por Jerry, tal como le dije ayer. Le quiero mucho. El me adora. Admira mi pobre independencia. En este período de transición de su crecimiento, creo que he significado mucho para él. Y ahora, desde luego, confía en mí más que en nadie. ¿Le parece que esto tiene más sentido?

—Sí, puedo comprender por qué está usted allí. Y permítame repetirle una cosa. Yerkes, Duncan y Griffith me han atribuido el papel de enemigo de Jerry porque defiendo un libro que ellos suponen que lo ha perjudicado. Pero quiero decirle una vez más, que me han clasificado mal. Siento lo de Jerry. No podría decirle cuánto he sufrido por él hace unas horas. Era como si fuera mi propio hijo o un hermano menor. No haría nada que pudiera perjudicarle. Puede creerme si le digo que no defendería *Los Siete Minutos* si considerara que el libro había sido responsable de la perdición de Jerry. No lo creo ni por un minuto. Creo que es un libro bueno y hermoso.

Ella le miró a los ojos y dijo suavemente:

—Yo también creo que es un libro bueno y hermoso.

—¿Quiere decir que lo ha leído?

—Sí.

—¿Y le ha gustado?

—Me ha encantado. Me han emocionado todas y cada una de sus palabras. No se asombre. No es absurdo. Los individuos poseen diferentes estructuras neuróticas. Podemos encontrarnos ante un objeto determinado y algunos lo encontrarán hermoso y otros lo encontrarán feo. Yo encontré que la novela era hermosa. A Jerry le pareció fea y, puesto que él es como es, le impulsó a seguir un terrible camino. Pero ello no influye en mi opinión literaria acerca del libro. Sólo me demuestra que las personas son distintas y reaccionan de diferentes maneras ante un mismo objeto. Quiero creer que lo que usted me ha dicho es cierto, que *Los Siete Minutos* no es responsable del crimen de Jerry. Porque yo tengo la misma opinión que usted acerca del libro y acerca de la censura en general. Al mismo tiempo, lo que usted dice no se ha demostrado. Y la única prueba de que dispongo es la afirmación de Jerry según la cual el libro le trastornó. Si esto es cierto, lo que yo piense del libro deja de ser importante. Si le hizo daño a Jerry y, a través de él, a Sheri Moore, si puede hacerle daño a otras personas, a cualquiera otra persona, entonces considero que debería ser condenado y prohibido. Sé que todo esto es muy confuso. Señor Barrett ¿de qué otro modo puedo explicarle mis sentimientos? Se lo diré de otra manera. Soy partidaria del libro, pero estoy en contra de cualquier cosa o persona que pueda hacerle daño a Jerry. Si el libro le hizo daño, entonces es necesario que deje en suspenso mis opiniones estéticas acerca del mismo. Entonces, quiero que se prohiba de inmediato.

Incorporándose hacia adelante, Barrett dijo muy serio:

—Señorita Russell, si un libro puede conducir a un individuo hacia la violencia, yo también quiero que se prohiba. Este es el criterio de censura adoptado por el juez Curtis Bok en el caso Roth. "Un libro puede condenarse constitucionalmente como obsceno sólo cuando exista una causa razonable y demostrable para creer que se ha cometido... un crimen... como resultado perceptible de la publicación y distribución del escrito en cuestión". La Unión Americana de Libertades Civiles sigue el mismo criterio. "Toda restricción y todo castigo de cualquier forma de expresión por parte del gobierno, por delito de obscenidad, exige una prueba razonable de que dicha expresión puede ser la causa de que un adulto de comportamiento normal se convierta en un criminal según la ley". Ambos estamos de acuerdo en esto. La cuestión es saber si un libro pornográfico puede inducir a cometer un crimen sexual. La mayoría de los psiquiatras dicen que no. Ellos afirman que los agresores sexuales ya están enfermos por otros motivos, antes de leer un libro pornográfico. El doctor Wardell Pomeroy, sucesor de Kinsey en el Instituto de Investigaciones Sexuales, llevó a cabo un estudio sobre los agresores sexuales y llegó a la conclusión de que "No hay ninguna prueba que demuestre que la pornografía estimula la perpetración de actos antisociales".

—Perdóneme por hablarle como abogado, pero es que lo soy. Y debo subrayar que la señora St. Clair, de la LFPD, también ha leído *Los Siete Minutos* y no la ha corrompido. Elmo Duncan lo ha leído. No lo ha convertido en un depravado. Usted lo ha leído, señorita Russell, y no me la imagino cometiendo ninguna clase de actos antisociales. Entonces ¿por qué tiene que ser cierto que influyó en Jerry? No, señorita Russell, nada puede convencerme, ni siquiera el mismo Jerry, de que este libro le impulsó a cometer un acto criminal. Y entienda esto... no estoy tratando de averiguar la credibilidad de Jerry como testigo. Trato de averiguar la verdad acerca de Jerry, la verdad acerca de las auténticas causas de su conducta. Quiero conocer los demás factores de su vida que han contribuido a inducir a este muchacho tranquilo y decente a salir a la calle y violar a la primera muchacha que encontró. Quiero la verdad acerca de las más profundas motivaciones que impulsan a los jóvenes hacia la violencia. Sabemos que las causas son innumerables. Una de ellas es la familia, las relaciones familiares o bien la falta de relaciones. Estos son los hechos que busco. Si puedo encontrarlos, no sólo demostraré la inocencia del libro en este crimen, sino que le haré un favor a Jerry y a todos los muchachos como él al demostrar cuáles son los auténticos responsables de sus estallidos de violencia.

Ella permaneció en silencio unos momentos. Después, demostrando interés, dijo:

—¿Ha encontrado usted algo?

—¿En el ambiente de Jerry? Tal vez algunas claves. Ninguna prueba. Nada que pueda resultar útil en una sala de justicia.

—Pero, si encontrara algo —me refiero, a otra cosa que no fuera el libro— que pudiera explicar la conducta de Jerry ¿no perjudicaría esto el caso de Jerry?

—Señorita Russell, sería beneficioso para su caso. Cuando vaya a pronunciarse la sentencia, podría proporcionarle circunstancias atenuantes más húmanas y comprensibles que la perniciosa influencia ejercida por una página impresa. Creo que podría inducir al juez a emitir una sentencia menos rigurosa.

—¿De veras lo cree?

—Lo creo sinceramente.

—Bueno... —dijo ella, y se detuvo mirándole fijamente—. Quizá estoy empezando a creer lo que usted dice. O quizás soy una estúpida por dejarme convencer. Pero... —Dudó.

—Creo que no debo proporcionarle ninguna información personalmente, pero hay otras personas que estarán dispuestas a hablar más libremente. ¿Quiere conocer algo acerca del ambiente de Jerry?

—Sí.

—Mire, antes de venir yo, mi tía Ethel tenía otra acompañante que estuvo con ella uno o dos años. Era una compañera y una especie de enfermera, no realizaba ninguna clase de trabajo de secretaria como el que yo hago. Después de marcharse o ser despedida o no sé que pasó, entonces mi tía Ethel me ofreció el empleo. Tal vez esta mujer podría proporcionarle a usted alguna ayuda.

—¿Cómo se llama?

—Es la señora Isabel Vogler. Creo que vivía por Van Nuys. Esto es lo máximo que puedo ofrecerle para pagarle lo que ha hecho por nosotros esta noche.

—Gracias.

Ella tomó el bolso.

—Me ha estado usted haciendo preguntas, señor Barrett. Mire, yo también tengo algunas preguntas personales que dirigirle.

—Me encantará contestarlas. Disfruto hablando de mí mismo.

—No, lo he pensado mejor, no se las voy a hacer. Además, ahora ya es demasiado tarde. Es mejor que vaya a acostarme, si es que quiero cuidar de Jerry.

—¿Pero ni una sola?

—Iba a preguntarle sobre Faye Osborn. No la conozco íntimamente. Ahora le conozco a usted un poco. Simplemente sentía un poco de curiosidad.

—¿Por lo que ella ve en mí o viceversa?

—Esta pregunta la hace usted señor Barrett, no yo. Por el viceversa, siento curiosidad, pero no una curiosidad tipo chismoso. No, simplemente sentía curiosidad por saber cómo la había conocido y todo eso. Pero puedo esperar. —Se levantó—. Ahora tengo que irme corriendo.

Barrett también se puso de pie.

—Ha dicho que sus preguntas pueden esperar. ¿Significa esto que no le importaría que volviéramos a encontrarnos?

—Oh, no quería decir...

—Yo sí voy a decirle lo que pienso. Me gustaría volverla a ver.

—Pero no para espiar, se lo prometo. Un encuentro puramente social.

—Es tentador, señor Barrett. Pero me temo que no será posible. Si me vieran en público con usted y si mi familia supiera que nos veíamos, podrían interpretarlo mal. No, dejemos las cosas tal como están. Pero si... si puedo ayudarle en algo, quiero decir, en algo que no ponga en peligro mis relaciones con la familia, entonces ya tiene usted mi teléfono particular.

—Lo tendré en cuenta.

Al levantarse él para acompañarla, ella levantó la mano.

—No, creo que es más prudente que salga sola. Buenas noches y gracias por la invitación.

—Buenas noches, señorita Russell.

—La contempló hasta que se marchó y después, al ir a recoger la cuenta, observó junto a la misma servilleta en la que ella había apuntado el nombre de la antigua empleada de los Griffith, la señora Isabel Vogler, de Van Nuys.

Un posible atisbadero del pasado de Griffith.

El regalo de Maggie Russell en prenda de gratitud.

Era una auténtica pista y a pesar de la hora, decidió seguirla inmediatamente. Dejando una propina, se dirigió hacia la caja, pagó la cuenta y después regresó a la estación de servicio. Le entregó al empleado su tarjeta de crédito y le preguntó dónde había una cabina telefónica. El empleado se la señaló.

Una vez en el interior de la cabina, Barrett marcó el número de informaciones y se alegró de saber que en la guía de Van Nuys seguía figurando el nombre de la señora Isabel Vogler. Inmediatamente, sacó monedas sueltas, introdujo las que eran necesarias y marcó el número que se le había indicado.

El teléfono sonó ruidosamente en Van Nuys. La voz soñolienta de un niño pequeño contestó:

—Diga.

—¿Sigue viviendo aquí la señora Isabel Vogler?

—Sí, pero mamá no está en casa. Está en la casa de al lado. Me ha dicho que me dieran los recados a mí. Me ha dicho que anote los nombres y todo lo que sea. ¿Llama usted para darle un empleo a mamá?

Era bastante difícil de explicarle a un niño para qué llamaba a la señora Vogler. Decidió dejar un recado sencillo.

—Sí, es para un empleo. ¿Tienes lápiz y papel? Dile que ha llamado un señor que se llama Mike Barrett. —Deletreó lentamente su apellido—. ¿Lo has anotado? Barrett.

—Si señor.

—Dile a tu mamá que me gustaría hablar con ella para un

trabajo mañana a las diez. Te daré mi dirección y, en caso de que no pueda venir a esta hora, te daré también mi número de teléfono. Dictó cuidadosamente su dirección, el número de su apartamiento y el número de teléfono—. Dile a tu mamá que espero que pueda venir. Y dile también que le pagaré los billetes del autobús.

—Se lo diré, señor Barridd.

—Barrett. Con dos tes. —Se lo volvió a deletrear—. ¿Lo has entendido ahora?

—Si señor, se lo diré.

Al salir de la cabina, Barrett se detuvo para firmar la hoja de gastos y recoger su tarjeta de crédito. Al acercarse al descapotable, volvió a pensar en Maggie Russell. Saboreó el espectáculo sobre el que estaban concentrados los ojos de su imaginación: sus labios entreabiertos mientras escuchaba, el movimiento de su pecho debajo de su blusa cuando se agitaba y el movimiento de sus elásticas caderas cuando caminaba. Sí, violación visual. Se sintió anonadado.

De pie junto al coche, se preguntó qué preguntas le había pensado dirigir acerca de Faye.

Faye.

Dios mío, casi lo había olvidado. Miró el reloj. Eran las once y dieciocho minutos. Faye tendría que esperar una media hora antes de que él llegara al apartamiento. No estaba acostumbrada a que la hicieran esperar y estaría enojada. Tendría que inventar alguna historia verosímil que contarle para justificar su retraso. Desde luego, nada de Maggie Russell. Un testigo, un testigo varón, que había conseguido localizar y entrevistar. Esto bien pudiera ser.

Pero tal vez no fuera necesaria ninguna historia de inmediato. Porque, en su irritación, tal vez Faye hubiera salido de su apartamiento y se hubiera marchado a casa. Pero comprendió que no sería probable. Era la noche de la semana que ella llamaba su noche de geisha. Nunca la dejaba pasar sin consumar. La adoraba. Y, normalmente, él también solía esperarla con ansiedad; sin embargo, aquella noche se sentía cansado. Ya había tenido a una mujer. Dos no le apetecían. Pero tendrían que ser dos.

Subió al coche. Ya voy, Faye. Condujo rápidamente acercándose a su noche de geisha.

Ella aceptó su historia y no se mostró enojada en absoluto. Durante la primera media hora que pasaron juntos, le preparó dos tragos y se preparó dos para ella, se reclinó sobre su brazo en el sofá, chismorreando distraídamente, llenándole de besos, queriendo hacerle feliz. Y pronto se mostró impaciente por acostarse.

Ahora, poco después de medianoche, él se encontraba descalzo junto a la cama, quitándose la camisa y los pantalones, cuando la escuchó salir del cuarto de baño.

Faye Osborn se dirigió hacia el tocadiscos portátil y buscó su música de alcoba preferida, "La Danza Ritual del Fuego" de Manuel de Falla. Colocó el disco, puso en marcha el tocadiscos y bajó el volumen. Observándola mientras escuchaba, ondulando y después deslizándose al otro lado de la cama, Barrett advirtió una vez más que su persona resultaba mucho más suave y atractiva sin ropas encima. Como de costumbre, lucía simplemente una bata transparente, esta vez de color rosa, anudada al cuello. Llevaba suelto su cabello rubio, lo cual hacía que sus facciones algo angulosas parecieran más redondeadas y la finísima bata revelaba los pardos pezones de sus pechos de luna y el profundo ombligo de su liso vientre y el triangular hueso pélvico que apuntaba hacia abajo, hacia la estrecha área vaginal.

Creció su deseo y empezó a quitarse los calzoncillos antes de sentarse sobre el borde de la cama.

—Mike ¿siempre tienes ésto junto a la cama como si fuera la Biblia?

Miró por encima del hombro.

—¿Qué?

Ella tomó un ejemplar de *Los Siete Minutos*.

—Esto. Estaba aquí, junto a la lámpara.

—Lo tengo a la mano. Siempre tengo que referirme a él. Forma parte de la preparación previa al juicio. Y, a decir verdad, nunca me canso de leerlo. —Tiró los calzoncillos sobre una silla y se metió en la cama—. Cariño, sigo diciéndote que debieras leer el ejemplar que te dí.

Ella tiró el libro sobre la mesilla, después se inclinó sobre la cama y se quitó la bata mientras se reclinaba sobre la almohada. Volvió la cabeza que apoyaba en la almohada y dijo dulcemente:

—Ya lo he leído, Mike. Terminé de leerlo anoche.

—Y bien ¿por qué no lo has dicho? —Se aproximó a ella y se incorporó apoyándose sobre un codo—. Bueno, ahora que lo has leído ¿no está de acuerdo conmigo?

Ella se aproximó y le rozó el pecho desnudo.

—Mike, estando tendidos así, sería una buena ocasión para sincerarnos mutuamente ¿no crees?

—¿Sincerarnos acerca de qué? ¿Te refieres al libro?

—Sí, porque...

—Cariño ¿es que eso no puede esperar? Podemos hablar después. Ahora...

Con un brazo fue a abrazarla, pero ella levantó una mano y le detuvo.

—No, por favor, Mike. Ahora mismo, aunque sea solo un momento, quiero hablar. Porque el libro está relacionado... con todo lo nuestro. ¿Te importa?

Su deseo se había esfumado. El resentimiento había sustituído a la pasión.

—¿Que si me importa? ¿Por qué tendría que importarme? —Procuró que la irritación no impregnara su tono de voz—. Quieres hablar primero, pues hablemos. La cátedra recibe a Faye Osborn, la maravillosa, irresistible...

—Mike, lo que tengo que decir es serio.

El asintió con aire solemne.

—Escucharé en serio.

—Y estás de acuerdo en que podemos mostrarnos absolutamente sinceros.

—Absolutamente sinceros.

—Muy bien, entonces, Mike, voy a decirte lo que pienso de tu precioso libro. No, creo que no tienes razón. Creo que estás equivocado. —Se agarró a su hombro—. Mike, seamos sinceros, seamos nobles. He leído el libro. Es repugnante. Es una sucia y pequeña basura, indescriptiblemente asquerosa y totalmente falsa. Y sé que en el fondo de tu corazón, tú estás de acuerdo conmigo. Ahora nadie nos oye. Olvídate de tu implicación en el caso. ¿Es la verdad, no es cierto, Mike?

El se incorporó enrojeciendo.

—No es la verdad. Fue la belleza del libro lo que me indujo a encargarme del caso y no lo otro, tal como tú has dicho. ¿De qué estás hablando, Faye? No puedo dar crédito a mis oídos. De verdad que no puedo. ¿Qué has dicho que era?

—Lo leí y después sentí deseos de lavarme y enjabonarme toda yo. He dicho que era vulgar, sucio, asqueroso y falso. Si hubiera sabido de qué se trataba, nunca te hubiera permitido que te convirtieras en un espectáculo público defendiendo esta obscenidad. Has estado de acuerdo en que podíamos ser sinceros, Mike. Yo soy sincera.

—De acuerdo, eres sincera. Y yo trato de entenderte. ¿Qué es lo que has leído en *Los Siete Minutos* que fuera distinto de lo que hemos estado haciendo cada semana y de lo que estábamos a punto de hacer esta noche? ¿Es vulgar y sucio lo que nosotros hacemos?

Ella se sentó en la cama.

—Mike ¿cómo te atreves a compararlo? Lo que nosotros hacemos es decente. Nuestro amor es noble. Pero incluso así, no considero que lo que hacemos en la intimidad pueda exhibirse en público. El sexo debiera ser una cuestión privada.

—Tal vez ha sido demasiado privada durante demasiados años y por esto inquieta a tanta gente —dijo él—. Y en cuanto a nuestro amor, es noble, sí... pero ¿por qué es menos noble el amor que se describe en el libro?

—Porque es un amor falso —insistió Faye—. La heroína, Cathleen... todos los pensamientos que se le ocurren durante el acto sexual, sólo pretenden excitar. No tienen nada que ver con la realidad. Cuando se le hace el amor a una verdadera mujer, eso no es lo que ella siente y piensa. Hasta el doctor Kinsey me da la razón en lo que digo. Siempre me estás echando a la cara los expertos. Permíteme que yo te eche a la tuya al doctor Kinsey. El dice que las mujeres de estos libros pornográficos siempre ensalzan el tamaño genital masculino y su capacidad copuladora y que todos estos libros siempre exageran la reacción de la mujer y su insaciabilidad sexual. Y, sin embargo, esta clase de heroína no hace más que representar a la clase de mujer que la mayoría de los varones desearía que fueran las mujeres. Pero, en la vida real —y ahora me estoy citando a mí misma, Mike— las mujeres nunca piensan y sienten de esta manera. Sólo lo hacen las de Jadway. Es ridículo y humillante. Mike, créeme, yo lo sé. Soy una mujer.

Recordó a Maggie, una mujer que también lo sabía y entonces le dijo.

—Tú eres una clase de mujer, Faye, y tú sabes lo que sientes cuando te hacen el amor, pero muchas mujeres pueden sentir otras cosas muy distintas.

—¿Como esta prostituta del libro?

—Como esta mujer decente del libro que tiene recuerdos, deseos, pensamientos y sentimientos que probablemente se aproximan mucho a lo que piensan y sienten en su interior la mayoría de las mujeres, aunque teman reconocerlo.

—No hay ninguna mujer respetable que haya dejado nunca que toda esta basura le llenara la cabeza. Y no hay ninguna mujer, como no sea una ramera, que se exprese en este lenguaje.

—¿Qué lenguaje? ¿De qué lenguaje estás hablando?

—El lenguaje son las palabras. Todas aquellas palabras. Como la palabra que emplea cuando se siente sexy o excitada o lo que sea, la palabra que emplea para esto y para sus... partes íntimas.

—¿Qué palabra? —preguntó él—. ¿Cuál es la palabra tan repulsiva?

—Por favor, Mike, sabes que no puedo emplear una palabra así. Me molesta... es sucia.

—¿Te refieres a cuando Cathleen dice que se siente toda ella como un "cunt"?

—¡Mike!

—¿Es eso, no? ¿La palabra "cunt"?

—Mike, cállate.

—Cariño, escúchame. Esta palabra se viene utilizando desde la Edad Media. Es una palabra teutónica que corresponde a la palabra latina *cuneus* que significa cuña. Jadway no fue el primero en utilizarla. Geoffrey Chaucer ya la empleó en su equivalente inglés medieval. La utilizó también Laurence Sterne. John Fletcher también. D. H. Lawrence también. Ciertamente es vulgar, pero se trata de una palabra que utilizan muchísimos hombres en su conversación y que muchas mujeres llevan en la cabeza. ¿Qué hay de malo en que un escritor tenga la valentía de describir lo que sucede realmente en el interior de la mente de una mujer?

Trató de tranquilizarse, de defender sus argumentos desde un punto de vista razonable.

—Faye, esta palabra se utiliza en *Los Cuentos de Canterbury*. La Mujer de Bath dice: "Yo te digo viejo chocho que, al marchar/ "cunt" bastante por la noche tú tendrás". Sólo que Chaucer utilizó *queynte*, que posee el mismo origen que "cunt". ¿Acaso eliminarías a Chaucer de las escuelas y las bibliotecas por haberla utilizado?

La indignación de Faye no había disminuído.

—Mike, no soy una niña. No me des lecciones, ni trates de impresionarme con pedanterías. Te estoy diciendo simplemente que soy una mujer y que soy como la mayoría de las mujeres y sé lo que me ofende. No me importa quién haya utilizado la palabra... Chaucer, Lawrence, el que sea... sigue siendo una palabra nauseabunda. Es deshonesta, y cualquier escritor que la emplee no conoce a las mujeres, es hostil a las mujeres, desea humillarlas y produce una sensación de desprecio hacia las mujeres en todos los lectores varones, sean jóvenes o viejos. No me mires así, Mike. Sé cuando tengo razón y cuando me equivoco. Aborrezco esta clase de lenguaje y no me gusta que tú intervengas en esta suciedad. Cada vez me convenzo más de la razón que tenía papá al querer apartarte de este caso. Sabía que podía corromper y manchar a cualquiera que se viera mezclado en el mismo. Y ya te está haciendo decir y hacer cosas que yo sé que son contrarias a tu verdadera naturaleza.

Al oírla mencionar a su padre, Mike se irritó. Los últimos restos de su enojo ya se estaban batiendo en retirada y únicamente quedaba una ligera sensación de resentimiento.

—Bueno, estoy metido en el caso y me quedaré —dijo con la voz tensa—. En cuanto a la opinión de Jadway o la mía sobre lo que sucede en secreto en la imaginación de las mujeres, tal vez estamos ambos equivocados. Tal vez no pueda saberse. Y tal vez no lo sepan ni siquiera las mujeres. Pero, en último extremo, tanto si somos cuidadosos como si no, el empleo de determinado lenguaje como recurso literario para subrayar los misterios de la corriente de conciencia puede ser justificación suficiente para tales palabras vulgares.

Mientras él estuvo hablando, ella le escuchó con la cabeza ladeada como si le estuviera observando —y ahora sonreía, se había suavizado, estaba dispuesta a llegar a un compromiso. Le rozó y le cubrió la mano con la suya propia.

—Me alegro de que comprendas en parte mis razones y trataré yo de comprender las tuyas. Sólo sé que soy una mujer y que estoy en contra de todo lo que pueda humillarme. Yo soy una mujer y deseo respeto y amor. Tú lo sabes, Mike.

—Desde luego.

Ella le acarició el brazo y se reclinó suavemente contra la almohada atrayéndole hasta que estuvo tendido a su lado. Le acarició el cabello con los dedos.

—Lo siento, Mike —dijo dulcemente—. No quiero discutir por estas tonterías. Quiero amarte.

Se le acercó más, apoyando la cabeza contra su pecho.

—Y sé qué ha habido dentro de mi cabeza en el transcurso de estos últimos minutos y no ha habido ninguna palabra sucia, sólo ha habido una palabra y esta es "amor". He estado pensando en lo mucho que te quiero y te necesito y en que sólo quiero lo mejor para tí y para nosotros.

—Sí —dijo él. Corneille le ofreció la siguiente frase: "Oh cielos, cuántas virtudes me hacéis odiar". Pero se la guardó para sí.

—No seas frío, Mike, no me castigues —dijo ella con voz apagada—, sobre todo ahora que tanto te quiero.

La rodeó fuertemente con su brazo, acercó la mano a su pecho y la acarició por debajo del camisón.

—Yo también te quiero.

—Entonces, olvídate de los libros y de los artificios —susurró ella—, y amémonos.

Pero él siguió acariciándola sin dar ningún otro paso. Aún persistía su resentimiento por su actitud, por su rectitud, y este resentimiento se interponía entre ellos como un fino velo que los separara y él no podía apartar este velo y buscar el deseo.

Sintió que sus largos y fríos dedos acariciaban sus costillas y bajaban por su costado y se movían entre sus piernas y tocaban lo que todavía estaba fláccido y que sus dedos lo rodeaban y lo acariciaban y la respiración y las palabras guturales de ella lograron atravesar el fino velo.

—Amo esto de aquí abajo, Mike, lo amo —haz que me ame— no lo retengas, que se haga grande, me gusta sentir que se hace grande.

—El quería resistir, pero la resistencia se debilitó y se desvaneció cuando creció en la mano de Faye.

—Muy bien —gruñó él— muy bien.

Y el velo se esfumó.

Ella deshizo el lazo de su bata y la prenda cayó, y sus pechos temblaron y su torso se retorció cuando él se acercó y le besó el pecho y sus labios rodearon sus pezones endurecidos y después su boca le besó un pezón y después el otro.

El sintió que su pierna derecha se deslizaba por debajo de su cuerpo y que una fría mano apartaba su cabeza del pecho y la escuchó decir:

—Ven cariño, ahora, ahora mismo.

Durante los breves momentos en que estuvieron separados, el levantándose sobre las rodillas y ella doblando sus largas piernas y separándolas, recordó él cuanto solía resistir ella el calor de un preludio prolongado, permitiéndole entrar en el momento en que veía que ya estaba preparado. Por un instante, decidió hacerlo al revés, extender el preludio hasta el amor, conseguir que ella alcanzara un grado de pasión semejante al suyo propio, hacer que su deseo animal fuera análogo al suyo propio, pero el instante lo traicionó y una vez más se vio sometido a su voluntad.

Sus firmes manos le apretaban la espalda, sus dedos se hundían en su carne, obligándole a acercarse a ella, introduciéndolo entre sus piernas. Bajó apoyándose en los codos hasta que su pecho sintió los pezones de ella y sus caderas se incrustaron en la parte interior de sus muslos y su rígida dureza, conducida ahora por la mano de Faye, se hundió lentamente en los pliegues de la suave, cálida y húmeda cuña —su parte más cálida, el pensamiento iba y venía, la más cálida, la más cálida. Y ahora ya estaba dentro de ella y fuera otra vez y dentro de nuevo, hacia atrás y hacia adelante, y alrededor y alrededor. Y sintió sus labios contra sus oídos y su acelerada respiración y él quería que gimiera y se entregara, que se ensanchara y se agitara pero ella no se movía excepto abajo, donde sus posaderas reaccionaban al ritmo de sus propios movimientos, no salvajemente, no del todo, pero en forma bonita y adecuada como bailando en una pista de baile, hasta aquí, con aquel movimiento de respuesta que era parte de una norma y nada más.

Si ella no podía, tal vez él pudiera conseguir que su pasión se igualara a la suya propia. Penetró con más dureza y rapidez en su interior como tratando de soldarse con ella y su pelvis se elevó y se hundió con él y giró con él, pero nada más.

Gradualmente, empezó él a moderar sus movimiento y la escuchó susurrar:

—¿Cariño, qué pasa?

—Quiero que dure más. Quiero darte la oportunidad de...

Ella se apretó más:

—No... no... no te retengas. Ven ahora, ahora mismo.

Y hundió sus dedos en sus hombros y lo rodeó con más fuerza con sus muslos y se apretó contra él y, al instante, él sintió que su estímulo aumentaba y volvió a perder el control de sí mismo.

La escuchó hablar en voz baja una vez más.

—Ahora es mejor, cariño, mejor.

Y después dijo:

—¿Eres feliz, cariño, eres feliz, te gusta?

Y después ya no escuchó más porque empezó a hablarle a su interior diciéndole qué es lo que sentía, ardiendo dentro de ella, estremeciéndose, estallando, abandonándose y sofocándola a ella con su desnudez.

Ya había terminado y aún estaba dentro de ella, pero ya estaba regresando la cordura y pronto estaría dispuesto a enfrentarse de nuevo con la realidad.

Abrió los ojos y la miró. Estaba perfectamente compuesta, tranquila, sonriéndole fríamente como complaciéndose de su placer y complacida consigo misma por lo que había hecho por él. La ondulación de sus labios le indicaba que se sentía orgullosa de haber podido ser útil y, al mismo tiempo, de haberle podido humillar manteniendo una actitud por encima y más allá del vulgar apareamiento, más allá de aquel necesario acto que sólo podía describirse en los libros mediante el empleo de palabras sucias.

Y de repente, el velo que había corrido y que había apartado antes, volvió a hacer su aparición. A través del mismo, la observó más claramente, con más nobleza. Y lo que vio fue lo que ella conservaba con orgullo en un secreto escondrijo de su mente: es decir, que para ella, el amor era algo que se practicaba porque era la medida biológica de la salud y normalidad de uno, que el amor era algo que se ofrecía porque, en último extremo, redundaba en beneficio de uno. Se habían hecho el amor y ella había emergido por detrás del velo, de la fornicación, tan intacta e inmaculada como si hubiera sido una espectadora de un circo sexual, una mirona, una observadora, alguien superior al ridículo, indefenso, incontrolado y jadeante miembro viril que requería indulgencia en su función. Como siempre, ella había superado la suciedad y la bestia conservando en su frente la tiara de la decencia y del señorío civilizados.

Y esto no era todo lo que Barrett percibía de ella en aquellos fugaces momentos. No era sólo la faceta moral de su triunfo, sino también la faceta del negocio. Ella había invertido poco en aquella representación y, sin embargo, había obtenido grandes beneficios. No había pensado en la nobleza del trato. Era la forma en que su padre hacía los negocios. Se aprendía la debilidad o la flaqueza de los demás y entonces se les superaba, se les absorbía, ofreciéndoles muy poco, simplemente lo justo para satisfacer sus necesidades y después salía uno de la sociedad con todo el control y el poder. En resumen, se era la hija de Papá. Y él se convertiría en el compañero necesario de la hija de Papá.

Nunca había leído tan claro en su imaginación. Pero ahora sí lo había leído y con una nueva penetración porque había leído *Los Siete Minutos* y ella también lo había leído y todo esto se había convertido en el papel de tornasol que había revelado la verdad en su verdadero color. Y, sin embargo, a pesar del descubrimiento que acababa de hacer, se sintió desvalido. Fue consciente de su propia carne desnuda y de la de ella y aquella noche no fue hermosa ni romántica. Había querido alcanzar la realeza. Su recompensa sería un pequeño fragmento de imperio. Y esta recompensa era la más intrigante y satisfactoria de las seducciones.

—¿Qué tal ha ido, Mike? —decía ella— ¿Has disfrutado de veras?

—Sabes que sí.

—Me gusta que me ames. ¿Me amas tú?

—Te he demostrado lo que sentía ¿o no? No estaba jugando.

—Oye, Mike... ¿Has terminado? Me empiezan a doler las piernas. ¿Te importa?

Se apartó de ella y, en el momento de la separación, sus piernas permanecieron abiertas y lo que vio fue aquella parte suya que era suave y cálida y honrada y natural. Rápidamente, ella bajó las piernas, ocultó de la vista su mejor parte y se subió la sábana hasta el pecho. Lo mejor ya estaba oculto, guardado para la otra semana, y lo que quedaba era una noble cabeza ausente y la sonrisa glacial de una extraña.

Los labios de aquella cabeza ausente se estaban moviendo:

—Como ves, Mike, el amor puede ser decente y limpio. Lo ves ¿no es cierto?

El lo veía, sí, lo veía. La vio bajo un enfoque mejor. Su memoria evocó imágenes proyectadas por J J Jadway y Geoffrey Chaucer y las imágenes le revelaron más la pura esencia de Faye Osborn, escueta y simple.

"Cunt", eso es lo que mostraban.

Por dentro y por fuera, ni más ni menos.

La claridad de las imágenes, su perfecta exposición, le asustaron. Esto era realeza y sus pensamientos eran sediciosos. Se reclinó de nuevo en la almohada. Desterrar la sedición. Sin embargo, la prostituta de Faye, es decir, Cathleen, la Cathleen de Jadway, también estaba allí, estudiándolo, y su rostro era curiosamente el rostro de una muchacha llamada Maggie. Desterrar la sedición, desterrarla.

Y lo hizo. Logró evocar varias imágenes, imágenes de los tranquilos años venideros, imágenes de la imponente casa de Bel-Air, del equipo de sirvientes, del Bentley con chofer, del jet particular Lear, de la villa en Cap Ferrat, de las personalidades, de las temporadas sociales con Faye tan majestuosa, tan bella, tan complementaria, a su lado. La vida cauterizada de bajezas y exenta de vulgaridad. La buena vida. La mejor.

¿Qué otra cosa podía desear un hombre?

Volvió la cabeza sobre la almohada y le devolvió la sonrisa a Faye:

—Te amo, cariño —dijo.

5

Al día siguiente, a las diez de la mañana, sonó el timbre de la puerta y Mike Barrett dejó pasar a la señora Isabel Vogler.

Resultó ser una mujer corpulenta, de unos cuarenta y cinco años, luciendo sobre sus cabellos entrecanos un sombrero adornado con flores artificiales, sus ojos aparecían hundidos por encima de sus mofletudos pómulos y presentaba vello sobre el labio superior y también doble mentón, pero su vestido negro estaba limpio y aseado y se movía con una agilidad considerable teniendo en cuenta su obesidad.

Se plantó en el centro del salón de Barrett, lo examinó brevemente y dijo:

—Bueno, me parece que no me dará un gran trabajo. No es problema. Tal como decía en el anuncio del periódico, soy una doméstica muy experta. ¿Cuántas habitaciones tiene?

—Además de ésta, el dormitorio, el cuarto de baño y una pequeña cocina —dijo Barrett.

—¿Puedo verlo?

—Más tarde —dijo Barrett indicándole una silla.

La señora Vogler se acomodó con un gruñido:

—Me siento siempre que puedo —dijo ella—. Cuando se hace el trabajo que yo hago y se está de pie todo el día, sentarse es una verdadera fiesta.

Barrett se sentó en el sofá frente a ella, tomó la pipa que estaba en el cenicero y la levantó:

—¿Le importa?

—De ninguna manera. El señor Vogler, que Dios le bendiga, era un fumador de pipa, pero pese a su tusa de maíz que olía tan mal era mejor que aquellos hombres que fuman puros. Fume su pipa, señor Barrett, y no se preocupe por mí. La pipa es muy adecuada para un hombre, aunque estoy segura de que le habrá producido

235

más de un agujero en los muebles. Y no digo nada de los pantalones.

Barrett encendió su pipa. A través de la puerta del dormitorio podía verse la cama deshecha que Faye había abandonado a las dos de la madrugada, después de arrancarle la promesa de que cenarían juntos aquella noche. Volvió a dirigir su atención a Isabel Vogler. Todavía no estaba seguro de cómo tenía que tratar a esta posible testigo que Maggie le había sugerido dado que había atraído a la señora Vogler bajo falsos pretextos.

—¿Le ha sido difícil venir desde Van Nuys al oeste de Los Angeles? —preguntó él.

—No ha sido problema. Tengo mi propio cacharro... ¿no se lo dijo mi hijo? A veces los niños no recuerdan nada, cuando están absortos en el aparato de televisión.

—Pues su hijo tomó muy bien el recado. Y en cuanto al anuncio que usted insertó, señora Vogler ¿podría ampliarme algo más?

—¿Quiere decir...?

—Quiero decir si podría usted decirme algo más de lo que usted desea y de su experiencia.

—Tal como ya le he dicho, tengo mucha experiencia y soy de fiar, si se refiere usted a esto —dijo Isabel Vogler—. Desde que el señor Vogler me dejó viuda y sin ni un céntimo hace ocho años, con un niño que educar, he estado trabajando con más o menos regularidad. Como mujer de la limpieza, pero también sé guisar, si son comidas sencillas. Cuando el niño era más pequeño, estaba empleada y dormía en las casas y el niño lo tenía en una guardería, pero desde mi último empleo fijo, al crecer el niño, pensé que por lo menos él tendría que saber que tenía un hogar y desde entonces sólo trabajo durante el día. Pero no está demasiado bien, porque no es fijo. Quiero un trabajo en el que sepa que puedo venir tres, cuatro días a la semana, o mejor aún, toda la semana, de nueve a cinco, para tener algunos ingresos fijos con que contar. Estoy haciendo todo lo que puedo por ahorrar algún dinero.

—¿Necesita usted dinero?

—Tengo una pequeña cuenta de ahorros pero quisiera algo más para tener el futuro algo más asegurado. Porque tal vez el año que viene o el otro, me gustaría tener bastante para regresar a mi ciudad natal donde tengo amigos y algunos parientes y podemos situarnos mejor mi niño y yo. Soy de Topeka —Topeka, Kansas— y si quiero hacerlo como es debido, necesitaré dinero para ropa y el traslado y para el tiempo que lleva situarse. Esto es lo que quiero, señor Barrett, un empleo fijo.

—Lo que yo estoy pensando podría proporcionarle una buena suma de dinero para su cuenta de ahorros —dijo Barrett—. Dígame, me ha hablado usted de su último empleo fijo viviendo en la casa.

¿Cuándo fue eso?

—Hace un año y medio más o menos.

—¿Cómo se llamaban sus dueños?

El rostro de la mujer pareció hundirse en su doble mentón.

—Era el señor Griffith... el señor Frank Griffith.

—El nombre me suena —dijo Barrett.

—Es muy conocido. Tiene agencias de publicidad y...

—Sí, claro, es Frank Griffith. ¿Cuánto tiempo desempeñó usted este trabajo, señora Vogler?

—Casi dos años.

—Esto dice mucho en favor de usted. ¿Tiene usted algún informe o cree que él accedería a proporcionármelo?

La expresión de la señora Vogler adquirió un aire de preocupación. Juntó sus gordas manos.

—No, no tengo ningún informe suyo y no puedo conseguirlo. Esta ha sido mi preocupación desde entonces y esto es injusto. Siempre que les digo a mis presuntos amos que... pues me miran como si fuera una mentirosa, porque ¿cómo puede uno creer en la palabra de una pobre sirviente contra la de un hombre importante como el señor Griffith. Pero, créame, se lo juro por mi único hijo, no miento, señor Barrett.

—¿No miente en qué?

—En lo del señor Griffith, que fue injusto al despedirme y no quererme dar ningún informe. No es justo. Y para mí ha sido un problema desde entonces.

Barrett volvió a encender su pipa. Ahora se estaba acercando al objetivo de su subterfugio.

—Le aseguro a usted, señora Vogler, que el que la hayan despedido y no le hayan querido dar informes no me importa. De todos modos, siento curiosidad por saber qué sucedió. Estoy dispuesto a escuchar su versión de los hechos. —Se detuvo—. Oiga, este nombre me suena. Frank Griffith. ¿Es el mismo de cuyo hijo tanto se ha hablado por los periódicos y la televisión?

Las facciones porcinas de la señora Vogler temblaron como jalea al confirmar la identificación de Barrett.

—El mismo —dijo ella—, y el muchacho es Jerry Griffith. Es algo que nunca llegaré a entender. Nunca. Porque conozco a este chico como si fuera mío, o mejor dicho le conocía entonces, pero no hace tanto tiempo, y la naturaleza humana no cambia en un año y medio. Era un buen chico, la mejor persona de toda la casa, más parecido a su madre, si bien ella era un poco quisquillosa. Su marido era imposible. Esto es lo que nunca se sabe. Si la gente supiera...

—¿Supiera qué, señora Vogler?

—Señor Barrett, no vaya usted a figurarse que soy la clase de

237

persona que anda por ahí chismorreando y diciendo cosas de sus antiguos amos, pero este señor Griffith, este hombre, casi fue la muerte para mí. Su manera de mandar en toda la casa, no es que parara mucho en casa, pero mandando a su mujer cuando *estaba* en casa hasta que una deseaba esconderse detrás de la pared, y mandando a su hijo y mandándome a mí, tratándome como si fuera un gato callejero o algo parecido. Pero lo que me enfurecía más era su forma de tratar al chico. Siempre procuraba contenerme recordando cuál era mi lugar y procurando no intervenir, pero un día ya no lo pude soportar y le dije lo que tenía que decirle y usted ya puede imaginarse que el señor Griffith no estaba acostumbrado a que le hablaran así y entonces me contestó y al cabo de una hora ya me había despachado y me encontré en la calle como si no hubiera estado allí el tiempo que estuve. Y en cuanto a los informes ¿cómo iba a darme informes?

—¿No se los podía dar la señora Griffith?

—Ella no se hubiera atrevido. Ella hace todo lo que quiere su marido, tanto si le gusta como si no.

Barrett permaneció en silencio unos momentos, fumando su pipa. Lo que viniera después, sería crucial. Tenía que tratarla con cuidado.

—Oiga, señora Vogler, hasta este momento estoy dispuesto a creer en su palabra cuando me dice que la trataron injustamente. Pero, para serle franco, le diré que todo ello no está de acuerdo con la reputación pública de Frank Griffith —que es de las mejores, absolutamente impecable— es difícil creer que su palabra tenga una auténtica base real. No me interprete mal. Estoy preparado a aceptar su palabra contra la de él, pero me temo que tendré que conocer algo más. —Se detuvo y después prosiguió con más énfasis—. Aquí, por una parte, tenemos a un célebre héroe olímpico, un hombre del negocio de la publicidad conocido en todo el país, una figura prominente. Por otra parte, tenemos su afirmación de usted según la cual este hombre no es lo que parece. Ahora bien ¿cuál...?

—¡No es lo que parece! —exclamó la señora Vogler, casi haciendo caer la silla al levantarse agitadamente—. Señor Barrett, si usted quiere saber de verdad como es una persona, trabaje en su casa para ella. Entonces es cuando se descubre lo que los de fuera nunca ven. Este Frank Griffith, no es lo que usted puede pensar. Bebe, bebe mucho por la noche, y no hay nada más desagradable que un borracho. Y su hijo, Frank Griffith lo suele ignorar, pero he visto pegarle, pegarle a un chico mayor. Y también le he visto comportarse severamente con su mujer, teniendo en cuenta que es una inválida permanente por culpa de la artritis y él se muestra rudo y la maltrata y, lo que es peor... siempre humillándola de la manera más vergonzosa. Si quiere saber la verdad, no mantiene ninguna relación con su mujer y tampoco la mantenía antes de caer ella enferma, porque tenía una secretaria de su despacho, usted ya me entiende. Podría decirle más, mucho más, pero ahora ya se ha hecho usted una idea y no quiero airear estas cosas, pero podría demostrarlas si tuviera que hacerlo.

Estaba sin respiración y se sentó, arreglándose su sombrero floral.

—No soy una chismosa, señor Barrett, pero usted quería que yo le explicara algo más para poder creer en mi palabra. No suelo hablar demasiado de estas cosas normalmente. Pero este hombre me ha costado ya muchos disgustos y creo que tengo derecho a hablar. Espero que no piense que he hecho mal contándolo y espero que no haya perdido mi oportunidad de trabajar con usted.

Barrett la miró fijamente. Era oro puro. Era lo que la empobrecida defensa necesitaba. Era un éxito, un ser inferior con el que el jurado podría simpatizar. Tendría que tener cuidado y tratarla adecuadamente. No podía permitirse el lujo de perderla. Y, sin embargo, era necesario decir la verdad.

—El trabajo —dijo él—. Señora Vogler, no tengo ningún trabajo que ofrecerle, de la clase que usted espera. Pero hay otra cosa que puedo ofrecerle. Puedo ofrecerle dinero.

Se levantó.

—Lo sé. Está usted perpleja. Cree que no ando bien de la cabeza. Pero puedo darle una explicación. Puedo decirle cómo puede usted serme útil y cómo puedo yo serle útil a usted. En primer lugar, yo soy el abogado que defiende este libro que llaman sucio y que tanto Jerry como Frank Griffith acusan de la desgracia de Jerry. Ahora bien...

Durante cinco minutos, de pie frente a ella, Barrett le refirió a la al principio asombrada y después fascinada señora Vogler los antecedentes de su próxima batalla judicial y los medios por los que el Fiscal de Distrito esperaba servirse del crimen de Jerry Griffith para conseguir la condena de *Los Siete Minutos*. Simplificando los datos de sociología al máximo, Barrett trató de explicar, traduciéndolo al voglerés, cómo la vida de Jerry en la casa de los Griffith así como otros factores externos habían podido influir en Jerry impulsándole a un acto antisocial, más que cualquier lectura. Barrett trató de explicarlo claramente porque, si la señora Vogler no entendía esta idea, no podría comprender tampoco lo que él buscaba y qué esperaba de ella en el juicio.

Cuando terminó, estudió aquel rostro porcino para tratar de descubrir alguna señal de comprensión.

De repente, ella sonrió ampliamente y asintió con la cabeza.

Entonces lo supo. Ella le había entendido.

Ahora quedaba el último paso.

—Señora Vogler, usted sabe lo que busco. Deseo su colaboración.

La quiero a usted como testigo por la defensa. En ningún momento exigiré nada de usted que no sea la verdad sobre lo que usted vio y escuchó durante su empleo en casa de los Griffith. La quiero a usted ante los tribunales no para una venganza personal, sino para que me ayude a buscar la justicia mediante la exposición de la verdad. Desde luego, le pagaremos a usted por el tiempo que nos dedique y por la información que nos proporcione. No será una fortuna pero será tanto como usted podría ganar en tres o cuatro meses de trabajo diario. Suficiente para acercarla un poco más a Topeka. ¿Qué piensa usted? ¿Querrá ayudarme?

—Primero, es mejor que pregunte... ¿me meteré en alguna dificultad si hablo para ustedes?

—No, si se limita usted a la verdad. No, señora Vogler, lo peor que puede sucederle a usted es que Frank Griffith no vuelva a contratar sus servicios.

Ella estalló en una carcajada, agitando las mejillas y la barbilla.

—¡Tiene gracia! —Se levantó de su asiento con el rostro rojo de excitación—. Me gustará hacer esto, señor Barrett. Seré testigo por usted. Casi estaría dispuesta a hacerlo por nada, pero necesito mucho el dinero. No veo la hora de que llegue el momento en que pueda decirle a la gente lo que este santo de Griffith le ha hecho a su hijo. Será un gran día para mí.

—Estupendo, señora Vogler. Nunca tendrá que arrepentirse. —La tomó del brazo—. La acompañaré hasta el ascensor. Entre tanto, tal como ya le he dicho, el juicio está próximo a comenzar. Por consiguiente, sería conveniente que pudiéramos celebrar una entrevista de una o dos horas, ya sea mañana o bien pasado. La llamaré primero para asegurarme de que esté usted en casa. ¿Estará usted en casa, señora Vogler?

*

Inmediatamente después de haberse marchado Isabel Vogler, Mike Barrett regresó apresuradamente a su apartamiento y se dirigió hacia el teléfono del salón. Tenía ganas de cantar. Por primera vez desde hacía muchos días, tenía motivos para mostrarse optimista. Estaba ansioso de comunicarle la noticia de la señora Vogler a Abe Zelkin, cuyos sentimientos necesitaban con urgencia una inyección de optimismo.

Llamó al despacho y, cuando pidió hablar con Zelkin, pudo escuchar el asombro de Donna.

—Señor Barrett ¿dónde está su memoria? —le dijo—. ¿Se ha olvidado? El señor Zelkin está en el Palacio de Justicia —Departamento 101 del Tribunal Supremo— sala del juez Nathaniel Upshaw. Han estado haciendo la selección del jurado. El señor Zelkin llamó al despacho durante el último intervalo para decirme que le informara a usted de que todo está saliendo bien. Cree que el jurado ya estará elegido lo más tarde mañana lo cual significa que el juicio empezará el lunes próximo.

Barrett lo había olvidado, claro. Zelkin y él habían tenido una larga reunión para discutir acerca de las ventajas de renunciar a un jurado y dejar que todo el caso pasara a una vista y a la decisión de un solo juez. Al final, estuvieron de acuerdo en que tenían más posibilidades defendiendo el caso ante doce hombres y mujeres distintos que ante un solo individuo porque, de esta manera, cabía la posibilidad de un tercer veredicto. De un juez, sólo podían esperarse dos veredictos, culpable o inocente. De un jurado compuesto por doce ciudadanos no había únicamente la posibilidad de estos dos veredictos, sino también la de un tercero, disensión —un jurado en desacuerdo, lo cual en cierto sentido podía interpretarse como una victoria de la defensa.

Escuchando atentamente a Donna mientras ésta le informaba acerca de las llamadas telefónicas, del correo y de los visitantes de la mañana, Barrett advirtió que su trabajo había aumentado a casi el doble. En los próximos días tendría que encargarse no sólo de su propio trabajo, sino también del de Abe Zelkin. Tal vez parte del trabajo pudiera pasárselo a Kimura pero no mucho porque Kimura ya tenía suficientes cosas en que pensar.

Entonces Barrett escuchó mencionar a Donna el nombre de Kimura.

—Ha telefoneado para decirme que le recordara a usted que, si sale del despacho, incluso a la hora de comer, le indique dónde está para que pueda comunicarse con usted en caso necesario.

—¿Tiene algo importante entre manos?

—Eso parece. Pero no dijo de qué se trata.

—Bueno, iré en seguida. Comeré en el despacho.

—Otra cosa, señor Barrett. Su prometida le ha llamado hace cosa de un cuarto de hora. La señorita Osborn ha dicho que la llamara en cuanto tuviera un momento.

—Muy bien. Voy a llamarla ahora. Después iré en seguida.

Al colgar, se preguntó por qué le habría llamado Faye. Tenía intención de haberla llamado más tarde para aplazar su cita para cenar. Estando Zelkin ocupado en rechazar a jurados potenciales y estando el juicio próximo a comenzar, tendría que pasarse trabajando las noches de mañana, pasado mañana y el fin de semana.

Marcó el número de la residencia de los Osborn y Faye contestó al teléfono.

—Sabía que estabas ocupado pero quería escuchar tu voz, Mike.

—¿Mi voz? ¿Me estás examinando para algo?

—No, de veras, cariño. Quería saber si estabas enfadado. Me refiero a las cosas que dije anoche del libro.

—Todo el mundo tiene derecho a decir lo que quiera del libro que sea.

—Pero este es especial, se trata de nosotros. Tal vez escogí mal el momento y fui muy dura. Sobre todo teniendo en cuenta que tú estás emocionalmente implicado en este maldito asunto. Temía que te hubieras molestado. Pero después fui amable contigo ¿verdad, cariño?

—No me molesté —mintió él.

—¿Pero te demostré que te amaba, verdad? Ya ves que lo que yo pienso del libro no tiene nada que ver con lo que pienso del amor. —Bajó la voz—. A lo mejor, esta noche podré demostrártelo otra vez.

Recordó el motivo por el que había tenido intención de llamarla.

—Eres un encanto, Faye, pero me temo que no podrá ser. Abe está ocupado en la selección del jurado y yo me siento como sepultado por un corrimiento de tierras. Documentos, entrevistas, llamadas telefónicas. Mi libido tendrá que sublimarse en asuntos legales esta noche y las siguientes. ¿Me perdonas? Procuraré resarcirme cuando haya pasado el fin de semana.

El otro extremo de la línea guardó silencio.

—Estaba tratando de comprender si me evitas esta noche por culpa de tu trabajo o porque todavía estás molesto conmigo por mi juicio crítico acerca de Jadway.

Cariño, ya había olvidado nuestra discusión. Créeme, es por el trabajo. Me complace decirte que todo nos está saliendo bien. Esta mañana, hemos conseguido una testigo demoledora, una verdadera alhaja, alguien que será muy útil para rebatir la afirmación de Duncan según la cual el libro es el único responsable del acto de violencia del muchacho Griffith.

—Me alegro por tí, Mike, pero no lo entiendo. ¿Qué otra cosa puede decirse de los motivos por los que Jerry Griffith cometió aquella violación? Lo ha dicho todo él mismo. Fue el libro.

—Esto no tiene que ser necesariamente la verdad, Faye. La mayoría de los hombres no entienden del todo las influencias que les impulsan en una u otra dirección. Las verdaderas influencias pueden permanecer ocultas en el subconsciente. Mira, cariño, estoy demasiado ocupado ahora para los estudios freudianos. Pero te diré que ha salido alguien del maderaje —del propio maderaje de los Griffith para ser más exactos— que nos demostrará con pruebas que Frank Griffith es todo lo contrario de un modelo de virtud en su casa. Es posible que el viejo le haya hecho más daño a Jerry que una docena de libros pornográficos. Sé que Griffith es amigo de tu padre, pero yo te garantizo que ni tú ni tu padre ni nadie más tiene la menor idea de cómo es Frank Griffith en su vida privada.

—Parece espantoso. ¿Quién puede tener estas ideas y tener el valor de andarlas contando? Sólo puede ser Maggie Russell. ¿Es ella tu testigo renegada? Tiene que ser ella. No hay nadie más que viva en la casa.

Volvió a irritarse contra ella.

—¿Por qué mezclas a la señorita Russell en esto? Desde luego que no es Maggie Russell. Hay otras mujeres que han vivido en la casa antes que ella. Como, por ejemplo, Isabel Vogler.

—¿La gorda? Recuerdo haberla visto allí hace cosa de un par de años. ¿No te parece mal lo que hace?

—Cualquiera que tenga algo que decir que sea verdad no veo por qué tenga por eso que cometer una deslealtad. Créeme, nuestra testigo no es desleal. Espera a ver las personas que nuestro honrado Elmo Duncan presentará al público la semana que viene.

—¿Pero tú te fías de alguien así?

—¿Te refieres a la señora Vogler, ¿Por qué no? Igual que de cualquier otro testigo. Sabe que estará bajo juramento. Una mentira, y la acusarán de perjurio.

—No me refiero a mentiras, sino...

—¿Exageraciones? No te preocupes, Faye, nuestro Fiscal de Distrito busca tanto como yo la verdad, cuando ésta le beneficia. Pero ¿por qué te preocupas tanto por mi testigo, Faye, ¿Temes que la exposición del auténtico Frank Griffith le moleste a tu padre o que conmueva las instituciones.

—No seas molesto, Mike. No es eso en lo absoluto, y lo sabes. Es por ti, por la gente tan desagradable con que te estás mezclando, cada vez más, por culpa de una miserable basura. Ya vuelvo a decirte lo mismo; perdóname, pero me preocupo por ti... y por nosotros. No puedo soportar verte a ti precisamente sumergido en este fango y rodeado por estas asquerosas escorias de la humanidad.

El se contuvo.

—Faye, no hay nada que pueda contaminarme. Pero te agradezco la preocupación.

—Ahora eres tú. Noto tu frialdad. Oh, cariño, por favor, dejemos de discutir. ¿Por qué no puede ser todo como era antes de que este maldito libro entrara en nuestra vidas? Mike, quiero verte esta noche. Sé que ambos nos sentiremos mejor después de haber estado juntos.

—Faye, de veras no puedo. Tengo que ir al despacho ahora. Trataré de llamarte después. Mañana sin falta.

Su creciente irritación hacia Faye le acompañó durante el tiempo en que tardó en llegar al despacho. Le asombraba comprobar hasta qué extremo la aparición de un solo objeto en sus vidas —en este caso, un simple libro— había revelado las diferencias existentes entre sus caracteres. Antes de que esto sucediera, pensaba que Faye y él eran compatibles y que sus relaciones eran armoniosas. Antes le habían dado jarabe de pico a la afirmación según la cual eran el uno para el otro. En los últimos tiempos, exactamente con más claridad la noche anterior y aquella mañana, había estado absolutamente seguro de lo contrario.

Mientras conducía, siguió pensando en Faye y en sí mismo. Ella le amaba o por lo menos así lo creía. Lo más probable era que no pudiera amar a otro hombre fuera de su padre y, después de muchos errores y de muchas experiencias con distintos hombres, se había decidido por Barrett como el mejor hombre a quien poder ofrecer su afecto (el punto culminante de su pasión nunca superaba el afecto) y como el más adecuado para añadirle (en calidad de marido) a las restantes necesidades que adornaban su vida. En cuanto a Barrett, la amaba o por lo menos así lo creía. Probablemente, dado que sus pasadas relaciones con mujeres habían sido superficiales e inestables, se encontraba más capacitado para amarla más a ella que a otras mujeres y para amar aquellas cosas que Faye representaba y que eran la posición, la cultura, la riqueza y todos los demás malditos becerros de oro ante los que se había arrodillado en su deseo de elevarse desde los andrajos a la riqueza.

Era curioso, pensó, que el libro de Jadway, que tal vez sólo fuera una brillante obra de carácter erótico, se hubiera convertido para él en una linterna tan potente, ayudándole a auto-examinarse y a encontrar su auto-revelación. Bajo su despiadada luz, ninguna decepción íntima podía ocultar la verdad. A Faye le debió mostrar por primera vez su incapacidad de dar amor. No deseando enfrentarse con esta verdad, ella había rechazado el instrumento calificándolo de defectuoso y retorcido. A Barrett le había revelado la espantosa verdad de que, en Faye, no buscaba el amor sino el éxito, y la verdad todavía más espantosa de que sus objetivos en la vida eran vacíos y que, al lograrlos, no encontraría nada que pudiera ayudarle a vivir en el porvenir. A diferencia de Faye, él había sido capaz de encarar sus verdades, pero no había sido capaz de luchar contra ellas.

Al diablo aquel maldito libro, pensó, *podía* ser destructivo, era cierto. Podía destruir por lo menos la paz espiritual. A no ser que un hombre tuviera la facultad de ignorar algunas verdades y de vivir algunas mentiras, no podría conseguir la paz espiritual. Y lo que más deseaba aquel día Mike Barrett era la paz espiritual.

Ya hacía por lo menos una hora que se encontraba en el despacho, sentado detrás de su escritorio y el trabajo había conseguido absorberle al final, apartándole de los inquietantes aspectos del amor de Faye y del odio hacia sí mismo. En aquel momento estaba tranquilo.

Se hallaba profundamente inmerso en un informe legal cuando el insistente zumbido de la llamada de Donna le distrajo del mismo atrayéndolo al mundo cotidiano de las comunicaciones.

El que llamaba era Leo Kimura. La falta de precisión del lenguaje de Kimura revelaba su insólita excitación.

—Buenas noticias, muy buenas noticias, señor Barrett —estaba diciendo Kimura—. Lo encontré, conseguí localizar a Norman C. Quandt.

Entonces lo recordó. Quandt era el editor de obras pornográficas que después enviaba por correo a los clientes, el que había adquirido primero los derechos de publicación de *Los Siete Minutos* de Christian Leroux y que después se los había vuelto a vender a Phil Sanford. Después de haber sido procesado y condenado por enviar por correo material obsceno, Quandt había logrado escapar a la condena de prisión, al anular el Tribunal Supremo el fallo anterior. Había desaparecido por completo hasta que Kimura supo que estaba metido en el negocio cinematográfico y que residía en el sur de California. Esperaban que Quandt pudiera proporcionarles alguna información interesante acerca del carácter de Jadway y del por qué había escrito la novela. Y ahora habían encontrado a Quandt.

—Leo —dijo Barrett— ¿quieres decir que ya sabes dónde está?

—Acabo de verle —respondió Kimura triunfalmente—. Le hablé rápidamente desde la primera estación de servicio que encontré. Dirige una organización llamada Compañía Cinematográfica de Artes y Ciencias. ¿Impresionante?

—Eso parece.

—No se llame a engaño —prosiguió Kimura—. Este imponente eufemismo oculta una empresa que produce películas de vulgar desnudismo. El nombre de Quandt no figura públicamente asociado con la misma. Encontré mencionado su nombre en la escritura correspondiente al edificio en el que tiene su sede la compañía cinematográfica. En realidad, él es el propietario de la compañía. Cuando empecé a hablarle del propósito que me traía, Quandt no se mostró dispuesto a colaborar. Era evidente que deseaba la menor publicidad posible acerca del carácter de su negocio y de sus propias relaciones con el mismo. Admitió con mucha ingenuidad que si se llevaba su nombre ante los tribunales, el Fiscal de Distrito vigilaría cada uno de sus movimientos a partir de entonces. No quería verse mezclado en absoluto en nuestro juicio. No obstante, yo seguí hablando y de repente Quandt pareció mostrarse más interesado.

—¿Qué le dijiste, Leo?

—Le mencioné que no pretendíamos mezclarle de ninguna manera, ni por medio de referencias a su persona ni pidiéndole que se presentara. Cuando Quandt comprendió que no lo queríamos en calidad de testigo y que no teníamos intención de airear su nombre, se mostró más amable. Resulta que odia a la señora St. Clair y a la LFPD, así como al Fiscal de Distrito y su oficina, por lo que está dispuesto a ayudar a cualquiera que se oponga a ellos. Está de acuerdo en entrevistarse con usted, señor Barrett, pero durante muy poco tiempo y en secreto absoluto. Asegura que su negocio es legal, que sus películas de desnudismo son adecuadas para exhibirse en doscientos locales públicos de todo el país, pero dice que tiene que mostrarse cauto porque la ley y los mojigatos gustaban de perseguir a los hombres como él que una vez se había presentado ante el Tribunal Supremo para vencer a sus censores. Entre nosotros, tengo la impresión de que desea mantenerse en secreto por otros motivos. Estas películas nudistas son legales, aunque bordean los límites de lo permitido, pero no creo que constituyan el negocio que le proporciona sus verdaderas ganancias. Supongo que oculta algún otro negocio que seguramente lleva a puerta cerrada.

—¿A qué te refieres?

—Tal vez películas para hombres. No lo sé. Digo que supongo

—Muy curioso nuestro señor Quandt —dijo Barrett.

—Así y todo, nuestro señor Quandt podrá ser nuestro salvador —prosiguió Kimura—, porque está dispuesto a informarle a usted de todo lo que sabe sobre Leroux y el libro de Jadway. No tengo ni la menor idea de qué tan útil puede ser su información. Sólo sé que es una persona a la que usted deseaba ver y que ahora está dispuesta.

—¿Cuándo?

—¿No se lo he dicho, señor Barrett? Ahora mismo. Tiene que salir ahora mismo si quiere encontrarle. A partir de mañana, estará fuera del país cinco semanas. Por consiguiente, tiene que ser ahora. El señor Quandt lo espera.

Barrett apartó a un lado el trabajo que estaba haciendo y tomó un lápiz y un block de notas.

—De acuerdo, Leo, dame su dirección. Si no se saca nada de provecho, por lo menos tendremos la oportunidad de ver dónde se producen las películas nudistas.

La dirección de la Compañía de Artes y Ciencias resultó ser un edificio de apartamentos de dos pisos, ubicado en la Vermont Avenue entre los Boulevards Olympic y Pico.

Confuso, Barrett permaneció de pie junto al letrero de la entrada que decía: "TODO ALQUILADO" y examinó la fachada de estuco. El nombre de la empresa no figuraba en ningún sitio y no había nada que pudiera revelar que aquel fuera el cuartel general del negocio cinematográfico de Quandt. Barrett se preguntó si habría entendido bien la dirección que Kimura le había indicado.

Retrocedió para ver si el negocio estaba localizado en la parte lateral del edificio. A la derecha había una casa que albergaba una academia de baile y a la izquierda una calzada que aparentemente conducía hacia el garaje de la parte posterior del edificio. Hacia el fondo, había una tienda sin rentar que últimamente había sido el despacho de un corredor de bienes raíces.

Barrett decidió que era mejor telefonear a Kimura y verificar de nuevo la dirección, pero pensó que a lo mejor alguno de los inquilinos del edificio podría saber algo de la Compañía Cinematográfica de Artes y Ciencias.

Al penetrar en el vestíbulo central, observó un cartel colgado de la barandilla de la escalera que conducía al segundo piso. El cartel rezaba: INFORMACION AQUI, con una flecha que señalaba hacia una sencilla puerta contigua a la escalera.

Se dirigió hacia la puerta y llamó con los nudillos.

La voz de un hombre contestó:

—¡Pase!

Barrett abrió la puerta y se encontró en un pequeño despacho cerrado y sin ventanas, oscuro a no ser por una pequeña lámpara que enviaba su haz de luz sobre un joven de rostro pálido, ocupado en escribir una carta en una máquina de escribir de modelo antiguo. La mesa, situada junto a la mesilla de la máquina, estaba cubierta de lo que parecían ser catálogos para enviar por correo. El joven no levantó los ojos hasta que terminó de escribir la carta que estaba mecanografiando. Al sacar la carta de la máquina, saludó a su visitante con una sonrisa.

—Perdone —dijo. Levantándose, tirando la carta sobre la mesa, inspeccionó a Barrett cuidadosamente.

—¿En qué puedo servirle?

—Estoy buscando una empresa llamada Compañía Cinematográfica de Artes y Ciencias. Un amigo me ha proporcionado esta dirección, pero me temo que no es correcta. Pensé que quizás alguien de aquí podría ayudarme.

—Depende. ¿Puede decirme cuál es su asunto?

—Tengo una cita con el director de la compañía... un tal señor Norman C. Quandt. Me llamo Michael Barrett.

El joven volvió a sonreir.

—Tal vez pueda ayudarle. ¿Tiene alguna identificación? —Qué curioso, pensó Barrett.

—Desde luego.

Sacó la cartera y extrajo de la misma su licencia para manejar El joven lo examinó, se frotó la mandíbula y después asintió.

—Creo que todo está en regla. No hay que ser demasiado meticuloso. Se dirigió hacia el teléfono.

—Le diré al señor Quandt que está usted aquí.

Entonces Barrett lo entendió todo. Hay películas y películas, había dicho Kimura una vez. Hay películas legales y hay —el pensamiento de Barrett puso la palabra en cursiva— películas *artísticas*. Para determinadas películas, hechas en un cordón de zapato, sexualmente eróticas y cuyo contenido bordeaba los límites legales, no era conveniente ningún estudio o anuncio. El edificio de apartamentos era la fachada Potemkin de Norman C. Quandt.

—Sí, muy bien. Muy bien. —estaba diciendo el joven al teléfono—. Colgó y se dirigió hacia la puerta.

—El señor Quandt le verá ahora. Está en el *set*. Dice que le verá allí. ¿Quiere acompañarme por favor?

Salieron al vestíbulo, pasaron por delante de la escalera y caminaron a lo largo de un corredor escasamente iluminado. En la parte posterior del edificio, la puerta del vestíbulo estaba abierta, el joven empujó el cancel y dijo señalado hacia el suelo:

—Cuidado.

Había tres peldaños de madera y el del centro estaba roto. Barrett bajó con cuidado. Se trataba de un patio posterior con dos naranjos, rodeado de una alta valla cubierta de hiedra que garantizaban el aislamiento. El guía de Barrett se adelantó y se dirigió hacia lo que parecía ser un largo garaje para cuatro coches, pero no se veía ningún coche porque las puertas del garaje estaban bajadas. El joven mantuvo abierta una puerta lateral:

—Le dejaré aquí. Entre. El señor Quandt es el que fuma puro.

—Gracias.

Barrett entró y la puerta se cerró detrás de él. Al principio, el cambio repentino desde la luz del sol a la oscuridad lo cegó y trató de acostumbrar sus ojos al cambio. Inmediatamente recuperó sus facultades y observó que el interior del garaje se había convertido en una barata imitación de un estudio cinematográfico. Las ventanas y las paredes aparecían cubiertas con almohadillados y lienzos de materiales perforados para aislar el sonido. Casi perdidos entre las sombras se observaban aderezos y objetos de escenografía. Al otro lado, en sentido diagonal y en el rincón más alejado, había un brillante cuadrado de luz.

Acercándose al área luminosa, Barrett descubrió unos focos y una cámara cinematográfica asombrosamente pequeña colgada de unos cilindros que estaban colocados sobre unos rieles. Junto a la cámara, conversaban tres hombres —uno con un sombreador de ojos en la mano, otro ajustándose un albornoz y el terceo acercando un mechero a su puro. Más allá, dentro del recuadro de luz de las lámparas, había un decorado que representaba un dormitorio alfombrado de *play boy*.

—Zo ¿está claro ahora? —decía el gordo del puro—. Entonces

no perdamos más el tiempo y empecemos. Harry, no olvides volver a afeitarte. ¿Dónde demonios están estas malditas mujeres? ¿Todavía en el retrete? Vé y sácalas de allí. ¿Por qué no pueden tener diarrea en su tiempo libre? Vamos... ¡muévete!

Apoyando las manos en las caderas se dio la vuelta enojado y entonces advirtió la presencia de su visitante.

Se adelantó.

—¿Barrett?

—Sí, yo...

Le tendió una mano:

—Yo soy Norman Quandt.

Se dieron la mano. Quandt tenía una estatura algo inferior a la normal, rechoncho y musculoso, vestía una chaqueta *sport* a cuadros y pantalones de ante. Atrás de sus grandes entradas, el cabello que le quedaba estaba profundamente engomado en un esfuerzo inútil por mantenerlo estirado y liso. Su aspecto general era aterronado-tuberoso. Su frente era ancha, sus ojos estaban muy pegados a la corta castaña que tenía por nariz. Sus labios eran carnosos y se observaba un poco de saliva junto a la comisura de su boca en la que sostenía el puro. Su puntiaguda barbilla necesitaba de un afeitado. Aparentaba más de cuarenta años.

Cuando Quandt volvió a hablar, Barrett observó que el hombre tenía la costumbre de no mirar a la persona, a su interlocutor y que su voz era una raspa que hacía rechinar los nervios igual que una uña rascando una pizarra.

—No dispongo de mucho tiempo para nadie hoy —le advirtió—, pero su japonés insistió en que le recibiera y acepté porque todo el que pretenda oponerse al imbécil de Duncan merece por lo menos que le dedique diez minutos.

—Bueno, en cuanto termine esta toma, podremos hablar. —Observó el set—. ¿No ha visto nunca cómo se realizan estos cortometrajes?

—Me temo que no.

—Se asombraría de saber la aceptación que tienen en el mercado. Hay por lo menos doscientos locales que los proyectan. Nada sucio, si es esto lo que está usted pensando. Simplemente explotación del sexo para un público que gusta de ver a mujeres hermosas en cueros. También hacemos otras películas... ya sabe, primeros planos de mujeres durante el acto sexual... que son populares en los bares y cabarets de todo el país. Tenemos un público inmenso que lo espera, gente respetable, entonces ¿por qué no darle a la gente lo que quiere? No hay nada malo ¿no?

—Nada en absoluto.

—Yo siempre procuro que mis películas tengan un poco más de clase que las de la competencia. Estos cortometrajes de veinte minutos de duración tal vez tardan cinco días en filmarse y reportan unos veinte mil dólares cada uno. Los filmamos en dieciséis milímetros, lo cual está bastante bien, y procuramos obtener un buen sonido. La mayoría de las películas de la competencia no tienen guión ni argumento. Yo siempre escribo una especie de guión. Da mayores beneficios en la taquilla.

—Ya lo imagino.

—Desde luego que sí. —Quandt se secó la saliva de la boca y miró a su alrededor—. ¿Dónde demonios están estas malditas mujeres? Ah sí, ya vienen. Va usted a ver lo que hacemos nosotros. Algunos competidores utilizan una brujas con caras espantosas, pechos caídos y venas varicosas, para no tener que pagar mucho. Pero Norman C. Quandt no. Me guío por mis propios sentimientos hacia las mujeres. Me gustan bien parecidas, de la cabeza a los pies. Me guío por mi entrepierna. Si una mujer empieza a andar y es exuberante y yo siento un estremecimiento en la entrepierna, entonces sé lo que sentirá el auditorio. Así es como lo hago. La mayoría de mis chicas aspiran a ser modelos de categoría o estrellas cinematográficas. Muchas de ellas tienen menos de veinte años; algunas tienen más, acaban de terminar el bachillerato o asisten a la universidad y son tan limpias que podrían comerse. —Se rio—. Y a veces lo hago, a veces lo hago.

Barrett no hizo comentario alguno. Su reacción inicial ante el productor se había intensificado. Definitivamente, no le gustaba Norman C. Quandt.

—Ve estas mujeres —dijo Quandt—, les pago ciento veinticinco dólares por día. Dígame qué otras mujeres cobran eso por quitarse las ropas durante seis horas.

Formó una megáfono con la mano:

—¡Nancy! ¡Linda! —gritó—. Estamos esperando. ¡Empiecen cuando ella entra, Linda! ¡De acuerdo, Sims, rueda!

La atención de Barrett se concentró en el set. Una mujer alta, de edad madura, con el cabello negro despeinado, vistiendo un corto camisón con volantes avanzó, se detuvo ante el espejo de un tocador y se estiró perezosamente. En seguida, hizo su aparición una rubia y rolliza muchacha, más joven y más voluptuosa, ataviada como una típica camarera francesa, con una corta falda negra estilo ballet, llevando una caja que aparentemente acababa de llegar. La señora de la casa, sin dejar de mirarse al espejo, le dijo a la rubia sirvienta que dejara la caja sobre la cama y la ayudara a vestirse. La rubia dejó la caja sobre la cama, salió del set, fuera del alcance de la cámara, y regresó con la raqueta y el atuendo de tenis de su señora. Languidamente, la dueña de la casa se inclinó y empezó a levantarse el camisón y lentamente, muy lentamente, se lo sacó pasándolo por la cabeza.

Barrett escuchó que la cámara se acercaba a la escena mientras la mujer desnuda daba media vuelta mirando hacia la cámara y sosteniendo sus pequeños y firmes pechos con las manos. Al cabo de unos momentos, se dirigió a la sirvienta, que le entregó los *shorts* de tenis. Se los puso y después, tomando la raqueta, la sopesó, se acercó más a la cámara y, con el pecho desnudo, empezó a practicar el servicio y el golpe a la derecha. Al final, cambió la raqueta por el sujetador, se lo puso, le ordenó a la muchacha que sacara las nuevas compras y salió precipitadamente.

La voluptuosa sirvienta la observó salir; luego se dirigió rápidamente hacia la cama y abrió la caja. Contenía tres pares de bragas bikini. A regañadientes, los dejó sobre la cama y después salió regresando con una aspiradora. Puso en marcha la aspiradora, dirigiéndola de cara a la cámara y después se inclinó para sacar la bolsa de la aspiradora. Al inclinarse, subió su pequeña falda dejando al desnudo sus rosadas posaderas.

Barrett advirtió que Quandt había mirado hacia él guiñándole el ojo. Trató de devolverle una ligera sonrisa de aprobación.

La escena proseguía. La rubia se había acercado de nuevo a la cama para admirar de nuevo las compras de Madame. Sostuvo unas bragas de bikini contra su propio torso. De depente, decidió probárselas. Con rápido ademán, abrió la cremallera de su uniforme de sirvienta, se lo bajó por las caderas hasta que el uniforme cayó al suelo. Permaneció entonces breves segundos sin nada encima, cubriéndose su vagina rasurada con una mano. Después, volviéndose de lado, tomó las bragas y se las puso. Imitando a la señora, se miró al espejo y se paseó por el *set*, mientras la cámara se iba acercando. Las negras bragas parecían acentuar la blancura de sus pechos globulares, que eran grandes y oscilantes. Mientras interpretaba aquella pantomima por el dormitorio, apareció el dueño de la casa, con el rostro enjabonado y una brocha de afeitar en la mano, esperando encontrar a su mujer y encontrándose en cambio con aquel agradable espectáculo. Retrocedió un poco y miró con expresión divertida. Mientras la muchacha seguía evolucionando, de repente se encontró cara a cara con el dueño de la casa. Se tapó la boca abierta con las manos, después se tapó las bragas del bikini y sus pechos empezaron a temblar. Asustada, corrió de nuevo hacia la aspiradora, empujándola con una mano y con la otra tratando de quitarse las bragas y después recogiendo su uniforme de sirvienta.

—¡Corten! —gritó Quandt—. ¡Buen trabajo! Tendremos un gran éxito por todo el país. Muy bien, toma cinco, y después seguiremos. Estaré ocupado cinco minutos, pero volveré.

Tomó el brazo de Barrett.

—Salgamos un poco al aire libre.

Abandonaron el garaje y salieron al exterior. Quandt le señaló la mesa del jardín con varias sillas de lona alrededor, situada entre los dos naranjos.

—¿No está mal, verdad? —dijo Quandt mientras se sentaban.

—Siempre que a uno le gusten las chicas como a mí —dijo Barrett, mientras se ponía sus gafas ahumadas y buscaba la pipa.

—Y bien ¿qué quiere usted saber? —preguntó Quandt, tirando la colilla del puro y sacando otro nuevo—. ¿Quiere saber cómo conseguí *Los Siete Minutos*, no es cierto?

—En parte, sí. He escuchado la versión de Phil Sanford.

—¿Quién demonios es Phil Sanford?

—El editor a quien usted volvió a vender la novela, la que yo defiendo en...

—Ah, sí, sí, ya me acuerdo, el elegante e inquieto universitario.

—Ahora es el director de la Sanford House.

—Menudo negocio —dijo Quandt, mascando el cigarro—. Vamos a ver. Sí. Hace bastantes años, cuando yo tenía tanto éxito con mis ediciones en rústica. Nunca había estado en el viejo mundo y decidí tomarme un mes de vacaciones para visitar los monumentos y no me refiero a la Torre Eiffel ni a nada de eso, amigo mío. Quiero decir que deseaba conocer con mis propios ojos a las famosas mujeres de Francia e Italia.

Sonrió, se quitó el puro de la boca y se secó la saliva.

—Le digo que uno no sabe nada hasta que conoce a una de estas mujeres de París. Estas francesas son algo serio. En fin ¿dónde estaba?

—Estaba usted hablando de mujeres —dijo Barrett secamente.

Quandt le miró con dureza y después dijo:

—Este libro, sí. Pensé que podría aprovechar el viaje y empecé a preguntar si habría algo que mereciera la pena. Un conserje de hotel me dijo que había un editor francés de libros picantes que recientemente había abandonado el negocio. Este era Christian Leroux. Entonces decidí buscarlo. La mayoría de sus libros no tenían ningún valor, estaban llenos de palabrotas y frases largas, en resumen, nada bueno. Pero uno de los libros era *Los Siete Minutos* y este me gustó mucho. Le hice una oferta a Leroux. Tal vez fueron setecientos cincuenta dólares por todos los derechos y él aceptó. Estaba arruinado pero pretendía pasar por un gran señor; pero su traje raído y los agujeros demostraban que pasaba hambre. Quiso regatear un poco pero yo comprendí que aceptaría mi ofrecimiento y lo aceptó. La siguiente vez que lo vi fue para firmar el contrato, cosa que hicimos en la Embajada Americana para autorizarlo ante notario allí mismo. Y esto fue todo.

—¿Cómo era Leroux?

—Un desgraciado. Bueno, no del todo. Daba la impresión de un sujeto que hubiera lucido antes monóculo y botines. Ya sabe, muy envarado. Cabello entrecano. Nariz aguileña. Muy inglés. Resollante y asmático. Sólo lo vi en dos ocasiones.

—¿Le habló del autor de *Los Siete Minutos*... ya sabe J J Jadway?

Quandt trató de recordar. Sostuvo el puro en la mano.

—Una vez. Sí, una vez. Fue cuando me mostró el contrato original. No estaba firmado por Jadway sino por una mujer llamada Cassie McGraw y yo pregunté quién demonios era. Leroux dijo que bueno que, en realidad, nunca había tratado personalmente con el autor, Jadway, porque Jadway era tímido y no gustaba de hablar con la gente —ya sabe, estos autores chiflados— sobre todo cuando se trataba de negocios, por lo que llevaba a cabo todos los tratos la mujer que vivía con él, esta Cassie McGraw, una americana, y ella firmó el contrato, percibió el dinero y todo lo demás, porque no tenía poderes. Cuando comprobé que el contrato original estaba en regla, acepté el nuevo.

—¿Pero Leroux le confesó que nunca había conocido personalmente a Jadway?

—Bueno, no estoy seguro. Tal vez habló con él una o dos veces, pero nada más.

—¿Y qué hay de esta Cassie? ¿Está usted seguro de que Leroux le dijo que Cassie McGraw era la amante de Jadway.

—Sí, de esto me acuerdo. Dijo —no exactamente con estas mismas palabras— que Jadway la había conocido en París y que hacía cosa de un año o más que eran amantes. Recuerdo que Leroux me contó lo bonita que era esta muchacha McGraw y la suerte que tenía Jadway. Creo que Jadway utilizó a su amante como modelo para la protagonista del libro pues recuerdo haber leído en una de sus cartas que la heroína de su libro debía ser la única mujer que había amado de verdad.

—Cartas —dijo Barrett, incorporándose de repente en su asiento—. Ha dicho usted cartas de Jadway. ¿Quiere decir que ha leído usted cartas escritas por el propio Jadway?

—Desde luego ¿no se lo había dicho? Le diré cómo sucedió. Aproximadamente un año después de haber comprado *Los Siete Minutos*, decidí que, si cortaba los pasajes más aburridos, dejando sólo los que se referían al sexo, tal vez el libro pudiera convertirse en un gran éxito. Entonces empecé a pensar en la posibilidad de publicarlo en rústica. Me dí cuenta de que tendría que escribir algo en la contraportada acerca de Jadway y no sabía absolutamente nada. Necesitaba un poco más de información, ya sabe. Le envié una nota a Leroux pidiéndole más información. ¿Sabe usted lo que hizo el muy cerdo? Me escribió diciendo que tenía un pequeño archivo con algunos recortes de periódicos referentes al libro de Jadway de cuando éste se publicó y que tenía tres o cuatro cartas de Jadway en las que Jadway hablaba un poco de su vida en París como escritor: —cómo había escrito la novela, cuáles eran sus intenciones, cosas todas que Leroux solicitó y que le entregó personalmente esta Cassie McGraw. Leroux me dijo que me lo entregaría todo, pero que tendría que pagárselo. ¡Pagárselo! El muy asqueroso. ¿Qué le parece a usted? Hubiera deseado mandarle al infierno, pero necesitaba aquel material. ¿Qué podía hacer? Entonces le ofrecí veinte dólares y él aceptó; le envié un cheque y él me envió los recortes y las cartas de Jadway.

Un estremecimiento de expectación sacudió a Barrett. De repente, el rostro de Quandt se le antojó un mapa de la Tierra Prometida.

—Señor Quandt, estas cartas ¿podría ver estas cartas?

Quand pareció turbarse:

—Bueno, le diré lo que sucedió con las cartas —dijo—. Cuando le vendí el libro a Sanford, olvidé entregarle las cartas. Y cuando me trasladé al Oeste, después de mi tropiezo legal, hice que me mandaran mis archivos a Filadelfia. Allí tenía yo las cartas. Las dejé sin volver a pensar en ellas porque estaba ocupado en otras cosas. Después, hace pocas semanas, no sé cuando fue, creo que cuando este miserable Fiscal de Distrito hizo detener a aquel librero por tratar de ganarse la vida vendiendo el libro y cuando aquel pobre muchacho violó a la chica y, de la noche a la mañana, se habló del libro de Jadway en todos los periódicos y en la televisión y hubo tanta publicidad acerca de Jadway y del misterio de Jadway, me acordé de las cartas. Y después me acordé de otra cosa... que había un coleccionista de autógrafos que siempre ponía anuncios en el *New York Times* diciendo que estaba dispuesto a comprar a buen precio todas las cartas auténticas de figuras célebres o personajes históricos. Entonces yo pensé que este Jadway tal vez se convirtiera en un personaje célebre, ¿por qué no probar a ver si las cartas tenían valor? Yo no soy rico. Nunca me viene mal un poco de dinero. Busqué las cartas y me costó mucho trabajo encontrarlas, pero al final, dí con ellas. Entonces le escribí al coleccionista informándole de lo que tenía y me contestó por telegrama diciéndome que las compraría todas y cuál era el precio. No era mucho, pero eran unos cuantos dólares; se las envié y él me envió un cheque.

El rostro de Barrett mostró decepción.

—¿No las tiene? ¿Ni siquiera fotocopias?

—No ¿qué iba a hacer yo con las fotocopias? Me limité a enviarlas, recibí el dinero y nada más.

—¿Cuándo fue eso?

—Hace cosa de una semana... mejor dicho, diez días. Sí.

—¿Qué decían aquellas cartas? —preguntó Barrett ansiosamente ¿Puede recordar algo de lo que decían?

—Señor, me avergüenza decirle que nunca me tomé la molestia de leerlas; me limité a comprobar que estaban firmadas "Sinceramente suyo, J J Jadway", y lo estaban. Mire, cuando Leroux me las envió, yo ya estaba metido en probemas con la ley. Nunca tuve ocasión de editar el libro de Jadway. Ya tenía bastantes preocupaciones. Lo que me preocupaba entonces era el juicio y, más tarde, la apelación ante el Tribunal Supremo y después tuve que procurar encontrar otra manera de vivir. Cuando recibí las cartas, ya no me interesaban y las guardé. Cuando las busqué hace pocas semanas antes de escribirle al coleccionista, estaba muy ocupado y me limité simplemente a comprobar que llevaban la firma de Jadway y a contar las páginas para poder informar al coleccionista. Por consiguiente, no sé nada. ¿Por qué pone esta cara? ¿Eran importantes aquellas cartas para usted?

—Señor Quandt, son importantísimas. Leroux está aquí para aparecer como testigo y contarle al tribunal que *Los Siete Minutos* no es más que un libro de vulgar pornografía escrito con propósitos pornográficos. En otras palabras, la obscenidad por la obscenidad. Estas cartas podrían contradecir esta afirmación. Estoy seguro de que sí. Podrían ser la punta de lanza que ayudara a nuestra defensa a vencer al Estado, señor Quandt.

—¿Quiere usted decir a este bastardo de Elmo Duncan?

—Así es.

Quandt cerró la mano en puño.

—Maldita sea. ¿Por qué las habré vendido? Probablemente usted me hubiera dado el doble por ellas.

—No le quepa duda —dijo Barrett—. Pero ahora...

Se detuvo.

—Oiga. Dice usted que vendió estas cartas a un conocido coleccionista de autógrafos de Nueva York ¿verdad? Bien ¿y qué otra cosa quiere este coleccionista de estas cartas como no sea volverlas a poner a la venta para obtener un mayor beneficio? Claro. Si no las ha vendido ya a algún cliente y usted dice que sólo hace diez días, entonces tal vez pueda conseguirlas todavía. ¿Cómo se llama?

—¿El coleccionista?

—Exacto.

Quandt se golpeó la frente con los nudillos.

—Su nombre, su nombre. Dios mío, no puedo recordarlo... Un segundo. Tiene que haber algo arriba. Ya sea el anuncio que recorté o bien la copia de la carta en que le hacía el ofrecimiento de las cartas de Jadway. Tengo el archivo de correspondencia arriba. Suba conmigo y veamos qué puedo encontrar.

Abandonaron el patio posterior y Barrett siguió a Quandt cruzando una puerta de atrás del edificio de apartamientos y bajando al vestíbulo hasta llegar a la escalera por la que subieron hasta el segundo piso.

Aminorando el paso ante una puerta del fondo, Quandt dijo volviendo la cabeza:

—Esta es la sala de correspondencia.

Abrió la puerta y penetró en el interior de la habitación, seguido de Barrett. Lo que Barrett pudo observar al entrar lo dejó de piedra. Le parecía increíble.

Tendida en posición supina sobre un sofá de color beige adosado a la pared de enfrente podía observarse a una muchacha totalmente desnuda, de cabello color caoba, grandes pechos con pezones salientes, cuerpo sinuoso y largas piernas, estremeciéndose extasiada. Una mano se movía entre sus piernas, evidentemente estimulando el clítoris, y sus ojos estaban cerrados y su cara se crispaba en una pasión auto-provocada.

En seguida, otra muchacha, totalmente vestida con una blusa blanca y una corta falda plisada, avanzó caminando entre Barrett y la muchacha desnuda que se masturbaba sobre el sofá. La segunda muchacha lucía flequillo y cabello peinado en moño y gafas de montura de concha; llevaba en la mano un lápiz y un block de apuntes. Al pasar, advirtió de repente la actividad que se estaba desarrollando sobre el sofá. Se detuvo y, asombrada, dejó caer el lápiz y el block. Al agacharse para recogerlos, siguió mirando fascinada a la otra muchacha. Ignorando el block y el lápiz que estaban en el suelo, se quitó lentamente las gafas, se acercó al sofá e, inclinándose, aplicó sus labios abiertos sobre uno de los pezones de la hermosa de cabello caoba. La que yacía en posición supina abrió los ojos, cesó en su actividad y abrazó ardientemente a la secretaria totalmente vestida.

—Maldita sea —murmuró Quandt—. Había olvidado que hoy utilizábamos el despacho para filmar.

Por primera vez, Barrett apartó los ojos de la escena que se desarrollaba ante él, y por primera vez, a la derecha, observó una cámara cinematográfica sobre un trípode y a un hombre barrigudo de mediana edad con un ojo pegado al visor, concentrándose en la escena. A su lado, un solo foco de mucha potencia contribuía, junto con las lámparas del techo del despacho, a iluminar la escena.

Quandt miró a Barrett de soslayo.

—Ya lo ha adivinado —dijo en tono de defensa—. Es una película para hombres, una parte secundaria de mis negocios que no anuncio.

Barrett asintió en silencio.

—Estas películas de cien metros las filmamos sin sonido y podemos hacer una al día; son francamente buenas —dijo, también en tono de defensa—. Nuestra clientela es muy escogida —organizaciones patrióticas, asociaciones de veteranos, incluso universidades, lo que usted guste— y quieren que sean cosas de buen gusto y nosotros se las proporcionamos.

Escudriñó a Barrett para descubrir eventuales señales de desaprobación, pero Barrett sabía que en su rostro se había congelado una expresión impasible.

—Estamos utilizando mi despacho para ésta y los archivos están allí, detrás del escritorio, pero es mejor que no vaya hasta que termine la escena. —Se adelantó—. Vamos a ver cuanto va a durar.

La atención de Barrett se concentró de nuevo en la escena que se estaba desarrollando:

La muchacha desnuda del sofá ya había desabrochado la blusa de la secretaria y ahora la secretaria, que estaba arrodillada, se quitó la blusa, la echó a un lado, se levantó, se desabrochó la cremallera de la falda y se la quitó. Rápidamente, se desabrochó el sujetador, se quitó los zapatos de altos tacones, el portaligas, las medias y las finas bragas. Bailó seductoramente para la muchacha del sofá y para la cámara y, al hacerlo, se deshizo del moño dejando que el cabello le cayera sobre los hombros en un gesto de liberación y abandono. Sus pechos en forma de pera subían y bajaban, sus anchas posaderas con un antojo en forma de fresa temblaban y, mientras seguía evolucionando, su mano se deslizó más abajo de la cicatriz del apéndice acariciando con movimientos circulares el montículo vaginal sombreado de oscuro.

Al completar el segundo círculo, miró hacia el fotógrafo y la mano de éste le indicó que se dirigiera hacia el sofá. Ella asintió imperceptiblemente. En seguida se encontró en los brazos de la muchacha de cabello caoba, se liberó de su abrazo, besó su palpitante pecho y su vientre y prosiguió la prolongada interpretación de aquel preludio amoroso.

La receptora de todas aquellas caricias utilizaba las manos para dirigir la cabeza de su compañera y, mientras lo hacía, mantenía los ojos fuertemente cerrados y jadeaba. Barrett se preguntó si todo aquello sería fingido o si, efectivamente, se estaba excitando sexualmente. Pensó que las muchachas de esta clase no saben actuar y que todo aquello era auténtico. ¿Pero qué clase de muchachas eran?

Miró a Quandt y observó que su ancha frente brillaba, que sus ojos estaban absortos y que mascaba constantemente el puro apagado. Su concentración era intensa y total. Por Dios, pensó Barrett, está disfrutando. Hace este negocio por amor y dinero, el Tom Mirón profesional, que obtiene un placer contemplando los órganos sexuales y los actos de los demás. Qué jornada de trabajo tendría la Asociación Americana de Psiquiatría con un sujeto como Quandt. Según algunos psicoanalistas, la elección profesional de las personas estaba determinada por oscuros y ocultos deseos. El cirujano que sanaba a las personas era, en el subconsciente, un sádico que encontraba una evasión en el bisturí. El devoto asistente social, la caritativa dama miembro de alguna asociación, trataban subconscientemente de eliminar su neurótico sentimiento de inferioridad ganándose la subordinación de los demás y alcanzando así una sensación de superioridad. El mismo psicoanalista, escuchando al paciente mentalmente enfermo tendido en el sofá, era en algún profundo escondrijo de su propio ego un *voyeur* y nada más. Entonces ¿cuáles debían ser los desconocidos impulsos que habían conducido a Quandt a aquel morboso y extraño negocio clandestino de proporcionar excitación sexual por medio de una tira de celuloide? Y, además ¿por qué demonios él mismo había permanecido en aquella habitación observando lo que debiera ser un acto privado y que, en cambio, se estaba interpretando bajo el resplandor de los focos por motivos comerciales?

No pudo evitar ver, una vez más, lo que estaba sucediendo en el sofá. La muchacha de cabello color caoba, tendida de espaldas, agarrándose los pechos con las manos, con la espalda fuertemente arqueada, esperaba ansiosamente, mientras la otra mujer desnuda, situada entre sus piernas y por encima de ella, acariciaba un objeto alargado de goma dura de unos veinte centímetros de longitud, versión manufacturada del pene tal como lo imaginan millones de mentes. Cuando la muchacha arrodillada estaba a punto de aplicar el objeto de goma, Barrett observó a un tercer actor que se encontraba en la habitación. Era un hombre robusto y musculoso, de más de treinta años, que parecía sentirse cohibido con su conservador traje de negocios; se estaba quitando su bombín y contemplaba la escena con visible aburrimiento. Las muchachas le habían visto y habían interrumpido su presentación, asustadas ante su presencia. El hombre estaba señalando el reloj.

Barrett oyó que Quandt se reía a su lado. Quandt se inclinó sonriendo y dijo en voz baja:

—Un pequeño detalle que le he añadido. El jefe llega al despacho y encuentra a sus dos secretarias desnudas y jugando sobre el sofá y lo único que dice es que están perdiendo el tiempo y que no están trabajando. ¿No está mal, eh? Mire esto. El hombre tira el sombrero sobre una silla.

Barrett miró. Enojado, el jefe avanza hacia las muchachas que retroceden y tira el objeto de goma. Lo señala con desprecio y señala sus pantalones como indicando que no hay nada comparable con el verdadero y, de repente, invita a las muchachas a que elijan. El histriónico temor de las muchachas se trueca en alegría y, mientras el jefe tira su chaqueta al suelo, la muchacha arrodillada se acerca para ayudarle a quitarse los pantalones.

Quandt estalló en una carcajada y después la reprimió y, de repente, toda la escena se detuvo. El actor, que estaba en calzoncillos, miró a su alrededor para ver de dónde procedía la carcajada y después observó exasperado a Quandt.

—Por Dios, Norman, ¿cómo quieres que...? —empezó a quejarse el actor.

—Perdona, Gil, perdona. No era más que un cumplido. Puedes seguir. Saldremos fuera. Sigue, sigue, no interrumpas la escena, no podemos perder el tiempo.

Quandt tomó a Barrett del brazo y salió con él al pasillo, cerrando la puerta tras de sí y sacudiendo la cabeza.

—Gil es uno de estos tipos que no pueden hacerlo si recuerdan que les están mirando. Muy temperamental. Ahora ya está acostumbrado a la cámara y ya no se preocupa. Pero si hay alguien más en la habitación, le es imposible. Pero a mí me gusta utilizarlo. Ya lo he empleado en diez películas. Si el talento pudiera medirse por el tamaño, ya habría ganado diez veces un premio. Cuando estas chicas consiguen excitarlo, su aparato hace que este objeto de goma parezca una reproducción en pequeño. A su lado, los nuestros parecen verrugas. —Miró a Barret—. ¿Es la primera vez que ve algo así?

—Pues, es la primera vez que lo veo filmar. Cuando era más joven, en la universidad, tuve ocasión de ver algunas de estas películas para hombres y nada más —dijo Barrett.

—¿Pero nunca había visto filmar una? Y bien ¿qué le parece?

—Allá cada cual con sus gustos —dijo Barrett—. No es lo mío.

—¿Quiere decir que le parece anormal? —dijo Quandt con cierto tono de voz desagradable.

—No he dicho esto —se apresuró a añadir Barrett.

—Permítame decirle una cosa, enseñarle tal vez algunos hechos de la vida que he aprendido por experiencia propia en este negocio. Y también leyendo. He leído mucho. Hasta he leído estos libros de Kinsey. Tal vez usted no los ha leído, pero yo sí. ¿Sabe una cosa? En aquellas entrevistas se demostró que el setenta y siete por ciento de los varones interrogados se excitaban sexualmente cuando contemplaban representaciones gráficas de actividad sexual. Y en cuanto a las mujeres, hubo un treinta y tres por ciento que admitió que las películas para hombres e incluso las fotografías conseguían excitarlas. Lo que yo digo es que hay una sana necesidad de esta clase de estimulantes. ¿Ha visto usted alguna vez fotografías de aquellas esculturas de los templos de la India de hace nueve siglos? Eran esculturas de la misma clase que las películas para hombres y estaban allí porque eran necesarias. Esta película que estoy filmando en el cuarto de la correspondencia, *La Secretaria Perfecta*, ¿para quién cree usted que es? ¿Para mí, para excitarme yo? No. Es para las fiestas de las mejores asociaciones estudiantiles, para las reuniones de la Legión Americana, para las reuniones de la Rotary y Kiwanis, en las que se encuentran respetables hombres de negocios para pasar una velada de relajación. Es mejor que se diviertan así, en lugar de salir a la calle, juntarse con la primera que encuentren y enfermar de gonorrea. Pero eso no es todo. No hago estas películas únicamente para distraer. Las hago también por motivos científicos, para que las grandes universidades que coleccionan material erótico nos puedan mostrar todas las facetas de la vida de nuestro tiempo. ¿Sabe que el Instituto Kinsey de Investigaciones Sexuales de Indiana conserva una colección de películas para hombres que abarca un período de más de medio siglo? Bueno, tendría usted que ver la lista de universidades a las que envío mis producciones. Nuestro mayor cliente es un profesor del Reardon College de Wisconsin, el doctor Rolf Lagergren, especialista en cuestiones sexuales...

—Sí —le interrumpió Barrett—. He hablado con él por teléfono. Vendrá para ser uno de nuestros testigos.

—¿De veras? Pues puede estar seguro que se dejará caer por aquí para ver nuestros instalaciones. El y los restantes profesores pagan de cincuenta a cien dólares por cada copia de estas películas de cien metros y están contentos de pagar este precio porque es en bien de la ciencia. ¿Cómo podrían conseguirlas para la ciencia si nadie las filmara? Ahora, dígame usted qué hay de malo en ello.

A pesar de ser un defensor de la libertad en todas las artes, Barrett podía decirle a Quandt qué es lo que había de malo en ello, pero sabía que sería desastroso hacerlo. No tenía que ofender a Quandt y lo sabía. Eludió la agresiva pregunta de Quandt y trató de distraerle con un interés fingido.

Las películas de desnudismo que hace abajo, éstas las entiendo muy bien —dijo Barrett—. Es legal y fácil ...

—Y el camino más seguro para acabar en la casa de caridad contestó Quandt—. No proporciona suficientes beneficios, teniendo en cuenta la inversión. Las películas para hombres son más fáciles y gustan más y, además, son seguras. Público limitado. Vendidas y proyectadas en secreto. Me libro de las protestas cívicas. Y son unos ingresos seguros. Si usted quiere seguir en este negocio, con leyes idiotas o leyes no idiotas, es necesario que se dedique, además, a la producción de películas para hombres.

—Pero ¿de dónde saca los... los actores para estas películas?

—Eso es lo más sencillo. Hay muchas mujeres inteligentes y llega un día en que piensan que pueden ganar dinero haciendo una cosa totalmente natural. Desde luego utilizamos también a muchas prostitutas, pero sólo principiantes que aún conservan su buen aspecto. En general, se trata de muchachas que no pueden tener acceso a los estudios cinematográficos importantes, ni siquiera para papeles secundarios, y algunas modelos de alta costura mal pagadas y muchachas que se desnudan ante miles de hombres actuando por todo el país.

Estas dos mujeres de aquí cobran ciento cincuenta dólares por el episodio de hoy. Y Gil, es un amateur, actúa sin cobrar. Le gusta hacerlo. ¿Y por qué no? Su único defecto es su miembro. Demasiado grande. Acompleja al público masculino que lo contempla. Me gusta que mis actores tengan unos quince centímetros... para que el público pueda sentirse identificado. Pero Gil es un estupendo actor y por eso lo utilizo. De todos modos, algún día me gustaría encontrar a alguien que se convirtiera después en una gran figura del espectáculo. Entonces podría seguirse pasando la misma película, sobre todo con copias alquiladas, durante muchos años. Como un productor del sur-oeste que consiguió a aquella famosa practicante de strip-tease, aquella de pecho exuberante, ya sabe, Candy Barr. La contrató hace cosa de unos veinte años y la incluyó como intérprete de una película para hombres llamada *El Engreído Alec*, filmada en un motel de Texas y más tarde Candy se hizo famosa y la película se convirtió en una verdadera renta. —Quandt se detuvo y miró el reloj—. Dios mío, no me queda mucho tiempo. Vamos a ver si ya han terminado. Si no buscaré más tarde el nombre de este coleccionista de autógrafos y se lo enviaré a usted por correo.

—Señor Quandt, daría cualquier cosa por saberlo ahora. El juicio está a punto de empezar y todas las municiones de que dispongamos contra Duncan...

—Duncan, sí. Bueno, vamos a ver.

Entraron y, para alivio de Barrett, acababan de terminar. Las dos mujeres estaban sentadas sobre el sofá, una encendiendo un cigarrillo y la otra secándose con una toalla, el actor se estaba poniendo los pantalones. El camarógrafo se adelantó diciendo:

—En cuanto se preparen, les diré lo que vamos a filmar a continuación. Es la escena en que Gil intenta hacerle una venta al gran comprador de Texas.

Barrett permaneció inmóvil mientras Quandt cruzaba la estancia, bromeando con la muchacha de cabello color caoba y propinándole unos golpecitos al pezón pardo de la muchacha del flequillo, que se echó a reír. Barrett esperó nerviosamente mientras Quandt abría un archivo y empezaba a ojear unos pliegos. Finalmente, sacó una ficha, examinó su contenido y volvió a dejarla en su sitio.

De repente, se produjo un pavoroso ruido en la habitación y empezó a encenderse y apagarse una luz roja situada arriba del reloj de pared y Quandt cerró de golpe el cajón del archivo y gritó:

—¡La alarma, maldita sea! Ya sabéis lo que tenéis que hacer.

A Barrett le dejó asombrado no sólo la alarma, sino la gran

actividad que empezó a desarrollarse en el despacho. Se abrió la puerta y entraron dos hombres bajitos y morenos. Se abrió también la pared a la que estaba adosado el sofá y las dos muchachas desnudas se ocultaron tras la misma, seguidas del camarógrafo con todo el equipo, mientras los dos hombres bajitos y morenos se llevaban los focos y cualquier otro objeto que pudiera revelar que se estaba filmando una película. En medio de todo aquel barullo, Quandt permanecía de pie en el centro de la habitación para ver si todo estaba en orden. En cuestión de segudos el local de filmación se transformó una vez más en un despacho de correspondencia.

Barrett observó que Quandt se estaba dirigiendo hacia él con el rostro y las manos apretadas de rabia.

—¡Hijo de perra! —le gritó a Barrett— ¡Esto ha hecho usted!

—No sé de que me habla. ¿Qué pasa?

—Es una señal de abajo. La policía ha venido y preguntado por mí. Probablemente son policías vestidos de paisano enviados por el F. d. D. Y usted los ha avisado.

—¿Está usted loco, Quandt? Ya ha leído los periódicos. Yo estoy en el bando contrario.

—Pues es la primera vez que vienen aquí y, maldita sea, no deja de ser una coincidencia sospechosa que usted esté aquí. Hasta ahora, ni siquiera sabían que yo me dedicaba a esta clase de negocio...

Algo cruzó por la imaginación de Barrett.

—Escuche, Quandt, escúcheme y créame. Este bastardo de Duncan debe haberme estado espiando. Pero no es a *usted* a quien buscan. ¡Es a mí! Yo soy el enemigo ahora. Y si pudieran atraparme en sus estudios... con estas películas pornograficas... los desnudos... atraparme a mí, el gran defensor del arte en compañía de productores ilegales de pornografía... no puede imaginarse el carnaval que organizarían en la televisión y los periódicos... para desacreditarme antes de presentarme ante los tribunales...

Quandt le miró aterrado.

—No sé. Tal vez me está usted engañando, tal vez no. Pero supongo que está usted contra Duncan y tengo que estar con usted. De acuerdo, sígame. Hay una salida por la parte de atrás y por el garaje. Una de las chicas le acompañará. Saldrá usted sin dificultades.

Se acercó a la pared de detrás del sofá, tocó el artesonado y la pared volvió a abrirse dejando al descubierto un estrecho pasadizo.

—Salga de aquí —ordenó Quandt— y no vuelva más por aquí.

—No se preocupe —dijo Barrett. Se encaminó hacia el túnel. Vio que Quandt se adelantaba para cerrar la pared—. Señor Quandt...

—No tengo tiempo. Tengo que hablar con esos policías de abajo.

—Señor Quandt —gritó Barrett otra vez— el coleccionista de autógrafos, aquel señor a quien usted vendió las cartas de Jadway...

La puerta se fue cerrando.

Y después Barrett escuchó la voz de Quandt:

Autógrafos Olin Adams —Olin Adams— Calle Cincuenta y Cinco... Nueva York.

La pared se cerró, Barrett se volvió y, a lo lejos, pudo distinguir la luz.

Una hora y media más tarde, en la confortable seguridad de su despacho, Mike Barrett acababa de referirle su aventura con Norman C. Quandt a Abe Zelkin, que paseaba arriba y abajo frente al escritorio de Barrett.

—Y este Quandt fumaba un cigarro igual que el que tú estás fumando —añadió Barrett—. Sólo que tú no babeas como él.

Zelkin contempló su cigarro.

—No tengo ningún motivo para babear. El sí.

—Qué asquerosidad —dijo Barrett sacudiendo la cabeza—. Este sucio negocio. Primeros planos de cópulas, cunnilingus, sodomía, orgasmos y todo en nombre de la liberación sexual y del bien de la ciencia. Tal vez estas películas no causan mayores daños que las películas y los libros honradamente concebidos; no obstante, hay algo que me molesta en los hombres que las crean, en todos los Quandts del mundo. Quizás te parezca absurdo, Abe, pero un hombre como Norman C. Quandt no debería seguir en este negocio.

—Si lo detienen alguna vez, tendrá cinco años de cárcel.

—Nadie le detendrá. Es demasiado astuto y evasivo. Estos son los sujetos que convierten al sexo en algo sucio y perjudican a las personas como nosotros. Es lo que me molesta Abe —y es lo más triste— que cuando defendemos la libertad de expresión y la libertad de prensa, defendemos también los derechos de una comunidad subterránea y reptílea de sujetos como Quandt. Son perniciosos, porque no son honrados. Y, sin embargo, nos vemos obligados a incluirlos en nuestro batallón. Si se combate la censura, hay que combatir toda clase de censura. Me gustaría que fuera posible establecer un límite entre los que merecen ser defendidos y los que no lo merecen. Pero ¿quién se encarga de la selección, quién separa a los que lo merecen de aquellos que no lo merecen? ¿Dónde está el juez y el arbitrador más sabio?

Zelkin había dejado de pasear. Su cara de calabaza estaba seria.

—No te preocupes, Mike. No estamos defendiendo a Quandt. Estamos defendiendo a Jadway. Sin quererlo, Quandt tal vez ha ayudado la causa de la libertad. ¿Te ha dado el nombre de este coleccionista de autógrafos —Olin Adams, verdad?— pues bien, ésta aún puede ser nuestra mayor prueba contra Duncan. Y nos ha llegado justo a tiempo. Antes de levantar la sesión de hoy, hemos estado de acuerdo sobre ocho de los jurados. Quedan cuatro para seleccionar mañana. Si llegamos a un acuerdo, podremos empezar el lunes. Me alegro de esta interrupción y me alegro también de que la policía no te encontrara con Quandt y todas aquellas chicas desnudas.

Y que lo digas. Ya puedes imaginarte los titulares. "Abogado de la Defensa Atrapado en una Orgía Sexual con Mujeres Desnudas". Hubiera sido la ruina para nosotros.

Sonó el timbre del teléfono y Barrett tomó el aparato. Era Donna.

—He conseguido comunicación con Nueva York, señor Barrett. Hemos tenido suerte porque Olin Adams estaba a punto de cerrar la tienda. Está al aparato. Tome la línea uno.

—Gracias, Donna. En caso de que sigamos teniendo suerte, encargue un pasaje en el próximo vuelo a Nueva York. —Miró a Zelkin—. Tenemos a Olin Adams al otro lado de la línea. Ojalá tengamos suerte.

Barrett apretó la clavija iluminada.

—¿Señor Olin Adams?

La voz sonaba lejana y amable.

—Sí señor. ¿En qué puedo servirle, señor Barrett?

—Tengo entendido que usted adquirió hace unos diez días un paquete de cartas hológrafas... cartas literarias escritas en los años 30 por J J Jadway, el autor de *Los Siete Minutos*. Me lo ha dicho hoy el caballero que se las vendió.

—Las cartas de Jadway. Sí, lo recuerdo. Tiene usted razón.

—¿Las tiene usted todavía, señor Adams? —preguntó Barrett y esperó después ansiosamente.

—¿Que si las tengo? Desde luego que sí. Apenas he tenido tiempo de abrir el paquete y ni siquiera las he ordenado para poder incluirlas en mi próximo catálogo. Hemos estado muy ocupados estos días con dos grandes colecciones, una de manuscritos de Walter Whitman y otra de la correspondencia de Martin Luther King, que llegaron antes que el material de Jadway.

Haciendo una señal de victoria con los dedos en dirección a Zelkin, Barrett volvió a concentrarse en la conversación.

—Señor Adams, me alegro de que aún esté en posesión del material de Jadway porque estoy interesado en adquirirlo. ¿Puede usted decirme en qué consiste.

—En este momento no me es posible, señor Barrett. Las cartas ya las tengo guardadas esta noche. Estaba a punto de marcharme a casa. Tal vez mañana...

—Bueno, si pudiera usted darme una idea general.

—Tal como le he dicho, he deshecho el paquete en el que me

llegaron hace cosa de una o dos semanas y sólo he tenido tiempo de comprobar la autenticidad de las cartas. Si mal no recuerdo, había cuatro piezas, tres cartas hológrafas firmadas por Jadway y una página mecanografiada con la firma de Jadway mecanografiada, pero, en el reverso, presenta la firma hológrafa de una tal señorita McGraw, la enamorada de Jadway según tengo entendido. En total, unas nueve páginas de material.

—¿Y en cuanto al contenido, señor Adams?

—Apenas lo recuerdo en este momento. Lo miré muy por encima. Es en su mayoría de carácter literario... discusiones acerca de la creación de su novela y algunos datos autobiográficos destinados a la cubierta de un libro. Me resulta difícil recordar más, con lo de Walt Whitman y...

Señor Adams, me gustaría adquirir el material de Jadway aun sin haberlo visto.

—No quisiera que lo hiciera. Sería de lo más imprudente.

—No me importa. Necesito disponer de las cartas ahora mismo. ¿Puede usted indicarme el precio?

—Bien, no he tenido tiempo de valorarlas...

—Dígame una cifra y, aunque sobrevalore las cartas, le prometo que no le haré ninguna reclamación.

—Pero usted tendrá alguna noción, señor Adams. —insistió Barrett conteniendo su impaciencia—. Diga un precio con el cual usted podría quedar satisfecho.

Se hizo una pausa antes de que la voz dijera:

—Bueno, pedimos cincuenta dólares por una carta de Sinclair Lewis y, en ocasiones, doscientos cincuenta por una de Whitman; aunque Jadway no es ninguno de ellos y su fama es muy reciente, por su rareza podría tener interés para ciertos coleccionistas. Es posible que algún día nuestro paquete de cartas de Jadway pueda valer... ummn, tal vez, tal vez cuando mucho unos ochocientos dólares...

—De acuerdo —dijo Barret rápidamente.

Del otro lado de la línea se hizo el silencio de nuevo; cuando Olin Adams dejó oir su voz, estaba confuso:

—¿Estoy seguro... de lo que usted está diciendo?

—Le estoy diciendo que compro el paquete de cartas de Jadway por ochocientos dólares. ¿Está usted satisfecho con el trato?

—Si, si usted lo desea señor.

—Así es.

—Muy bien, señor Barrett, excelente. Son suyas. Puede enviarme el cheque por correo y por el mismo medio recibirá las cartas.

—No. Las necesito mucho más rápidamente, señor Adams. Volaré a Nueva York esta misma noche. ¿A qué hora abre usted por la mañana?

—A las nueve.

—Estaré en su tienda entre las nueve y las diez. No hará falta ningún cheque. Le pagaré en efectivo. Estoy seguro de que me las tendrá listas.

—Despreocúpese, señor Barrett. Si, gracias, muchas gracias.

—Hasta mañana entonces.

—Entonces hasta mañana.

Barrett colgó el aparato y miró a Zelkin radiante de felicidad.

—Buen trabajo —dijo Zelkin, frontándose las manos—. Ahora ya tenemos algo. Jadway hablará desde la tumba y esperemos que contradiga la afirmación de Leroux según la cual sólo era pornógrafo con afán de lucro. Isabel Vogler negará el testimonio de Jerry Griffith en el sentido de que el libro fue la causa que lo llevó a cometer el acto. Parece que las cosas van mejor.

—Esto me recuerda una cosa. Abe ¿podrías llamar a la señora Vogler y decirle que me he ido a Nueva York pero que le telefonearé cuando regrese mañana a última hora? Quiero verla sin falta. Debo decirle que se mantenga firme.

—Lo haré.

Sonó de nuevo el timbre; era Donna.

—Dos cosas, señor Barrett. Sus reservaciones para Nueva York. he reservado billetes en dos vuelos que salen del aeropuerto internacional uno a las ocho y otro a las nueve. Llegará usted bastante tarde al aeropuerto Kennedy.

—No quiero arriesgarme. Tomaré el vuelo de las ocho. Vuelva a pedir otra conferencia y llame al Plaza. Necesitaré una habitación sencilla para esta noche a última hora.

—El otro asunto, señor Barrett. Mientras usted hablaba por teléfono con el señor Adams, llamó la señorita Osborn. Dijo que era urgente y que la llamara usted en seguida.

—¿Urgente? De acuerdo, póngame en contacto con ella cuando haya terminado lo demás. —Miró a Zelkin—. Tengo que hablar con Faye. Algo urgente, no sé qué puede ser.

—Te dejo —dijo Zelkin—. Estaré en mi despacho llamando a la señora Vogler. Entra a verme antes de irte.

Momentos después de salir Zelkin, Barrett hablaba por teléfono con Faye Osborn.

Advirtió inmediatamente la tensión de su voz.

—Mike, sé que has cancelado la cita conmigo esta noche porque tienes un montón de trabajo, pero necesito verte. Es algo terriblemente importante.

—Faye, lo siento. No es sólo por el trabajo de ahora; sino que tengo trabajo en Nueva York. Saldré en el avión de las ocho. Pero regresaré mañana.

—Mike, es algo que no puede esperar. Tengo que hablar contigo esta misma noche.

—Pero ya te he dicho... —dudó—. ¿No puedes decírmelo ahora? ¿De qué se trata?

—No, no puedo hablarte ahora.

—Entonces en el camino al aeropuerto... Puedes acompañarme.

—No, Mike. Es necesario un lugar tranquilo y, además, no sé cuánto tiempo pueda llevarnos. Tal vez nos hagan falta un par de horas. —Después añadió con voz solemne—: Mike, se refiere a tu futuro, tuyo y nuestro.

Parecía tratarse de algo importante y se sintió preocupado.

—Bueno, puesto que me lo pones así, te diré lo que voy a hacer. Donna puede cambiarme la reservación y conseguirme pasaje para el vuelo de las doce de la noche y tal vez pueda dormir un poco en el avión. Quizá necesite una hora para trasladarme desde la ciudad al aeropuerto. ¿Te parece que nos encontremos entre las ocho y media y las nueve?

—Debo hablar con papá antes de verte. Digamos las nueve. ¿Dónde?

—En el Century Plaza, si te parece. Hay un salón más recogido abajo. El Granada Bar. ¿Nos encontramos allí?

—A las nueve en punto —accedió Faye—. Estaré allí.

Colgó.

Barrett permaneció sentado, pensando.

Faye había dicho: *Se refiere a tu futuro, tuyo y nuestro.* Faye también había dicho: *Debo hablar con papá antes de verte.*

Absolutamente enigmático y, sin embargo, ligeramente amenazador.

Al cabo de un rato, todavía confuso, llamó a Donna para decirle que cambiara la reservación del avión.

Tomó una mesa al fondo del Granada Bar. Frente a él, estaba el vaso de whisky con hielo sin probar. El bar del hotel se encontraba muy lleno, pero él apenas se daba cuenta del constante entrar y salir de turistas y viajeros. Se había concentrado en Olin Adams y en Nueva York. Tenía su maletín en el coche y los ochocientos dólares en efectivo los guardaba en un sobre dentro del bolsillo interior de su saco, junto a la cartera. No estaba preparado para Faye Osborn. Pensaba que le había obligado a posponer la partida a causa de alguna frívola cuestión personal y se sentía molesto.

Además, se estaba retrasando y esto lo intranquilizaba.

Hacía quince minutos que la esperaba y ya había empezado a tomar el whisky cuando la vio entrar. Vestía un abrigo de seda color beige pálido. Mientras Faye lo buscaba entre la numerosa concurrencia, él se incorporó a medias para llamar su atención y ella lo descubrió. Se dirigió hacia él rápidamente y Barrett se levantó para recibirla.

—Cariño —dijo ella.

Le ofreció la mejilla, se la besó y luego se sentaron.

—¿Te quitas el abigo- —le preguntó.

—No, me lo dejaré sobre los hombros.

La ayudó a quitárselo y después se lo colocó sobre los hombros. Su traje de coctel de shantung de seda era nuevo.

—Bonito vestido —dijo él.

—Gracias, Mike —contestó ella, sin dirigirle una sonrisa.

Su rostro aparecía tenso, casi tirante.

—¿Qué tomarás? ¿Whisky?

—No gracias... una *creme-de-menthe* frappé.

La camarera uniformada era alegre y bonita y él pidió la creme-de-menthe y otro whisky.

Siento haberte hecho esperar —dijo ella—. Tenía que hablar con papá y él ha llegado con retraso, no sé de dónde venía; hablamos durante la cena y después también y no he podido marcharme a la hora que quería.

Más enigma, pensó Barrett.

—Tenemos tiempo —contestó él.

—¿Por qué te vas a Nueva York tan de repente?

—Todavía estoy indagando el pasado de Jadway. Es posible que pueda obtener alguna información que me sea útil ante los tribunales.

—Pensaba que tal vez hubieras encontrado a otro testigo.

—Esta vez no. A no ser que se produzca algo imprevisto, creo que ya disponemos de todos los testigos que necesitaremos.

Ella estaba a punto de decir algo pero esperó a que la mesera les sirviera las bebidas y dejara el plato de anacardos.

—Mike... —dijo ella.

Barrett ya había levantado su vaso.

—Salud.

—Sí, salud —dijo ella, levantando su copa y sorbiendo ligeramente el líquido verde por medio de las dos cortas pajitas entre el hielo picado.

—Faye, quisiera que me dijeras de qué se trata.

Ella le miró fijamente a la cara.

—De tus testigos —dijo ella. Por lo menos, de uno de ellos.

—¿Qué significa esto?

—Cuando hablábamos este mediodía o no sé cuándo ha sido —¿te acuerdas?— me dijiste que acababas de encontrar un nuevo testigo para la defensa. Isabel Vogler, que trabajó con los Griffith.

—Es cierto.

—Y tu estabas muy contento porque esta horrible mujer iba a comparecer y demostrar que —¿cómo lo has dicho?— que el señor Griffith lo era "todo menos un modelo de virtud" y que le había hecho más daño a su hijo que una docena de libros juntos. Creo que es esto lo que me dijiste.

—Es verdad.

—Y dijiste algo parecido a que ni papá ni ninguno de sus amigos tenía la menor idea de cómo era el señor Frank Griffith en su vida privada.

—Y tú pensaste que Isabel Vogler era desleal por acceder a referir estos hechos relacionados con sus anteriores patrones en el estrado de los testigos.

—Más que desleal. Es francamente inmoral y asqueroso.

—Pero, en cambio, no es inmoral ni asqueroso que el Fiscal de Distrito Elmo Duncan presente a unos testigos que difamarán a un autor fallecido que ya no puede defenderse —dijo él agriamente— ¿y no es inmoral contribuir a desorientar a la opinión pública, presentar a un muchacho emocionalmente desequilibrado que no tiene nada que ver con el juicio y que es utilizado de la misma manera en que Hitler utilizó a aquel pobre muchacho holandés demente, van der Lubbe, para alcanzar poder político personal?

Trató de controlarse.

—¿Consideras que esto es moral y decente?

—Mike, por favor, no sigas —lo cortó Faye exasperada—. ¿Por qué siempre haces lo mismo? No puedo soportar tu costumbre de reducir siempre lo que los demás dicen a argumentos legales, de esfumar constantemente la verdad con ambiguas cortinas de humo. ¿No puedes por esta vez dejar tu diploma de derecho en el despacho y hablarme como un ser humano? Es tarde, sabes. Si quieres que acepte tus argumentos, puedo hacerlo. Pero este autor tuyo, Jadway, ya está muerto y nada de lo que Elmo Duncan diga puede hacerle daño. Y en cuanto a Jerry, él mismo ha confesado que cometió una violación, está perdido, va a ir a la cárcel y nada de lo que Duncan haga podrá hacerle más daño. Pero el que tú te sirvas de gente como Isabel Vogler puede dañar a alguien que está vivo y cuya reputación es intachable. Como toda persona pública, Frank Griffith es vulnerable a un ataque de mentiras. Su reputación y sus negocios podrían resultar perjudicados irremediablemente por culpa de una criada cualquiera a la que él se vio obligado a despedir y que ahora obtiene la oportunidad de vengarse. Es malvada. Me indigna que tú simplemente la justifiques, y no digo ya que la apoyes y la animes ni que te parezca bien que cuente todas estas falsedades. ¿Y por qué? Lo sé, lo sé, para demostrar ante los tribunales que tal vez no fuera ese sucio libro el único culpable del acto de Jerry, que acaso su padre también tuvo la culpa. De veras, Mike, conociéndote como te conozco, queriéndote como te quiero, no puedo creer que seas tú el que está haciendo una cosa así.

—¿Ah no? —preguntó enojado.

—No. Porque eres mejor que todo esto. Por Dios, no sigamos así. Ultimamente parece que no hacemos otra cosa más que discutir y no deseo seguir haciéndolo.

Inclinó la cabeza y bebió un sorbo de la creme-de-menthe.

—¿Cómo hemos podido desviarnos así?

—¿Nos hemos desviado, Faye? —preguntó con suavidad.

Lentamente, ella le miró a los ojos y frunció el ceño.

—No, tal vez no nos hemos desviado. Muy bien. Te diré por qué tenía que verte. Me llamaste al mediodía y mencionaste a Isabel Vogler. Bueno, papá estaba todavía en casa y tal vez escuchó parte de mi conversación contigo antes de que yo le hablara de tu último testigo. He pensado que debía decírselo para saber su opinión. Sabes muy bien que papá y Frank Griffith han tenido muchas relaciones de tipo profesional. Se respetan mutuamente y se aprecian; el señor Griffith ha comprado a las estaciones de televisión de papá un gran número de espacios de publicidad en el mejor tiempo. Como es natural, ya puedes imaginarte lo que papá pensó cuando oyó que querías utilizar a un testigo para desprestigiar a Frank Griffith.

—¿Y qué es lo que *ha* pensado papá? —dijo él imitándola.

Las facciones de Faye se tensaron.

—¿Te estás burlando?

La hija de papá, pensó él. Había pisado terreno peligroso. Cambió el tono de voz.

—No, quería saber qué es lo que piensa tu padre.

—Eso ya está mejor. Te diré lo que piensa. Se ha preocupado lo suficiente como para visitar al señor Griffith y advertirle de lo que ibas a hacer... para prevenir a un amigo, para prepararle contra las difamaciones que pueda esparcir la señora Vogler. Después, papá me habló por teléfono desde el despacho de Griffith y me dijo que el señor Griffith estaba furioso con la señora Vogler y también contigo por utilizar a esa bruja ante los tribunales. Después de hablar con Frank Griffith, papá estaba convencido de que la señora Vogler es una psicópata mentirosa, una persona francamente peligrosa... nada de fiar, vulgar, entrometida, resentida contra todos los patrones que la han despedido por esos defectos y como todos los sirvientes que se la pasan hablando de su pobre vida, una paranoica que sólo desea vengarse de sus superiores.

—Ya —dijo Barrett.

Estaba empezando a comprender muchas cosas y se daba cuenta

de que ese encuentro entre Faye y él sería sumamente importante.

—¿Así que tu padre cree en Frank Griffith y tú también?

—¿Y tú no, después de haber oído todo esto? Entre la palabra de esta perversa mujer y la de alguien con la integridad del señor Griffith ¿acaso puede haber alternativa?

—¿Por qué? ¿Porque él sea superior a ella?

—¿Qué dices, Mike? No te escuché.

—Nada, no he dicho nada.

—Bueno, luego de hablar con el señor Griffith, papá me pidió que te llamara. Entonces, cuando le dije que habías retrasado el viaje para verme, me dijo que antes quería hablar conmigo. Hablamos durante la cena y después; este fue el motivo de mi retraso.

—O sea que ya me lo has dicho.

—No del todo, Mike, no del todo. Todavía no te he dicho lo que papá discutió conmigo durante la cena.

Barrett tomó el vaso, se bebió su contenido casi de un trago y se dispuso a escucharla.

—De acuerdo, dímelo.

Ella permanecía sentada, perfectamente erguida, en actitud de negocios, tan de negocios como la que siempre solía presentar Willard Osborn II.

—Mike, estamos muy unidos, yo siempre he sido sincera contigo y supongo que tú también lo has sido conmigo. Por eso te diré francamente a qué he venido... sé comprenderás las razones porque tienes un profundo sentido de la responsabilidad y de la honradez. Y sé que puedo hablar con sinceridad porque papá te aprecia, yo te amo y creemos que tú sientes lo mismo por nosotros.

Nosotros. Había escuchado la palabra *nosotros*. Muy bien, *nosotros*, dejémoslo.

—¿Qué es lo que quieres decirme, Faye?

Removió el hielo picado de su vaso con las pajillas.

—Es esto —dijo ella—: papá quiere que te diga que es absolutamente improcedente que utilices a la señora Vogler y que la presentes en el estrado de los testigos. No puede permitirte que prosigas, no sólo por el señor Griffith sino por ti mismo. Está seguro de que le comprenderás. Yo le prometí que hablaría contigo y así lo hago. Papá piensa que, estando de acuerdo con él en esta cuestión, no cedes más que a un pequeño compromiso, la gente del mundo de los grandes negocios lo hace siempre, cada día. Cuando ocupes el puesto de mando, otros se avendrán a los compromisos. Mientras tanto, eres tú el que tiene que ceder. Es parte del éxito, del que las cosas vayan bien, de la posibilidad de seguir adelante. Forma parte de su negocio, eso dijo, y tú serás pronto un hombre importante en su empresa, por consiguiente redunda en beneficio tuyo no ya el sacrificarte, sino simplemente, el no oponerte a un amigo de cuya buena disposición tendrán que depender tan a menudo papá y tú. Papá está seguro de que te mostrarías razonable; y le aseguré que cuando hablara contigo, se solucionarían todos los problemas.

¿Conque era eso?

¿Y él, dónde estaba?

Recordó su época de estudiante de segundo año de universidad, cuando solía coleccionar epigramas, aforismos, citas máximas de sabiduría para aconsejarse, dirigirse y hacerse más sabio. Por cortesía de Juvenal intimaba con la verdad al anotar que la integridad es elogiada pero se muere de hambre. Se había descubierto asimismo cuando advirtió, como el Viejo Marinero de Coleridge, que él era

> Como uno que en un camino solitario
> avanza temeroso y asustado,
> y habiéndose vuelto una vez, prosigue andando
> Y no vuelve de nuevo la cabeza;
> Porque sabe que un terrible enemigo
> Le sigue de cerca los pasos.

Finalmente, había visto al enemigo. Una vez más, como en otros tiempos, avanzaba temeroso y asustado. ¿Se atrevería a proseguir el camino, seguro de que nunca, nunca más volvería la cabeza?

La miró fijamente. El rostro compuesto y seguro de la gente superior. Revivió sus órdenes, las órdenes de la hija de papá, el mandato de no utilizar a Isabel Vogler en el estrado de los testigos. Papá estaba seguro de que él sería razonable. La hija le había asegurado a papá que se solucionarían todos los problemas.

—Sin embargo, hay un problema, Faye —dijo él y después, al igual que el Viejo marinero, prosiguió andando y no volvió la cabeza—. Porque, ya ves, voy a presentar a Isabel Vogler en el estrado de los testigos.

Faye se estremeció por dentro y se agrietó su superficial compostura.

—Mike, no puedes hablar en serio después de lo que acabo de decirte. Papá ha dicho que era absolutamente improcedente hacerlo. No la quiere como testigo.

—Pero yo sí.

Los sismógrafos de la hija de familia se movieron y la grieta se agrandó sobre el rostro de Faye para mostrar su absoluta incredulidad.

—¿Te estás burlando de mí, verdad? Si es así, es muy cruel de tu parte; pero dime que es una broma, y te perdonaré. Esto es muy serio, Mike, más de lo que te imaginas.

—Te estoy hablando en serio.

—Mike, tienes una docena de testigos para este juicio... todos los que necesitas, dijiste. Entonces ¿por qué es tan importante oponerte a papá y destruir al señor Griffith? Esta bruja fregona no lo merece.

—Pero la verdad sí, la verdad sí lo merece, sobre todo en este juicio.

—Este juicio —repitió ella con cólera impotente—. Estoy harta de este juicio, de este libro y de lo que te ha hecho a ti. Estoy harta ¿me oyes?

Le agarró la manga.

—Mike, vas a escucharme porque será la última vez que te lo diga. Ya desde el principio, papá estuvo en contra de que te vieras mezclado en este caso. No le gustaba. Y yo sabía que tenía razón. Siempre tiene razón en cosas como éstas. Pero me encontré apresada entre vosotros dos y, a pesar de que comprendía que estaba mal, quise ayudarte. Por esto le pedí a papá que guardara vacante el puesto de vicepresidente. Ahora me arrepiento, me arrepiento de haberlo hecho. Mostrándome condescendiente, he contribuido, sin quererlo, a que te hundieras cada vez más en el estiércol. Tenía que haberme opuesto desde el principio —como papá— y así hubiéramos evitado todas estas discusiones y seríamos más felices. Pero aún hay tiempo. No podría soportarme a mí misma si no obrara por tu propio bien. Mike, por favor, haz lo que yo te digo. No permitas este asesinato moral en la persona de Frank Griffith. Aparta del caso a la señora Vogler y te prometo que todo quedará como antes entre papá y tú.

El siguió mirándola fijamente. Cuando habló, sus palabras fueron comedidas.

—Te agradezco lo que quieres hacer por mí, Faye. Agradezco el motivo por el que tu padre quiere me convenzas en relación con Frank Griffith. Pero me temo que está equivocado —sé que está equivocado— y creo que tú estás equivocada. No voy a alterar la verdad para ayudar y tranquilizar a dos amigos de negocios y tampoco tengo la intención de formar parte de una intriga que se proponga socavar la defensa de la libertad de expresión.

Las mejillas de Faye enrojecieron.

—No me gustas cuando hablas como un boy-scout ostentando sus condecoraciones. Tampoco me gusta la forma en que te has referido a mi padre y al señor Griffith.

—Es cosa tuya, Faye, lo que pienses de tu padre.

—Y será cosa tuya lo que papá piense de ti cuando yo me retire y deje de protegerte. Y en este momento lo estoy haciendo, Mike. Acabas de salir del mundo de los boy-scouts y es mejor que te prepares a enfrentarte con los problemas del mundo de los adultos. Por si no lo sabes, te lo diré ya que me obligas a ser brusca. Te diré lo que me había abstenido de decirte hasta ahora. Quiero decir, el resto de lo que me dijo papá esta noche.

—Me lo puedes ahorrar.

—No te ahorraré nada —dijo Faye—. Papá me dijo que si te negabas a ser sensato y no te mostrabas condescendiente en el asunto Vogler, no serías la clase de persona apropiada para las Osborn Enterprises.

Se detuvo significativamente.

—Esta vez, Mike, estoy de acuerdo con papá.

Ya había pasado el temor. Ya había dejado muy lejos al enemigo.

—Tal vez yo no soy la clase de persona que debiera haberse mezclado con las Osborn Enterprises —dijo suavemente.

—Mike ¿sabes lo que estás haciendo y diciendo? Si eres tan terco como para rechazar la petición de papá y tirar por la borda el puesto que él te guarda, esto significa que también me rechazas a mí. Estás haciendo imposibles nuestras relaciones actuales y las futuras. Si eres tan obstinado y quieres seguir enfrentándote a papá y al señor Griffith, será mejor que te diga que yo formo parte del lote. No podría seguir contigo, simplemente.

—Siempre había creído que mantenía relaciones con una muchacha, no con una muchacha y con su padre.

—Lo dije en serio. No podría seguir contigo.

—Lo sentiría, Faye.

—Entonces ¿te niegas a cambiar de opinión?

—Me niego a ser coaccionado. Si humillo mi independencia, mi privilegio de pensar y actuar tal como yo pienso en este momento, seguro que tendría que seguir haciéndolo por el resto de mi vida. No sería una vida que mereciera demasiado la pena para ningún hombre ¿verdad?

—El rostro de Faye adquirió una lívida tonalidad.

—¿Ningún hombre? ¿Te llamas hombre? Pero si te estás comportando como un insensato, un niño sin cordura, y estás perdiendo valor a mis ojos. Pero aún no lo acepto. No puedo creer que estés dispuesto a perderlo todo por defender tu pequeña causa de suciedad y cieno. No lo aceptaré.

—Es mejor que lo aceptes porque es lo que pienso hacer. No puedo aceptar tus condiciones, Faye.

—Eres un insensato. —Tomó el bolso y los guantes—. Si has terminado con mi padre, yo he terminado contigo. Y no vas a ganar este juicio ¿sabes? Te vas a quedar sin nada. Serás un miserable y desgraciado sujeto de puños raídos sólo porque una vez, cuando tuviste la ocasión, no tuviste el valor de pensar y actuar como una gente importante. No lo vi antes, pero lo veo ahora. Eres de segunda categoría, Mike, y yo sólo tengo tiempo para lo que es de primera categoría.

Se levantó, pero no se fue. Le miró.

—Me voy, Mike. Cuando lo haga, no regresaré. Si quieres una última oportunidad, es posible que te la dé. No estoy segura, pero es posible. ¿Tienes alguna otra cosa que decir?

El se medio incorporó y le dirigió una inclinación burlona:

—Cariño, la defensa ha terminado.

—Puedes irte al infierno.

Más tarde, después de otro trago y pagar la cuenta, advirtió por primera vez cuán libre se sentía; libre y aliviado. Estaba contento de haber terminado con Faye. Por lo que respecta a las Osborn Enterprises y a su abortado futuro, ya no estaba tan seguro. Pero de una cosa sí estaba seguro. Ya no tenía miedo.

Volvió la cabeza.

El enemigo se había alejado.

Estaba dispuesto a ir a Nueva York y a enfrentarse con lo que fuera.

6

Después, avanzando por la Quinta Avenida, atrapado entre las sombras de los gigantescos rascacielos, empujado y detenido por el frenético movimiento del tráfico rodante y los peatones, Mike Barrett se percató de lo que estaba sucediendo.

Emerson, que nunca había visto el impresionante edificio de la General Motors, el edificio Seagram, el Rockefeller Center, los taxis, los autobuses humeantes, los pesados camiones o el rumor de los apresurados peatones al andar lo había definido. Emerson lo había descrito. Las grandes ciudades nos impresionan y una ciudad como Nueva York estimula al hombre a la actividad.

En aquel momento, Nueva York estimuló a Barrett a la acción.

Manhattan lo golpeó de lleno, como un golpe propinado desde atrás; catapultándolo hacia su objetivo de la Calle Cincuenta y Cinco, impulsándolo a acelerar el paso y a agudizar sus sentidos, revitalizándolo con la conciencia del significado de su misión inmediata.

Desde el momento en que, la noche anterior Faye Osborn lo había abandonado para siempre, se sintió liberado; liberado pero flotando en un vacío interior.

Durante toda aquella larga y oscura noche, reclinado en el asiento del jet que lo conducía desde Los Angeles, antigua aldea de la esperanza, a Nueva York, vieja ciudad del fracaso, se detuvo a pensar en su comportamiento con Faye y Willard Osborn II y preguntándose si no habría sido imprudente. Desde luego, siempre podría pensar en un rótulo que dijera "Zelkin y Barrett, Abogados", pero la promesa de esta carrera no era muy rutilante y ofrecía escasas perspectivas de un sólido porvenir.

Faye no era adecuada para él, y él lo sabía subconscientemente, por lo menos no era del todo adecuada; pero había sido una mujer excitante, encantadora y divertida; su simple presencia había sido halagadora y él se había acostumbrado a ella y al rosado paraíso que ella simbolizaba y que ahora también se había ido. Y él no poseía ningún antídoto contra la soledad. Durante el viaje, también pensó en Maggie Russell, desde luego —y le agradó recordarla—, sin embargo no consiguió captarla ni retenerla por completo. Se le mostró evasiva, reticente, rechazando unirse a él, regresando al campo enemigo, en el que no podía seguirla. Supuso que debió dormitar durante el vuelo, por el carácter confuso y vago de sus fantasías.

Pero lo cierto es que, durante todo el vuelo, no le dedicó ni un solo momento de atención al objetivo de su misión ni al juicio en el que iba a ser uno de los principales protagonistas.

En el taxi que lo trasladó desde el aeropuerto Kennedy al Plaza tampoco le fue posible pensar en el juicio. Estaba medio dormido, es cierto, pero ni siquiera la luz del amanecer de Nueva York ni la vitalidad de la ciudad que despertaba a su alrededor lograban sacudirle la modorra. Subió en el ascensor del Plaza hasta el séptimo piso, se dirigió a su habitación, se desnudó, puso el despertador y cayó en la cama como un tronco. Tal vez el despertador había sonado o tal vez había olvidado darle cuerda. Pero el caso es que no lo escuchó y se despertó tarde. Había pensado dormir una hora y llegar a los "Autógrafos Olin Adams" a las nueve de la mañana, pero ya eran algo más de las diez.

Mientras se bañaba, se dijo a sí mismo que no había razón real para tener prisa. Había adquirido las cartas de Jadway y podría leerlas tranquilamente durante el viaje de regreso a Los Angeles aquel mismo día. Sólo que quería volver cuanto antes al campo de batalla, para disponer de tiempo suficiente que dedicarle a Isabel Vogler y para los preparativos finales con Abe Zelkin durante todo el fin de semana, antes de que el juez Nathaniel Upshaw y el alguacil dieran comienzo al juicio el lunes por la mañana. De todos modos, yendo hacia el oeste, tendría la ventaja de ganar tres horas. Más relajado, después de ducharse, afeitarse y vestirse, bajó al vestíbulo, compró el New York Times en el quiosco de tabaco y pasó al Salón Eduardino para tomar un desayuno consistente en jugo de naranja, tostadas con mantequilla y café. Su única concesión a la prisa había sido la de saltarse su habitual desayuno de huevos con tocino ahumado.

Ojeó el periódico y se limitó a leer cuidadosamente el extenso reportaje de la tercera plana referente a la selección del jurado en el caso del Pueblo de California contra Ben Fremont, que resumía los datos más importantes del caso y que escribía mal su nombre dos veces. Pero lo que más le desalentó no fue la nota sobre Christian Leroux y el comercialismo de Jadway ni la de Frank Griffith sobre la necesidad de que los jóvenes impresionables como su hijo fueran protegidos contra la literatura viciosa, sino el hecho de que no se mencionara ninguna frase suya o de Zelkin. Esta omisión, que reflejaba la carencia de testigos importantes en la defensa, resultaba muy evidente en aquel reportaje. No obstante, Barrett recordó que disponían todavía de una fuerza secreta que no habían anunciado. Isabel Vogler sería capaz de neutralizar a Jerry Griffith y Jadway hablaría por sí mismo gracias al paquete de cartas que se hallaba a cinco cuadras de allí. A pesar de estos pensamientos, cuando llegó a la plana deportiva, el juicio adquirió la misma realidad que un sueño. Entre los resultados del *baseball* del día anterior, sólo vio la ruina en que se había convertido su Gran Oportunidad y sólo pudo ver un futuro de pagos a plazos, préstamos y de escasez.

Faltando un cuarto para las once salió del Plaza a la humedad pegajosa de aquella ciudad llena de contrastes y se encaminó hacia la Quinta Avenida y, desde ésta, al lugar al que se dirigía.

Y entonces fue cuando le pegó el impacto de la ciudad. Porque fue precisamente la cualidad de aquel lugar, que al principio, como siempre, se le antojó opresivo —su enormidad, su despreocupación, su deshumanización— la que repentinamente le regeneró y estimuló. Esta era la otra peculiaridad de Nueva York y su maravilla. Que aquí, en el superdía, no había tiempo para la insensatez, las trivialidades o la introspección. Para sobrevivir a su fría enormidad, era necesario moverse, andar, actuar. Si uno no reaccionaba y luchaba contra la ciudad hasta vencerla y crecer hasta alcanzar su mismo tamaño, quedaría enterrado bajo la misma y se perdería. El era un hombre con una identidad, con un propósito, con una causa y se dirigía a un sitio determinado.

Pronto dejó la Quinta Avenida y se dirigió enérgicamente hacia la tienda de la casa Olin Adams. Después, provisto de su tesoro, volvería para intervenir en la refriega, en una batalla que contemplarían millones de seres en toda la Tierra, para competir contra los negros caballeros de la opresión. Era un futuro, y una misión. Faye y su paraíso color de rosa y su breve aflicción habíanse desvanecido.

Estaba vivo y entusiasmado.

Avanzando por la Calle Cincuenta y Cinco, contando los números de las tiendas y de los edificios de oficinas, comprobó que su punto de destino se encontraba a una cuadra de distancia. Cruzó la Madison Avenue para evitar el semáforo y siguió caminando hasta que, varias puertas antes de llegar a la Park Avenue, se encontró ante el escaparate alargado que ostentaba el siguiente rótulo: AUTOGRAFOS OLIN ADAMS, CASA FUNDADA EN 1921, COMPRAMOS Y VENDEMOS. El escaparate estaba lleno de cartas hológrafas bellamente enmarcadas, manuscritos y curiosidades de personajes famosos, pero él no se detuvo a contemplarlos. Estaba ansioso por encontrar a Jadway.

Abrió la puerta y sonó un timbre sobre su cabeza; se encontró en un local amplio semejante a una reproducción a escala de una de las salas de manuscritos del Museo Británico. Había vitrinas de cristal por todas partes y de las paredes colgaban autógrafos y fotografías o pinturas de sus autores. Cada carta estaba acompañada del retrato de su autor en un marco doble. Un letrero en azul recordaba: "Los objetos expuestos están a la venta. Por favor, pregunten por su precio". Sobre una mesa antigua, una mujer joven pero entrada en carnes, estaba ocupada clasificando un montón de cartas raras encerrando cada una de ellas en un sobre transparente de acetato.

Barrett se dirigió a ella.

—Perdone ¿está aquí el señor Olin Adams? Me está esperando.

—Creo que está hablando por teléfono. Permítame.

Cruzó rápidamente una puerta que dejaba entrever un despacho bastante espacioso, pero Olin Adams no estaba allí. Barrett esperó y, al regresar, ella le dijo:

—Terminará en seguida.

Le indicó una silla de respaldo de mimbre y dijo:

—Por favor, siéntese.

—Gracias.

Pero Barrett se sentía demasiado inquieto para estar sentado. Se puso a pasear hasta que absorbieron su atención las cartas enmarcadas que colgaban de la pared. Sobre cada marco, pegada con cinta adhesiva una nota mecanografiada describía el objeto a la venta. Había un "Kennedy, John F., T. L. s, s p., 4to; Congreso de los Estados Unidos, Cámara de Representantes, Washington, 12 de diciembre de 1951. A un oficial administrativo del Consulado Americano de Hong-Kong". A su lado, "Douglass, Frederick, A. M. s, 1 p., 8vo; escritor y conferenciante negro americano, Washington, 20 de octubre 1883". Después, "Toulouse-Lautrec, Henri de, A. L. S, en francés, lápiz, 2 p., 8vo; artista francés. París, 11 de noviembre de 1899". Después había un cheque original por valor de cincuenta libras a favor de Leigh Hunt, firmado por Percy Bysshe Shelley en el año 1817; una receta escrita en alemán, en Viena, en el año 1909 y firmada por "Sigmund Freud"; un manuscrito azul debido a la pluma de Alejandro Dumas, pere, en 1858; una carta indescifrable sin fechar garrapateada por Sir Walter Scott; un documento firmado por "A. Lincoln"; un poema firmado por F. Scott Fitzgerald; el fragmento de un manuscrito de Jean-Jacques Rousseau y un fragmento de una partitura sin firmar pero atribuída a Ludwig van Beethoven.

Para Mike Barrett fue una experiencia nueva y emocionante. Sabía que los manuscritos, documentos y cartas escritas o firmadas por hombres y mujeres célebres de todo el mundo y de todos los tiempos se guardaban y conservaban en inaccesibles lugares de solemnes bibliotecas y museos. Sin embargo, aunque conocía la existencia de coleccionistas privados y de comerciantes de autógrafos, nunca se le había ocurrido la posibilidad de que aquellos preciosos papeles de reyes y presidentes, de autores y artistas, científicos y sabios, pudieran venderse como los Kleenex, los cigarrillos o las latas de frijoles. Con todo, aquí estaban, en una tienda pública de la Calle Cincuenta y Cinco y cualquiera podía adquirirlos por una módica suma. Si uno deseaba la compañía de Paul Gauguin, de Johan Wolfgang Goethe o de Enrique VIII, podía adquirirla y llevársela a su propia casa. Era increíble. Pero lo más increíble era que, en aquella tienda, se podía tocar con la mano la historia y confirmar que había sido verdad.

Había algo en los héroes, los gobernantes, los creadores y los mártires de otros siglos que resultaba increíble. Era como si se tratara de invenciones del folklore, de mitos sin atributos humanos propios; y, a pesar de que sus historias eran conocidas y contadas, era como si los libros de textos, las biografías y los museos los hubieran momificado y solidificado como leyendas. Pero allí, en aquellas paredes, eran carne —la palabra mal escrita, la página emborronada, la inserción de última hora, el grito de angustia— y, fueran debidas a la mano de Lord Byron o a la de Sarah Bernhardt, uno lo creía al final y comprendía que la historia no estaba integrada por monumentos o estatuas, sino por personas tan débiles y frágiles como uno mismo.

En ese instante, en ese panteón comercial, J J Jadway le resultó a Barrett real por vez primera en todas aquellas semanas. Pronto podría ver lo que la propia mano de Jadway había escrito sobre unas hojas de papel y el podría tocarlas, escuchando la voz de Jadway a través del papel que él había tocado; Jadway se transformaría en un testigo viviente preparado para defender *Los Siete Minutos* frente a un mundo escéptico.

Se volvió, más ansioso que nunca por conocer a Jadway, y, al hacerlo, vio a un larguirucho sujeto de Nueva Inglaterra emerger del despacho posterior y acercarse a él. El cabello gris del propietario aparecía levantado como la cresta de un gallo, sus ojos eran de un gris acuoso y su nariz era larga. Lucía chaleco y cadena de reloj y tenía una aire de cortesía desconfiada.

El propietario sonrió levemente.

silenciosas—. Mi ayudante me ha dicho que deseaba usted verme.

—Soy Olin Adams —dijo con un tono de voz apto para alcobas ¿Puedo ayudarle...?

—Sí, le llamé ayer desde la Costa oeste. Hablamos sobre las cartas de Jadway recientemente adquiridas por usted. Usted accedió a vendérmelas por ochocientos dólares y yo le prometí pasar a recogerlas esta mañana. Soy Michael Barrett ¿lo recuerda?

Los ojos acuosos de Olin Adams mostraron una expresión de

asombro, su boca se abrió y permaneció abierta, como estupefacto.

—¿Quién ha dicho usted...? —preguntó.

—Soy Michael Barrett y acabo de llegar de Los Angeles. Estoy seguro de que recuerda usted nuestra conversación acerca de las cartas de Jadway.

—Sí, claro, pero...

Barrett abrió las manos alegremente y sonrió.

—Bueno, pues aquí estoy para recogerlas.

El vendedor de autógrafos trató de concentrarse como si mirara a través de la bruma.

—Pero, señor, ya las ha recogido un tal señor Barrett.

—¿Que el señor Barrett ya las ha...? —Ahora era Mike Barrett el que estaba confuso—. No le entiendo.

—Señor, uno o dos minutos después de haber abierto nosotros la tienda a las nueve en punto vino un caballero y se las ha llevado.

—Debe tratarse de un error. Permítame explicarle: Le telefoneé ayer...

—Recuerdo todos los detalles, señor. Un tal señor Barrett llamó desde Los Angeles afirmando que había sabido a través del señor Quandt que yo poseía las cartas de Jadway. Se las ofrecí por ochocientos dólares y el señor Barrett dijo que vendría a Nueva York y que las recogería esta misma mañana de nueve a diez. Al llegar esta mañana, preparé las cartas. Entonces, antes de salir a desayunar, le dije a Mildred —mi ayudante— que esperábamos a un tal señor Barrett y que le entregara las cartas a cambio de ochocientos dólares en efectivo. Salí a tomar un café y veinte minutos más tarde, al regresar, Mildred me comunicó que el señor Barrett vino, pagó y se fue.

Barrett había estado sacudiendo la cabeza todo el rato como presa de un ataque.

—¡Pero esto no puede ser! —exclamó—. ¡Puedo demostrarle quién soy! ¡Mire!

Sacó la cartera y le mostró al asombrado vendedor sus documentos de identidad y después abrió el sobre que llevaba junto a la cartera y le mostró los ocho billetes de cien dólares.

—¿Me cree usted ahora, señor Adams?

—Le creo, señor, pero... pero ¡por todos los cielos! ¿quién fue entonces el que se hizo pasar por usted esta mañana?

—Eso es precisamente lo que yo quiero saber. ¿Quién era él?

—No sé... no tengo ni la menor idea. Me lo explico menos que usted. Todo ha ocurrido del modo más natural. Esperábamos a un tal señor Barrett para entregarle el material de Jadway... Vino un hombre; dijo que era el señor Barrett; pidió el material de Jadway; lo pagó, lo tomó y se fue. No había ningún motivo para sospechar que se trataba de un impostor.

—¿Qué aspecto tenía? ¿Se parecía a mí?

Olin Adams se volvió.

—Mildred, usted vio al cliente...

La muchacha de piernas gruesas se acercó a ellos.

—No se parecía a usted en nada —dijo—. Era mucho más alto, muy serio y ceremonioso. No le presté demasiada atención. Hay tanta gente que va y viene. Vestía un traje marrón —de gabardina, me parece—, de eso si me acuerdo. Creo que todo sucedió en cosa de un minuto. Entró y dijo algo así como "Creo que tienen ustedes unas cartas autógrafas para mí. Son de J J Jadway. Quisiera llevármelas ahora. Soy el señor Barrett". Bueno, yo tenía las cartas preparadas en una caja y él ni siquiera se molestó en examinarlas. Dijo que tenía prisa. Pagó, tomó la caja y salió en seguida. No estoy segura, pero creo que lo esperaba un coche afuera, no un taxi sino un vehículo particular. Y eso fue todo. ¿Cómo podía yo saber que no era el auténtico cliente?

—Claro, usted no tiene la culpa —dijo Barrett.

Olin Adams le indicó a la muchacha con un gesto de la mano que se retirara y se dirigió a Barrett.

—Nunca me había ocurrido algo igual en todos los años que llevo en este negocio.

—¿Cómo pagó las cartas, señor Adams? ¿Acaso pagó con un cheque?

—No, fue en efectivo. Cuando regresé de tomarme el café, Mildred me mostró el dinero que había guardado en el cajón.

Barrett asintió con tristeza.

—No me extraña. Cualquiera que conociera mis intenciones de comprar las cartas de Jadway, de venir aquí a primera hora de la mañana dispuesto a pagar ochocientos dólares por ellas, tenía que suponer que pagaría en efectivo. Además, alguien que pretendiera hacerse pasar por mí, no hubiera podido utilizar su propio talonario de cheques.

—Quisiera poder ayudarle, señor Barrett —dijo Adams. Se encogió de hombros—. Pero me temo que es inútil. Lo único que puedo prometerle, señor, es que, si aparece más material de Jadway, sabré a quién notificárselo y ofrecérselo.

—No aparecerá más material de Jadway, señor Adams.

—Comprendo sus sentimientos, señor Barrett. Sé cuánto interés reviste para los coleccionistas cada adquisición. Pero, si me permite, quiero aconsejarle que no se tome demasiado a pecho esta pérdida. Yo no discuto acerca de los gustos de mis clientes, pero, en este caso, permítame decirle que, como figura literaria, Jadway es todavía un enigma, y es muy probable que nunca supere la categoría de un autor de notoriedad transitoria. Puede gastar la misma suma que pensaba dedicarle a Jadway en... bueno, si le interesan los autores americanos de los años 30, yo le recomendaría cartas y otros escritos de Faulkner, Hemingway, tal vez Fitzgerald. Creo que podrá encontrar usted, como coleccionista...

—Señor Adams, yo no soy un coleccionista. No me interesa coleccionar a Jadway. Sólo me interesa defenderlo. Soy el abogado que defiende a la Sanford House y a Ben Fremont...

Olin Adams volvió a abrir la boca en actitud de asombro.

—Dios mío —dijo.

—Exactamente. O sea que la pérdida es irreparable. No sabemos apenas nada de Jadway y estas cartas hubieran podido... —Se detuvo—. Señor Adams, ayer le pregunté acerca del contenido de estas cartas. Usted no lo conocía porque no había tenido tiempo de leerlas. ¿Por casualidad las ha leído usted esta mañana...?

El comerciante sacudió la cabeza con pesadumbre.

—Lo siento, pero no lo hice. Abrí la tienda y saqué el paquete por si venía usted mientras yo estaba fuera. En caso de que no hubiera usted venido antes, pensaba examinarlas.

—Pero ¿está usted seguro de que las cartas eran auténticas, aun sin haber visto antes ningún escrito autógrafo de Jadway?

—Lo había visto antes, señor Barrett. Antes de recibir las cartas del señor Quandt, yo había obtenido fotocopias de las guardas de varios ejemplares de la primera edición de *Los Siete Minutos*, que Jadway había dedicado en París. Las dedicatorias no decían nada significativo, un simple saludo o una firma, pero me bastaron para poder determinar con certeza la autenticidad de las cartas. Sí, aquellas cartas habían sido escritas por Jadway. —Olin Adams se mostraba apesadumbrado con una actitud abatida—. Lástima, más aún porque simpatizo con su caso. No he podido serle útil. Perdóneme también por no haber reconocido su nombre ni ayer ni hoy.

—Hay demasiadas personas que conocen mi nombre y mis actividades —dijo Barrett con una mueca—. Y muchos parecen estar dispuestos a bloquear todos los esfuerzos de la defensa. Pero lo que me desconcierta es la forma en que todo esto se ha llevado a cabo.

—¿Está seguro de que no le habló a nadie de su intención de adquirir estas cartas de Jadway?

—Exceptuando al señor Quandt, que me facilitó su nombre y dirección, mis colaboradores y mi secretaria, nadie lo sabía que yo recuerde.

Entonces, a Barrett le vino a la mente otra idea. Su cerebro estaba empezando a funcionar con más claridad ahora que ya se había recuperado en parte del shock inicial.

—¿Y en cuanto a usted, señor Adams? Piénselo bien. ¿Habló con alguien más, aparte de mí, acerca de estas cartas de Jadway?

—Sí, claro. Tenemos un archivo en el que figuran los nombres de nuestros clientes habituales, sus especialidades y sus intereses. Cuando adquirí las cartas de Jadway —no lo olvide, hace diez u once días— Mildred revisó la lista. Había un caballero, un poeta de mala muerte, que solía acercarse por aquí a curiosear y charlar; en realidad, lo que buscaba era algún dinero por sus manuscritos originales que, desde luego, carecen de todo valor ya que no tiene ningún prestigio. Pero Mildred me recordó que, en cierta ocasión, recordando su juventud, este caballero dijo que había sido un expatriado literario en París y que había conocido a J J Jadway. No le presté demasiada atención porque, de momento, el nombre de Jadway era prácticamente desconocido, como no fuera entre los coleccionistas de literatura erótica. ¿Cuándo fue eso, Mildred?

—Hace más de un año —contestó ella—. Tal vez casi dos, cuando yo entré a trabajar aquí.

—Sí —dijo Olin Adams—. En cualquier caso, cuando adquirí las cartas de Jadway, el nombre de este autor ya era más conocido y Mildred se acordó del poeta. Con la esperanza de que su situación económica hubiera mejorado y le interesara poseer el material de Jadway, me puse en contacto con él. Recibí una tarjeta de contestación que se limitaba a decirme: "No me es posible adquirirlo". Después —Dios mío, casi lo había olvidado— ayer, después de que usted telefoneó, señor Barrett, esta misma persona me llamó por teléfono. Ya estaba a punto de salir de la tienda, pero volví a entrar para recibir la llamada. Me dijo que había conseguido reunir algunos dólares y que se interesaba por las cartas con el fin de que pudieran formar parte de su colección en alguna universidad. Le expliqué que lo sentía mucho, pero que había llegado cinco minutos más tarde. Le dije que acababa de vendérselas a otro coleccionista de Jadway, el señor Michael Barrett de Los Angeles, y que el señor Barrett vendría a Nueva York al día siguiente para recogerlas. Nuestro poeta pareció decepcionado, pero me hizo prometerle que, en caso de que no viniera usted a recoger las cartas o bien cambiara de opinión, se lo notificaría.

—Este poeta —dijo Barrett, sacando una agenda y un lápiz— ¿cómo se llama?

—Vamos a ver... irlandés... ah, sí... el señor Sean O'Flanagan. Eso es.

Barrett anotó el nombre.

—¿Y su número de teléfono?

No tiene teléfono.

—Entonces su dirección. Me gustaría visitarle.

—Tampoco tiene dirección, apartado de correos, puede usted dejarle una nota allí si gusta. Así me puse en contacto con él...

—Es posible que le deje una nota —dijo Barrett guardando la agenda. Miró a la muchacha y le dijo:

—Mildred, el hombre que vino a recoger las cartas esta mañana utilizando mi nombre ¿está usted segura de que no era este Sean O'Flanagan?

Ella sacudió la cabeza enérgicamente.

—Segurísima. Conozco a nuestro Sean. Va andrajoso, tiene un aspecto tan despreciable como un vago de la calle Bowery y apesta a whisky. El que ha venido esta mañana... nunca se sabe, pero tenía todo el aspecto de un caballero.

—Después hubo otra llamada —dijo Adams de repente—. Estoy empezando a creer que la memoria me falla. Esta mañana, cuando abría la tienda, sonó el teléfono... justamente antes de salir a desayunar. Era alguien que me dijo que había sabido a través del señor Quandt que yo tenía a la venta ciertas cartas de Jadway. Yo le expliqué que ya las había vendido. Se quejó de su mala suerte porque le habían hablado de las cartas ayer y no había podido comunicarse conmigo hasta esta mañana. Después colgó, sin dejar nombre, nada.

—¿Era una conferencia?

—No lo creo. Creo que fue una llamada local. Claro que no puede saberse, ahora que puede marcarse directamente desde cualquier parte.

—Bueno, lo único que sabemos es que hubo una repentina racha de interés por estas cartas, cuando yo estaba seguro de tenerlas. Tal vez Quandt se lo dijo a alguien más después de hablar conmigo. De todos modos, no comprendo por qué motivos habría podido hacer tal cosa. —Barrett le tendió la mano al comerciante en autógrafos—. De todos modos, gracias por la molestia. A usted también, señorita Mildred.

Olin Adams le acompañó hasta la puerta.

—Estoy profundamente apenado, señor Barrett. Buena suerte.

De nuevo en la Calle Cincuenta y Cinco, Barrett miró el reloj. Disponía todavía de dos horas y estaba demasiado deprimido para regresar al hotel. Decidió dar un paseo para ver si la vida de la ciudad conseguía, una vez más, mejorar su decaído estado de ánimo.

Había pensado dirigirse al Museo de Arte Moderno, pero no tenía humor para pinturas y esculturas abstractas y enrevesadas, cuando sus propios asuntos estaban tan embrollados. Caminó al azar en dirección contraria, cruzó la Park Avenue; siguió por la Lexington Avenue y, después girando a la derecha enfiló por la Calle Cincuenta.

Miró con aire ausente los escaparates; mientras caminaba y caminaba, intentaba descifrar el misterio de su derrota de aquella mañana. Que Faye, la imposible, ya no formara parte de su vida, era una cosa. Que Maggie, la intocable, tampoco le perteneciera, era otra cosa. Pero que un ladrón de cadáveres le hubiera robado a Jadway, el testigo de ultratumba, era la cosa peor, casi el golpe de gracia, porque era como si le hubieran robado la misma esperanza.

Trató de que la desesperación no se apoderase de su espíritu y volvió a contemplar los escaparates de las tiendas. Miró una vitrina de confección infantil, un escaparate de porcelana de Dresde, un escaparate de radios y artefactos electrónicos y un gran cartel publicitario. Sus ojos se posaron sobre el cartel y después volvieron a mirarlo y a leerlo una, dos, tres veces. Había algo en aquel cartel. Se acercó de nuevo lentamente al escaparate.

El cartel decía:

¡EL FISGON ELECTRONICO SHERLOCK!

¡PARA HOMBRES DE NEGOCIOS, INVESTIGADORES, ABOGADOS!

¡UN MONITOR PRIVADO QUE PUEDE ACOPLARSE

A *CUALQUIER* TELEFONO!

Instale este transmisor, es más pequeño que un dedal, en cualquier teléfono. No es visible. Instalado en el interior del teléfono, transmitirá todas las palabras que se pronuncien al teléfono, todas las conversaciones, hacia un receptor de FM instalado en cualquier otro edificio de la ciudad, donde se grabará cada palabra. Precio $ 350.

Como si se encontrara en un trance hipnótico, Barrett se quedó mirando fijamente el anuncio.

Lentamente, se alejó del escaparate. Su mente giraba como una rueda Ferris, vuelta a vuelta y sus pensamientos se movían circularmente cuando, bruscamente, la rueda se detuvo y vomitó una sola idea. De golpe, comprendió la verdad. Estaba seguro. Los enigmas de las últimas semanas, las frustraciones y las decepciones, al fin podían explicarse.

Con el ojo de la imaginación, el poderoso ojo de Cíclope interior, pudo contemplar el teléfono negro de su despacho de Los Angeles. A través de aquel teléfono había escuchado la confidencia de Kimura acerca del paradero de Christian Leroux en Antibes. Y entonces, por coincidencia, alguien llegó hasta Leroux y lo hizo desaparecer. A través de aquel teléfono había sido informado de la localización secreta de Norman C. Quandt. Y entonces, por casualidad, alguien había avisado a la policía para que inspeccionará el lugar mientras Barrett se encontraba allí. A través de aquel teléfono había adquirido de Olin Adams las valiosas cartas de Jadway y había concertado la cita para recogerlas. Y, por casualidad, alguien había visitado primero a Adams y había privado a la defensa de aquellas cartas.

Por casualidad; ¡Basta!

Por medio de un fisgón electrónico; ¡claro!

¿Por qué no habría pensado en ello antes? No tenía pelo de tonto. Y no obstante, había pensado en ello, por lo menos había pensado en esta posibilidad, pero había sido mucho antes y por eso se había olvidado de ese peligro. Recordó el momento exacto en que se había mencionado la posibilidad de un aparato transmisor. Fue aquella mañana en que se trasladó al despacho de Zelkin. Abe ·le había explicado el funcionamiento de todos los mecanismos y, al final, cuando llegaron a la espaciosa habitación que se convertiría en su despacho, Zelkin —tan feliz como el Cortés de Keats en las cumbres del Darién—, le dijo:

—Aquí lo tienes, Mike, todo tuyo... nuevo, recién pintado, con toda clase de aparatos, todo a punto. Incluso hicimos traer un detector de transmisores para revisar la habitación; de hecho, lo hemos tenido aquí medio día para registrar cuidadosamente todos los despachos y descubrir cualquier posible equipo transmisor. Toda precaución es poca, sabes. El mejor ataque es una buena defensa.

Aquella temprana precaución desarmó a Barrett. Pensaba que, una vez comprobara que estaban protegidos, ya nada podría ocurrirles. Olvidó que, más adelante, los transmisores podrían penetrar subrepticiamente.

Sí, seguro que se trataba de un espía electrónico. Pero, ¿quién lo utilizaba?

No había sido autorizado personalmente por Elmo Duncan, de esto estaba seguro. Duncan no sólo era el Fiscal de Distrito, sino también la honradez personificada. Un enamorado de la Maternidad, del Pastel de Manzana y del Bien y el Mal de Mi País, no permitiría nunca que se efectuaran grabaciones ilegales. Aunque lo hubiera deseado, no se hubiera atrevido a hacerlo. No era simplemente un oficial al servicio del cumplimiento de la ley. Era un político en vías de desarrollo. No se atrevería a arriesgarse.

No, Duncan no, sino alguien que supiera lo que era mejor para Duncan y que se sintiera libre de actuar a nombre de Duncan sin que él lo supiera. Alguien conocedor del espionaje industrial y de todos los sofisticados trucos electrónicos. Alguien altamente interesado en elevar a Duncan. Alguien por encima de la ley y de la moralidad corriente. Alguien situado tras bambalinas.

El Richelieu y el Rasputin de Duncan.

O sea, Luther Yerkes.

Barrett miró a su alrededor y sus ojos observaron el letrero de la calle. Se encontraba en la esquina de la Lexington Avenue y la Calle Cincuenta y Dos. Conocía Nueva York y sabía dónde podía encontrar una cabina telefónica confortable.

Dobló por la Calle Cincuenta y Dos y dirigiéndose hacia la Park Avenue, Mike Barrett se encaminó apresuradamente hasta la mitad de la cuadra y entró en el restaurante de las Cuatro Estaciones.

A lo largo de la pared derecha del amplio vestíbulo había toda una hilera de cabinas telefónicas. Barrett se encerró en la primera cabina y llamó a Los Angeles.

Al otro extremo de la línea, Donna, que iba a trabajar todo aquel fin de semana, le saludó y se mostró ansiosa de conocer el contenido de las cartas de Jadway.

—No hay cartas de Jadway —dijo Barrett— y no quiero hablar de ello ahora. Dígaselo a Abe y Leo y dígales también que se los explicaré dentro de seis horas, cuando regrese.

—Le recuerdo una cosa, jefe. Tenía usted que visitar a Isabel Vogler en cuanto descendiera del avión.

—Lo haré. Ahora le diré por qué la he llamado, Donna. Tengo una pregunta que hacerle. Por favor, escúcheme con atención. Desde que empecé a trabajar con Abe en el caso Fremont —mejor dicho, desde que se instaló el teléfono de mi despacho— ¿ha habido algún mecánico que haya revisado su teléfono o el mío?

—El mío, no. El suyo... si espera un minuto, echaré una ojeada a mi cuaderno de citas.

Donna dejó el teléfono y, al cabo de menos de un minuto, regresó.

—Pues sí, jefe. Aquí dice que el mismo día en que usted fue al aeropuerto para recibir a Philip Sanford, vinieron dos mecánicos de la compañía telefónica para revisar su teléfono. Los recuerdo. Dijeron que un cliente se había quejado de que no podía comunicarse.

—¿Estuvo usted con ellos, Donna, mientras lo hacían?

—No, no tuve tiempo, jefe. Tenía que encargarme de mi propio trabajo. Entré una vez para preguntar cómo iban. Le habían quitado la cubierta de plástico y me explicaron que habían encontrado la falla y que la habían solucionado. Yo los dejé para que terminaran su trabajo.

—¿Cuánto tiempo estuvieron trabajando?

—Es difícil precisarlo. No mucho. Quizás diez minutos. Quizás menos. ¿Por qué? ¿Pasa algo?

—Ha pasado, y no sólo con el teléfono. De acuerdo. Ya me dijo usted lo que yo quería saber. Ahora permítame decirle una cosa y no me haga preguntas, por favor, hasta que regrese. Entonces se lo explicaré todo. En las próximas horas, hará lo que yo le diga, Donna.

Es una orden. Nadie, pero nadie, hará ninguna llamada al exterior ni recibirá ninguna del exterior en el teléfono de mi despacho hasta que yo regrese. ¿Lo entiende? Si usted, o Leo o Abe están en mi despacho cuando suene el teléfono, no lo descuelguen. Tomen otro teléfono. Si Phil Sanford viene y quiere utilizar mi teléfono...

—Está en Washington, D. C., para asistir a la convención de la Asociación Americana de Libreros del Shoreham.

—Muy bien. De acuerdo. Fuera todas las manos de mi teléfono hoy; y esto incluye también a cualquier técnico de la compañía telefónica que pudiera presentarse.

—De acuerdo, jefe. Su despacho estará fuera del alcance de todo el mundo.

—La veré más tarde, Donna.

—¿Eso quiere decir que me quede aquí hasta que usted regrese? No me importa.

—Lo había olvidado. Tengo que ver a la señora Vogler. No, no tiene usted por qué quedarse esta noche. Llegaré demasiado tarde. Bastante ha hecho usted quedándose todo el sábado y el domingo encadenada a su escritorio. No, cuando esté lista, puede retirarse Déjeme todas las notas sobre el escritorio. Pasaré por el despacho antes de regresar a mi apartamento. Otra cosa. Deme otra vez la dirección de la señora Vogler.

La anotó y después colgó.

Al dejar la cabina, le entraron tentaciones de no comer en el avión y de pasar al comedor de las Cuatro Estaciones y almorzar junto a su espectacular fuente interior. Era un capricho caro pero lo hacía sentirse importante. Y él necesitaba sentirse alguien. Pero tenía poco tiempo. Aún tenía que regresar al Plaza, hacer la maleta, pagar y trasladarse al aeropuerto Kennedy. Apenas si tendría tiempo para tomar el avión de regreso a Los Angeles. La comida podía esperar. Ahora tenía otras cosas que digerir.

Mike Barrett ya estaba de nuevo en Los Angeles, pero era más tarde de lo que había pensado y ya había perdido buena parte del día.

Tuvo que soportar una demora en el aeropuerto Kennedy porque uno de los motores del jet no funcionaba como es debido; fue necesario revisarlo una vez más para despegar casi una hora más tarde. El vuelo duró cinco horas y media, como de costumbre. Después, el convertible que Barrett había dejado en el aeropuerto estaba inclinado a un lado cuando lo encontró. Se tardó una hora en reparar el neumático reventado.

Luego tropezó con un embotellamiento de vehículos en la carretera de San Diego del que sólo pudo salir al llegar a la desviación de Van Nuys.

Ahora, al detenerse frente a la modesta casita gris que la señora

Vogler tenía alquilada, eran las seis menos diez de la tarde. Apagó el motor, se apeó y se dirigió hacia la puerta del frente. Rezó para que estuviera en casa. No había tenido tiempo de llamarla para explicarle el motivo de su retraso. Probablemente estaría en casa, pensó, porque ya era casi la hora de cenar y ella tenía un niño de diez años a quien alimentar.

Llamó al timbre. Se escuchó a alguien correr en el interior y después se abrió la puerta y apareció un chiquillo luciendo un casco espacial de juguete.

—Hola —le saludó Barrett— ¿cuándo te vas a la luna? Tienes un casco espacial fabuloso.

—No es nada comparado con lo demás —se pavoneó extasiado—. Tendría que ver todas las cosas que mamá me ha comprado hoy. Hasta una pistola de aire comprimido y tres juegos.

—Maravilloso —dijo Barrett— ¿está en casa tu madre?

—En casa no. Detrás.

—¿Cómo se...? —Miró a su alrededor—. ¿Es ésta vuestra calzada?

—Va usted por aquí hasta Cabo Kennedy. Sí. Por aquí.

—Gracias, astronauta Vogler.

Barrett bajó del porche, cruzó la parduzca área del césped y avanzó por la estropeada superficie de cemento hacia el viejo Ford que estaba estacionado en el centro que llevaba al ruinoso garaje. Pasó entre el Ford y los setos, se agachó para pasar por debajo de las cuerdas de tender y descubrió a Isabel Vogler.

Ella no le vió de momento. Su rostro permanecía oculto detrás de una enorme caja de cartón —con ropas que sobresalían de la misma— que ella había sacado del garaje y estaba arrastrando hasta el lugar en que se encontraban otras cajas de cartón con platos y otros objetos de la casa. La vio cruzar el patio, bajar la caja y colocarla sobre otra y sólo cuando se volvió, descubrió su presencia.

Hizo una visera con la mano y le escudriñó.

Rápidamente, él cubrió la distancia que los separaba. Su frente y su velloso labio superior estaban bañados en sudor. Se estaba secando sus rollizas manos en su sucio delantal. Sus ojos no parecían reconocerle.

—¿Se acuerda de mí? —dijo él—. Mike Barrett. Tenía que verla hoy. Siento llegar con retraso. ¿Barrett, lo recuerda?

—Ah, sí. Alguien le dejó un recado a mi chico ayer tarde diciéndome que iba a venir. No dejaron el número de teléfono, de otro modo habría llamado yo.

—¿Llamado? —repitió Barrett—. ¿Por qué quería usted llamar, señora Vogler?

—Por si quería verme; lo pensé mejor y decidí no aceptar el contrato. Ya no voy a hacerlo. He dejado de trabajar por horas o durmiendo en casas. He dejado de ser una criada, gracias a Dios.

Más asombrado que nunca, Barrett dijo:

—Está usted confundida, señora Vogler. Yo nunca he tenido intención de contratarla como sirviente. ¿Ha olvidado...?

—Ya sé que no —dijo ella desafiante, con las manos en las caderas—. Sin referencias, no hay trabajo, no he olvidado nada. Pero pensé que a lo mejor había usted cambiado de opinión, por eso. Y si no lo ha hecho ¿qué es lo que está usted haciendo aquí de todos modos?

¿Habría sufrido un ataque de amnesia? ¿O es que estaba francamente loca?

—Señora Vogler, me parece que lo ha olvidado usted; después de venir a verme para celebrar aquella entrevista; pero, un momento ¿se acuerda de que nos encontramos en mi apartamiento ayer por la mañana verdad?

—Yo dije simplemente que le había visto a usted. Pero sin referencias no había trabajo y eso fue todo.

Pensó que debía estar completamente loca. O bien era eso o se trataba de una pesadilla.

—Señora Vogler, estoy seguro de que se acuerda. Hablamos de Frank Griffith, el último patrón con el que usted trabajó. Usted me dijo que tuvo una discusión con él y que él la había despachado sin querer proporcionarle ninguna referencia. Y le dijo que no quería contratarla como criada. Deseaba que usted fuera testigo por la defensa en nuestro juicio e iba a recompensarla por ello. Tenía usted que testificar la clase de persona que es Frank Griffith y demostrar que el ambiente que él contribuía a crear a su alrededor podía haber resultado más perjudicial para su hijo que el libro que yo defiendo. ¿Se acuerda ahora?

Permaneció tan firme como el Peñón de Gibraltar.

—Recuerdo haberle dicho que trabajé para los Griffith, sí; él nunca creyó en las cartas de recomendación, pero no recuerdo nada de lo que está usted diciendo porque no es verdad. ¿De dónde ha sacado usted esta historia? Dios mío ¿cómo iba yo a querer testificar contra un hombre tan educado y correcto como el señor Frank Griffith? Siempre fue bueno conmigo y sólo me fui porque la señora Griffith quería que viniera su sobrina; eso fue todo. El no quería que yo me fuera. Siempre le he tenido un enorme aprecio, es el hombre más bueno del mundo para su mujer y su hijo. Nunca he tenido un patrón más amable y generoso.

Miró confuso a la señora Isabel Vogler. Le parecía estar hablando con una loca.

—Señora Vogler, escuche...

—Escúcheme usted a mí, joven. Se necesita valor para venir hasta aquí y pretender mezclarme en sus embrollos legales, tratando de que sus propios amigos ataquen al señor Frank Griffith. Tengo intención de llamar a la policía, ya ve usted. Apártese de Frank Griffith, se lo advierto. Es un hombre bueno y aunque tenga sus rarezas, como por ejemplo eso de no querer dar informes de sus empleados, siempre está dispuesto a ayudarlos cuando lo necesitan. Como yo. Supo que me encontraba en dificultades y que tenía a un hijo a quien mantener. Y ¿sabe lo que ha hecho este hombre? No ha llamado ni ha enviado a nadie, sino que ha venido a verme personalmente esta mañana, justo esta mañana. ¿Y sabe lo primero que me ha dicho?:

—"Isabel —me dijo— tengo entendido que se encuentra usted en dificultades. ¿Qué sucede? Porque aquí estoy yo para echarle una mano a una vieja amiga".

Y cuando le conté mis problemas, me ayudó tal y como me lo había prometido. Usted mismo puede verlo, estoy haciendo las maletas. El señor Griffith me dijo que yo siempre había merecido una gratificación y ahora que me la ha dado, podré regresar a Topeka con mi hijo. Nos vamos el lunes.

Barrett siguió observándola pero ya no estaba confuso, sino francamente asombrado

La vida imitaba al arte. Por su mente pasó el recuerdo de un desconcertante y estremecedor relato que le era familiar en su infancia. Contaba la historia de una señora anciana y de su hija, que volvían de Bombay a su aldea natal en Inglaterra, pasando por París. Allí decidieron pasar la noche en el Hotel Crillon; pero la señora se indispuso. Buscando una medicina especial, la hija fue hasta los suburbios. Corría el año 1890, el año de la Exposición y las calles estaban llenas de gente bulliciosa. Por esta razón, la hija se entretuvo más de la cuenta. Al cabo de cinco horas volvió al hotel con la medicina. Nadie la reconoció en el vestíbulo ni tampoco figuraba en el registro dama alguna con ese nombre ni existía la habitación que la joven decía ocupar junto con su madre. Nadie pudo ayudarla. Ni la Embajada Británica, ni la Sureté. La dama no existía... ahora puedes verla, ahora no la ves. La dama que se esfuma.

Ayer por la mañana había existido Isabel Vogler, enemiga de Frank Griffith y amiga de la defensa. Esta tarde, aquella Isabel Vogler había desaparecido y, en su lugar, se encontraba Isabel Vogler, amiga de Frank Griffith y enemiga de la defensa.

Barrett recordó que el misterio de la dama inglesa desaparecida del Crillon en 1890 tenía una explicación. La dama había muerto, víctima de la peste negra y, si la noticia se esparcía, si ésta fuera del dominio público, no sólo sería la ruina del hotel, sino que podría haber fracasado también la importante Exposición, convirtiéndose París en una ciudad fantasma. Por consiguiente, no podía saberse la verdad, se había empapelado de nuevo la habitación, cambiándose su mobiliario en cuestión de horas y no se admitía que la dama hubiera existido.

Por consiguiente, había habido una respuesta y Barrett sabía que ahora también tenía que haber una. La desaparición de la Isabel Vogler que había conocido y encontrado ayer, podía antojársele un acto de magia a los espectadores. Pero no podía ser un acto de magia para los que se encontraban entre bastidores y conocían todo el arsenal de trucos del mago.

Frank Griffith había intentado primero que la dama desapareciera siguiendo el método más fácil. Había pedido a Willard Osborn II que Faye ejerciera presión sobre Barrett para que éste desistiera de utilizar aquel testigo hostil. Barrett se había negado. Frank Griffith había procedido entonces a eliminar a la testigo hostil siguiendo un método más arriesgado. Se había dirigido a ella directamente, ofreciéndole remediar sus necesidades. Aquella mañana, había practicado una lobotomía económica. Se habían seccionado los lóbulos frontales. Bajo las expertas manos del cirujano, se había extirpado la hostilidad, dejando sólo la dulzura y la alegría. Hacia Frank Griffith, claro. El lunes, el día del juicio, finalizaría la operación. La testigo habría desaparecido por completo del escenario de Los Angeles. Una habitación del pasado se habría empapelado y decorado de nuevo.

—Señora Vogler —dijo Barrett desesperadamente— sé lo que usted me prometió ayer y sé lo que está diciendo ahora. Comprendo muy bien lo que ha sucedido. Pero aunque Frank Griffith haya intentado comprarla a usted...

Sus facciones porcinas parecieron hincharse.

—¡No me hable usted así! No me importa lo que haga usted, yo ya le he dicho todo lo que tenía que decirle.

—Señora Vogler, podría emplazarla a usted —dijo débilmente.

—¿Qué quiere decir?

—Que podría enviarle un citatorio del tribunal, lo cual la obligaría a usted a aparecer como testigo y declarar lo que sabe acerca de Frank Griffith.

—Hágalo usted —dijo ella. Después añadió retadora—: Porque todo lo que yo diría acerca de Frank Griffith y de su forma de educar a su hijo sería altamente favorable para él, muy favorable.

Barrett suspiró y asintió.

—Usted gana, señora Vogler. Sé comprender cuándo estoy derrotado.

—Me alegro de que sea usted sensato, joven.

—Espero que tenga usted un buen viaje —dijo él. Hizo un ademán de marcharse y preguntó: ¿Dónde puedo encontrar un teléfono?

—Si se refiere usted al mío, prefiero que no lo utilice. Hay una farmacia en la esquina. Allí tienen teléfono. Y, señor Barrett, yo en su lugar dejaría de preocuparme por el señor Frank Griffith, porque no podrá encontrar nada contra él.

Consejo de los sabios, pensó, y se dirigió hacia la farmacia de la esquina.

Allí había un teléfono público.

En seguida, marcó el número particular de Maggie Russell. Ella reconoció su voz y se mostró ligeramente sorprendida.

—Maggie —dijo él angustiosamente y entonces advirtió que en su mundo, privado ahora de Faye se había dirigido a ella llamándola por su nombre propio—. Tengo que hablar de algunas cosas con usted. Tal vez pueda aclarármelas.

—¿Puede usted darme algún dato?

—Frank Griffith, entre otras cosas.

—Ya veo. Algunos temas son difíciles de discutir por teléfono.

—Entonces ¿le importaría hacerlo en persona?

—No... no estoy segura.

—Maggie, conozco las reglas del juego. Pero tengo que verla. Tengo algunas preguntas que quisiera hacerle. Tal vez usted pueda proporcionarme las respuestas, tal vez no. Simplemente hablar con usted, sería ya una ayuda para mí. No quiero ponerla a usted en un aprieto. Pero si esta noche pudiéramos cenar juntos en algún lugar tranquilo...

—¿Esta noche? Bueno... —Su última palabra quedó flotando en el aire, pero después siguió hablando—. Es posible. ¿Se trata simplemente de negocios... o de negocios y placer?

—Algo de negocios, pero verla a usted será un placer.

—¿No le importará a Faye Osborn?

—¿Quién es Faye Osborn? No, todo ha terminado.

—Comprendo... ¿Dónde está usted ahora?

—Estoy en Van Nuys, pero tengo que ir al despacho. Debo recoger algunas cosas. Las necesito.

—Me encontraré con usted en su despacho —dijo ella—. ¿Le parece bien a las ocho en punto?

—La estaré esperando, Maggie.

Eran las ocho menos veinticinco cuando Mike Barrett penetró en el elevado edificio del Wilshire Boulevard. Al dirigirse hacia los elevadores, escuchó el rumor de sus pisadas resonando en aquella caverna futurista.

Era la última hora del viernes y todo el mundo había abandonado el edificio, excepto varios conserjes que estaban diseminados por los pisos de arriba. Las paredes de mármol eran frías e insulsas. Los ascensores funcionaban automáticamente.

Se consoló pensando en que la llegada de Maggie Russell le traería un poco de calor y humanidad.

Dentro del elevador, apretó el botón del quinto piso y subió rápidamente. La pérdida de las cartas de Jadway, seguida tan de cerca por la pérdida de Isabel Vogler, había sido un golpe terrible. Se preguntó por qué se había vuelto instintivamente hacia Maggie Russell.

Al hablarle, lo había hecho tal como si se encontrara metido en un problema en el que ella pudiera ayudarle. No obstante, no estaba seguro de lo que efectivamente quedaría de ella. Acaso porque el enemigo auténtico era invisible para él, pero conocido de ella y era posible que ella le proporcionara algún indicio sin traicionar la lealtad a que estaba obligada. Esto era el negocio. Tal vez sólo era porque ella era bella. Y esto era el placer.

El ascensor se detuvo, las puertas se abrieron silenciosamente y Barrett salió al pasillo.

El paso siguiente era el primero, en orden cronológico, de su contraataque contra la oposición oculta. Las frustraciones constantes, seguidas del descubrimiento ocasional del espía electrónico, junto al hecho de que unos "mecánicos" habían manipulado su teléfono en su ausencia, le inducían ahora a buscar una confirmación final del devastador espionaje del enemigo. Tenía que examinar el teléfono. Si efectivamente hallaba un transmisor, revelaría este sensacional descubrimiento a la prensa y al público. La exposición del hecho no señalaría directamente al responsable. Sin embargo, todo el mundo lo comprendería. Sería el principio que le permitiría conseguir que el público fuera consciente de la despiadada naturaleza de las fuerzas de la acusación, y que tal vez le permitiera captarse las simpatías del público por la defensa, tal vez fuera el comienzo del contraataque de la defensa en el crítico ring de la sala de justicia. No obstante, temía que su revelación llegara demasiado tarde.

Barrett introdujo la llave en la cerradura, abrió la puerta del oscuro despacho de Donna y encendió la luz del techo. Dejando abierta la puerta de la sala de recepción para Maggie, se dirigió hacia el escritorio de Donna. Ningún mensaje. La máquina eléctrica de escribir IBM estaba cubierta con su funda gris. El dictáfono descansaba en silencio.

Sintió deseos de examinar el teléfono de su despacho.

Cruzó el corredor interior que conducía a la puerta de su propio despacho, penetró en la oscura habitación, buscando con su mano izquierda el interruptor de la luz. Inesperadamente, escuchó un crujido, un movimiento, una inhalación a su espalda y el estremecimiento que instantáneamente se apoderó de él le heló los dedos junto al interruptor de la luz.

Había alguien.

Iba a volverse cuando, de repente, un brazo le apretó la garganta. Asfixiándose, levantó las manos para librarse de aquel abrazo que le oprimía casi hasta estrangularlo. Cuando se agarró al brazo, éste le apretó con mayor fuerza la garganta y la negra habitación se llenó de enloquecidas manchas de meteoros y estrellas.

Salvajemente, jadeando como un animal acorralado, había logrado librarse de aquel gancho muscular y ahora estaba intentando volverse para atacar a su asaltante cuando un puño se descargó con fuerza contra la parte lateral del cráneo, obligándole a caer de rodillas. Su mano extendida se encontró con su escritorio impidiéndole caer por completo y después, jadeando, se incorporó y se abalanzó contra la gigantesca silueta que adivinaba frente a él. Ahora la había agarrado y trataba de inmovilizarle los poderosos brazos y los fuertes puños, de abatir al suelo a aquel monstruo. Pero los brazos del atacante se levantaron librándose de Barrett y lanzando a éste contra el escritorio.

La negra silueta se aproximó, Barrett trató de descargar un golpe pero falló y entonces trató de echarse a un lado apoyándose en el escritorio. La negra forma le siguió implacablemente y, de repente, habló.

Instintivamente, Barrett trató de girar para protegerse contra lo desconocido que estaba a su espalda. En la décima de segundo que empleó en volverse, pudo vislumbrar otro poderoso brazo levantándose y descargándose sobre él. Trató desesperadamente de evitar el golpe y entonces la culata de una pistola le pasó rozando la cara y le golpeó el pecho.

El dolor se abrió como un paraguas en el interior de su cuerpo y después se clavó en su cabeza. Su cabeza giró y sus rodillas parecieron de goma; vio la sombra de un brazo levantarse y volver a caer, trató de cubrirse la cabeza, pero un peso se desplomó contra su cráneo y el suelo pareció acercarse para encontrarse con su rostro.

Sintió la áspera pelusa de la alfombra contra su mejilla y un pegajoso riachuelo bajó rodando por su pómulo; brillantes colores se arremolinaron detrás de sus párpados y levemente, lejanamente, escuchó que una voz aguda cantaba vámonos, vámonos, vámonos.

Los colores se disolvieron. La vida murió. Oscuridad. Nada.

Dentro de su cabeza, se despertó en un mundo de tinta oscura y trató de escapar del fondo de aquel lago cimerio y gradualmente, muy gradualmente, consiguió aflorar a la superficie.

Sintió una húmeda frialdad en su frente y en sus mejillas y, después, una brisa refrescante y el aroma de un perfume.

Aspirando profundamente, trató de abrir los ojos.

Había un rostro por encima del suyo, borroso, confuso; después fue más definido. Suave cabello negro y ojos verdes y labios carmesí.

—Maggie —murmuró.

—Sí, Mike.

—¿Qué está usted...?

Para asegurarse de que no estaba soñando, su mirada recorrió el techo, después el sofá del despacho y las sillas y la puerta abierta. Volvió a dirigirle su atención. Apoyaba la cabeza en su regazo. Le habían quitado la chaqueta y la camisa y ella estaba sentada en la alfombra, sosteniéndole la cabeza en el regazo, mientras con una mano le acariciaba la frente y en la otra sostenía un pañuelo manchado de sangre.

—¿Está bien, Mike? —le preguntó ella con ansiedad—. ¿Cómo se siente?

—No estoy seguro. Bien, creo. —Se tocó la sien con la mano—. Parece como si alguien estuviera trabajando con un martinete aquí y sobre el pecho.

—No me extraña. Tiene usted un chichón casi del tamaño de un huevo detrás de la cabeza. Y estaba usted sangrando por el cuello cuando lo encontré. Ya lo limpié. Tenía la piel un poco lacerada. Le quité la camisa y he visto que tiene una contusión sobre las costillas. ¿Quiere que llame a su médico?

—No... no... Creo que no. Espere, deje que me siente.

Hizo un esfuerzo y ella le ayudó. En posición vertical, su cerebro volvió a sentirse aturdido y la visión se hizo borrosa pero, muy pronto, su cabeza se sintió mejor y volvió a recuperar la claridad de pensamiento y de visión.

—¿Qué ha sucedido, Mike? Llegué hace cinco minutos. La puerta del despacho estaba abierta de par en par y la luz de la sala de recepción estaba encendida. Todas las demás luces apagadas. No comprendía lo que sucedía. Llamé pero no hubo respuesta. Luego oí algo que me pareció un gemido. Venía de esta habitación. Encontré la luz y lo hallé a usted. Fue horrible. Iba a llamar una ambulancia pero después he pensado que era mejor ver cómo estaba usted. ¿Está seguro de que se encuentra mejor?

—Viviré. Será suficiente una codeína.

—¿Tiene usted?

—En el cuarto de baño. Voy a...

—Permítame.

Ella se levantó, miró a su alrededor y siguiendo la dirección que le señalaba el dedo de Barrett, se dirigió al cuarto de baño.

297

Momentos después, Mike Barrett consiguió ponerse de pie. Cuando Maggie Russell regresó con la píldora blanca y un vaso de agua, la ingirió rápidamente.

—Gracias, Maggie.

—¿Puede usted recordar ahora lo que ha sucedido?

Pudo recordarlo claramente.

—Después de llamarla, vine en coche hasta aquí desde Van Nuys. Subí y, en el monmento en que entré en el despacho, antes de que pudiera encender la luz, un sujeto fornido se me echó encima por detrás. Conseguí librarme de él pero entonces éste llamó a otro, o sea que había dos. El otro empezó a golpearme con la pistola. Entonces caí y creo que oí decir que era mejor irse. Después creo que me desmayé.

—Pero ¿quién ha sido? ¿Y por qué?

—No lo sé. Estaba oscuro. Acababa de entrar y mis ojos no habían tenido tiempo de acostumbrarse a la oscuridad. Pero tengo alguna idea de quién está detrás de todo esto y por qué.

El teléfono.

El se volvió. Su escritorio parecía haber sido barrido por un pequeño tifón, la alfombra estaba cubierta de papeles y una silla aparecía volcada. Sobre el escritorio, el teléfono seguía ocupando su sitio habitual, pero su base estaba desmontada, le habían quitado la tapa y su mecanismo interior estaba al descubierto.

Con dolor de cabeza y jadeando avanzó rígidamente hacia el teléfono y estudió el aparato.

—Se lo han llevado —dijo al final.

—¿Se han llevado qué?

—Vine al despacho para asegurarme de una cosa y ahora ya estoy seguro; a no ser que la compañía telefónica haya montado un servicio de yudo para los abonados. Alguien introdujo un transmisor en mi teléfono y después de haber averiguado que yo lo sabía —esto significa que también habían introducido un transmisor en el teléfono de mi secretaria porque yo aludí a ello con bastante claridad cuando la llamé desde Nueva York— así es que, al cabo de unas horas, han regresado para eliminar la prueba. Yo me los encontré por casualidad. Lo abrieron, quitaron el mecanismo, pero yo llegué antes de que pudieran terminar de arreglarlo.

—¿Pero quién podría...? Debería usted llamar a la policía.

—¿La policía?

A ella le desconcertó su tono de voz y después sus facciones revelaron una vaga impresión de comprensión.

—Oh —dijo ella.

—Se lo explicaré en seguida —dijo Barrett—. Pero, primero, es mejor que llame a mi colega.

Se dirigió a la sala de recepción y, antes de marcar el número, examinó el teléfono de Donna. Comprobó la tapa con la uña. Estaba suelta. Sí, debían haber entrado poco después de marcharse Donna —probablemente habían esperado a que ella se fuera y, tal vez, ella se había ido más tarde que de costumbre— después habían eliminado el instrumento electrónico del teléfono de Donna, antes de dedicarse al suyo.

Descolgó el aparato y marcó el número particular de Abe Zelkin.

Apenas había tenido tiempo de dirigirle un saludo cuando Zelkin le preguntó con aire preocupado:

—Mike ¿qué es lo que me ha dicho Donna? ¿Que hemos perdido las cartas de Jadway?

—Abe, es una historia muy larga pero te la resumiré y dejaré los detalles para mañana.

Refiriéndole lo que había sucedido en los Autógrafos Olin Adams, se apresuró a decirle que se habían olvidado de lo más lógico cuando perdieron a Christian Leroux en favor de la oposición. Después Barrett le contó el ataque de que había sido objeto en el despacho y la condición en que había encontrado el teléfono.

—Al diablo con él —decía Zelkin—. Lo importante ahora es tu condición. ¿Estás seguro de que te encuentras bien?

La codeína había empezado a surtir efecto.

—Me encuentro bien, Abe. Veremos qué tal me siento mañana. Tal vez vaya a hacerle una visita al doctor Quigley. Mañana, ¿qué día es? Sábado. Iré a su casa.

—Quiero que estés en forma para el juicio el lunes por la mañana.

—Yo estaré en forma —dijo Barrett tristemente—. Tal vez el que no lo estará será el caso pero yo sí. Y hablando del caso, tengo que darte otra mala noticia. Fui directamente desde el aeropuerto hasta Van Nuys. Abe es espantoso pero tengo que decirte que hemos perdido a la señora Vogler.

Pudo escuchar la profunda respiración de Zelkin.

—No bromees. ¿Cómo ha sido? ¿También el transmisor del teléfono?

—No, esta vez ha sido otro truco. Se llama el Gambito Osborn. Te lo diré en pocas palabras...

Dijo que le había mencionado la señora Vogler a Faye. Qué demonio, cuando uno sale con una muchacha con regularidad, tiene derecho a pensar que los propios secretos están a salvo con ella. Pero no había sido así con Faye. Había subestimado el apego de Faye a su padre. Ella había sido el instrumento por medio del cual su intención de utilizar a la señora Vogler había llegado hasta su padre y, desde su padre hasta Frank Griffith. Y después Barrett le contó la escena de la noche anterior con Faye y, dado que el dinero suele socavar todos los principios, había perdido a Isabel Vogler.

—Así que el lunes, Abe, me temo que vamos a enfrentarnos contra un obús con un simple arco sin flechas siquiera.

—No te preocupes por esto. Haremos lo que podamos. —Zelkin pareció dudar—. Siento lo de Faye y tú.

—Faye es lo que menos me importa ahora. Estaba escrito. Nunca nos hubiéramos entendido. En cuanto a la vicepresidencia —voy a serte sincero— estoy muy mal en atuendo de yate. Una vez padecí *mal de mer* leyendo *Veinte Mil Leguas de Viaje Submarino*. Además, un amigo, Abe Zelkin, me había ofrecido colaborar permanentemente con él. Voy a escribirle preguntándole si todavía tiene la plaza.

—No hables más. Si no estuviera tan preocupado por ti, este sería uno de los momentos más felices de mi vida.

—Entonces ya somos colaboradores, Abe. De ahora en adelante, en la fortuna y en la adversidad, seremos Zelkin y Barrett. "Zelkin y Barrett, abogados".

—Barrett y Zelkin. Pondremos el letrero mañana.

—Bueno, pues entonces la primera orden del negocio es esta. Aquellos especialistas en detección de equipos de transmisión que vinieron al principio, ¿sabes dónde podemos localizarlos?

—Claro que sí... y los localizaremos.

—¿Estás seguro de que son buenos?

—Mike, son de lo mejor que hay. Cuando ellos hayan terminado, puedes estar seguro de que se habrán eliminado todos los transmisores. Vienen con dos instrumentos. Uno que se llama "Centinela 101". Lo ponen en cada uno de los teléfonos y el disco de llamada indica si hay alguna conexión. Después utilizan un objeto llamado "el Barrendero". Es una caja con una antena y unas esferas y revela cualquier equipo de transmisión oculto. Y esta vez haremos que pongan una instalación de interferencia junto a cada teléfono. Valen aproximadamente doscientos cincuenta dólares cada una pero se pueden alquilar y te garantizan la interferencia de cualquier otra conexión que pueda establecerse en el futuro.

—Estupendo. Creo que mi teléfono y el de Donna están libres ahora. Pero es mejor que revisen todos nuestros despachos. Incluyendo el tuyo, el cuarto de Leo e incluso la suite del hotel de Phil Sanford. Tenemos que examinarlo todo y eliminar todos los equipos transmisores. ¿Te parece que podremos conseguirlo el lunes?

—Haré que lo hagan el sábado.

—No es que tengamos secretos ahora. De todos modos, nunca se sabe lo que puede suceder. Si consiguiéramos algún buen resultado, quiero que se enteren ante el tribunal y no antes.

—Mike ¿has pensado en quién puede haber detrás de esto?

—Casi estoy seguro de acertar. De todos modos, lo discutiremos después, cuando hayamos eliminado los transmisores.

Al terminar su conversación con Zelkin, Mike Barrett regresó a su despacho.

Maggie Russell había estado ordenando la habitación y recogía los últimos papeles. La observó en silencio mientras se incorporaba y caminaba hacia el escritorio. Llevaba el cabello graciosamente despeinado y sus caderas se movían cadenciosamente bajo su corto y vaporoso vestido de chiffon.

Advirtió que la observaba y enrojeció.

—Gracias, Maggie —dijo él—. Bueno, ya estoy repuesto. Le he prometido una cena. ¿Qué le apetecería?

Ella no contestó en seguida. Finalmente dijo:

—Mike, no quería esuchar pero no he podido evitar que me llegara parte de su conversación al teléfono.

—No era nada personal.

—Lo de Faye Osborn.

—Ya se lo había dicho antes ¿no?

Creía que era parte del señuelo. Para que yo viniera y me sintiera menos cohibida.

—No hubiera hecho tal cosa, Maggie.

—No es que Faye tenga nada que ver con nuestro... nuestro encuentro de negocios. Quiero decir que si las cosas estuvieran como estaban y me vieran cenando con usted, alguien podría interpretarlo mal. Las mujeres son muy posesivas —yo también lo soy— y no me gustaría hacer algo feo o desagradable.

—Cuando hable de Faye, hágalo en pasado.

—Bien... si usted lo dice.

—Es más, no sigamos hablando de ella. Hablemos de nosotros. Tengo apetito, lo cual significa que me encuentro mejor. ¿Qué me dice de usted?

—También tengo apetito.

—Todavía no conozco sus gustos, Maggie. ¿Comida francesa, italiana, mexicana, vegetariana?

—Italiana.

—Estupendo. ¿Qué le parecería un sitio francamente bueno? ¿Conoce La Scala de Beverly Hills?

Creo que no. ¿Es de mucha etiqueta?

—Está usted muy bien.

—No me refiero a mí, sino a usted. Aunque no lleve camisa ¿no sería mejor que se pusiera corbata?

Se miró el pecho desnudo y ambos se echaron a reir.

—Tengo una camisa limpia en el armario —dijo él—. Estaré en un momento.

Si bien los dos comedores del Restaurante La Scala no eran muy espaciosos y las mesas parecían estar pegadas unas a otras, los comensales que formaban parejas y grupos no interferían en la intimidad de los demás. Tal era la atmósfera y el ambiente de aquel restaurante que una mujer y un hombre que cenaran juntos, aun estando rodeados de otros comensales, podían disfrutar de una sensación de intimidad y, al mismo tiempo, sentirse separados de los demás.

Sentado al lado de Maggie Russell junto a una mesa del fondo junto a la pared, Barrett comprendió que la sensación de intimidad no dependía únicamente del aislamiento. La codeína había surtido efecto y también habían contribuído a ello las dos bebidas que se habían tomado antes de la cena. La botella de chianti de tamaño mediano que habían traído después del minestrone junto con las fettuccine ya estaba vacía. No sentía dolor alguno.

Durante la cena, en respuesta a varias preguntas de Maggie, Barrett había repetido con todo lujo de detalles lo que ya le había dicho a Abe Zelkin una hora antes. Maggie escuchó asombrada su relato de la desaparición de Leroux en Antibes, de la visita de los policías secretos mientras se encontraba en la sucia empresa de Quandt, el robo de las cartas de Jadway por parte de un impostor, la curiosa amnesia y cambio de actitud de Isabel Vogler en Van Nuys.

Ahora, después de terminar su relato, Barrett recogió con el tenedor el último tallarín con mantequilla del plato y lo devoró.

Maggie posó el vaso de vino sobre la mesa.

—Es increíble —dijo—. Es lo que se ve o se lee en las películas y novelas de misterio, pero que uno sabe que es falso. Aunque las noticias de los periódicos hablan a veces de estos aparatos electrónicos, es difícil aceptar la existencia de personas capaces de meterse en el despacho o el hogar de la gente para ocultar esos instrumentos, mientras en otro lugar una persona escucha conversaciones que debieran ser privadas. Es difícil creer que puedan suceder cosas así.

—Pues han sucedido.

—No sólo es inmoral, sino además sucio, sucio como un *voyeur* que fisgoneara a través de la ventana de una alcoba por la noche para observar a una pareja haciéndose el amor en su cama.

—Ese *voyeur* lo haría por placer sexual. Yerkes es un socio del Club Todo Está Permitido y lo hace por poder.

—El poder también puede constituir un placer sexual —dijo Maggie—. Si usted viera a Luther Yerkes, le parecería que ésta es la única clase de placer sexual que es capaz de experimentar. Me repugna. Y se le ven perfectamente las intenciones aunque él crea ser astuto. Tendría que ver cómo manda al tío Frank, la forma en que el tío Frank acepta todo lo que dice Yerkes, hasta el punto de que llega a creer que las cosas que sugiere Yerkes se le ocurren a él mismo.

—Frank Griffith no tiene más remedio que creer todo lo que le aconseja Yerkes. Al fin y al cabo, en el mundo de su tío, los valores y los modelos por los que se rige alcanzan su punto máximo en la persona de un Yerkes. Para los que son simplemente ricos, Luther Yerkes es un marajá.

—¿Pero usted no cree que fue Yerkes quien compró a Isabel Vogler?

—No —dijo Barrett—. Para esta operación, no era necesaria la intervención del más alto poder. Fue Frank Griffith por su cuenta, estoy casi seguro.

—¿Y no cree que haya intervenido el Fiscal?

—Francamente, no lo creo. Tal vez soy un poco boy-scout, como me dijo anoche mi ex-novia antes de nuestra separación. No, no creo que Elmo Duncan haya sido el instigador de lo que ha sucedido. Es posible que sepa lo que está sucediendo y que lo haya aprobado en silencio, convirtiéndose así en cómplice. No obstante, estoy seguro de que no es el instigador, sino simplemente el beneficiario. Cuando el próximo lunes Elmo Duncan descargue sus poderosas armas, todo el mundo creerá que es él quien nos está haciendo trizas. Nadie sabrá que es Yerkes quien se encarga de las líneas de abastecimiento, con la ayuda de Willard Osborn y Frank Griffith y Dios sabe quién más. Le confieso que nuestra defensa está muy debilitada sobre todo después de tantos sabotajes y es difícil que pueda hacerle frente a una columna tan formidable como ésta.

Impulsivamente, Maggie se incorporó hacia adelante y cubrió la mano de Barrett con la suya.

—Mike, no me incluya en esa columna, aunque yo sea pariente de Frank Griffith.

—No es usted pariente carnal. No se parece ni remotamente a Frank Griffith.

Sintió deseos de tomarle su mano suave, pero ella ya la había apartado.

Ella dijo:

—No lo soy, y carnal o no carnal, su propio hijo tampoco se le parece. Le he dicho antes que me parecía mejor no encontrarme con usted porque no puedo mostrarme desleal con las personas con que vivo y con las que estoy relacionada. He pensado en todo ello y ahora puedo decirle a usted lo que yo siento honradamente. No es la familia Griffith en conjunto lo que yo deseo proteger. Unicamente es Jerry, sólo Jerry. Es a él a quien yo quiero ser fiel. Tía Ethel... bueno, ella está imposibilitada y siento compasión hacia ella. Nada de lo que yo haga o deje de hacer puede hacerle daño ya. En cuanto al tío Frank —de acuerdo con su actitud—, cada vez me importa menos. No, tampoco es eso exactamente. Que una persona le importe menos a alguien significa que ha habido un tiempo en que le ha importado más. Nunca me ha importado en absoluto. Le he soportado, he sobrevivido a él y, como un gesto, he protegido a Jerry de él. Me importa un comino Frank Griffith. Estoy segura de que es un bastardo muy pagado de su propia rectitud; todo lo que dijo Isabel Vogler es cien por ciento la verdad.

—Maggie, no es necesario que usted...

—Deje que me desahogue mientras pueda. Yerkes quiere que Duncan utilice a Jerry como testigo contra su libro. Esto es importante. Jerry no quiere hablar de la noche en que intentó suicidarse, pero en cambio no hace más que repetirme constantemente que lo intentará de nuevo antes que comparecer en el estrado de los testigos. Le horroriza esta idea. Jerry ya no puede resistir a su padre, por lo que sólo se atreve a hablar de su miedo conmigo y con el psicoanalista. Pero no es que el tío Frank no sepa lo que está haciendo el muchacho. El doctor Trimble le ha explicado el terrible suplicio que puede ser para Jerry su aparición en público en una sala de justicia. Sin embargo, el tío Frank se muestra inflexible. Qué demonios, repite, su hijo va a portarse como un hombre, se presentará como un hombre y explicará al mundo lo que su libro le hizo. El tío Frank dice que le exige esto a Jerry para salvarle de la acusación de violación que pesa sobre él. Pero yo creo que la razón por la que el tío Frank hace eso es, consciente o inconscientemente, para salvar su propia imagen, desviando la atención de los demás de su responsabilidad personal en la conducta de Jerry. Creo que es un acto de egoísmo, no un acto paternal. Sacrifica a su hijo para salvarse a sí mismo. Y yo no puedo permitir que esto suceda.

—¿Y qué es lo que puede usted hacer, Maggie?

—Quizás no mucho. Quizás mucho, Jerry no tiene por qué presentarse como testigo si no quiere ¿verdad?

—No. Bueno, Duncan podría emplazarle. Pero no creo que se atreviera si Jerry prometiera no ser un testigo favorable. No, depende de Jerry el presentarse o no.

—No depende de Jerry. Depende de su padre. Y depende de mí procurar que su padre no le impulse a ello llevándole hasta el límite de la locura. En estos últimos días, he estado tentada varias veces de intervenir en nombre de Jerry. He tenido miedo, lo admito. Miedo quizás de dañar mi propia seguridad. Pero lo que usted me dice que ha hecho el tío Frank con Isabel Vogler me enfurece. Casi estoy decidida a hablar pase lo que pase. Creo que una noche puedo conseguir emborracharme lo suficiente para atreverme. ¿De cuánto tiempo dispongo?

—Probablemente hasta mediados de la próxima semana.

—Lo conseguiré.

—¿Cree usted que algo de lo que diga puede hacer cambiar de opinión a Frank Griffith?

—Sí. —Ella se detuvo—. Puede ser, si le digo que Jerry ha intentado suicidarse.

—¿Cree que podría decirle esto a su tío?

Barrett no ocultaba su escepticismo.

—Yo creo que sí. No estoy segura. Sólo estoy segura de que, si el tío Frank se entera y llega a comprender que sus presiones pueden inducir a Jerry a otro intento de suicidio, es posible que esto le detenga. Las posibilidades de un escándalo como éste pueden superar los motivos que le impulsan a presentar a su hijo en el estrado de los testigos.

—Maggie, aunque usted hiciera esto por Jerry —cosa que me beneficiaría a mí al no tener a Jerry como testigo contra nosotros— yo en su lugar lo pensaría mucho antes de enfrentarme con Frank Griffith.

—¿Por qué?

—Porque, tanto si lo consigue como si no, su situación en el hogar de los Griffith será insostenible. Y no estoy seguro de que esté usted dispuesta a dejarlo todo. Usted misma me ha confesado que los necesitaba. Por eso está usted con ellos.

—Bien, ya no estoy tan segura de necesitar esta horrible incubadora. Es posible que me arriesgue a volar por mi cuenta. Estoy aquí en público con usted ¿verdad? Ya es un primer paso. Un pequeño desafío. Un retazo de valentía.

—Me pregunto una cosa.

—¿Qué es?

—Por qué se ha arriesgado usted.

—Puesto que me lo pregunta —dijo ella llanamente, apartándose un mechón de pelo de los ojos—, me gusta usted, éste es el principal motivo.

—Y yo la aprecio a usted, Maggie. Ya debe haberse dado cuenta.

—Ah, bueno. Es porque se encuentra usted solo.

—Me atraía usted antes de encontrarme solo.

—El macho polígamo —dijo ella sonriendo—. No voy a ocultárselo. Me alegro de que haya usted terminado con ella.

—Yo me alegro de haber terminado.

Jugueteó con un anillo que lucía en el dedo índice.

—Hay otra razón por la que estoy aquí. A pesar de lo que pueda haberle hecho a Jerry —y, tal como usted dice, no podemos estar completamente seguros— estoy en favor de Jadway y de *Los Siete Minutos*. Ya se lo dije en otra ocasión. Quería aparecer con usted en público para demostrarlo.

En aquel instante, hubiera querido decir, Maggie te amo. Pero dijo:

—Es maravilloso.

—Ahora que ha perdido usted a la señora Vogler, quisiera encontrar a otra persona que pudiera ayudarle a demostrar que el libro no es el único responsable de la conducta de Jerry. Pero no hay nadie que pueda decir la verdad... a no ser... yo misma. Y podría atreverme a mucho, pero no a tanto. Ya me comprende usted.

—No le permitiría que fuera usted testigo por la defensa aunque quisiera.

—Me parecen intolerables las cosas terribles que escucho y leo contra el libro de Jadway. He estado pensando en el personaje Cathleen, y en la mujer verdadera, la amante de Jadway, la que dicen que le inspiró para el personaje de Cathleen...

—Cassie McGraw.

—Cómo la envidio por haber sido tan libre en el amor, por haberse podido liberar hasta el extremo de poder experimentar el amor total. La mayoría de las mujeres viven y mueren sin haber conocido ni un pequeño fragmento de amor y ni siquiera saben aceptar o apreciar la pequeña cantidad de amor que se les ofrece.

—¿Y qué me dice de usted, Maggie? —preguntó Barrett suavemente— ¿Podría usted experimentar hacia un hombre los sentimientos que experimentó Cassie o, mejor dicho, los sentimientos que experimenta Cathleen en la narración?

Maggie apartó la mirada.

—No... no lo sé. Cuando pienso en la Cathleen de este libro, a veces creo que yo podría ser como ella. Me refiero a que lo tengo todo encerrado en mí misma y que quizás podría abrirme y entregarle a alguien, al compañero apropiado, todo mi ser, toda yo y, a mi vez, aceptar y apreciar el amor que se me entregara. Espero que un día pueda tener mis siete minutos.

—Si usted desea de veras esta clase de amor, algún día lo tendrá —dijo él gravemente.

Ella pareció cohibida y se encogió de hombros.

—Veremos ... ¿Y ya se ha fijado usted en la hora que es? Si quiere estar en perfectas condiciones el lunes, ya tendría que haberse acostado hace una hora, sobre todo después de lo que le ha sucedido. Espero que sea usted sensato y descanse mañana.

—Creo que no descansaré ni mañana ni ningún día mientras dure el juicio. Tenemos a un pintor italiano, un tal Da Vecchi, que afirma haber conocido a Jadway y haberle pintado un retrato, que vendrá mañana desde Florencia. Y tenemos, además otra media docena de testigos que interrogar.

—Bueno, procure descansar de todos modos.

Barrett se levantó y apartó la mesa para que ella pudiera pasar.

—Y usted piénselo dos veces antes de enfrentarse con Frank Griffith.

—Tal vez hable antes con el doctor Trimble. Dios mío, soy una cobarde. Pero procuraré hacer algo.

Barrett recogió el cambio y alcanzó a Maggie cuando ésta ya se encontraba en el pasillo situado entre el bar y la salida. La tomó del brazo y, en aquel mismo momento, observó que ella había reconocido a alguien en el bar.

Desde el centro de la abarrotada barra, un hombre joven de cabello rizado y revuelto, mal afeitado, pero luciendo un caro traje de seda, estaba saludando efusivamente a Maggie con la mano.

—¡Hola, señorita Russell! —gritó.

Ella levantó tímidamente su mano enguantada y contestó sin entusiasmo:

—Hola.

Después se volvió rápidamente y bajó apresuradamente las escaleras que conducían al exterior. Una vez más Barrett tuvo que alcanzarla.

Ya en la acera, frente a La Scala, Barrett la miró. Se estaba mordiendo el labio inferior y su cara había palidecido.

—¿Quién era? —quiso saber.

—Irwin Blair —dijo ella—. Se dedica a las relaciones públicas. Trabaja para Luther Yerkes y se encarga un poco de la publicidad de Duncan.

Sonrió levemente.

—Donde quiera que esté Yerkes, puede estar seguro de que Frank Griffith no anda lejos.

—Lo siento terriblemente, Maggie. No debiera haberla traído aquí. —Frunció el ceño—. ¿Va a significar esto un problema para usted?

—No lo sé ni me importa. —Esta vez sonrió ampliamente. Le tomó la mano—. Suceda lo que suceda, ha valido la pena.

Era tarde y Elmo Duncan pensó en la agotadora manera como estaba pasando la noche del viernes.

Mañana aún iba a estar más ocupado y el domingo no sería para él un día de descanso. Todo aquel fin de semana, desde el amanecer hasta bien entrada la noche, Duncan iba a reunirse en el Palacio de Justicia con su equipo de colaboradores, con los investigadores, con Leroux y otros testigos de la acusación. Finalmente, el lunes por la mañana, empezaría a girar la rueda de la ruleta y él pondría sobre el tapete toda su carrera y su futuro.

Sin embargo, si bien en aquellos momentos se sentía terriblemente agotado, Elmo Duncan sabía que el lunes, cuando empezara el juicio, iba a sentirse fuerte y animoso. Siempre había sucedido así en sus experiencias anteriores. Siempre había llegado a la sala fatigado en cuerpo y alma, pero una vez comenzado el juicio, parecía como si algún depósito oculto le proporcionara energías y entonces se sentía revitalizado. Ello se debía en parte, en su opinión, al hecho de existir un auditorio. Los espectadores, la prensa, el auditorio sin rostro de fuera de la sala de justicia, siempre ejercían sobre él un efecto estimulante y es posible que nunca tuviera un auditorio tan numeroso como el del lunes por la mañana y los días siguientes. Este proceso de revitalización también se debía en parte a la excitación del reto al que siempre respondía como si en ello estuvieran en juego su auto-preservación, su propia vida y la de su familia. Le gustaba un oponente al que pudiera ver y odiar, considerando al enemigo como un asesino que pretendiera destruirle por lo que él se viera obligado a matar para evitar que le mataran. Ultimamente, había empezado a considerar a Mike Barrett, el abogado de la defensa, como tal enemigo. Otra parte del renovado vigor de Duncan procedía de su dedicación a la causa. Tenía que creer que la acusación era justa, que su lucha era santa, y que, si no conseguía vencer, entonces la gran masa de personas que dependía de él sería barrida por los bárbaros. En muy pocas ocasiones había creído tan firmemente como ahora en la causa que representaba. Sabía que las hostiles hordas de la lujuria y de la decadencia tenían que ser detenidas en su avance (era como si fuera el guardián de las puertas de Roma cuando se acercaba la devastadora caballería númida del ejército cartaginés), si es que se quería preservar la civilización que significaba ley, orden y moralidad.

Sin embargo, el hecho que mayormente estimulaba sus glándulas suprarrenales, vivificándole, era la confianza de sentirse mejor preparado y mejor armado que el enemigo. En ninguna ocasión anterior de su vida se había sentido tan confiado como aquella noche. Había conseguido vencer en escaramuzas clave incluso antes de haber empezado la batalla final, dañando y diezmando las columnas enemigas. Por otra parte, sus propias filas se habían fortalecido. Se habían producido importantes defecciones en el otro bando. Los medios por los cuales ello había sucedido no los sabía o no quería saberlos. Podía adivinarlos, pero no buscaría ninguna confirmación. Luther Yerkes era el guardián del misterio. En la guerra y el amor todo está permitido, y esto era la guerra, una guerra por la supervivencia. Sabía que el enemigo no disponía de ningún testigo estelar. Mientras que él, Elmo Duncan, no tenía uno sino dos. Tenía a Christian Leroux y a Jerry Griffith, lo cual era un exceso de riqueza.

No obstante, pese a que estaba seguro de hallarse en plena forma el lunes, ese viernes se sentía agotado.

Se había distraído, pero al escuchar mencionar una vez más a

Jerry Griffith al otro lado de la mesilla de café, Elmo Duncan trató de concentrar su atención en las palabras de los dos hombres que se encontraban arrellanados profundamente en sus sillones. Luther Yerkes, más resplandeciente que nunca con sus gafas ahumadas de color azul y su traje smoking, se pasaba la mano por la cabeza y gesticulaba con la otra, menuda y femenina, en dirección a Frank Griffith. Griffith, sentado en el otro sillón, absorto con su cuerpo de atleta en tensión para captar mejor todas las palabras que su superior le dirigía. Por lo que Duncan sabía, ésta era la primera vez que se había invitado a Griffith a asistir a una reunión en la residencia de la playa de Yerkes, de la colonia Malibú.

Un poco antes, habían estado allí los dos habituales de las reuniones. El enérgico publicista Irwin Blair se había quedado solo un momento. Ya había realizado la parte más difícil de su tarea, que era despertar el interés por el juicio no sólo en la ciudad, sino en el estado, la nación y, finalmente, el mundo entero. Una vez hubiera empezado el juicio, la publicidad se daría por añadidura. Blair había salido a cenar en Beverly Hills con varios periodistas recién llegados de Nueva York y Londres para informar acerca del juicio. Harvey Underwood había llegado antes y había estado allí varias horas para hablar de su testimonio. Sólo hacía media hora que se había marchado. Ahora sólo estaban Yerkes, Griffith y él; y Duncan se estaba preguntando cuánto podría durar la reunión.

Duncan sintió una punzada en la espalda, en la zona sacroilíaca, y rezó para que ello no le produjera un espasmo muscular antes del juicio. Se tensó mientras el dolor le recorría la columna vertebral y después recordó que (tal como solía recordarle su mujer) se trataba de un síntoma recurrente previo a los juicios. Cuando se encontrara ante el tribunal, su espalda no le traicionaría.

Yerkes y Griffith estaban enzarzados en su conversación y Duncan aprovechó la ocasión para abandonar el centro de aquel sofá tan amplio y buscar un apoyo para su doliente espalda. Al levantarse, escuchó que el teléfono sonaba en otra habitación. Se estiró cuidadosamente, se tocó los msculos inferiores de la espalda y buscó una silla más alta. Entonces advirtió la presencia del mayordomo escocés.

Señor Yerkes, señor, perdóneme... —empezó a decir el mayordomo.

Yerkes levantó la cabeza dando muestras de fastidio.

—¿Qué sucede?

—Hay una llamada para usted, señor. El señor Irwin Blair desea hablarle.

—¿Blair? ¿No puede esperar a que...? Bueno, la tomaré. Perdóname, Frank. Vamos a ver qué es eso que Irwin considera tan importante.

Yerkes se levantó del sillón, se acercó a los aparatos que se encontraban sobre la mesa y apretó el botón del micrófono.

—¿Eres tú, Irwin? —gritó ante el aparato.

La voz de Irwin Blair crujió a través del amplificador.

—Señor Yerkes, perdone que le interrumpa pero acabo de ver una cosa que creo que usted y el señor Griffith, si es que aún está allí, tienen que saber.

—El señor Griffith está aquí. También está Elmo Duncan. Conque adelante. Te escuchamos.

—Llamo desde el Restaurante La Scala de Beverly Hills. —la voz de Blair adquirió el tono conspirador de quien está a punto de comunicar un fragmento escogido de chismorreo destructivo—. ¿Saben a quién acabo de ver aquí hace cinco minutos? Estaba sentado en el bar, esperando la llegada de aquellos periodistas, cuando veo salir del comedor a la misma Maggie Russell, la sobrina del señor Griffith. Pero lo que yo creo que ustedes deben saber es que no estaba sola, no señor.

—La señorita Russell tenía una cita. ¿Están ustedes preparados? Y no era otro que nuestro querido miembro de la oposición el abogado de la defensa, el mismo Michael Barrett en persona.

Al escuchar la noticia, Elmo Duncan se acercó rápidamente a Yerkes. Yerkes se inclinó hacia el micrófono.

—¿La señorita Russell y el señor Barrett? —dijo—. ¿Estás seguro de que iban juntos?

—Totalmente seguro —contestó Irwin Blair—. Creo que cenaron juntos, luego ella salió del comedor primero y él la alcanzó fuera. Llamé a la señorita Russell para saludarla y ella, reconociéndome me devolvió el saludo. Pareció no alegrarse mucho de verme. Y allí estaba Michael Barrett con ella. No lo conozco personalmente, pero lo he visto muchas veces. Para estar seguro de que no cometía un error, le pregunté al mesero si aquel hombre era el señor Barrett, el abogado, y me dijo que sí. Sea como fuere, la señorita Russell y el señor Barrett, el abogado se fueron juntos de La Scala, como si fueran viejos amigos.

Mientras escuchaba, Duncan observó que Frank Griffith enrojecía y se apretaba las rodillas con sus poderosas manos.

—¡No puedo creerlo! —exclamó Griffith.

—Acabas de escuchar al señor Griffith —dijo Yerkes—. Le resulta difícil de creer.

—Pues es verdad, es todo lo que puedo decirles —contestó Blair. Yerkes asintió con la cabeza.

—Muy bien, Irwin. Gracias por estar al corriente de todo. Estaremos en contacto. Buenas noches.

Apagó el micrófono.

—Con mil demonios ¿qué es lo que pasa ahora? —rugió Griffith levantándose del sillón.

Yerkes lo observó cuidadosamente.

—¿No sabías nada de esto Frank? ¿Estás seguro de que esta situación no existía de antes?

Es la primera noticia. No puedo creerlo. —Cerró la mano en puño—. Maggie. Maldita sea ¿cómo ha podido mezclarse con Barrett? ¡Precisamente con Barrett! ¿Es que se ha vuelto loca?

—Vamos a ver —dijo Yerkes tranquilamente—. ¿Conoces bien a la muchacha? ¿Cuánto tiempo hace que vive contigo?

—Quizás un año y medio. Más o menos. Cuando despedí a la Vogler, mi mujer pensó que sería más fácil hacer venir a su sobrina desde el Este para tenerla como secretaria y acompañante. No puedo decir que me gustara demasiado la idea de tener a una pariente a mis órdenes. Es más fácil dar órdenes a los empleados a sueldo. Pero Ethel pensó que siendo Maggie un miembro de la familia, por lo menos sería de fiar. Y accedí.

—¿Y es de fiar Maggie? —preguntó Yerkes.

—Siempre lo había creído hasta ahora. Ha sido buena con Ethel. Tal vez ha mimado demasiado a Jerry. Pero nunca se ha entrometido. Es eficiente, discreta, decorativa.

—Bastante decorativa, diría yo —dijo Yerkes. Se dirigió a Duncan— ¿No te parece, Elmo?

—La he observado —dijo Duncan—. Sí, es atractiva.

—Y una muchacha atractiva lo más probable es que salga con muchos hombres ¿verdad? —dijo Yerkes. Volvió a dirigirse a Griffith—. ¿Qué dices a esto, Frank? ¿Qué sabes de su vida privada?

—No puedo decir que le haya prestado mucha atención —admitió Griffith—. Tiene su propia llave y entra y sale de la casa cuando quiere durante sus horas libres. Tiene algunas amigas y la he oído hablar de conferencias, conciertos, películas. Creo que sale con hombres de vez en cuando. Pero no muchos y no con mucha frecuencia.

—Y ahora Michael Barrett —dijo Yerkes reflexivamente—. Elmo ¿tú qué piensas?

Duncan había estado reflexionando.

—Me temo que la explicación es obvia. La defensa se ha ido desesperando por momentos. Probablemente han estado tratando de introducirse en nuestro campo. Pensaron en Maggie Russell como una de las posibilidades que se les ofrecían. Supongo que Mike Barrett se propone intimar con ella. El es un soltero bien parecido y ella una muchacha soltera que quizás estaba esperando un poco de diversión. Esta ha sido la combinación. Aparentemente ha dado resultado. No estoy seguro de lo que Maggie puede decirle. Nos ha visto a todos en la casa, probablemente ha escuchado parte de nuestras

311

conversaciones y supongo que es posible que le haya contado algo. No quiero insinuar que haya querido traicionarnos deliberadamente. Pero es posible que haya dicho o diga más adelante algo acerca de nuestros planes y tácticas. Puede que lo haga inconscientemente. Barrett es inteligente. No lo subestimo en absoluto. ¿Qué significa todo esto? Yo diría que es un peligro en potencia.

Griffith, con el rostro enrojecido, se interpuso entre Yerkes y el Fiscal de Distrito.

—Les diré lo que significa para mí. Significa tener un caballo de Troya en mi propia casa. Y es una de las cosas que no voy a tolerar. Esta noche voy a acorralarla y le exigiré una confesión. Si me cercioro de que la historia de Blair es cierta, le diré que deje de verse con este picapleitos o será despedida. De hecho, ya estoy pensando en despedirla de todos modos.

—Un momento, un momento, Frank, no tan de prisa. —Yerkes tomó su copa de coñac—. No tan rápido.

Bebió pensativamente su *armagnac.*

—Pensemos con la cabeza, tengamos en cuenta las consecuencias de esta acción. Supongamos que la despides por aliarse con la oposición. No creo que la despedida fuera lo que se dice amistosa.

—Puedes estar seguro de que no.

—Despides a Maggie, la corres y ¿qué habrás hecho? Habrás lanzado un nuevo opositor al enemigo. Estará furiosa contigo y Barrett será su amigo. ¿Qué te imaginas que sucederá después? Todas las inhibiciones que pueda tener ahora las habrá perdido. Más aún, querrá vengarse de ti. Lo más natural es que se alíe con estos piratas de la defensa. Que se convierta en testigo de la defensa contra nosotros. Que divulgue los... bueno, todos los detalles íntimos de tu vida en la familia.

—No tengo secretos, ni nada que ocultar —dijo Griffith en tono de honradez ofendida.

—Claro que no, Frank, claro que no; pero tú tienes una vida personal, una vida privada como todos nosotros, como todo el mundo. Esta muchacha ha tenido la ocasión de observarla por dentro. Muchas acciones inocentes que puedas haber realizado, muchas observaciones que puedas haber hecho, fuera de su contexto, podrían tergiversarse, exagerarse, deformarse y perjudicarnos tanto a nosotros como a ti, dichas en el estrado de los testigos. —Se detuvo y sus pequeños ojos pestañearon tras las gafas azuladas—. Al fin y al cabo, Frank, esto es lo que iba a suceder con la Vogler. Piensa en todas las mentiras que pensaba contar sobre ti. Sólo por venganza. No hay nada peor que una mujer despedida. Esta tal señora Vogler estaba dispuesta a ayudar a Barrett a destruirte hasta que pude... convencerla. Afortunadamente, nos hemos librado de la señora Vogler. No queremos crear una segunda señora Vogler en la persona de la señorita Russell. ¿Comprendes lo que quiero decir? —Se volvió—. Elmo ¿tú lo entiendes, verdad?

Creció el respeto de Duncan por la sagacidad de Yerkes.

—Tienes mucha razón, Luther. Estamos muy bien en vísperas del juicio. No podemos contribuir a armar a la oposición.

Griffith rugió.

—Muy bien, quizás ustedes tengan razón. Pero el problema no queda solucionado. No podemos cruzarnos de brazos y dejar que la sobrina de mi mujer, una muchacha que forma parte de mi hogar, siga viéndose con el abogado que pretende difamarnos y destruirnos.

—¿Y por qué no? —dijo Yerkes de repente—. ¿Por qué no dejar que Maggie siga viéndose con Michael Barrett? Es el mal menor. Incluso podríamos beneficiarnos de este hecho. Escúchenme. Supongamos que sigan viéndose. Supongamos que él la *está* utilizando, cosa de la que no estamos seguros. Sinceramente ¿cuántas cosas podría saber a través de ella? Hay pocas cosas importantes que ella haya visto o podido escuchar hasta este momento. Si nos mostramos cautelosos ante su presencia, si tenemos cuidado, bien poco será lo que pueda decirle a Barrett. Al mismo tiempo, Frank, si finges no darte cuenta, si permites que ella siga encontrándose con Barrett o incluso le das a entender que lo sabes pero que confías en ella —animándola hábilmente a proseguir— esto puede ser una ventaja para nosotros.

—¿Ventaja para nosotros? —repitió Griffith con incredulidad.

Hasta Duncan se mostró escéptico, pero conocía la mentalidad de Yerkes y esperó.

—Ventaja para nosotros, sí —dijo Yerkes—. Sirviéndonos del ridículo avance de la defensa en nuestro campo, podemos introducirnos maravillosamente en el campo suyo. Y lo necesitamos, como ustedes saben. Porque no tenemos nada. Creo que sería interesante para Elmo saber lo que pretenden hacer Barrett y Zelkin. Al igual que Elmo, yo nunca subestimo a la oposición. Este joven Barrett no tiene una gran experiencia pero quiere darse a conocer y ha demostrado ser una persona llena de recursos, original y persistente. Es probable que se nos presente con alguna sorpresa y no creo que ninguno de nosotros la desee. Ahora bien, esta atractiva sobrina tuya puede sernos muy útil, pero sólo en el caso de que la tratemos con cuidado. Tu negocio es el de tratar productos, Frank. De ahora en adelante, trata a Maggie como si fuera un producto.

Había empezado la conversión de Frank Griffith. Ahora estaba ya más tranquilo e interesado, si bien no había desaparecido por completo su sensación de aturdimiento.

—¿Qué propones que haga con ella?

Yerkes terminó de beber y posó la copa sobre la mesilla. Duncan pudo observar que se divertía.

Eso es lo que yo te sugiero —dijo Yerkes—. Mañana —tal vez pasado mañana— le dices a Maggie como sin darle importancia que te han dicho que la han visto en público con Barrett. Ella esperará una explosión. En cambio, tú le ofrecerás comprensión. Te mostrarás razonable. Esto la desarmará por completo, la tendrás en tus manos. Deja que se explique. Acepta sus explicaciones. Dale a entender que no pretendes inmiscuirte en su vida privada, que no te importa con quien salga, siempre que se muestre discreta; subráyale sobre todo que tiene que mostrarse discreta durante el juicio para proteger el futuro de Jerry.

Griffith asintió.

—Jerry. Sí, esto la convencerá.

—Entonces, la semana que viene habla con ella acerca del juicio, de lo que ha sucedido, etc. Esto es muy natural. Si tienes suerte, es posible que ella deje escapar algunas cosas que Barrett haya podido decirle o algunas actividades de la defensa de las que ella tenga conocimiento. Por otro lado, si resulta que no sabe gran cosa de Barrett o no quiere revelar lo que sabe, entonces tenemos otra alternativa de la que podemos servirnos en caso necesario. Podemos lograr que Maggie obtenga información falsa —por ejemplo dejándole escuchar alguna conversación tuya al teléfono— o bien dejando por ahí algún memorandum referente a alguna supuesta estrategia que Elmo esté planeando o a algún testigo inexistente... y ella podrá pasar la información a Barrett haciéndole creer que vamos a hacer algo que no haremos. Esto podría servirnos para romper el equilibrio de la defensa. Además, al recibir dicha información, es posible que Barrett confíe más en Maggie y le revele algunos de los planes de la oposición. Yo creo que merece la pena intentarlo, Frank. ¿Crees que podrás hacerlo?

Nerviosamente, Frank Griffith buscó un cigarro en el bolsillo de su chaqueta.

Yerkes y Elmo Duncan, cruzando una mirada de inteligencia esperaban la reacción de Griffit.

—No lo sé. Creo que puedo intentarlo. Pero sigue sin gustarme la idea de que alguien de mi casa pase las noches con un abogado que trata de difamarme, y no sólo a mí, entiéndelo, sino a mi hijo, a mi hijo también. Pero si tú y Elmo...

—Inténtalo —dijo Yerkes con firmeza—. No intervengas en la vida amorosa de Maggie. Ayúdala a cavar la tumba de Barrett. Haz lo que te decimos.

Duncan le dirigió a su protector una inclinación de admiración y le dijo a Griffith.

314

—Yo lo apruebo, Frank. Es lo mejor para tí, para tu hijo, para nuestra causa común.

Frank Griffith había recuperado su confianza habitual.

—De acuerdo, caballeros. Voy a adquirir un espacio de publicidad para Romeo y la señorita Judas.

7

Ya había llegado, finalmente, la mañana del lunes 22 de junio de aquel año del Señor, y Mike Barrett se encontraba sentado en su asiento, junto a la mesa del abogado de la defensa, con todo el sistema nervioso en tensión, esperando el comienzo del juicio.

En el redondo reloj de pared colocado sobre la puerta de entrada de la sala 803 de la Audiencia del Condado de Los Angeles, Mike Barrett pudo observar que el horario había pasado las nueve y que el minutero había pasado las cuatro. Eran las nueve y veintidós minutos de la mañana.

Dentro de ocho minutos, el alguacil haría el solemne anuncio y después empezaría la batalla.

Los ojos de Barrett pasaron del reloj a la abarrotada sala. No sólo estaban ocupadas todas las butacas reclinables, sino que, además, se habían instalado sillas plegadizas de madera y se habían colocado junto a las paredes y frente a los cortinajes de color cocoa que cubrían las ventanas a ambos lados de los acondicionadores de aire. Aparte de algunos rostros conocidos que descubrió aquí y allá —Philip Sanford, Irwin Blair, Maggie Russell (con cuyos ojos no pudo encontrarse)— los demás eran extraños; aquellos miembros del auditorio, los curiosos, los interesados, los preocupados, eran la especie de *homo sapiens* a la que su Fiscal de Distrito debía proteger contra la depravación y a la que él debía salvar de una sentencia que sería causa de mudez, sordera y ceguera.

Por unos momentos, se preguntó qué clase de gentes serían los que se habían propuesto entrar en la sala.

Cuando él, junto con Zelkin, Kimura, Sanford, Fremont y Donna, llegó al octavo piso del Palacio de Justicia, hacía cuarenta y cinco minutos que Kimura y Donna lo habían ayudado a trasladar los pesados maletines y los expedientes que contenían el informe de la defensa, los documentos de pruebas, los libros de referencia, los apuntes y notas. Desde entonces, Barrett se había asombrado de la ingente muchedumbre que se abarrotaba a lo largo del pasillo que conducía a la Audiencia. Calculó que por lo menos habría más de trescientas personas tratando de entrar. Sólo alcanzó su objetivo una tercera parte.

Recordó haber pasado frente a la fila de brillantes luces que acompañaban a las cámaras de televisión en el vestíbulo situado frente a la entrada de la sala. Un comentarista reconoció a Ben Fremont y trató de arrastrarle ante una cámara para celebrar con él una entrevista; pero Fremont no había olvidado las instrucciones del día anterior y se había negado. Varios periodistas los acorralaron a él y a Zelkin acosándolos con preguntas imposibles. Zelkin los cortó bruscamente diciendo que todo lo que la defensa tuviera que decir, lo diría en la sala.

Mientras esperaba a que la policía les abriera camino para poder entrar en la sala, Barrett observó y escuchó al célebre comentarista Merle Reid al que había tenido ocasión de ver varias veces en casa de los Osborn. Reid estaba situado delante de una cámara sosteniendo unas hojas de notas y describiendo la escena.

"Es increíble la escena que estamos viendo en el octavo piso del Palacio de Justicia", decía Reid ante el micrófono que le colgaba del cuello, de cara a la cámara, "una situación para la cual las autoridades no estaban preparadas". Algunos juicios atraen la atención internacional porque se centran en grandes nombres y personajes famosos, tales como el juicio de dos días de María, Reina de Escocia en el Castillo Fotheringay en 1586 o el juicio de Bruno Hauptmann en Flemington, Nueva Jersey, por secuestro y asesinato de Charles A. Lindbergh Jr. en 1935; o el que se instruyó por adulterio al reverendo Henry Ward Beecher en la audiencia de Brooklyn en el año 1875; o el de Oscar Wilde por homosexualidad en el año 1895. Otros juicios atraen la atención del mundo por su carácter de controversia política. Hemos tenido varios juicios de esta clase en América: el juicio de Mary Surratt y de sus compañeros de conspiración en el viejo edificio de la Penitenciaría de Washington por el asesinato del presidente Lincoln y el de Nicolás Sacco y Bartolomeo Vanzetti en el Palacio de Justicia Dedham de Massachussetts, anarquistas acusados de asesinato. Juicios parecidos hubo también en Europa: el de Emile Zola por difamación contra el Ministro de la Guerra en su defensa del capitán Alfred Dreyfus y el juicio del cardenal Joseph Mindszenty en el Tribunal Popular de Budapest por intento de derrocar al gobierno comunista húngaro.

"Y después hay otros procesos que atraen la atención internacional porque se refieren al derecho humano a la libertad de expresión y a la libertad de prensa. Tal fue el juicio de John Peter Zenger, editor del *New York Weekly Journal,* acusado de difamar, en sus escritos, al despótico gobernador real, celebrado en el palacio de justicia de Nueva York en 1735. Zenger había escrito: «la pérdida de la libertad en general pronto seguiría a la supresión de la libertad de prensa... no ha habido ninguna nación, antigua o moderna, que haya perdido la libertad de hablar, escribir y publicar sus sentimientos sin perder, consiguientemente, la libertad en general, convirtiéndose en esclava». Sin embargo, Zenger consiguió ser absuelto gracias a la heroica defensa de su anciano abogado, Andrew Hamilton, ganando así para la libertad de expresión americana una victoria momentánea y temporal.

"Desde los tiempos del proceso Zenger, no había habido ningún otro, referente a la libertad de expresión o de prensa, que se considerara tan importante como este juicio criminal del estado de California contra un librero desconocido llamado Ben Fremont, acusado de suministrar material obsceno bajo la forma de una breve novela prohibida, *Los Siete Minutos,* debida a la pluma de un escritor expatriado americano, ya muerto, quien la escribió hace tres décadas.

"¿Por qué este juicio en particular, que podía haber quedado relegado a la oscuridad de un debate provinciano, sobre uno de tantos libros pornográficos... por qué este juicio ha captado la atención de toda la gente, no sólo de los Estados Unidos, sino también de Gran Bretaña, países escandinavos, Francia, Alemania, Italia, España, México, América del Sur, Japón, etc.?

"Este comentarista no puede dar una respuesta concreta. Nadie puede explicarse este fenómeno. Todo lo más, las respuestas pueden suponerse. El juicio se abre en un momento decisivo de la historia del hombre civilizado, un momento en que el futuro de la moralidad humana está en entredicho. A través de los libros, los periódicos, la televisión, el teatro y el cine, la libertad de expresión ha rebasado los antiguos límites de la decencia aceptable, en un esfuerzo por alcanzar los límites máximos del arte o bien en un esfuerzo por atacar y destruir los resortes del hogar, la familia y la sociedad de los países civilizados tal y como éstos la conocen. Al mismo tiempo, la autoridad de la religión en todos los países del mundo se ha debilitado mucho y ha recibido un duro golpe por parte de aquellos que combaten los límites exteriores de la libertad y las definiciones en blanco y negro del bien y el mal, de lo moral y de lo inmoral.

"Tal vez ello se debe al hecho de que en este momento, el Estado y la Iglesia prevén su posible ruina a no ser que procedan a detener el avance de los destructores de la moralidad establecida y castiguen a quienes se hayan atrevido a ir demasiado lejos, estableciendo nuevos límites que puedan contener los abusos y los excesos de la libertad anárquica.

"Y, como campo de batalla final, han elegido la corte de esta enorme ciudad sureña del estado de California. El objeto que provoca esta acción definitiva ha alcanzado fama internacional. Si bien la novela está escrita por un varón, la novela causante de la tormenta es enteramente la novela de una mujer, y se refiere a las actitudes y sentimientos de una mujer con respecto a su mente y a su vida sexual. Dado que las mujeres de todos los países son mujeres en primer lugar y ciudadanas en segundo, su interés por el destino que pueda seguir la Cathleen de este libro ha rebasado los límites nacionales. Además, la sexualidad explícita que, según se afirma en el libro, es la nota dominante de los pensamientos femeninos, parece preocupar y perturbar a las mujeres de todo el mundo y preocupar también a los hombres de todo el mundo. Sobre todo, como consecuencia de determinados pasajes, que los dirigentes de las religiones occidentales consideran amenazadores —no sólo la jerarquía católica francesa, italiana o española, sino también los dirigentes protestantes de los Estados Unidos, Gran Bretaña y Alemania— en los que se describen a varias figuras sagradas de todas las religiones durante el acto sexual, las iglesias del mundo se han aliado con las autoridades laicas en un esfuerzo por suprimir *Los Siete Minutos* y, a través de este ejemplo, establecer nuevas limitaciones en la libertad de expresión y la moralidad fundamental.

"Aparte de estas razones, es posible que haya otras menos prácticas, más románticas que puedan explicar el interés que ha rodeado...".

Pero Mike Barrett, si bien estaba fascinado, no pudo escuchar más. Zelkin le había hecho una seña y él se apresuró a penetrar en la sala para ayudar a los demás a sacar los documentos y prepararse para la próxima batalla.

Ahora, mientras observaba de nuevo al auditorio de la sala pudo encontrarse, finalmente, con la mirada de Maggie Russell. Le dirigió una inclinación de cabeza y ella le saludó con otra análoga.

Después, Barrett estudió brevemente a los representantes de la prensa. Estaban sentados en sillas plegadizas —no había sitio para mesas— a todo lo ancho de la sala, detrás de la barandilla que separaba el público del tribunal. Los rostros y las vestimentas de los periodistas confirmaban lo que momentos antes había dicho fuera el comentarista de televisión en el sentido de que se trataba de un juicio de interés no meramente local o nacional, sino internacional. Había allí periodistas americanos, conversando, tomando apuntes en sus blocks, revisando el material y periodistas procedentes de Londres, París, Milán, Munich, Ginebra, México, Barmelona, Tokyo y de muchas otras importantes ciudades.

Desde el estrado de la prensa, la atención de Barrett se dirigió a la doble mesa rectangular de nogal donde estaba la parte acusadora y que, dada la escasez de espacio, parecía una continuación de la suya propia. Mirando por encima de la cabeza de Zelkin, pudo observar al Fiscal Duncan pasándose los dedos por su suave cabello rubio, rascándose la fina nariz, frotándose la barbilla, mientras escuchaba a sus ayudantes, el moreno Víctor Rodríguez y el bronceado Pete Lucas.

Su propia mesa de nogal, advirtió Barrett, estaba ocupada por tres personas pero de ellas sólo dos eran abogados de la defensa: Barrett sentado en el asiento más próximo al estrado del jurado, vestido con camisa blanca, corbata azul y traje azul marino de dacrón. A su lado vaciando el contenido de su portafolios, estaba el regordete Abe Zelkin. Al otro extremo estaba el acusado, Ben Fremont, con su mejor traje dominguero, mirando a través de sus lentes de montura metálica las seis luces fluorescentes que suspendían del techo adornado.

Barrett inspeccionó por última vez el campo de batalla que se extendía ante sus ojos. A su derecha, algo más allá de la mesa de la acusación, se encontraba el alguacil de anchas espaldas, que procuraba mantener el orden de la sala y servía, en cierto modo, de niñera de sexo masculino a los doce miembros del jurado. Había estado de pie, escuchando a varios periodistas, pero ahora ya se había situado junto a su pequeño escritorio.

Del alguacil, Barrett dirigió su atención más allá de las cabezas de sus opositores hacia el escritorio de tapa corrediza que ocultaba en parte al delgado y girafesco secretario que estudiaba las actas. El viernes anterior, en presencia del juez y de espectadores, había tomado el juramento a los jurados recordándoles que debían "examinar con cuidado la causa"; ahora, en su calidad de secretario del juez, tomaría las actas correspondientes al proceso.

En el centro de la sala, imponente y formidable, se elevaba el escaño del juez, austero a pesar del micrófono, los lápices, el block de notas, la jarra de agua, el mazo, una colección de ocho volúmenes del *Código Penal de California*. Detrás podía observarse el asiento de cuero de alto respaldo y tras él una puerta cerrada por cortinas y flanqueada por la bandera de los Estados Unidos y la bandera de California.

Abajo, entre Barrett y el estrado de los testigos, había una silla giratoria, un aparato de estenotipia colocado sobre un trípode y el escritorio de Alvin Cohen, relator del tribunal, comisionado para recoger todas las incidencias del proceso. En aquel momento, en cuclillas Cohen trataba de arreglar el trípode para la máquina de estenotipia y tenía el aspecto de un joven profesor adjunto tratando de encontrar un gemelo de la camisa que se le hubiera perdido.

Por encima del relator, se encontraba el estrado de los testigos por cuyo lado abierto se accedía a una silla tapizada y a un micrófono elevado a la altura de la cabeza. Barrett contempló tristemente el estrado de los testigos para el que tanto él como Zelkin iban tan mal preparados y después se hundió en su propio asiento giratorio para examinar la baja pared del estrado de los jurados a muy poca distancia de su propio codo.

Las sillas del jurado aún permanecían vacías.

La imaginación de Barrett retrocedió a la mañana del día anterior cuando Zelkin había ocupado simbólicamente aquellas sillas refiriéndole las biografías y resumiéndole las personalidades de los doce jurados que habían sido seleccionados.

Zelkin se había mostrado muy severo en la selección de los jurados. No eran simplemente la ocupación y la vida de cada jurado, ni siquiera sus opiniones o prejuicios, los que habían influído en las selecciones de Zelkin. Habían sido los modales del jurado, su empleo del lenguaje y sus inflexiones de voz al responder a las preguntas, incluso el modo de llevar el periódico o la revista bajo el brazo. Tratándose de un caso de censura eran de suma importancia la sofisticación, la educación y los gustos literarios del jurado.

Zelkin creía que, entre los doce jurados, había por lo menos cinco que prometían simpartizar por su causa y esperaba que los siete restantes fueran honradamente imparciales. Zelkin pensaba que disponían de un buen jurado. Pero Barrett advirtió también que Duncan debía sentirse seguro de ellos.

Pensando en los últimos preparativos, Barrett volvió a dirigir su atención al estrado de los testigos y recordó que toda la tarde del sábado la habían dedicado a reunir a sus testigos en el despacho y a discutir con ellos, hacerles sugerencias y tomar notas. Pensó en el último desastre que se había producido. El sábado, Kimura les había traído directamente desde el aeropuerto internacional a un testigo en el que depositaban grandes esperanzas. Se trataba de Da Vecchi, el artista florentino que había conocido a Jadway en París en el año 1935 y que afirmaba haber pintado un retrato del mismo en Montparnasse. Da Vecchi resultó ser un italiano de edad madura cuya astuta mirada era semejante a la de un carterista romano. Para presentarle en el estrado de los testigos, Barrett hubiera deseado a un Ticiano o un Carpaccio; en cambio, había conseguido a alguien parecido a un zapatero charlatán del Viejo Mundo de los que siempre olvidan devolver correctamente el cambio.

Resultó que Da Vecchi sólo se había encontrado con Jadway en tres ocasiones, y, no obstante que su memoria se había nublado un poco, Da Vecchi recordaba varias de las observaciones de Jadway mientras estaba escribiendo su novela, de las que se desprendía su integridad. En el transcurso de uno de aquellos encuentros, Da Vecchi había pintado el retrato de Jadway. En el despacho de Zelkin, Da Vecchi se había dispuesto a descubrir el cuadro. Para Barrett había sido un momento de suspenso, el momento de ver, por primera vez, al verdadero acusado del caso. Da Vecchi retiró la arpillera para descubrir el óleo y Barrett sufrió una decepción. La pintura era de estilo abstracto-cubista, un ridículo crucigrama de conos, cuadrados y líneas perpendiculares y horizontales de color azul, amarillo, rojo y marrón. Si acaso el lienzo representaba algo, esto era más bien la cabeza de un poderoso centauro como el que hubiera podido pintar un alumno de un jardín de niños. La pintura carecía de valor y Da Vecchi ocuparía el estrado de los testigos a su debido tiempo.

Meditabundo, Barrett le dirigió una mirada de soslayo a su oponente. El Fiscal de Distrito miraba hacia el público y saludaba a alguien con la mano. Barrett se preguntó cómo habría pasado el domingo Duncan. Sin duda con Christian Leroux, el calumniador de Jadway, y tal vez con Jerry Griffith. Y, entonces, se preguntó si Jerry Griffith habría visto a Duncan. Maggie debía saberlo, claro, pero él no se lo preguntaría. Contempló a su rival, envidiándole sus testigos y después se volvió de nuevo para ver la hora.

En el reloj de la pared daban las nueve y media.

Sonaron dos timbrazos en la sala y Barrett observó que el fornido alguacil se levantaba y se dirigía apresuradamente hacia la puerta que conducía al piso de arriba en el que se encontraba la sala del jurado. Barrett advirtió inmediatamente que tanto la prensa como el público habían comprendido porque empezó a disminuir el rumor de las conversaciones y todo el mundo estaba en actitud expectante.

De repente, los doce jurados, ocho hombres y cuatro mujeres, comenzaron a desfilar hacia la sala ocupando sus asientos en el estrado correspondiente. Mientras así lo hacían, Abe Zelkin tomó a Barrett de la manga y le dijo en voz baja:

—Fíjate en los cinco que te he dicho, los que me inspiran confianza —murmuró. Zelkin había seguido un curso para potenciar su memoria con el fin de poder igualar el don natural de Barrett y ahora estaba sirviéndose de uno de los trucos para fijarlos en la memoria de Barrett. Jurado número dos, la mujer que se parece a Mao-Tse-Tung, muy bien. Número tres, el banquero que se parece al Tío Sam, también muy bien. Número siete, la chica que se parece a Greta Garbo, estupenda. Número diez. El que se parece a Joe Louis. Es profesor. Doce. El presidente del jurado. Gemelo de Albert Schweitzer. Se llama Richardson. Un gran arquitecto. ¿Los tienes?

—Sí —contestó Barrett.

Sus ojos contemplaron al jurado y dirigieron a sus miembros en silencio la vieja pregunta de Shakespeare: *¿Sois hombres buenos y veraces?*

Los jurados habían ocupado sus asientos y, desde su escritorio, el alguacil se estaba dirigiendo a los espectadores reunidos en la sala.

—Levántense por favor —ordenó el alguacil— y contemplen la bandera de nuestra nación, reconociendo los símbolos que representa: libertad y justicia para todos.

Barrett se levantó como los demás y así permaneció mientras se abrían los cortinajes y hacía su aparición el juez Nathaniel Upshaw. Sosteniendo con una mano parte de sus vestiduras judiciales, el juez se acercó a su asiento. Tenía una figura impresionante, pensó Barrett, con su blanco cabello, sus vivos ojos con bolsas en los párpados y su rostro delgado, arrugado, fuerte y comedido. En cierto modo semejaba una representación del presidente del tribunal supremo de Inglaterra de las que aparecen en los tarros de cerveza. Aflojando el cuerpo, con los nudillos apoyados sobre la mesa, permaneció de pie esperando a que terminara el alguacil.

—Se abre la sesión en la sección 101 de la Audiencia del Estado de California, Condado de Los Angeles —anunció el alguacil—. Preside el honorable juez Nathaniel Upshaw. Siéntense, por favor.

Un murmullo recorrió la sala. El público, la prensa, los abogados, todo el mundo estaba en su sitio y Barrett sintió que un nudo le apretaba el pecho y la garganta.

El juez Upshaw se sentó, tomó el mazo y lo golpeó una vez.

Dirigió la mirada hacia el relator cuyos dedos descansaban sobre el aparato de estenotipia. A través del micrófono, que se encontraba sobre su mesa, se dirigió al relator.

—El caso del Pueblo del Estado de California contra Ben Fremont. —La voz del juez Upshaw era poderosa, profunda y resonaba en todos los rincones de la sala—. Que se indique en el acta que el pueblo está representado por el señor Elmo Duncan, que el acusado está presente con su abogado asesor, el señor Michael Barrett y que el jurado se encuentra en el estrado.

El Juez Upshaw dirigió la mirada hacia la mesa del Fiscal y la examinó. Finalmente, volvió a hablar.

—¿Desea usted pronunciar alguna información inicial, señor Duncan?

El Fiscal de Distrito se levantó rápidamente.

—Sí, Su Señoría. Desearía hacerlo en este momento.

—Puede usted proceder.

Elmo Duncan se movió rápidamente por la sala. Al pasar frente a la mesa de la defensa, siguió mirando hacia adelante. Al llegar junto al estrado de los jurados, se agarró a la barandilla inferior del mismo, hizo una reverencia y dirigió una ligera sonrisa a los jurados. Después, dejando la barandilla, retrocedió, cruzó los brazos sobre el pecho y, al empezar a hablar, su voz sonó forzada y fingida.

—Señoras y señores del jurado —dijo Elmo Duncan— tal como ustedes saben, antes de iniciarse el juicio de un caso criminal, tanto el abogado acusador como el abogado de la defensa tienen la facultad de pronunciar una declaración inaugural. El propósito de esta declaración es, simplemente, el de prefigurar ante ustedes el esquema de lo que cada uno de nosotros pretende demostrar en la presentación de nuestros casos. Lo que podemos decir está limitado a una sola regla: nuestra declaración inicial debe limitarse a los hechos que pretendemos demostrar. No nos está permitido defender el caso. En resumen, tal como lo dijo un magistrado, una declaración inaugural debiera poder compararse con la "tabla de contenido de un libro, de tal manera que pueda encontrarse el capítulo y saber de qué trata".

Así, pues, en esta breve declaración, no voy a presentar ninguna prueba. Más tarde y mientras dure el juicio, las pruebas procederán de allí... —Duncan señaló el estrado de los testigos—,

... del estrado de los testigos que, bajo juramento solemne de guardar completa fidelidad a la verdad, y plenamente conscientes de que pueden incurrir en el delito de perjurio si se desvían de ella, se limitarán a referir los hechos y sólo los hechos. Generalmente, el testimonio de los testigos en un juicio criminal debe limitarse a lo que ellos hayan visto con sus propios ojos, escuchado con sus propios oídos, olido, tocado o sentido por medio de sus sentidos físicos. Sólo en muy contados casos se les permite presentar pruebas de oídas, es decir, rumores o relatos de segunda mano. Normalmente, en un caso criminal, los testigos no deben emitir sus propias opiniones ni llegar a conclusiones. No obstante, en un caso de obscenidad como el presente, estoy seguro de que el tribunal accederá a que se haga una excepción a esta regla. Al juzgar si una obra literaria es o no obscena, las opiniones calificadas de los expertos suelen admitirse como pruebas, del mismo modo que los hechos efectivos.

Teniendo esto en cuenta, señoras y señores del jurado, tengan la bondad de escucharme mientras esbozo lo que he llamado tabla de contenidos de esta causa.

La voz del Fiscal Duncan había empezado a librarse de los estranguladores efectos iniciales de la tensión. Era como si hubiera utilizado aquellos momentos preliminares no tanto para instruir a los jurados acerca de los procedimientos básicos a seguir cuanto para convencerse a sí mismo de que los jurados iban a mostrarse favorables a su causa y de que todo iba a marchar bien a partir de ese momento.

Cuando reanudó su discurso, estaba más tranquilo y confiado.

—Estamos reunidos aquí porque nosotros, los abogados del Pueblo, hemos acusado a Ben Fremont, librero, de infringir el artículo

311.2 del Código Penal del Estado de California. Este artículo afirma lo que ustedes oirán repetir varias veces en el transcurso de este juicio: "Toda persona que deliberadamente envía o es causa de que se envíe; traiga o es causa de que se traiga a este Estado, para su venta o distribución, o prepara en este Estado, publique, imprima, exhiba, distribuya o se ofrezca a distribuir o posea con intención de distribuir o de exhibir o de ofrecerse a distribuir cualquier materia obscena, es culpable de un delito de menor cuantía".

Y permítaseme añadir que si una persona es declarada culpable de proporcionar materia obscena —y la «materia» se define en nuestro Código Penal como un "libro, revista, periódico o cualquier otro material impreso y escrito"— si dicha persona es declarada culpable de proporcionar materia obscena por segunda vez, es culpable no de un delito de menor cuantía, sino de un delito de mayor cuantía.

Al pronunciar Duncan esta afirmación, Barrett observó que Ben Fremont se agitaba inquieto, cosa que subrayó su propia reacción instintiva ante la mención de Duncan de la reincidencia.

Barrett se levantó.

—Protesto, Su Señoría. Protesto basándome en que el abogado de la acusación no se está limitando a afirmar lo que pretende demostrar, sino que está defendiendo su punto de vista en contra del acusado.

El juez Upshaw hizo una señal de asentimiento con la cabeza.

—Se acepta la protesta. Señor Duncan, creo que está usted rebasando los límites de una declaración inicial.

Duncan le dirigió una sonrisa al juez en ademán de disculpa.

—Gracias, Su Señoría, lo siento. —Sonrió también a los miembros del jurado—. Me temo que me he dejado llevar por mi entusiasmo.

Al sentarse de nuevo, Barrett escuchó que Zelkin le murmuraba:

—Ha dado en el clavo el muchacho... dos veces, delito de mayor cuantía. Espero que le contestes como es debido.

—No te preocupes —dijo Barrett con la mirada todavía fija en el Fiscal de Distrito.

Duncan había reanudado su declaración.

—El punto esencial del artículo del Código Penal que en nuestra opinión ha violado el acusado se centra en una sola palabra de dicho artículo: la palabra "obsceno". Y sobre esta palabra el Código Penal es muy explícito. Bajo el artículo 311, encontramos la siguiente definición: "Obsceno significa que para una persona corriente, aplicando normas generalmente aceptadas, la atracción predominante de la materia, considerada en su conjunto, se debe a un interés lascivo, es decir, un interés vergonzoso o morboso por la desnudez, el sexo o excreción, rebasando los límites habituales de candor en la descripción o representación de tales materias, siendo una materia carente totalmente del atenuante de importancia social". —Hizo una pausa.

Ahora bien, tanto la palabra "obsceno" como la palabra "lascivo" se escucharán con frecuencia en el transcurso de este juicio. Acaban ustedes de escuchar sus definiciones legales. Es útil también tener en cuenta las definiciones que de las mismas nos ofrecen los diccionarios. En el *Diccionario Inglés de Oxford* y en otros, "obsceno" significa algo repugnante, sucio, indecente. Y una materia de interés "lascivo" es una materia que contiene ideas lujuriosas, lascivas o perniciosas, una materia que provoca en los lectores un interés impuro por aquello que es bajo.

El Estado acusa a la obra de ficción titulada *Los Siete Minutos*, escrita por un tal J J Jadway, de ser una obra que provoca un interés predominantemente lascivo, siendo por tanto criminalmente obscena. Dado que el acusado, Ben Fremont ha distribuído con conocimiento de causa dicha obra obscena, es culpable de un delito según la Ley.

En este caso, demostraremos sin lugar a duda tres aspectos esenciales de la transgresión de la ley por parte del acusado.

En primer lugar, demostraremos que Ben Fremont, librero de este condado, exhibió y distribuyó un libro llamado *Los Siete Minutos*.

En segundo lugar, demostraremos que el acusado Ben Fremont distribuyó dicho libro obsceno a pesar de tener pleno conocimiento del contenido del mismo. Para demostrarlo, presentaremos los testimonios de los agentes del sheriff, de la Sub-oficina del condado de Los Angeles que, en su calidad de agentes secretos, adquirieron *Los Siete Minutos* del acusado. Demostraremos dicho testimonio presentando grabaciones en cinta de las voces y conversaciones de los agentes de la policía con el acusado Ben Fremont, quedando así plenamente demostrado que el acusado tenía absoluto conocimiento del contenido del libro y que sabía que dicho contenido era obsceno.

En tercer lugar, demostraremos sin asomo de duda que, para el hombre o la mujer corrientes, aplicando las normas comunitarias contemporáneas, *Los Siete Minutos* es una obra obscena según la definición legal de la palabra y que se trata de una obra sin atenuante alguno de importancia social. Para establecer estos hechos, presentaremos varias categorías de testigos. Una de las categorías incluirá a expertos en literatura o personas que conocieron al autor del libro los cuales testificarán que la obra en cuestión es obscena en sí misma, sin ninguna clase de mérito literario o valor social. Estos expertos revelarán también que el autor creó dicha obra con la única finalidad de explotar el interés lascivo de los lectores susceptibles, para su propio beneficio económico personal. Otra categoría de testigos incluirá a respetables miembros de las municipalidades del condado de Los Angeles, que testificarán que las personas sencillas de nuestra comunidad se muestran de acuerdo en considerar que el libro explota vergonzosamente el interés morboso del lector hacia el sexo, la desnudez o la excreción. Una última categoría de testigos testificará, sobre la base de sus propios conocimientos personales, que el libro es obsceno y que su estímulo de los intereses lascivos de las personas inmaduras ha provocado una perturbación emocional conducente a la violencia.

Permítanme subrayar la importancia de la relación causa y efecto entre la pornografía y la violencia. Nuestras más altas autoridades judiciales nos han dicho y repetido que, si puede demostrarse que un libro de contenido sexual ha inducido a una conducta antisocial, dicho libro no merece circular libremente dentro de una sociedad civilizada, como no lo merece tampoco un demente o un asesino. El Estado se propone presentar dicha demostración. Presentaremos a psiquiatras expertos...

Barrett se levantó.

—Protesto, Señoría. El señor Fiscal está superando los límites de su declaración inicial.

—Se admite la protesta —dijo el juez Upshaw. Se dirigió al Fiscal de Distrito—. Señor Duncan, limítese usted a los hechos que pretenda presentar como prueba, absteniéndose de los comentarios que son propios de la conclusión.

Duncan aceptó de buen grado la observación.

—Gracias, Su Señoría. —Volvió a dirigirse a los jurados—. Permítanme decirles que nuestros testigos expertos incluirán a psiquiatras familiarizados con los efectos del material pornográfico en la conducta de los jóvenes. Entre nuestros testigos se contará, por primera vez en una sala de justicia americana, a una víctima efectiva de esta literatura repugnante.

Al demostrar este extremo —y, en realidad, los tres extremos que les he señalado— no sólo probaremos que el acusado ha infringido la ley y merece ser declarado culpable de lo que se le acusa, sino que, al hacerlo así, demostraremos también, como es nuestro deber, que la novela obscena que el acusado distribuyó, también era culpable, por lo cual merece ser prohibida y eliminada de la circulación.

Sí, señoras y señores ¡prohibida! Para ganar este caso, nos proponemos demostrar, y demostraremos, que nuestra solicitud de prohibición para las obras obscenas merma tanto los derechos y las libertades humanas como la solicitud de arresto y confinamiento para los individuos que han causado algún daño a nuestras comunidades por medio de actos de violencia. Demostraremos por qué, al condenar una obra de esta naturaleza, no contravenimos ni mermamos los derechos individuales tal y como lo establece la Primera Enmienda da la Constitución al afirmar que el Congreso no deberá votar ninguna ley que se proponga "reducir la libertad de expresión o de prensa".

Señoras y señores del jurado, en el transcurso de los días siguientes, trataremos de probar que este libro, *Los Siete Minutos*, es totalmente obsceno y carece absolutamente del atenuante de importancia social, por lo que no puede invocarse para el mismo la protección garantizada por la Primera Enmienda de nuestra Constitución. Demostraremos que este libro merece ser prohibido. Trataremos de demostrar la premisa tan claramente enunciada por Norman Thomas, candidato socialista a la presidencia de los Estados Unidos —sí, Norman Thomas, un radical en la lucha constante por la preservación de nuestras libertades— que declaró a un subcomité del Senado de los Estados Unidos en el año 1955: "No me impresiona en lo absoluto el extremo hasta el que los defensores de... la pornografía pura y simple, pretenden presionar la Primera Enmienda. No creo que la Primera Enmienda se proponga proteger el derecho de seducir a los inocentes y explotar la mente y las emociones vírgenes de los niños y de los adolescentes... No creo que, para proteger las libertades fundamentales de la prensa, tengamos que someter a nuestros muchachos que, en cierto sentido, son la defensa de toda nuestra sociedad, a una explotación visual de las bajas emociones y a la excitación de las bajas emociones a las que tiende indudablemente esta literatura pornográfica... y todas las de esta clase".

Mientras escuchaba, Mike Barrett advirtió que Zelkin le rozaba ligeramente con el codo.

—Por el amor de Dios, Mike —murmuró Zelkin—, se está anticipando y te está combatiendo. ¿No vas a...?

Durante las últimas observaciones de Elmo Duncan, Barrett se había preparado instintivamente a interrumpirle con una protesta. En efecto, el Fiscal de Distrito estaba presentando pruebas que rebasaban los límites de una simple declaración inicial. Lo que había hecho desistir a Barrett de intervenir había sido un deseo de limitar sus protestas a las materias absolutamente perjudiciales. Sabía que las protestas excesivas solían despertar la aversión de los jurados. No obstante, Zelkin tenía razón. Duncan había ido demasiado lejos.

Barrett volvió a levantar el brazo y se puso de pie.

—Protesto, Su Señoría. El fiscal está mostrándose argumentador. Está presentando pruebas en su declaración inicial.

—Se admite la protesta —dijo el juez Upshaw inmediatamente. Dirigió la mirada al Fiscal de Distrito—. Señor Duncan, conoce usted perfectamente las limitaciones de una declaración inicial. Vuelvo a amonestarle para que se mantenga usted dentro de los límites aceptados.

—Gracias, Su Señoría —dijo Duncan—. Lo siento.

Pero a Barrett, que contemplaba a su rival desde la mesa de la defensa, le pareció que Elmo Duncan no lo sentía en absoluto. Parecía satisfecho y relajado. Era como si supiera que, a pesar de las amonestaciones del juez, se había ganado la simpatía del jurado y estuviera dispuesto ahora a pronunciar las observaciones finales.

—Señoras y señores del jurado —dijo Duncan—, en la presentación de nuestros testimonios y de nuestras pruebas, demostraremos que los ingredientes de este libro ofenden y dañan al hombre corriente de nuestra comunidad. Sostendremos que es el hombre corriente y el hombre especial, el erudito, el liberal o el intelectual, el que debe interpretar nuestras leyes de censura. Porque, tal como explicó un juez de Nueva York al declarar obscena *El Trópico · de Cáncer* de Henry Miller, no puede afirmarse que "por el hecho de que una pretendida obra literaria no exalte el interés lascivo de un reducido grupo de intelectuales, ésta no sea obscena por no despertar en este caso dicho interés lascivo. Ello permitiría sustituir las opiniones de los autores y de los críticos por los de las personas corrientes de nuestra comunidad contemporánea". No, es la persona corriente...

Barrett ya no pudo soportarlo por más tiempo. Era peligroso para la defensa. Se incorporó a medias levantando un brazo en dirección hacia el juez Upshaw.

—Debo protestar, Su Señoría. El señor Duncan no sólo ha argumentado acerca de su punto de vista, en lugar de limitarse a exponerlo, sino que además está combatiendo ahora a los testigos de la defensa antes de que éstos hayan tenido ocasión de presentarse. Protesto basándome en que el señor Fiscal está presentando sus conclusiones y no una declaración inicial.

—¡Se admite la protesta! —dijo enérgicamente el juez Upshaw. Se dirigió al Fiscal de Distrito—. Señor Duncan, ha rebasado usted los límites de su declaración inicial no una sino varias veces. Ha presentado usted pruebas, ha rebatido usted puntos a debate, no se ha atenido usted a las normas. Le amonesto a usted severamente y le exijo que se abstenga de utilizar hechos que pertenecen más bien a la recapitulación.

Duncan pareció sentirse auténticamente afligido.

—Pido perdón, Su Señoría. Espero que quiera usted perdonar mi exceso de entusiasmo. Pretendía ampliar al máximo los extremos legales que nos proponemos demostrar.

El juez Upshaw no pareció mostrarse satisfecho con esta explicación.

—Señor Duncan, en relación con la objeción que acabo de admitir, usted no estaba tratando de demostrar un punto legal; usted trataba de defender su propia causa. Esto no voy a permitirlo. Por favor, prosiga.

Acobardado momentáneamente, Duncan hizo un visible esfuerzo por recuperar su tranquilidad y volvió a dirigirse al jurado.

Señoras y señores del jurado, diré simplemente que trataremos de demostrar, a través de la presentación de testimonios y pruebas, que el contenido de *Los Siete Minutos* sería considerado, por parte de cualquier persona corriènte de la comunidad, como estimulante de un interés lascivo.

Sostendremos que el librero y acusado Bren Fremont distribuyó esta novela perniciosa con plena consciencia de que muchos lectores lo adquirirían, no por ser una obra literaria, sino, principalmente, por ser una obra pornográfica, creada, tal como tendremos ocasión de demostrar, por un autor que tiene todas las características del profesional de la pornografía y de la comercialidad, un autor que no tuvo intención alguna de darle a su trabajo ninguna clase de importancia social.

Si se me permite concluir con una nota de humor, recordaré la ocasión en que *El Amante de Lady Chatterley* fue defendido en su calidad de obra de arte sin interés lascivo lo cual provocó la siguiente observación del juez del tribunal de apelaciones Leonard P. Moore: "En cuanto al interés lascivo, es difícil que uno llegue a ser tan ingenuo como para creer que la avalancha de ventas que se produjo fue el resultado de un repentino deseo del público americano de conocer los problemas de un guardabosque profesional en la administración de una finca inglesa".

Los jurados dieron muestras de regocijo y Duncan los observó satisfecho del resultado obtenido, luego, mesándose el cabello y pasándose una mano por el cuello antes de proseguir.

Desde el sitio de la defensa, Barrett había sentido impulsos de protestar pero, legal o ilegal, los jurados parecían haberse divertido; y protestar contra algo que les había producido placer podía contribuir a despertar su aversión contra la defensa. Una victoria legal aquí, pensó Barrett, podría ser una derrota efectiva más tarde. Se contuvo a regañadientes.

Duncan había comenzado de nuevo:

—Como abogado del pueblo —estaba diciendo—, pretendo demostrar en este juicio que *Los Siete Minutos*, de J J Jadway, no fue escrito, no fue publicado, no fue vendido y no fue comprado porque el público lector americano deseara saber cómo podía estar tendida una mujer en la cama durante siete minutos sin camisón, sin pescar un resfriado de muerte o porque sintiera curiosidad por saber a qué se dedicaba su mente durante estos largos siete minutos, si no contaba ovejitas para conseguir vencer el insomnio. No, no creo que este haya sido el motivo.

Varios miembros del jurado rieron entre dientes, pero Duncan pareció no darse cuenta. Dejó de sonreir y adoptó una actitud de extremada seriedad.

—El Estado afirma que este libro fue escrito, publicado, vendido y adquirido únicamente por su condición de obscenidad, que despierta un interés vergonzoso o morboso por la desnudez, el sexo y la excreción. Esto es lo que nosotros afirmamos y esto es, señoras y señores del jurado, lo que demostraremos en esta sala de justicia. Muchas gracias.

Elmo Duncan se retiró del estrado y, por un instante, sus ojos se encontraron con los de Barrett y sus labios dibujaron una ligera mueca —de lástima, pensó Barrett— mientras se encaminaba hacia su mesa situada al otro extremo de la sala.

—Señor Barrett —Barrett levantó la cabeza y advirtió que el juez Upshaw se estaba dirigiendo a él—. ¿Está usted dispuesto a pronunciar su declaración inicial o prefiere usted reservarla?

—Desearía pronunciarla ahora, Señoría.

—Puede hacerlo.

Echándole una rápida mirada a Zelkin y Fremont, Barrett apartó su asiento a un lado, abandonó la seguridad de la mesa de la defensa y se acercó al estrado del jurado. Pudo observar que varios de sus integrantes le estudiaban con curiosidad y quiso adivinar sus pensamientos. Bajo la influencia de la declaración inicial de Duncan —en realidad, una defensa— se estarían diciendo a sí mismos que todo lo que podía decirse ya se había dicho y seguramente estarían preguntándose qué otra cosa podía contarles aquel extraño.

Barrett se consoló pensando que esto solía ocurrir en un debate cuando el oponente habla primero; ciertamente, cuando el orador anterior ha sido efectivo, la tarea resultaba doblemente difícil. Los oyentes experimentan un lavado de cerebro, son atraídos por las primeras ideas y se muestran reacios, escépticos o desatentos a todo lo que se les dice después. Cuando se tiene que hablar en segundo término, es preciso subir trabajosamente, como por una colina, para alcanzarlos. Hay que luchar y sudar por conseguir su interés y, cuando esto se logra, hay que deslavar sus cerebros y luego pintar su mente con imágenes nuevas suponiendo que tengan la capacidad de aceptar las nuevas imágenes.

Pasándose distraídamente una mano por la solapa, Barrett recordó que había una manera de captar su atención. Asustarlos. Sorprenderlos, sin ofenderlos ni provocar su antagonismo. No era fácil. Porque todavía no estaba medido en el debate, en el juego de preguntas y respuestas que se producen entre la acusación y la defensa durante el examen y el interrogatorio de un testigo determinado. Todavía no podía hacer vibrar las mentes del jurado oponiéndose o refutando algo que Duncan o sus testigos aún tenían encerrado en sus cabezas.

No podía rebatir las afirmaciones de la acusación para abrirse su propio camino. Sólo podía afirmar que había una segunda faceta en esta cuestión de la censura, una faceta vital y apremiante. No sería tan efectivo como una posición polémica; por lo cual, no sería nada fácil eliminar los prejuicios ya implantados en la mente del jurado provocando nuevos sentimientos.

Allí estaban los doce jurados esperando sus primeras palabras. Sus figuras gruesas, delgadas, abiertas, herméticas, carnosas o huesudas no parecían ofrecerle ninguna señal de amistad, más allá de la simple cortesía convencional; sus facciones no denotaban más que una leve curiosidad y un desafío a su habilidad. Pero lo intentaría.

Muy bien. Declaración inicial. Nada de argumentaciones.

—Señoras y señores del jurado —empezó Mike Barrett— mi colega, que se encuentra a mi lado en esta mesa, el señor Abraham Zelkin, y yo representamos a la defensa en este complicado caso de censura. Dado que el señor Duncan, abogado del Estado, les ha hablado a ustedes con tanta claridad de lo que es la obscenidad criminal según el Código Penal de California y de las definiciones legales de las palabras "obsceno" y "lascivo", no veo razón alguna para seguir molestándoles repitiendo lo que ya se ha dicho.

No obstante, al definir dicha ley, al interpretarla, al estudiarla en el intento de averiguar si puede aplicarse al acusado, el señor Ben Fremont, o al señor Jadway, autor del libro objeto de este juicio, e incluso al mismo libro, tropezamos con un problema. El señor Duncan ha afirmado que él sólo busca la verdad en este caso. Yo le creo. Y estoy seguro de que ustedes también le creen. Yo puedo prometerles que tanto mi colega como yo, lo único que buscamos es la verdad en este caso. Estoy seguro de que el señor Duncan me cree y confío en que ustedes me crean. En resumen, ambas partes buscan la verdad. Pero, por extraño que parezca, estas verdades son verdades distintas. Valorar las dos verdades, no decidir cuál es la real y cuál la falsa, puesto que ambas verdades son reales, es el problema de ustedes; averiguar cuál es la verdad que corresponde al caso que nos ocupa: venta por parte del señor Fremont de ejemplares de *Los Siete Minutos* de Jadway.

Simpatizo con su problema. Al fin y al cabo, el más americano de los ensayistas y filósofos americanos, Ralph Waldo Emerson, ya nos advertía, a principios del siglo pasado, que la verdad es algo tan inestable, algo tan taimado, tan intransferible y tan difícil de aprisionar como la misma luz. No obstante, al exponerles a ustedes el plan y ciertos detalles de nuestro caso para la defensa, permítanme tratar de aprisionar un poco de luz y vertirla sobre nuestra propia imagen de lo que es la verdad final en este asunto.

Ustedes han escuchado lo que establece la ley del Estado en

cuanto a la obscenidad. Ustedes han escuchado afirmar al señor Duncan que dicha ley confirma su verdad y la tesis de la parte acusadora. Ahora permítanme definir nuestra verdad.

La cuestión principal que la defensa tratará de aclarar a lo largo de este proceso es que la palabra "obsceno" y la palabra "sexo" no son sinónimos, no son una misma cosa.

Barrett escuchó el crujir de una silla al otro lado de la sala y se volvió en el momento en que Elmo Duncan se levantaba.

—Protesto, Su señoría —dijo Duncan—. El abogado de la defensa está argumentando.

Barrett dirigió la mirada al juez. El juez Upshaw arrugó el entrecejo.

—No me parece que esté argumentando, señor Duncan. Está simplemente definiendo. Una definición puede extraerse de una premisa negativa. Rechazo la protesta y voy a permitir que el abogado de la defensa desarrolle su definición... Señor Barrett, puede proseguir, pero con prudencia. Procure no rebasar los límites de una declaración inicial.

Por momentos, las esperanzas de Barrett permanecieron en suspenso, amenazadas. Luego suspiró aliviado, recuperó la confianza y volvió a dirigirse al jurado con optimismo.

—Señoras y señores —dijo con serena insistencia—, durante este juicio la defensa tratará de demostrar que, por el hecho de que el libro *Los Siete Minutos* encierre su drama humano dentro del marco sexual, ello no significa que deba considerarse automáticamente una obra abscena. Un especialista en censura, Robert W. Haney, ha escrito: "La ley, tal como se concibe en la Declaración de Independencia, no es un ardid social para favorecer la causa de la virtud. Es un ardid protector para asegurar la libertad de oportunidades que los hombres necesitan para su felicidad y para su desarrollo. La libertad no es el derecho a ser virtuoso; es el derecho a hacer lo que uno guste... que está limitado en el caso de que el ejercicio del mismo por parte de una persona perjudique la libertad de los demás o cuando sus resultados sean actos hostiles que la sociedad considere destructivos por los fines que se propone".

Señoras y señores del jurado, permítanme subrayar esta interpretación de la ley. Ni la ley federal ni la del Estado de California fueron votadas para promover la virtud, sino más bien para proteger la libertad. La ley contra la obscenidad, que ha sido la causa del presente juicio, no fue incluída en el Código Penal para restringir los escritos o las lecturas acerca del sexo y promover el puritanismo. Se incluye en el Código Penal únicamente para proteger a los ciudadanos contra la distorsión sin escrúpulos y la descripción viciosa de actos sexuales puros y sanos.

La conducta de la defensa en la presente causa se basará en la sabiduría de algunas de las más eminentes mentes legales de nuestro tiempo. Fue el juez Jerome Frank quien incluyó la siguiente frase en una sentencia: "Creo que no hay ningún hombre en sus cabales que pueda considerar peligrosa la excitación de deseos sexuales normales. Por consiguiente, si la lectura de los libros obscenos se limita a producir esta consecuencia, me parece que el Congreso no puede prohibir constitucionalmente la circulación de dichos libros, del mismo modo que no prohibe el envío por correo de muchos otros objetos, tales como perfumes por ejemplo, de los que es bien sabido que provocan dichos resultados.

Sí, ciertamente, si un libro se prohibe por estimular el deseo ¿cuándo vamos a someter a un proceso a *Arpege?*"

Aun cuando muchos de los miembros del jurado sonrieron y algunos rieron, Barrett pudo escuchar la enérgica protesta del Fiscal de Distrito.

Barrett se volvió en el momento en que el juez Upshaw abundaba en la opinión de Duncan.

—Se admite la protesta... Señor Barrett, ha ido usted demasiado lejos. Debo hacerle una advertencia... está rebasando usted los límites de una declaración inicial.

Barrett inclinó ligeramente la cabeza.

—Perdón, Su Señoría. —Recordó las anteriores palabras de Duncan y las repitió—. Espero que quiera usted perdonar mi exceso de entusiasmo.

Pudo ver que Duncan fruncía el ceño y que Zelkin mostraba una amplia sonrisa. Su oponente había abierto la puerta de las argumentaciones. El se había aprovechado de ello para poder penetrar en la mente del jurado. Finalmente, pudo comprobar que le habían aceptado en igualdad de condiciones que al fiscal. Muy bien.

Señoras y señores del jurado —dijo Barrett—. El abogado acusador nos ha referido que en un caso de censura, que se centra en el mérito social o la falta de dicho mérito de una obra literaria, el testimonio no puede basarse por completo en hechos, sino que tiene que incluir necesariamente la opinión de los expertos. Estamos de acuerdo. Siempre que tengamos la ocasión, les presentaremos hechos en defensa de *Los Siete Minutos,* y del derecho del señor Fremont de venderlo. Con más frecuencia, dado que la importancia social del libro, que la historia del libro, que el sexo del libro y que el valor del libro, dependen de la opinión humana del mismo, presentaremos como prueba de su valor el testimonio de expertos que nos ofrecerán sus argumentos acerca de las motivaciones del autor y del significado de su obra, y también presentaremos a la llamada persona corriente en cuya sociedad contemporánea se vende el libro.

El primer precedente en cuanto a la admisión de la opinión de expertos en un juicio data del año 1917, durante un juicio de censura que se celebró en Nueva York contra el clásico francés *Mademoiselle de Maupin* de Gautier. En aquel juicio, los jueces aceptaron, en apoyo de dicho clásico, los testimonios literarios de Henry James y de otras conocidas figuras literarias. Después, en el año 1938, cuando la revista *Life* fue procesada por haber publicado una serie fotográfica titulada "El Nacimiento de un Niño", que las organizaciones religiosas condenaron y que los representantes de la ley de Nueva York acusaron de ser obscena, lasciva, sucia y repugnante —el nacimiento de un niño, sucio y repugnante— entonces y sólo entonces la opinión de testigos especializados constituyó un factor decisivo en un juicio de esta clase.

Dijo el tribunal al pronunciar su veredicto de absolución, que la defensa había "presentado como testigos a autoridades responsables de la salud pública, a asistentes sociales y educadores que testificaron en favor de la sinceridad, honradez y valor educativo del reportaje gráfico en cuestión". Si bien la acusación protestó contra el testimonio de tales testigos y el tribunal aceptó la objeción, el tribunal añadió, sin embargo, que: "Tales pruebas son, no obstante, racionalmente útiles y en años recientes, los tribunales han tenido en cuenta las opiniones de las personas calificadas".

Por consiguiente, la defensa se apoyará en las opiniones de personas calificadas. Con su ayuda, demostraremos que *Los Siete Minutos* fue creado con integridad artística, y aceptado en muchos sectores como una obra maestra que ha llegado hasta nosotros como un hito para nuestra comprensión de las relaciones entre los sexos y del sexo mismo. A través de estas personas calificadas, demostraremos que las normas aceptadas por la comunidad no son estáticas, ni son en la actualidad lo que eran hace una década o medio siglo o un siglo atrás. Probaremos que J J Jadway fue un profeta cuando escribió hace más de tres décadas, una obra que correspondía al cambio y al progreso de dichas normas. Y demostraremos que, aunque algunos pasajes del libro rebasen lo que comúnmente se acepta, dicho libro merece ser escuchado.

Sentía fuertes deseos de explicar más ampliamente sus puntos de vista.

Tratando de ganar tiempo para determinar si le sería posible superar las restricciones de una declaración inicial, Barrett se apartó del estrado del jurado y tomó un buen sorbo de agua del vaso que se encontraba sobre la mesa de la defensa.

Consideró la posibilidad de mencionar una afirmación del juez Douglas: "El Gobierno debiera preocuparse de las conductas antisociales, no de sus expresiones. Porque, si la libertad de expresión y de prensa de la Primera Enmienda significa algo en este campo, es necesario que admita también protestas incluso contra el código moral aceptado por la comunidad. En otras palabras, la literatura no debería prohibirse simplemente porque ofende el código moral del censor".

Era una prueba incorrecta, desde luego, pero tal vez pudiera deslizarla antes de que le detuviera una protesta, tal como había conseguido hacer Duncan en su declaración.

Pensó qué podría decir. Podría añadir: "Trataremos de demostrar también, con el testimonio de los testigos, que Los Siete Minutos debe juzgarse únicamente teniendo en cuenta las expresiones de su autor. Tratarmos de rebatir toda prueba que pretenda demostrar que se ha producido un acto de conducta antisocial como consecuencia de la lectura de este libro ya que ello es legalmente inadmisible y, en caso de que se considerara admisible, demostraremos que dicha afirmación carece de fundamento. Según una definición del Código Penal de California, basada en el caso de Roth contra los Estados Unidos, 1957, «La imposición de una pena por obscenidad, no depende del hecho de demostrar que el material obsceno crea un peligro evidente y efectivo de conducta antisocial o bien presenta la probabilidad de inducir a sus receptores a tal conducta». Trataremos de probar que la conducta resultante de la lectura de un libro no tiene ninguna relación legal con este juicio de censura. Si el juez nos advierte que sí tiene relación, entonces demostraremos, a través de la presentación de expertos, que —según las palabras de un juez del Tribunal Supremo— la materia escrita no constituye un factor significativo, comparado con otros factores, en la influencia sobre una desviación individual de las normas comunitarias".

Si se le permitiera hacer esta afirmación, Barrett pensaba que podría tratar de aclararla ulteriormente: "En caso necesario, demostraremos que la lectura de textos de carácter erótico no induce a la violencia. El doctor Wardell B. Pomeroy, en la época en que colaboraba en el Instituto Kinsey de Investigaciones Sexuales, intervino en varias encuestas en equipo relacionadas con más de dieciocho mil sujetos. Llegó a la conclusión de que los escritos pornográficos eran estímulos sexuales insignificantes. En el presente juicio, estamos dispuestos a demostrar este hecho mediante el testimonio de nuestros testigos. Y, en los casos en que las lecturas pornográficas produzcan en el lector fantasías sexuales, estamos dispuestos a demostrar que ello no sólo es inofensivo sino que, con frecuencia, produce efectos beneficiosos. Según el doctor Sol Gordon, de Nueva York, «En trece años de práctica como psicólogo clínico, no he encontrado ni un solo adolescente que haya resultado dañado por la lectura de pornografía. Mi propia convicción, basada en la experiencia, es que las personas que organizan cruzadas contra la pornografía son las mismas personas que se oponen a la educación sexual y que propagan la neurótica idea de la posibilidad de que los pensamientos puedan ser perniciosos. Si dichas personas pudieran comprender que los pensamientos, las ensoñaciones, las fantasías y los deseos no son en sí mismo reprobables, habríamos ganado una gran victoria en favor de la salud mental». Hace años, Havelock Ellis afirmó que, al igual que los niños se complacen con la lectura de cuentos de hadas, los adultos hallan un placer semejante en la lectura de escritos de carácter sexual. Más recientemente, dos ilustres psicoanalistas, los doctores Phyllis y Eberhard Kronhausen, han llegado a la conclusión de que la lectura tanto del realismo erótico como de la obscenidad, es una práctica deseable ya que proporciona una válvula de escape a los sentimientos antisociales, desviándolos hacia actos de mera fantasía".

Enunciarlo o no enunciarlo, este era el dilema de Barrett en aquellos momentos. Lo que podría intentarse, había pasado por su imaginación en cuestión de segundos. Ahora trató de resolver el dilema. El juez Upshaw había tolerado que Duncan y el propio Barrett introdujeran argumentos finales en sus declaraciones iniciales y era probable que ahora ya se le hubiera acabado la paciencia. Una advertencia severa y cáustica por parte del juez borraría todo lo que Barrett había conseguido para la defensa. Era inútil. Tenía que atenerse a las normas.

La mirada de Barrett se encontró con la de Zelkin y pareció como si su colaborador hubiera leído sus pensamientos porque le dirigió un movimiento imperceptible de cabeza. Más tranquilo, Barrett posó el vaso sobre la mesa y se volvió hacia el estrado de los jurados.

—El abogado del pueblo —dijo Barrett— ve en este caso tres cuestiones distintas. Como abogado de la defensa, yo veo en este caso una sola cuestión —no tres, ni dos, sino una sola. La primera cuestión del Estado, es decir, si Ben Fremont distribuyó o no un libro titulado *Los Siete Minutos*, no será una cuestión para la defensa. Admitimos que el señor Fremont expuso y vendió el libro. Su negocio consiste en vender libros. No es un árbitro de literatura. Es el propietario de una librería de Oakwood y su actividad consiste en vender libros todo el año. Es un miembro de esa noble profesión a la que Thomas Jefferson defendió en 1814 cuando escribió a un librero perseguido de Filadelfia: "Me mortifica sobremanera que se me diga que en los Estados Unidos de América... una controversia acerca de un libro pueda llevarse ante un magistrado civil".

En cuanto a la segunda cuestión mencionada por la acusación en el sentido de que el señor Fremont vendió con conocimiento de causa un libro obsceno, consideramos que esta llamada cuestión no es tal en sí misma, sino que constituye únicamente una parte de una cuestión mayor que nosotros calificamos de esencial en este juicio.

Porque, para la defensa, la única cuestión válida estriba en saber si *Los Siete Minutos* de J J Jadway es legalmente obsceno. En nuestra opinión, todo el caso se centra en lo que es obsceno y lo que no lo es.

Una vez más, Barrett sintió deseos de adentrarse en terreno peligroso, en un esfuerzo por subrayar este último extremo.

Hubiera deseado referir lo que podía ser una anécdota efectiva. Hubiera querido decir: "¿Acaso puede alguien dictar gustos, siendo que los gustos y los tabús son tan distintos? Son distintos en los distintos estados de esta Unión, y en todos los países del mundo. Recuerdo la historia de Sir Richard Burton acerca de un grupo de ingleses que visitaron a un sultán musulmán del desierto. Mientras el grupo de ingleses miraba, la esposa del sultán cayó del camello. Se le arremangó el vestido y quedaron al descubierto, a la vista de todo el mundo, sus partes privadas. ¿Se sintió turbado el sultán? Al contrario, mostró su agrado porque, durante el accidente, su esposa había conservado el rostro cubierto".

Barrett estaba seguro de que los jurados acogerían la anécdota con simpatía y que conseguiría así demostrar su afirmación. No obstante, sabía que nunca podría hacer caer a aquella esposa del camello. Duncan la detendría antes de que cayera. Era inútil perder el tiempo con la esposa del sultán. La guardaría para más tarde, para la recapitulación.

Suspirando para sus adentros, Barrett decidió avanzar por el recto y angosto camino legal.

—Señoras y señores del jurado, si podemos demostrar, tal como intentaremos, que este libro fue escrito con honradez, que su contenido no rebasa los límites del candor juzgado de acuerdo con las normas comunitarias contemporáneas, que la narración que presenta es artística y posee una considerable importancia social, habremos demostrado entonces que este libro no ha infringido el artículo 311.2 del Código Penal de California. Y en este caso, si no es obsceno, caerá por su propio peso que el señor Ben Fremont no puede ser acusado de haber distribuído una obra obscena, con conocimiento de causa. En otras palabras, si podemos demostrarles a ustedes, señoras y señores del jurado, que *Los Siete Minutos* no es obsceno, entonces habremos demostrado también que el señor Ben Fremont es inocente del delito de que se le acusa.

Mike Barrett dudó. Antes, había planeado finalizar de otra forma. Con una floritura, de hecho. Hasta lo había ensayado antes de acudir al palacio de justicia aquella misma mañana:

—"En cierta ocasión, desde el más alto tribunal de la nación, el Juez Félix Frankfurter dictó la siguiente sentencia, al pronunciarse en contra de una apelación en favor de la censura. «El fiscal», dijo el juez Frankfurter, «insiste en que, protegiendo al público lector en general contra los libros no demasiado escabrosos para los hombres y mujeres adultos con el fin de salvaguardar la inocencia juvenil, ejerce un poder destinado a promover el bienestar general. Indudablemente, pero esto es como quemar la casa para asar el cerdo».

Señoras y señores del jurado, en esta homilía, la defensa ha encontrado el lema que aplicará al estandarte que mantendrá en alto en el transcurso del presente juicio, el estandarte que nos conducirá a nuestra meta.

Nos negamos a quemar nuestra casa —nuestra y de ustedes— simplemente para asar el cerdo".

Hermoso, efectivo. Pero, en aquella atmósfera crecientemente intolerante, totalmente inadmisible.

Maldita sea.

—¿Qué acababa de decirle al jurado? Sí. Si podemos demostrar que *Los Siete Minutos* no es obsceno, habremos demostrado que Ben Fremont es inocente de cualquier delito.

Era mejor dejarlo en esta sencilla afirmación que en la discordancia de una protesta de Duncan.

Barrett dirigió la mirada a los jurados.

—¿Han escuchado ustedes nuestra promesa? —dijo—. Pronto escucharán nuestras pruebas.

Se detuvo.

Señoras y señores del jurado, muchas gracias.

Al regresar a su asiento junto a la mesa de la defensa, Barrett advirtió que estaban en tensión todos los músculos, las fibras nerviosas y los tejidos de su cuerpo, que estaban destrozados. Le parecía que no era más que los simples huesos de un esqueleto. Pero, al observar la expresión del rostro de Abe Zelkin y de Ben Fremont, comprendió que su esfuerzo había valido la pena.

Ben Fremont, limpiándose excitadamente las gafas, se inclinó hacia él.

—Me ha hecho usted sentir mucho mejor, señor Barrett.

—Bien, muy bien. —Barrett miró a Zelkin—. ¿Qué tal me ha salido, Abe?

—Estupendo. Conseguiste que te escucharan. Creo que has alcanzado a Duncan. Yo diría que el primer round ha sido un empate. Lo cual me parece bien.

—A mí también —dijo Barrett. Sacudió la cabeza—. De ahora en adelante, a no ser que llueva algún maná del cielo, me temo que nos veremos en dificultades y que rodaremos pendiente abajo.

—Cada cosa a su tiempo —dijo Zelkin.

Barrett advirtió que se había hecho el silencio en la sala.

El juez Upshaw había terminado de anotar algunos apuntes y, desde su estrado, se estaba dirigiendo al Fiscal de Distrito Duncan.

—Por favor, llame a su primer testigo —ordenó el juez.

—Gracias, Señoría —dijo Duncan ya de pie.

Dirigió una breve mirada al público de la sala.

—La acusación llama al oficial Otto Kellog, por favor.

Kellog, un robusto oficial vestido con traje oscuro de paisano, avanzó cruzando la puerta de la barandilla, atravesó la sala y se detuvo en posición de firmes frente al asiento de los testigos. El secretario jirafa se acercó a él.

Rápidamente, el secretario extendió una Biblia encuadernada en cuero negro.

—Por favor, coloque su mano izquierda sobre la Biblia y después levante la mano derecha.

El oficial Kellog colocó la garra que tenía por mano sobre la Biblia.

La voz estridente del secretario crujió como una ametralladora:

—¿Jura usted que el testimonio que aportará a esta causa ante el tribunal será la verdad, toda la verdad y nada más que la verdad, así Dios le salve?

—Lo juro.

—Declare su nombre, por favor.

—Otto C. Kellog, K-e-l-l-o-g, deletreó.

—Siéntese, por favor.

Kellog tomó asiento y esperó expectante, como alguien que ya hubiera interpretado el mismo papel en alguna ocasión anterior. El secretario había desaparecido con la Biblia silenciosamente y, en su lugar, se encontraba ahora el Fiscal de Distrito Elmo Duncan.

—Oficial Kellog ¿puede usted decirnos su profesión, por favor? —preguntó Duncan.

—Soy oficial de policía, sargento, asignado a la oficina del sheriff del condado de Los Angeles, señor.

—Oficial, en su trabajo, ¿constituye un procedimiento habitual el que usted vista de paisano?

—Sí señor.

—Ahora, dígame usted, el diecinueve de mayo de este año ¿tenía usted algún motivo especial para visitar el local situado en el 1301 de la Calle Treinta Norte de Oakwood, del condado de Los Angeles, California?

—Sí señor.

—¿Y vestía usted su habitual traje de paisano en dicha ocasión?

—Sí señor, así es.

—¿Puede usted decirme exactamente qué es lo que hay en el 1301 de la Calle Treinta Norte de Oakwood?

—Hay una tienda, señor. La tiene alquilada Ben Fremont, propietario del Emporio del Libro.

—Y usted visitó este local. ¿Fue usted solo al local?

—No señor. Fui con mis compañeros, el oficial Izaac Iverson y el oficial Anthony Eubank. ¿O es que me pregunta si entré solo en la tienda?

—No, ha contestado usted correctamente a mi pregunta. Ahora desearía saber si sus compañeros le acompañaron al interior de la tienda.

—Entré solo la primera vez.

—Estaba usted solo la primera vez. ¿Qué propósito le guiaba a usted al entrar solo?

—Simulaba ser un cliente común y corriente que deseara adquirir un libro para su mujer.

—¿Y adquirió usted el libro?

—Sí. El señor Ben Fremont, el propietario, me vendió un ejemplar de un libro llamado Los Siete Minutos de J J Jadway.

—Pero esto fue la primera vez. ¿Entró usted por segunda vez en la tienda?

—Sí, inmediatamente después de haber comprado el libro, salí a la calle y hablé un momento con mi compañero, el oficial Iverson, y después entramos de nuevo juntos en la tienda.

—¿Y cuál era el propósito de su segunda visita?

—Detener al señor Fremont por infracción del artículo 311.2 del Código Penal de California.

En la mesa de la defensa, Mike Barrett había estado escuchando atentamente el testimonio del primer testigo, pero ahora su interés había empezado a disminuir. Todo aquello le era familiar y lo había escuchado y leído antes. Se dedicó a escuchar distraídamente mientras dibujaba caricaturas de los miembros del jurado en las hojas de un block, reservando su interés para las cuestiones más importantes que se producirían después.

Sólo veinte minutos más tarde, concentró Barrett su atención.

Duncan le había estado preguntando al testigo si Ben Fremont había admitido que el libro que vendía era obsceno. El oficial Kellog, basándose en la grabación de la conversación, insistía en que el librero había admitido que aquella novela era obscena.

—Me dijo que era el libro más prohibido de la historia —afirmaba el oficial Kellog—. Dijo: "Fue prohibido en todos los países del mundo porque se consideraba obsceno". Estas fueron las palabras del mismo señor Fremont.

Barrett observó que la afirmación había causado impacto en el jurado e inmediatamente empezó a escribir en una hoja de papel, mientras Zelkin buscaba la copia de la transcripción de la conversación grabada por la policía en la Fargo F-600 portátil que el oficial Kellog portaba bajo la axila.

Después, cerrando los oídos al resto del interrogatorio del testigo, Barrett se concentró en el único punto clave que tenía que refutar en su interrogatorio. Siguió la yema del dedo de Zelkin a través de la transcripción de la cinta que revelaba en su totalidad todas las palabras de la conversación de Ben Fremont con el oficial Kellog, antes de ser detenido.

Rápidamente, Barrett tomó sus apuntes. Fremont le había dicho en realidad al oficial aquella mañana de mayo: "Es literatura". Más tarde, Fremont había dicho: "No importa lo que hayan dicho, que es obsceno o lo que sea, es una obra maestra". Y cuando el oficial le había tendido una celada al librero preguntándole si *él* creía que *Los Siete Minutos* era obsceno, Fremont se había negado —gracias a Dios— a atribuirle al libro este calificativo. "¿Quién soy yo para poder decirlo? Esto no es más que una palabra. Hay una palabra de cuatro letras que algunas personas creen que es sucia y otras personas creen que es hermosa. Esta es la cuestión. Algunas personas, quizás la mayoría de las personas, dirán que esto es sucio; pero habrá muchas personas que dirán que merece la pena". Y había añadido: "Les importa un bledo la obscenidad si, en último extremo, consiguen gozar de una buena lectura que les proporciona más penetración y comprensión de la naturaleza humana".

Sonriendo para sí mismo, Barrett dejó de escribir.

Levantó los ojos. Bajo la guía de Duncan, el oficial Kellog seguía hablando, dirigiéndose al micrófono y al tribunal, con tranquilidad creciente.

Nos encargaremos de usted, oficial Kellog, nos encargaremos de usted a su debido tiempo, pensó Barrett.

El debido tiempo se produjo media hora más tarde.

En realidad, Barrett tenía muy pocas cosas que preguntarle al testigo durante su interrogatorio. Atribuyó gran importancia a la simulación del policía de ser un cliente y a la grabadora que éste ocultaba.

Atribuyó gran importancia a los esfuerzos del policía por atrapar a un pobre librero con preguntas capciosas.

Pero, sobre todo, subrayó el hecho de que la conversación de Ben Fremont, escuchada en su totalidad, revelaba que el librero creía que la novela era una obra maestra de la literatura y que en ninguna ocasión Fremont había calificado al libro de obsceno.

Pequeña victoria. Un simple equilibrio de los platillos de la balanza de la justicia. Y de la segunda verdad. Una simple operación de limpieza, nada más.

En el escenario actuaban ahora actores secundarios, una especie de coro griego. Los intérpretes principales, los astros luminosos, no tardarían en hacer su aparición. Entonces las victorias no serían pequeñas. Y las derrotas tampoco. Entonces cada testigo sería, tanto para la defensa como para la acusación, vida o muerte.

Mike Barrett había terminado de interrogar al oficial Kellog. Duncan se había levantado de nuevo para interrogar por segunda vez a su testigo, en un esfuerzo por apuntalar su testimonio que había sido debilitado por las preguntas de Barrett. El esfuerzo fue breve y redundante. Barrett decidió prescindir de su derecho a interrogar de nuevo. Se reservaría para cuando fuera más necesario. Además ahora tenía apetito, lo cual era una buena señal.

El Fiscal de Distrito Duncan completó su segundo interrogatorio. El juez Upshaw giró su silla hacia el estrado de los testigos.

—Puede usted bajar, oficial. Puede pasar frente al jurado.

Al bajar el primer testigo del estrado, el juez Upshaw enunció cuidadosamente las instrucciones a los doce jurados.

—Vamos a tomar un descanso señoras y señores. Les ruego que durante dicha suspensión no conversen entre sí ni con otras personas sobre ninguna cuestión relacionada con este caso. No deberán ustedes expresar ni formarse ninguna opinión al respecto hasta que se les deje la materia a su decisión. —Golpeó ligeramente el mazo—. Suspensión hasta las dos de la tarde.

Era la tarde. El juez Upshaw, los jurados, los oficiales de la sala se encontraban en sus puestos y una vez más la prensa y los espectadores ocupaban todo el espacio de la sala.

De pie, el alguacil estaba anunciando:

—Por favor, permanezcan sentados. El tribunal reanuda la sesión.

El juez Upshaw tomó unos papeles y habló dirigiéndose al micrófono que se encontraba sobre su mesa.

—El jurado está presente. Señor Duncan, puede usted llamar a su siguiente testigo.

El siguiente testigo era el oficial Isaac "Ike" Iverson, que había estado presente en el Emporio del Libro de Ben Fremont en el momento en que Kellog había detenido al librero, y el Fiscal de Distrito le guió rápidamente a través de su testimonio. El testimonio de Iverson apenas se limitó a corroborar lo que su colega ya había mencionado en cuanto a la detención y al diálogo mantenido con Fremont.

En el transcurso del interrogatorio, comprendiendo que no había nada en el testimonio de Iverson que la defensa pudiera utilizar, Mike Barrett se limitó a dirigirle unas pocas preguntas. Se refirió a los antecedentes del oficial Iverson como policía y a la clase de misiones realizadas por él anteriormente. La táctica de Barrett se proponía demostrar al jurado cuán injusta era la ley al someter a un respetable librero al mismo tratamiento que se daba a las alcahuetas.

Al aparecer el tercer testigo de la acusación, Barrett entrevió más posibilidades.

El tercer testigo era el oficial Anthony Eubank, que había permanecido en el coche de la policía estacionado frente a la librería durante todo el tiempo dedicado por Kellog a la compra del libro y a la detención subsiguiente. La misión del oficial Eubank había consistido en manejar la unidad Fargo F-600 que había recibido y grabado las conversaciones que tuvieron lugar en el interior de la tienda. Al interrogarle, Duncan se limitó a intentar conseguir del testigo la confirmación de que el empleo de la cinta magnetofónica en tales arrestos era una simple cuestión de rutina y que, tanto el receptor como la máquina grabadora, habían grabado cuidadosa y correctamente toda la conversación de Bren Fremont con los dos oficiales de policía.

Durante su interrogatorio, Barrett manifestó una persistente curiosidad acerca de determinados aspectos de la unidad Fargo F-600: por qué medios se ocultaba, cómo recogía el diálogo, la función del receptor que portaba Kellog en la tienda y la función del magnetofón accionado por Eubank en el asiento posterior del vehículo. En determinado momento, Barrett solicitó que se presentara el equipo ante el tribunal y que se explicara su empleo para mayor ilustración del jurado. Y, a pesar de la débil protesta de Duncan en el sentido de que dicho hecho estaba fuera de lugar, el juez Upshaw decidió que tal demostración era una buena idea.

Al finalizar sus preguntas, Barrett vio que no había conseguido nada. Había tratado de darles la impresión a los jurados de que un ingenuo y desvalido ciudadano había sido víctima de la conspiración de la policía. Había tratado de dar a entender, sin afirmarlo en ningún momento, que Ben Fremont, un sencillo comerciante y padre de familia como muchos miembros del jurado, había sido acosado por fuerzas siniestras —oficiales de policía disfrazados de compradores de libros, equipo de transmisión y grabación oculto, experto en electrónica oculto en un automóvil que lo parecía todo menos un coche de la policía. Pero no consiguió influir en el jurado porque el testigo no encajaba con el papel que Barrett le había querido asignar. El oficial Eubank era un hombre lleno de entusiasmo por todo lo que fuera electrónica. Estaba tan orgulloso de su unidad Fargo F-600 como un niño al que hubieran regalado un juguete nuevo por Navidad. Era abierto, entusiasta, simpático.

El oficial Eubank era la persona menos indicada para vincularla con una conspiración siniestra. Barrett comprendió que la defensa no podría utilizarlo.

Bueno, pensó Barrett al regresar a la mesa de la defensa, todavía no se había ganado ni perdido nada. El oficial Eubank, al igual que

Kellog e Iverson, no era importante. Estos oficiales eran simplemente un anuncio preliminar. El acontecimiento más importante aún estaba perdido en la lejanía.

¿O tal vez no? ¿Acaso Elmo Duncan se proponía comenzar la gran lucha inmediatamente? Barrett miró la hora. Eran las cuatro y algunos minutos. Barrett pensó que no era probable que la acusación presentara a un testigo importante a esa hora. La efectividad de un testigo clave podía verse mermada por la cercana suspensión de la sesión. No obstante, nunca se sabía.

—Señor Duncan —estaba diciendo el juez—, puede llamar al siguiente testigo.

Elmo Duncan se levantó y sosteniendo en la mano un ejemplar de la edición de *Los Siete Minutos* de la Sanford House, dijo:

—Señoría ¿permite que nos acerquemos?

El juez Upshaw asintió.

—Sí, desde luego... Señor Barrett... Señor relator.

Barrett se aproximó rápidamente a Duncan y al relator del tribunal Alvin Cohen que se encontraban frente al estrado del juez. Barrett y Duncan estaban situados codo con codo y el juez Upshaw se había incorporado hacia adelante para que aquella conversación privada no llegara hasta los oídos de los jurados.

—Señoría —empezó a decir Duncan— fuera de la presencia del jurado, quisiera solicitar que la Prueba Tres que es este ejemplar de *Los Siete Minutos*, adquirido por el oficial Kellog, se acepte como prueba pero con una modificación. Me opongo a que la sobrecubierta del libro forme parte de la prueba.

—Un momento, Señoría... —había empezado a protestar Barrett.

El juez Upshaw levantó su mano nudosa.

—Señor Barrett, permitirá usted que termine el fiscal. ¿O acaso ya ha terminado usted, señor Duncan?

—No del todo —dijo Duncan—. Consideramos que el libro debería presentarse como prueba sin la sobrecubierta porque lo que aquí nos interesa es el contenido del libro en sí mismo y no la publicidad de la sobrecubierta que no representa lo que Jadway escribió.

Invirtió el libro para mostrar la parte posterior de la blanca sobrecubierta del libro.

—Como puede ver, Señoría, la parte posterior de la sobrecubierta contiene, aparte de una breve biografía del autor, cierto número de citas extractadas referentes al libro, tomadas de distintos periódicos internacionales. Nosotros afirmamos que dado que estas citas constituyen en realidad afirmaciones de oídas de varios escritores, críticos y editores y dado que no tenemos la oportunidad de emplazar a estas personas y llevarlas ante el tribunal para someterlas a un interrogatorio, estas pretendidas afirmaciones que figuran en la sobrecubierta del libro no son admisibles en un juicio que debe determinar si *Los Siete Minutos* es o no obsceno.

—¿Ha terminado usted? —preguntó el juez Upshaw—. Muy bien. Ahora vamos a ver si he entendido bien, señor Duncan. Solicita usted que el tribunal acepte la Prueba Tres, que es un ejemplar del libro *Los Siete Minutos*, sin la sobrecubierta. ¿Es así?

—Así es, Señoría.

El juez Upshaw dirigió la mirada hacia Barrett. —Ahora le toca a usted, señor Barrett. ¿Tiene usted alguna objeción que hacer a esta solicitud?

—Tengo una importante objeción que hacer a la solicitud del señor Duncan, y es la más importante —dijo Barrett—. La acusación del señor Duncan se basa en la adquisición de una novela supuestamente obscena. Estamos de acuerdo en que el señor Fremont vendió dicho libro al oficial Kellog. Estamos de acuerdo en que el oficial Kellog adquirió y pagó el libro. Estamos de acuerdo en que el libro, exactamente tal como lo sostiene en este momento en la mano el señor Duncan, el libro con la sobrecubierta, es la adquisición objeto de controversia en este juicio. El libro salió del taller de encuadernación con esta sobrecubierta. El libro y la sobrecubierta eran y son una sola unidad. El libro fue enviado desde los almacenes a los mayoristas y a las tiendas como la del señor Fremont en calidad de paquete, como un libro con sobrecubierta y el señor Fremont lo tenía a la venta de esta forma. El oficial Kellog lo adquirió en esta forma. Creo firmemente que el tribunal y el jurado tienen derecho a considerar como prueba todas las partes de la adquisición. No creo que por el hecho de que alguna parte de la adquisición no le convenga a la acusación, tenga que permitirse que se elimine dicha parte, al igual que tampoco tiene derecho la acusación a eliminar los pasajes del contenido del libro que no le interesan porque no demuestran el delito de obscenidad de que se acusa al libro. ¿Acaso permitiría el tribunal que se eliminaran páginas...?

—Esto es ridículo —intervino Duncan bruscamente—. El abogado sabe muy bien que...

—Por favor, señor Duncan —dijo el juez Upshaw—. Permitirá usted que el señor Barrett termine sus argumentaciones. Prosiga, señor Barrett.

—En cuanto a la afirmación según la cual las citas de la sobrecubierta no tienen nada que ver con el juicio —dijo Barrett—, hay cinco citas escritas por cinco personas en los años treinta. Tres de ellas corresponden a los periódicos en los que las citas aparecieron por vez primera, pero los escritores fueron evidentemente miembros anónimos del cuerpo de redacción de aquellas publicaciones. Ojalá dispusiéramos de tiempo y dinero para descubrir y emplazar a estos escritores, pero no podemos. No obstante, poseemos fotocopias de las publicaciones originales para demostrar que las citas de la sobrecubierta son fidedignas. En cuanto a las dos otras citas atribuídas a críticos, uno de los críticos murió hace tiempo, pero el otro vive, se trata precisamente de Sir Esmond Ingram de Inglaterra y éste se presentará a su debido tiempo ante este tribunal para someterse a sus preguntas. En cuanto a la naturaleza perjudicial de las citas, si usted las examina, Señoría, verá que no se trata de simples elogios exagerados, que algunas son favorables al libro, algunas son autorizadas y hay otras que incluso podrían agradar a la acusación. Me refiero al periódico vaticano que califica a este libro como el más prohibido de la historia. Y también al periódico francés que afirma que el libro es brillante pero también la obra más obscena de todos los tiempos. En resumen, se trata de críticas favorables y contrarias. Si a la defensa no le importan las contrarias ¿por qué tendrían que preocuparle a la acusación las favorables? Afirmamos que por mandato del señor Duncan un oficial de la policía adquirió un objeto que estaba a la venta, un objeto que su superior consideraba obsceno, y, si dicho objeto tiene que presentarse como prueba, insistimos en que se presente en su totalidad, no por partes, sino como un todo único.

El juez Upshaw dirigió la mirada a Duncan.

—Muy bien. Señor Duncan ¿tiene usted alguna otra cosa que decir?

—Sí, Señoría. Yo compararía la presentación del libro con la sobrecubierta a la presentación de la unidad Fargo F-600 con la tarjeta del precio pegada, con la garantía y con un folleto de propaganda que tal vez dijera: "El equipo transmisor y receptor más utilizado en el mundo, según la opinión de cien importantes hombres de negocios". Al señor Barrett le ha interesado la Fargo F-600, no los accesorios de adorno o propaganda. Le repito, Señoría, que estas citas de cinco escritores, tres de ellos anónimos, constituyen una prueba de oídas, son inadmisibles y perjudiciales para la acusación y no tienen ninguna relación importante con la cuestión central que es, en resumidas cuentas, si el libro de Jadway es o no obsceno.

El juez Upshaw apoyó ambas manos sobre el escritorio.

—Muy bien caballeros, permítanme decidir sobre esta materia. Confieso que es insólito que el fiscal presente una prueba incompleta. Al mismo tiempo, no hay ninguna ley inmutable que exija que los materiales adquiridos en una sola compra tengan que presentarse como prueba en calidad de unidad. Este tribunal tiene que juzgar si el contenido de todo un libro —en este caso, correspondiente a ciento setenta y una páginas numeradas— es o no obsceno, considerando la narración como un todo. Desde este punto de vista, considerando lo que J J Jadway escribió, ni el dibujo de la sobrecubierta frontal, ni las citas que figuran en la parte posterior, deberían ser tenidas en cuenta al juzgar si el libro es o no obsceno, ya que ni el dibujo ni las citas se deben a Jadway y ya que no forman parte de la narración de la novela. Por consiguiente, considero que la solicitud del fiscal en el sentido de que se elimine la sobrecubierta de este ejemplar de *Los Siete Minutos* es justa y ordeno que se elimine dicha sobrecubierta de la Prueba Tres y que el libro se presente sin ella como prueba ante este tribunal.

—Señoría, desearía que constara en el acta mi protesta —solicitó Barrett.

—Se ha hecho constar —respondió tranquilamente el juez Upshaw. El juez dirigió después su atención al Fiscal de Distrito. —Ahora, señor Duncan ¿está usted dispuesto a presentar a su siguiente testigo?

Eliminando la sobrecubierta de la novela, dijo Duncan:

—Gracias, Señoría. En realidad, mi próximo testigo será el mismo libro. Estamos dispuestos a que el libro se lea en voz alta ante los miembros del jurado con el fin de que, por primera vez, éstos puedan conocer su contenido por entero. Dispongo de un lector, un joven neutral e imparcial, llamado Charles Wynter, que nos fue recomendado. Yo no le conozco personalmente, me lo recomendó un amigo de mi esposa. Se trata de un profesor auxiliar de escuela secundaria y, en su tiempo libre, se dedica a grabar cintas para ciegos, por lo que está acostumbrado a leer en voz alta sin dramatizar ni acentuar indebidamente los pasajes, tal como podría hacer, por ejemplo, un actor profesional. Dado que yo dispongo de este joven, aceptaría de buen grado que el señor Barrett eligiera a algún lector que leyera también algunos pasajes de la obra para ilustración del jurado. Pero éste es nuestro siguiente testigo, un lector que leerá el libro en voz alta.

—Muy bien, señor Duncan —dijo el juez—. Escuchemos ahora al señor Barrett. ¿Tiene usted algún comentario que hacer, señor Barrett?

—Sí, Señoría —dijo Barrett—. Con la misma firmeza con que me opongo a que el libro se presente como prueba despojado de una de sus partes, me opongo a que sea sometido a la atención del jurado oralmente. El Código Penal es muy explícito al definir la materia impresa como una cosa y las representaciones públicas como otra. *Los Siete Minutos* es materia impresa. Fue escrito por J J Jadway no como pieza teatral para ser representada y leída en voz alta, sino como novela para ser leída en silencio y en privado por un solo lector. Jadway escribió este libro para comunicarse directamente con el espíritu del lector y conmover sus emociones. Indudablemente, la intención del autor era que el lector añadiera o sustrajera mentalmente de la narración, pasara por alto o se detuviera mayormente en algún pasaje, a su gusto; que el lector subrayara en su propio espíritu determinadas palabras o frases y pasara por alto otras. En otros términos, tal como alguien dijera en cierta ocasión, la lectura es esencialmente como el matrimonio, un acto que concierne a dos personas, el lector y el escritor, y no a tres como sucede cuando se añade un actor. Tres personas en una lectura son, al igual que en el matrimonio, una multitud, uno está de más. Inevitablemente, el aficionado que interprete el papel de actor centrará la atención del auditorio en determinados pasajes a través de inflexiones de voz, conscientes o inconscientes, a través del fraseo, de las detenciones, de las pausas, pronunciación y lo que usted quiera.

Señoría, en el momento en que Los Siete Minutos sea leído en voz alta, ante un grupo de personas, el estilo y el lenguaje de la narración, que es agradable y aceptable en la intimidad de la propia habitación de uno, pueden transformarse en algo que cause turbación. Lo que va a juzgarse en este largo, difícil y aburrido proceso, no va a ser sólo el libro en sí mismo, sino también la persona que lo lea al auditorio. Señoría, dispongo de doce ejemplares de Los Siete Minutos que me han sido proporcionados por el propio editor y considero que sería más justo que se me permitiera distribuir estos ejemplares entre los componentes del jurado para que cada uno de ellos leyera la obra por su cuenta. Desde el punto de vista de la defensa, éste sería el único procedimiento imparcial.

El juez Upshaw observó a los dos abogados, perdido en sus propios pensamientos. Al final, decidió hablar.

—Señores, el libro se ha aceptado como prueba. Corresponde al tribunal decidir cómo debe presentarse dicha prueba al jurado. En mi carrera he presidido como juez varios procesos en que se han leído libros en voz alta, siempre con tono de voz cuidadoso y monótono, y también tuve ocasión de presidir un juicio en el que los jurados leyeron individualmente ejemplares de un libro en una estancia aislada. Me consta que, normalmente, un jurado escucha mejor de lo que lee. El acto de escuchar y comprender es más sencillo y más corriente que el acto de leer. Los miembros del jurado han estado escuchando a lo largo de todo el día. Están mejor dispuestos a escuchar. La lectura individual podría resultarles más dificultosa. Algunos son lectores rápidos. Otros son lentos. Algunos están acostumbrados a la lectura de libros. Otros no. Señores, estoy convencido que la forma más sencilla y equitativa de presentar la Prueba Tres, el método más simple de presentar el contenido del libro al jurado, es el apuntado por el señor Duncan. En cuanto a la persona encargada de realizar la lectura en voz alta ¿tiene la defensa alguna objeción que hacer a que este señor Wynter lea el libro?

A Barrett le había contrariado la negativa del juez y aquella segunda decisión negativa y tuvo que luchar para que el resentimiento no se dejara traslucir a través de su tono de voz.

—Señoría, no me importa quién lea el libro en voz alta. Lo que me importa es que se lea en voz alta, siendo así que una novela no está destinada a presentarse a los lectores de esta manera. —Se detuvo—. Esta es mi única objeción.

—Bien, señor Barrett, ya hemos decidido acerca de su objeción —dijo el juez Upshaw—. *Los Siete Minutos* se leerá tal como he indicado... Señor Duncan, si presenta usted al señor Wynter, proseguiremos. Acomodaremos al señor Wynter en el estrado de los testigos y le ordenaremos que lea el libro en voz alta en su totalidad, rogándole que lea claramente, en tono de voz monótono, evitando inflexiones y dramatizaciones. Ahora prosigamos.

El resto de aquel primer día, la mañana y la tarde del día siguiente, estuvo el señor Charles Wynter, profesor auxiliar, flemático sujeto de más de treinta años, figura delgada y agradable voz de bajo, sentado en el estrado de los testigos, leyendo en voz alta a los jurados las palabras escritas en *Los Siete Minutos* por J J Jadway.

Para Mike Barrett fue como un pequeño calvario, una desgarradora y dolorosa experiencia, ver cómo la hermosa narración se arrancaba de la intimidad de las páginas impresas y se difundía a través de una voz extraña en un lugar público. Era como si Cathleen, la heroína, cuya desnudez, amor y emociones eran tan conmovedoras en la alcoba constituída por las cubiertas del libro, hubiera sido arrastrada brutalmente al aire libre y conducida a un circo sexual ante la mirada de ojos lascivos, para ser humillada y escarnecida y aparecer como una criatura indecente.

A lo largo de toda la representación, Barrett se agitó varias veces. Y supo que Abe Zelkin también se agitaba a su lado. Y aun cuando escuchó que se pasaban por alto o se pronunciaban mal varias palabras, se abstuvo de protestar. Quería que todo aquello terminara lo antes posible.

Sólo una vez, el martes por la tarde, segundo día del juicio, inmediatamente después de la suspensión del mediodía, Mike Barrett levantó una objeción ante el juez, fuera del alcance del oído de los componentes del jurado.

—Señoría —dijo— deseo que conste en acta mi objeción acerca de un hábito que posee el lector, señor Wynter, que puede resultar perjudicial para la defensa.

—¿Y qué hábito es éste, señor Barrett?

—Cuando lee, concentra totalmente su atención en las páginas que tiene delante. Pero siempre que llega a un pasaje de los que pueden calificarse de sexualmente realistas, o de los que emplean palabras o frases que pueden considerarse fuertes, tiene el hábito de le-

vantar la cabeza y dirigir la mirada al jurado como diciendo: "Esperen a ver lo que viene ahora", o "Hay una cosa fuerte, pero no me
culpen a mí, yo me limito a leer, no lo escribí yo". Después de este
pequeño gesto visual, de esta advertencia al jurado, vuelve a concentrar su atención en la página. He observado que lo ha hecho en
doce ocasiones. Estoy seguro de que es algo inconsciente. No obstante, su efecto es comparable al de un comentario adverso acerca de
algunos pasajes de la narración. Me agradaría que Su Señoría le señalara al señor Wynter este punto y le exigiera que dejara de levantar
los ojos o, por lo menos, que dejara de levantarlos en calidad de
preludio de los pasajes más realistas.

El juez Upshaw volvió la cabeza:

—¿Señor Duncan?

—Señoría, yo también he estado observando al lector y le he
visto mirar al jurado de vez en cuando, pero considero que es normal
en una persona que lee en voz alta y no me parece que levante la
mirada al llegar a los pasajes obscenos —o digamos fuertes— sino
que lo hace también cuando lee otros pasajes. Me temo que no estoy
de acuerdo con el señor Barrett. Creo que se preocupa sin motivo.

El juez Upshaw asintió y se dirigió a Barrett:

—Señor Barrett, estoy de acuerdo con el fiscal. Estoy sentado
muy cerca del lector. Le he observado cuidadosamente. Creo que está
actuando en la forma más mecánica y objetiva posible para un ser
humano. Comprendo su deseo de proteger al acusado y escucharé
todas las objeciones que usted crea oportuno levantar. En este caso,
no encuentro ningún motivo en contra de la actuación del lector. Por
consiguiente, rechazo su petición.

—Gracias, Señoría.

Después de esto, Barrett dejó de protestar.

A última hora de la tarde del martes, el señor Wynter terminó
de leer el párrafo final del libro, se detuvo, dijo: "Fin" y levantó los
ojos como esperando un aplauso.

Después de finalizar la lectura, la sesión se suspendió hasta las
nueve y media de la mañana del miércoles y Mike Barrett, al igual
que alguien que hubiera podido escapar finalmente de la Doncella de
Hierro, se sintió aliviado tras aquel horrendo suplicio.

Mientras él y Zelkin se dedicaban a guardar de nuevo los documentos en su portafolios, dijo:

—Bueno, ahora tenemos que recoger las fichas. Por lo menos,
tenemos la oportunidad de contraatacar mañana. ¿Con quién crees
que empezará Duncan?

—Con alguien importante, con uno de los dos más importantes
—dijo Zelkin—. Hoy ha sido la calma que precede a la tempestad.
Mañana se jugará el todo por el todo, tratará de destruir a Jadway y

de eliminar con un solo golpe certero tanto al libro como a la defensa.

—¿Te refieres a Leroux?

—Ni más ni menos.

—¿Lo sabes a ciencia cierta o se trata de una simple suposición?

—Mike, cuando va a llover siento calambres en las piernas. Cuando va a producirse un terremoto, me duelen los huesos. Y cuando el tejado está a punto de venirse abajo, me duele todo el cuerpo. —Cerró su cartera de golpe—. En este momento, amigo, me duele todo el cuerpo.

Nunca se sabe cómo se entera la gente de que va a producirse algo importante, pensó Barrett. Debía ser que algo flotaba en el aire. Ondas psíquicas por el aire. Porque la sala de justicia de la corte del condado de Los Angeles, que había estado abarrotada de público en el transcurso de los dos primeros días del juicio, aquel miércoles por la mañana parecía que iba a estallar.

Y ahora, dos minutos más tarde de hacer su aparición el juez Nathaniel Upshaw, se hizo el silencio en la sala, exceptuando las monótonas frases con que el secretario tomaba el juramento del primer testigo de la acusación.

—... toda la verdad y nada más que la verdad, así Dios le salve?

—Lo juro —dijo el testigo.

—Declare su nombre, por favor.

—Christian Leroux.

—Deletree el apellido.

—L-e-r-o-u-x.

El juez dijo:

—Puede usted sentarse, señor Leroux.

Durante la ceremonia del juramento, Mike Barrett se había dedicado a estudiar al astro que Elmo Duncan había incluido en la elaborada producción cinematográfica de la acusación. Influído por la descripción que le había hecho Quandt del editor francés, Barrett había esperado encontrarse con una persona andrajosa y abatida con ciertos vestigios de dignidad procedentes de tiempos mejores, como un noble zarista que se hubiera convertido en camarero o conserje. Sin embargo, ni en el atuendo ni en el porte del editor cabía observar ninguna traza de derrota o signos visibles de pobreza. Aparecía tan elegante como cualquier pavo real aristocrático escapado de las páginas de Proust. Se adivinaba su reciente regreso a la opulencia.

Exceptuando cierto aire furtivo y astuto en sus maneras, heridas de guerra comunes a tantos hombres que han conocido tiempos duros y han conseguido sobrevivir hasta alcanzar una edad superior a los sesenta años, Christian Leroux era impresionante. Debía haber sido más alto antes, pensó Barrett, pero su porte seguía siendo muy digno, lo cual proporcionaba una impresión de altura. Su cabello ondulado aparecía teñido y muy bien peinado. Sus ojos eran pequeños, de un azul descolorido, penetrantes. Su nariz aguileña se había convertido, con los años, en un pico surcado por las venas. En su fina barbilla se observaba un corte producido por la rasuradora. Vestía un traje azul marino con rayas blancas y bolsillos aplicados y saco corto y ajustado a la manera francesa. Lucía corbata de moño, mancuernillas de jade y zapatos adornados con borlas. Al contestar al secretario, su inglés denotaba un ligero acento de Mayfair junto con un sibilante acento francés, muy ligero pero suficiente para recordarle a uno que se trataba de un visitante procedente de París.

Al observarle mientras tomaba asiento en el estrado de los testigos, Barrett captó cierta cualidad untuosa y presuntuosa al mismo tiempo, cierto aspecto de hipocresía. Si esta cualidad existía, tal vez no se revelaría durante el interrogatorio del fiscal. Tal vez, pensó Barrett, él podría descubrirla y exponerla en su turno. Si es que existía. Tal y como estaban las cosas, no se fiaba de la honradez de Leroux, con juramento o sin juramento. El francés había estado dispuesto a decir algo en favor de la defensa y ahora había accedido a decir lo contrario en favor de la parte acusadora. Se había vendido al mejor postor. Este hecho podría hacerle dos veces más difícil de analizar, sospechó Barrett. No hay moralidad más estricta ni integridad más recia que la de una prostituta reformada. Bueno, decidió Barrett, esperaría a descubrir alguna resquebrajadura y, de ser posible, trataría de abrirla para dejar al descubierto al verdadero Leroux.

—Muy bien —escuchó murmurar a Zelkin—, que empiece el asesinato de J J Jadway.

Elmo Duncan, al acercarse al estrado de los testigos, saludó a su distinguido visitante galo con una respetuosa inclinación.

—Señor Leroux ¿dónde reside usted actualmente?

—Soy ciudadano francés y siempre he vivido en París. Tengo un apartamiento en un viejo y tranquilo sector de la Orilla Izquierda de París.

—¿A qué se dedica usted en la actualidad?

—Soy editor de libros.

—¿En París?

—Sí.

—¿Tiene usted algún lugar de trabajo?

—Sí. Tengo mis oficinas en la *rue* Sébastien Bottin. Está muy cerca de la distinguida casa de las Éditions Gallimard.

Desde su mesa, Barrett se divertía. El antiguo editor de pornografía estaba tratando de demostrar su propia respetabilidad por asociación. Se dijo si se le habría ocurrido a él o sería obra de Duncan.

—Señor Leroux, en pocas palabras ¿cuáles son sus antecedentes educativos? ¿Es usted licenciado universitario?

—Me licencié en la Sorbona de París. En la especialidad de literatura francesa del siglo diecisiete, el período de Racine, La Fontaine, La Rochefoucald. Jean Poquelin, más conocido por Molière, y otros clásicos franceses.

No sólo presuntuoso, pensó Barrett, sino también un pequeño *snob*. Bien, muy bien.

Aparentemente, a Duncan también le había molestado aquella afirmación porque se apresuró a preguntar:

—Pero usted también estudió a otros autores más populares... como por ejemplo...

Barrett se levantó de inmediato.

—Protesto, Señoría. El fiscal está dirigiendo al testigo.

—Se admite la protesta —dijo el juez Upshaw.

Duncan le echó a Barrett una mirada irritada. Volvió a dirigirse de nuevo al testigo:

—Señor Leroux ¿está usted al corriente de la obra de escritores más populares?

—Desde luego. Yo siempre lo he leído todo. Tal como dice Valéry, sólo se lee bien cuando se lee con algún objetivo determinado. Como editor, yo he leído bien porque mi objetivo era conocer obras con el fin de tener la posibilidad de descubrir a nuevos autores que merecieran ser escuchados para ilustrar así al público lector.

—Señor Leroux, usted nos ha dicho que su actual ocupación es la de editor. ¿Se ha dedicado usted a alguna otra ocupación?

—No. Siempre he trabajado en la misma especialidad, ya sea como empleado de otros o como auto-empleado, es decir, como propietario.

—¿Cuándo se convirtió usted en editor por primera vez?

—En el año 1933. Yo era muy joven. Tenía poco más de treinta años. Mi padre había fallecido y yo disponía de una pequeña herencia. Fundé entonces mi propia editorial.

—¿Qué nombre tenía aquella empresa?

—La Imprenta Étoile. La llamé así porque el local social estaba ubicado en el número 18 de la *Rue de Berri*, fuera de los *Champs Élysées*, a muy poca distancia de la *Étoile* y del Arco del Triunfo.

—La Imprenta Étoile —repitió Duncan—. ¿Es ésta la misma imprenta, el mismo pie de imprenta, que publicó en el año 1935 una obra novela titulada *Los Siete Minutos* de J J Jadway.

—La misma —dijo Christian Leroux.

Al fin, se dijo Barrett a sí mismo. Se incorporó en su asiento y se dispuso a escuchar con atención.

—Señor Leroux, he visto la edición original suya de este libro.

He observado que se editó en inglés. Dado que se publicó en París ¿por qué no se hizo en francés?

—El gobierno francés no hubiera permitido su publicación en francés.

—¿Por qué no?

—El departamento francés de censura consideró que era obsceno.

—¿Obsceno? Ya comprendo. Muy bien, ¿se había publicado Los Siete Minutos en algún otro país o en algún otro idioma?

—No. No hubo absolutamente ningún país que lo permitiera y aceptara. En todas partes se consideraba demasiado obsceno. Muchos críticos de muchos países lo han considerado el libro más obsceno y depravado de toda la historia de la literatura.

—Entonces ¿cómo pudo usted conseguir editarlo en inglés, en París?

—Precisamente porque era en inglés y el lector francés corriente no podía leer inglés y sufrir los efectos perniciosos del libro. Al mismo tiempo, el gobierno francés siempre se ha mostrado liberal en relación con los libros escritos en algún idioma extranjero. No hace falta que recuerde que fue en París donde James Joyce consiguió publicar por primera vez su Ulysees, que no había podido editarse ni en Gran Bretaña ni en los Estados Unidos. Fue en París donde Radclyffe Hall encontró editor para su Pozo de la Soledad y donde Wallace Smith encontró editor para su Bessie Cotter. A las autoridades francesas no les importó. Lo consideraban de otra manera teniendo en cuenta que dichos libros estaban escritos en inglés y no podían corromper a los franceses. Sólo podían corromper a los turistas y esto les daba igual, hasta resultaba divertido.

—Entonces ¿bajo estas circunstancias —preguntó Duncan— pudo usted evitar la censura y emprender la publicación del libro que ha sido calificado como el libro más sucio de toda la historia de las publicaciones?

—Protesto, Señoría —dijo Barrett—.

El juez Upshaw carraspeó y se dirigió al Fiscal de Distrito:

—Señor Duncan, se trata todavía de una afirmación sin fundamento. Se admite la protesta.

Duncan se excusó:

—Muy bien, Señoría.

Se dirigió de nuevo al testigo:

—Señor Leroux ¿se ha dedicado usted siempre especialmente a la publicación de obras pornográficas?

Christian Leroux pareció ofenderse levemente.

—No, eso no es cierto. En los primeros años, mi catálogo incluía obras muy aceptables y literatura de erudición. Había historia, biografía, libros de arte, clásicos.

—Pero muy pronto su catálogo incluyó, en su mayoría, libros obscenos o de contenido pornográfico ¿no es cierto?

—Siento decir que sí.

—¿Por qué se dedicó a esta clase de publicaciones?

Leroux se encogió de hombros a la manera francesa.

—Porque a menudo somos víctimas de la vida y del mundo. Permita que se lo diga de otra manera. *Sans argen l'honneur n'est qu'une maladie.* ¿Entiende usted? Es de Jean-Baptiste Racine. Sin dinero, el honor no es más que una enfermedad. Bien cierto, una enfermedad. Y yo quería estar bien y gozar de buena salud. Pero aún hay más. Permítame explicar...

—Prosiga, por favor.

—Me indujo a modificar el estilo y la producción de la Imprenta Étoile el éxito repentino de otro editor, el editor de la Imprenta Obelisk de París. El propietario de la Imprenta Obelisk era un caballero llamado Jack Kahane, un hombre de negocios de Manchester, caballero muy pintoresco y de muy buen gusto. El señor Kahane había sido Lancero de Bengala. También había estado alistado en la Legión Extranjera Francesa. En los negocios, no había tenido suerte. Había fracasado. Así, pues, emigró a Francia y, en el año 1931, fundó la Imprenta Obelisk con el fin de dedicarse a la publicación de libros que no podían publicarse en Inglaterra. Lo hizo no sólo para rehabilitar su fortuna, sino también para combatir la censura y el puritanismo. El señor Kahane, antes de fallecer en 1939, fue quien primero se atrevió a publicar *Mi Vida y Amores* de Frank Harris y *Trópico de Cáncer* de Henry Miller del que dijo Ezra Pound: "Finalmente, un libro inimprimible que es digno de leerse". Repito, fue el éxito del señor Kahane el que me indujo a concentrar mis esfuerzos en la publicación de obras obscenas y pornográficas. Mis motivos eran análogos a los del señor Kahane. Para poder vivir, por una parte. Pero tal vez también para lograr que la buena literatura prohibida pudiera ver la luz.

—Vamos a ver si puedo comprenderle, señor Leroux. ¿Me está usted diciendo que todos los libros que usted publicaba merecían la pena?

—No, no, en absoluto. Publicaba tal vez una docena de títulos nuevos cada año y por lo menos la mitad no merecían ser calificados de literatura. Debo confesar que muchos de ellos los encargaba yo y los escribían autores mercenarios. Sabía que Petronio había escrito el *Satiricón* para complacer a Nerón. Pensé que yo podría lograr que otros autores escribieran para agradar a los turistas. Claro está que algunos de esos libros, los más sucios, los que carecían absolutamente de valor, no los encargaba yo. Me los ofrecían. Pero *voila,* los libros sucios sin valor literario eran necesarios para apoyar a los demás.

—¿Puede usted nombrarme algunos de estos libros sucios sin valor literario?

—Déjeme recordar. Había uno llamado *Los Cien Azotes*. Había otro llamado *La Vida Sexual de Ana Karenina*. Después —claro que se trata de una opinión personal— también pertenecía a esta misma categoría *Los Siete Minutos*.

—*Los Siete Minutos* —repitió Duncan dirigiendo la mirada hacia el jurado—. ¿Es el mismo libro, *Los Siete Minutos* de J J Jadway, acusado de obscenidad en el presente juicio?

—El mismo.

—¿No se trataba de uno de aquellos libros pornográficos que usted incluía en la categoría de buena literatura prohibida?

—No, de ningún modo.

—En su opinión personal ¿era uno de aquellos libros sucios sin valor literario que usted publicaba simplemente para ganas buenas sumas de dinero?

—Sí, exactamente. Supe desde el principio que se trataba de un libro de baja categoría, de lo más vulgar, pero pensé que había gente para todos los gustos y que podría venderse bien. Para mí era negocio. Además, el autor necesitaba dinero y yo sentía simpatía hacia los autores. Publiqué esta porquería para ganar dinero con el fin de poder publicar *Bajo la Colina* de Aubrey Beardsley, que era pornográfico pero no obsceno.

—Señor Leroux, usted ha dicho que deseaba publicar algo que era pornográfico pero no obsceno. La mayoría de los diccionarios consideran que ambas palabras son sinónimos. La pornografía suele definirse como literatura obscena. En el presente juicio utilizamos ambas palabras indistintamente, como sinónimos. No obstante, dice usted que en su opinión existe una diferencia.

—Indudablemente. Aunque haya empleado las palabras en calidad de sinónimos, existe una ligera diferencia entre ambas, creo yo. Un libro pornográfico suele representar el sexo, natural, saludable y realísticamente y, aunque despierte pensamientos y deseos lascivos, su finalidad principal consiste en ofrecer una descripción de la naturaleza y de la vida humana. En cambio, un libro obsceno es un afrodisíaco y nada más. Sólo describe sexo, y ninguna otra faceta de la vida, sexo y más sexo, con la única finalidad de inflamar el interés morboso del lector a través de narraciones de carácter sexual.

—Bien, de acuerdo con sus clasificaciones literarias ¿*Los Siete Minutos* era, permítame expresarlo en otra forma... considera usted que el libro de Jadway es una obra honrada de pornografía?

—No. Las memorias de Casanova, la autobiografía de Frank Harris, incluso una obra de Mark Twain, son pornografía honrada. El libro de Jadway no pertenece a esta clase. Es obsceno y nada más.

—¿Entonces cree usted que el libro de Jadway es una obra obscena en su totalidad, y nada más?

—Sí. Obscena. Nada más. Una prosa de carácter afrodisíaco. Nada más. No me cabe ninguna duda al respecto. El autor lo sabía. Su amante, que era su agente, también lo sabía. Yo lo sabía. Fue un negocio de carácter económico para todos nosotros, sin ninguna clase de atenuante. Hoy, al recordarlo, me avergüenzo de lo que yo contribuí a perpetuar. Hoy, a través de esta confesión de la verdad, tal vez pueda reparar mi culpa y purificar mi alma.

—Lo comprendemos y apreciamos su gesto, señor Leroux.

En la mesa de la defensa, Zelkin le murmuró a Barrett:

—Nuestro testigo es un beato y nuestro Fiscal también.

Barrett asintió con un movimiento de cabeza y volvió a dirigir su atención al estrado de los testigos.

—Señor Leroux —dijo Duncan—, ¿puede decirnos, sin omitir detalle, cómo llegó usted a publicar *Los Siete Minutos* y hablarnos de su relación con el autor y con su agente?

—Sí. Sólo referiré lo que recuerde claramente y lo que sea verdad. —Leroux se frotó su nariz surcada por las venas, levantó la mirada hacia el techo y reanudó su declaración—. A finales del año 1934, una atractiva joven se presentó en mi despacho de la *rue* de Berri y se identificó a sí misma como la señorita Cassie McGraw. Era una americana de ascendencia irlandesa. Había venido a París varios años antes procedente del Oeste medio americano, para convertirse en artista y había estado viviendo desde entonces en el sector de St.-Germain-des-Prés de la Orilla Izquierda. Allí había conocido a otro expatriado americano y se habían hecho amigos. Más tarde me confesó que eran amantes. Ese otro expatriado, su amante, era J J Jadway. Se había rebelado contra su padre, que era un católico importante, y contra el puritanismo y la severidad de su Nueva Inglaterra natal y, abandonando a sus padres y a dos hermanas más jóvenes, se había trasladado a París. Estaba decidido a vivir como un bohemio y a escribir y, en su calidad de escritor, a liberarse no sólo a sí mismo sino a toda la literatura. Por desgracia, era uno de aquellos escritores, que tan bien conocemos los editores, que se dedican a hablar de escribir pero que no escriben. Porque era un débil y un frustrado, bebía y se drogaba...

—Perdone, señor Leroux. ¿Lo que está usted diciendo ahora no lo sabe usted de oídas, no es un conocimiento adquirido a través de terceras personas?

—Todo lo escuché directamente de labios del propio J J Jadway en la época en que estaba desesperado, y se lo escuché decir también a la señorita McGraw cuando volví a verla después de la muerte de Jadway.

—Señor Leroux, dado que todo lo que usted haya podido saber a través de Cassie McGraw, que era la amante de Jadway y al mismo tiempo su agente, se consideraría como una prueba indirecta y no sería admisible en esta sala de justicia, limitémonos a lo que usted escuchó directamente de labios del propio J J Jadway. ¿Cuántas veces habló usted con él?

—Cuatro veces.

—¿Habló usted con Jadway en cuatro ocasiones? ¿Conversaron ustedes largamente? ¿Quiero decir, si se trató de conversaciones que duraron algo más que unos pocos minutos?

—Siempre hablamos más tiempo. Una vez, estando muy bebido —tal como él mismo admitió— me contó toda la historia de Cassie y de sí mismo y de cómo había escrito el libro. Me dijo que, después de conocer a Cassie y de convertirla en su amante, ella había tratado de reformarle. Ella creía que poseía grandes dotes creativas. Y quería que escribiera. Pero él no quería o no podía. Después me confesó que, durante un invierno en el que pasaron hambre y frío y estuvieron a punto de ser deshauciados de su alojamiento, Cassie McGraw le dijo a Jadway que si no escribía para ganar un poco de dinero, que hiciera alguna otra cosa para ganarlo, de lo contrario ella no tendría más remedio que abandonarle. Entonces Jadway le dijo, tal como él mismo me contó: "Muy bien, ganaré dinero, mucho dinero. Haré lo que hizo Cleland. Escribiré el libro más sucio que jamás se haya escrito, más sucio que el de Cleland, y estoy seguro de que conseguiremos que se venda bien". Después, impulsado por su necesidad de dinero, con la ayuda del ajenjo, escribió *Los Siete Minutos* en tres semanas.

Duncan levantó la mano.

—Un momento, señor Leroux. Me gustaría que explicara usted una cosa. Se ha referido usted al nombre de Cleland. Ha afirmado que Jadway había dicho que haría lo que Cleland había hecho, que escribiría el libro más sucio que jamás se hubiera escrito, más sucio que el de Cleland. ¿Puede usted decirnos quién era Cleland?

—¿John Cleland? —dijo Leroux asombrado—. Pues el más importante escritor de obscenidad de todos los tiempos, hasta que apareció Jadway. Cleland era...

Barrett se levantó.

—¡Protesto, Señoría! La pregunta no tiene relación alguna con nuestro caso.

—Señoría... —protestó Duncan.

—Señor Duncan —dijo el juez Upshaw— ¿desea que escuche su protesta?

—Sí, Señoría.

—Acérquese.

Inmediatamente, hablando en voz baja, el Fiscal de Distrito trató de subrayar la importancia de su pregunta acerca de John Cleland. El testigo Leroux, señaló, había conocido personalmente al autor del libro objeto de aquel juicio. Dado que las motivaciones de un autor eran importantes para determinar si un libro poseía algún atenuante de valor social, era interesante saber que el autor había admitido en cierta ocasión que había escrito el libro por motivos económicos y que se había propuesto escribir un libro más sucio que cualquiera de los que hubiera escrito Cleland. Puesto que muchos jurados posiblemente no hubieran oído hablar de Cleland, era vitar obtener información para comprender exactamente lo que Jadway pretendía al escribir *Los Siete Minutos*.

El juez Upshaw hizo una pregunta. ¿Qué clase de información esperaba el Fiscal de Distrito que proporcionara el testigo acerca de Cleland? Duncan contestó que el testigo, experto en aquella clase de literatura, podría explicar sin duda los antecedentes de John Cleland. Cleland procedía de una buena familia inglesa y había recibido una educación esmerada. Al terminar sus estudios, había sido designado cónsul británico en Esmirna. Después, había trabajado en Bombay, en la Compañía de la India Occidental, pero, tras discutir con sus patronos, había regresado a Inglaterra. Quebrado a la edad de cuarenta años, Cleland había sido condenado a prisión por deudas. Para poder abandonar la cárcel, había escrito *Las Memorias de una mujer de la mala Vida* —popularmente conocido como *Fanny Hill*— para un editor que le había pagado veinte guineas por un libro obsceno. Cuando en el año 1749 el libro alcanzó un gran éxito, Cleland tuvo que comparecer ante el Consejo Privado de Londres para recibir su sentencia, el castigo. Afortunadamente para Cleland, un pariente suyo, el conde de Granville, era presidente del Consejo Privado. Granville acordó la suspensión de la pena y le concedió a Cleland una pensión de cien libras al año con la condición de que dedicara su talento a otros escritos más respetables. Más tarde, Cleland escribió otro dos libros levemente eróticos y algunos tratados sobre el idioma inglés, antes de morir en Francia a la edad de ochenta y dos años. A lo largo de toda la historia, el nombre de Cleland ha sido sinónimo de obscenidad. Dado que había escrito *Fanny Hill* con la finalidad exclusiva de poder abandonar la cárcel, era útil saber que Jadway había confesado en cierta ocasión a Leroux que tenía intención de escribir una novela obscena, tal como lo había hecho Cleland.

Al defender su protesta, Barrett fue breve y conciso. Aquel juicio se centraba en una cuestión, en una sola cuestión —dijo—, si un librero de Oakwood había o no vendido un libro obsceno. Es cierto que las motivaciones de Jadway al escribir el libro constituían un factor importante para determinar si se trataba de un libro considerado legalmente obsceno. No obstante, toda discusión acerca de otro autor no era más que chismorreo. Dicha información no tenía nada que ver con la cuestión esencial que se debatía en aquel juicio.

Sin dudarlo un momento, el juez Upshaw aceptó la protesta de Barrett. El testimonio referente a John Cleland no era importante para los efectos del caso que se juzgaba.

—Puede usted proseguir su interrogatorio, limitándose a lo que sea importante para el caso, señor Duncan —concluyó el juez.

Al terminar la conversación con el juez, el relator regresó a su escritorio, Barrett a su mesa y Elmo Duncan se dirigió de nuevo a Christian Leroux, que esperaba en el estrado de los testigos.

—Señor Leroux —dijo el Fiscal de Distrito—, detengámonos en los motivos de J J Jadway al escribir Los Siete Minutos. Le dijo a usted que iba a escribir el libro más sucio que jamás se hubiera escrito. Pero ¿habló el autor, Jadway, de algún otro motivo que le impulsara a escribir el libro, un motivo o razón que no fuera puramente económico?

—No. Nunca. La musa de Jadway era una caja registradora.

Se escucharon risas por toda la sala. Varios miembros del jurado sonrieron comprensivamente. Leroux pareció complacerse de ello. El juez Upshaw pareció divertirse menos y golpeó enérgicamente el mazo.

—Señor Leroux —dijo Duncan en cuanto se hubo restablecido el orden en la sala— ¿qué clase de éxito comercial alcanzó Los Siete Minutos tras su publicación en el año 1935?

—Menos éxito del que habíamos esperado —contestó Leroux—. Se dice que el editor de Cleland obtuvo unos beneficios de diez mil libras. Me temo que yo gané menos que la vigésima parte de esta suma. Al principios, éramos optimistas. La tirada inicial constó de cinco mil ejemplares. Pero las ventas disminuyeron sin cesar. Creo que se debió a que el Vaticano había incluído el libro en el Indice. Nunca conseguí vender los últimos ejemplares de aquella segunda edición.

—¿La Iglesia Católica condenó oficialmente Los Siete Minutos?

—Sí, al año siguiente de su publicación. Y no fue sólo la Iglesia Católica. También lo condenó el clero protestante de toda Europa y parte del de América, donde la obra era menos conocida.

—Señor Leroux ¿coincidió la muerte de Jadway con la condena del libro por parte de la Iglesia?

—No exactamente. El libro fue condenado en el año 1936. Y Jadway murió a principios del año 1937.

—¿Sabe usted qué impulsó a Jadway a la muerte?

—Sé lo que dijo Cassie McGraw, que presenció su muerte. ¿Sabe usted cuál fue el motivo? Voy a...

Barrett protestó enérgicamente basándose en que se trataba de una pregunta sin relación con el caso, que implicaba, además, una respuesta basada en información de segunda mano.

El juez Upshaw aceptó inmediatamente la protesta.

Frunciendo el ceño, el Fiscal de Distrito se vio obligado a acatar la orden del juez, se apartó ligeramente del testigo y dirigió la mirada por encima de las cabezas de los espectadores.

Preguntándose si su oponente estaba perdido en sus pensamientos o bien buscaba a alguien entre el público, Barrett volvió la cabeza. Al hacerlo, observó que una imponente mujer se levantaba de su asiento del pasillo de la última fila y se dirigía hacia la salida. Barrett reconoció inmediatamente a la mujer. Era Olivia St. Clair, presidenta de la Liga de la Fuerza por la Decencia. Barrett la contempló con curiosidad. ¿Había sido su partida una mera coincidencia? ¿O bien había captado alguna especie de señal de Duncan? Entonces le entró a Barrett una negra sospecha. Hacía unos momentos, las circunstancias de la muerte de Jadway habían sido rechazadas. ¿Estarían Duncan y la señora St. Clair tramando presentar aquellos hechos ante el más tolerante tribunal de la opinión pública?

Al oír que el Fiscal de Distrito volvía a dirigirse a su testigo, Barrett volvió a concentrar su atención en el interrogatorio.

—Señor Leroux —estaba diciendo Duncan— ¿sigue siendo usted propietario de algún derecho sobre *Los Siete Minutos*?

—No. A partir del día en que se produjo el suicidio de Jadway, quise librarme del libro. No pude encontrar comprador. Entonces, hace algunos años, me visitó en París un americano. Había oído hablar de *Los Siete Minutos*. Era un editor de material obsceno de Nueva York. Deseaba adquirir los derechos del libro. Se los vendí gustosamente en seguida. Prácticamente se los regalé. Me alegré de librarme del libro. Desde entonces estoy tranquilo. Estos libros destruyen todo lo que tocan y nunca más quiero volver a tener algo que ver con ellos.

—Muchas gracias, señor Leroux —dijo Duncan. Dirigió la mirada hacia el juez:

—He terminado el interrogatorio, Señoría.

Mientras el satisfecho Fiscal de Distrito regresaba a la mesa de la acusación, el juez Upshaw se dirigió a la defensa:

—Puede proceder a su interrogatorio, señor Barrett.

—Gracias, Señoría —dijo Barrett. Recogiendo las notas que él y Zelkin habían estado tomando, murmuró—: Abe, no va a ser fácil. No sé cómo voy a poder ponerle en un aprieto.

Zelkin murmuró una sola palabra:

—Inténtalo.

Levantándose y sosteniendo varios papeles en la mano, Barrett pasó frente al estrado del jurado dirigiéndose hacia el testigo. El editor francés, cruzando complacidamente los brazos sobre el pecho y luciendo sus mancuernillas de jade que brillaban a la luz de las lámparas fluorescentes del techo, esperaba tranquilo.

—Señor Leroux —empezó a decir Barrett—, permítame retroceder al tiempo en que usted recibió por primera vez el manuscrito de J J Jadway de manos de Cassie McGraw.

Consultó sus notas.

—Le ha dicho usted al fiscal que fue "a finales del año 1934". ¿Es así?

—Exactamente.

—¿Puede usted ser más preciso, indicarnos la fecha exacta o, por lo menos la semana, en que la señorita McGraw se presentó con el manuscrito?

—Pues claro. Fue la última semana de noviembre del año 1934. Un viernes, un viernes por la mañana.

—Muy bien. ¿Recuerda usted el aspecto de Cassie McGraw? ¿Puede usted decirnos cómo era?

Leroux sonrió.

—Lo recuerdo muy bien. Medía aproximadamente un metro sesenta. Lucía un impermeable amarillo suelto al estilo americano. Era morena y llevaba el cabello corto y escalonado. Ojos grises. Nariz pequeña y respingada, bonita. Labios carnosos, una cara muy graciosa. En resumen, una pilluela, inteligente, brillante, ingeniosa, divertida. Pero podía mostrarse muy seria cuando hablaba de Jadway.

Barrett hizo un movimiento afirmativo con la cabeza.

—Bien. Y usted la recibió en su despacho de... ¿dónde estaba? Sé que aparece impreso en el libro...

—Mi despacho estaba en el número 18 de la rue de Berri.

—Eso es. Gracias, señor Leroux. Se me había olvidado. ¿Dónde vivía usted por aquel entonces?

Leroux dudó.

—A ver si recuerdo. Hubo tantos traslados de un sitio a otro durante la guerra y después.

—Pero esto sucedió la última semana de noviembre del año 1934. Bastante antes de que empezara la guerra.

—Sí, claro —dijo Leroux—, pero no estoy seguro. Creo que era un apartamiento de Neuilly, o quizás...

—Bien, si no puede recordarlo con exactitud...

Leroux se encogió de hombros.

—Me temo que no.

—Tal vez le ayudara recordar el nombre de su casero o el del conserje. ¿Puede usted recordar alguno de estos nombres?

—No.

—Bien. Tal vez recuerde entonces el número de teléfono.

—Es difícil. No, lo siento.

—Seguramente recordará el número de teléfono de su despacho. Debe usted haberlo utilizado con mucha frecuencia. ¿Puede usted indicarme el número del teléfono de su despacho?

Leroux se estaba exasperando por momentos.

—Claro que no, han pasado casi cuarenta años. Tenga en cuenta que fue en el año 1934 y que uno no puede recordar todas...

Se le quebró la voz.

—Estoy de acuerdo con usted, uno no puede recordar todas las cosas que sucedieron hace tanto tiempo —dijo Barrett suavemente. Se detuvo. De repente, su tono de voz se endureció—. Y sin embargo, señor Leroux, le he oído afirmar a usted desde este estrado de los testigos que *recuerda* todas y cada uno de las palabras que J J Jadway y Cassie McGraw le dijeron a usted en el año 1934, hace casi cuarenta años. ¿No le parece...?

—¡Protesto! —gritó Duncan desde el otro extremo de la sala—. Protesto, Señoría. El abogado de la defensa se está mostrando capcioso.

—Se admite la protesta —anunció el juez Upshaw.

—Sí, Señoría —murmuró Barrett. Se mostraba satisfecho. Había asestado un golpe a la veracidad del testimonio del testigo atacando la fragilidad de su memoria. Con protesta o sin ella, el jurado había escuchado la conversación. Ahora quiso asegurarse de que a ningún miembro del jurado se le hubiera pasado por alto el hecho—. Señor Leroux, en su declaración ha afirmado usted que había escuchado directamente de labios del propio J J Jadway que éste bebía mucho, que era adicto a las drogas y que escribió apresuradamente el libro por dinero y sólo por dinero. Una pregunta. Pensándolo detenidamente ¿está usted seguro de que recuerda todas las palabras y todos los hechos supuestos que se le comunicaron a usted hace cuarenta años?

—¡Señoría, protesto de nuevo! —dijo Duncan—. El testigo ha declarado estas conversaciones y hechos bajo juramento. Todo esto es redundancia.

—Se admite la protesta por este motivo —dijo el juez Upshaw. Miró a Barrett sin sonreír—. El tribunal advierte al abogado de la defensa que no persista en su actitud capciosa en relación con el testigo.

Barrett adoptó una expresión de pesadumbre. Se concentró: Pensaba en la respuesta.

—Lo siento, Señoría. Ha sido sin intención.

Volvió a dirigirse a Christian Leroux, que aparecía erguido, sin cruzar los brazos sobre el pecho, sino con las manos apoyadas firmemente sobre las rodillas.

—Señor Leroux, regresemos a los años 1934 y 1935. Ha afirmado

—ha recordado usted— que habló con J J Jadway exactamente cuatro veces. ¿Es así?

—Así es.

—¿Dónde mantuvo usted estas conversaciones con Jadway? Quiero decir, si le recibió en su apartamiento, en su despacho o se encontró con él en algún restaurante. ¿Dónde se encontró usted con él?

Leroux dudó.

—Yo... yo no he dicho que me hubiera encontrado con él. He dicho que hablé con él.

Barrett se sorprendió y manifestó su asombro.

—¿No se encontró usted nunca personalmente con J J Jadway?

—No. Hablé con él cuatro veces por teléfono.

—¿Por teléfono? Comprendo. ¿Está usted seguro de que fue Jadway?

—Desde luego. Cassie McGraw me llamaba y después le pasaba el teléfono a él.

—¿No le parece insólito, señor Leroux, un editor que viva en la misma ciudad que su autor y que limite sus relaciones con el mismo a simples llamadas telefónicas? ¿No trató de verle usted nunca personalmente?

—No.

—¿No trató usted nunca de encontrarse con él cara a cara?

—No, porque no tenía ningún motivo para ello —dijo Leroux malhumorado—. Cassie McGraw me había dicho que era retraído, tímido y que se encontraba a menudo bajo los efectos de la bebida o de las drogas, consideré por tanto que no sería muy bien recibido. Por consiguiente, no traté de...

—¿Sabía usted a ciencia cierta, le había dicho a usted el mismo Jadway que no sería bien recibido?

—Yo lo creía así. No hubiera sido de extrañar.

—¿Tenía usted otras razones que le impidieran tratar de encontrarse personalmente con su autor?

—No tenía otras razones. Puedo añadir que no suele ser corriente que los editores anden visitando a sus autores. Sobre todo cuando se trata de autores de mala reputación. Además, tenía otros muchos nuevos autores con quien tratar cada año y Jadway era uno de tantos, precisamente uno que no prometía demasiado.

—Comprendo. Estaba usted demasiado ocupado para dedicarle a un autor toda su atención, sobre todo tratándose de un autor de segunda categoría. Bien...

—¡Protesto, Señoría! —gritó Duncan en dirección al juez—. El abogado está llegando a una conclusión que el testigo no ha manifestado.

—Se admite la protesta.

—Muy bien —dijo Barrett. Estudió al testigo una vez más—. Dice usted que sus contactos con J J Jadway se limitaron a conversaciones telefónicas o bien fueron a través de Cassie McGraw. ¿Es así?

—Así es.

—Y, exceptuando lo que la señorita McGraw le había dicho, su conocimiento de las costumbres de Jadway, de sus ideas y de las motivaciones que le impulsaron a escribir el libro, lo obtuvo usted por medio del teléfono, nunca a través de encuentros personales. ¿Es así?

—No, no es así. Acabo de recordar otra cosa.

—¿Ah sí?

—Tuve también otra fuente de información. Solicité datos biográficos del autor para poderlos incluir en el libro. Solicité que rellenara un cuestionario. Se trata de un procedimiento de rutina. Jadway no rellenó el cuestionario. Se dedicó en cambio a escribirme varias cartas acerca de sí mismo primero una, después otra conteniendo reflexiones y eventualmente algunas más sobre la corrección. Es decir, que dispuse de más información facilitada directamente por el mismo Jadway.

—¿Exactamente qué clase de información le proporcionó Jadway a través de aquella correspondencia?

—Información acerca de su vida anterior, de sus antecedentes familiares, mezclada con ideas generales acerca de su deseo de escribir.

—¿Se refiere usted a los motivos que le habían inducido a escribir Los Siete Minutos?

—No recuerdo —dijo Leroux.

—Estas cartas pudieran ser muy útiles y tal vez pudieran proporcionarnos alguna información interesante para nuestro caso. ¿Obran en su poder dichas cartas?

—No.

—¿No sabe usted qué sucedió con ellas?

—No podría decirlo. Probablemente las tiré junto con otras muchas cuando dejé de editar bajo el pie de imprenta de la Imprenta Étoile.

—¿Cabe la posibilidad de que usted las hubiera vendido cuando vendió los derechos de Los Siete Minutos a otro editor?

—Yo... —Leroux vaciló y, de repente, se mostró cauteloso—. Es posible. No podría decirlo.

—Lo preguntaba —dijo Barrett— porque recientemente fueron puestas a la venta algunas cartas de Jadway considerablemente parecidas a las que usted acaba de describir por parte de un comerciante de autógrafos de Nueva York. El comerciante las obtuvo de un antiguo editor. Las vendió a persona no identificada. Me preguntaba si podrían ser las mismas cartas que usted recibió. ¿Cree usted que pueden haber sido las mismas?

Leroux pareció aliviado y casi contento.

—No tengo ni la menor idea. Pero lo dudo.

—¿Mandó Jadway a Cassie McGraw a entregarle las cartas a usted?

—Creo que me envió por correo una o dos. Las demás me las trajo ella personalmente.

—Parece ser que se encontró usted con bastante frecuencia con Cassie McGraw. ¿Puede recordar cuántas veces la vio?

Antes de que Leroux pudiera responder, el Fiscal de Distrito protestó. La pregunta no estaba relacionada con el caso, afirmó. Barrett advirtió que lo que Duncan no había afirmado es que él no había podido introducir a Cassie McGraw por lo que ahora trataba de impedir que lo hiciera el abogado de la defensa. Barrett oyó que el juez Upshaw admitía la protesta.

Dado que Barrett había contado con esta posibilidad, estaba preparado a dirigir las preguntas en otro sentido.

—Señor Leroux, volvamos de nuevo al libro, a *Los Siete Minutos*. Ha declarado usted ante el tribunal que vendió usted los derechos a otro editor. ¿Recuerda el nombre de este otro editor?

La protesta del Fiscal de Distrito evitó que el testigo pudiera responder. Barrett solicitó hablar con el juez Upshaw. La conversación fue de breve duración. Barrett explicó que su pregunta pretendía analizar la integridad y la honradez de aquel testigo clave. Después de escuchar a ambos abogados, el juez rechazó la protesta de Duncan y le indicó a Barrett que podía proseguir.

Enfrentándose al testigo una vez más, Barrett repitió la pregunta.

—Vendió usted los derechos de *Los Siete Minutos* a otro editor. ¿Recuerda el nombre de este otro editor?

—No recuerdo su nombre —dijo Leroux.

—Tal vez yo pueda refrescarle la memoria. ¿El editor a quien usted vendió los derechos era acaso un tal Norman C. Quandt, condenado en Nueva York por distribuir vulgar material pornográfico?

—¿Quandt? Sí, creo que se llamaba así. Gracias.

—¿Por qué le vendió usted al señor Quandt todos los derechos de *Los Siete Minutos*?

—Ya he declarado los motivos que tuve para hacerlo. Temía que el libro ejerciera alguna influencia destructora. Quería librarme de él. Ansiaba verme libre de él.

—Y, no obstante, señor Leroux ¿al vender el libro a otro editor no le preocupó pensar que contribuía a conservar su llamada influencia destructora?

—No, no me preocupó, porque pensé que a Quandt no le permitieran publicar el libro nunca. En último extremo, pensé que para él sería algo análogo a una pérdida por impuestos. Vendí el libro para matarlo... y para salvarme a mí mismo.

—¿Y no tuvo usted absolutamente ningún otro motivo?

—Ninguno.

—Comprendo. ¿Y cuándo disolvió usted la Imprenta Étoile?

—Hace cuatro años.

—Por qué motivo la disolvió usted?

—Por la misma razón por la que me desprendí de *Los Siete Minutos*. Comprendí la maldad de publicar obscenidad y quise cortar toda relación con la misma y empezar una nueva vida.

—¿Fue éste su único propósito?

—Sí.

—Bien, pues...

Barrett se acercó al escritorio del secretario, encontró el *dossier* de pruebas que buscaba y regresó con el mismo al estrado de los testigos.

—Tengo aquí una entrevista, señalada como la Prueba H, una entrevista de prensa que usted concedió a un periodista de *L'Express* en aquella época. Tengo dos ejemplares. Puede usted tomar uno para seguirme mientras yo traduzco el otro. Si traduzco mal, por favor deténgame y corríjame. —Le entregó a Leroux un recorte y se quedó con el otro—. En esta entrevista, el periodista le pregunta por qué ha dejado usted de publicar pornografía. Usted contesta de la manera siguiente: "Por la misma razón por la que hay menos prostitutas en la actualidad. En nuestros tiempos, cualquiera puede conseguir sexo fácilmente en cualquier sitio. Si puede conseguirse gratis ¿por qué tiene uno que pagar?" Entonces, señor Leroux, usted prosigue y dice: "En otras épocas había tanta censura, tanto material prohibido, que el mercado de este material era prácticamente nuestro. Pero desde que las editoriales importantes de todos los países tienen la posibilidad de publicar libremente, lo que antes solía estar prohibido, hemos perdido a nuestros lectores y el mercado que pertenecía exclusivamente a la Obelisk, la Olimpia y la Étoile. He dejado de publicar porque he perdido al público".

Barrett levantó la cabeza:

—¿Reconoce usted que hizo estas declaraciones?

—Leroux frunció los labios. Al final, decidió hablar:

—Reconozco que concedí esta entrevista y que apareció en los periódicos. Pero no reconozco que se reprodujeran mis palabras textuales.

—¿Niega entonces este artículo por completo?

—No lo niego por completo. Lamento su falta de exactitud, sus omisiones, su exageración de ciertos puntos. Sí, es posible que yo haya afirmado que uno de los motivos que me indujeron a cerrar la Imprenta Étoile fuera la nueva tolerancia sexual de la sociedad contemporánea. Pero yo lo consideraba un factor secundario. La razón principal era que había comprendido los peligros de la pornografía obscena y, al llegar a la edad madura y entenderlo así, no quería seguir haciéndole daño al prójimo.

—Magnífico y muy loable —dijo Barrett—. Bien, si observa usted los dos últimos párrafos de este artículo, verá una cita de Maurice Girodias, de quien se dice aquí que es hijo de Jack Kahane, fundador de la Imprenta Obelisk. Se dice más adelante de Girodias que es el propietario de la Imprenta Olympia, otra de sus competidoras. ¿Lo ve usted?

—Sí.

—El periodista le está citando a usted a Girodias. Girodias, defendiendo su propia carrera editorial, dice: "La obscenidad y la pornografía son horribles fantasmas que desaparecerán al llegar la luz de la mañana cuando rehabilitemos el sexo y el erotismo. Es necesario que aceptemos el amor y la líbido como dos movimientos complementarios y no como elementos incompatibles. Tenemos que comprender que el deseo es el manantial de todas las acciones positivas de la vida y dejar de oponernos a todos los instintos naturales y las actividades susceptibles de proporcionar placer. Este resultado no puede alcanzarse sino a través de toda una serie de shocks mentales" —Barrett se detuvo—. El periodista dice que le ha leído las observaciones de Girodias y que le ha preguntado su opinión al respecto. Y aquí contesta usted: "Estoy de acuerdo. Estoy totalmente de acuerdo con el señor Girodias. Todos los que hemos publicado obscenidad y pornografía debiéramos ser merecedores de toda clase de honores. Por haber destruído los tabús. Por haberle enseñado a la gente que el amor y la libidinosidad son un todo único. Por haber convertido al sexo en algo sano". —Barrett levantó los ojos—. Bien, señor Leroux, ¿hizo usted estas observaciones que se le atribuyen? ¿Sí o no?

—Lo que aquí se dice es engañoso.

—¿Puede usted responderme sí o no? ¿Hizo usted estas observaciones?

—Sí, pero...

—Gracias, señor Leroux.

—... ¡pero en apoyo de la pornografía decente que posee valor literario no de la suciedad como la de *Los Siete Minutos!*

Barrett decidió que era mejor no solicitar la ayuda del juez para calmar el arranque de Leroux. Algunos jurados podrían considerar su protesta por la conducta del testigo como una bravata. Barrett consideró la posibilidad de proseguir el interrogatorio. Había ganado algunos puntos, tal vez pocos. Probablemente, Leroux había ganado más para la acusación. No obstante, en la mente de tres o cuatro jurados quizás ya se hubieran plantado las primeras semillas de una duda razonable. Proseguir ahora, con un testigo tan hostil y agresivo, pudiera conducirle al desastre.

Barrett levantó los ojos de las notas y las pruebas que sostenía en sus manos y le dirigió una mirada a su colaborador. Zelkin aparecía preocupado.

Luz roja.

Parada.

Miró al testigo.

—Gracias, señor Leroux.

Dirigió la mirada al juez.

—Creo que he terminado, Señoría.

Regresó a su mesa y se dejó caer en su asiento con aire cansado.

—He hecho lo que he podido, Abe —dijo—. Lo he intentado. Ellos disponen de toda la vida de Jadway y han puesto fuera el letrero de "No pasar". Nosotros en cambio ¿qué tenemos?

Zelkin miró hacia otra parte.

—Nosotros tenemos un pequeño intermedio, eso es lo que tenemos.

Durante la suspensión, se confirmó la negra sospecha de Barrett en el sentido de que Duncan y la señora St. Clair pudieran estar tramando que el editor francés prosiguiera su declaración en un lugar más público.

En un despacho privado del sexto piso del Palacio de Justicia, Barrett, seguido de Zelkin y Fremont, se reunió con Philip Sanford que había encendido su pequeño aparato de televisión portátil. En la pantalla, aparecía un primer plano de Christian Leroux.

—Es una conferencia de prensa en algún lugar de este mismo edificio —explicó apresuradamente Sanford—. La señora St. Clair de la LFPD la ha preparado. Tiene reunidos aquí a periodistas de todo el mundo. Les ha presentado a Leroux. Ha empezado diciendo que, dado que Leroux había terminado su declaración ante el tribunal, era libre de contestar preguntas fuera, si bien no le estaba permitido discutir sus declaraciones antes de que se pronunciara el veredicto. Ahora él está...

—Vamos a verlo —dijo Barrett acercando una silla.

Los cuatro se sentaron alrededor del pequeño aparato de televisión, mientras el voluble Christian Leroux contestaba a la pregunta del siguiente periodista.

—No, no se me ha permitido discutir ante el tribunal acerca de le muerte de J J Jadway —estaba diciendo el editor francés—, pero estoy dispuesto ahora a dar a conocer todos los detalles de la verdad. Tuve conocimiento de ellos a través de la amante de Jadway, Cassie McGraw. ¿Quieren ustedes saber cuál fue el motivo que indujo a Jadway a suicidarse? Lo mató *Los Siete Minutos*. Su familia de Nueva Inglaterra no sabía que había escrito este libro. La primera en conocer la existencia del mismo fue la mayor de las dos hermanas más jóvenes de Jadway. Imprudentemente, éste le envió un ejemplar. De acuerdo con la señorita McGraw, él no quería que su hermana se marchitara y se convirtiera en una seca solterona por lo que decidió enviarle un ejemplo de su nueva libertad para inducirla a rebelarse. Hay que reconocer que la inspiró. El libro causó en ella una impresión tan honda que empezó a beber y a mantener relaciones con hombres hasta que se convirtió en una vagabunda alcoholizada sin remedio. No puedo decir lo que le sucedió a la otra hermana. Sólo sé lo que le sucedió a la mayor. Al mismo tiempo, el padre de Jadway se enteró de la existencia del libro porque su Iglesia se había dedicado a distribuir circulares condenándolo. Su padre —sobre todo después de la excomunión de Jadwey— padeció por ello y contrajo una enfermedad de la que nunca pudo restablecerse. Además, según la señorita McGraw, la hermana de un íntimo amigo de Jadway tuvo ocasión de leer *Los Siete Minutos* siendo todavía una adolescente impresionable, y el libro fue causa de que ella quisiera emular a la heroína, llevándola por el mal camino.

—¿Llevándola por el mal camino? —La voz pertenecía indudablemente a un corresponsal de acento alemán—. ¿Puede usted ser más explícito, señor Leroux?

—Se convirtió en la amante de toda una serie de hombres. Pronto no fue más que una prostituta callejera.

—¿Supo J J Jadway lo que el libro le había hecho a su familia y a la hermana de su amigo? —preguntó el mismo corresponsal.

—Desde luego. Lo discutió con Cassie, con la señorita McGraw. El remordimiento no le dejaba vivir. Se dedicó a beber más y más. Empezó a hundirse en una profunda depresión. Al final, en febrero de 1937, en una pequeña casa que él y su amante habían alquilado fuera de París —en la aldea de Vaucresson— se dirigió al cuarto de baño una noche y se disparó un tiro en la cabeza. Se suicidó dejando una nota a la señorita McGraw. "Esto es lo que debo hacer para expiar mi pecado al haber engendrado este libro monstruoso", le escribió.

—¿Vio usted esa nota de suicidio, señor Leroux? —preguntó una voz de acento británico.

—¿Que si la ví? No, no, desde luego que no. Me lo contó la señorita McGraw en su aflicción, durante el funeral.

—¿Sabe usted si todavía existe esta nota?

—Si existe la señorita McGraw, tal vez exista la nota.

—Soy de la Associated Press, señor Leroux —intervino una nueva voz—. Quisiera hacerle alguna otra pregunta sobre Cassie McGraw, si no le importa. ¿Ha dicho usted que ella representó a J J Jadway en el trato concerniente a *Los Siete Minutos?*

—Ella entregó el manuscrito en nombre suyo, negoció conmigo en su nombre, actuó de agente literario suyo y de mediadora en la corrección.

—¿Y tras la muerte de Jadway, volvió usted a verla otras veces?

—Tras la muerte de Jadway, ví a Cassie McGraw en dos ocasiones. Durante el funeral y después varios meses más tarde cuando se presentó en mi despacho y me mostró que había heredado la propiedad del libro, diciéndome que deseaba venderme inmediatamente los derechos por una módica suma. Ello se debía a que quería dejar París y necesitaba dinero para regresar a América con su hija.

—¿Hija?

El aparato de televisión mostró un primer plano de un conocido periodista de la Press International, reflejando asombro en su rostro.

—¿Quiere usted decir que Cassie McGraw tenía una hija?

—La hija de Jadway. ¿No había hablado de ella? Pues sí. Tuvo una hija de él, que nació dos meses después de su muerte.

—¿Una hija? ¿Sabe usted su nombre?

—Judith.

Barrett apartó los ojos de la pantalla del aparato y observó que Zelkin estaba garrapateando apresuradas notas. Una nueva pista. La hija de Jadway. En alguna otra parte del edificio, pensó Barrett, Duncan o bien alguno de sus ayudantes, estaría también tomando notas, si es que la acusación no poseía ya dicha información. Se estaba preparando una cacería, una carrera para obtener un nuevo y prometedor testigo.

—Señor Leroux ¿vino Cassie McGraw a verle a usted únicamente porque necesitaba dinero para llevar a su hija a América? —preguntó un corresponsal italiano.

—Sí. Me ofreció los derechos de *Los Siete Minutos* a cambio del precio de un pasaje. Desde el punto de vista de los negocios, era una insensatez comprarle los derechos. El libro había dejado de venderse. No obstante, dado que yo sentía gran afecto y compasión por aquella encantadora muchacha, le pagué dicha cantidad a cambio de los derechos.

—¿Volvió usted a ver a Cassie McGraw o a su hija Judith? —quiso saber alguien que se encontraba en la habitación.

—Nunca.

—¿Supo algo de ellas?

—Nunca volví a saber una palabra. Nada. Sólo silencio a lo

largo de las siguientes décadas. Nunca más supe nada de Cassie.

—¿Supo algo de la familia o de los amigos de Jadway, después de su muerte?

—No.

Se escucharon varias voces haciendo preguntas al mismo tiempo y la cámara mostró a la señora St. Clair junto a Leroux.

—Uno a uno, por favor —estaba diciendo la señora St. Clair. Señaló a alguien—. El caballero que ha levantado la mano. ¿Puede usted identificarse, señor?

—Sí. Soy del *New York Times*. Quisiera hacerle varias preguntas al señor Leroux.

En la pantalla apareció el rostro benevolente de Leroux.

—Pregúnteme lo que desee —dijo.

—Me gustaría volver a hablar de su relación con Cassie McGraw. Me parece recordar que, en el interrogatorio, el abogado de la defensa le ha preguntado a usted cuántas veces había visto a la señorita McGraw a lo largo de todo el período en que la conoció. La pregunta ha sido objeto de protesta. ¿Puede usted contestarla ahora?

—Con mucho gusto. ¿Que cuántas veces la vi? No puedo calcularlo con exactitud. La vi por primera vez en el año 1934. Y, por última vez, en 1937, tras la muerte de Jadway.

—¿Acaso la vio usted más de doce veces? —insistió el corresponsal del *New York Times*.

—Es posible. Pero no muchas más. En muy pocas ocasiones, después de la publicación del libro. No estaban en París, por aquel entonces. Creo que estaban de viaje por Italia. Ella deseaba que cambiara de ambiente, para reformarlo. Después, al regresar, se trasladaron a aquella aldea de las afueras de París.

—¿Calificaría usted su relación con Cassie McGraw de íntima?

—¿Íntima? Me temo que no le entiendo.

—Permítame aclararle la pregunta, señor Leroux. Usted ha hablado de Jadway describiéndolo como un débil, un frustrado, un interesado desde el punto de vista económico y un sujeto desabrido, lo cual puede interpretarse en el sentido de que usted le despreciaba. Al mismo tiempo, ha hablado usted de Cassie McGraw con afecto. Ha repetido usted detalles íntimos de la vida de Jadway, que Cassie McGraw le había referido. El hecho de que le hubiera comunicado a usted dichos detalles íntimos me hace pensar en su propia relación con ella. ¿Se limitaba dicha relación simplemente a cuestiones de negocios? ¿O bien era también social?

—Era exclusivamente de negocios.

—Mientras escuchaba y observaba, Barrett sonrió. El tenaz periodista del *Times* hubiera podido ser un magnífico abogado. El periodista seguía acosando a Leroux.

—Y, sin embargo, sus conversaciones con ella le permitieron conocer sus pensamientos y emociones más íntimas ¿no es cierto?

—No tenía a ninguna otra persona con quien hablar en un país extranjero, ninguna persona a quien hablarle de su desgraciado amor, de sus preocupaciones y problemas. Su familia y sus amigos no estaban en París. Ella era una extraña, una forastera. Necesitaba a alguien en quien confiar, alguien que sintiera compasión por ella para poder —¿cómo dicen ustedes?— desahogarse. Porque sentí compasión por ella, confié en mí, sí, y porque me daba pena, escuché.

—¿Acudió usted alguna vez a un café con ella?

Leroux sonrió levemente.

—Nosotros los franceses hacemos los negocios en los cafés. Sí, supongo que hablamos de negocios en el Fouquet o en el Select, cafés que existían entonces. Sí, creo que sí.

—¿Recibió usted alguna vez a Cassie McGraw en la intimidad de su apartamiento?

—Seguramente, señor, ha oído usted decir que los franceses nunca invitan a los americanos a sus casas o apartamientos.

Se escucharon risas apagadas entre los periodistas y Leroux sonrió tan satisfecho como un actor al que se llamara a escena.

El inquisidor de Nueva York persistió.

—Señor Leroux, no ha contestado usted a mi pregunta. ¿Recibió usted a la señorita McGraw en su apartamiento?

La sonrisa de Leroux desapareció.

—No, no la recibí —contestó enojado—. Si está usted insinuando que sentía hostilidad hacia Jadway porque luchaba contra él por conseguir el afecto de Cassie McGraw, se equivoca. Para dejar las cosas bien sentadas, le diré a usted que mi relación con la señorita McGraw fue exclusivamente de negocios, negocios literarios entre un editor y un agente, nada más. —Parpadeó mirando hacia la cámara—. ¿Más preguntas?

Zelkin apagó el aparato de televisión.

El franchute es muy listo. No nos está ayudando demasiado ni dentro ni fuera de la sala. Ahora tenemos que regresar. Duncan ya tendrá preparado al siguiente testigo. Me pregunto quién demonios podrá ser.

El siguiente testigo de la acusación resultó ser otro visitante procedente de muy lejos y constituyó, tanto para Barrett como para Zelkin, una verdadera sorpresa.

El siguiente testigo era una impresionante figura que vestía los negros ropajes del clero católico. A Barrett le recordó el bajorrelieve en piedra representando a un mártir jesuíta que adorna uno de los sarcófagos de San Pedro, un sarcófago restaurado, colocado en posición vertical. Sus resecas facciones de Savonarola, sus penetrante ojos, su nariz aguileña, su mandíbula prominente, constituían una condena instantánea de lo frívolo, lo licencioso, lo blasfemo. Se movía con la seguridad de un mensajero del Todopoderoso. Era evidente que no iba a pronunciar insensateces, que no daría lugar a mezquindades. Tenía una misión que cumplir. Era una obra del Señor. Al pronunciar rutinariamente el juramento, pareció como si él acabara de inventarlo.

El siguiente testigo era el padre Sarfatti, miembro de la Sagrada Congregación para la Doctrina de la Fe y siervo de la sede apostólica de Roma.

Una vez situado en el estrado de los testigos, cuando Duncan había empezado a conducirle por la fase preliminar del interrogatorio, en la que se presentaban los datos correspondientes a sus antecedentes y a su autoridad, Barrett y Zelkin dieron comienzo a un apresurado cambio de impresiones en voz baja.

La aparición de un testigo procedente del Vaticano les había tomado por sorpresa. Zelkin siempre había lamentado el procedimiento seguido en las causas criminales en las que, a diferencia de lo que sucedía en las civiles, no se hacía necesario ningún conocimiento o interrogatorio del testigo, antes de comenzar el juicio. A pesar de su carácter secreto, ni Barrett ni Zelkin habían esperado encontrarse con ninguna sorpresa en el caso de Fremont. Los dos testigos principales de la acusación —Christian Leroux por una parte, Jerry Griffith por otra— habían sido objeto de gran publicidad. Los testigos secundarios de un caso de censura solían pertenecer a una misma categoría. Psiquiatras, educadores, expertos en literatura, personajes importantes, etc. El hecho de que el Fiscal de Distrito hubiera echado mano de las fuentes del Vaticano para conseguir un especialista en el *Index Librorum Expurgatorius*, era un movimiento que ni Barrett ni Zelkin habían podido prever.

No obstante, instintivamente, Barrett había estado recordando constantemente uno de los mandamientos de su profesión: Un buen abogado siempre debe estar preparado para lo peor.

Afortunadamente, cuando había revisado las notas hacía menos de una semana preparándose para lo peor, Barrett había recordado que un año después de la publicación de *Los Siete Minutos*, su autor había sido condenado por la Iglesia Católica y el libro había sido incluído en el *Index*. Dado que el *Index* evocaba imágenes del pasado, dado que su existencia y actividad estaban tan alejadas de las vidas de los habitantes de Oakwood y Los Angeles, Barrett supuso que el Fiscal de Distrito sólo se referiría a ello de pasada. Sin embargo, puesto que Barrett sabía que muchas causas se ganaban en los estadios preparatorios más que durante el juicio mismo, había iniciado un proyecto inicial de estudio sobre los instrumentos históricos de censura del Vaticano y sobre el mismo *Index*. Barrett había leído algo y le había encargado a Kimura que entrevistara a varios teólogos. Los resultados obtenidos habían sido muy escasos.

Pero ahora que Duncan había asestado un duro golpe desde el Vaticano a la ya debilitada defensa, Barrett comprendió que ésta necesitaba refuerzos desesperadamente. Mientras trataba de escuchar el testimonio del padre Sarfatti, Barrett consultó con su colaborador acerca de lo que era más conveniente hacer. En pocos minutos, tomaron las decisiones pertinentes. Zelkin telefonearía a Donna al despacho y le pediría que enviara por medio del ordenanza las notas archivadas bajo el título "Jadway — *Index* católico". Zelkin localizaría también a Kimura para que volviera a ponerse en contacto con los eruditos teólogos a quienes ya había entrevistado, con el fin de obtener más información útil para la defensa. Si su turno le llegaba a Barrett pronto, éste trataría por todos los medios de ganar tiempo hasta el mediodía con el fin de que, si Kimura les proporcionaba alguna información, pudieran aprovechar la pausa del mediodía para digerirla antes de que se reanudara el interrogatorio por la tarde.

Cuando Zelkin hubo abandonado la mesa de la defensa para llamar a Donna y a Kimura, Barrett trató de concentrarse en el nuevo testimonio. Le resultaba difícil prestar atención. Su poder de concentración se había agotado casi por completo durante el interrogatorio a Leroux y ahora le resultaba difícil seguir las preguntas y respuestas que se estaban produciendo en la sala. No obstante, confió en que su instinto captaría automáticamente lo que fuera vital y rechazaría lo demás.

Durante los cincuenta y cinco minutos siguientes, las antenas de Barrett captaron doce veces un intercambio de preguntas y respuestas importantes y significativas y entonces concentró toda su atención en las mismas.

El procedimiento seguido por la Sagrada Congregación de la Doctrina de la Fe al prohibir un libro.

Barrett concentró su atención.

—Padre Sarfatti, para que podamos entender mejor por qué la Iglesia condenó *Los Siete Minutos* y podamos juzgar mejor la obscenidad del libro y acusar así al librero que lo vendió ¿puede usted explicarnos el procedimiento seguido por la Iglesia en esta materia?

—Desde luego, señor Duncan. Dado que en los últimos tiempos varios despachos de la Curia han sido reorganizados, es necesario que nos refiramos a los despachos que existían en el año 1935, el año en que fue publicado en París *Los Siete Minutos*. Por aquel entonces, todos los escritos dudosos eran examinados por la Sección de Censura de Libros, que era el departamento de la Curia dirigido por la Suprema Congregación del Santo Oficio. Cuando un obispo o un sacerdote de la diócesis de cualquier país descubría algún libro que contuviera doctrinas contrarias a la moral y a la fe de la Iglesia, lo sometía a la Sección de Censura de Libros de la Santa Sede.

—¿Contrarios a la moral...?

—A la moral y a la fe, señor Duncan. Lo explicaré mejor. Los libros que tratan ex professo de temas que son lascivos u obscenos siempre han estado prohibidos. También se prohiben los libros que exponen ideas heréticas o cismáticas. En el pasado, cuando un libro sospechoso era sometido al Santo Oficio, la obra se pasaba a una orden religiosa de Roma cuyos miembros conocieran el idioma en que se hubiera impreso. Los expertos lo examinaban y sometían su veredicto, escrito en latín, al Santo Oficio. Al mismo tiempo, un sacerdote representante de la Sección de Censura de Libros podía llevar a cabo una investigación acerca de la vida del autor del libro denunciado y de las circunstancias en que se había creado. Todo el material se presentaba entonces a una comisión de consejeros del Santo Oficio que discutía acerca de la obra y emitía un voto. Si se votaba en favor de la condena, se presentaba un informe del libro a una sesión plenaria del Colegio de Cardenales. Por último, el Cardenal Prefecto presentaba el veredicto del Colegio así como todos los informes previos al Sumo Pontífice. Si el Papa aceptaba los resultados y las recomendaciones contenidas en los mismos, Su Santidad disponía que el libro se incluyera en el *Indice de Libros Prohibidos*.

—¿Y este fue el procedimiento seguido al condenar *Los Siete Minutos*, padre Sarfatti?

—Exactamente.

—Tengo aquí la Prueba E, un ejemplar del *Index* publicado en el año 1940...

—Le felicito por su agudeza y escrupulosidad.

—Gracias, padre. Bien, ésta es la más antigua edición que he podido localizar en la que aparecen mencionados J J Jadway y *Los Siete Minutos*. No obstante, el libro fue prohibido en el año 1937, tres años antes. ¿Puede explicar este hecho?

—Es muy sencillo, señor Duncan. Las nuevas ediciones del *Index* se publican a intervalos regulares. Cuando el libro de J J Jadway fue condenado en el año 1937, el decreto de prohibición del mismo fue publicado en el *Acta Aostolicae Sedis*, el boletín oficial de la Santa Sede, y dicho boletín fue enviado a todos los obispos del mundo para informarles de la condena oficial. Para proteger las almas que se les habían confiado, todos los obispos y párrocos anunciaron dicha prohibición a sus feligreses. Tras lo cual, el libro fue incluído en la siguiente edición del *Index*, publicada tres años más tarde. Me complace añadir que nuestros hermanos protestantes, sobre todo los de

Europa, hablaron por iniciativa propia en contra de los peligros de este libro en particular.

—Padre, para comprender mejor la gravedad de esta condena, me gustaría dirigirle a usted varias preguntas acerca del *Index* y...

Mike Barrett dejó de prestar atención y se entregó al estudio de sus propias notas.

Después, diez minutos más tarde, su antena captó algo más. *Siento curiosidad por las investigaciones llevadas a cabo acerca de la persona de J J Jadway.*

Barrett sintonizó rápidamente, a todo volumen.

—Padre Sarfatti ¿se le encomendó a usted personalmente dicha investigación acerca del autor de *Los Siete Minutos*?

—Sí, o mejor dicho, intervine en ella. Yo era entonces un joven sacerdote. En los años siguientes, tuve que encargarme de otras misiones en la Santa Sede. Pero, recientemente, he sido asignado de nuevo a la Curia, para trabajar en el nuevo despacho conocido como Sagrada Congregación para la Doctrina de la Fe, que ahora se encarga del *Index*. Cuando el Sumo Pontífice se interesó por este caso, señor Duncan, yo fui seleccionado para ofrecerle a usted toda la ayuda que pudiera, debido a mi conocimiento del caso de Jadway y de los informes del mismo que se guardan en los archivos del Vaticano. Antes de venir a América, examiné los documentos referentes a la prohibición de *Los Siete Minutos*. La verdadera investigación sobre Jadway, su autor, fue llevada a cabo por el arzobispo de París entre 1935 y 1936. Yo fui uno de sus ayudantes.

—¿Y sus hallazgos, padre Sarfatti, se basaron en información de oídas o bien en contactos personales con el propio J J Jadway?

—Toda la información que he proporcionado para ser sometida al tribunal la obtuve directamente. Usted tiene los archivos.

Duncan sostuvo en la mano tres hojas de papel, una de ellas adornada con un sello de lacre y una cinta.

—Tengo estos tres informes enviados por usted. ¿Los reconoce como documentos de los archivos vaticanos?

—Sí.

Duncan se acercó al juez.

—Señoría, quisiera presentar en el juicio otro material que no ha sido marcado. Desearía que estos documentos se incluyeran como prueba.

En la mesa de la defensa, los ojos de Barrett se encontraron con los de Zelkin.

—Maldita sea —murmuró y después se levantó para reunirse con Duncan y el secretario junto al juez. El juez Upshaw examinó los documentos, Barrett los leyó después apresuradamente y a continuación fueron aprobados. El secretario los numeró; ahora formarían parte de las pruebas en el caso contra Ben Fremont y *Los Siete Minutos.*

Al volver Barret a la mesa de la defensa y hundirse en su asiento, Zelkin le miró preocupado:

—¿Y bien? —preguntó.

—Estamos metidos en dificultades —dijo Barrett.

El Fiscal de Distrito volvía a encontrarse frente al estrado de los testigos.

—Padre Sarfatti ¿puede usted resumirnos, con sus propias palabras, el contenido de estas pruebas?

—Sí. La primera de ellas es la transcripción de una conversación telefónica que yo sostuve en París con J J Jadway. Le había escrito desde Roma diciéndole que deseaba entrevistarme con él, pero no obtuve respuesta alguna. Una vez en París, le llamé en varias ocasiones pero no pude dar con él. Finalmente, él me llamó a mí y yo transcribí nuestra discusión. El segundo documento es una carta que Jadway me escribió —bastante retadora por cierto— y que me envió después de nuestra conversación telefónica. El último documento es la transcripción —preparado por un miembro de la Curia ya fallecido— de una declaración que el propio Jadway le hizo durante una reunión que sostuvieron en Italia. Dicha declaración fue firmada por Jadway y registrada ante notario.

—¿Confirma esa declaración de Jadway el testimonio de su editor francés el señor Leroux, acerca de las actitudes y motivos que indujeron a Jadway a escribir *Los Siete Minutos?*

—A esta pregunta yo contestaría afirmativamente. Sí, el conjunto de las investigaciones de la Iglesia a este respecto, incluyendo estos documentos, tienden a confirmar lo que el señor Leroux ha declarado. Diré que, aparte estos documentos, nuestros informes son bastante circunscritos y limitados. No poseemos ninguna información sobre la familia de Jadway y ni tampoco acerca de su vida en América. Pero, de los documentos, se deduce que Jadway era católico, apartado de la fe. Sabemos que sus gustos literarios se inclinaban hacia ʻlo inmoral y lo ateo. Tal como él mismo me lo confesó, su biblioteca incluía las *Memorias* de Casanova, así como obras de Henri Bergson, Benedetto Croce y Karl Pelz, todos ellos autores prohibidos para los católicos. Había intervenido en cierta ocasión en una manifestación anticlerical frente a Notre-Dame. Su círculo de amistades lo integraban librepensadores disolutos que concurrían a los cafés de la Orilla Izquierda. Frecuentaba prostitutas antes de iniciar su vida de pecado con aquella joven llamada Cassie McGraw. Dudo que la condena de la Iglesia tuviera algo que ver con su suicidio. Su suicidio fue consecuencia de la falta de moralidad que se refleja en su única obra publicada. Al morir fue incinerado y se dice que la señorita Cassie McGraw cumplió su último deseo: sus cenizas se esparcieron sobre Montparnasse desde un globo. Es una historia triste, muy triste.

Durante la declaración del padre Sarffatti, sobre todo en la última parte, Barrett experimentó la imperiosa necesidad de emitir más de una protesta. Tenía motivos para hacerlo —buena parte del testimonio del sacerdote no era procedente y la última información que había facilitado era de oídas— no obstante, Barrett se abstuvo de hablar. El material ya había sido dado a conocer en contexto diferente por Leroux fuera y dentro de la sala. Bajo estas circunstancias, el jurado hubiera podido pensar que la defensa trataba de silenciar a un siervo del Señor. Por consiguiente, Barrett no dijo nada y siguió escuchando con atención.

—Padre Sarfatti ¿entre sus documentos, existe alguna prueba que revele los motivos que indujeron a J J Jadway a escribir Los Siete Minutos?

—Unicamente una observación, que está incluida en la carta que me dirigió, en la que me dice que tanto las religiones como las instituciones culturales trataban de hacer creer que el mundo era una enorme caja de dulces, mientras que él, en su libro, se había propuesto demostrar que era un estercolero; un estercolero que podía, en último término, fertilizar en la verdad y producir belleza si la gente dejaba de fingir. Aparte de esto, me atrevería a decir que sus propias palabras impresas y su vida en París, demuestran por sí mismas sus motivos. No tuvo jamás unión legítima en París. Deduzcan ustedes de este hecho lo que gusten.

—¿Existe, entre sus documentos, alguna prueba de la influencia de Cassie McGraw sobre Jadway cuando escribía Los Siete Minutos, o, al menos, alguna referencia sobre Cassie McGraw?

—¡Señoría, protesto! —le interrumpió Barrett.

No podía permitir que aquello prosiguiera ni esperar para rechazarlo hasta que la pregunta se hubiere producido. Pero, al parecer, Duncan estaba procurando por todos los medios introducir a Cassie McGraw en el juicio porque había solicitado hablar con el juez.

Duncan trató de relacionar la información que, estaba seguro, el padre Sarfatti proporcionaría, con el material obsceno de la obra. Al fin y al cabo, comentó Duncan, Cassie McGraw había servido como modelo para la heroína de la novela. En su impaciencia, Duncan no sólo anticipó el testimonio futuro sino que, al final, lo rompió en dos pedazos.

—La Iglesia dispone de un ejemplar del certificado de nacimiento de la hija de Cassie McGraw —siguió diciendo Duncan—. La niña fue bautizada con el nombre de Judith Jan Jadway. El padre Sarfatti está dispuesto a informarnos de que la última y más reciente nota contenida en los archivos vaticanos demuestra que la señorita McGraw contrajo matrimonio en Detroit en el año 1940 y que su marido resultó muerto en Salerno durante la Segunda Guerra Mundial. Si bien no consta ni su nombre completo ni su nombre de casada, y si bien no existe ninguna indicación acerca de la suerte corrida por la señorita McGraw o su hija, sigo creyendo que lo que sabemos de ella puede ayudar al jurado...

Siguió hablando y, al terminar, el juez Upshaw le reprendió severamente por tratar de introducir en el juicio un material totalmente improcedente.

—Sobre esta materia, su testigo no puede decirle al jurado nada importante —concluyó el juez Upshaw—. Admito la protesta del abogado de la defensa.

Al regresar a la mesa, Barrett pudo escuchar que el Fiscal de Distrito reanudaba su interrogatorio.

—Bien, padre, refirámonos de nuevo brevemente al procedimiento de...

Mike Barrett dejó de escuchar.

Quince minutos más tarde, su antena captó una señal. *Ofreció la oportunidad de retractarse mientras estaba en Italia.*

Rápidamente, Barrett sintonizó.

—¿Quiere usted decir, padre Sarfatti, que un miembro de la Iglesia se encontró personalmente con Jadway y le ofreció la oportunidad de retractarse de sus errores?

—Exactamente. No es nada insólito, señor Duncan. La Iglesia se mueve despacio y con tolerancia considerable hacia el autor de un libro denunciado. No es raro que un escritor apele al Vaticano alegando que ha escrito de buena fe sin percatarse de los errores cometidos. En tales casos, la Congregación del Santo Oficio, no obstante haber dado a conocer el decreto de condena, puede dar a la publicidad una nota en los siguientes términos: "El autor se retracta y repudia su obra". La primera condena seguirá subsistiendo, pero su nombre y su obra ya no se incluirán en el *Index*. Puedo darle a usted un ejemplo. Henry Lasserre, un católico autor de un libro maravilloso sobre el milagro de Lourdes, decidió traducir el Evangelio al francés. No le satisfizo seguir el texto original. En la traducción introdujo conceptos nacidos de su propia fantasía. Por eso fue condenada y prohibida. Pero, afortunadamente, Lasserre comprendió su error y retiró el libro de la circulación; se retractó. El Santo Oficio retiró la prohibición y eliminó el nombre de las ediciones posteriores del *Index*.

—Y en cuanto a J J Jadway... ¿quiso retractarse por iniciativa propia o porque se le ofreció la oportunidad de hacerlo?

—Se le ofreció una última oportunidad. Había llegado a Italia con su amante y estaba de visita en Venecia cuando un emisario de la Iglesia fue a entrevistarse con él. Se le ofreció la oportunidad —generosa oportunidad, creo yo— de repudiar *Los Siete Minutos* y de retirarlo de la circulación. El se negó. Tiene usted el documento firmado por Jadway a este respecto. La Iglesia no tuvo entonces más remedio que condenar la abra por obscena y sacrílega.

Barrett dejó de prestar atención.

Al terminar el eficaz interrogatorio de Duncan, el juez Upshaw ordenó una suspensión de dos horas. Abe Zelkin ya disponía de las notas acerca del *Index* que Donna les había enviado y de varios apuntes tomados en el transcurso de una conversación telefónica con Kimura, pocos minutos antes. Barrett y Zelkin mandaron a un botones del Palacio de Justicia al vestíbulo por sandwiches y refrescos y se retiraron a un despacho vacío del edificio municipal, pasando la mayor parte de las dos horas estudiando sus informes y planeando la estrategia de la repregunta.

Cuando se disponían a regresar a la sala, Barrett tuvo la tentación de practicar una ofensiva durante el interrogatorio. La Iglesia que el padre Sarfatti representaba debía considerarse sacrosanta. No obstante, Barrett sabía que parte de su historia, como la de cualquier otra religión del mundo, podía ser muy vulnerable al ataque. En la Edad Media, justo en la época en que se creó el *Index*, la Iglesia y su rebaño estaban obsesionados por el sexo. Antes de abrazar el cristianismo, San Agustín confesó que estaba poseído por "un apetito insaciable" por el sexo y que había "hervido en la... fornicación". Mientras que San Agustín logró dominar la debilidad de su carne, sus sucesores habían sido menos fuertes. De un obispo de Lieja se sabía que había tenido sesenta y cinco hijos ilegítimos. De un abad español de San Pelayo se decía que había tenido a lo largo de toda su vida setenta amantes. En Suiza, los hombres casados se habían visto obligados a proteger a sus esposas de la seducción en los confesionarios solicitando a las autoridades que permitieran a los sacerdotes tener una amante por barba. En la propia Santa Sede, Marozia, hija de un funcionario papal, había sido la amante del papa Sergio III y en el año 931 conspiró para que su hijo ilegítimo fuera elegido papa con el nombre de Juan XI. El papa León VIII había fallecido víctima de un ataque sufrido en el transcurso de un acto sexual. Y el papa Alejandro VI, padre reconocido de los Borgia, había poseído dos amantes durante su estadía en el Vaticano, siendo una de ellas Giulia Farnese de diecisiete años. Y todo ello unos cincuenta años antes de que la Santa Sede hubiera empezado a condenar a varios autores por inmoralidad en su primer *Index*.

¿Qué le hubiera parecido esto a Jesús? ¿Acaso no les hubiera podido decir lo mismo que a los fariseos cuando le presentaron a una adúltera a la que ellos querían lapidar? ¿Acaso no hubiera podido decir Jesús: "El que esté libre de culpa, que arroje la primera piedra"?

Ahora, ante el tribunal, Barrett debía enfrentarse a un representante de la Iglesia que era un protector de la moralidad. ¿Se atrevería Barrett a decir "Aquel de entre vosotros que esté libre de culpa..."?

Estuvo tentado de hacerlo. Pero, finalmente, comprendió que un ataque así era imposible. Se interpretaría equivocadamente. Y, si lo intentaba, ya podía predecir la protesta de Duncan: ¡Improcedente!

Tendría que seguir el camino más difícil.

A las dos de la tarde, frente al formidable padre Sarfatti, Mike Barrett supo que no se encontraba a la altura de su testigo. En la historia de la Iglesia y de la literatura prohibida, el prelado poseía bases muy sólidas, mientras que Barrett avanzaba por arenas movedizas. No obstante, estaba encargado de la defensa y tenía que intentar algo.

Ante todo, el procedimiento del instrumento de censura.

—Padre Sarfatti, le he oído observar —corríjame si me equivoco— creo que usted ha afirmado que los despachos de la Curia han sido reorganizados desde la época en que fue publicado el libro de J J Jadway. ¿Le importaría ampliarnos un poco la explicación por lo que respecta a la censura de libros?

—Para ser breve...

—Perdóneme, padre, pero no hay necesidad alguna de ser breve. Sería útil escuchar todos los detalles que usted considere importantes para este juicio.

—Le agradezco su amabilidad, señor. Permítame decirle que, en el año 1966, de acuerdo con el nuevo espíritu ecuménico que anima a la Iglesia y a toda la cristiandad, el papa Paulo VI abolió el título de la Suprema Congregación del Santo Oficio, porque desde hacía mucho tiempo los protestantes lo consideraban ofensivo y lo asociaban con lo que a ellos les parecían persecuciones en los albores de la historia de la Iglesia. Al eliminarse el Santo Oficio, quedó eliminada también la Sección de la Censura de Libros.

—¿A qué se debió?

—Tal como ya le he dicho, se debió al nuevo espíritu de unidad entre las distintas iglesias cristianas.

—Comprendo. Me interesa saber si hubo otros motivos. ¿Acaso no es cierto, padre, que en las reuniones del Concilio Ecuménico de Roma, numerosos sacerdotes católicos protestaron contra el Santo Oficio, el mismo que condenó a Jadway por su forma de tratar a los autores, y que estos sacerdotes consideraron que debía abolirse definitivamente el *Indice de Libros Prohibidos*?

—Bien, hubo una minoría de sacerdotes que expresaron esta opinión. Es cierto.

—Y, padre, ¿acaso no es cierto que nuestra Associated Press comunicó desde la Ciudad del Vaticano que al suprimir la Sección de Censura de Libros, el Papa había llevado a cabo un acto dramático que tendía a reducir la importancia, la mentalidad que el pasado concedía al Indice"?

—Desde luego, hay que aceptar el hecho de que los servicios de información utilizan generalizaciones y tienden a exagerar. En esencia, yo podría decir que, ciertamente hubo un intento por aminorar la importancia del Santo Oficio, que tantos recelos suscitaba entre los no católicos.

—¿No sería posible en este caso, padre, a la vista de este nuevo espíritu liberal de la Iglesia, que lo que ella prohibió en el año 1935, no fuera condenado y prohibido hoy día?

—Señor, ésta es una pregunta hipotética para la cual no tengo ni las cualidades ni la autoridad que me permitan contestar. Puedo referir ciertos hechos que es posible que apunten a una deducción. Por un lado, la nueva Congregación de la Doctrina de la Fe, de la que yo soy miembro, continúa revisando y examinando las publicaciones denunciadas como contrarias a las doctrinas de la Iglesia. Por otro, el Indice no ha sido abolido. Sigue existiendo. Su Santidad puede, si así lo desea, incluir en el Indice cualquier obra escrita. Finalmente, señor, me encuentro aquí frente a usted como representante del Vaticano porque a la Iglesia le sigue preocupando hoy, como en 1935, la publicación y la circulación de un trabajo de ficción inmoral y sacrílega titulado Los Siete Minutos.

Barrett no insistió más en los procedimientos seguidos por el aparato censor de la Iglesia. Había fallado por esta vez. Cambio de táctica.

Segundo ataque, la infalibilidad del Indice.

—Padre, al igual que el erudito fiscal, yo también he tenido ocasión de examinar un ejemplar del Index —precisamente la edición en la que aparece mencionado por primera vez el nombre de J J Jadway— así como algunos escritos acerca del Index. Me gustaría hacerle a usted varias preguntas acerca de este calendario o enciclopedia de la censura. Me ha asombrado encontrar La Decadencia y Caída del Imperio Romano y las Pensées de Pascal y Los Principios de Economía Política de J. S. Mill y El Viaje Sentimental a Francia e Italia de Sterne y todas las obras de Zola, mencionadas aún en el Indice y prohibidas todavía. ¿Por qué fueron condenadas... por obscenas o por anticlericales?

—Porque eran anticlericales.

—¿No por ser perjudiciales desde el punto de vista moral?

—No, porque eran perjudiciales a la fe.

—¿Y Los Siete Minutos, padre Sarfatti? Le recuerdo a usted que este es un juicio en el que se debate la cuestión de si el libro es o no obsceno. El hecho de que los escritos de Jadway pudieran ser contrarios a la fe o anticlericales no tiene nada que ver con lo que se discute ante este tribunal. Teniendo esto en cuenta ¿puede usted decirme oficialmente si *Los Siete Minutos* fue incluido en el *Index* por obsceno o por herético?

—Fue condenado por *ambas cosas:* por ser obsceno y herético.

—Muy bien, padre. En cuanto a la candente cuestión acerca de lo que es obsceno y de lo que no lo es, se trata, por supuesto, de un juicio de valor. ¿Considera usted que puede reconocer una obra obscena leyéndola o escuchándola leer en voz alta?

—Hablando por mí mismo, sí. Yo no puedo hablar en nombre de la Iglesia.

—Supongamos que yo le leyera un breve pasaje de una novela. ¿Cree que podría usted decirme si es inmoral, u obscena o ninguna de las dos cosas?

—Podría intentarlo, pero se trataría de mi opinión personal.

—¿Y hablando como experto en literatura obscena?

—Muy bien. Como experto entonces.

—Voy a leerle a usted dos fragmentos de una célebre novela. Le agradecería su opinión al respecto. Primer fragmento: "Encontré su mano en mi pecho y cuando el temor me permitió saberlo, estuve dispuesta a morir; y suspiré y grité, y me desvanecí". Segundo fragmento: "Pero me besó con terrible vehemencia; y después su voz llegó hasta mí con el estallido de un trueno. Ahora... dijo él, ha llegado la hora decisiva con que te he amenazado —grité tanto que nadie pudo escuchar jamás un grito semejante. Pero no había nadie que pudiera ayudarme: y mis dos manos estaban aprisionadas cuando yo dije. Jamás ha habido alma alguna que sufriera las agonías que yo estoy sufriendo. ¡Hombre malvado! dije yo... ¡O Dios! ¡Dios mío! ¡esta vez! ¡sólo esta vez! ¡líbrame de esta desgracia!"

—¿La libró Dios, señor Barrett?

—Lo hizo... Padre Sarfatti ¿considera usted que estos dos fragmentos son obscenos?

—Los considero inmaduros, sugeridores, pero no los considero obscenos, según los puntos de vista actuales. No obstante, el Santo Oficio los consideró obscenos en el año 1755 cuando incluyó estos pasajes junto con todo el resto de la *Pamela* de Samuel Richardson en el Indice. Siento estropearle el juego, señor Barrett, pero no pondré en tela de juicio la sabiduría de la Iglesia al condenar *Pamela* en el año 1755 y *Los Siete Minutos* en 1937. Las tendencias actuales, tolerantes con la inmoralidad, pueden burlarse de estas viejas opiniones, pero si hubieran sido tomadas en cuenta, es posible que la sociedad y las normas morales fueran mejores en nuestra época.

—¿Está usted diciendo, padre, que los censores del Indice son humanamente infalibles, que nunca han cometido errores de juicio?

Desde el otro extremo de la sala, Duncan hizo oir su protesta. El defensor se estaba mostrando capcioso. Objeción aceptada.

Barrett trató de expresar su pregunta de otra manera.

—Padre Sarfatti ¿existe alguna evidencia actual que pruebe que los censores a quienes está encomendado el Indice hayan aceptado haber cometido alguna vez errores de juicio?

—Se han cometido errores, por supuesto —dijo el padre Sarfatti tranquilamente—. Cuando los miembros del Santo Oficio, después de una consideración más amplia, comprenden que han cometido errores en relación con cualquier escrito, nunca han impedido que se hiciera justicia; han admitido sus errores y los han rectificado. Las obras de Galileo fueron incluídas en el Indice. Cuando más tarde se demostró que la condena carecía de fundamento, nuestros censores levantaron la prohibición contra las obras de Galileo. Pero nunca podré creer que la Iglesia levante la prohibición del libro de J J Jadway.

Exasperado, Barrett consideró la posibilidad de dejar al testigo. Sin embargo, quiso intentarlo una vez más.

Tercer ataque, el encuentro con J J Jadway en Venecia.

—Padre, usted afirmó anteriormente que un emisario del Vaticano se encontró personalmente con Jadway en Venecia para rogarle que repudiara el libro. ¿Se indica exactamente en los informes de que usted dispone dónde tuvo lugar el encuentro?

—En el palacio ducal, el Palacio del Dux, en la Sala del Consiglio dei Dieci, la Sala del Consejo de los Diez.

—¿Cuánto duró el encuentro?

—Quince minutos.

—¿Indicó Jadway en la declaración jurada que firmó las razones por las que se negaba a repudiar Los Siete Minutos?

—No constan en ninguna parte sus razones.

—Según el señor Leroux, Jadway atravesaba por aquel entonces un período de depresión, el período en el que, según se dice, sintió remordimiento por haber escrito el libro, sólo unos cuantos meses antes que se quitara la vida por este motivo. En este caso ¿no hubiera sido natural que Jadway hubiera repudiado el libro y se hubiera retractado?

—No dispongo de información alguna acerca de lo que hubiera sido natural o no para él en aquella época. Sólo puedo reiterar que se mostró obstinado y se negó a retractarse.

—¿Contenía el informe del encuentro alguna descripción de Jadway?

—Ninguna.

Barrett dudó. Estaba a punto de rendirse. No obstante, no pudo resistir la tentación de dirigirle otra pregunta.

—Padre Sarfatti ¿informan los archivos del Vaticano acerca de si Jadway estaba ebrio en el transcurso de aquel encuentro?

—No reportan que estuviera ebrio... Por otra parte, señor, tampoco dicen que estuviera sobrio.

Barrett sonrió. "Touché". Le estaba bien empleado. Lo había pedido y se lo habían dado. Había quebrantado una regla de oro delante del interrogatorio: No plantear nunca, nunca, una pregunta importante a no ser que se sepa lo que el testigo va a contestar. Se debe ir hasta donde se pueda y después parar. Nunca debe dirigirse una pregunta de más, dar un paso que conduzca a lo desconocido. Barrett se rindió ante su testigo con una inclinación de cabeza.

—Gracias, padre... He terminado, Señoría.

Después del sacerdote italiano, el Fiscal de Distrito Duncan presentó a un renombrado agente literario británico, recién llegado de Londres. Fue presentado como una autoridad calificada para testimoniar sobre el carácter obsceno del libro de Jadway. El agente, llamado Ian Ashcroft, que parecía el Zizanie de Fragonard, era astuto, divertido, simpático: una de aquellas personas que siempre le superan a uno, cuyas palabras son como un latigazo, como el aguijón de un escorpión. Era la clase de persona con la que Mike Barrett siempre se encontraba en inferioridad de condiciones. Ashcroft sería muy peligroso ante el tribunal. Barrett decidió limitar su interrogatorio a unos cuantos minutos, nada más.

Como empleado de una importante agencia literaria de Londres en el año 1935, Ashcroft se encargaba de lo que en el negocio editorial se conoce como permisos, autorización para la reproducción y concesión de derechos extranjeros y se le había ofrecido la oportunidad de tratar de vender los derechos para el extranjero de Los Siete Minutos. Duncan quiso saber qué tal le había ido. Muy mal, espantosamente mal confesó Ashcroft. Había remitido ejemplares de la novela a otros agentes y a editores de Gran Bretaña, los Países Bajos, Escandinavia, Alemania, Francia, Italia, España y Portugal. Excepto un editor de Alemania ("Piénsese que allí existían más burdeles que hogares, sobre todo en Hamburgo y Frankfurt") —y, al final, hasta aquel editor declinó la oferta— en ninguna parte se produjo otro pedido del libro. Fue rechazado por cada uno de los editores extranjeros que lo habían recibido.

Duncan quiso saber por qué Los Siete Minutos había sido rechazado con tanta unanimidad.

—Creo que es bastante obvio —dijo Ashcroft—. Era un libro espantoso, absolutamente indecente, una basura completa. Los editores de los Países Bajos, Italia y España lo rechazaron todos por los mismos motivos. Escribieron en efecto: "El señor Jadway ostenta el dudoso privilegio de haber escrito el libro más depravado y obsceno de toda la historia de la literatura".

Durante la repregunta, Barrett trató al agente de Londres con sumo cuidado. Si el señor Ashcroft tenía en tan mal concepto a *Los Siete Minutos* ¿por qué se había manchado representándolo?

—Señor Barrett, yo era entonces un joven sonrosado, ambicioso, deseoso de abrirme camino y hubiera estado encantado de ser el representante de *Mein Kampf* de Hitler si me hubiera ofrecido la oportunidad de hacerlo.

—¿El señor Ashcroft estaría de acuerdo en que fueron pocas las novelas americanas de aquel tiempo, e incluso de la época actual, traducidas, publicadas y ampliamente difundidas en Europa?

—Yo tuve algunas novelas americanas que vendí a una docena de editores extranjeros.

—¿Pero tratándose de una primera novela de un autor americano desconocido? ¿Acaso cabía esperar que se publicara en Suecia, Alemania, Francia, Italia o España?

—No, señor Barrett, no cabía esperar que se publicara en estos países. Pero, por lo menos, podía haberse publicado en Inglaterra. Cabría esperar por lo menos que se vendiera en Gran Bretaña o en algún otro país.

—Entonces ¿qué tenía de extraño, en la opinión del señor Ashcroft, que la primera novela casi desconocida de Jadway no pudiera venderse a los editores extranjeros?

—Bien, señor Barrett, lo extraño estriba en que *Los Siete Minutos* es la única novela publicada que ni siquiera un editor de segunda categoría —uno solo— de Gran Bretaña, del resto de Europa o de cualquiera otra parte del mundo haya accedido jamás a reeditar. Un considerable fracaso, lo admitirá usted, digno de ser incluído en el *Libro Guinness de Acontecimientos Mundiales* junto con la noticia de que el crucigrama fue inventado por un inglés llamado Arthur Wynne para un periódico de Nueva York en el año 1913. ¿No le parece?

Transcurrió la media hora siguiente con otro testigo que estaba a punto de finalizar su declaración en favor de la parte acusadora bajo la guía de Elmo Duncan.

Este testigo, suave como el terciopelo, exacto como una computadora, era Harvey Underwood, decano de los investigadores de la opinión pública americanos.

Para Barrett y Zelkin su aparición había sido tan inesperada como la del padre Sarfatti y, al principio, no habían comprendido qué motivo había inducido al fiscal a presentarlo ante el jurado. Muy pronto lo comprendieron y Barrett no tuvo más remedio que admirar la inteligencia del Fiscal de Distrito. Era un verdadero acierto.

Harvey Underwood ocupaba el estrado de los testigos para confirmar la afirmación de la acusación según la cual *Los Siete Minutos* suscitaba un interés lascivo de acuerdo con el juicio del hombre medio. Normalmente, en los casos de censura, la acusación demostraba este punto presentando a dirigentes de la comunidad —el presidente de una Asociación de Padres y Profesores, el decano de alguna facultad, un pastor— gente que posiblemente estaría en contacto con el hombre medio de su comunidad y que fuera capaz de hablar con conocimiento de causa sobre las posibilidades corruptoras de un libro determinado. Pero Duncan no se había conformado con presentar a la persona común y corriente a la manera tradicional. En la era electrónica de la computadora, de las encuestas científicas de la opinión pública, Duncan había acudido a la autoridad más importante para saber quién era la persona promedio, con el fin de que tal persona, perfectamente envuelta en plástico y presentada al mercado, pudiera aparecer ante el tribunal. Era una locura, deshumanizada y ridícula, reflejo del triste estado de una cultura de consumo que vivía inmersa en números, estudios, comités y cálculos.

Y el jurado estaba fascinado.

Por espacio de media hora, con la devoción de un Lutero matemático, el sistemático Harvey Underwood describió los métodos de las clasificaciones selectivas, cómo se dividía al público en subpúblicos, cómo se llevaban a cabo las entrevistas por estratos, cómo los cuestionarios eran procesados en equipos IBM y cómo se determinaban así los resultados. Durante su presentación ante la corte, Underwood estaba dispuesto a proporcionar los resultados obtenidos a través de una encuesta de gran envergadura acerca de las costumbres personales, datos estadísticos y características de las personas entrevistadas.

—Es muy complejo —decía Harvey Underwood a los jurados—. A nuestra encuesta hemos incorporado las investigaciones llevadas a cabo por la Asociación Americana de Libreros y la United Press International, así como la información estadística recogida por la Oficina del Censo de los Estados Unidos a lo largo de todo el año 1966. Todos estos datos los hemos introducido en nuestras computadoras y hemos obtenido así con exactitud matemática el perfil del hombre medio de los Estados Unidos. Por primera vez, tenemos de esta manera un retrato completo del hombre común y corriente de la sociedad americana; por primera vez, señor Duncan, dispondrá usted de testigos que puedan reflejar aquel artículo del Código Penal de California que afirma: "Obsceno significa que, para el hombre medio, aplicando criterios contemporáneos, la atracción predominante de la materia, considerada en su conjunto, se debe a un interés lascivo".

—Señor Underwood ¿puede usted ofrecernos este perfil científico del hombre medio?

En este momento, Mike Barrett se armó de valor y, ante el jurado completamente ganado por la acusación, se levantó para formular una protesta.

—Con la venia del tribunal, protesto basándome en que la pregunta tiende a conseguir una respuesta especulativa por parte del testigo.

El juez Upshaw levantó ambas manos para pedir a Barrett y Duncan que se acercaran y ordenó que se acercara también el estenotipista:

—¿Quieren ustedes acercarse, señores?

El juez solicitó de Barrett que explicara mejor los motivos de su protesta.

Barrett contestó que no era posible que existiera un perfil de la persona promedio, ni científico ni de otra clase.

—La palabra "medio" en el significado con que se utiliza aquí de "promedio" se refiere normalmente a las matemáticas. Sólo puede aplicarse correctamente a las cifras. Un hombre común de esta clase sería, todo lo más, un hombre insignificante y anodino, no un "promedio" resultante de la adición de distintas sumas. Tal como afirmaron Richard Scammon, antiguo director de la Oficina Americana del Censo y Ben Wattenberg: "Los aparceros de Mississippi y los viajeros de tren abonados en Marin County, California, no puede compararse con los obreros de una fábrica de Toledo. Un doctor en medicina y una persona que no haya terminado la carrera no equivalen a una educación universitaria dividida por dos. Igualmente, un hombre que gane cien mil dólares al año y cinco hombres que ganen cuatro mil al año no significa que seis hombres ganen veinte mil dólares al año. El concepto del hombre medio, si bien es conveniente, suele carecer a menudo de sentido".

El juez esperó la respuesta del Fiscal de Distrito.

—Señoría, permítame seguir citando las mismas fuentes que ha utilizado el abogado de la defensa —dijo Duncan—. Scammon y Wattenberg dicen: "Es lícito hablar del hombre "medio"... porque todos los hechos que se le aplican son ciertos para la mayoría de los hogares americanos... Por ejemplo, más de un noventa por ciento de hogares americanos posee un aparato de radio. Es lícito entonces atribuir un aparato de radio a un hogar «típico» o «corriente»". Además, Señoría, el manejo de estadísticas ya se ha convertido en algo científico. Las estadísticas existen y nos revelan la persona común y corriente y mi testigo es un experto en tales menesteres.

El juz Upshaw meditó unos momentos y, al final, se dirigió a Barrett:

—Señor Barrett, el término "hombre medio" es una parte del código penal en este ejemplo. Se trata simplemente de un problema de definición. He llevado a cabo algunos estudios al respecto y dispongo de una definición que le da cierto significado al término.

Sacó unas fichas, las estudió y empezó a examinar las notas. Encontró lo que buscaba.

El presidente Vincent A. Carroll del tribunal del Condado de Los Angeles, proporcionó la definición siguiente en un caso semejante: "Debemos juzgar ahora un material por sus efectos sobre el hombre medio de la comunidad. Nosotros consideramos que el hombre medio bien pudiera ser una mezcla de los jurados que hemos tenido ocasión de observar a lo largo de cuarenta y cinco años de ejercicio de la profesión. Dicha persona no es ni un santo ni un pecador deliberado. No es ni un crítico literario ni un quemador de libros. Es, de hecho, una persona corriente con entusiasmos corrientes, prejuicios corrientes y propensión normal hacia la actividad sexual (que afortunadamente se utiliza en buena parte para perpetuar la especie), pero que, si se le proporciona un estímulo erótico suficiente, puede desviarse hacia lo sexualmente anormal o hacia una conducta ilegal. Esta es por lo tanto la persona corriente a la que aplicamos el criterio contemporáneo de la comunidad". Considero que buena parte de esto es aplicable en nuestro caso. Y si el fiscal está en condiciones de definir mejor al "hombre medio" a través de pruebas científicas, creo que debiera permitírsele hacerlo. Señor Barrett, no se admite su protesta. El señor Duncan puede proseguir su interrogatorio y en cuanto a usted, señor Barrett, si desea usted investigar la validez de la existencia del "hombre medio", le sugiero que lo haga en el transcurso de su interrogatorio al testigo... Puede usted proseguir, señor Duncan.

—Gracias, Señoría.

Satisfecho de su éxito, Elmo Duncan regresó al estrado de los testigos mientras Barrett volvía decepcionado a la mesa de la defensa; al sentarse escuchó de nuevo al Fiscal de Distrito:

—Señor Underwood, repitiendo mi pregunta ¿puede usted ofrecernos, basándose en sus investigaciones científicas, un perfil exacto del hombre medio?

—Sí.

Sin consultar ningún apunte, resonándole los dientes como una máquina calculadora, Harvey Underwood dio a conocer los resultados de sus investigaciones.

—Dado que en este juicio la cuestión se centra en un libro, hemos comprobado que el lector medio de libros, perteneciente al grupo de ciudadanos promedio de nuestras comunidades, es una mujer. Hablaré por tanto de la mujer promedio de nuestro país en este momento. Es de tipo caucásico, protestante, ha recibido por lo menos doce años de instrucción —hace una década, la mujer promedio sólo recibía diez años de instrucción. Tiene veinticuatro años de edad. Mide un metro sesenta de estatura y pesa unos cincuenta y cinco kilos. Se casó a los veinte años con un hombre dos años mayor que ella. Tiene dos hijos. Ella y su marido comparten un coche y la misma fe religiosa. Va a la iglesia dos veces al mes. Su marido desempeña un oficio o profesión manual y gana 7,114 dólares al año. Nuestra mujer común y corriente reside en un área urbana, en una ciudad de menos de cien mil habitantes, por lo que es fácil hallar en Oakwood a tales mujeres. Posee una casa de cinco habitaciones cuyo valor es de 11,900 dólares. La mitad de la casa está amortizada, dispone de baño o ducha, excusado, electricidad, un teléfono, un aparato de televisión, una lavadora; no dispone de aire acondicionado, secador de ropa o congeladora de alimentos. La mujer promedio emplea siete horas al día en los quehaceres propios del hogar, tres de ellas dedicadas a la cocina. Aquí la tiene usted, señor. Este es un perfil exacto.

—Señor Underwood ¿conoce usted a alguna persona que se acomode aproximadamenet a este perfil?

—Conozco a muchas personas así pero he escogido a una mujer de Oakwood que se ajusta exactamente a estos datos. Se ha prestado voluntariamente a testimoniar en este caso.

—Gracias, señor Underwood. Volviendo ahora a sus datos estadísticos...

Barrett había dejado de prestar atención. Estaba escribiendo varias notas.

Diez minutos más tarde, Mike Barrett se levantó para interrogar a Harvey Underwood.

—Señor Underwood, volvamos a la definición legal del artículo referente a la censura del Código Penal de California. Dicho artículo se refiere al "hombre medio" ¿no es cierto?

—Sí.

—¿Y usted considera que a la persona corriente se la puede conocer estadísticamente?

—Sí.

—Muy bien. Señor Underwood, tendrá usted que ilustrarme un poco más acerca del hombre medio. Al usar sus datos estadísticos, llego a un resultado muy extraño. Me parece deducir que el cincuenta y uno por ciento de la población de los Estados Unidos son mujeres, mientras que el cuarenta y nueve por ciento son varones. De acuerdo con sus afirmaciones, ello significa que el americano promedio sólo es mujer. ¿Es esto cierto?

Underwood frunció el ceño.

—Desde luego que no. No puede calcularse el término medio de dos absolutos.

—¿Ah no?

—Yo me refería a conceptos que puedan convertirse en datos estadísticos, como por ejemplo la edad o los ingresos, en conceptos en los que un total pueda dividirse por el número de personas analizadas con el fin de obtener así un promedio.

—Bien, le agradezco que quiera usted hablar de números, señor Underwood, pero yo quiero hablar de personas, exactamente del hombre medio que se menciona en el código penal. Permítame hacerle una pregunta. Suponiendo que el cincuenta por ciento de los americanos fueran varones y el cincuenta por ciento restante fueran mujeres. ¿Sería el americano corriente un afeminado?

—¡Protesto, Señoría!

—Retiro la pregunta, Señoría —dijo Barrett con burlona seriedad—. Muy bien, señor Underwood, sigamos...

A las tres cuarenta y cinco de la tarde, el Fiscal de Distrito Duncan presentó en calidad de testigo a la mujer promedio.

Se llamaba Anne Lou White y vivía en una casa de cinco habitaciones con su marido que le llevaba dos años y sus dos hijos en la comunidad de Oakwood, California, Condado de Los Angeles.

Poseía la belleza muerta del rostro insípido de un anuncio y su voz tenía las resonancias del dulce plañido de una soprano.

Agil, triunfalmente, Elmo Duncan le fue sonsacando respuestas ensayadas de antemano. La representación fue directa, breve y perfecta. A los veinte minutos de *tete-a-tete*, para dejar bien sentado el carácter común y corriente de la señora White, Duncan empezó a dirigirle preguntas clave.

—Señora White ¿ha leído usted una novela titulada *Los Siete Minutos* de J J Jadway?

—Sí. Y no fue fácil. Era nauseabunda. Pero me esforcé en leerla página por página.

—Como persona común de su comunidad, según las normas contemporáneas, ¿cuál fue su reacción ante el libro?

—Me pareció morbosamente obsceno.

—¿Consideró usted que superaba los límites habituales de candor en las descripciones de la desnudez, el sexo y la excreción?

—Superaba con mucho todos los límites aceptables de candor. Yo estoy acostumbrada a leer obras sinceras y realistas. Pero *Los Siete Minutos* es para echarlo al quemador de la basura.

—Ja, ja... ¿es que la mujer corriente tiene quemador de basura?

—No, no tengo, pero si tuviera uno, allí lo echaría.

—Señora White, ¿encontró algo en el libro que pudiera calificarse de "atenuante de importancia social"?

—Era sexo y más sexo y nada más. Al terminarlo, sentí deseos de lavarme las manos; nunca había leído una obra tan sucia, tan obscena.

—Gracias, señora White.

En la mesa de la defensa, Mike Barrett estaba ardiendo. Por alguna extraña razón, aquel producto de las encuestas y las computadoras de Underwood le enfurecía más que cualquier otro testigo de los que habían desfilado a lo largo del día. Tal vez fuera porque le recordaba a Faye Osborn. Parecían distintas en todo. Sin embargo, no en todo. Al igual que Faye, ésta Anne Lou White adoptaba una actitud santa y antiséptica en relación con el libro. Más irritante todavía le resultaba su digna seguridad.

Zelkin le sacudió el brazo.

—Te toca a ti, Mike.

—Voy a darle su merecido —murmuró Barrett.

—No exageres —le advirtió Zelkin—. El jurado se identifica con ella. Es una de ellos. No despiertes su hostilidad.

Mike Barrett se levantó, manteniendo las manos en los bolsillos del pantalón y se acercó al estrado de los testigos donde la señora Anne Lou White rebosaba satisfacción por los cuatro costados.

—Señora White —dijo Barrett— dado que usted es la primera mujer promedio que he tenido el placer de conocer, estoy ansioso por saber algo más sobre sus gustos. No en cuanto a la comida o el mobiliario, sino en cuanto a libros. Siento curiosidad por saber si sus hábitos de lectura son los comunes y corrientes.

—Lo son —dijo la señora White.

—¿Cómo sabe usted que lo son?

—Porque... he leído mucho, todas las cosas populares que se encuentran en las bibliotecas y que se editan en rústica, cosas sencillas, no profundas, ya que éstas no las entendería.

—Ha leído usted *Peyton Place* de Grace Metalious?

—¡Desde luego que no!

—¿Ha leído usted *El Pequeño Camposanto de Dios* de Erskine Caldwell?

—No, no lo he leído.

—¿Ha leído usted *El Amante de Lady Chatterley* de D. H. Lawrence?

—Por nada del mundo quisiera que me vieran con esto. No, no lo he leído.

—¿Ha leído *A Su Ritmo* de Charles Sheldon?

—No, ni siquiera he oído hablar de eso.

—Muy bien, señora White. Entonces, de acuerdo con los criterios del señor Underwood, sus hábitos de lectura están muy lejos de ser los comunes. Estas cuatro novelas han vendido, en edición de lujo y rústica, más de treinta millones de ejemplares en nuestro país. Estas son cuatro de las cinco novelas de mayor venta en la historia de los Estados Unidos.

La sonrisa de Anne Lou White desapareció.

—Bien, es muy curioso. Estoy segura de que el americano común no ha leído estos cuatro libros.

—Señora White, en su opinión ¿leería el americano común *Los Siete Minutos*?

—Desde luego que no.

—Sin embargo, usted es común y lo ha leído ¿no es cierto?

—Me... me pidieron que lo leyera a los fines de este juicio.

—¿De otro modo no lo hubiera usted leído?

—Probablemente no. No pierdo el tiempo con lecturas obscenas.

—Pero, señora White, ¿cómo podría usted saber qué es literatura obscena sin leerlo?

—No es necesario beber veneno para saber que es veneno.

Su respuesta le recordó que Faye Osborn había utilizado casi la misma analogía antes de que él se encargara del caso. Si esta mujer resultaba ser tan entusiasta de la pureza como Faye, es posible que él se viera en dificultades. Decidió averiguarlo.

—Bien, si me lo permite, me gustaría analizar su juicio acerca de lo que considera obsceno.

—Adelante.

Regresó a la mesa y tomó las cuatro fotocopias que Zelkin le entregó. Examinándolas, se dirigió lentamente hacia el estrado.

—Señora White, permítame que le lea algunos fragmentos de traducciones o versiones recientes de cuatro libros populares escritos por autores famosos. Por favor, dígame cuando termine de leer cada uno de los cuatro fragmento, si, en su opinión, es o no es obsceno. ¿Está usted dispuesta?

—Adelante —respondió dudando.

Empezó a leer el fragmento número uno:

—"Sólo había una cuestión que se había olvidado en aquel pacto y ésta era la forma en que la dama y yo mismo nos veríamos obligados a desnudarnos y acostarnos..."

—Señora White ¿era esto obsceno o no?

—No era obsceno —dijo suspirando aliviada.

—Muy bien. Ahora el fragmento número dos.

—"Ella se desnudó brutalmente, arrancando los finos cordones de su corsé con tanta violencia que éstos silbaron alrededor de sus caderas como una serpiente que se deslizara. Caminó de puntillas, descalza, para comprobar una vez más que la puerta estuviera cerrada y después, de un solo movimiento, dejó que sus ropas cayeran al suelo; después, pálida y grave, sin pronunciar una palabra, se echó sobre el tórax de él con un prolongado estremeciemiento".

Leyó otro párrafo y después miró a la testigo.

—¿Osceno o no? —preguntó.

—No es obsceno.

—Gracias, señora White. Ahora el fragmento número tres.

Cuidadosamente le leyó el fragmento número tres.

—"El administrador contempló a su encantadora presa, tan hermosa, tan atractiva, tan difícil de obtener, y tomó extrañas decisiones. Su pasión había alcanzado un grado tal que ya había perdido toda traza de razón. No le preocupaban las pequeñas barreras de esta clase ante tanta maravilla. Aceptaría la situación con todas sus dificultades; procuraría no responder a las objeciones que la verdad pudiera levantarle. Lo prometería todo, cualquier cosa y confiaría en que la suerte le librara. Trataría de alcanzar el paraíso..."

Barrett levantó la cabeza:

—Señora White, díganos ¿es obsceno o no es obsceno?

Ella lució una sonrisa adenoidal.

—No es obsceno en absoluto.

—Finalmente, el cuarto y último fragmento. En realidad, estos pasajes son demasiado largos para leerlos completos. Si no le importa, me tomaré la libertad de resumírselos —cuando termine, le mostraré los pasajes originales señalados en el libro— y también le leeré algunas de las palabras y frases de este libro.

Observó la hoja de papel que sostenía en la mano.

—Tenemos a un joven casado con una mujer el cual no ha sido capaz de consumar el matrimonio. El hombre muere y la mujer queda viuda. Entonces el hermano del joven muerto se presenta ante la viuda, dispuesto a fecundarla. Ya sea antes o durante la cópula, piensa mejor lo que está haciendo. Se abstiene de darle su semen y, en lugar de ello, se masturba. Más tarde, tenemos otra aventura en la vida de esta joven viuda. Está enojada con su suegro. Quiere descubrir su lujuria. Un día, se disfraza de prostituta y permite que su suegro la tome y se ayunte con ella. Cuando el suegro se entera de que su nuera viuda está embarazada, quiere castigarla pero después descubre que fue él quien la fecundó.

A continuación, Barrett leyó frases y palabras del libro: "todo el mundo deseaba a la mujer del vecino"; había "prostitutas" y "traficantes de prostitutas"; la descripción de una violación en pandilla; "pechos" y "tetas" y "posaderas al desnudo" y "estiércol" y "orina" y "fornicadores" y "lujuria".

Se detuvo.

—Hasta aquí el cuarto extracto. Ahora dígame, señora White, ¿el libro es obsceno o no lo es?

—Obsceno —dijo ella—. Absoluta y francamente obsceno.

—Señora White, tal vez le agradaría a usted ver las fotocopias de los cuatro libros en cuestión, cada una marcada numéricamente en el orden en que yo las he leído.

Dejó las fotocopias sobre la barandilla del estrado pero ella no las tocó. Esperó.

Barrett se volvió en dirección a los jurados y después miró de nuevo a la mujer corriente.

—Señora White, el primer extracto que le he leído es el pasaje más sugerente que he podido encontrar en el *Viaje Sentimental a Francia e Italia* de Sterne. Usted ha dicho que el pasaje no era obsceno. Sin embargo, en el año 1819, el libro fue declarado obsceno por el Vaticano y prohibido en todo el mundo. El segundo extracto es uno de los más discutidos de la *Madame Bovary* de Flaubert. Usted ha dicho que este pasaje no era obsceno. Pero en el año 1856, cuando se publicó en Francia esta obra de Flaubert, fue llevada ante los tribunales acusada de obscenidad y en el año 1954, ciertos grupos puritanos de los Estados Unidos la incluyeron en su lista negra. El tercer pasaje es uno de los más sugerentes de la *Hermana Carrie* de Dreiser. Usted ha dicho que el pasaje no era obsceno. Sin embargo, en el año 1900, época de publicación del libro, fue prohibido en Boston y, para evitar más acusaciones por obscenidad, fue retirado de la circulación y suprimido. En cuanto al cuarto y último libro al que pertenecen las citas que le he leído, el único extracto que ha dicho que era obsceno, absolutamente obsceno ¡este extracto procede de una moderna versión del Antiguo Testamento de la Santa Biblia!

Por unos momentos, la señora White quedó anonadada. Se esforzó por recuperar la calma.

—Esto... esto es una trampa de mal gusto —gritó todavía confusa.

Barrett fingió ignorar su estado de agitación.

—Señora White ¿sigue usted pensando que es capaz de reconocer lo que es obsceno y lo que no lo es?

—La señora White se estaba confundiendo por momentos.

—No es lo mismo, usted ha sacado todo este material de la Biblia... todas esas palabras... de muchos capítulos distintos de la Biblia...

El juez Upshaw la interrumpió:

—Señora White, debe usted responder a la pregunta del defensor... Señor relator, la respuesta se eliminará por improcedente. Lea de nuevo la pregunta, por favor.

—¡Desde luego que sé lo que es obsceno y lo que no lo es! —exclamó ella—. Lo que yo quiero decir es que la Biblia no es obscena. Todo el mundo lo sabe. Todo el mundo sabe que es el *Buen*

Libro. Si no se lee entera, espiritualmente, si se toman palabras aisladas y se modernizan algunas costumbres y se trasladan al lenguaje moderno, entonces puede parecer horrible. Ya le he dicho que es una trampa que usted...

Barrett miró al juez.

—Señoría, no tengo intención alguna de mostrarme capcioso. Pero, dado que la testigo impugna mis motivos, ¿puedo responder y aclarar este aspecto de la repregunta?

—Adelante —dijo el juez Upshaw inmediatamente.

Barrett volvió a estudiar a la testigo.

—Señora White, en el año 1895, un caballero de Clay Center, Kansas, fue detenido y declarado culpable de suministrar material obsceno por correo —citas obscenas— y mucho más tarde la acusación se enteró de que aquellas citas no eran más que fragmentos de la Sagrada Biblia. En su opinión parece como si cualquier cosa pudiera dar la sensación de obscenidad leída en fragmentos aislados del contexto. En 1928, Radclyffe Hall publicó una triste y tierna historia acerca de dos lesbianas. Esta obra se titulaba *El Pozo de la Soledad*. El libro no contenía lenguaje vulgar ni descripciones sexuales explícitas. Se trataba de un noble llamamiento al público para tratar con tolerancia la homosexualidad femenina. No obstante, por una definición anticuada de la obscenidad del presidente del Tribunal Supremo Cockburn en el año 1868, una frase aislada del contexto sirvió para que se condenara al libro. La frase de *El Pozo de la Soledad* decía así: "Y aquella noche no estuvieron separadas". Seis palabras fueron suficientes para condenar todo el libro. Pero cuando el juez Woolsey, al referirse al *Ulysees*, afirmó que un libro debía juzgarse en su conjunto, se estableció un nuevo patrón en las normas sobre obscenidad.

—No, señora White, usted y yo no diferimos a este respecto. Ningún libro puede juzgarse a través de pasajes separados de su contexto. Todas las obras, incluída la Biblia, deben examinarse en conjunto. Al utilizar fragmentos me proponía simplemente demostrar lo difícil que resulta para cualquier persona, incluso para la persona normal justamente preocupada, saber lo que es o no es obsceno. Desde luego, estoy completamente de acuerdo con usted por lo que respecta a la Biblia. No creo ni por un momento que la Biblia sea obscena. Sin embargo, hay personas que no están de acuerdo con nosotros. Havelock Ellis ha dicho: "No hay ninguna definición de obscenidad que no condene a la Biblia". De hecho, gracias a sus estudios realizados con niños, Ellis llegó a la conclusión de que muchos muchachos se sentían confusos y probabemente excitados sexualmente por determinados pasajes de la Biblia. Por ejemplo, la historia que yo le he resumido del hermano que se ayunta con la cuñada y luego se masturba pertenece al capítulo treinta y ocho del Génesis, en el que Onán vierte el semen al suelo; de ahí proviene la palabra "onanismo" que es sinónimo de "masturbación". No obstante, estamos de acuerdo en que la Biblia, considerada en su conjunto, es literatura que vale la pena porque refleja no sólo la realidad con toda su fealdad, violencia y perversiones, sino también las maravillas y la belleza de la vida. Cuando la Biblia se refiere al sexo, incluso si provoca en el lector imágenes y deseos sexuales, no se considera perjudicial porque es verdadera. El juez Jerome Frank observó que ninguna persona sana puede creer que sea socialmente perjudicial el que los deseos sexuales induzcan a una conducta sexual normal, dado que sin este comportamiento la raza humana desaparecería muy pronto. Esta es, señora White, la razón por la cual...

La señora White se había enojado.

—Pero usted hizo que la Biblia me pareciera sucia, con el propósito de confundirme.

—Yo no puedo hacer que parezca sucia, porque, repito, no es sucia. También se hacían el amor en aquellos tiempos. Procreaban y...

Elmo Duncan se levantó.

—¡Protesto, Señoría! Creo que el abogado defensor está yendo demasiado lejos. Mi objeción se basa en que el abogado sigue mostrándose capcioso.

—Se admite la protesta.

—Lo siento, Señoría —dijo Barrett.

Pero la señora White no había terminado. Tomó las fotocopias y las levantó en dirección a Barrett.

—Y los otros tres extractos de Flaubert y Dreiser y... y Sterne. No me importa lo que les sucediera a estos libros en su tiempo, no me importa que los llamaran obscenos. Sigo diciendo que no son obscenos en este momento, porque estamos hablando de hoy, de las normas aceptadas hoy...

—Exactamente, y de cómo siguen cambiando. Entonces...

—... y estamos hablando de *Los Siete Minutos* —continuó la señora White—. Que no refleja la vida como la Biblia... Tan sólo refleja la mentalidad morbosa de su autor.

Barrett observó que el juez Upshaw estaba a punto de advertir al testigo que cesara de discutir cuando él se preparaba para continuar. El juez le dirigió una inclinación de cabeza y Barrett prosiguió.

—Señora White, volvamos a *Los Siete Minutos*.

Se volvió y solicitó formalmente la Prueba Tres y, tras haber recibido un ejemplar del libro de Jadway de manos del secretario, buscó uno de los pasajes del principio de la novela, señalado también con otro recorte de papel. Entregó la novela a la señora White.

—Observará usted, señora White, que he marcado dos escenas de *Los Siete Minutos* —cada una de ellas ocupa menos de una página— y ahora me gustaría que usted las leyera en voz alta ante el tribunal.

La señora White mantuvo el libro abierto sobre sus rodillas. Ojeó la primera escena, después pasó a la segunda y a continuación, cerró el libro y se lo devolvió a Barrett.

—Me niego a leerlo en voz alta. ¿Por qué tendría que hacerlo?

—Simplemente para aclarar la materia al jurado —dijo Barrett—, antes de que pasemos a discutir estos pasajes.

El juez Upshaw se dirigió al testigo.

—Señora White, la petición del defensor es razonable. Desde luego, no está usted obligada a leer el pasaje en voz alta si no lo desea.

—No lo deseo. Que lo lea el abogado defensor.

Barrett se encogió de hombros.

—Prescindiré de hacerlo, Señoría. El jurado estará ya suficientemente familiarizado con los pasajes en cuestión. Desearía interrogar al testigo acerca de estos dos fragmentos, si me permite.

—Adelante —dijo el juez Upshaw.

Barrett se dirigió una vez más a ella. Su cara de pastel de manzana ya no era bonita.

—Señora White, como persona normal ¿qué tiene usted que objetar contra estos pasajes?

—El lenguaje, las palabras sucias.

Barrett dudó. Por su mente cruzaron las advertencias de dos psicoanalistas, los doctores Eberhard y Phyllis Kronhausen: "Si estimulamos a un paciente que no se atreve a pronunciar una palabra tabú a utilizarla, sin eliminar al mismo tiempo de su conciencia la sensación angustiosa de que está haciendo algo que no es debido, le haremos más daño que bien. Dichos intentos serían tan imprudentes como decirle a una persona sexualmente inhibida que se lanzara estando todavía plagada de sentimientos de remordimiento y vergüenza. Cuando el paciente ha superado su sentimiento de culpabilidad, entonces la expresión de ideas y palabras anteriormente inaceptables es preferible a la supresión de las mismas". Pero ¿cómo superar el sentimiento de vergüenza de las personas comunes y corrientes? El lenguaje de *Los Siete Minutos* había que discutirlo abiertamente pero él tenía que conseguir que la testigo llegara a ello gradualmente.

La señora White se había mostrado contraria al lenguaje de Jadway, a las palabras sucias.

—Señora White, el gran filósofo chino Confucio escribió una vez las siguientes palabras: "Si el lenguaje no se utiliza correctamente, lo que se dice no es lo que se piensa. Si lo que se dice no es lo que se piensa, entonces no se hace lo que hay que hacer; si no se hace, la moral y el arte se corromperán; si la moral y el arte se corrompen, la justicia se torcerá y, si la justicia se tuerce, la gente quedará sumida en una irremediable confusión''. ¿Está usted de acuerdo con esta afirmación?

Ella se mostró cautelosa.

—Estoy de acuerdo en que la gente debiera decir lo que piensa.

—¿Cree usted que los escritores deberían decir lo que piensan cuando escriben acerca del sexo?

—Sí. Pero pueden hacerlo sin emplear palabras indecentes... como las palabras de este libro.

—¿Puede usted ser más explícita, señora White, acerca de las palabras de *Los Siete Minutos* que la ofenden?

—Yo no voy a pronunciarlas.

—Entonces señálemelas. Vamos a ver de qué se trata.

El le sostuvo el libro abierto y ella, incorporándose, repasó las páginas y señaló las palabras.

—Muy bien, señora White —dijo Barrett—. Le agradezco su colaboración. Bien, una de las palabras que tenemos aquí es la palabra ''joder'' ¿a usted le molesta, señora White?

—Es absolutamente sucia.

—¿Se hubiera usted mostrado más satisfecha si el autor hubiera utilizado eufemismos o circunlocuciones tales como ''se acostaron juntos'' o ''se hicieron el amor''?

—Hubiera sido mejor. Entendería exactamente igual lo que había querido decir el autor.

—Pero tal vez hubiera podido equivocarse. Si Cathleen y su amante se hubieran acostado juntos tal vez se hubieran hecho el amor o, tal vez, hubieran podido hacer muchas otras cosas aparte de joder simplemente. —Se detuvo—. Señora White, la palabra ''joder'' es la única palabra exacta que describe este acto en particular. Dado que los eufemismos le proporcionan a usted la misma imagen mental ¿por qué considera usted que esta palabra, precisamente, sea obscena?

—Porque no hay ninguna persona correcta que la utilice. —Después añadió triunfalmente—. Ni siquiera figura en los diccionarios.

Barrett quería ganarse al jurado y decidió mostrarse amable.

—Tiene usted razón en cuanto a los diccionarios, señora White. En el *Diccionario de la Lengua Inglesa* del doctor Johnson, en el *Diccionario Inglés* de Oxford y en el *Diccionario de la Random House*, la palabra ''joder'' se ha considerado tabú y se ha omitido. El *Nuevo Diccionario Internacional Webster* también la ha omitido porque tal como los mismos editores han admitido, podría perturbar a algunos lectores y provocar controversias, lo cual resultaría perjudicial para la obra desde el punto de vista comercial. No obstante, a medida que progresa la educación de las personas, y a medida que la vida va avanzando con mayor rapidez, se precisa que las comunicaciones sean más exactas, la palabra está consiguiendo mayor aceptación, al igual que otras palabras semejantes. Eric Partridge en su *Diccionario de Slang y de Inglés No Convencional*, la utiliza y la define. ¿Sabe usted de dónde procede la palabra "joder", señora White?

—No.

—La palabra posee una historia muy respetable. Según Partridge, la palabra "Joder" deriva de una palabra germánica que significa golpear, pegar a alguien, por lo que se utiliza como expresión coloquial en el significado de "copular con". Según Lord Kennet, que escribe con el seudónimo de Wayland Young, la palabra tiene su origen en vocablos griegos, latinos y franceses relacionados con fruto engendrado, con embrión y con felicidad. Por consiguiente, "Gozamos el uno del otro y engendramos un fruto... creamos un feto en medio de la felicidad y somos fecundos". Para hacerlo, jodemos.

En realidad, señora White, si usted hubiera conocido mejor a Shakespeare o a Burns, a Joyce o a D. H. Lawrence, usted hubiera estado familiarizada con esta palabra mucho antes de leer *Los Siete Minutos*. Cuando *El Amante de Lady Chatterley* fue procesado en Inglaterra, en el año 1960, el fiscal público, señor Griffith-Jones, descubrió e indicó al tribunal que "la palabra joder aparece treinta veces nada menos". No obstante, el tribunal lo consideró aceptable y el libro resultó absuelto. Además, al informar sobre el juicio, tanto el *Guardian* como el *Observer* de Londres, utilizaron ambos, cándida y honradamente, la palabra "joder" en letra de molde. Y no tuvieron que admitir más tarde que algún lector se hubiera corrompido por haberlo hecho así.

—Lo único que pretendían era vender periódicos, al igual que Jadway pretendía vender su libro —dijo la señora White con firmeza—. Sigo afirmando que es un libro sucio e inmoral.

—Supongamos, señora White, que volvemos a *Los Siete Minutos* y al lenguaje que la ha ofendido. La otra palabra que la ha turbado a usted es la palabra "punzón". ¿La considera usted sucia?

—Completamente sucia.

—Nuestros diccionarios etimológicos indican que la palabra "punzón" ha tenido varios significados a través del tiempo, uno de los cuales se remonta nada menos que al año 1592, dice el *Diccionario de Inglés de Oxford*, y es el de "pene". La palabra significa algo que punza o atraviesa, de punta afilada como un aguijón o de punta ahusada como una espina, una puya o el falo masculino. Pues bien, William Shakespeare utilizó esta palabra exactamente en el mismo sentido que J J Jadway. ¿Sigue usted pensando ahora que es obscena?

—Sí.

Otra palabra que parece haberla ofendido a usted es la palabra "espita" que lo mismo puede significar un grifo que un pene masculino. Los grandes comediógrafos Beaumont y Fletcher utilizaron esta palabra en su comedia *La Usanza del País*. Estoy de acuerdo con usted en que es vulgar, pero dudo que pueda calificársela de obscena.

—Yo la califico de obscena.

—¿Se muestra usted contraria también a la palabra "condón", no es cierto?

—Creo que sí. Sí.

—"Condón" se define como una fina vaina de seguridad, generalmente de hule, que cubre el pene durante el acto sexual o coito para evitar la concepción y prevenir infecciones venéreas. No me imagino qué pueda haber de malo en esta palabra. Tiene una larga y honorable historia. En el año 1560 el doctor Fallopio inventó un condón muy rudimentario. Creó una especie de vaina de hilo, que apenas llegó a utilizarse. Después, en el siglo dieciocho, un médico inglés de nombre Conton creó un preservativo menos incómodo, hecho de vejiga de pescado y corderina. Del nombre del doctor Conton procede la moderna palabra "condón". Desde luego, Jadway no tuvo más remedio que utilizar un condón en su libro porque, en 1934, no existían píldoras para el control de la natalidad.

Los labios de la señora White se habían convertido en un solo labio y Barrett se preguntó por unos momentos si sería prudente hablar de la última palabra que había molestado a la señora White. Decidió que era conveniente proseguir.

—Finalmente, señora White, llegamos a la última palabra que usted ha señalado, es decir, la palabra "coño". Jadway utiliza esta palabra vulgar con toda sinceridad. Data también de la Edad Media. Deriva del latín *cuneus* y significa cuña. En el año 1387, Chaucer la utilizó al escribir: "La tomó por el coño". Shakespeare la empleó en la *Doceava Noche*. Fletcher la incluyó en una de sus comedias. Jadway la ha utilizado exactamente igual que Pietro Aretino, el satírico italiano protegido por los papas de Roma que, a principios del siglo XVI, escribió exasperado: "Si quieres que te entiendan los que no pertenecen a la Universidad de Roma, habla claro y dí joder, y dí coño. Tú y tu paja en el ojo... llave en la cerradura... ¿por qué no dices sí cuando quieres decir sí y no cuando quieres decir no...?" Señora White ¿acaso no puede usted comprender el valor de la literatura cuando un escritor realista dice sí cuando quiere decir sí.

—Yo digo no cuando quiero decir no —contestó ella bruscamente.

Las risas estallaron por la sala y Barrett observó a la testigo con más respeto. El pastel no había resultado tan blando como él se lo había imaginado.

—Señora White, por favor, trate de comprender el sentido de mis preguntas. No pretendo decir que deban utilizarse las palabras burdas y vulgares siempre y en todas partes. No digo que tenga usted que utilizarlas o escucharlas. Yo personalmente no suelo emplearlas con frecuencia con otras personas. No porque las palabras sean malas, sino porque he sido educado en una cultura que generalmente las desaprueba. Lo único que pretendo decir es que a los escritores, desde Chaucer hasta Jadway, debiera permitírseles la libertad de utilizar palabras sinceras, palabras exactas, cuando con realismo y dramatismo desean ser fieles a sus personajes y a su época. En la intimidad de un libro, el lector puede aceptarlo o dejarlo, leerlo o rechazarlo según su gusto. Jadway buscaba esta libertad. Grandes autores anteriores la consiguieron. Espero que pueda usted llegar a comprender que, en su esfuerzo por ser fiel a su talento, a su arte y a su narración, en su intención de escribir con veracidad y sin inhibición, J J Jadway tenía grandes precedentes históricos cuando utilizó el lenguaje directo que observamos en *Los Siete Minutos*.

—No me interesa el pasado, señor Barrett. Me interesa proteger la moralidad del presente, sobre todo la moralidad de los jóvenes, para no decaer y perdernos como lo han hecho otras naciones.

—Señora White, como representante de las personas sencillas ¿cree usted que el estudiante común y corriente de nuestras escuelas superiores, de nuestras universidades, sufre algún daño o es corrompido por leer esta clase de lenguaje?

—Desde luego que sí. Es terrible lo que les está sucediendo a nuestros jóvenes. Utilizan palabras obscenas en el lenguaje cotidiano, las utilizan abiertamente y las escriben en las paredes de los locales públicos y en esos horribles periódicos semanales que ellos mismos escriben y distribuyen; por este motivo la próxima generación no sentirá respeto alguno por la decencia y se burlará de la moral. Y todo se lo deben a la lectura de esas palabras en libros como *Los Siete Minutos;* han sido hipnotizados por falsos profetas como J J Jadway. —Se detuvo triunfante y después se encaró con Barrett—. ¿Qué otro motivo podrían estos jóvenes tener para utilizar ese lengunaje obsceno?

—Señora White, aunque se supone que yo debiera preguntar y usted responder, me encantaría contestarle si se me permite hacerlo. —Miró al juez Upshaw, que permaneció impasible. Esperó la protesta de Duncan. Esta no llegó. Entonces prosiguió—. Señora White, hay muchas autoridades en la materia que no piensan que la causa de que nuestros jóvenes utilicen expresiones vulgares en su conversación se deba a que hayan sido corrompidos o hipnotizados por libros realistas. Estos expertos tienden a creer, más bien, que las expresiones vulgares suelen ser más frecuentes entre los jóvenes porque éste es un medio para rebelarse contra lo establecido, contra los adultos, que les han impuesto patrones y formas de vida a menudo represivas, cínicas e hipócritas, que a ellos les desagradan. Este lenguaje es una especie de grito de unión entre aquellos que desean borrar todo lo viejo, con sus culpas, temores, vergüenzas e inhibiciones, para abrirle el camino a lo que ellos esperan que será una sociedad mejor y más sana. Las palabras no son más que un pequeño síntoma de la gran revolución que se prepara en los sentimientos y las actitudes para que las personas maduras puedan vivir más felices. Me inclino a pensar que es este deseo de mejorar y no la lectura de libros realistas el que motiva y hace más frecuente el empleo de expresiones vulgares desde el impúdico Período Isabelino. ¿Le parece que he contestado a su pregunta, señora White?

—Me parece que no. La mayoría de esos jóvenes ni siquiera llegaría a conocer estas palabras si no fuera por los libros sucios.

—¿Que ni siquiera conocerían estas palabras? Pues antes de que empezaran a circular los primeros libros impresos, muchas de estas palabras anglo-sajonas ya eran de uso común. Pero no importa. Tal vez sea mejor proseguir. —Barrett levantó el libro—. Señora White, aparte de las palabras vulgares de estas páginas que ya hemos analizado ¿qué otra cosa le molesta en estos dos pasajes?

—El tema de que tratan. Lo que hace la mujer. El autor no debiera escribir eso.

—Vamos a ver lo que -estaba haciendo Cathleen en la primera escena. Recuerda sus dieciocho años; deseaba un hombre pero temía tenerlo. Sin embargo necesitaba satisfacerse sexualmente. Leámoslo en voz alta. "Finalmente estuvo desnuda y ahora comprendió que no habían sido las ropas la causa de su excitación —sino su piel, su ardiente piel— y, lo más doloroso, el ardor implacable entre sus muslos. Tenía que aliviarlo o moriría. Se balanceó hacia adelante y hacia atrás sobre el borde de la cama presionando los muslos para sofocar el ardor, después aflojándolos y volviéndolos a juntar con más fuerza, frotándolos entre sí hasta que el dolor se hizo insoportable. Prosiguió haciéndolo varios minutos, con los ojos cerrados, sacudiendo la cabeza, gimiendo, hasta que, al final, cayó de espaldas sobre la cama, meneándose hasta encontrarse totalmente encima de la cama, después tendiéndose rígidamente hasta que su mano encontró su vientre y lo acarició y después se deslizó hacia abajo hasta que sus temblorosos dedos rozaron el sedoso vello púbico y finalmente alcanzaron el diminuto botón prominente y entonces lo acarició suavemente y después más rápido, más rápido, más rápido... —Barrett miró al testigo—. Se está masturbando simplemente, señora White, y la forma en que se describe...

—¡Es obsceno! No puede servir para otra cosa más que para excitar morbosamente a las personas.

—Pero, en el contexto del libro, esta escena tenía un importante propósito, señora White, tal como los expertos en literatura de la defensa tendrán ocasión de explicar. Y esta segunda escena. Simples caricias previas al coito y el coito con la mujer sobre el varón. ¿Considera que esto es obsceno?

—Absolutamente obsceno.

—¿Considera usted que estos pasajes superan los patrones de conducta aceptados por su comunidad?

—Sí.

—Como mujer promedio de Oakwood, señora White ¿puede usted decirme qué es lo que hace una muchacha soltera común y corriente para alcanzar satisfacción sexual, si no mantiene relaciones premaritales con un hombre y qué es lo que hace en la cama la mujer común y corriente con su marido?

—¡Protesto, Señoría! —rugió Duncan—. La testigo no conoce personalmente la conducta de otras mujeres solteras o casadas.

—Se admite la protesta.

Barrett hizo una inclinación de cabeza.

—Muy bien, señora White, entonces considerémosla a usted. Usted es una mujer sencilla, me dicen. Tal vez pudiera usted hablarnos de su propia experiencia sexual...

—Protesto, Señoría, por ser improcedente.

—Se admite.

—Señora White ¿sabía usted que la joven promedio de los Estados Unidos se masturba y que la mujer casada adopta con frecuencia una posición coital sobre el varón? Según el estudio de la hembra humana practicado por el doctor Alfred C. Kinsey, seis de cada diez mujeres se han masturbado alguna vez en la vida y el cuarenta y cinco por ciento de ellas alcanzó el orgasmo en tres minutos o incluso menos y, en las caricias preliminares al coito, el noventa y uno por ciento de las mujeres estimula manualmente los genitales del varón y el cincuenta y cuatro por ciento de las mujeres permite que los hombres estimulen sus genitales oralmente y el cincuenta y dos por ciento de las mujeres practican el coito estando tendidas sobre su compañero y...

—¡Señoría —gritó Duncan— protesto porque el argumento es capcioso e improcedente!

—Se admite la protesta por improcedente.

Barrett contempló a la señora White, después a Duncan y, finalmente al juez.

—He terminado de interrogar a nuestra testigo promedio, Señoría.

Después de acomodarse de nuevo al lado de Zelkin en la mesa de la defensa, Barrett comprendió que estaba satisfecho de su interrogatorio pero que no se había ganado la simpatía del jurado. Haciendo caso omiso de lo que tanto se le había enseñado durante su carrera en el sentido de que, cuando se interroga a un testigo, lo que se está haciendo en realidad es hablarle al jurado, se había dejado arrastrar por sus propias emociones en vez de concentrarse en la impresión que debía causarles a los doce jurados. Había dejado traslucir su indignación personal contra el sentido de la honradez y del puritanismo de la clase media y probablemente había ofendido a los miembros del jurado que probablemente pertenecían a la clase media. Había hablado de ciertos temas que era preciso ventilar pero se había olvidado en su entusiasmo que no estaba en un aula escolar sino en una sala de justicia y ahora, recordando las obligaciones para su cliente, lamentó sus arrebatos y el hostigamiento de que había hecho objeto al testigo. Su compromiso con una causa estaba empezando a empañar su objetividad. Era eso, se dijo a sí mismo, eso y aquel largo y ardiente día. Sus nervios estaban en tensión y empezaban a desatarse.

Y ahora, desanimado, emocionalmente agotado, Barrett trató de escuchar con atención al Fiscal de Distrito Duncan mientras interrogaba suave y rápidamente al último testigo del día.

Con este testigo, de nombre Paul Van Fleet, la acusación iniciaba la tradicional fase final del juicio ofreciendo "opiniones expertas de personas calificadas para hacerlo", opiniones de personas que apoyarían la afirmación del fiscal en el sentido de que *Los Siete Minutos* era una obra obscena sin ningún atenuante de importancia social.

Las preguntas de Duncan y las respuestas del testigo dejaron bien sentado el hecho de que pocos críticos literarios estaban tan bien preparados para discutir acerca del valor o de la falta de valor de un libro, como aquel Paul Van Fleet. A pesar que el joven crítico de voz nasal y ojos soñolientos mostraba una excesiva inclinación hacia la hipérbole y la erudición, Barrett no tuvo más remedio que admitir que estaba resultando efectivo.

La circunstancia de que Van Fleet fuera a todas luces homosexual —corrían rumores de que en cierta ocasión había contraído matrimonio con una viuda con la intención de poseer con más facilidad a su hermoso hijo adolescente— no parecía predisponer en su contra al jurado. Barrett pensó que ellos tampoco llegarían a comprender que Van Fleet sería automáticamente contrario a una novela que era, ante todo, un canto a la más sana y vigorosa heterosexualidad con todas sus variantes. Barrett supuso que los jurados interpretarían las características desviadas de Van Fleet —al igual que ha-

bían interpretado probablemente las idiosincrasias de tanto homo-
sexuales famosos que habían alcanzado grandes éxitos en el campo
del arte— como prueba de una mística especial que garantizaba su
superior sabiduría y capacidad estética. Además, las credenciales
literarias de Van Fleet eran irrefutables: tres colecciones publicadas
de eruditos ensayos dedicados a temas tales como Ellen Glasgow,
Lytton Strachey, la muerte de la novela freudiana, Hart Crane, Ronald
Firbank, la polémica y el artista; una serie de artículos críticos en la
Partisan Review, en la *New York Review of Books*, en el *Encounter*,
en el *Commentary*, y alguna colaboración ocasional muy popular en
The New Yorker; frecuente miembro del jurado para la concesión
de los Premios Nacionales de Libros.

    ¿Su opinión sobre *Los Siete Minutos?*

    —Es frecuente, señor Duncan que el brazo de la literatura padezca
ocasionalmente alguna que otra afección: pequeñas erupciones de
pápulas de libros que crecen rápidamente, estallan y desaparecen.
Los Siete Minutos es una de estas erupciones que ha alcanzado peli-
grosas proporciones por culpa de la publicidad que ha suscitado
este juicio. Es mi deber, en calidad de protector del delicado brazo
de la literatura, abrir esta erupción para eliminar el pus de su
lascivia y hacer posible así que la literatura recobre su salud. Respondiendo a su pregunta, me complace y es mi deber asegurarle
a usted, como guardián del buen gusto americano, que la novela
del fallecido J J Jadway, titulada *Los Siete Minutos,* carece absolutamente de valor literario o social. Es a la literatura lo que una sucia
postal francesa al arte. Es obscena en el más profundo sentido de la
palabra.

    Más tarde. ¿Pensaba el señor Van Fleet que J J Jadway había
procurado dar al lector alguna comprensión o visión del amor?

    —Creo, señor Duncan, que usted se burla de mí. ¿Amor? El
señor Jadway no sabía nada del amor. Recuerdo una anécdota acerca
de la actitud de este autor en relación con el amor. Parece ser que la
historia la obtuvo directamente el hombre de letras que la contó
primero. Si se me permite, citaré directamente la fuente de información. En un admirable estudio titulado *Fuera de la Corriente Principal,* el altamente respetado profesor de la Universidad de Columbia, doctor Hiram Eberhart, escribe: ''Una noche, después de escuchar
por radio una retransmisión de un combate de boxeo, en el que Joe
Louis disputó el título de los pesados a un tal James Braddock,
Jadway comentó con los amigos que le acompañaban que el amor
entre un hombre y una mujer se practicaba con frecuencia como si
fuera un combate de boxeo, con su danza, sus fintas, golpes y contra-
golpes, cólera y salvajismo y lucha por el dominio físico. Sin embargo,
prosiguió Jadway, el verdadero amor tenía muy poco de pugilismo.

Cuando se le pidió a Jadway que diera algún ejemplo de libro en el que se representara el amor hostil corriente, Jadway citó el *Trópico de Capricornio* de Henry Miller, que acababa de leer, afirmando que se trataba de un libro que reflejaba muy bien la brutalidad del amor. Sin embargo, a pesar de que Jadway parecía estar en condiciones de reconocer los distintos aspectos del amor y el estudio de los mismos en las obras de los demás, era incapaz de comprender lo que él mismo había escrito en su única novela publicada. Ya que, en *Los Siete Minutos*, a pesar de lo que puedan opinar un puñado de adoradores de la misma que creen lo contrario, el aspecto del amor que se presenta es un acto de enemistad contra la mujer. Con la acción, las imágenes y lenguaje que ha utilizado al desarrollar el retrato de su heroína, acción, imágenes y lenguaje totalmente pornográficos y vulgares, Jadway se ha identificado inconscientemente con el papel de un púgil que trata de abatir y humillar al sexo contrario". Estoy totalmente de acuerdo con el doctor Eberhart.

Durante este testimonio, una rareza, una incongruencia, había captado la atención de Barrett, dominando todos sus pensamientos, y estimulándole a tener en cuenta todo lo que acababa de escuchar.

Elmo Duncan había terminado de interrogar a Paul Van Fleet y ahora le correspondía hacerlo a la defensa.

Levantándose para someter a interrogatorio al testigo, Barrett estuvo tentado de sacar a relucir aquella extraña incongruencia, de penetrar en aquella insólita demostración del tiempo descoyuntado. No obstante, al empezar a preguntar, cuando llegó el turno de hablar de aquello que dominaba sus pensamientos, se abstuvo de mencionarlo. En primer lugar, no estaba completamente seguro de lo que había descubierto. Si estaba equivocado, el irascible Van Fleet le dejaría en ridículo. Si tenía razón, es posible que hubiera conseguido un as demasiado importante para que la defensa lo revelara a la parte contraria a aquellas alturas.

Barrett archivó la pregunta en un profundo rincón de su mente. Aquella noche lo estudiaría y trataría de dar con la respuesta. Si tenía razón, la defensa dispondría de una nueva pista, de una nueva posibilidad, de una luminosa esperanza.

A las nueve en punto de aquella noche, sin haber tocado el *corned beef* y el café que tenía sobre la mesa, Mike Barrett cerró de repente el almanaque internacional que había estado hojando, lo dejó sobre la mesa y gritó alegremente a través de la puerta abierta para llamar a Abe Zelkin.

Zelkin entró apresuradamente terminando de comer un pepinillo preparado al estilo judío y un café en un vaso de papel.

—¿Qué sucede, Mike?

—¿Puedes definirme la palabra "anacronismo"?

—¿Anacronismo? Claro. Es cuando uno se refiere a algo que está en un tiempo que no corresponde.

—O, tal como dice Webster, "Un error cronológico por el que los acontecimientos aparecen mal situados en su recíprocas relaciones", como "la anticipación de un acontecimiento", "como cualquier cosa que resulte incongruente desde el punto de vista temporal en relación con las circunstancias circundantes". Pues bien, Abe, acabo de descubrir no uno sino dos flagrantes anacronismos en el testimonio de Van Fleet. Lo sospeché al escucharlos en la sala pero no podía estar seguro hasta comprobarlo. —Dio unos golpecitas con la mano al almanaque—. Lo acabo de verificar.

—Anacronismos. ¿Y eso es tan importante...?

Barrett se puso de pie.

—Escucha, Abe, no estoy buscándole tres pies al gato. Es posible que haya algo muy importante. —Esperó a que Zelkin tomara asiento y, mientras éste mordisqueaba su pepino dulce, Barrett empezó a pasear por la habitación—. ¿Recuerdas cuando Van Fleet citó un trabajo literario titulado *Fuera de la Corriente Principal*, debido al doctor Hiram Eberhart de la Universidad de Columbia?

—Lo recuerdo.

—¿Y recuerdas la cita de Eberhart donde éste refiere la anécdota de la noche en que Jadway estuvo escuchando la retransmisión del combate en que Louis conquistó el título de los pesados al derrotar a Braddock y habló de lo mucho que se parecía el amor común a un combate de boxeo y dijo que el *Trópico de Capricornio* de Henry Miller describía el amor de esta manera?

—Sí, recuerdo...

—Muy bien, Abe. Jadway murió y fue incinerado en febrero de 1937. Aquí en cambio tenemos al doctor Eberhart que nos dice que Jadway leyó y discutió acerca del *Trópico de Capricornio* de Miller. Sin embargo, el *Capricornio* no fue publicado por la Obelisk hasta el año 1939. En resumen: Jadway leyó y discutió sobre un libro publicado dos años después de su muerte. ¿Qué te parece?

Zelkin terminó el pepinillo.

—No tiene mucha importancia —dijo—. Es probable que Van Fleet citara mal al doctor Eberhart.

—No. Le he pedido a mi bibliotecaria favorita, Rachel Hoyt de la Sucursal de Oakwood, que lo comprobara. La cita es correcta palabra por palabra.

—Sigo sin ver la gran importancia del asunto —persistió Zelkin—. El doctor Eberhart cometió un error comprensible. Confundió el *Trópico de Capricornio*, publicado en 1939, con *Trópico de Cáncer*, publicado en 1934 cuando Jadway estaba todavía vivito y coleando.

—Ya lo he pensado, Abe. Yo también creí que ése era un error fácil de cometer. De hecho, así ocurrió, por la segunda discrepancia que se observa. Escucha esto. Sabemos que Jadway murió en febrero del año 1937. También sabemos —gracias al altamente apreciado doctor Eberhart— que Jadway estuvo escuchando por radio la retransmisión del combate en el que Louis derrotó a Braddock y se hizo con el título. ¿Sabes cuándo derrotó Joe Louis a Braddock? Joe Louis derrotó a Jim Braddock en Chicago en el transcurso del octavo asalto, en junio del año 1937. ¿Lo entiendes? *Junio*. Esto significa que Jadway estuvo escuchando la retransmisión del combate cuatro meses después de haber muerto. ¿Qué te parece?

Zelkin posó el vaso de café.

—Esto ya me gusta más.

—Ahora bien, sé que el distinguido doctor Eberhart puede haber cometido un segundo error. ¿Pero dos equivocaciones en un mismo párrafo, escrito por un famoso erudito muy documentado? Tal vez. Pero no es probable. Supongamos entonces que el doctor Eberhart no se hubiera equivocado en esta segunda cita. ¿Qué significa esto? Significaría un nuevo Jadway resucitado que no murió en febrero de 1937 tal como afirman Cassie McGraw, Christian Leroux y el padre Sarfatti. Significa un Jadway que vivía cuatro meses después. Y tal vez un Jadway que estuvo en condiciones de discutir acerca del libro de Miller dos años más tarde. Desbarata todo el testimonio sobre Jadway. Nos proporciona la posibilidad de empezar a trabajar de nuevo.

—Desde luego *si* la anécdota del doctor Eberhart es auténtica. ¿Anda todavía por ahí el doctor Eberhart?

—Sí. Sigue en Columbia. Tiene un apartamiento en Morningside Heigths. Lo único que hay que hacer es telefonearle, despertarlo y suponiendo que se encuentre en Nueva York y no haya salido a descansar, decirle que es urgente que le vea para tratar de una cuestión relacionada con sus estudios.

—Puedes estar seguro de que esto le despertará.

—Y podrá acercarme a él y a la verdad final. Sé que tenemos a la suerte en contra. Pero yo quiero intentar cambiarla. ¿Tú qué dices, Abe?

—¿Qué voy a decir? Tengo un colaborador que gusta de viajar. Yo digo que hagas esta excursión. Cuando uno se hunde, hasta una paja vale la pena agarrar. De acuerdo, ocuparé tu puesto en la sala mañana. Pero procura regresar antes de que comparezca Jerry Griffith. Es tu protegido.

—No te preocupes. Gracias, Abe —Barrett reflexionó unos momentos— Jadway no murió en 1937. Dios mío ¿significará esto algo?

8

Al principio, cuando se sentó frente al doctor Hiram Eberhart junto a la mesa, Mike Barrett se mostró tan estoico en cuanto a su deber y al probable resultado, como un verdugo francés del siglo dieciocho disponiéndose a decapitar al aristócrata inclinado bajo la guillotina.

Barrett no temía sufrir hemofobia. Sólo deseaba la verdad, la verdad y la justicia.

Pero ahora que se había descargado el golpe de gracia, que había rodado la cabeza del doctor Eberhart, ahora que parecía que le hubieran arrancado los sentidos, Barrett lo lamentó y experimentó un poco de remordimiento.

Habían permanecido sentados junto a una pequeña mesa del segundo piso del Century Club situado en la Calle Cuarenta y Tres, a pocos pasos de la Quinta Avenida de Nueva York. La llamada nocturna de Mike Barrett la noche anterior no había despertado al doctor Eberhart —resultó que siempre leía hasta muy tarde — y el enimgático reto de Barrett a su orgullosa erudición, había suscitado su curoisidad impulsándolo a concederle una cita. El doctor Eberhart dijo que era socio del Century Club y sugirió que Mike Barrett se encontrara con él en el vestíbulo del mismo junto a la entrada del primer piso, a la una en punto. Barrett se dirigió allí directamente desde el aeropuerto y llegó antes de la hora señalada, pero el doctor Eberhart ya estaba allí y a la una en punto ya se hallaban ambos acomodados en su mesa del piso de arriba.

Barrett no había perdido ni un solo minuto y el doctor Eberhart tampoco demostró interés alguno por conversaciones protocolarias. Barrett le explicó quién era y cuál era el motivo de su interés por J J Jadway y, consiguientemente, por el doctor Eberhart; después le leyó al profesor su propia anécdota acerca de Jadway. Le refirió que Van Fleet la había mencionado en el transcurso de su declaración ante el tribunal la tarde del día anterior. Luego, despiadadamente, Barrett dio la vuelta al tirador y dejó que la hoja de la guillotina cayera pesadamente.

Dos inesperados anacronismos, doctor Eberhart. ¿Sabía el profesor cuándo había muerto Jadway? No, no era importante para lo que él escribía. Bien, doctor Eberhart, ahora sí es importante. Jadway murió en febrero de 1937. Aquí escribe usted que discutió acerca del combate Louis-Braddock que tuvo lugar cuatro meses más tarde y que habló de *Trópico de Capricornio*, que no fue publicado sino dos años después de su muerte. Ahí está doctor Eberhart.

Barrett escuchó cómo la guillotina cercenaba la cabeza de la víctima en diez segundos. Tras la cuidadosa preparación, Barrett no tardó más tiempo en desconcertar al doctor Eberhart.

El doctor Hiram Eberhart era un perfecto erudito; encerrado en su caja académica, su mundo se centraba en su erudición literaria. Sabía muy poco de muchas cosas, pero mucho, quizás todo lo que podía saberse, de lo suyo. No era snob ni era mezquino sino simplemente, una autoridad en la materia. Era mustio, meticuloso, pulcro y complaciente. Un profesor solterón a punto de jubilarse. Mechones de opaco cabello gris, miopía, un reluciente botón rojo por nariz (décadas de jerez medicinal), tórax raquítico, anticuado y severo traje oscuro. Pero convencido de que era el que más sabía, nunca nadie le había contradicho. Citado sí, pero contradicho jamás.

Ahora estaba destrozado.

Sus débiles ojos trataron de enfocar a Barrett.

—¿Está usted seguro, está usted seguro, señor Barrett? Permítame ver qué tiene usted aquí, permítame verlo. No puede ser.

Tomó los apuntes de Barrett y comprobó la verdad de sus afirmaciones.

—Señor Barrett, es la primera vez que ocurre algo así. En mi larga vida, dedicada exclusivamente al estudio, nunca me había encontrado con una contradicción semejante. No quiero decir que existan los hombres infalibles, pero yo siempre he sido meticuloso y preciso en mis investigaciones. Tengo cuatro libros de texto que se utilizan normalmente en los cursos universitarios de literatura. Este volumen, la obra más reciente que he publicado, se editó hace dos años. Tardé diez en escribirlo. A pesar de las protestas de mi editor, yo retrasé tres veces la publicación para volver a comprobar los datos mencionados. Y ahora me encuentro con este espantoso error. Pero yo tengo la culpa por haber pasado por alto la fecha de la muerte de Jadway. Si no lo hubiera hecho así, hubiera evitado esta terrible equivocación. Pero me pareció tan innecesaria la fecha de la muerte de Jadway. Acerca del comentario hecho por Jadway en relación con el *Trópico de Capricornio* y de su analogía entre el combate de boxeo y el amor, obtuve la información directamente. Yo grabé en cinta dicha información. El error sólo pudo haberlo cometido mi informante. Suya es la culpa.

—¿Su fuente de información? —preguntó Barrett—. No creía que hubiera otra fuente, aparte de usted mismo. Usted no menciona a nadie en ninguna nota. Yo creí que usted estaba presente cuando Jadway...

—No, yo no estaba allí. Lo recuerdo muy bien ahora. Recibí este material con la condición de que nunca se diera a conocer públicamente mi fuente de información. Mi informante fue uno de los amigos más íntimos de Jadway en París en los años treinta. Totalmente digno de crédito. El estuvo con Jadway cuando sucedieron los hechos que se refieren en la anécdota.

—¿Quién fue su informante?

—Bien, teniendo en cuenta que fui inducido a error, no tengo ningún motivo para no dar a conocer su nombre. Recibí esta información de Sean O'Flanagan, un poeta que fue amigo de Jadway en París.

—Sean O'Flanagan —murmuró Barrett—. Lo he oído nombrar.

Trató de recordar dónde o cuándo y, al final, lo recordó. Se lo había nombrado Olin Adams, el comerciante de autógrafos.

—Sí —prosiguió Barrett—. Yo mismo tuve la intención de entrevistarme con él hace poco, pero no tenía ni su teléfono ni su dirección, había que escribirle a un apartado de correos. ¿Cómo pudo usted ponerse en contacto con él, doctor Eberhart, y cuándo?

—Fue hace tres años, cuando yo todavía estaba revisando *Fuera de la Corriente Principal*. Por una afortunada casualidad —entonces me pareció afortunada— tropecé con una oscura publicación poética trimestral que se editaba en Greenwich Village. Contenía unos versos anónimos dedicados a Jadway. El editor de aquella revista poética no era otro que Sean O'Flanagan, editor y director. Me acerqué a Greenwich Village para conocerle. Al llegar al local de la publicación, me enteré de que, semanas antes, la revista había sido hipotecada por sus acreedores tales como el impresor y el propietario del edificio. Me indicaron una taberna de las cercanías que O'Flanagan solía frecuentar desde hacía muchos años.

—¿Y le encontró usted allí?

—En mi primera visita no; pero en la tercera sí. Había una mesa redonda en un rincón y una silla tapizada sobre las que O'Flanagan había sentado sus reales desde hacía casi una década. El propietario del establecimiento le soportaba por considerarle un personaje curioso, una parte del decorado, y él era considerado casi el Ezra Pound de la taberna. Supe que se decía que bebía mucho, que estaba alcoholizado, que vivía de una menguada renta privada, y que se dedicaba a recordar sus días de expatriado en París y Rapallo, complaciéndose en aconsejar a los jóvenes poetas que se agrupaban a su alrededor.

—El hecho de que bebiera tanto —dijo Barrett—. Tal vez fuera ésta la causa de la información errónea.

—No lo creo —dijo el doctor Eberhart—. La última tarde que me recibió estaba perfectamente sobrio, por lo menos eso me pareció a mí, y fue muy preciso en cuanto a la información que me proporcionó. Accedió a hablar conmigo con la condición de que no le dirigiera ninguna pregunta personal acerca de Jadway. Prometí limitar mis preguntas a cuestiones literarias y así lo hice. Fue el mismo O'Flanagan quien, hacia el final de la entrevista, me contó por voluntad propia la anécdota personal en la que usted ha descubierto dos horripilantes anacronismos.

—¿Cómo era O'Flanagan?

—No le recuerdo muy bien ahora. Un anciano reumático, bucólico y mal vestido; tal vez más joven que yo en años, pero aparentemente mucho más viejo. Supongo que debía ser pesado y aburrido cuando bebía. De todos modos, evitó tomar en mi presencia. Una cerveza, creo, y nada más. Me pareció que procuraba mantenerse sobrio y causarme la mejor impresión posible. Un anciano egoísta que creía que el mundo se había equivocado al no reconocer su talento. Fracasado, se refugiaba en la auto-decepción. No obstante, creo que el mundo tiene razón y que O'Flanagan está equivocado. He leído sus poesías. Suponiendo que aún viva...

—Vive —dijo Barrett—. O, por lo menos vivía hace una semana.

—Entonces, indudablemente querrá usted verle para tratar de saber la verdad acerca de esta desgraciada anécdota. Si lo hace, estoy seguro de que todavía frecuenta aquella taberna de Greenwich Village hacia las cinco de la tarde y que sigue ocupando su lugar de honor junto a la mesa del rincón, bajo la ventana, recordando sus tiempos más felices. Si usted le encuentra y consigue llegar a saber las fechas de Jadway *mort* y Jadway *redivivus*, le agradeceré que me tenga usted informado. Tendría que corregir este desgraciado error en la próxima edición de mi libro, o bien suprimir la anécdota.

—Le agradezco este favor, doctor Eberhart, y le prometo que le tendré al corriente. Este club de Greenwich Village que frecuenta O'Flanagan. ¿Cómo se llama?

—¿La taberna de O'Flanagan? Se llama, perdóneme, El Apropoeta. No hay orquesta, ni baile, ni espectáculo a la manera habitual. La única atracción son las sesiones de lecturas poéticas. Los aficionados declaman sus versos para distraer a la intoxicada clientela. Se acompañan de gritos y voces. Se lo merecen. La nueva poesía, su falta de forma, su desgraciada corrupción del lenguaje, es suficiente para inducirle a uno a beber. Me imagino que esto es lo que se pretende.

¿Qué le sucedió a Sara Teasdale? De todos modos, es un buen nombre ¿no le parece? Le deseo mucha suerte con el Guardián del Anacronismo.

El club no figuraba en la guía telefónica de Nueva York. Otra cosa. Anticonformismo, anticonvencionalismo. Barrett pensó que, para Charles Dodgson, tal vez resultara comprensible. Al fin y al cabo ¿tenía el País de las Maravillas una dirección? ¿La tenía el Edén? ¿La tiene un oasis?

Al caer la tarde, con su portafolios bajo el brazo, Barrett tomó un taxi y le pidió al conductor que le trasladara a Greenwich Village. Después de abandonar el taxi junto a la Plaza Washington, adquirió un ejemplar de *The Village Voice*. No contenía ningún anuncio del club. Al final, se acercó a una pareja —resultaron ser dos chicas, una vestida con pantalones anchos y chaquetón marinero y la otra con una falda corta de brillantes colores y sandalias— y ellas le indicaron el camino.

Por fin luego de caminar varias manzanas, Mike Barrett llegó a su destino.

De un toldo a rayas que cubría la acera colgaba un letrero en el que podía leerse: EL APROPOETA. BAR-SNACKS. ABIERTO DESDE LAS 10 DE LA MAÑANA HASTA LAS 3 DE LA MADRUGADA. A lo largo del borde del toldo con flecos, se leía, escrito con letras unciales irlandesas: "Un Libro de Versos bajo las Ramas del Arbol... Una Jarra de Vino, una Rebanada de Pan y Tú... A mi lado cantando en el Yermo... ¡Oh, el Yermo sería el Paraíso!"

Dos gastados escalones flanqueados por barandillas de hierro forjado conducían hasta la entrada. Barrett descendió y penetró en el local.

Había mucha gente y las nubes de humo se rizaban junto al techo. El profesor se había equivocado por lo que respecta a la música. Aquel día se escuchaba el triste sonido de una sola guitarra, dominando los murmullos de la conversación de los clientes. Apoyado contra la pared de ladrillo, un joven de largas melenas y barba, que sostenía una hoja de papel amarillo en la mano, estaba leyendo un poema: "Píntame con un número/ Y perfórame para una máquina". Otra voz que canta en el yermo, pensó Barrett, y se acercó a la barra.

El barman, con un parche negro sobre un ojo, enjuagaba los vasos. Barrett tosió para atraer su atención.

—No sé si podrá usted ayudarme. Tengo que encontrarme aquí con Sean O'Flanagan.

—Está en su mesa de siempre.

Barrett miró a su alrededor, confuso, y el barman le señaló el lugar.

—Junto a la ventana —añadió el barman—. El que lleva boina.

—Gracias —dijo Barrett—.

Se volvió, cedió el paso a unos recién llegados y se dirigió hacia el hombre de la boina, pasando por entre las mesas. El hombre estaba inclinado sobre su trago, debajo de la empañada ventana oblonga.

Al acercarse a Sean O'Flanagan, el rostro del poeta reveló mejor sus características. La boina, de un azul descolorido, estaba sucia y él la llevaba enfundada como un casquete. Mostraba profundas arrugas como costurones por encima y por debajo de sus ojos. En su barbilla prominente crecía una grisácea barba cerdosa. Un saco de pana raída le cubría sus estrechos hombros y de su delgado cuello colgaba un collar de abalorios. En conjunto, daba la impresión de un frustrado Andrés Gide.

—¿El señor Sean O'Flanagan?

El poeta había estado mirando hacia el espacio. Al oirle levantó la mirada como quien estuviera acostumbrado a que los extraños se presentaran a él.

—¿Si, joven? —dijo él.

—Me llamo Mike Barrett. Vengo desde Los Angeles. Un conocido común me sugirió que viniera a verle. Desearía hablar con usted acerca de un asunto. ¿Me permite que me siente?

La voz de O'Flanagan era ronca por el whisky y su tono era como de duda.

—Depende. ¿De qué quiere usted hablar conmigo?

—Sobre todo de su período en París.

—¿No es usted poeta?

—No, yo...

—En estos tiempos nunca se sabe. Ahora los poetas llevan corbata y se peinan correctamente... hasta parecen dentistas.

—Bien, yo deseaba preguntarle algo sobre escritores y literatura. ¿Puedo invitarle a un trago?

O'Flanagan estudió su vaso casi vacío, después levantó la cabeza e hizo con la boca una mueca de sonrisa fraternal.

—Esto último que ha dicho es poesía, señor Banner. Es usted un versificador de mérito. Acérquese una silla.

Barrett encontró una silla vacía y la colocó al otro lado de la mesa circular de O'Flanagan. En cuanto estuvo sentado, el poeta llamó al camarero.

—Chuck, tomaré otro coñac y agua. Doble... el coñac, no el agua.

Whisky con hielo —dijo Barrett.

O'Flanagan empezó a contar una larga y divertida anécdota sobre un perro San Bernardo y su barril de coñac y, al terminar, estalló en risas y Barrett rio también y se sintió mejor. Llegaron las bebidas y la mano de O'Flanagan tembló al llevarse el vaso a la boca. Ingirió un trago, se pasó la lengua por los labios y repitió la operación. La mitad del coñac y del agua habían desaparecido.

Le guiñó el ojo a Barrett.

—Necesitaba un poco de carburante, señor... —Le miró confuso—. He perdido la memoria para los nombres.

—Mike Barrett.

—Barrett, Barrett. De acuerdo. Bien ¿qué es lo que quería usted preguntarme de París?

—Exactamente cuándo estuvo usted allí.

—¿Cuándo estuve? Vamos a ver. Llegué siendo un muchacho en el año 1929. Permanecí allí hasta 1938, creo. Nunca he vivido años como aquellos. "París despertándose crudamente, la dura luz del sol sobre las calles de limón". Esto es de Joyce. Yo le conocí. Por primera vez lo encontré en La Maison des Amis des Livres. También conocí a Sylvia Beach. Y a Gert Stein. Pero nuestro auténtico abrevadero era el Dome. ¿Conoce París? ¿El café de Montparnasse? Aún está en aquella esquina, creo. Aquello era la verdadera bohemia. Esto —señaló el local con un movimiento de la mano—, esto es una basura, una falsa bohemia, sintética.

—¿Ha vuelto usted a París?

—¿Volver? No. No quisiera estropear mi sueño. Todo el mundo tiene una pensión en la vejez. La mía es un antiguo sueño. Era increíble, todo el mundo escribiendo, pintando o haciéndose el amor. Dios mío ¡qué paraíso de Mahoma para un muchacho sediento de amor! ¿Sabe una cosa? Una noche me acosté con una vieja zarrapastrosa y resultó que había sido una antigua modelo de Modigliani. Y una noche, por Cristo que debía estar borracho como una cuba, permití que un viejo afeminado practicara sodomía conmigo, sólo porque me dijeron que solía hacerlo en otros tiempos con Rimbaud o Verlaine, ahora no me acuerdo.

Terminó su trago.

—Tómese otro —dijo Barrett.

O'Flanagan le hizo una seña al camarero y le dio las gracias a Barrett con un movimiento de cabeza.

—Mi viejo amigo Wilson Mizner solía decir: "Como escritor, soy un estilista, y la frase más hermosa que he escuchado es "toma otro" ¡Ja! —Estalló en una carcajada, tosió y, por último, se secó la boca con la manga—. ¿Dónde estábamos?

—En París.

—París, es verdad.

Barrett esperó a que sirvieran la bebida y observó que O'Flanagan le echaba mano inmediatamente.

—Señor O'Flanagan ¿cuándo conoció usted a J J Jadway en París?

Al oir mencionar el nombre de Jadway, el poeta dejó de beber.

—¿Qué le hace a usted pensar que yo conocí a Jadway?

—Varias personas lo saben. Esta misma mañana, me lo ha dicho una persona que habló con usted en cierta ocasión, el doctor Hiram Eberhart.

—¿Quién?

—Es un profesor de la Universidad de Columbia. Es el autor de un libro titulado *Fuera de la Corriente Principal*, en el que se menciona a Jadway. El afirma que usted le concedió una entrevista en este mismo lugar.

—¿Un sujeto pequeño? Sí, le recuerdo. ¿Por qué le interesa a usted Jadway? ¿Está usted escribiendo algún ensayo, un libro o algo así?

—Voy a decirle la verdad. Soy abogado. Soy el abogado que defiende el libro de Jadway, *Los Siete Minutos*, en el juicio que se está celebrando en Los Angeles.

O'Flanagan pareció turbarse.

—Este juicio. He estado leyendo acerca del mismo. ¿Usted es el abogado, eh? Bien, pues en mi opinión, van a hacerle a usted picadillo... y al pobre Jad también.

—Por eso estoy aquí. Para tratar de mejorar nuestras posibilidades. Me han dicho que usted fue uno de los más íntimos amigos de Jadway.

—Y precisamente por eso no voy a hablar de él, señor Barrett. Hice un voto cuando murió. Le... le impulsaron a la muerte. Ahora merece descansar en paz. Por lo menos se mecere eso.

—Pues los censores no van a dejarle descansar en paz. Quiero defenderle a él, no sólo salvar su libro o librar al mismo de la acusación, sino conseguir que su memoria y su nombre sean venerados. Me temo que me he metido en un callejón sin salida. Necesito su ayuda. —Barrett miró fijamente a O'Flanagan que bebía en silencio—. Señor O'Flanagan ¿usted fue su amigo, verdad?

—El único amigo que tuvo y el único en quien confió, aparte de Cassie McGraw. Puedo decírselo con orgullo. Le conocí. Conocí a Jad y Cassie y fui amigo de ambos. Los conocí por primera vez en la librería de Sylvia Beach, Shakespeare y Compañía en la Rue de l'Odéon, el número 12 de la Rue de l'Odéon. Hemingway, Pound, Fitzgerald, todos solían frecuentarla y celebrar tertulias, junto con Joyce también. Y yo fui un día y encontré a Jadway y a Cassie.

—¿Cuándo fue eso?

—Verano de 1934, cuando él estaba escribiendo su libro.

—Christian Leroux ha declarado que escribió el libro en tres semanas.

—Leroux es un desvergonzado. Diría cualquier cosa a cambio de un dólar.

—¿Quiere usted decir que ha mentido en su declaración?

O'Flanagan bebió.

—No digo que haya mentido. Digo que no siempre ha sido un gran amante de la verdad. No me gusta, nunca me gustó y no quiero hablar de él.

—¿Pero es cierta buena parte de su declaración?

—Buena parte de ella sí.

—¿La parte que se refiere a la muerte de Jadway?

—Cierta en general. El libro fue publicado. La hija de otro amigo de Jadway siguió el mal camino y el amigo acusó a Jadway de ello por culpa del libro. Después Jadway tuvo problemas con sus padres. El era muy sensible. Cayó en un estado de depresión. Se mató. Es lo que ya se ha dicho.

—¿Cuándo se mató?

—El mes de febrero del año del Señor 1937. Amén.

—¿Fue en febrero del año 1937? Muy bien, de esto quería hablarle.

Barrett observó que el poeta le miraba con recelo mientras él abría su cartera y sacaba un ejemplar del libro del doctor Eberhart. Lo abrió y le mostró a O'Flanagan un pasaje subrayado.

Al terminar de leerlo, O'Flanagan levantó los ojos.

—¿Y bien?

—El doctor Eberhart afirma que usted le proporcionó la información sobre el combate Louis-Braddock, y el comentario de Jadway acerca del *Trópico de Capricornio*, que fue publicado en el año 1939.

—Tal vez lo hice.

—¿Puede explicarme esto entonces? Jadway murió en febrero del año 1937. ¿Cómo pudo haber escuchado la retransmisión de la pelea que tuvo lugar cuatro meses después de su muerte y haber leído el libro de Miller que se publicó dos años más tarde?

O'Flanagan no contestó. Miró a Barrett confuso, tomó su vaso y bebió lentamente. Posó el vaso sobre la mesa.

—Tal vez el doctor Eberhart lo anotó mal, quizás no me entendió bien.

—Señor O'Flanagan, aunque él le hubiera entendido mal, su grabadora sí le escuchó a usted bien. El grabó la entrevista. Hace dos horas, me ha permitido escucharla por teléfono.

—Entonces debí equivocarme yo. Debía estar borracho aquella noche.

—Eberhart ha dicho que estaba usted completamente sobrio.

—¿Y cómo demonios podía saberlo él?

—A través de la grabación, a mí también me ha parecido que estaba usted sereno.

O'Flanagan gruñó.

—Tal vez las personas sobrias sean los borrachos del mundo, y viceversa. —Se irguió—. Supongo que cometí un error con las fechas. Estoy perdiendo la memoria. Esta es la única explicación posible. Voy a tomar otro trago.

Barrett agarró a un camarero por el brazo y le pidió un tercer doble de coñac para O'Flanagan y un segundo whisky para él.

—Señor O'Flanagan ¿no sería posible que se hubiera usted equivocado también en cuanto a la fecha de la muerte de Jadway? Tal vez murió más tarde, en 1939 o 1940, en lugar de 1937.

—No, recuerdo muy bien la fecha. Recuerdo el funeral. Yo estuve con Cassie durante el período subsiguiente.

Llegaron las bebidas. O'Flanagan tomó su vaso. Barrett hizo caso omiso del suyo propio. Decidió seguir otra línea de investigación.

—Estuvo usted con Cassie —repitió—. ¿Qué le sucedió a ella?

—Abandonó París. No tenía nada que hacer allí. —O'Flanagan hablaba entre trago y trago y sus palabras empezaban a sonar confusas—. Regresó a América. Al Medio Oeste, creo.

—¿Qué fue de la niña?

—¿Judith? Recibí una postal de ella hace cosa de diez años. Se iba a California para casarse. Es lo último que supe de ella.

—¿Recuerda a qué lugar de California?

—¿Cómo podría saberlo?

—Hay testimonios según los cuales Cassie McGraw se casó al final con otro hombre y se fue a vivir a Detroit. ¿Sabe algo de esto?

—Sé que contrajo matrimonio con alguien y que enviudó poco tiempo después. Pero ya no he vuelto a saber nada más de ella. No sé qué fue de ella. Probablemente murió hace años. Después de Jadway, ya no hubo vida para ella. —Sacudió la cabeza en medio de su embriaguez—. Eran estupendos los dos. El era alto y delgado, como Robert Louis Stevenson. Ella era una belleza, una mujer maravillosa. Aparece totalmente reflejada en el libro. Solíamos pasarlo muy bien juntos, tomados del brazo, paseábamos por las orillas del Sena, recitando versos. Ellos tenían sus preferencias. Había una poesía que yo recuerdo muy bien.

Apoyando la cabeza contra la pared y cerrando los ojos, O'Flanagan dijo:

—De Pietro Aretino, poeta del Renacimiento. —Se detuvo y recitó lentamente—. "Si el hombre pudiera *fotter post mortem*, yo gritaría:/ *fottamos* hasta morir y despertemos para *fotter*/ Con Adán y Eva, que fueron condenados a morir/ Por aquella *fottuda* manzana y su podrida suerte".

Abrió los ojos.

—*Fotter*, y todas sus formas italianas que no recuerdo, puede usted sustituírlo con "joder", que es menos elegante. Este era el poema de Aretino; hace como cuatrocientos años que lo escribió y nosotros solíamos recitarlo. Este era nuestro preferido.

—¿El preferido de quién? ¿De Jadway?

—No, de Cassie.

Barrett observó que O'Flanagan no podría hablar mucho más. Tenía que darse prisa.

—Señor O'Flanagan ¿tendría usted algún inconveniente en presentarse al juicio como testigo de la defensa en favor de Jadway? Le pagaríamos muy bien por el tiempo que perdiera y las molestias que le ocasionara.

—No podría usted pagarme lo suficiente, Barrett. No hay dinero suficiente en la Tierra que pudiera hacerme hablar más de Jadway.

—Podría usted ser emplazado ¿sabe?

—Y yo podría padecer amnesia ¿sabe? No me amenace, Barrett. Jadway y Cassie son lo mejor de mi pasado privado. No voy a remover sus tumbas y mis sueños por dinero.

—Lo siento —dijo Barrett—. No voy a molestarle más. Pero una última cosa. Hace tiempo, un comeriante de autógrafos de esta ciudad, Olin Adams, entró en posesión de varias cartas de Jadway. Me dijo que se las había ofrecido pero que usted no disponía del dinero y rechazó la oferta. Más tarde, usted llamó a Adams y le dijo que lo había conseguido y que deseaba comprarlas. ¿Por qué?

—¿Por qué? Le diré por qué. Las quería para que formaran parte de la Colección de Manuscritos O'Flanagan que se encuentra en el Departamento de Colecciones Especiales del Parktown College. Es una pequeña escuela superior cercana a Boston. Una vez me ofrecieron un título honorario cuando yo editaba mi revista. Yo correspondí haciéndoles donación de todos mis documentos y papeles personales. Siempre quise tener algo de Jadway en mi colección. No tenía nada. Cassie tenía algo pero no sé si destruyó los papeles y las cartas o si los guardó. Cuando se pusieron a la venta las cartas, yo quise adquirirlas. Pero no me fue posible. Más tarde tuve la oportunidad de obtener prestado algún dinero. Intenté conseguirlas. Pero ya era demasiado tarde. —Suspiró—. Lástima. Hubieran estado muy bien en mi colección de Parktown. Lástima.

—Esta colección suya —dijo Barrett pensativamente—. ¿Cree usted que me permitirían verla?

—Es un lugar abierto al público. Cualquiera que vaya al Parktown College puede hacerlo. Si usted va, probablemente será la primera persona que solicite verla. Me parece que el joven encargado, Virgil Crawford, se moriría del susto si alguien le pidiera ver la Colección Sean O'Flanagan.

—Bien, me gustaría ir a Parktown y echarle un vistazo. ¿Virgil Crawford? ¿Puedo mencionar su nombre?

Al intentar apoyar los codos sobre la mesa, O'Flanagan estuvo a punto de caer. Barrett extendió el brazo y le sostuvo.

—Gracias —murmuró el poeta.

—Mencione usted a quien le dé la gana.

Barrett tomó la cuenta, su portafolios y se levantó.

—Le agradezco que haya querido hablar conmigo. Ahora es mejor que me vaya.

—Y pídame otro trago al salir ¿quiere?

—No faltaba más.

—Barrett, escúcheme... está usted perdiendo el tiempo. No va a encontrar nada de Jad en ningún sitio. Por lo menos nada que le ayude a defenderle contra los cazadores de brujas. Jad —Jadway— se adelantó a su tiempo, ya por aquel entonces, y aún sigue adelantándose al nuestro y no hay nada que pueda ayudarle a él ni a su libro, hasta que vengan otros tiempos y el mundo esté dispuesto a resucitar. Hasta entonces, deje tranquilos sus pobres huesos, pobre bastardo, déjele descansar en paz hasta que llegue el nuevo día del mundo nuevo.

Barrett le escuchó y luego contestó lentamente:

—Para mí sólo existe este viejo mundo, el mundo de hoy. En el futuro, habrá quizás un mundo mejor. Señor O'Flanagan, yo no puedo permitirme esperarlo.

Después, las cosas le salieron mejor de lo que esperaba.

Desde Greenwich Village, Barrett tomó un taxi que le dejó de nuevo en el centro de Manhattan. Una vez en su habitación del Plaza puso una conferencia a la biblioteca del Parktown College de Parktown, Massachusetts. Dado que ya era la hora de cenar, no confiaba mucho en poder localizar a Virgil Crawford, encargado de las Colecciones Especiales. Una empleada recibió su llamada y le dijo que el señor Crawford ya se había ido y que no regresaría hasta el lunes. Como Barrett insistiera en hablar con el señor Crawford inmediatamente por una cuestión urgente, la empleada (una de aquellas mujeres que creen que una conferencia siempre es algo importante), le proporcionó sin titubeos el número particular.

Al cabo de un rato, Barrett pudo ponerse en contacto con el amable Virgil Crawford. En cuanto le indicó el papel que desempeñaba en el juicio de censura que se llevaba a cabo en la Costa Oeste, Crawford mostró interés. Luego, cuando Barrett le habló de su entrevista con Sean O'Flanagan, explicando que deseaba examinar la Colección O'Flanagan de Parktown, Crawford se sintió halagado y accedió a colaborar. Acordaron encontrarse en la planta baja de la biblioteca a las diez de la mañana.

Después de cenar tranquilamente en el Salón de Roble, Barrett llamó a la señora Zelkin (Abe estaba trabajando en alguna parte) para indicarle su paradero, y luego salió del Plaza. Tomó el primer avión que pudo encontrar para Boston y allí consiguió una habitación en el hotel Ritz-Carlton.

Al día siguiente, una soleada mañana de viernes, alquiló un Mustang y se dirigió al Parktown College que se encontraba a ochenta kilómetros de la ciudad junto a la carretera de Worcester. Tenía la intención de recorrer la distancia en el menor tiempo posible. Ardía en deseos de ver la Colección O' Flanagan. No obstante, sabía que disponía de tiempo suficiente. Además, la perfumada mañana de Massachusetts era una de las pocas caricias de la naturaleza. Había prados, lagos y riachuelos, alerces, sauces y pinos y, de vez en cuando, las blancas agujas de los templos protestantes congregacionales, o las losas sepulcrales cubiertas de musgo de algún cementerio de peregrinos, hacían que el tiempo careciera de valor, por lo cual bajó la velocidad.

El Parktown College resultó ser más moderno y más grande de lo que él se había imaginado. Dejó el coche en el estacionamiento junto al edificio de la unión de estudiantes, y luego solicitó informes a un guarda del campus, se encaminó hacia una fuente de surtidor y más allá, descubrió el edificio de dos pisos de la biblioteca.

Eran las diez menos dos minutos, cuando estrechó la mano de Virgil Crawford.

—Para asombro de Barrett, Crawford resultó ser un hombre alegre de aspecto juvenil. Era delgado, fuerte, entusiasta y servicial. Subiendo hacia el segundo piso le explicó:

—La mayoría de las escuelas superiores pequeñas carecen de un Departamento de Colecciones Especiales. Hace falta dinero, no tanto por el espacio que requiere o por el personal que se requiere para dirigirlo, sino para adquirir colecciones importantes. Nosotros hemos tenido la suerte de contar con los esfuerzos incansables de un agresivo y entusiasta grupo de Amigos de la Biblioteca de Parktown para recaudar fondos. Estamos orgullosos de los manuscritos que poseemos de poetas y escritores de Nueva Inglaterra. El mes pasado adquirimos dos lotes de documentos de John Greenleaf Whittier —un verdadero tesoro: bosquejos de poemas, correspondencia, periódicos— y no me importa decirle a usted que estamos a punto de conseguir una valiosa colección de documentos de varios abolicionistas de Nueva Inglaterra. De Wendell Phillips, Charles Sumner y otros personajes enemigos de la esclavitud. Constituye un verdadero orgullo para nosotros disponer de estos documentos.

—¿Y qué tiene que ver con esto Sean O'Flanagan? —quiso saber Barrett.

—Oh, él nació en Provincetown. Supongo que no pasó más de uno o dos años de su vida aquí, aunque eso tampoco importa. Es un poeta y esto es lo que cuenta. Estoy tratando de formar una colección de poetas de vanguardia. Aún estamos muy lejos de conseguirlo. Tenemos algunas cartas de Burns y Swinburne y varios manuscritos de Apollinaire.

Atravesando un corredor del segundo piso, Crawford le mostró su despacho a la izquierda y una sala para los lectores de microfilm.

Entraron en una espaciosa sala dotada de enormes mesas y estanterías protegidas por cristales.

—Ya hemos llegado —dijo Crawford. Los documentos de nuestro Departamento de Colecciones Especiales están en cajas de metal, allí detrás. Supongo que no tendrá usted tiempo de ver algunos.

—Me temo que no.

—En cuanto a la Colección O'Flanagan que le interesa ver, la tenemos catalogada pieza por pieza. ¿Hay algo en particular que pueda mostrarle?

—Bien, en realidad, no es el propio O'Flanagan el que me interesa. Es su amistad con J J Jadway mientras estuvo en París. Estoy buscando a Jadway.

—Jadway —dijo Crawford asombrado—. ¿Sólo está buscando a Jadway?

—Así es.

—Creo que no le entendí bien por teléfono, señor Barrett. Creí que utilizaba a O'Flanagan en el juicio y que quería... —Sacudió la cabeza apenado—. Pero, si sólo busca a Jadway, me temo que no podré serle tan útil como había imaginado. Jadway murió demasiado joven como para haber dejado documentos significativos. Tengo entendido también que el manuscrito original de *Los Siete Minutos* no pudo salvarse. El problema de nuestra profesión, es que las promesas literarias destruyen su material. Dudo que encuentre algo sobre Jadway en esta colección. Si me espera un momento, lo comprobaré mejor. Permítame echarle un vistazo al fichero.

—Ojalá tengamos suerte —dijo Barrett.

Crawford se encaminó apresuradamente hacia los tarjeteros mientras Barrett paseaba distraídamente por la sala, deteniéndose de vez en cuando para revisar las estanterías.

—Señor Barrett. —Dijo Crawford acercándose—. Lo siento de veras. Como me lo imaginaba: ni un solo documento de Jadway.

—¿Es posible que haya algo acerca de Jadway? Al fin y al cabo, O'Flanagan afirma haber sido uno de sus íntimos amigos.

—Oh, tal vez sí, posiblemente encontremos alguna referencia a Jadway en los apuntes de O'Flanagan o en su correspondencia. Pero tendría usted que revisar toda la colección para averiguarlo. En realidad, no creo que le lleve mucho tiempo. Además del periódico trimestral que O'Flanagan publicaba y dirigía, y los libros autografiados que nos entregó, hay tres cajas más con papeles manuscritos. ¿Quiere usted verlas?

—Desde luego.

—Siéntese tranquilamente junto a una de estas mesas. Voy a traerle las cajas de manuscritos.

Cinco minutos más tarde, Barrett se encontró sentado frente a una larga caja de color gris y otras dos a su lado. Crawford se había ido a trabajar, pero le había prometido estar cerca por si le necesitaba.

Barrett enconró la primera caja llena de *dossiers* numerados, que contenían varios esbozos de poemas de O'Flanagan. Con cuidado al principio y después con mayor impaciencia, examinó los manuscritos por si incluían alguna referencia al nombre de Jadway, o a París o al período entre 1934 y 1937. Los manuscritos no contenían nada interesante, aparte de aquellos versos increíblemente malos e incomprensibles.

Colocó de nuevo las carpetas en la primera caja y abrió la segunda. En general, su contenido era casi el mismo: esbozos y más esbozos de poemas escritos a mano y a máquina y, por último, tres carpetas de correspondencia. La esperanza volvió a renacer en el ánimo de Barrett, pero pronto se desvaneció. Todas las cartas eran posteriores al período de París y la mayoría de ellas sólo eran correspondencia entre O'Flanagan y los colaboradores de su publicación trimestral. No había ninguna que registrara la menor huella de Jadway.

Desanimado, Barrett abrió la tercera y última caja. No estaba llena del todo. Había expedientes con recortes de periódicos y anuncios en los cuales se mencionaba a O'Flanagan o a su revista. Uno de ellos contenía hojas sueltas arrancadas de blocks de apuntes en las que O'Flanagan había anotado, a lo largo de los años, ideas para poemas, alguna que otra breve estrofa, y frases o citas preferidas.

A pesar de que aún le quedaban dos carpetas, la decepción de Barrett iba en aumento.

Abrió una. Dentro había fotografías —fotografías de los padres de O'Flanagan, del mismo O'Flanagan niño, de O'Flanagan editor en Greenwich Village, de T. S. Elliot y de E. C. Cummings, autografiadas— y una última fotografía mutilada que Barrett tomó en sus manos sobrecogido.

Era una instantánea ligeramente amarillenta, que había sido tomada al pie de la Torre Eiffel. Mostraba a tres personas: un Sean O'Flanagan muy joven —más de tres décadas más joven— de ojos claros y aspecto airoso; una muchacha menuda, muy bien dotada físicamente, bonita y sonriente, mirando hacia el sol; y una delgada figura de varón, vestida con pantalones holgados y suéter, pero sin cabeza. El ángulo de la fotografía había sido arrancado, dejando así a la tercera figura sin cabeza y sin rostro.

Rápidamente, Barrett dio la vuelta a la foto. En el reverso, con delicada y oblicua caligrafía femenina, podía leerse lo siguiente: "Querido Sean. He pensado que te gustaría guardar este recuerdo de los tres en tu álbum de recortes. Jad dice que tú pareces el novelista y que él parece el poeta. ¿Tú que dices? Afectuosamente, Cassie".

—¡Cassie McGraw, por fin! Y Jadway... maldita sea, casi Jadway.

Barrett observó de nuevo la fotografía. La Cathleen de la instantánea en nada se parecía a la desnuda y sensual mujer de la novela. ¿Pero quién puede fiarse de una descolorida instantánea? En cuanto a Jadway, lo que podía verse de él desde los hombros hacia abajo, difícilmente podía identificarlo con el descuidado y disoluto rebelde escritor de pornografía que Leroux y el padre Sarfatti habían descrito. Pero, acaso aquella fotografía había sido tomada antes de la aparición del libro y da la caída de Jadway.

El descubrimiento excitó a Barrett y en su pensamiento se plantearon varios interrogantes. ¿Cuándo había sido tomada exactamente? ¿Cuándo se la había dado Cassie a O'Flanagan? ¿Quién había arrancado la cara de Jadway? ¿Había sido O'Flanagan? ¿Cassie? ¿El mismo Jadway? Y... ¿por qué lo habían hecho?

Barrett no sabía qué valor pudiera tener aquella instantánea, pero intuyó las razones de su excitación. Durante semanas, Cassie McGraw y J J Jadway le habían estado rehuyendo; por momentos parecían fantasmas menos reales que los personajes inventados de una novela. Se habían convertido en unos mitos. Ahora, gracias a Dios, su realidad quedaba confirmada en virtud de esa fotografía. Tenían corazones que latían y sangre que fluía y en cierto modo, de golpe, se convertían en seres humanos de esta tierra, dejaban de ser meras sombras y pasaban a ser personas dignas de ser defendidas.

El dejaba de ser el abogado de un fantasma. Sin embargo, aparte de esto ¿qué otra cosa tenía en realidad? Una imagen de Cassie McGraw a los veinte años y pico. Una imagen del cuerpo de Jadway en sus años de París. Una muestra de la caligrafía de Cassie. ¿Excitaría esto al menos romántico Abe Zelkin? ¿O contrarrestarán los ataques de Elmo Duncan? Barrett sabía las respuestas. No obstante, no regresó la instantánea a la carpeta. Suavemente la dejó a un lado.

El último expediente contenía el resto de la Colección Sean O'Flanagan del Parktown College.

Barrett lo abrió. Bajo el título de "Cosas efímeras", se reunían en él tarjetas de visita, citas, agendas, tarjetas postales. Lo examinó rápidamente, cosa por cosa. Nada de Jadway, nada de Cassie, nada de París, nada de los años 30. Media docena de tarjetas postales, una, dos, tres, cuatro, cinco, seis... Nada de Jadway, nada de Cassie, pero, en cambio, había aparecido otro nombre.

No era una tarjeta postal pictórica. Era una tarjeta sencilla de un color pardo claro adquirida en la misma oficina de correos, con una cara impresa con la siguiente leyenda "Parte destinada a la dirección" y otra cara en blanco para escribir.

La otra cara no estaba en blanco. Llevaba un breve mensaje, escrito en tinta roja, que decía: "Querido tío Sean. Mañana me caso. Mi dirección será 215 E. Alhambra Road, Alhambra, Calif. Soy feliz. Espero que tú también lo seas. Un abrazo — Judith.

¡Judith!

Había encontrado al fantasma ilegítimo nacido de Cassie Mc Graw como resultado de sus amores con J J Jadway. Judith Jadway o Judith McGraw o Judith como se llamara el marido de Cassie que la había adoptado. Judith sería la llave para abrir la puerta del pasado de Jadway; la persona que podría decir qué había sido de Cassie McGraw.

Barrett examinó una vez más la tarjeta. El sello y las líneas de cancelación estaban borrosos, pero podía adivinarse la fecha en que había sido enviada. Decía 1956. Barrett efectuó un rápido cálculo mental. La hija de Jadway tendría diecinueve años y estaba a punto de contraer matrimonio cuando envió aquella postal. Actualmente, tendría treinta y tres años. Habían transcurrido catorce años desde que había indicado aquella dirección de 215 East Alhambra Road, Alhambra, California. De repente, volvió a antojársele un fantasma. Muchos habitantes del sur de California no tienen la costumbre de vivir catorce años en el mismo sitio. Sobre todo los matrimonios jóvenes. No obstante, cabía una posibilidad. Y, en el peor de los casos, la Alhambra Road podría ser el principio de la pista que le condujera a un informador y testigo que pudiera compararse a cualquiera de los que había presentado o presentaría más tarde la acusación.

Colocando la valiosa tarjeta postal encima de la fotografía mutilada, dejó de nuevo las carpetas en su caja correspondiente. Sabía lo que tenía que hacer.

Le pediría a Virgil Crawford que sacara fotocopias de las dos caras de la fotografía y la postal. No estaba muy seguro de si le servirían. Pero era abogado y debía ser meticuloso en sus cosas.

A continuación, tenía que regresar a Los Angeles inmediatamente y dirigirse al número 215 de la East Alhambra Road, donde tal vez pudiera entrevistarse con la hija de Jadway.

Miró su reloj. Podría estar de regreso a última hora de la tarde.

Tomó la postal y la fotografía. Observó las tres cajas y en silencio, le dio las gracias a la Colección Sean O'Flanagan. Después, casi contento, fue en busca del atento Virgil Crawford. Volvía a rebosar optimismo.

Había regresado a Los Angeles.

Siguiendo el mapa de carreteras del Condado de Los Angeles, Mike Barrett pasó tres cuartos de hora manejando desde el aeropuerto hasta su destino. Se perdió una vez, dio un rodeo innecesario otra, hasta que finalmente se halló en la East Alhambra Road.

Se asombró.

Era una antigua y tranquila calle residencial, sombreada por los blanquecinos robles y palmeras; la dirección que buscaba era el único número al otro lado de la calle.

Mirando a través de la ventanilla del coche, volvió a leer por segunda vez el rótulo de metal. Estaba entre una hilera de arbustos y un peldaño que conducía a un paseo y rezaba así:

215

CARMELO DE SANTA TERESA

Más allá de la placa y del paseo podía observarse una capilla de altas ventanas y vidrieras policromas. A la izquierda de la capilla y contiguo a la misma, se hallaba un edificio de ladrillo rojo con ventanas como de celda de convento en el segundo piso y un ornado campanario de estilo victoriano que se elevaba por encima del tejado.

El asombro de Barrett se agudizó. Catorce años antes, la hija de Jadway había indicado el 21 de la East Alhambra Road como la dirección de su hogar. Ahora la dirección se había convertido en una iglesia y en un... como se llamara aquel edificio de ladrillo rojo.

Barrett ya estaba cansado de misterios. Quería una solución. Salió rápidamente del coche, cruzó la calle y avanzó por el paseo. A la derecha, podía observarse una sólida puerta de madera con herrajes insertada en una pared de dos metros. Frente a él, estaba la puerta de la capilla. A la izquierda había otro camino que conducía hacia el edificio. Barrett viró hacia la izquierda hacia la capilla y la entrada.

Tocó el timbre. Momentos después, se abrió la puerta y apareció una monja joven, vestida con un hábito marrón que le llegaba hasta los pies.

—¿Dígame? —preguntó suavemente.

—Desconcertado, Barrett tartamudeó:

—Me... me dieron esta dirección para que buscara a una persona.

429

Pero creo que esto no es una residencia particular. ¿No es un convento?

—Esto es un convento carmelita de monjas de clausura. Le habrán dado una dirección equivocada.

—No, creo que la dirección es correcta. Tal vez me haya equivocado de año. ¿Sabe usted si esto era una residencia particular hace catorce años?

—Nada ha cambiado desde entonces. Hace catorce años era exactamente lo mismo que ahora.

—¿Está usted segura? —Pero Barrett sabía que ella no se equivocaba y mentalmente empezó a sospechar la verdad—. Tengo que encontrar a la persona que una vez dio esta dirección. ¿Hay alguien aquí que pueda ayudarme?

—Tal vez la Madre Superiora.

—¿Podría verla?

—Si quiere usted esperar.

Le indicó un banco de piedra bajo el porche cubierto. Trataré de encontrarla.

Barrett se encaminó hacia el banco, sacó la pipa, la volvió a guardar y se sentó sobre el borde del banco. Miró hacia la derecha y vio la valla de alambre que corría paralela a la calle lateral hasta encontrarse con la pared baja que daba a la Alhambra Road, punto desde el cual las dos paredes circundaban el verde césped que se extendía ante sus ojos.

Oyó crujir una puerta y observó a una rolliza mujer, vestida con velo, manto y pechera blanca y un grueso hábito marrón, acercarse con paso rápido hacia él. Barrett se levantó.

—Soy la hermana Arilda —dijo ella—. ¿En qué puedo servirle?

Barrett miró a través del velo un rostro autoritario, lleno y redondo, tan sin edad y tan satisfecho como el de todas las monjas que había visto. Aquellos rostros siempre le provocaban una inexplicable turbación. Tal vez a causa de que su devoción a la obra de Dios y su comunión con el misterio final hacían que su conocimiento y propósitos propios le parecieran inútiles y mezquinos. O tal vez fuera otra la razón: que su vida era una anti-vida innatural, una prolongación perpetua de la infancia. Tal vez fueran santas o quizás algunas fueran pecadoras, pero, no obstante, su presencia siempre le turbaba y sobrecogía.

Ahí estaba la Madre Superiora esperando plácidamente a que le explicara el objeto de su visita.

Luego de presentarse, Barrett prosiguió:

—Yo... yo soy un abogado de Los Angeles. Estoy tratando de localizar a una joven a la que tengo que ver por un asunto bastante delicado. La última dirección que tengo de ella data de hace catorce años. Es esta la dirección. La hermana con quien hablé primero me dijo que el convento ya estaba aquí en esa fecha. ¿Acaso se ha confundido?

—Ella no se ha confundido —respondió la Madre Superiora—. Las hermanas de Nuestra Señora del Monte Carmelo, así como el mismo convento carmelita, ya estaban aquí hace catorce años.

Se detuvo y luego añadió:

—La joven que dio esta dirección... ¿podría usted decirme algo más sobre ella?

—Muy poco, creo.

Barrett buscó en su bolsillo y sacó las fotocopias de la postal que la hija de Jadway había enviado a Sean O'Flanagan catorce años antes. Desdoblando las dos hojas de papel, Barrett se las entregó a la Madre Superiora.

—Aquí están las fotocopias de una postal que ella envió a un amigo de la familia. Puede usted ver que indicó esta dirección.

Tomando las hojas, la Madre Superiora se sentó en el banco del porche.

—Tome asiento señor Barrett —dijo.

Mientras él se sentaba a su lado en el banco, la Madre Superiora examinó las copias.

Mientras la observaba leer, Barrett dijo:

—Lo único que puedo añadir son algunos hechos fragmentarios. Como verá sólo firma con el nombre de Judith. No sé qué apellido debía tener hace catorce años. Nació en París fuera de matrimonio de una mujer llamada Cassie McGraw y de J J Jadway. Es decir, que igual podría haberse llamado Judith Jan Jadway que Judith Jan McGraw. Más tarde, en los Estados Unidos, su madre contrajo matrimonio por lo que es posible que el padrastro adoptara a Judith, si bien no consta nada a este respecto en Detroit. Es posible que recibiera su nombre o que no lo recibiera. Poco tiempo después de la boda de Cassie McGraw, el padrastro de Judith murió en la Segunda Guerra Mundial. Después, no sabemos lo que sucedió hasta que Judith envió esta postal hace catorce años. Desde luego, es posible que se equivocara con la dirección. Porque si éste era un convento —o, mejor dicho, un monasterio— en aquella época, ciertamente no concuerda con el hecho de que Judith fuera a contraer matrimonio al día siguiente.

La Madre Superiora había terminado de examinar las fotocopias y se las había entregado de nuevo a Barrett. Dobló sus manos suaves sobre el regazo y estudió a Barrett serenamente desde la seguridad que le confería el velo.

—Se casó al día siguiente e indicó la dirección correcta —dijo la Madre Superiora—. Ella y otras cinco hermanas se casaron con Nuestro Señor Jesucristo en aquel año.

A pesar de sus sospechas previas Barrett quedó aturdido y sin poder articular palabra.

—Tras la preparación debida y habiendo experimentado la vida contemplativa de acuerdo con la regla primitiva dada a los ermitaños del Monte Carmelo por Alberto de Jerusalén en el año 1207 y con las Constituciones de Santa Teresa, ella completó el noviciado y pronunció sus votos temporales. Finalmente, en el año 1956, pronunció votos permanentes y fue consagrada a Dios Nuestro Señor para siempre.

Tratando de recuperar el dominio de sí mismo, Barrett preguntó:

—¿Quiere usted decir que Judith se encuentra aquí, en el convento, en este instante.

—No hay ninguna Judith, señor Barrett. Hay una Hermana Francesca.

—No importa como se llama, es urgente que hable con ella. ¿Puedo verla, aunque sea un momento?

La mano de la Madre Superiora acarició el escapulario que colgaba de su hábito marrón. Miró más allá del porche hacia un grupo de gorriones que se habían posado sobre el césped. Finalmente, habló:

—Una hermana que pronuncia los votos solemnes de nuestra orden, que se convierte en una monja carmelita, ofrece su persona en total dedicación a Dios. De acuerdo con el espíritu de Santa Teresa, tiene que perseguir una vida contemplativa, una intimidad con lo divino, y abrazar a todo el mundo a través de su apostolado de plegaria y sufrimiento. Es esta intimidad con Dios lo que hace que su auto-sacrificio sea efectivo y lo que proporciona fuerza a sus oraciones. Para convertirse en un auténtico colaborador de la obra redentora de Jesucristo, la monja carmelita descalza debe renunciar a todo lo del mundo exterior. Descalza y con su hábito, pasa cada día ayunando, en labores manuales, rezando en silencio, leyendo y cantando el Oficio Divino en latín. Una persona que se ha consagrado así, señor Barrett, no tiene que sentirse personalmente interesada ni debe permitírsele oficialmente que se preocupe por las cuestiones seculares que usted considera tan urgentes. Lo siento.

—Pero lo único que quiero saber de ella es que me diga lo que sepa de su padre y, si es posible que me indique el paradero de su madre, suponiendo que ella viva todavía. ¿No pueden hacerse algunas excepciones en determinados casos?

—Pueden hacerse excepciones. Pero no soy yo quien debe decidir. Tendría usted que ver al cardenal MacManus, que es el Arzobispo de la Arquidiócesis de Los Angeles. De todos modos, dudo que pueda usted convencer a Su Eminencia.

—¿Puedo preguntarle por qué lo duda?

Creyó adivinar una fría sonrisa tras el velo. La Madre Superiora respondió:

—Señor Barrett, ésta es una orden de clausura pero, en mi calidad de superiora del monasterio, mis contactos son con frecuencia más mundanos que los de las otras hermanas. Para mí, es tan necesario estar bien informada como para las hermanas de nuestras Tercera Orden que habitan y trabajan en la Casa Misionera de la Pequeña Flor y se mezclan con la gente en su calidad de trabajadoras sociales. He seguido los acontecimientos más recientes. Tuve la oportunidad de ocuparme del *Index Librorum Prohibitorum*. Se ha informado del testimonio del padre Sarfatti ante el tribunal. Conozco el nombre de Jadway y también conozco el suyo, señor Barrett. Sabiendo de qué se trata, tengo mis razones para dudar que se haga una excepción porque usted lo solicite. Lo dudo mucho, señor Barrett.

Barrett sonrió.

—Yo también lo dudo. —Se levantó—. Gracias por la molestia. Ella también se puso de pie.

—No puedo desearle a usted suerte. Sólo espero que pueda encontrar el camino del Señor.

Cuando salía dudando se detuvo.

—¿Conoce Judith —la Hermana Francesca— algo sobre el juicio?

—Ella tiene su propio juicio —dijo la Madre Superiora enigmáticamente—. Su único interés es la comunicación con Dios. Buenos días, señor Barrett.

Abandonó el porche y caminó lentamente hacia la esquina. Volviendo la cabeza, observó que la Madre Superiora había desaparecido en el interior del monasterio. Después, desde la calle, vio a tres monjas que recogían cajas de cartón junto a lo que parecía ser una puerta de entrega de envíos. Se detuvo para contemplarlas mientras sus ropajes ondulaban al viento al regresar silenciosamente al edificio de clausura.

Se preguntó si alguna de ellas no sería acaso la hija de Jadway y de Cassie McGraw.

Rápidamente, salió del recinto del Señor y de las hermanas que colaboraban con Cristo. Estaba preparado para enfrentarse nuevamente con el duro mundo exterior donde la mayoría de los hombre, en su irremisible lucha por sobrevivir al infierno de la tierra, carecían de tiempo para pensar en el cielo.

Después de comprar un sandwich y una ensalada de col picada en el puesto de verduras del mercado alimenticio Vicente, Mike Barrett se dirigió a su apartamento. Comiendo el sandwich y bebiendo un refresco se apoyó el teléfono entre la oreja y el hombro y trató de localizar a Abe Zelkin.

Como en el despacho no le respondieron dejó recado para que Zelkin le llamara. Luego lo llamó a su casa pero la *baby-sitter* le dijo que el señor Zelkin había salido con su esposa y su hijo a no sabía donde. Barrett también dejó recado de que le llamara.

Se quedó en su casa estudiando las transcripciones que Donna había realizado de las entrevistas grabadas que él y Zelkin habían hecho con sus propios testigos, antes del juicio. Se entretuvo y así pasó el tiempo. Eran las nueve y cuarto de la noche cuando repiqueteó el teléfono.

Por fin era Abe Zelkin.

—¿Dónde estabas, Abe? —preguntó Barrett—. Quería saber qué ocurrió ayer en el juicio. Los periódicos parecen haber escamoteado buena parte de los testimonios.

—Porque no eran para un público familiar. Pero es más importante saber qué has hecho tú. Supongo que no te ha ido muy bien, de otro modo ya hubiera sabido algo.

—No muy bien.

Si estás libre ahora, podemos vernos. Tuve que acompañar a mi mujer y a mi hijo al Observatorio Griffith. Leo también estaba con nosotros; después los dos fuimos a cenar y revisando todo el nuevo material se nos pasó el tiempo. En el conmutador me dieron tu recado. Mira, tengo que recoger a mi mujer y a mi hijo dentro de media hora —puedo pasar por ti y así hablaremos por el camino, si te parece. Leo está aquí y estamos cerca de tu casa. Podremos informarnos mutuamente de todo.

—Te esperaré en el portal.

Ahora, veinticinco minutos más tarde, con Zelkin al volante del vehículo, Barrett a su lado y Kimura en el asiento de atrás, ascendían en espiral hacia la cumbre del Monte Wilson. A través de la ventanilla, Barrett observó las cúpulas del observatorio y el planetario que se elevaba a corta distancia por encima de las mismas.

Barrett les explicó cómo habían resultado sus entrevistas con el doctor Hiram Eberhart y Sean O'Flanagan en Nueva York, con Virgil Crawford en el Parktown College y con la Madre Superiora del Monasterio Carmelita de Alhambra. Al terminar su informe dijo:

—Así es que, después de tanto viajar y de tantas esperanzas, ¿qué he conseguido? Estas malditas fotocopias y nada más. Háblame de poesía, de colecciones especiales, de monjas carmelitas, en todo eso soy un experto. Háblame de Jadway y Cassie y Judith y de los anacronismos, y soy un ignorante. Señores, estoy perdido. He llegado al fondo del barril. Creo que la única que podría ayudarnos ahora es Cassie McGraw y lo más probable es que esté dos metros bajo tierra y, si no, ¿dónde demonios se encuentra? No me gusta ser pájaro de mal agüero, pero no vislumbro ni un rayo de luz. Hasta el último momento de esta tarde, tuve esperanzas, pero esta noche ya no.

Escuchó que Kimura se movía a su espalda.

—La esperanza no lo es todo —dijo—. Tendríamos que recordar el viejo proverbio inglés: "Aquel que vive de esperanzas, morirá en ayunas". Tal vez ya tengamos suficiente, y no debamos esperar más.

—Claro —apoyó Zelkin—. Nos defenderemos con lo que tengamos. Bueno, hemos llegado. El Observatorio Griffith. No tiene nada que ver con su Atila, Frank Griffith.

Estacionó el automóvil.

—Creo que todavía no ha comenzado el espectáculo del planetario. ¿Nunca has estado aquí? Es la locura. El techo de la cúpula es la pantalla. Anoche vine, proyectaron la Estrella de Belén en el cielo tal como se supone que fue la noche en que la siguieron los Tres Reyes Magos.

—¿Y qué me dices de los Tres Reyes Magos que estamos en este coche? —preguntó Barrett—. ¿Qué tenemos que seguir?

—Parece que Elmo Duncan acaparó el mercado de estrellas —dijo Zelkin—. Pasó buena parte del día de ayer preparando el camino de su segunda gran estrella.

—Estaba esperando que me dijeras qué sucedió ayer mientras yo estaba fuera —dijo Barrett.

—Yo estaba esperando decírtelo —dijo Zelkin—, sólo que tú no dejabas de hablar.

Barrett sonrió.

—Tienes razón, Abe. Adelante.

—Deja que busque los apuntes —dijo Zelkin. Los encontró y los repasó—. Tal como han dicho los periódicos... nada de primeras figuras. Fue, en general, una preparación de lo que va a venir después. Duncan presentó a otros dos expertos literarios, un profesor de Colorado, el doctor Dean Woodcourt, y un crítico literario que colabora en distintas publicaciones de nombre Ted Taylor; ambos afirmaron que el libro era obsceno y lo condenaron debido a que el interés que provoca es de carácter puramente lascivo. Yo no pude hacer gran cosa. Esto era lo que ellos opinaban. Les discutí un poco su autoridad y prejuicios pero creo que no logré causar una gran impresión en el jurado. Duncan consiguió un verdadero éxito al hacerle declarar a su testigo Taylor ciertas cosas que los periódicos no han publicado, ejemplos concretos en los que libros determinados indujeron a algunos sujetos a cometer actos de violencia. Todo para preparar...

—¿Cuáles fueron los ejemplos que citó el testigo? —interrumpió Barrett.

Zelkin leyó sus notas a la luz del tablero.

—Dos ejemplos basados en dos escritores de pornografía. El primero de ellos, el viejo chismoso romano, el historiador Suetonio, con su libro *Vida de los Doce Césares*. Ejemplo sacado del libro. La emperatriz Valeria Mesalina que retó a la unión de prostitutas de Roma a encontrar a una mujer que pudiera satisfacer a tantos amantes como ella en una noche. El reto fue aceptado. Se celebró el concurso. El campeonato del peso de cama. Ganó Mesalina. Tuvo trato sexual

435

con veinticinco hombres en veinticuatro horas. ¿Y la mala influencia de la obra histórica de Suetonio?

—¿Cuál fue? —quiso saber Barrett.

—El testigo afirmó que el libro de Suetonio había pervertido a Gilles de Rais. ¿Sabes quién es?

—El verdadero Barba Azul.

—Exacto. Las mejores credenciales, para empezar. Un acaudalado mariscal de Francia. Un hombre que luchó junto con Juana de Arco. En el año 1440, fue sometido a juicio acusado de haber cometido sodomía con unos cincuenta niños y niñas, antes de asesinarlos. Durante el juicio, Gilles declaró que había leído a Suetonio y que el historiador le había corrompido. Todo muy impresionante. ¿Qué podía decir yo en la repregunta? ¿Que era muy probable que Giller de Rais no hubiera cometido sodomía ni asesinado a nadie sino que, en la opinión de muchos historiadores modernos, fue acusado injustamente por el clero con el fin de que la Iglesia pudiera adueñarse de sus posesiones? Me temo que esto no le hubiera bastado al jurado. Después Duncan hizo que el testigo nos hablara de otro autor de libros pornográficos, a saber, del Marqués de Sade.

Barrett murmuró.

—Ya empezaba a extrañarme que tardaran tanto en mencionarlo.

—Duncan solicitó del testigo que narrara algunos hechos significativos de la vida de de Sade. Familia distinguida. Oficial de caballería. Casado. El incidente en el que de Sade consiguió que una mujer de treinta y seis años fuera a su casa, donde la ató a su cama, la azotó, la hirió con un cuchillo y luego vertió cera caliente en sus heridas. Y después su caída, en Marsella, cuando se encontró con cuatro prostitutas en la casa de una de ellas y les ofreció una caja de bombones que, en realidad, estaban rellenos con una sobredosis de afrodisíacos por lo que las muchachas enloquecieron en una orgía de amor profano. El Marqués de Sade fue juzgado y condenado en el año 1772. Dijo que pasó doce años en prisión y que falleció en un sanatorio para enfermos mentales. Pero, entre tanto, escribió su enciclopedia de perversiones sexuales —Justine, Los 120 Días de Sodoma, Los Crímenes de Amor y todo lo demás— basada en su experiencia personal. Pues bien, —insistió el testigo—, estos escritos y su autor son responsables de haber inducido a innumerables lectores a perpetrar actos criminales por imitación. Ejemplo. Aquellos jóvenes monstruos ingleses que asesinaron salvajemente a doce niños inocentes y, según se cree, a un adolescente, en aquel caso de asesinato de los Moors. Durante el juicio celebrado en el año 1966, los defensores afirmaron que los acusados habían sufrido la influencia de los escritos del Marqués de Sade. Durante el interrogatorio, traté de conseguir que Taylor admitiera la posibilidad de que los asesinos de los Moors hubieran recibido, además, otras influencias que, de no haber existido el Marqués de Sade, esos monstruos hubieran cometido de todos modos aquellos crímenes porque estaban enfermos, porque eran unos anormales. Pero el testigo no quiso admitirlo y creo que los jurados tampoco.

—Lástima.

Zelkin hizo a un lado sus apuntes.

—Después de la interrupción del mediodía, Duncan empezó a preparar el decorado para su próxima estrella. Como probablemente lo habrás leído, presentó, uno tras otro, a los dos polizontes que fueron llamados por Darlene Nelson tras la violación de Sheri Moore. Explicaron como encontraron a Sheri, inconsciente, y lo que Darlene repitió de lo que Sheri le había dicho, es decir, que había sido violada a la fuerza. Después se presentó al médico de la policía para testificar sobre el examen que realizó inmediatamente después. Detalles de la herida de la cabeza. Detalles del examen interno de la vagina. Dijo que había encontrado pruebas positivas de espermatozoides vivos, lo cual evidenciaba que había sido poseída poco antes. Esto siempre impresiona al jurado.

—¿Y tú qué hiciste, Abe? ¿Atacaste los argumentos de Duncan como es debido?

—Primero: Duncan y yo sostuvimos un violento intercambio de opiniones ante el juez Upshaw. Yo dije que era improcedente. Argüí que la violación de la muchacha Moore no tenía nada que ver con nuestro caso. Duncan afirmó que los testigos de la policía constituían la base para la presentación de Jerry Griffith y esto era importante y procedente dado que demostraría que los pasajes obscenos del libro de Jadway habían estimulado en él el deseo de cometer una violación. Yo seguí oponiéndome hasta que se me puso la cara morada. No se me admitió la protesta. Pero consta en el acta, por si acaso más adelante apelamos. De momento, ellos están intentando que se condene al libro como responsable de una violación y nosotros no podemos hacer nada para detenerlos. Además, hubo otro testigo hostil.

—El señor Howard Moore —dijo Kimura—, el padre de Sheri.

—¿Y esto era necesario? —preguntó Barrett.

—No se me admitió la protesta —dijo Zelkin—. Moore era también una base. Es decir, que era importante. Su hija era la señorita Pureza en persona. Un crisol de virtud, una virgen vestal. Hasta que el maldito libro, a través de Jerry, la manchó, la destrozó y la estropeó. Lo traté con suavidad en el interrogatorio, puedes creerme. Ante todo, temía que me soltara un tortazo como hizo contigo en el hospital. En segundo lugar, es el padre de una hija, de una hija que se encuentra todavía en estado de coma; lo traté con mucho cuidado para evitar que el jurado me linchara. Le demostré mi simpatía y traté de separar los sufrimientos de su hija del libro de Jadway, todo ello a través de una serie ininterrumpida de protestas. Al cabo de diez minutos, oculté el rabo entre las piernas —¿el diablo tiene rabo, no?— y me retiré a la trinchera de nuestra mesa. Me alegro que esté de vuelta, Mike. El lunes podrás volver a ser el diablo. Ah, recuerdo que he prometido encontrarme con la familia dentro junto al péndulo Foucault. Ven con nosotros, Mike. Leo y yo tenemos más cosas que contarte.

Descendieron del vehículo y caminaron juntos hacia la entrada del Observatorio Griffith.

—¿Cómo es que permites que tu hijo esté levantado tan tarde? —preguntó Barrett.

—Qué demonios, hoy es viernes —dijo Zelkin—. Además, él es un entusiasta de la astronomía y Sarah también se está aficionando. Han estado aquí casi una docena de veces. Ella se queja de que nunca me ve y esto, por lo menos, le da la oportunidad de variar, porque siempre está sola con los niños.

En el interior del observatorio se aproximaron a un enorme pozo sobre el cual oscilaba un péndulo, ante una reproducción de la Tierra que giraba lentamente. Desde el borde, los tres trataron de descubrir el movimiento de la Tierra bajo la bola del péndulo. Hipnotizado, Barrett estaba mirando hacia abajo, hasta que notó que Zelkin le tiraba de la manga.

—Antes de que lleguen mi mujer y el chico —dijo Zelkin—, quiero que escuches lo que Leo y yo discutimos durante la cena. Sabemos con toda certeza qué es lo que va a hacer Duncan el lunes por la mañana. Tenía intenciones de presentar a Darlene Nelson, pero ahora Darlene se encuentra en el mismo hospital que Sheri. Ruptura de apéndice. Está bien, pero no puede declarar, gracias a Dios. Así es que el Fiscal presentará primero al doctor Roger Trimble, antiguo presidente de la Asociación Americana de Psiquiatría. Leo ha leído algunos de los escritos de este Trimble. Al igual que el doctor Fredric Wertham, pertenece a la corriente que estima que los libros, las historietas, las revistas y el cine crean un clima de violencia y contribuyen a la delincuencia juvenil. Es decir, que éste será el que levante el telón de Duncan. El doctor Trimble tiene sometido a tratamiento a Jerry desde la violación y afirmará que el factor determinante de ella fue *Los Siete Minutos*. Entonces y sólo entonces, después de toda la preparación previa, el telón se levantará para Jerry Griffith. Duncan presentará a Jerry el lunes por la mañana.

—¿Seguro?

—Seguro. Leo y yo hemos estado trabajando sobre la presentación de Jerry, antes de ir por ti. Es absolutamente necesario que destrocemos el testimonio del segundo testigo principal de Duncan. Fallamos con Leroux. Ahora no podemos permitirnos fallar con Jerry Griffith. Tienes que separar al muchacho del libro de una vez por todas.

Barrett frunció el ceño.

—¿Separarle con qué? ¿Con un cuchillo de cocina? Desde luego, no dispongo de ninguna prueba que me permita hacerlo.

—Tú no, pero nosotros sí. Mientras estabas en el este, conseguimos unas pruebas magníficas, esta misma tarde. ¿Recuerdas aquella agencia de detectives que contratamos para investigar a la familia Griffith?

—Y no pensaba en esto. ¿Quieres decir que, por fin encontraron algo?

—Son lentos pero seguros. —Zelkin tomó un sobre que le entregó Kimura. Se lo dio a Barret—. Es una copia del informe de la investigación privada. Pequeñas cosas y fragmentos sueltos. Pero es suficiente para abrirnos los ojos. Suficiente para reducir a polvo una estrella. Y esto es lo que tenemos que hacer, Mike. Tenemos que ser despiadados. Repito, es nuestra última oportunidad de éxito.

Barrett había empezado a abrir el sobre que le había entregado Zelkin, pero éste le detuvo.

—Ahora no, Mike. Tienes toda la noche y todo mañana para leerlo, volverlo a leer, estudiarlo y ver cómo puedes utilizarlo.

—Bien, pero ¿de qué se trata, Abe?

—Esencialmente, se reduce a lo siguiente y es explosivo. Medio año antes de que Jerry hubiera siquiera oído hablar de Los Siete Minutos, el muchacho fue sacado de la ciudad en secreto para pasar una temporada junto a un médico de San Francisco. ¿Qué clase de médico? Un psicoanalista. ¿Por qué? Porque acababa de intentar suicidarse. ¿Lo oyes? Intentó matarse. ¿Cómo pudo saberlo la agencia? Descubrieron que Jerry estuvo mucho tiempo sin ir a la Universidad. Enfermedad. ¿Qué clase de enfermedad? Una depresión nerviosa, —según indica una fuente que prefiere permanecer en el anonimato—, depresión que impulsó a Jerry a tomar una dosis excesiva de píldoras para dormir, por cuya causa fue conducido a un psicoanalista del norte.

—¿Quién le acompañó al norte?

—Su prima. Tu última compañera de cenas, Maggie Russell. ¿Quieres decir que ella nunca te insinuó nada parecido?

—No tenía por qué hacerlo, Abe.

—No, tienes razón. De todos modos ¿qué te parece, para empezar? El muchacho ya era un desequilibrado mucho antes de leer el libro de Jadway. Por consiguiente, otros factores habrán intervenido induciéndole a cometer la violación.

Desde luego.

—Jerry tiene tendencias suicidas. Es un buen descubrimiento ¿no te parece?

—No del todo —dijo Barrett—. No sabía nada de sus intentos. Pero conocía perfectamente sus tendencias auto-destructoras.

¿Las conocías —dijo Zelkin—. ¿Cómo pudiste conocerlas?

—Maggie Rusell me las dijo. El muchacho le habla con mucha frecuencia de sus deseos de matarse. Y antes de que ella me lo contara, yo mismo tuve una prueba de ello. Estuve presente cuando Jerry intentó suicidarse por segunda vez. Es más, contribuí a salvarle. Este hecho nos unió a Maggie y a mí.

Tanto Zelkin como Kimura no salían de su asombro. —¿Que trató de matarse otra vez? ¿Y tú estabas allí? —preguntó Zelkin. Estaba empezando a enojarse—. ¿Qué significa esto?

Rápidamente, Barrett relató todo el episodio en el que había intervenido en El Ferrocarril del Metro y en el estacionamiento.

Al terminar, se percató de que Zelkin todavía estaba molesto.

—Mike —dijo Zelkin lentamente— ¿por qué no nos lo dijiste antes?

—¿Que por qué no lo hice? —Barrett consideró la cuestión con detenimiento—. Pensé que era una cuestión personal sin relación con el juicio, que si te la comunicaba a tí o a Leo, sólo contribuiría a desacreditar más, si cabe, al muchacho. Pero, dejando aparte estos motivos, suponiendo que te lo hubiera dicho y que tú hubieras decidido servirte de ello en el juicio, me pareció que una revelación de esa naturaleza sería perjudicial para nosotros. Al fin y al cabo, este segundo intento de suicidio, el que yo presencié, Jerry lo llevó a cabo después de haber leído el libro de Jadway. Duncan hubiera podido afirmar que el libro le había inducido a ello y me temo que el jurado lo hubiera creído.

—Zelkin aceptó las razones de su calaborador.

—Muy bien por lo que respacta al segundo intento de suicidio del muchacho. —Dio unos golpecitos con la mano al sobre que sostenía Barrett en la suya—. Pero el primero, sucedió *antes* de que leyera el libro. Por eso es dinamita. Socavaría el testimonio del testigo y destrozaría a la acusación. ¿Estás de acuerdo?

—No estoy muy seguro. —Barret se mordió el labio y trató de articular en palabras sus pensamientos—. Sí, supongamos que consiga separar al muchacho del libro. Pero es a costa de algo horrible, Abe. Podemos destruir al muchacho.

—Mira, Mike, siento por este muchacho tanta pena como tú y soy tan sensible como tú en cuanto a los jóvenes y a sus sentimientos. Pero esta es una guerra sin cuartel, Mike. Algunas personas tienen que resultar heridas. En sentido figurado, es posible que nuestros testigos pierdan algún miembro y tú y yo terminemos muriendo. Es necesario que derrotemos a la gente de Duncan antes de que ellos nos asesinen a nosotros. El testimonio de Jerry Griffith del lunes puede destruir nuestras posibilidades y clavar el último clavo del ataúd. ¿Sabes qué hay en él Mike? No sólo entramos tú y yo. Ni Fremont ni Sanford. sino la libertad, Mike y no quiero exagerar pero debes creerme: la libertad también está en este ataúd. Somos abogados, Mike. Tenemos una obligación para con nuestro cliente. Y para con la verdad.

Barrett suspiró.

—Creo que tienes razón.

—Sé que tengo razón —insistió Zelkin—. Si estuviéramos bien provistos, si dispusiéramos de un poderoso ejército de buenos testigos, si Jadway y Cassie estuvieran vivos y pudieran ayudarnos, si su Judith pudiera escalar la pared del convento para venir a ayudarnos, si Leroux no nos hubiera fallado, si la señora Vogler no nos hubiera abandonado y Sean O'Flanagan hubiera querido colaborar y todos ellos estuvieran con nosotros para ayudarnos, entonces, Mike, yo admitiría la posibilidad de no atormentar al muchacho en la repregunta —es un pobre chiquillo que necesita mucho dinero y amor— yo diría vivamos y dejemos vivir. Pero no están así las cosas. Duncan está muy bien preparado y nosotros estamos desvalidos. Ahora que tenemos algo, es necesario que lo utilicemos y tratemos de aprovecharlo.

Barrett le dirigió a Zelkin una forzada sonrisa de asentimiento. Era indudable que tenía razón.

—De acuerdo, colega. Estudiaré este veneno mañana. Y lo administraré el lunes. Lo aprovecharemos. Aquí viene tu señora y el chico. Quizás puedan decirnos algo más sobre la vida —y la muerte— de una estrella.

Más tarde, después de dejar Mount Wilson, mientras regresaba a Los Angeles Oeste, Barret volvió a pensar en Maggie Russell.

Pero hasta mucho más tarde, mucho después de media noche, mientras leía somnolientamente en la cama, no pudo escuchar la voz de Maggie Russell.

Le sorprendió que sonara el teléfono a aquella hora.

—Mike ¿te he despertado? —dijo Maggie en voz baja.

—No.

—Te llamé anoche. Pero no me contestó nadie.

—Estaba fuera de la ciudad. Tenía un par de pistas importantes. —Se detuvo—. ¿Por qué me llamas? ¿Ocurre algo malo?

—Nada especialmente malo. Quería simplemente... oh, eso puede esperar. Ante todo, me muero por saber a qué se debió tu repentino viaje. ¿Encontraste algo nuevo?

—Creía que podría encontrar algo. Salí como Napoleón marchando contra Rusia, y regresé de la misma manera: maltrecho y con las manos vacías. Maggie, estuve en todas partes. Y no podía creer dónde fui a parar. ¿Te imaginas un convento de monjas?

—¿Un convento de monjas?

—Ya te lo contaré algún día. Ahora dime...

—Mike, no bromees. Por favor, dímelo ahora mismo. No resisto las historias a medio terminar.

—Bien, ya que me lo pides.

Brevemente, le contó cómo el doctor Eberhart lo condujo a O'Flanagan quien a su vez lo llevó al Departamento de Colecciones Especiales del Parktown College, donde halló una clave para dar con Judith, la hija de Cassie McGraw y Jadway. Pero Judith, terminó, formaba parte de una orden de monjas de clausura y no estaba a su alcance.

—¿Una monja, Mike? ¿Quieres decir que de veras es una monja? Había como un tono de temor en la voz de Maggie.

—Ni más ni menos. Sólo la obra de Dios. El salario es bajo, pero los beneficios secundarios son elevados. ¿Y tú cómo estás? Ahora podemos hablar de ti. ¿Por qué querías encontrarme ayer? ¿Y por qué estás hablando en voz baja?

—No quiero que me oigan, Mike, no puedo decírtelo en este momento, pero es preciso que te vea. Por eso te he llamado.

Cuando quieras.

—No puede ser sino hasta mañana por la noche. ¿Podrías tú?

Claro. Cenemos juntos.

—Muy bien. Verás, Mike. ¿Te va bien a las ocho y media, frente al teatro Westwood Village?

—Te recogeré allí a las ocho y media en punto. Luego tomaremos algo en cualquier sitio.

Ella bajó la voz.

—Vayamos a un lugar alejado. Tal vez hacia la playa.

—Iremos a la playa. —Su curiosidad iba en aumento—. Maggie ¿estás segura de que no puedes decirme nada ahora?

—Mañana, Mike, mañana por la noche.

—Nos veremos entonces.

Al colgar, pensó que tal vez aquella cita era inoportuna en ese momento, a juzgar por lo que había hablado con Zelkin. Recordó su misión del lunes siguiente: y se sintió más que nunca como un Judas Iscariote antes de la Ultima Cena. Aquella, acaso, sería su última cena con Maggie, antes de matar lo que ella tanto amaba. Después, Maggie no existiría más.

Y después, para asombro suyo, comprendió que mataría algo que él también amaba. Ahora lo comprendía nítidamente. Estaba enamorado. ¿De quién? De su víctima.

La vida era un asco.

Sábado por la noche.

Chez Jay era un restaurante alejado, junto a la playa. Situado en la Ocean Avenue de Santa Monica, si se pasaba por delante y no se miraba dos veces, podía pasar desapercibido, aunque era posible escuchar el ruido que se escapaba de allí. Era un lugar adecuado para hablar discretamente con Maggie.

Chez Jay era un pequeño local retirado; semi oscuro; siempre abarrotado de gente; música estridente; gente en doble fila de pie ante la barra; mesas, reservados y velas de cera; serrín; cacahuates para pelar; y el suelo lleno de cáscaras; muchachas a la espera de alguna ocasión; algunos personajes conocidos; comida excelente; intimidad y relativa tranquilidad si se podía conseguir el reservado del fondo.

Mike Barrett y Maggie Russell habían logrado el espacioso reservado al fondo. Cuando los conducían a su mesa, Barrett dijo:

—Querías un sitio apartado. Dudo que nadie del equipo de Griffith o Yerkes pueda encontrarte aquí.

Maggie respondió:

—No es por eso que quería un lugar íntimo.

Se sentaron y pidieron de beber; luego Maggie explicó:

—Sólo quería un lugar para estar más a solas contigo.

Era hermosa y él hubiera querido rozar con sus labios los párpados, sus ojos verde-gris y también su boca carmesí y la profunda hendidura de entre sus pechos, etcétera.

—Me alegro —dijo él.

—Además, el tío Frank sabe que me he estado viendo contigo. Seguramente el estúpido de Irwin Blair nos vio en La Scala y se lo contó inmediatamente a Luther Yerkes y éste al tío Frank. Al día siguiente, el tío Frank lo mencionó como por casualidad. Quiso saber cómo nos habíamos conocido. Desde luego, yo no podía decirle lo que había intentado hacer Jerry y cómo lo habías salvado tú y todo lo demás. Le dije, simplemente, que Faye Osborn nos había presentado en una conferencia, lo cual es cierto. Temía que tú quisieras servirte de mí. Le aseguré que no era así. Le dije que yo te gustaba por mi sexy. —sonrió tímidamente—. Era una broma.

—Pues para mí no lo es —dijo Barrett—. Me gustaste. Y eres sexy. Y, además, tienes otras muchas cualidades.

—Mike, no quería que me lo dijeras. Aunque algún día es posible que me guste oírtelo decir.

Pensando en lo que iba a suceder el lunes, dijo sin convicción:

—Muy bien. Algún día.

—Volviendo a Frank Griffith, mi tío. Me siguió hablando amistosamente y dijo que no quería interferir en mi vida privada y que lo que hiciera era cosa mía, mientras fuera discreta. Yo tenía tan poco carácter, era tan transparente. Después le escuché hablar con Duncan y Yerkes y los tres trataron de decidir la mejor manera de tratar el asunto Maggie-Mike. No sabían si interrumpirlo. Underwood refirió hechos semejantes de la historia —mirad lo que sucedió cuando los

Montescos y Capuletos se interpusieron entre Romeo y Julieta, o mirad lo que sucedió con los Cohen y los Kelly— y después tomaron una decisión. ¿Por qué no utilizar a Maggie permitiendo que ella utilice a Mike Barrett? Debe haber sido algo así porque estos últimos días el tío Frank me ha preguntado varias veces si te sigo viendo y en una ocasión me preguntó que de qué hablábamos y qué opinabas tú de como se estaba desarrollando el juicio. De todos modos, Mike, ten cuidado. Es posible que yo te esté utilizando...

—Quiero que me utilices.

—... en nombre de las fuerzas del mal. Y todos ellos son malvados, todos, y el tío Frank más que ninguno, ahora estoy bien convencido. —Se detuvo bruscamente—. No quiero hablar de eso ahora. Quiero beber tranquila.

Ella tomó su Gibson y él su whisky, brindaron y bebieron.

Mientras, el propietario del local, que era amigo de Barrett, había decidido gastarle una broma y había colocado en el tocadiscos una grabación de Tom Lehrer, y una de las canciones de Tom Lehrer que resonaba por el local se titulaba precisamente "Obscenidad":

Me emocionan
Todos los libros como "Fanny Hill"
Y creo que siempre será así,
Siempre que sean sucios
Y verdaderamente inmundos.
¿De qué sirve un hobby como el tenis o la filatelia?
Yo tengo un hobby: leer de nuevo "Lady Chatterley"
Pero ahora intentan quitárnoslo todo
A no ser que nos opongamos
Y, codo con codo,
Luchemos por la libertad de prensa.
En otras palabras: ¡Obscenidad!
Como las aventuras de una mala mujer.
Oh, soy un mercado que no pueden inundar.
¡Hip, hip, Hurra!
¡Que se lo podamos decir al Tribunal Supremo!
¡Que no nos lo quiten!

Maggie y Barrett rieron y siguieron bebiendo.

Esto había ocurrido tres horas antes. Tres tragos más tarde, una ensalada, una botella de vino, un plato de carne Stroganoff, un trozo de pastel de queso, una biografía íntima más tarde, se sintieron más unidos que nunca. Estaban sentados uno junto al otro a la luz centelleante de una vela; sus muslos se rozaban, ella le acariciaba la mano, mientras los dos permanecían en silencio, reflexionando.

De repente, ella suspiró, le dejó la mano y se apartó de él. El la miró y vio que estaba rígida, preocupada y turbada.

—Mike, antes de que me serene del todo, hay una cosa —tal como te dije anoche por teléfono, hay una cosa que quiero discutir contigo.

—Dime de qué se trata.

—Antes te hablé de las fuerzas del mal y te dije que mi tío era el más malvado de todos ellos. Lo es. Es un monstruo. Todo lo poco de buena voluntad que me quedaba se ha desvanecido ahora. No tienes ni la menor idea del conflicto que tenemos planteado en casa.

—¿Por Jerry?

—Exactamente. Por Jerry. Por el testimonio que va a prestar Jerry como testigo el lunes.

—¿Sigue resistiéndose el muchacho?

—Más que nunca. Y el tío Frank se encuentra todavía más inflexible e insiste en que Jerry debe presentarse ante el tribunal para condenar el libro de Jadway por todo lo que a él le hizo. Sigue gritando que lo único que le interesa es su hijo y el futuro de su hijo. Que te creas tú eso. Se preocupa por él mismo y por lo que la gente pueda pensar. Si le preocupara Jerry, le importaría un bledo la opinión de los demás. No permitiría que su hijo pasara por este suplicio. Procuró que Yerkes intentara ablandar a Jerry. Hizo que Elmo Duncan lo tranquilizara, mostrándole cómo todo iba a ser muy fácil. Y ayer —fue terrible— hubo una escena espantosa entre el tío Frank y la tía Ethel. Fue una de las pocas ocasiones en que la he escuchado hablar y expresar su propia opinión. Jerry también era su hijo, dijo; ella lo había dado a luz, lo había educado, y también tenía derecho a hablar. No permitiría que su marido y los demás lo obligaran a hacer algo que estaba contra de su voluntad. Ella cree que el propio Jerry debe decidirlo. Entonces, el tío Frank le contestó que era mejor que Jerry empezara a hacer cosas contra su voluntad, si su verdadera voluntad consistía en forzar a las muchachas. Y, además, a gritos le dijo que ella no había intervenido para nada en la educación de Jerry porque estaba muy preocupada por sí misma y por su enfermedad y a esto se debía en buena parte la conducta de Jerry y que ella no tenía ningún derecho sobre él porque había sido demasiado egoísta y tolerante, pues le había dejado hacer siempre lo que había querido y ya era hora de que alguien le parara los pies y empezara a pensar en el bien del muchacho. Creí que la tía Ethel se moría allí mismo en su silla de ruedas, le dio un ataque de sofocación y yo me adelanté a socorrerla. Todavía está en cama. ¿Espantoso, verdad?

—Lo es.

—La vida de un hogar americano típico de la clase alta. Yo también tengo mi parte de culpa. La última vez que te vi, te dije que intentaría evitarlo hablando con el tío Frank o con el doctor Trimble, el analista. Sólo me he atrevido a hablar con el doctor Trimble. Le he dicho exactamente lo que me ha estado repitiendo Jerry cada día. Que si se le obligaba a testificar en público, se suicidaría si no antes, después de presentarse ante el tribunal. Le pedí al doctor Trimble que convenciera al tío Frank. Pero el doctor Trimble se negó, dijo que no veía la necesidad de molestar a Frank Griffith por ese motivo. Dice que Jerry, como otros muchos jóvenes, tiene más capacidad de recuperación de lo que la gente puede imaginar y que Jerry podría soportar y resistir perfectamente los interrogatorios ante el tribunal. Es más, el doctor Trimble considera que esta, incluso, puede ser una experiencia saludable para él... una especie de limpieza y expiación públicas. Puesto que la mayoría de la gente que habla de suicidio, no lo hace, Jerry sólo trataría de conseguir imponer su propia voluntad y castigar a quienes le rodeaban. Yo me puse furiosa. Hubiera querido sacudir a ese estúpido doctor y decirle que Jerry no se lo había dicho a él ni a nadie, sino a mí —que Jerry ya *había* intentado quitarse la vida poco antes— que sabía que lo decía en serio y que volvería a repetirlo y, la próxima vez, conseguiría su propósito. Pero no pude, no pude revelar nuestro secreto y traicionar a Jerry. Al fin y al cabo, sé que es inútil hablar con el tío Frank. Aparte del interés que ha puesto en mí a últimas fechas para descubrir lo que sé de ti, él ignora que yo existo. No tengo para él más significado del que puede tener una escultura. La única persona que puede escucharme que sé que me comprenderá, eres tú, Mike. ¿Me creerías, Mike, si te digo que Jerry se mataría? Al fin y al cabo, ya sabes que lo ha intentado una vez.

Ella esperó, contemplándole, y las miradas de ambos se cruzaron. El dijo:

—No una vez, Maggie. Lo ha intentado dos veces.

Ella abrió los ojos y se tapó la boca con la mano. Murmuró algo que él no pudo entender. Después, se quitó la mano de la boca y dijo:

—¿Cómo lo sabes?

—Tanto la oficina del Fiscal de Distrito como la defensa pretendemos saber cosas, constantemente intentamos averiguar todo lo que esté a nuestro alcance. Mi colega contrató los servicios de una agencia de detectives... no disponemos de los recursos del departamento de policía, que está a las órdenes de Duncan y, por consiguiente, tenemos que acudir a investigadores privados. Descubrieron que Jerry se ausentó algún tiempo de la escuela y saben lo que sucedió en ese tiempo, etc. Supieron que había intentado suicidarse hace algunos meses —mucho antes de leer el libro— y que tú lo habías acompañado a San Francisco para someterse a un tratamiento de psicoanálisis.

Ella pareció apenarse y él hubiera querido, en aquellos momentos, tomarla en sus brazos, calmar su dolor, prometerle que no divulgaría nada de todo aquello. Pero no podía hacerlo, sería una mentira. La cuestión ya estaba al descubierto y se interponía entre los dos.

Ella comenzó a hablar nuevamente.

—¿Qué más sabes? —preguntó.

—Simplemente esto.

—¿Y tú vas a declararlo ante el tribunal?

—Tengo que hacerlo.

—No lo hagas; Mike, te ruego que no lo hagas.

—Maggie, no tengo otra alternativa. Pero quiero saber una cosa. Comprendo que Jerry está a punto de convertirse en un psicópata. Sin embargo ¿por qué teme tanto presentarse como testigo? Me doy cuenta de que debe ser horrible para él, pero todo el mundo sabe ya lo que pasó y su enfermedad, entonces ¿por qué es una cuestión de vida o muerte para él presentarse en el juicio? Esto es lo que no comprendo.

Ella frunció el ceño y se quedó en silencio varios segundos, como tratando de hallar una respuesta. Por fin sus ojos se encontraron con los de Barrett.

—Por eso quería verte esta noche, Mike. Porque sé que eres humano, que tratas de ser comprensivo con los demás y que posees un profundo sentido de la honradez. Te diré una cosa. Jerry no teme presentarse ante el tribunal, sentarse públicamente en el banquillo y responder las preguntas que le dirija Elmo Duncan. Sabe que es un testigo suyo y que Duncan será amable y no le causará ningún perjuicio deliberadamente. Es a tí a quien teme, Mike. Es la repregunta lo que lo asusta. Presiente que intentarás desacreditarlo, incluso destruirlo, que buscarás aprovecharte de la oportunidad para ganar el juicio. Esta es toda la verdad. Tiene miedo de lo que va a hacerle la defensa.

—Sin embargo, todavía no me has dicho por qué. Aparte de obligarle a admitir su primer intento de suicidio ¿qué otra información puedo conseguir de él que no sea ya del dominio público? Y en cuanto a obligarle a admitir su primer intento de suicidio ¿qué hay de malo en ello después de todo lo demás —la violación y sus consecuencias— que se ha divulgado? Incluso podría contribuir a ganarle simpatías. ¿Por qué exactamente este horrible temor a presentarse ante el tribunal y al interrogatorio?

Ella dudó.

—No... No puedo explicarlo, Mike. Eso también forma parte de su neurosis. Cuando uno ha sido dominado y sojuzgado toda la vida por un padre despótico, ya no se puede estar seguro de lo que se es, ni del propio valor... ni siquiera se está seguro de ser una persona. Siempre se es inadaptado. Se llega a un momento crucial. Entonces ser descubierto y fustigado en público, poner al desnudo las peores debilidades y ser humillado, creo yo que es demasiado. Esto puede destrozarlo a uno. —Se detuvo—. Tus preguntas... ¿lo humillarían, verdad?

—Maggie, una repregunta nunca es fácil para ningún testigo. A pesar de ello, la mayoría de la gente, por frágil que sea, consigue superarla y salir indemne. De una persona como Jerry, no sabría decirlo. Lo único que puedo decirte es que —conociéndole a través de ti— no me ensañaría con él ni me mostraría cruel; no seré un gran inquisidor, ningún Torquemada. Pero le haré preguntas y él tendrá que contestarme porque estará bajo juramento.

Reflexionando, ella guardó de nuevo silencio.

—Mike ¿es necesario que lo sometas al interrogatorio?

—Si Duncan no lo hubiera llevado ante el tribunal, no tendría que hacerlo. Pero Duncan lo llevará. Jerry estará allí y no habrá otro remedio que interrogarlo.

—Pero ¿no es imprescindible que lo hagas, verdad? Legalmente ¿puedes no hacer uso del derecho a la repregunta, verdad?

—Desde luego, el abogado siempre puede prescindir de la repregunta, pero...

Ella tomó el brazo de Barrett con ambas manos.

—Entonces hazlo, Mike. Esto es lo que yo quería pedirte esta noche. Que no sometas a Jerry a la repregunta. No pude evitar que lo lleven ante el tribunal. Pero aún puede salvarse, si ustedes no lo persiguen. No quiero decirte que lo hagas por mí. Tengo derecho a pedírtelo. Pero, por el muchacho, pensando en él, por favor no le interrogues.

Le apartó las manos del brazo y las juntó fuertemente, esperando su respuesta.

Era duro, era doloroso su próximo gesto, pero Barrett no tuvo más remedio que sacudir la cabeza lentamente.

—No, Maggie, no puedo hacerlo. No puedo traicionar a las personas que me han contratado y que dependen de mí. No puedo traicionar a Jadway ni su libro, ni puedo traicionar las libertades en las que creo. Cariño, escúchame y trata de ser razonable. Hasta ahora, el Fiscal de Distrito lleva todas las de ganar. Ha conseguido que la acusación contra Jadway y el libro sea algo importante. Todos nuestros esfuerzos por refutar o contraatacarlo han sido un fracaso. Ahora demostrará la peligrosa influencia de la obra de Jadway apaleándonos con Jerry Griffith. Es nuestra primera oportunidad de pararlo. Si no nos defendemos aquí, nos hundiremos y el control quedará en manos de los censores. Si Duncan interroga a Jerry, es absolutamente necesario que yo lo someta a la repregunta. Es nuestra última esperanza. Si antes las cosas hubieran sido distintas o fueran ahora de otro modo, no dudes de que tendría en cuenta lo que me pides —prescindiría de la repregunta— porque no sería tan crucial como lo es hoy.

Ella se le acercó.

—Qué... ¿qué quieres decir con que si "las cosas hubieran sido distintas o fueran ahora de otro modo"? ¿Qué cosas?

Recordó los argumentos de Zelkin de la otra noche y se los repitió a Maggie.

—Bien, si hubiéramos tenido a Leroux de nuestra parte y a la Vogler, aunque sólo hubiera sido eso, tendría en cuenta la posibilidad de no interrogar a Jerry porque, como te digo, sería menos importante. O incluso ahora, si dispusiera de algún testigo importante que pudiera refutar los argumentos de Leroux, es posible que no me preocupara tanto por Jerry. Pero no dispongo de este testigo. No tengo ni remotamente a nadie así, por consiguiente...

—Mike.

—El levantó los ojos en seguida porque advirtió que el tono de su voz era muy firme.

—Ese testigo que tú necesitas —dijo ella—. ¿Quién podría ser, quién podría ser tan importante para tí?

—¿Quién? Creo que sólo hay uno que podría significar algo. Que tal vez podría significarlo todo: Cassie McGraw. Si la tuviera a ella...

—Puedes tenerla, Mike.

Fue algo tan repentino, que apenas lo entendió y apenas pudo reaccionar. Miró en silencio a Maggie Russell.

Ella estaba tranquila y reposada y, cuando volvió a hablar, lo hizo con serena seguridad.

—Haré un trato contigo, Mike. Prométeme que no interrogarás a Jerry Griffith y yo te prometo que te conseguiré a Cassie McGraw... a la misma Cassie McGraw en persona.

9

Por favor, coloque su mano izquierda sobre la Biblia y levante la mano derecha. ¿Jura usted que el testimonio que está a punto de proporcionar en la causa que se debate ante este tribunal será la verdad, toda la verdad y nada más que la verdad. Así Dios le salve?

—Lo juro.

—Declare su nombre, por favor.

—Jerry... Jerome Griffith.

—Deletree el apellido, por favor.

—Grif... Griffith ...mm...G...mm... G-r-i-f-f-i-t-h.

—Por favor, siéntese en el estrado de los testigos, señor Griffith.

Desde la esquina de la mesa de la defensa, Mike Barrett observó al delgado joven mientras se dirigía hacia el estrado y luego se sentaba nerviosamente. Su cabello castaño estaba recién cortado; sus ojos (el izquierdo con un tic permanente) erraban por la sala evitando mirar el plateado micrófono que estaba frente a él; estaba pálido y sus hombros encogidos como los de una tortuga con miedo que se dispusiera a ocultar la cabeza en su caparazón protector. Con la punta de la lengua se humedecía constantemente los labios resecos mientras esperaba que su Carón le acompañara en aquella travesía de su particular Laguna Estigia.

La mirada de Barrett dejó de concentrarse en el testigo estrella de la acusación y vagó entre el público de la sala. Sabía que Maggie Russell se encontraba en alguna parte, entre aquel mar de rostros, y que la atención de ella estaría dirigida no sólo a Jerry sino a él mismo. Era consciente también de la presencia de Phil Sanford entre los espectadores y del ceñudo y decidido Abe Zelkin y del preocupado y ansioso Ben Fremont, sentados a su lado.

Recordó el día anterior, que no había sido de descanso sino de irremisible inquietud.

Había estado pensando en todo lo que Maggie le había dicho. En todos los detalles. Lo había meditado y sopesado todo, una y otra vez.

Increiblemente, o tal vez no tan increiblemente, la legendaria Cassie McGraw, amante de J J Jadway —Cassie McGraw prototipo de la heroína de *Los Siete Minutos*—, estaba viva, muy viva, en el Medio Oeste. Había leído las noticias acerca del juicio. Le había escrito a Frank Griffith en defensa de J J Jadway. Como secretaria social, Maggie solía ver antes que nadie la correspondencia familiar y había interceptado la nota de Cassie McGraw: ocultándole a Frank Griffith la había guardado dos semanas. Puesto que era favorable para la defensa, Maggie la guardaba por su poder de coacción. Al principio no para usarla con Barrett, sino con Frank Griffith. Después, temiendo que Frank Griffith se enojara excesivamente —que se mostrara excesivamente dogmático como para acceder a mantener a Jerry alejado del juicio a cambio de la destrucción de la nota de Cassie— y también que Griffith pudiera arrebatarle la misiva, había decidido ofrecérsela a Barrett como último recurso, en un último esfuerzo por salvar a Jerry.

El sábado por la noche, Barrett no le dio a Maggie ninguna respuesta definitiva.

En el transcurso del domingo, sol a sol estuvo sopesando los pros y los contras del trato que se le había propuesto.

Pro: una Cassie McGraw viva, como testigo por la defensa, sería una sensación. *Pro:* la nota de Cassie defendía los motivos y la integridad de Jadway al escribir *Los Siete Minutos*, por lo que refutaba los argumentos de los testimonios de Leroux y del padre Sarfatti, puesto que Cassie había sido el *alter ego* de Jadway, conocía sus pensamientos y sus palabras directamente y sólo ella podía ser la voz final de la verdad. *Pro:* Cassie borraría las calumnias que se habían inventado contra la vida de Jadway y, al mismo tiempo, suavizaría la impresión producida por su muerte. *Pro:* Cassie McGraw, que era una mujer mayor, la modelo reconocida de la heroína del libro, sería una prueba viviente en contra de la acusación según la cual el personaje de la novela era pornográfico y obsceno. (Al fin y al cabo ¿quién podría imaginársela en una escena amorosa?).

Pero también había contras, quizá pocos pero importantes.

Contra: si Cassie McGraw había defendido su libro en una nota dirigida a Frank Griffith ¿por qué no se presentó voluntariamente como testigo por la defensa? *Contra:* ¿acaso porque no consideraba muy favorable el libro de Jadway o la vida de éste? *Contra:* ¿y qué sucedería si se la obligaba, bajo juramento, no sólo a confirmar, sino a completar las perjudiciales declaraciones del editor francés y del sacerdote del Vaticano? *Contra:* ¿y qué sucedería si la presencia y el lenguaje de aquella anciana no sólo no desmintieran la imagen de la mujer descarriada y de fáciles costumbres presentada por Duncan, sino que contribuyera a confirmarla? Contra: en resumen ¿qué sucedería si se hubiera convertido en una bruja desgreñada de lenguaje soez, cabellos teñidos y amante de la bebida, como las que suelen verse no sólo por las oscuras callejas, sino en las elegantes fiestas benéficas? Contra: ¿qué sucedería si todo el trato fuera un contra en sí mismo, el mayor de los contras, si hubiera sido preparado por la propia Maggie en nombre de la familia Griffith? Maggie se había burlado de la torpe tentativa de Griffith para servirse de Barrett pero ¿y si ello fuera realmente cierto? ¿Y por qué, al menos, no le había mostrado la nota de Cassie y por qué no le había comunicado su paradero exacto? ¿Se debía, tal como ella había dicho, a que no podía conseguir la prueba en domingo puesto que Frank Griffith estaba en casa todo el día? ¿O acaso se debía a que ella sospechaba tanto de él como él sospechaba ahora de ella (temiendo que, una vez conociera el paradero de Cassie, no respetara el trato)? ¿O se debía simplemente a que la prueba de la Cassie McGraw viva no existía?

Los contras, los pros. Los pros y los contras.

La decisión tenía que tomarla aceptando las condiciones de Maggie. Primero, Barrett tendría que entregar lo prometido en el trato. No someter a Jerry Griffith a interrogatorio. Después, al cabo de pocas horas, Maggie le entregaría a su vez lo prometido. Le entregaría de hecho a la misma Cassie McGraw.

Si aceptaba el trato y Maggie cumplía su promesa, la defensa tendría algo más que una esperanza. Poseería una victoria en potencia. Pero si él cumplía lo prometido y Maggie no lo hacía, Barrett traicionaría la confianza que en él habían depositado sus clientes. Y no sólo la defensa, sino él personalmente sufriría la más amarga de las derrotas.

El día anterior no había podido tomar una decisión.

Y aquella mañana tampoco.

Hacía una hora, antes de que se estableciera el orden en la sala, antes de que la acusación presentara al doctor Trimble con el fin de que éste confirmara el grave trauma sufrido por Jerry como consecuencia de haber leído el libro de Jadway, Barrett había estado tentado de comunicar a Abe Zelkin el ofrecimiento de Maggie. No obstante, no había sido capaz de hacerlo porque sabía instintivamente cuál sería la decisión de Zelkin. Sería aquello de que "vale más pájaro en mano"; ya que Zelkin no conocía a Maggie la cuestión se reducía a la honradez y a la integridad de Maggie. Zelkin no la conocía y desconfiaría de toda alianza procedente de la familia Griffith. Por consiguiente, la decisión debía tomarla Barrett solo. El conocía a Maggie. La decisión tenía que basarse en su opinión personal sobre

Maggie, lo cual la hacía doblemente difícil. Sus anteriores opiniones acerca de las mujeres habían sido esencialmente poco halagüeñas; por consiguiente, la cuestión, querido abogado, se reducía a lo siguiente: ¿Era Maggie Russel como todas las mujeres que había conocido en el pasado o era su mujer, la primera mujer verdadera que había conocido?

No podía contestar. No podía decidirlo.

Comprendió entonces que debía decidirse y hallar una respuesta inmediata. Minutos antes, hizo un último gesto para evitar la aparición de Jerry Griffith: protestar contra su presentación como testigo, alegando que era improcedente. Discutió la cuestión con Duncan junto al estrado del juez. El juez Upshaw se apoyó en el canon judicial 36, que afirmaba que la misión del juez consistía en asegurarse de que los procedimientos seguidos ante el tribunal reflejaran la importancia y la seriedad de la investigación y contribuyeran al esclarecimiento de la verdad. Puesto que la acusación sostenía que un librero había vendido un libro perjudicial para el público y que un miembro del público confesaba que había sido inducido a cometer un delito por su lectura, se hacía necesario, en bien de la verdad, escuchar la declaración del testigo.

No se había admitido la protesta de la defensa. Se le tomaría el juramento al testigo y se le concedería la palabra.

Así se le había escapado la última excusa capaz de impedirle tomar una decisión acerca de la integridad de Maggie. Estaba solo ante su terrible alternativa. Aún tenía que responder a aquellas preguntas y tomar rápidamente una decisión. Frente a él, directamente frente a él, dando muestras de los más amable modales, con su apariencia suave y amistosa, ya se encontraba de pie el rubio Elmo Duncan, Fiscal de Distrito de Los Angeles y futuro senador de los Estados Unidos.

Duncan estaba mirando hacia el estrado y sonreía con simpatía hacia Jerry Griffith, al tiempo que comenzaba dulce, amable, triunfalmente, el interrogatorio directo de su testigo estelar.

—Jerry Griffith, permítame que le pregunte cuál es su ocupación actual o la más reciente.

—Estudiante.

—¿Le importaría levantar un poco la voz? ¿Ha dicho...?

—Soy estudiante.

—Asiste a la Universidad. ¿Puede usted decirnos a cuál?

—A la Universidad de California, en Los Angeles.

—¿En Westwood?

—Sí.

—¿Cuánto tiempo hace que estudia en la Universidad?

—Casi tres años.

—Antes ¿asistió usted a alguna escuela superior?

—A la Escuela Superior de Palisades. Excepto el primer semestre que estuve en Webb. Pero después me trasladé.

—¿Se trasladó? ¿Por qué?

—Mi padre quería que asistiera a una escuela en la que se practicara la coeducación.

—¿En Palisades se practica la coeducación? ¿Se practica la coeducación en la UCLA?

—Sí señor.

—¿Salía usted con muchachas cuando estudiaba en la escuela superior y en la universidad?

—Sí señor.

—Antes de este año, digamos durante su último año de escuela superior y sus dos primeros años en la UCLA ¿con cuánta frecuencia solía usted salir con muchachas?

—Es... es difícil de recordar. No puedo recordar con cuánta frecuencia. Yo...

—¿Puede usted decirnos aproximadamente con cuánta frecuencia?

Barrett se incorporó a medias

—Protesto, Señoría. El testigo dijo que no lo recuerda. Protesto basándome en que la pregunta ya fue contestada. Además, es especulativa.

El juez Upshaw asintió.

—Se admite la protesta.

Sentándose de nuevo, Barrett observó a Jerry Griffith y advirtió que el muchacho lo miraba por primera vez. Los ojos de Jerry parecían temerosos y todo él daba la impresión de haberse marchitado repentinamente sobre su asiento. Barrett había observado una vez una mirada así en los ojos de un perro cuyo dueño le había amenazado con pegarle. Se lamentó que hubiera sido necesario formular la protesta. Decidió ser más tolerante hacia el interrogatorio de su rival, antes de que el temor se apoderara por completo del testigo.

Elmo Duncan que parecía también estar preocupado por la estabilidad y capacidad de resistencia de su testigo, dejó de preguntarle pausadamente y fue directamente al grano.

—Señor Griffith ¿qué es lo que estudia principalmente en la UCLA?

—Literatura inglesa.

—¿Le exige esta materia leer mucho, digamos, por ejemplo, como unos tres libros por semana?

—Sí señor.

—¿Lee usted también muchos libros por su cuenta, es decir, libros que no se incluyen en la lista obligatoria de lectura de sus cursos?

—Sí señor.

—¿Cuántos libros de estos diría usted que suele leer por semana?

—Dos o tres.

—¿Suelen ser estos libros predominantemente de ficción?

—Sí señor.

—¿Puede usted recordar algunos de los títulos de los libros que ha leído en los últimos seis meses? ¿Los títulos y los autores?

—He leído... *Steppenwolf* de Hesse. También *Siddhartha*, del mismo autor. Y *Servidumbre Humana*. Este es de Maugham. Y *Suave es la Noche* de F. Scott Fitzgerald. También *El Rojo y el Negro* de Stendhal. Después... es —es difícil de recordar— bueno *Contrapunto* de Aldous Huxley. Y *Viaje a la India* de E. M. Forster. Todo lo de Kafka y Camus. Tendría, tendría que pensar...

—Ya es suficiente. Dígame ¿considera usted que alguno de estos libros es pornográfico u obsceno?

—No señor.

—¿Hay alguna razón especial que le haya impulsado a leer estos libros?

—Yo... Supongo que para saber algo más de mí mismo... para saber cómo tengo que comportarme ante las cosas.

—¿Quiere usted decir con ello que usted se siente influído por lo que lee, que reacciona intensamente a sus lecturas?

—Sí señor.

—¿Ha leído usted alguna vez *Justine* del Marqués de Sade?...

—No señor.

—¿Ha leído usted alguna vez la obra pornográfica oriental llamada *Kama-Sutra*?

—No señor.

Barrett se agitó y decidió hablar.

—Quisiera protestar, Señoría, basándome en que la pregunta carece de importancia.

—El juez Upshaw se acercó a su micrófono de mesa:

—Se rechaza la protesta. Prosiga, señor Duncan.

Elmo Duncan volvió a dirigirse a su testigo.

—Señor Griffith ¿ha leído usted *Mi Vida y Amores* de Frank Harris?

—No señor.

—¿O *El amante de Lady Chatterley*?

—¿O *Sexus*, de Henry Miller?

—No señor.

—¿Ha leído usted *Fanny Hill*, parcialmente o por completo?

—No señor.

Duncan le dirigió a Jerry una sonrisa de aprobación; miró hacia el jurado y volvió a su testigo.

—Recientemente, se ha intentado publicar o mejor dicho, se *ha* publicado efectivamente, se ha publicado abiertamente por primera vez un libro del mismo género, uno semejante a los que yo le he estado mencionando. Desearía saber si usted lo ha leído: ¿Ha leído usted *Los Siete Minutos*, de J J Jadway?

—Sí señor, lo he leído.

—¿Había usted oído hablar o sabía de la existencia de este libro antes de que fuera publicado en los Estados Unidos por la Sanford House?

—No... Bueno, sólo de pasada... lo había oído mencionar vagamente en una de las clases de literatura inglesa de la UCLA.

—¿En la clase se trató de fomentar su lectura?

—No señor. Y aunque así hubiera sido, no había ejemplares disponibles en ningún sitio. Eso fue hace algunos meses.

—Pero, si hubiera habido ejemplares entonces ¿le hubiera impulsado la clase a conseguir uno?

Barrett se levantó.

—Protesto, Señoría. El fiscal ha formulado una pregunta especulativa.

—Se admite la protesta.

Duncan volvió a mirar al testigo.

—¿La mención de *Los Siete Minutos* por parte del profesor le hizo a usted desear leer el libro?

—No señor.

—¿Puede usted decirnos qué le impulsó al final a leer *Los Siete Minutos*?

—Vi... vi algo sobre él en una librería... de las que venden... periódicos y revistas de protesta y vanguardia. Estaba hojeando una de estas revistas...

—¿Recuerda usted el nombre de la revista?

—No. Pero era de Nueva York. Había cientos de revistas distintas en las estanterías, yo escogí una y en ella había un artículo sobre la próxima publicación del libro.

—¿El artículo era una crítica, una presentación o más bien un reportaje acerca del libro de Jadway?

—Creo que era una presentación. Resumía algunos pasajes del libro.

—¿Y estos pasajes le impulsaron a usted a leer el libro?

—Me produjeron curiosidad.

—¿Por qué?

—No... no lo sé... no... porque... creo que porque nunca hubiera pensado que a las mujeres les interesara tanto el sexo.

—Bien, señor Griffith, ¿hasta entonces por qué razón pensaba usted que las mujeres participaban en el acto carnal y en otros actos sexuales?

—Creo... creo que pensaba que...: que lo hacían porque lo hacía todo el mundo... o porque había que hacerlo... para conservar sus relaciones con los muchachos. Quiero decir, para que los muchachos estuvieran contentos.

—¿Y la lectura del libro de Jadway le proporcionó a usted una visión totalmente distinta de esta cuestión?

—Sí. Después de leerlo comprendí que ellas querían... deseaban hacerlo de verdad.

—Entiendo. ¿Al leer el libro fue ésta la impresión que la produjo?

—Sí. Me olvidé de que era ficción. Lo creí.

—¿Aun sabiendo que se trataba de una obra de ficción?

—¿Creyó usted que todas las mujeres, o la mayoría de las mujeres, estaban tan ansiosas de sexo y de todas las perversiones del sexo como Cathleen, la heroína de Los Siete Minutos?

—Sí señor.

—¿Lo sigue usted creyendo ahora?

—No señor.

—¿Considera usted que el libro lo sedujo a usted?

—Protesto, Señoría. El señor Duncan está dirigiendo al testigo en sus respuestas.

—Se admite la protesta.

—Bien, señor Griffith, en su opinión ¿el retrato que nos presenta Jadway de la Cathleen de la novela, es el auténtico retrato de una joven o bien es un retrato insólito y deformado?

—Insólito y deformado.

—¿Es decir que después de leer el artículo acerca de Los Siete Minutos, leyó usted el libro?

—Inmediatamente, no. Todavía no se había publicado. Estuve pensando en lo que había leído en el artículo, después me olvidé de él hasta que vi un gran anuncio en un periódico de aquí en el que se decía que el libro ya estaba a la venta. Entonces adquirí un ejemplar y lo leí.

¿Cuándo fue eso? ¿Cuándo lo leyó usted?

—La noche del 18 de mayo.

Barrett estaba concentrado en la declaración pero le distrajo Zelkin tirándole de la manga. Advirtió que Zelkin le pasaba una nota. La nota decía: "Es listo nuestro Elmo. No ha preguntado dónde o cómo adquirió el muchacho el libro. No olvides preguntarlo después". Barrett asintió con aire ausente y siguió prestando su atención al estrado de los testigos.

—¿Leyó usted Los Siete Minutos de la primera a la última página, palabra por palabra?

—Sí señor.

—¿Cuál fue su reacción.

—Me trastornó.

—¿En qué sentido dice usted que le trastornó?

—Estaba... estaba interiormente confuso, muy confuso. No pude dormir.

—¿Asistió usted a sus clases al día siguiente?

—Sí, pero no asistí a las últimas de la tarde.

—¿Por qué?

—Estaba pensando en el libro. Fui al coche... lo guardé en el coche y...

—¿Por qué en el coche?

—No quería que mi padre supiera que lo tenía.

—¿Temía que su padre se opusiera a esta clase de lectura?

—Sí señor.

—¿Su padre había censurado siempre los libros pornográficos?

—Sí señor. No los hubiera tolerado en casa. Decía que no eran sanos.

—Ahora sí, señor.

—Entonces se dirigió usted al coche y después ¿qué hizo?

—Lo saqué del estacionamiento de la UCLA; manejé por un rato hasta que encontré un camino solitario, hacia las colinas que rodean Hollywood y allí volví a leer algunos pasajes del libro.

—¿Puede usted recordar qué pasajes volvió a leer?

—No lo recuerdo exactamente. Algunos del primer capítulo, el primero de los siete minutos de la historia. Lo leí varias veces.

—¿Qué se narra en estas páginas?

—Ella está tendida esperándole... piensa en lo mucho que él se parece a las estatuas griegas, creo que está al principio...

—Si me permite que le refresque la memoria, señor Griffith. Ella está tendida desnuda y piensa en las estatuas de Príapo que solían encontrarse en algunas de las calles de la antigua Grecia y que representaban el busto de un hombre barbudo, colocado sobre un pilar o bloque de piedra; del centro de este plinto se proyectaba hacia el exterior un pene masculino en estado de erección. Después, los pensamientos de Cathleen pasan de las estatuas a un jarrón griego que había contemplado una vez en algún museo; en el jarrón había un grabado que representaba a una mujer tendida sosteniendo un *olisbos*, es decir, un pene artificial hecho de cuero duro; Cathleen recuerda que Lisístrata se había quejado de no disponer de aquellos artificios para que se consolaran ella y sus hermanas. A continuación Cathleen piensa en lo feliz que es y contempla al desconocido héroe del libro, pero no a él sino a su —¿cuáles eran las palabras de Jadway?— "grueso, pardo e hinchado miembro". Ella piensa: "mi propio *olisbos* y después se echa hacia atrás y separa las piernas; empieza el primero de sus siete minutos. Bien, señor Griffith, ¿reconoce usted que ésta es la parte que leyó varias veces? ¿Es precisamente ésta?

—Sí señor.

—¿Pensó usted que era literatura artística en aquel momento?

—No pensaba en literatura.

—Bien ¿pensó usted que el autor trataba de conseguir alguna otra cosa aparte de excitar al lector?

—No.

—¿Le excitó a usted este pasaje y los demás?

—Sí señor.

—¿Cómo se manifestó la excitación en usted?

—Físicamente. Deseaba poseer a una muchacha.

—¿Quiere decir que deseaba mantener relaciones sexuales con una muchacha?

—Sí señor.

—¿Con alguna muchacha en particular o con cualquier muchacha?

—Con cualquier muchacha.

—¿Qué hizo usted después?

—Quería encontrar una muchacha. Bajé a Melrosa... ya había anochecido... me dirigí al club que solía frecuentar de vez en cuando —El Ferrocarril del Metro— y busqué algunas muchachas... bebí un par de refrescos. Estaba esta chica... se iba ya a su apartamiento... era justo como yo había imaginado a Cathleen...

—¿Quiere usted decir como la heroína de *Los Siete Minutos*?

—Sí. Me ofrecí a acompañarla...

—¿Se refiere usted a Sheri Moore?

—No conocía su nombre entonces. Ella dijo que sí. La acompañé a su casa. Le dije que quería subir. Cuando abrió la puerta, la empujé hacia el interior, le ordené dirigirse al dormitorio y desnudarse.

—¿Le ordenó usted hacerlo? ¿Cómo?

—Tenía un cuchillo.

—¿Se desnudó?

—Estaba asustada. Sí.

—¿Se desnudó usted?

—Sí.

—¿Qué sucedió a continuación?

—No recuerdo. Me pareció enloquecer. Era como si no fueran mis propios pensamientos...

—Eran los pensamientos de Jadway...

—¡Protesto, Señoría! El fiscal...

Duncan se excusó.

—Retiro la observación, Señoría. Perdóneme.

Se dejó traslucir la cólera del juez Upshaw al ordenar éste bruscamente al relator del tribunal:

—Se tachará la observación del fiscal.

Se dirigió al Fiscal de Distrito y su voz resonó como un látigo:

—Señor Duncan, su observación es impropia de un abogado ante un tribunal y no sirve precisamente para mejorar su causa. Estoy seguro de que usted lo lamenta por lo que me abstendré de reprenderle ulteriormente.

Tragando saliva, Duncan murmuró una segunda excusa y, con aire de autorreproche y humildad, se dirigió hacia su testigo y, con gesto grave reanudó el interrogatorio.

—Ha testificado usted, señor Griffith, que la muchacha, la señorita Moore, se desnudó y que usted hizo lo mismo; después ya no fue responsable de sus actos: pareció enloquecer, según sus propias palabras. Perdió usted el control de sí mismo, ha dicho. ¿Puede usted decirnos qué hizo usted a continuación?

—La forcé.

—¿Resistió ella?

—Sí.

—Pero, de todos modos, usted la violó ¿no es cierto?

—No sabía lo que hacía.

—¿Pensó en *Los Siete Minutos*?

—Cuando ella estuvo desnuda sí —después, ya no recuerdo— sólo que lo hice... no pude evitar hacerlo.

—¿Resultó herida la señorita Moore en el transcurso del acto sexual?

—Fue después, cuando yo intentaba vestirme. Ella trató de golpearme o de quitarme el cuchillo, no recuerdo, y creo... que resbaló y cayó. Fue un accidente...

—¿Advirtió que la señorita Moore estaba inconsciente?

—No recuerdo si lo advertí o no. Sólo sabía que tenía una compañera de habitación y que ésta podía llegar de un momento a otro. Por eso me fui. Me sentía despreciable. Deseaba... deseaba matarme... No me parecía que lo hubiera hecho yo... no era culpa mía, no sabía lo que hacía.

—Jerry Griffith ¿acusa usted a *Los Siete Minutos* de J J Jadway de ser responsable de su violenta conducta?

—Sí.

—¿Se había usted comportado así alguna otra vez?

—No señor.

—¿Cree usted que los pasajes obscenos del libro le excitaron hasta el extremo de inducirle a cometer un acto criminal?

—Sí señor. No, no puedo encontrar otra razón.

—El doctor Roger Trimble le precedió en el estrado. ¿Siguió usted su declaración?

—Sí señor.

—El doctor Trimble citó la afirmación de Ernest van den Haag en el sentido de que la pornografía seduce una parte de la personalidad humana, que "separa el sexo de su contexto humano (el *Id* del *Ego* y del *Superego*), reduce el mundo a orificios y órganos y la acción a las combinaciones entre éstos". ¿Está usted de acuerdo?

—Creo que sí. Sí, estoy de acuerdo.

—El doctor Trimble nos habló de la relación entre la pornografía y el crimen violento. Nos refirió el horripilante caso de los Moors en Inglaterra: una niña de diez años y un niño de doce fueron torturados y asesinados por Ian Brady y Myra Hindley; se descubrió que Ian Brady había actuado bajo la influencia de las obras del Marqués de Sade que tratan sobre el sadismo sexual. ¿Considera usted, basándose en su propia experiencia, que existe tal relación de causa y efecto entre los libros pornográficos y los actos criminales?

—Lo único que sé... lo único que sé... es lo que... lo que me sucedió... lo que me sucedió a mí.

De repente, Jerry se cubrió los ojos con las manos como tratando de ocultar unas lágrimas inminentes.

Elmo Duncan apartó la vista de aquella emocionada escena. Miró hacia el juez.

—No tengo más preguntas, Señoría.

Mike Barrett contempló a Jerry. El Fiscal de Distrito se había retirado. Estaba el muchacho solo. A través de sus húmedos ojos, él también miraba a Barrett como si fuera uno de aquellos niños torturados del caso de los Moors como si estuviera esperando la muerte.

Había llegado el momento.

Tenía que destruir al muchacho. Destruirle a él junto con la prueba que pretendía demostrar que el libro de Jadway era tan letal para la mentalidad humana como un arma asesina.

O bien utilizar a Cassie McGraw para destruir a Leroux y a todos los que habían intentado demostrar que el libro de Jadway era una obra deliberadamente obscena escrita por un autor confeso de pornografía.

¿Jerry Griffith?

¿O Cassie McGraw?

¿Cuál de los dos?

Como desde lejos, pudo escuchar la voz del juez Upshaw:

—Puede someter al testigo a interrogatorio, señor Barrett.

Escuchó a Abe Zelkin murmurar apresuradamente a su lado:

—Esta es la ocasión, Mike. Dales su merecido.

Decisión.

Lentamente se levantó. Habló con dificultad.

—Señoría, la defensa no interrogará al testigo.

Advirtió que el juez no podía dar crédito a sus oídos.

—Señor Barrett ¿quiere decir que se reserva para más tarde?

—No, Señoría, no es eso lo que quiero decir. Por lo que respecta a la defensa, el testigo puede retirarse definitivamente.

Escuchó el murmullo unificado del público a su espalda y el griterío que crecía. Haciendo caso omiso de Zelkin que le tiraba de la manga y del mazo y de la severa voz del juez exigiendo orden en la sala, se dio la vuelta.

Maggie, frotándose los ojos, se levantó dirigiéndose hacia el pasillo central. Lo buscó con los ojos. Su rostro reflejaba alivio y gratitud. Hizo un ligero movimiento de asentimiento con la cabeza y se marchó.

Escuchó al juez Upshaw anunciar:

—Señoras y señores del jurado, vamos a tomar un descanso. Vuelvo a advertirles que, durante la suspensión, no conversen entre sí ni con ninguna otra persona sobre ninguna cuestión relacionada con el caso; tampoco deberán expresar ni formarse ninguna opinión al respecto hasta que la materia sea sometida finalmente a su decisión. ¡Suspensión hasta las dos de la tarde!

Escuchó las palabras de asombro y enojo de Abe Zelkin:

—¡Has tirado todo por la borda, maldita sea! ¿Pero qué demonios te sucede? ¿Es que no estás completamente en tus cabales? ¿Estás loco o qué?

¿Es que no estaba en sus cabales? ¿Estaba loco o qué?

No pudo contestarse de inmediato a la pregunta y tampoco pudo responderla durante los veinte minutos siguientes. Porque, al anunciarse la suspensión del mediodía, no pudieron disponer de un momento de intimidad. Al salir de la sala, fueron rodeados por los periodistas que deseaban conocer los motivos por los cuales la defensa había decidido no someter a repregunta a Jerry Griffith. En el corredor del Palacio de Justicia, en el ascensor, en el vestíbulo de abajo, se les acercaron también los reporteros de la radio y de la televisión.

Sin comentarios, sin comentarios, sin comentarios.

Incluso en Broadway, donde fueron alcanzados por el jadeante Philip Sanford, no estuvieron solos sino que fueron objeto de la persecución de media docena de periodistas por lo menos.

Sin comentarios, sin comentarios.

Incluso cuando los tres se dirigían Broadway abajo hacia la Calle Uno, pasando frente al Archivo y la Biblioteca Jurídica, al Restaurante Redwood donde se habían citado para comer con Leo Kimura, dos miembros importantes de los medios de comunicación, un cronista radiofónico y el comentarista de televisión Merle Reid les estuvieron pisando tenazmente los talones.

Al girar hacia la Calle Uno, el periodista los abandonó pero

Reid siguió pegado a ellos como una ventosa. Les había estado atosigando con preguntas hasta que llegaron frente a la fachada de ladrillo del Restaurante Redwood, que era el refugio de los abogados y jueces que trabajaban en el Palacio de Justicia y en la Librería Jurídica del Condado y allí Merle Reid les bloqueó parcialmente la entrada exigiéndoles una explicación.

—Sin comentarios.

—Bien ¡pues yo si tengo tal vez un comentario que hacer! —gritó Reid dirigiéndole a Barrett una mirada desdeñosa—. Todos tenemos la impresión de que Luther Yerkes acaba de hacer una nueva adquisición. Ya es dueño de la parte acusadora. Ahora tal vez ha comprado a la defensa. ¿Ahora quiere usted comentar?

El primer impulso de Barrett fue el de golpearle, pero la defensa ya tenía suficientes preocupaciones, sólo le hubiera faltado una acusación de ataque y agresión. Se concedió a sí mismo un segundo para serenarse. Al final, prevaleció la razón.

—Sí tengo un comentario —dijo—. ¡Vete, farsante!

Tras lo cual avanzó empujando a Reid y penetró en el restaurante, seguido de cerca por Zelkin y Sanford. Dentro el amable encargado les estaba esperando y les acompañó presurosamente pasando frente al mostrador hasta una mesa cubierta con mantel blanco situada en el comedor del fondo junto a la que ya estaba sentado Kimura en un asiento tapizado de rojo, repasando su fichero portátil. No empezaron a hablar hasta que estuvieron sentados, y hasta que la camarera de ojos negros, blusa blanca y falda negra les entregó los menús y fue a por las cervezas que habían encargado.

Entonces, tratando de conservar la calma en medio de la tormenta, empezó a cargar la pipa mientras Phil Sanford se inclinaba hacia Kimura y le murmuraba algo, consciente de que el furioso Abe Zelkin le estaba mirando enojado.

—Maldita sea, Mike, todavía no has contestado —empezó a decir Zelkin con gran cólera—. ¿Qué demonios te ha sucedido?, dejaste a Duncan y al muchacho que nos destrozaran sin atacarles. ¿Qué te ha pasado?

Barrett encendió la pipa y después la dejó.

—Esperaba decírselo cuando estuviéramos solos. Por eso le pedí a Ben Fremont que fuera a comer a otro sitio. Les explicaré.

—Es mejor que lo hagas —dijo Zelkin.

—He hecho un trato —precisó Barrett—. He cambiado el interrogatorio a Jerry Griffith por uno a Cassie McGraw.

—¿Cassie McGraw? —preguntó Sanford asombrado—. ¿Quieres decir que está viva?

—Exactamente. Está viva y de nuestra parte; tenemos oportunidad de utilizarla. Dispondremos también de un testigo estelar.

—¡La amante de Jadway! —exclamó Sanford—. Tenemos al prototipo de Cathleen con nosotros, de carne y hueso. Bien, me parece que esto cambia mucho las cosas...

—Eso no importa, Phil —interrumpió Zelkin bruscamente, mirando a Barrett a través de los gruesos cristales de sus gafas—. De acuerdo, Mike, has hecho un trato.

Se detuvo.

—¿Con quién has hecho el trato?

Barrett se agitó nerviosamente. Este era el momento que había anticipado y temido.

—Con Maggie Russell.

—Debí pensarlo —dijo Zelkin inflexiblemente.

Barrett se estaba cansando:

—Espera un momento...

—Espera tú —dijo Zelkin levantando la voz—. Si no quieres practicar la repregunta ante el tribunal, permíteme por lo menos que yo tenga la oportunidad de hacerlo aquí. ¿Así que se trata de la señorita Russell y éste es el trato? Bien, en primer lugar, esta cuestión de hacer las cosas por tu cuenta ya se está convirtiendo en una costumbre. ¿Qué es esto, el espectáculo de una solista? Porque si lo es, yo...

—Cállate, Abe ¿quieres? Me conoces lo suficiente para saber que no es así. Somos colaboradores y estamos juntos en este asunto. Pero...

—¿Entonces por qué no me consultaste o me informaste antes de cerrar ese maldito trato?

—Porque, mirándolo sobre el papel, basándose en fríos hechos unilaterales, sabía que tú lo rechazarías. No habría tenido la posibilidad de comunicarte lo que los fríos hechos no pueden hacer llegar —el sentimiento que se experimenta al conocer a una persona tan bien como yo conozco a Maggie Russell— el sentimiento que no se basa únicamente en hechos sino en una comprensión emocional que es el fundamento de una corazonada instintiva. Y mi conocimiento de Maggie me impulsó a tener en cuenta su ofrecimiento y, al final, me indujo a aceptarlo. Hay algunas decisiones que debe tomar una sola persona.

Zelkin no daba su brazo a torcer.

—No te estás defendiendo a tí mismo en esta sala de justicia, Mike. Estamos todos juntos y nos proponemos, no defendernos a nosotros mismos, sino a Ben Fremont y a todos los libreros de América, a Phil Sanford y a todos los editores de libros del mundo, y también defendemos una parte de nuestra Declaración de Derechos. Ninguno de nosotros tiene derecho a actuar unilateralmente ni tampoco a retirarse por su cuenta por alguna razón de tipo emocional...

Sanford hizo a un lado la cuchara con la que había estado jugueteando hasta ese momento. Se dirigió a Abe en tono conciliador.

—Espera un poco, Abe. Creo que, por lo menos, debiéramos darle la oportunidad de explicarse.

—De acuerdo —aprobó Zelkin—. Vamos a ver tus hechos, Mike. Cuéntanos qué trato te han propuesto y lo que has decidido hacer por tu propia cuenta. Adelante.

Antes de que Barrett pudiera contestar, apareció la camarera con las cervezas. Les preguntó qué deseaban comer. Como ninguno de ellos había mirado la carta lo hicieron entonces rápidamente. Dos sandwiches Reuben y otro caliente de pavo. Barrett no tenía apetito pero, para ocultar su preocupación, pidió carne asada y un pan francés.

La camarera se retiró. Con decisión, Barrett abordó el reto de Zelkin.

—Muy bien. Si me escucháis, os diré lo que ha sucedido y en qué he basado mi decisión. En primer lugar, tal como ya sabéis, he estado saliendo con Maggie Russell. Por ella he podido comprender mejor las condiciones en las que se encuentra Jerry.

—Ya conocíamos lo suficiente acerca de las condiciones de Jerry —cortó Zelkin— y tenía la impresión, por lo visto equivocada, de que íbamos a exponer honradamente estas condiciones ante el tribunal; no somos médicos para someterle a un tratamiento privado.

Barrett se contuvo porque era razonable la cólera, el pesar y el escepticismo de su colega.

—De acuerdo, Abe, conoces las condiciones del muchacho. Se muestra auto-destructivo, absolutamente paranoico ante la sola idea de un interrogatorio hostil. Bien, ésta no es la cuestión y no ha sido ciertamente la que ha pesado en mi decisión. Pero será mejor que os explique las relaciones que unen a Maggie con el muchacho y con Frank Griffith para que podáis comprender mejor por qué se sintió impulsada a ofrecerme un trato que contribuyera a salvar al muchacho y, al mismo tiempo a arruinar al grupo Duncan-Yerkes-Osborn-Griffith. Y después os diré exactamente lo que sucedió anteayer por la noche.

Lo contó todo. Sin ninguna interrupción, excepto cuando le trajeron los sandwiches. Explicó lo que había sabido de Maggie y Jerry, de Maggie y de Frank Griffith. Empezó desde su primer encuentro con ella en la conferencia organizada por la LFPD y en el café Ell's después del intento de suicidio de Jerry, terminando con su último encuentro del sábado por la noche en el Chez Jay de Santa Mónica. Después, refirió los detalles del ofrecimiento de Maggie y les dijo lo que ella tenía que entregarle a cambio.

—Frank Griffith tiene secretarias que se encargan de su correspondencia en la agencia de publicidad —prosiguió Barrett— pero la correspondencia personal de Frank Griffith y de Ethel Griffith, que llega a su domicilio particular, es abierta y revisada por Maggie. Ella no es sólo pariente y compañera de su tía, sino también una especie de secretaria social de la familia Griffith. Bien, como consecuencia de la publicidad que ha suscitado el caso, en el que buena parte de la atención se centra en Griffith y en su hijo, se ha ido registrando una corriente regular de correspondencia dirigida al hogar de los Griffith, la mayoría de ella favorable a ellos y en contra del libro. Maggie ha estado revisando dicha correspondencia todos los días. Pues bien, hace poco más de dos semanas, cuando Maggie la revisaba, descubrió una postal... una postal dirigida a Frank Griffith y firmada "Cassie McGraw".

—¿Sólo una postal? —preguntó Sanford.

—¡Sólo una postal! —repitió Barrett—. ¡Qué demonios, en una simple postal pueden escribirse los Diez Mandamientos, o la Regla Aurea, o "¡Eureka! ¡Eureka! ¡Lo he encontrado!" Maggie no podía dar crédito a sus ojos, pero allí estaba, escrita desde Chicago, con el domicilio del remitente. En la postal dirigida a Frank Griffith, Cassie decía que había leído la información referente al juicio en los periódicos. Al parecer, debía haber leído alguna declaración de Frank Griffith atacando *Los Siete Minutos* y acusando a Jadway de la ruina de su hijo. Cassie había leído algo así y sintió el impulso de responder, de decirle a Griffith quién era ella, de decirle que nadie había conocido a Jadway tan íntimamente como ella y que juraba por la vida de su hija que él había escrito la novela con el más noble de los propósitos, es decir, con la esperanza de liberar a las nuevas generaciones, y que el testimonio de Leroux era una sarta de mentiras.

—¡Todo esto en una postal! —dijo Zelkin con sarcasmo.

—¿Y por qué no? Mira lo que la gente ha sido capaz de escribir en la cabeza de un alfiler. En casa tengo el Padre Nuestro —lo compré en Maguncia, Alemania— escrito en un libro de menos de un centímetro cuadrado de tamaño.

—¿Qué le hizo suponer que se trataba de la verdadera Cassie McGraw? —dijo Zelkin—. La hubiera podido enviar algún loco.

—A esto iba. Maggie al principio no estaba segura. Parecía ser auténtica. Pero pensó que podía ser falsa. Mientras lo averiguaba, la separó del resto de la correspondencia y se la ocultó a Frank Griffith. Pensó que, si era auténtica, podría conducirnos —a la defensa— hasta Cassie, lo cual nos proporcionaría un arma poderosa y nos permitiría causarle un daño irreparable a Duncan, contribuyendo a la larga a ayudar a Jerry Griffith. Decidió retenerla para tratar de convencer a Griffith, para tratar de evitar que obligara a Jerry a enfrentarse con nosotros ante el tribunal. Pero después comprendió que con su tío no cabían los razonamientos y entonces decidió hablar conmigo. En realidad, lo que la indujo a hablar conmigo fue algo que yo le dije, que confirmaba la autenticidad y el valor de la postal.

—¿Qué fue? —preguntó Sanford.

—Durante una conversación telefónica, le mencioné a Maggie que había localizado a la hija de Jadway y de Cassie McGraw —Judith Jan— que resultaba ser una monja carmelita de clausura. Bueno, ahora todo el mundo sabe ya de la existencia de esta hija pero ¿cuántas personas saben que se hizo monja? Maggie lo sabía porque yo se lo había mencionado, y todos nosotros lo sabemos. Sean O'Flanagan también lo sabe. Algunos personajes de la Iglesia lo saben. Pero ¿quién más? Sólo gente muy allegada a Jadway y la propia Cassie McGraw. Bueno, Maggie me dijo que en la postal de Chicago se menciona este hecho. Cassie dice que la hija de Jadway, Judith, es monja, pero no para expiar los pecados de Jadway, sino para servir a Dios, del mismo modo como su padre había servido a la humanidad. Cuando Maggie me dijo que el remitente de la postal había escrito la palabra "monja", comprendí que había sido enviada por Cassie McGraw... Comprendí que Cassie vivía.

Miró a los demás y observó que las expresiones de sus rostros no denotaban ni credulidad ni incredulidad. Estaban esperando algo más.

Barrett prosiguió.

—Entonces vino el ofrecimiento. Dispondríamos de Cassie McGraw si nos absteníamos de atacar a Jerry en público. La decisión era terrible. Al final, creo que lo que determinó mi actitud fue una consideración puramente legal. Jerry Griffith ha sido un testigo efectivo para Duncan. Si prescindía de Cassie para someterle a repregunta, todo lo más que hubiera conseguido hubiera sido una pequeña victoria, una victoria negativa. Podía haber confundido el testimonio de Jerry, negar alguna parte del mismo. Ateniéndome exclusivamente a los hechos expuestos, dado que, si daba a conocer el nuevo material de que disponíamos, es decir, el intento de suicidio de Jerry antes de haber leído el libro, ello hubiera podido producir la impresión de que hostigábamos a un pobre muchacho enfermo y acorralado. A los ojos del jurado hubiera sido negativo. Les hubiéramos podido hacer creer intelectualmente que no había sido nuestro libro la causa exclusiva de la desgracia de Jerry pero, emocionalmente, hubieran sentido simpatía hacia él y hostilidad hacia nosotros. Por otra parte, me dije a mí mismo, si dejaba en paz un testigo de primera magnitud, que conseguiría afirmar definitivamente a la defensa. Sería un testimonio dramático, irrefutable y directo, que eliminaría de un solo golpe a Leroux a todos los de su clase y desmentiría la afirmación del doctor Trimble y de Jerry en cuanto a las consecuencias del libro. Le proporcionaría al libro honradez, decencia e importancia social. Y lo que está en juego en realidad en este juicio de censura es el libro. Decidí entonces sacrificar a Jerry a cambio de Cassie: de Cassie y del libro de Jadway. Señores, estos son los hechos y ya no tengo nada que añadir.

Zelkin limpió las gafas con una servilleta. Ahora parecía menos enojado. Tenía un aspecto huraño.

—De acuerdo, Mike, pero no nos has dicho una cosa.

—¿Qué es?

—¿Has visto la postal enviada, según se afirma, por Cassie Mc Graw?

—¿Verla? ¿Quieres decir si la he visto con mis propios ojos? No. Ayer Maggie no podía entrar en el despacho de Griffith. Es el despacho que ella suele utilizar para su trabajo. Ocultó la postal bajo el revestimiento de un cajón del escritorio donde él no pudiera descubrirla; eso le pareció más seguro que guardarla en su propia habitación. Sospecha que él husmea por su habitación, sobre todo desde que sabe que sale conmigo. La postal estaba escondida en un cajón del escritorio pero Frank Griffith estuvo metido en su despacho todo el día. Era domingo, sabéis. Y esta mañana, a primera hora, cuando supo que todavía no había tomado una decisión, me dijo que esperaría a ver qué hacía. Si yo me abstenía de someter a Jerry a la repregunta, me entregaría la postal esta tarde.

—Si existe la postal —advirtió Zelkin suavemente.

—¿Qué quieres decir?

—Quiero decir que es muy probable que sólo exista en la imaginación de tu amiga. Tú me has dicho que está dispuesta a hacerlo todo por el muchacho. De acuerdo, pues esto casi puede considerarse todo.

—Abe, buena parte de lo que hacemos en la vida se basa en la confianza depositada en otra persona.

—¿Eso crees? —dijo Zelkin—. Si así fuera, se arruinaría la Asociación Americana de Abogados. Tal vez pueda confiar un poco en mi madre, en mi mujer, en mis hijos, en mis mejores amigos. Pero de lo que yo me fío absolutamente es de un contrato. No seamos románticos. En esto se basa buena parte del derecho: Puedo confiar en lo que es legal y susceptible de obligarse a cumplir. Confío en lo que es tangible. Confío en lo que tengo en la mano a cambio de un pago. De acuerdo, Mike, lo hecho, hecho está y somos demasiado amigos para que me enoje contigo. Tal vez tenga el cuello rígido y el estómago revuelto y tal vez esté un poco resentido, pero no tendré más remedio que hundirme o nadar —y creo que será hundirme— contigo.

Philip Sanford acercó su silla a la mesa. Su tez blanquecina estaba totalmente exangüe.

—Bien, no estoy tan seguro de perdonarte, Mike. Tal vez a Abe no le importe hundirse contigo, pero te diré que yo no estoy dispuesto a ello. Mike, toda mi carrera, mi familia, mi vida, dependen de tu actuación. Creo que has cometido un gran error. Tampoco quiero atacarte, pero seamos sinceros, descubramos toda la verdad. Espero que me comprendas.

—Puedes decir todo lo que pienses —dijo Barrett sorprendiéndose ante la repentina brusquedad del arranque de Sanford.

—Creo que la única verdad que no puedes o no quieres admitir es que Luther Yerkes y Frank Griffith se sirvieron de la muchacha para inducirte a actuar como lo has hecho. Está subordinada a ellos, por lo menos a Frank Griffith, y sabiendo que te has enamorado de ella, decidieron aprovecharse de ti. Creo que se han burlado de ti, Mike, y siento en el alma que tantas personas tengan que sufrir la consecuencias de tu error. Estoy de acuerdo con Abe. No estoy seguro de la existencia de la postal de Cassie McGraw y, en caso de que exista, creo que no la verás hasta que termine el juicio, hasta que ellos ganen y nosotros terminemos en la casa de caridad. Ahora ya me has oído. Para bien o para mal, te he dicho lo que pienso.

Barrett no quiso enojarse. Volvió a encender la pipa e hizo un movimiento de asentimiento con la cabeza.

—Sí, Phil, estas posibilidades han cruzado también por mi imaginación. Las he considerado. Si bien no puedo responder de mi subconsciente, creo no obstante que he actuado con fría objetividad. A la mejor resulto ser un estúpido o quizá un profeta. La apuesta es peligrosa pero aposté por Maggie porque presiento y creo que es noble. Tal como ya he dicho, en algunas ocasiones hay que confiar en los demás.

—¿Tal como hemos confiado en Leroux, por ejemplo? —dijo Sanford—. ¿Tal como hemos confiado en Isabel Vogler? ¿Tal como hemos confiado en el carácter privado de nuestras conversaciones telefónicas y en la buena fe de la parte contraria estas últimas semanas?

Barrett se encogió de hombros y se dirigió a Kimura que estaba jugueteando con un tenedor al otro lado de la mesa.

—Leo, tú no has dicho nada —dijo Barrett—. ¿Qué opinas? ¿He sido un estúpido?

Kimura siguió jugando con el tenedor. Su tez amarillenta permaneció impasible.

—No puedo dar ninguna opinión acerca de si está bien o si está mal, señor Barrett. Podría acaso dar una opinión basándome en los hechos estudiados, por lo que hace al probable resultado de su decisión. Yo trabajo sólo con datos. Sé que la señorita Russell ha estado viviendo en el hogar de los Griffith un número X de años y que nunca ha tenido ningún motivo para marcharse. Sé que en este número X de años la señorita Russell nunca ha hecho nada que pudiera estar en contra de los intereses de Frank y de Ethel Griffith. Sé que se ha gastado una enorme cantidad de dinero y tiempo tratando de descubrir el paradero de Cassie McGraw y no existe la menor prueba de que esté viva. Sé que la hembra del tigre se adelanta para proteger a su compañero, cuando su compañero es atacado. Incluso las mujeres como Cassie, no se limitan a protestar desde lejos. Al mismo tiempo, sé que una investigación nunca es completa, que nuncan llegan a conocerse todos los hechos y que incluso los datos pueden llegar a interpretarse erróneamente. Por consiguiente, prefiero reservarme la opinión en cuanto a los resultados, señor Barrett. Sólo podría ofrecerle puntos en la apuesta, pero me abstendré de hacerlo.

—Yo te ofrezco puntos, Mike, —dijo Sanford—. ¿Cuándo te ha dicho Maggie que te entregaría esta postal con la dirección de Cassie McGraw?

—A las cinco en punto de esta tarde. Vendrá a mi despacho.

—Entonces te apuesto lo siguiente —dijo Sanford—. Te apuesto veinte a que no viene ni llama por teléfono. Te apuesto diez a que llama y te da una excusa como que se ha perdido la postal o que ha desaparecido. Te apuesto cinco a que, si aparece o llama y te entrega la postal, ésta resultará falsa o escrita por un chiflado. ¿Cuánto apuestas tú?

Barrett sacudió la cabeza.

—Nada. Porque si tú tienes razón, ambos estaremos perdidos.

Zelkin miró el reloj.

—Es inútil que sigamos discutiendo —dijo—. Mike lo sabrá con toda seguridad dentro de tres horas y media. Comamos y regresemos a la sala. Creo que Duncan ya ha terminado de presentar testigos y, después de las dos, tendremos que empezar nosotros los nuestros. Es mejor que hablemos un poco con Ben Fremont antes de presentarle.

Miró a Barrett.

—¿Quién va a encargarse hoy de la defensa, Mike, tú o yo?

—Esta tarde es mejor que te encargues tú —dijo Barrett—. Yo tendré que irme a las cuatro y cuarto para regresar al despacho y esperar a Maggie.

—¿Aún sigues creyendo? —le preguntó Zelkin.

—Sigo creyendo —dijo Barrett.

A las dos de la tarde exactamente, la sala se abarrotó de nuevo y el alguacil se puso de pie.

Se abrieron los cortinajes y entró el juez Nathaniel Upshaw contemplando fugazmente sus dominios y dirigiéndose hacia su puesto.

—Por favor, permanezcan sentados —ordenó el alguacil a los espectadores y a los participantes en el juicio—. El tribunal reanuda la sesión.

El juez Upshaw carraspeó:

—El jurado está presente. Señor Duncan, puede usted llamar a su siguiente testigo.

El Fiscal de Distrito se levantó.

—Señoría, no tengo otros testigos. El señor Griffith ha sido el último testigo de la acusación. La acusación ha presentado todas sus pruebas.

Al sentarse Duncan, el juez Upshaw giró su asiento hacia la mesa de la defensa:

—Si la defensa está dispuesta ¿puedo preguntar qué abogado representará a la defensa?

Zelkin se levantó:

—Abraham Zelkin, Señoría.

—Muy bien, señor Zelkin. Puede comenzar con su primer testigo.

—Gracias, Señoría —dijo Abe Zelkin—. Desearíamos presentar como primer testigo al acusado Ben Fremont.

—Muy bien —dijo el juez Upshaw—. Señor Fremont, por favor ¿quiere acercarse, levantar la mano derecha y prestar juramento?

Mientras el medio calvo, miope y atemorizado librero abandonaba la mesa de la defensa y se acercaba hacia el estrado de los testigos con su curioso paso como a brincos, Mike Barrett le observó brevemente. Pensó que hubiera sido conveniente mandar a Fremont al barbero antes de presentarlo.

Las patillas de Fremont y el cabello del cogote eran demasiado largos y espesos. Algunos de los jurados de más edad podían identificar este hecho como un signo de heterodoxia y de rebelión y experimentar hostilidad hacia el acusado. Pero casi instantáneamente Barrett se avergonzó de sus pensamientos, de aquellos restos de su antigua preocupación por progresar, por adecuarse a las normas de su viejo Yo orientado hacia las formas de vida de los Osborn y se dijo a sí mismo tristemente que lo que de verdad necesitaba un recorte eran algunas de sus ideas.

Fremont se encontraba ya junto al escribano del tribunal y Barrett observó que, cuando se sostuvo la Biblia ante él, se negó a colocar la mano izquierda sobre la misma. Barret no pudo escuchar la pregunta del escribano, pero escuchó la respuesta de Fremont: "Soy ateo". Barrett hizo una mueca y se preguntó si se le habría pasado por alto algún miembro del jurado. Contempló el estrado de los jurados. Varios jurados estaban frunciendo el ceño.

Sosteniendo la Biblia junto a su costado, el escribano pronunció vacilante la afirmación atea:

—¿Afirma usted que el testimonio que presentará en esta causa ante el tribunal será la verdad, toda la verdad y nada más que la verdad?

Sin la ayuda de Dios, Fremont dijo levantando excesivamente la voz:

—¡Sí!

Mientras Fremont subía al estrado de los testigos, Abe Zelkin, que había permanecido casi todo el tiempo de pie junto a Barrett, murmuró en voz baja:

—Aquí estoy, Peter Zenger.

Después, como un gran balón de playa rodando hacia el estrado de los testigos, Abe Zelkin avanzó hacia el primer testigo de la defensa.

Apenado, Barrett colocó un block de notas de papel amarillo rayado frente a él. Comprendió que su tristeza procedía no de la preocupación por cómo sería recibido su cliente o cualquier otro testigo de la defensa, sino por la unanimidad de opinión que había merecido su trato con Maggie cuando todos lo habían discutido durante la comida. El tenía confianza en Maggie, pero era difícil ser un creyente solitario. Zelkin, Sanford e incluso Kimura habían expresado tantas dudas en cuanto a la prudencia de su acto, tanto recelo en cuanto a las razones de Maggie, habían puesto tan en duda la existencia de la postal, que Barrett acabó también sintiéndose invadido por la desconfianza.

No tenía paciencia para esperar la actuación de los testigos de la defensa. Su mente se centraba únicamente en el reloj cuyas manecillas se movían como si estuvieran envueltas en melaza, aquel reloj que le acercaba cada vez más a la verdad sobre Maggie Russell y tal vez a la realidad de Cassie McGraw. Sabiendo que iba a suceder así, había sacado el block de notas amarillo para anotar las cuestiones más importantes de la tarde. Al día siguiente le sería posible obtener la transcripción oficial realizada por el relator del tribunal —pagando— pero Barrett prefirió disponer de un registro inmediato de los hechos. Quería una especie de diario, un recordatorio de lo que sucediera porque sabía que una vez hubiera abandonado la sala de justicia, sus pensamientos se dirigirían enteramente a la búsqueda de Cassie McGraw.

A sus espaldas, las manecillas del reloj de la sala seguían describiendo las enloquecedoras órbitas de la tarde menguante. Frente a él, tan irreales como los maniquíes de los escaparates de un almacén, los conocidos y bien preparados testigos exponían sus mercancías al receptivo Zelkin y al crítico Duncan. Los testigos iban y venían. El tiempo pasaba. Y, de repente, advirtió que ya eran más de las cuatro y que, dentro de quince mnutos, tendría que abandonar la sala para enfrentarse con lo que tal vez fuera otro juicio.

Contempló el block amarillo. No sabía cómo había conseguido llenar aquellas páginas en blanco con sus garrapateos. Antes de marcharse, decidió revisar sus notas y su valoración de las escaramuzas que habían tenido lugar durante las dos últimas horas. Sus ojos se posaron en el nombre del primer testigo, que él había escrito en mayúsculas, y después pasaron a las notas que seguían a continuación del mismo. Leyó rápidamente.

BEN FREMONT:

Interrogatorio de Zelkin —buena educación de Fremont, trabajó y estudió al mismo tiempo— veinte años en el negocio de los libros, pagó siempre sus deudas, solvente, en inmejorables relaciones con los editores, clientes; 30.000 nuevos títulos al año, sólo puede almacenar 5.000 nuevos y viejos; poco tiempo para leer; siempre solicitó todos los títulos de la Sanford House por ser una empresa de muy buena reputación; pidió el libro de Jadway no sólo por pertenecer a la Sanford House, sino por haberlo leído en la edición de Leroux; se asombró de que le detuvieran; sí, el oficial le engañó fingiendo ser un cliente normal; Abe lo está haciendo bien; algunos jurados pueden experimentar animadversión y resentimiento hacia las triquiñuelas de la policía, y hacia sus procedimientos intimidatorios; Fremont reconoce la parte de conversación que le corresponde en la grabación de la policía —ahora la amplía— cree que *Minutos* no es obsceno en absoluto; cree libro magnífico "rayos X de la mentalidad de la mujer" y su importancia social consiste en que les descubrirá a las mujeres su propio yo y a los hombres les descubrirá el sexo contrario; Fremont dice conocer los standards comunitarios locales e intereses porque su negocio abastece a la comunidad, a la persona corriente que lee; sí, ha escuchado a gente utilizar palabras de cuatro letras como las que aparecen en el libro de Jadway —sí, a mujeres también— dice sus clientes, la mayoría mujeres, compran mucho otros libros con las mismas palabras y que describen actos similares a los del libro de Jadway; cita las veces que ha vuelto a pedir *Fanny Hill*, *Mi Vida Secreta*, *Chatterley*, *Vida y Amores* de Frank Harris —cree *Minutos* más artístico, de más importancia social que los demás—; no, no muchos clientes escandalizados por el libro, pocos lo cambiaron por otro —oh, sí, siempre hay algunas raras excepciones al fin y al cabo, una obra de arte no puede gustarle a todo el mundo— tal como alguien ha dicho, incluso la Venus de Milo puede resultarle ofensiva a muchas mujeres de pecho liso; por consiguiente, es posible que alguien considere ofensivo el libro de Jadway, pero la mayoría de los lectores lo considerarán puro arte, tal como él mismo, Fremont, lo considera.

Repregunta de Duncan: —el muy bastardo consigue atrapar a Fremont inmediatamente: ¿ha sido el acusado detenido alguna otra vez por haber infringido el artículo del Código Penal de California referente a la obscenidad? pero el "sí" de Fremont no le basta a la acusación, maldita sea —tendría que haber sabido que si Duncan lo había mencionado en la declaración inicial, volvería a insistir sobre ello más adelante— tendría que haberse anticipado a él presentando detalles, pero ahora el bastardo está sacando a relucir todo el asunto— Fremont detenido hace doce años, no en Oakwood, pequeña tienda en Hill Street, centro de LA —no fue por libros sino por revistas— no era la clase de revistas que solía manejar, un mayorista se las suministró; pagó, sin fijarse en el contenido F. d. D. le trata sin contemplaciones —¿Se declaró inocente? —no— ¿Se declaró culpable de suministrar material obsceno? sí, pero siguiendo el consejo del abogado para obtener así una sentencia más favorable — ¿Pero admitió la culpa? — sí — ¿Fue a prisión? — no, sentencia suspendida — ¿Consciente de que esta segunda vez se trata de un delito de mayor cuantía? — sí — ¿Consciente de que esta segunda vez puede ir un año a prisión y ser multado con 25.000 dólares? — sí — ¿Sabía que el editor anunciaba el libro de Jadway como el libro más sucio de toda la historia de la literatura? — bueno, eso se decía en los carteles anunciadores, pero también se decía que era una insigne obra de arte — ¿Sabía el testigo que hasta ahora, exceptuando la edición original secreta, ningún editor de ningún país se había atrevido a publicarlo? — sí, pero — ¿Sin embargo, Fremont pidió el libro y lo vendió? — sí — Y diez minutos más de lo mismo.

Tanteo — Gana Duncan por puntos. Ha hecho picadillo a Fremont.

PHIL SANFORD:

Interrogatorio de Zelkin — Proporciona detalles del ambiente de Sanford, buena familia, Harvard, dedicado siempre al negocio editorial — ¿Al adquirir *Minutos* le preocupó su obscenidad? No, en realidad no, porque el libro hermoso, conmovedor, verídico, demasiado honrado y bien hecho para poder suscitar interés lascivo — ¿Rebasa los límites habituales de candor de acuerdo con los standards comunitarios contemporáneos? — ciertamente no — Sanford habla de los cambios que se han producido. Historia divertida. Hubo un tiempo en que las páginas del *Libro Godey de la Mujer* se aconsejaba a la que deseara ser una perfecta señora procurar que "las obras de autores varones y las de las escritoras estuvieran convenientemente separadas en las estanterías". Sanford dice que en 1929, las *Confesiones* de Rousseau fueron prohibidas en los E. E. U. U. por inmorales y aquel mismo año fue prohibida también la obra *Justine* del Marqués de Sade por ser obscena, y en el año 1927 fue prohibido en Boston *Elmer Gantry* de Sinclair Lewis por obsceno y, dos años más tarde,

Sin Novedad en el Frente de Remarque prohibido por el mismo motivo, pero ahora todo el mundo considera a estas obras como suaves y las acepta porque los tiempos cambian — hoy en día, los anuncios de perfumes, en las revistas o en la televisión, los anuncios de lencería íntima y de jabones, los anuncios de sujetadores, muestran a mujeres desnudas o semi-desnudas y venden seducción — hoy en día las películas y las comedias teatrales exponen la desnudez, la cópula, el amor oral-genital, la masturbación, la homosexualidad, el lesbianismo — hoy en día, edad de la píldora, los jóvenes solteros de ambos sexos viven juntos abiertamente — los *standards* comunitarios han cambiado. Sanford dice *Minutos* no rebasa estos standards. Empieza a citar varias críticas favorables — Duncan protesta. Críticas son información de oídas, además, las críticas no pueden someterse a repregunta. Se rechaza protesta, pueden citarse las críticas. Abe ayuda al testigo a desarrollar la idea de que la Sanford House posee una gran reputación desde el punto de vista literario — Sanford recuerda a clásicos antiguos y modernos publicados por ellos, también obras de ganadores del Premio Nobel — nunca pondrían su pie de imprenta en algo que careciera de valor literario, tal como lo demuestran sus catálogos — y *Minutos* pertenece a la misma categoría. Etc.

Repregunta de Duncan — ¿Cómo adquirió Sanford *Minutos*? ¿De quién? maldita sea, era de esperar — ya ha salido el nombre de Quandt. También, el desagradable historial de Quandt como editor de pornografía — ¿Conque Sanford tuvo que acudir a un editor profesional de pornografía para adquirir el libro? — Sanford ha estado bien aquí. Dice Quandt consideró que el libro era demasiado suave y literario para que él lo publicara, por lo que nunca lo publicó — Duncan discute la reputación de la Sanford House, menciona una selección de los mejores títulos de la editorial — ¿Era usted el director y el editor de la Sanford House cuando fueron publicados estos libros? — no, pero trabajaba en la empresa — ¿Era usted el encargado de adquirirlos y editarlos? — no — ¿Quién lo era? — mi padre, Wesley R. Sanford — ¿Pero actualmente usted es el director de la empresa? — sí — ¿Desde cuándo? — desde hace dos años casi — Señoría, la acusación desea presentar unas pruebas — Presenta recortes de *NY Times*, del *Wall Street Journal*, que revelan la precaria situación económica de la Sanford House en los dos últimos años, hasta el extremo de haber considerado Wesley R. Sanford la posibilidad de venderla a los grandes empresarios industriales que buscan una diversificación — ¿Son estas noticias esencialmente cierta? — sí — En resumen ¿desde que usted se encargó de la dirección, la Sanford House no ha seguido un camino tan próspero como el de antes? — Sanford vacila, tartamudea, dice que depende de lo que se entienda por prosperidad, admite que las ventas de libros de la empresa han disminuído — Entonces el bastardo de Duncan le dice — ¿Tal vez, señor Sanford, estaba usted desesperado, lo suficientemente desesperado como para ignorar el anterior buen gusto de su padre y tratar de salvar su propia posición en la empresa emprendiendo la publicación de una obra obscena? — Zelkin protestó. El juez Upshaw admite la protesta. Pero ha hecho efecto en los jurados.

Tanteo — Tal vez empate.

DR. HUGO KNIGTH

Interrogatorio de Zelkin — Las credenciales del testigo son impresionantes, enseñanza y ambiente profesoral de la UCLA, sus modales poco afortunados —pedante, altanero, orgulloso, jerga literaria tan incomprensible como el sánscrito— dice que las dotes de Jadway son muy limitadas, pero que las supo aprovechar bien —libro excelente ejemplo de monólogo interior— utilizó a Cathleen como oráculo de sus propios sentimientos — libro realísticamente pornográfico pero no obsceno — la pornografía sólo es un artificio — ¿Puede usted ser más explícito, Profesor? — *Los Siete Minutos* no se refiere al sexo en absoluto — Pobre Abe. No sólo los componentes del jurado, sino él mismo, quedan asombrados. Knight nunca había utilizado esta respuesta en los ensayos previos. Abe insiste, vuelve a preguntar — ¿No trata de sexo? — No, porque el sexo es un simple simbolismo, el medio del que se sirve el autor para atacar a Los Siete Pecados Capitales, a Los Siete Pecados Mortales, es decir, orgullo, cólera, envidia, lujuria, gula, avaricia, pereza — cada uno de los siete minutos de Cathleen es símbolo de un pecado mortal — Zelkin trata de distraer al testigo de la cuestión del simbolismo — pero el testigo, desde luego, no se abstiene de mencionar a Leda y el Cisne.

Repregunta de Duncan — Doctor Knight, si quiere usted ilustrarnos algo más acerca de los significados ocultos de J J Jadway, díganos por favor ¿la palabra "coño" es un símbolo? — Carcajadas.

Tanteo — Desastre. El testigo ha sido nuestro octavo pecado capital. Duncan ha ganado fácilmente el asalto.

DA VECCHI

Interrogatorio de Zelkin — Da Vecchi alegre italiano que canta las respuestas como un gondolero — estudiante de arte en París en los años 30 — conoció a J J Jadway en Montparnasse, en el Dome, solía verle en la Brasserie Lipp, conoció muy bien a Jadway durante el período en que estuvo escribiendo *Minutos* — ¿Le escuchó usted hablar alguna vez de la obra que estaba escribiendo? — ah, sí, sí — ¿Habló de la misma como de un negocio de tipo económico? — no, nunca, nunca, sólo como artista, siempre me dijo muy orgulloso: "Es mi obra máxima, la obra de mi vida" — ¿Considera usted que Jadway era un hombre dotado de sensibilidad estética? — ¿qué quiere decir? — Perdón, quiero decir si era entendido en arte — ah, sí, sí, de literatura, de pintura, de lo que hay en el Louvre o de lo que había en mi estudio cuando yo le pintaba a él — ¿Considera usted que el libro de Jadway es obsceno? nunca, nunca lo he pensado, es el alma de un artista. Hasta ahora el testigo ha sido efectivo.

Repregunta de Duncan — El bizcocho se desmigaja pronto — Es decir que usted conoció muy bien a Jadway. ¿Eran ustedes amigos? — sí, amigos — ¿Cuántas veces le vio usted en París? — muchas veces — Por "verle", no entiendo verle pasar por la calle o verle sentado en un café, sino ¿cuánto tiempo estuvo usted a solas con él? — ¿solos él y yo? oh, de vez en cuando — ¿Estuvo usted a solas con él más de tres o cuatro veces? No puedo recordarlo — ¿Tal vez pueda recordar dónde estaba usted después de la muerte de Jadway, al estallar la Segunda Guerra Mundial? — Estaba todavía en Francia, en el maquis de las cercanías de Marsella con la resistencia — ¿Y qué hacía usted? ¿En qué se ocupaba usted en la resistencia? — Yo era un artista — ¿Pintaba cuadros? — no, no, confeccionaba pasaportes falsificados para ayudar a los refugiados — ¿Siguió usted haciendo lo mismo al terminar la guerra? — falsificar pasaportes, nunca, no, soy un pintor — Sí, usted es un pintor. Me gustaría conocer algo más acerca de sus actividades creadoras. Tengo pruebas de que en Italia ha pintado usted bajo distintos nombres. Uno de los nombres que usted ha utilizado es Vermeer, otro es Rafael, otro Tintoretto. Hay un chiste que dice que "De los 2.500 cuadros pintados por Corot a lo largo de su vida, 7.800 se encuentran en los Estados Unidos". Según los archivos de la policía de Roma usted pintó por lo menos ocho Corots y los vendió como Corots auténticos. Desde luego, el hecho de que usted haya cumplido una condena de cárcel por haber pintado falsificaciones y realizado engaños no desmiente necesariamente su honradez de testigo, pero teniendo en cuenta este historial — Maldito Duncan y este desvergonzado testigo. ¿Por qué no nos lo dijo? Quería un viaje gratis, deseaba publicidad. Mírale ahora. Ya no sonríe. Astuto, marrullero, asustado. Maldita sea.

Tanteo — Duncan ha vencido por knockout.

SIR ESMOND INGRAM:

Interrogatorio de Zelkin — Mejor, mucho mejor ya desde el principio — famoso rector de Oxford — famoso crítico literario — chiflado pero simpático, ingenioso, un sabio impresionante — jurado muy atento — Sir Esmond, usted escribió una vez en el *Times* de Londres que *Los Siete Minutos* era "una de las más honradas, sensibles e insignes obras de arte de la moderna literatura occidental". ¿Sigue usted manteniendo esta misma opinión? — sí — ¿Entonces no considera usted que es un libro obsceno? — no hay libros obscenos, sólo hay personas obscenas con mentalidades obscenas —. Más adelante: ¿Entonces considera usted que Jadway fue honrado al escribir la narración tal como lo hizo? — fue un intento honrado y valiente — muchos autores son capaces de desnudar el cuerpo humano, pero pocos tienen la capacidad o el talento de desnudar el espíritu humano — un editor francés escribió una vez que lo más interesante del erotismo no era que hubiera treinta y dos posiciones, copulatorias, sino "lo que sucedía en el interior de la cabeza de la gente, la forma en que los amantes reaccionaban el uno ante el otro", y este fue el misterio qu Jadway comprendió y logró exponer — ¿Cree usted que el libro de Jadway está dotado del atenuante de importancia social? — Es una obra de considerable valor social. Jadway trató de proporcionarle al sexo su lugar natural y adecuado en el espectro de la conducta humana. El editor de *Les Lettres Nouvelles*, Maurice Nadeau, preguntó en cierta ocasión: "¿Por qué el amor, que constituye el tema principal o secundario de ocho de cada diez novelas, tendría que detenerse junto al borde de la cama alrededor de la cual se corren las cortinas?" Al fin y al cabo, la misión de la literatura, dijo, consiste en analizar el corazón humano, analizar todas las manifestaciones del ser. Y después añadió: "La forma en que las personas se hacen el amor puede indicarnos mucho más acerca de ellas que cualquier análisis o estudio. Revela, además, una forma de verdad que es interesante porque suele estar oculta". Con este libro, dice Ingram, Jadway le hizo un favor a la humanidad.

Mike Barrett había terminado de revisar las notas correspondientes a los testimonios de la tarde. Al levantar la mirada, advirtió que Sir Esmond Ingram se encontraba todavía en el estrado de los testigos y que se estaba sometiendo ahora a la repregunta de Elmo Duncan.

—... y por estos antecedentes suyos, Sir Esmond ¿se considera usted árbitro de lo que es buena o mala literatura?

—No soy yo quien se considera árbitro en cuestiones de arte; son mis lectores quienes así me estiman y confían en mí para formarse su propia opinión.

—¿Pero se considera usted con méritos suficientes para aconsejar a los lectores sobre el valor literario de lo que usted lee y de lo que es simplemente escatológico?

—Creo que tengo méritos altamente suficientes.

—¿Sólo por su erudición, Sir Esmond?

—No solo por eso. Por mi experiencia de la vida, por la comprensión que recibo de mi público.

—¿Entonces cree usted, Sir Esmond, que su vida tiene muchas cosas en común con la de su lector común y corriente?

—Me parece que sí.

—Sir Esmond ¿cuántas veces contrajo usted matrimonio?

—Tres veces, señor.

—¿Estuvo alguna vez en la cárcel?

—Dos veces, señor.

—¿Come carne, igual que el lector corriente?

—Soy vegetariano, señor. Puedo decirle, abogado, que está usted siguiendo una directriz muy inteligente pero totalmente perversa, sí, extremadamente perversa.

Adiós, Sir Esmond, pensó Barrett.

Barrett miró el reloj de la sala. Tendría el tiempo justo para llegar al despacho y encontrarse con Maggie Russell.

Dobló las notas y se las guardó en el bolsillo. Miró a Abe Zelkin.

—Me voy, Abe.

Zelkin cerró los ojos y movió tristemente la cabeza.

—Vuelve con Cassie McGraw —le dijo—. La necesitamos, Mike. Sin ella, estamos completamente perdidos.

—La encontraré —respondió Barrett—. No regresaré sin ella.

Después se levantó lentamente; atrás quedó la escena de la carnicería; estaba decidido a regresar con el único aliado vivo que podía salvarles y salvar su causa.

La tarde había sido maravillosa para Maggie Russell.

Su alivio al ver que Jerry había conseguido escapar a la repregunta, su afecto hacia Mike Barrett, que lo había hecho posible, habían sido tan grandes que se sintió exageradamente alegre durante su viaje de regreso desde el centro de Los Angeles.

Quiso celebrarlo de alguna manera y se detuvo en Beverly Hills, se sentó a una mesa del restaurante Leon, tomó un martini y una comida de alto poder calórico y se recreó en fantasías. Luego se dirigió a Saks y a I. Magnin, una cuadra abajo, para comprar un nuevo vestido. El vestido no era una celebración sino más bien una inversión. Mike Barrett se habría arrepentido probablemente de no haber interrogado a Jerry por mucho que esperara a cambio de ello. La mejor manera de neutralizar el pesar de un hombre por lo que había dado era recordarle que quizás había ganado otra cosa. Aquel vestido de seda corto, suave, de profundo escote, tal vez sirviera de algo. Maggie odiaba los trucos femeninos. Era sincera por naturaleza. Pero la situación le exigía un esfuerzo extraordinario. Cuando le viera, quería que su presencia le recordara que si había perdido algo importante, había ganado en cambio algo más duradero. Si es que seguía interesándose por ella.

Regresó a Pacific Palisades pasadas las cuatro y, para asombro suyo, Frank Griffith estaba en casa. Estaba hablando por teléfono desde su despacho, alegremente. Maggie comprendió que hablaba con el horrible Yerkes. Arriba, tía Ethel dormía la siesta. El cuarto de Jerry estaba cerrado por dentro, pero pudo escuchar que sonaba un tocadiscos. Rápidamente se puso el vestido nuevo que le caía muy bien, volvió a cepillarse el cabello y se retocó el maquillaje.

Frank Griffith bajaba apresuradamente las escaleras cuando salió de su despacho; mostraba satisfacción en su rostro.

La vio y esperó al pie de la escalera.

—Hola, Maggie. Me dijeron que estuviste en el Palacio de Justicia hoy por la mañana.

Ella terminó de bajar la escalera.

—¿Cómo lo sabes?

—Me lo dijo Luther Yerkes por teléfono. Uno de sus lugartenientes estaba allí y te vio. Hasta ahora no he sabido qué tal fueron las cosas esta mañana. Me hubiera gustado poder ir, estar al lado de Jerry, ver por mí mismo lo que sucedió, pero el doctor Trimble me lo prohibió. Pensó que mi presencia turbaría excesivamente a Jerry. Por consiguiente accedí a ello. Ordenes del médico. De todos modos tenía un negocio importante en San Diego. Asistí a una reunión que duró toda la mañana. Creí que era mejor venir directamente aquí en cuanto terminara para saber qué había pasado. Llegué a casa casi con Jerry, pero este mocoso no me quiso decir una palabra. Se quedó callado y metido en su habitación. ¿Qué te parece... con todo lo que he hecho por él? Cuando termine el juicio y todo esté arreglado, me encargaré de él, le enseñaré a ser más respetuoso.

—¿Qué quieres decir?

—Quiero decir que fuimos muy blandos con él, que lo he mimado demasiado; ya puedes ver los resultados conseguidos. Le haremos cambiar a su debido tiempo.

Su rostro enorme adquirió una dura expresión, pero el gesto fue muy breve, porque aún gozaba de su triunfo. La alegría que sentía por su pública victoria le hizo recuperar de nuevo el buen humor. Dios mío, pensó Maggie, cuanto odio a este hombre.

—De todos modos, lo primero es lo primero —gritó—. Ganamos y esto es lo importante. Luther Yerkes acaba de facilitarme un informe completo de lo que ocurrió esta mañana. Sabía que conseguiríamos vencer a los picapleitos de la defensa y lo hemos conseguido.

Rodeó la cintura de Maggie y la condujo hacia el salón.

—Ven, Maggie. Tú estabas allí, quiero que me digas qué te ha parecido. Me gusta escucharlo.

A Maggie no le molestó que la abrazara, pero no pudo librarse de él hasta que llegaron al centro del salón.

—¿Qué es lo que quieres escuchar? —le preguntó.

—Cómo consiguió Elmo vencerles... qué tal se portó Jerry. ¿Mencionaron mi nombre?

—No lo recuerdo. En cuanto a Jerry, estuvo maravillosamente bien. Me siento orgullosa de él.

—Ya te dije que podría hacerlo. De ahora en adelante me oirán. Todas estas semanas, tú y Ethel estuvieron revoloteando a su alrededor para apartarlo del estrado de los testigos, como si fuera un inválido; yo en cambio sabía desde el principio que él era capaz de mucho más, que era tan fuerte como su padre. Ahora tendréis que admitir que yo tenía razón ¿verdad?

—No admitiré nada de eso, tío Frank. Fue un suplicio espantoso para Jerry. Hubieras tenido que verle. Pero ha sobrevivido porque... porque el señor Barrett no lo interrogó en la repregunta.

—Tonterías. También hubiera conseguido derrotar a tu amigo Barrett. ¿Por qué crees que Barrett cerró la tienda y huyó? Ha abandonado porque sabía que Elmo Duncan le ganaría, sabía que habíamos preparado bien a Jerry y que no podría llegar a ninguna parte. Por esto se ha abstenido de someterle a repregunta —fingiendo tratar de ganarse la simpatía del público, tal como ha dicho Luther— pero lo cierto es así, y siento que te ofenda, Maggie, pero pronto podrás averiguarlo por ti misma, lo cierto es que tu amigo Barrett estaba destrozado y asustado. Por eso no ha llevado a cabo el interrogatorio.

Escuchó a Griffith incrédulamente. Para una persona de su posición, aquel grado de estupidez e insensibilidad era increíble. Su ciega arrogancia casi la tenía amordazada. Todas aquellas semanas de sentimientos reprimidos bullían en su interior exigiendo ser escuchadas. ¿Qué es lo que había dicho? ¿Que Mike estaba destrozado y asustado?

Al fin decidió hablar.

—El señor Barret no lo interrogó pero no porque tuviera miedo. Ha sido porque... porque es honrado y bueno, entre otras razones.

—¿Honrado y bueno? —Griffith echó la cabeza hacia atrás y emitió una sonora carcajada—. Esto es lo mejor que he escuchado. Un picapleitos que trabaja por un sueldo que se niega a conseguir puntos positivos porque es —¿cómo dijiste?— ¡¡a!... honrado y bueno.

Sacudió la cabeza.

—Maggie, sabes tan poco acerca de la naturaleza humana como tu madre. Tal vez menos. Escúchame, jovencita, y procura convertirte en una persona adulta. Mi negocio es conocer a la gente. Y un día me darás las gracias por haberte advertido a tiempo. Este picapleitos amigo tuyo no sabe lo que es el valor.

—Lo sabe tanto como tú —gritó ella. Era demasiado. Ya era suficiente. Había llegado el momento de responder—. ¿Quieres saber la verdad, la razón por la cual Mike Barrett no interrogó a Jerry...? Yo se lo pedí; además hay otras razones y una de ellas es que Mike comprende a tu hijo mucho mejor que tú. Estuvo dispuesto a sacrificar parte de sus posibilidades de éxito en este juicio porque está de acuerdo conmigo en que está en juego el futuro de Jerry y esto es más de lo que tú estabas dispuesto a comprender.

El rostro de Frank Griffitd adquirió de nuevo una expresión de cólera.

—Mira, jovencita, te estás pasando un poco de la raya. No quieras compararme a ese sujeto. ¿Que no interrogó a Jerry porque tú le pediste que no lo hiciera? ¿Esperas que yo me crea eso? ¿Por qué tendría que escucharte en un momento en que toda su carrera depende del éxito de este juicio? O tal vez —no, ya sé— tal vez tú tienes un sistema para conseguir que los hombres te escuchen ¿eh, Maggie? Tal vez hay hombres que son capaces de hacer cualquier cosa a cambio de un poquito de intimidad.

Pronunció la última frase en tono malicioso y Maggie deseó pegarle. Si hubiera sido un hombre, le habría agarrado por la garganta. Pero, precisamente era una mujer, y él la había querido humillar.

—Es vergonzoso que digas eso —le contestó—, francamente vergonzoso.

Pero él no había terminado.

—Aunque no pueda entender qué fines persigue Barrett, quisiera saber cuál es el que tú persigues, Maggie. ¿Qué es lo que buscas?

—¿Cómo podría explicártelo? —Le temblaba la voz—. Tú no me entenderías. Mike y yo deseamos esencialmente la misma cosa. La oportunidad de vivir en paz con nuestras conciencias. Sea lo que fuere lo que yo le haya ofrecido a Mike Barrett, su decisión final tenía que basarse en algo que no he tenido ocasión de ver aquí: sentido de la honradez.

Sentía deseos de destruir a aquel hombre orgulloso, estúpido y malicioso.

—¿Quieres saber cómo sucedió? Me encantará decírtelo. Le dije a Mike Barrett que tú y tus amigos de la Mafia trataban de obligar a Jerry a presentarse en el juicio aunque él te suplicó que no lo obligaras. Pero tú lo decidiste así; decidiste inculpar el libro por el acto de Jerry. Le dije a Mike Barrett lo que él ya sabía, que Jerry estaba enfermo, que tiene tendencias suicidas y que, aunque consiguiera superar el interrogatorio de Duncan, nunca conseguiría sobrevivir al de Mike. Le recordé que una vez había visto con sus propios ojos cómo Jerry intentaba quitarse la vida... sé que la defensa habría descubierto el secreto de Jerry, que él había intentado matarse en otra ocasión, antes de que el libro se publicara; ahora, dada su situación, si el suplicio ante el tribunal era excesivo, lo intentaría de nuevo... y, acaso esta vez lo consiguiera.

Frank Griffith se puso lívido.

—¿Qué clase de idiotez es ésta? —gritó—. ¿De dónde has sacado esas ideas? ¿De tus amigos los pornógrafos?

—¿No puedes enfrentarte con la verdad por una vez? No estamos hablando de los cuentos de hadas que tú manejas en tu mundo de la publicidad. Se trata de la vida de tu hijo, es la verdad. Los investigadores de la defensa descubrieron que Jerry estaba deprimido y quiso suicidarse el año pasado. Hace un par de semanas, Jerry ingirió una dosis excesiva de píldoras para dormir, en el coche; Mike Barrett lo encontró por casualidad y llegó a tiempo para salvarle la vida.

—¡Conque es eso! Así que el origen de todas estas idioteces es ese picapleitos amigo tuyo de Barrett ¿verdad? Debiera haberlo imaginado. Tendría que haber sabido que lo intentaría todo. Incluso esta historia del suicidio para metértela en la cabeza y someterte a un lavado de cerebro y decirte que había salvado a Jerry —¿que él salvó a Jerry? ¡ja!— así tú tendrías que agradecérselo. Qué treta tan vil y despreciable ha sido inducirte a convencer a Ethel para que Ethel me convenciera a mí de que mantuviera a Jerry fuera del caso y Barrett ganara el juicio. Y tú te lo creíste, te lo creíste en serio.

Era el momento de decir toda la verdad. Había llegado el momentó de decirle que todo eso no venía solo de Barrett. Que ella misma había salvado a Jerry luego de su primer intento de suicidio; que lo había acompañado después a San Francisco para que le sometieran a tratamiento. Que ella misma había ido con Jerry a casa desde el consultorio del médico, tras la llamada de Barrett. Sin embargo, no podía soportar la idea de hablar esta segunda verdad. De todos modos, Griffith no iba a creerla. Peor todavía, se enfrentaría inmediatamente con su hijo para que negara lo que ella había dicho o lo confesara como cierto —en todo caso, atormentaría a Jerry— y, finalmente, Frank Griffith seguiría creyendo lo que quisiera creer y el único que saldría perdiendo sería Jerry.

—Esa es toda la verdad —le dijo ella finalmente—. Si no puedes aceptarle, me da lástima por ti y por Jerry.

Frank Griffith la miró enfurecido.

—Si fuera sensato, te echaría de aquí inmediatamente. Pero ahora comprendo que tu conducta y tus palabras no son tuyas realmente y dado que tú no eres tú misma no eres responsable de lo que dices. Has sufrido la influencia de Barrett, él te ha utilizado y manejado hasta el extremo de que no sabes lo que dices ni lo que es cierto o lo que no lo es. Por eso, tal vez te dé otra oportunidad, jovencita. No estoy seguro. Porque no es la condición de mi hijo la que me preocupa. Es la tuya y los problemas con que puedes tropezar, tan desequilibrada como estás, y ello puede perjudicarnos a todos porque respondemos por ti.

Creer que estás preocupado por mí. Lo que te preocupa, —pensó Maggie—, si me sacas de aquí, es tener un enemigo fuera que pueda andar diciéndole a la gente lo que es realmente Frank Griffith.

Pero no dijo nada. Esperó.

—Pero no voy a soltarte tan fácilmente, jovencita, después de todo lo que acabas de decirme —prosiguió Griffith, tratando de contener su cólera—. Tengo que decirte que es mejor que decidas cuanto antes a qué campo perteneces, de qué lado estás, a quién eres fiel. Creo que te conviene recordar que yo soy quien te ha estado manteniendo, pagando, ofreciendo todas las comodidades y tratándote mejor de lo que hubiera podido hacer cualquier otro pariente y es mejor que decidas si me lo agredeces y estás de mi parte o de la de ellos.

—No estoy de la parte de nadie —dijo ella—. No estoy de tu parte pero tampoco con Mike Barrett. Estoy de la parte de Jerry. Estoy con lo que sea bueno para él.

—¿Conque ahora es por Jerry eh? Bueno, tampoco voy a creerme eso, jovencita. Ahora lo estoy empezando a comprender todo. Jerry no es, y no ha sido nunca, tu verdadera preocupación. Ahora me dices que quieres ayudar al muchacho para poder seguir conservando la vida regalada que has estado llevando en esta casa, pero, al mismo tiempo, estás loca por este picapleitos, por este audaz defensor del sexo que te ha estado tranquilizando abajo y lavándote el cerebro arriba y enviándote cada noche aquí a hacer caballo de Troya en esta casa. Bien, permíteme decirte una cosa jovencita: Ya estoy harto de esto y no voy a soportarlo por más tiempo. No vas a seguir jugando con las dos partes, no vas a seguir haciéndolo de ahora en adelante, estando la situación tan comprometida. No te permito ninguna alternativa y creo que soy lo suficientemente noble. Te lo diré de otra forma: ¿Quieres un lugar donde comer y vivir —y nunca encontrarás otro mejor—, quieres vivir entre tus parientes y, tal como tú dices, quieres estar cerca de Jerry? ¿Quieres eso? De acuerdo pues, de ahora en adelante harás lo que yo te diga. Y lo que yo te digo es... basta de Mike Barrett. Si vuelves a ver a este picapleitos, aunque sólo sea una vez, estarás perdida, despedida. Inmediatamente, desde este momento, te ordeno que dejes de verle. Si sales para verle, no te molestes en volver a esta casa. Ahora ya lo sabes.

Maggie estaba temblando.

—No tienes derecho a decirme lo que puedo o lo que no puedo hacer desde el punto de vista social. No soy una esclava. Y tampoco vivo de caridad. Trabajo, y trabajo duro, por un salario y merezco disponer de tiempo libre y la libertad de emplear este tiempo en lo que desee. No soy una propiedad tuya, como lo son tu esposa y tu hijo. Yo soy yo y soy libre. Puedo verme con el hombre que me plazca. Y si el nombre de este hohmbre resulta que es Mike Barrett, le veré. Es más, pienso verle hoy mismo.

—No me importa lo que pienses hacer. Ya te dije cuál es la ley que privará en mi casa. Si tienes una cita con Barrett, es mejor que la canceles cuanto antes, y que le canceles a él de tu vida con la misma rapidez... si quieres seguir viviendo aquí. Si vas a salir para encontrarte con Barrett, es mejor que hagas antes las maletas. Ahora, Maggie, tendrás que tomar una decisión. Quiero tu respuesta inmediatamente. ¿Te vas o te quedas?

Hubiera deseado escupirle a la cara. Deseaba huir de él. Deseaba librarse de su opresión para siempre.

Y quería a Mike Barrett —es decir, si él la seguía queriendo a ella después de lo que había sucedido.

Pero entonces sus pensamientos se dirigieron hacia arriba, hacia su habitación para hacer las maletas, deteniéndose al pasar, frente a la habitación de Jerry.

¿Cómo podía dejar al muchacho abandonado a la merced de aquel monstruo?

Los días siguientes podrían ser los peores para Jerry.

Vaciló ante el dilema.

¿Cuál era aquella antigua historia que terminaba con una interrogación?

"¿La Dama o el Tigre?"

Sí.

—¿Cuál de los dos? Y... ¿qué sucedería después?

Mike Barrett no empezó a preocuparse seriamente hasta las cinco y cuarto.

Había llegado al despacho poco antes sin esperar la llamada de Maggie Russell. Donna le confirmó que no había ningún recado. Tampoco había esperado que Maggie llegara a las cinco en punto, tal como habían acordado, porque muchas mujeres (sobre todo las más femeninas) no suelen ser puntuales y supuso que Maggie sería una de éstas.

Trató de distraerse examinando las notas correspondientes a los restantes testigos que él y Abe habían reclutado, pero sabía que dichos testigos constituían un ejército muy débil, casi inútil, y los despachó en seguida. Entonces buscó las notas correspondientes a Cassie McGraw, la salvadora, la mujer milagrosa, la diosa Atena de la defensa y trató de distraerse con la lectura de lo que ya sabía de ella, como preparación previa antes de verla. Porque ahora que faltaban no más de dos o tres días de juicio, todo se reducía a Cassie. Su victoria o su derrota final dependían de Cassie. Sin embargo, tampoco le fue posible concentrarse en su pasado, porque lo que le interesaba era el presente de Cassie. Su mirada se dirigía hacia la puerta abierta de su despacho que daba a la sala de recepción, esperando que a través de aquella puerta penetrara Cassie Mc Graw viva, en la persona de Maggie Russell.

Cinco, diez, quince minutos. Toda una vida, una eternidad.

Ni rastro de Maggie.

Habían pasado quince minutos y, al llegar al minuto dieciséis, apartó a un lado el *dossier* que contenía la historia de Cassie y se levantó para disponerse a recibir su presente.

Paseó por la habitación, vaciando ceniceros, arreglando cojines, recogiendo hilachas, tropezando con los muebles, escuchando el rumor producido por el reloj eléctrico de su escritorio. Veinte minutos, veinticinco, treinta minutos después de la hora convenida.

Ni rastro de Maggie.

Buscó tranquilizarse con la pipa. La buscó en el bolsillo de su saco, extrajo el tabaco, la llenó y la encendió. Le irritó comprobar que ésta se calentaba demasiado rápidamente a causa de la velocidad a la que fumaba. Ahora ya no se limitaba a pasear por la habitación. Caminaba a grandes zancadas.

Temía mirar la hora, pero lo hizo.

Faltaban cinco minutos para las seis.

Se detuvo frente a la ventana alta del despacho y observó con tristeza el tráfico, los automóviles parecidos a escarabajos yendo y viniendo, pero Maggie Russell no aparecía.

Trató de descubrir los motivos de su tardanza. Había tantas posibilidades. Un malentendido en cuanto a la hora de la cita. Estaba seguro de que ella había dicho a las cinco en punto. Pero tal vez había dicho a las seis y él había entendido erróneamente a las cinco.

O podía haber sufrido un accidente. En Los Angeles son muy frecuentes los accidentes de tránsito. En los últimos doce meses se había registrado en la ciudad que cincuenta y dos mil personas habían muerto o resultaron heridas en accidentes de tránsito. Acaso ella había chocado en aquella autopista infernal cuando regresaba desde el centro de Los Angeles a Pacific Palisades.

O una enfermedad. Su aspecto era bueno en la sala. Pero la carne estaba expuesta a un millón de enfermedades y ella estaba agotada; tal vez estuviera en cama con fiebre elevada.

O trabajo. Al fin y al cabo, ella desempeñaba un cargo y su tía Ethel podía haber insistido en que terminara determinado trabajo o cosa semejante.

O Jerry. Aunque se le hubiera ahorrado el suplicio de la repregunta ante el tribunal, el mero hecho de obligarle a presentarse podía haber sido un esfuerzo excesivo para su desequilibrado sistema nervioso. Tal vez sus nervios le habían faltado y, en su afán de ayudarle, Maggie se había olvidado de la hora.

Sin embargo, si se hubiera tratado de alguna de estas causas, le hubiera llamado o hubiera mandado a alguien llamar en su nombre. Es decir, a no ser que estuviera inconsciente o hubiera muerto, lo cual seguramente no habría sucedido. No obstante, el teléfono no había sonado ni una sola vez en la última hora.

Se apartó de la ventana y miró hacia el otro lado de la habitación, hacia el despacho de Zelkin y se preguntó cuándo regresaría éste y qué diría si aún le encontraba esperando... de aquella manera.

De aquella manera. Pero ¿de qué manera?

A su manera. A las seis y veinte, no tenía más remedio que admitirlo. A la manera que Zelkin, Sanford y Kimura habían previsto... o sea, a su manera. Se lo habían dicho al mediodía. Ya habían llegado las últimas horas de la tarde pero la realidad imperaba aún y nadie todavía podía refugiarse en los sueños.

Zelkin le había dicho: "Si existe la postal". Le había dicho: "Confío en lo que es tangible". Le había dicho: "¿Lo sigues creyendo?"

Y ahora la cruel voz de su cerebro dijo por primera vez, Abe, no lo sé.

Alguien había aparecido en el dintel de la puerta. Levantó los ojos apresuradamente y sufrió una decepción. Era Donna Novik, con el abrigo colgado del brazo.

—Si no hay nada más, jefe, creo que me voy a casa.

—Gracias, Donna. No hay nada... —Pero había algo, una última cosa que tenía que hacer. Maggie tenía que saber lo que le había hecho y lo que él pensaba de ella—. Le diré lo que puede hacerme antes de marcharse, si no le importa.

—Lo que sea, jefe.

—Usted tiene el número privado de la señorita Russell, ¿verdad? Quiero que la llame, cuando se ponga al aparato yo tomaré el teléfono. Un momento. Si contesta otra persona —no lo creo, pero pudiera ser— no mencione ni nuestro despacho ni mi nombre. ¿De acuerdo?

—Muy bien.

Donna desapareció y él volvió a acercarse a la ventana, contemplando con aire ausente la penumbra que se cernía sobre la calle. Rogó para que Maggie hubiera sufrido un accidente sin importancia o que estuviera solo indispuesta y nada más. Que no hubiera traicionado la promesa.

Podía escuchar la voz amortiguada de Donna hablando por teléfono desde la sala de recepción.

Se acercó al teléfono de su escritorio, esperando a tomar el aparato. Su mano se detuvo en el aire sobre el botón iluminado esperando escuchar el zumbido, pero, de repente, la luz se apagó y no se registró zumbido alguno.

Confuso, se encaminó hacia la puerta abierta pero, en aquel momento, entraba Donna con una hoja del block de notas.

—¿Qué ha ocurrido? —le preguntó él.

—Bueno, marqué el número de la señorita Russell pero no comunicaba; estaba a punto de colgar cuando me respondió un hombre.

—¿Un hombre mayor o un muchacho?

—Era Frank Griffith.

—Maldita sea.

—Dije que quería hablar con la señorita Russell. El me contestó —consultó sus notas— lo siguiente: "La señorita Russell ya no está con nosotros. Se fue esta tarde para Nueva York. Vivirá allí". Iba a preguntarle cuál sería su domicilio, cuando me colgó el aparato. ¿Quiere que vuelva a llamar y le pregunte si ella...?

—No —dijo él casi inaudiblemente—. No, no será necesario. Gracias, Donna. Puede retirarse.

—Hasta mañana, jefe.

—Sí, hasta mañana.

Estaba solo y se sintió vacío y frío.

Permaneció de pie, inmóvil, sin poder moverse. No tenía a dónde ir.

Al cabo de un rato, se estremeció y, sintiéndose como hueco por dentro, se arrastró hasta el salón, llenó un vaso con hielo y vertió sobre éste un buen trago de whisky. Bebió lentamente, amargamente, brindando a la salud de la Cassie McGraw que nunca había existido y de la Maggie Russell que le había restituído su fe en la deslealtad de las mujeres.

Posó el vaso sobre la mesa, descolgó el saco de su traje de la percha y se lo puso, disponiéndose a dejar el despacho y buscar algún lugar oscuro donde se amontonan todos los fracasos y se anestesian los cerebros con las borracheras contra los ayeres y los mañanas.

Deteniéndose junto a la puerta al salir de la sala de recepción, fue a apagar las luces. En aquel momento, sonó el teléfono del escritorio de Donna y la luz permaneció encendida. El teléfono volvió a sonar, el corazón le dio un vuelco y Barrett avanzó hacia el teléfono en dos grandes zancadas.

Descolgó el aparato.

—Diga.

Era Maggie.

—Por Dios, Maggie... ¿dónde estás?

—Estoy en una cabina telefónica de la gasolinera Texaco, a una cuadra de la casa. No pude llamarte antes.

—Tu tío dijo que te habías ido esta...

—¿Has hablado con él?

—Mi secretaria...

—Sí, me fui. Discutimos y me he marchado.

—La prueba —la postal de Cassie McGraw— ¿la tienes? —su corazón latía con fuerza y esperó.

—Mike, deja que...

—¿La tienes? —le preguntó.

—No.

—¿No?

—Escucha, te lo explicaré más tarde. Por favor, ven. Necesito tu ayuda. No puedo permanecer por más tiempo en esta cabina. Te lo diré todo cuando vengas. Estaré esperando aquí. ¿Vendrás?

—No lo sé —dijo él.

Y después colgó.

Pero, media hora más tarde, se encontraba en el Sunset Boulevard y en Pacific Palisades y pudo verla a ella de pie en la acera junto a la estación de servicio Texaco. Estaba de espaldas a él y se estaba protegiendo los ojos de las luces de las farolas mientras miraba calle arriba hacia lo alto de la colina donde se encontraba la casa de los Griffith.

No sabía qué le había impulsado a llegar hasta ella al abandonar el despacho.

Ahora, al verla bajo la luz de la calle con el cabello y el ligero vestido flotando al viento, pudo comprenderlo. Había venido porque estaba enamorado y tenía que saber por qué ella había traicionado aquel amor. Había venido porque todos los que están enamorados se comportan como unos insensatos y él era el mayor insensato del mundo. Había venido porque no sabía dónde ir, ni como abogado ni como hombre. Esta era la razón.

Se acercó a la estación de servicio, pasó junto a las bombas de gasolina y le dijo al empleado que le llenara el depósito.

Se acercó a Maggie y ya estaca casi a su lado cuando ella advirtió su presencia.

Le temblaban los labios y después se acercó el puño a la boca y a él le pareció como que iba a llorar.

—Oh, Mike —dijo con la voz entrecortada—. Pensaba que no vendrías.

Después se le acercó, lo rodeó con los brazos y apoyó la cabeza contra su pecho.

—No sabes cuanto te necesitaba, Mike. Gracias a Dios que has venido.

El la apartó y le agarró los hombros con tanta fuerza que ella hizo una mueca.

—¿Qué te ha sucedido? —le preguntó—. ¿Por qué me plantaste?

—No te enojes conmigo, Mike. No fue mi culpa. Yo no quería plantarte. Todo me ha salido mal. No tienes ni la menor idea de lo que ha sucedido en esta horrible casa estas dos últimas horas entre Frank Griffith y yo. No tenía tiempo para explicártelo por teléfono, podía verme desde la casa.

—Maggie, por el amor de Dios, estás hablando en chino. De una vez por todas ¿quieres decirme qué ha sucedido? ¿Dónde está la dirección de Cassie?

—No la tengo —dijo ella desesperada—. Deja que te explique...

—Explícame pues.

Miró hacia la colina y después dijo rápidamente:

—No te he engañado, si es eso lo que estás pensando. Me he entretenido un poco al salir del Palacio de Justicia —estaba tan orgullosa de lo que habías hecho, Mike— pero, al llegar a casa, me he encontrado con el tío Frank. Normalmente, no suele terminar su trabajo tan pronto. Pero había estado fuera de la ciudad y, al regresar, decidió por lo visto ir a casa directamente. Estaba en su despacho, hablando por teléfono, y yo no podía llegar hasta su escritorio. Allí está la postal ¿recuerdas que te lo dije...? en el cajón del fondo de la mesa de su escritorio, oculta debajo del revestimiento y de un montón de correspondencia que yo tenía que contestar. Entonces subí a cambiarme de ropa esperando a que él saliera de la habitación y cuando volví a bajar para ver si se había ido, él salía del despacho. Estaba muy contento de lo que ha sucedido esta mañana en el tribunal, de que tú te hubieras abstenido de someter a repregunta a Jerry...

—Me lo imagino —dijo Barrett amargamente.

—Pero tampoco me ha sido posible entrar en el despacho porque quiso hablar conmigo, escuchar mi versión de lo que había sucedido esta mañana. En resumen, que de una cosa ha venido la otra y cuando empezó a hablar de Jerry y... y de ti de aquella manera, no me pude contener... estallé y le dije toda la verdad. Bueno, no toda, no le dije lo de nuestro trato, aunque le dije la verdad sobre lo que habías hecho en parte por mí; que no comprendía el estado de Jerry y que él había intentado suicidarse dos veces...

—¿Y él que dijo?

—No lo creyó. Dijo que eran mentiras que te habías inventado tú para engañarme a mí con el fin de que yo consiguiera mantener apartado a Jerry. Discutimos, fue horrible, Mike, espantoso. Después me lanzó un ultimatum. Si quería seguir viviendo en la casa, trabajar para él y estar junto a Jerry, tenía que prometer no verte nunca más. Ha sido duro como un diamante. No debía verte más, ni una sola vez, ni siquiera hoy. Si insistía, me dijo, entonces tenía que hacer las maletas y largarme. No sabía qué hacer. Tenía que dejar a Jerry a merced de su padre o dejarte a ti. En aquel momento, no me preocupé por la postal de Cassie, Mike. Si escogía quedarme en la casa aceptando las condiciones del tío Frank, me hubiera sido posible sacarla... y hacértela llegar después a ti... por lo menos creo que hubiera podido hacerlo, antes de que termine el juicio. Pero... pero no era eso sólo. Yo no podía... no podía... no sé cómo decirlo, Mike... no podía soportar la idea de no verte más.

Se sintió profundamente conmovido. Era uno de aquellos pocos momentos en que los sentimientos superan toda palabra. Le tomó la mano y la acercó a sí, amando su calor y su suavidad y correspondiendo a su amor.

—Me alegro —murmuró—. Yo siento lo mismo, Maggie.

Se abrazó silenciosamente a él; de repente, abrió los ojos y dijo:

—Casi me había olvidado, Mike. Hablo de Cassie McGraw. ¿Todo tu éxito depende de esto, verdad?

—Sí.

Se apartó de sus brazos.

—Mike, me temo que lo he estropeado todo. Porque, cuando he tomado la decisión, cuando le he dicho al tío Frank que iba a verme contigo esta noche, se ha enojado más que nunca. Me ha dicho que saliera de la casa inmediatamente y que no volviera a aparecer por allí. Me ha dicho que me llevara lo que me hiciera falta de momento y que me enviaría el resto cuando ya hubiera encontrado alojamiento. Hacer las maletas y marcharme, esta era la orden. Pero lo peor ha sido que no me ha dejado sola ni un minuto. He procurado perder el tiempo, he dicho que tenía que recoger algunos efectos personales del despacho, pero no me ha permitido entrar. Me ha dicho que hiciera las maletas y que me marchara. Y después me ha seguido al piso de arriba y se ha quedado en el dintel de la puerta mientras yo recogía algunas cosas del armario, vaciaba mi escritorio y lo metía todo en un par de maletas. Y después me ha seguido abajo, me ha obligado a devolverle la llave y ha esperado a que estuviera en la calzada frontal antes de cerrar la puerta de un portazo. He bajado mis cosas, aquí —están allí junto a la cubilla refrigeradora de agua...

—¿Y la postal de Cassie McGraw sigue estando en el escritorio de Griffith?

—Lo siento... sí. Estoy muy apenada por ello. Y no te he llamado en seguida porque, desde la acera, podía ver la calzada para coches del tío Frank y he pensado que era mejor vigilar para el caso de que saliera. En cuanto se hubiera marchado, tenía planeado regresar a la casa inmediatamente y robar la postal.

—Maggie, es necesario que puedas regresar a la casa esta noche. ¿Podrías hacerlo? Has dicho que le has tenido que devolver la llave ¿verdad?

Ella abrió el bolso.

—La llave de la puerta principal sí. —Rebuscó por el interior del bolso y extrajo una tosca llave de metal—. Pero no la de la puerta de servicio de la parte de atrás. Se le ha olvidado. Con esto podría entrar. ¿Pero cómo puedo hacerlo mientras el tío Frank esté en la casa?

—No puedes. Por consiguiente, es necesario que le hagamos salir.

—¿Cómo?

Barrett estaba pensando. De repente, sonrió.

—Ya lo tengo. Tal vez dé resultado. Vale la pena intentarlo. ¿Está en la ciudad Luther Yerkes?

—Sí. Justamente ha hablado por teléfono con el tío Frank antes de la discusión.

—¿Dónde vive Yerkes?

—En todas partes. Ultimamente ha estado viviendo en su residencia de Bel-Air.

—¿Tiene algún secretario personal que viva allí?

—Sí. He hablado a menudo con ella.

—¿Ella? Muy bien, lo intentaremos.

Tomó a Maggie del brazo y la acompañó hacia el despacho de la estación de servicio.

—¿Intentar qué, Mike?

El le hizo una indicación con la mano.

—¿Ves a aquella chica pelirroja que está dentro leyendo una revista? Estás viendo a la secretaria de Yerkes.

Penetraron en el despacho de la estación de servicio y la pecosa muchacha pelirroja que masticaba chicle al tiempo que hojeaba una revista cinematográfica les saludó formando una pompa con el chicle.

—¿Trabaja usted aquí? —le preguntó Barrett.

La muchacha pareció asustarse.

—No, estoy esperando a Mac... mi novio. Es el mecánico.

Barrett se metió la mano en el bolsillo para buscar algo en la cartera.

—¿Le gustaría ganarse fácilmente cinco dólares?

Los ojos de la pelirroja pasaron de Barrett a Maggie y de ésta de nuevo a Barrett.

—¿A cambio de qué? —dijo cautelosamente.

—A cambio de hacer una llamada telefónica. Le daremos el número. Cuando le contesten, diga simplemente que desea hablar con el señor Griffith, el señor Frank Griffith, y, si contesta el mismo o bien cuando tome el aparato, dígale: "Soy la secretaria del señor Luther Yerkes. Me ha pedido que le llame y que le diga que se ha producido un contratiempo urgente. Desea que venga usted inmediatamente a su casa de Bel-Air". No conteste a ninguna pregunta. Procure sobre todo que lo entienda bien y después cuelgue.

La muchacha dejó de mascar el chicle.

—¿Y esto es todo... por cinco dólares?

—Eso es todo.

Barrett sostuvo en la mano el billete de cinco dólares y la muchacha fue a tomarlo pero después pareció dudar.

—¿No será nada ilegal, verdad?

—No es nada malo —le aseguró Barrett sonriendo—. Queremos gastarle una broma a un amigo.

Ella tomó el billete.

—De acuerdo. Tomaré papel y lápiz y repítame por favor lo que tenga que decir para entenderlo bien.

Buscó por el escritorio hasta que encontró una hoja de papel y un lápiz y Barrett le dictó el mensaje. Al terminar, le dijo a Maggie que le indicara a la muchacha el teléfono de Griffith. Maggie tomó el lápiz y anotó el número.

—¿Tengo que hacerlo ahora? —preguntó la muchacha.

—Ahora mismo.

—¿Les importa esperar fuera? De lo contrario me pondré nerviosa.

—Esperaremos fuera —dijo Barrett.

Cuando hubieron salido, acompañó a Maggie junto a las bombas de gasolina y le dijo:

—Tú quédate aquí, Maggie, y vigílala. Asegúrate de que hace la llamada. Yo meteré tus maletas en mi coche.

Dejando a Maggie, se colgó del hombro una bolsa de ropa, tomó una maleta en cada mano y trasladó la carga hasta la parte posterior del convertible. Después de haber metido el equipaje en la cajuela y de haber cerrado la tapa, observó que Maggie le hacía señas y que la pelirroja salía de la estación de servicio. Se acercó apresuradamente a ellas.

—¿Cómo le fue? —preguntó.

—Como usted me dijo —contestó la muchacha—. He llamado.

El hombre que respondió dijo que era el señor Griffith. Le leí lo que usted me dijo. Pareció preocupado y después de darme las gracias: "Dígale al señor Yerkes que salgo en seguida".

Barrett sonrió:

—Buena chica... y buen Samaritano.

Complacida, la muchacha le devolvió la sonrisa, volvió a formar una pompa con el chicle y se encaminó de nuevo hacia la estación de servicio para reanudar la lectura de su revista.

Maggie tomó a Barrett del brazo.

—Mike, si esto da resultado, bajará por esta calle dentro de un minuto para dirigirse a Sunset. Es necesario que no nos vea.

—Muy bien.

La acompañó hacia el coche.

Al llegar junto a la portezuela, ella retrocedió.

—Podría reconocerme, si me ve sentada aquí con tanta luz.

—De acuerdo. Estate en el lavabo hasta que yo toque el claxon dos veces. Me sentaré en el coche y miraré por el retrovisor. —Ella ya se estaba marchando pero Barrett volvió a llamarla—. Oye, Maggie ¿qué lleva?

—Un Bentley. Azul modelo deportivo S3. No puedes equivocarte.

Mientras se sentaba en el asiento delantero, Barrett observó a Maggie mientras ésta se encaminaba al lavabo y después fijó la mirada en el espejo retrovisor. Fugazmente, un viejo Buick llenó el espejo y desapareció. Después, tal vez durante un minuto, no se vio nada en el cruce de la calle que estaba a sus espaldas como no fuera el cambio de luces del semáforo. Después, de repente, cruzó por el espejo retrovisor el reluciente enrejado y la majestuosa B del elegante Bentley azul. Al aminorar la marcha para girar al Sunset Boulevard, Barrett se dio rápidamente la vuelta en su asiento para observar brevemente el ceñudo perfil de Griffith. Después vio la parte posterior de la cabeza de Griffith y comprobó que el Bentley se alejaba virando al este hacia el Sunset Boulevard hasta que desapareció de vista.

Barrett hizo sonar dos veces el claxon. Maggie y el encargado de la estación de servicio aparecieron casi al mismo tiempo. Mientras Barrett firmaba la cuenta, Maggie se acomodó en el asiento de al lado.

Le miró inquisitivamente.

El se sentía triunfante y alegre.

—Tacha un Bentley azul —dijo—. Tenemos vía libre. Ahora vamos a rescatar a Cassie McGraw.

Una nueva preocupación se reflejó en el rostro de Maggie.

—Mike, creo que es mejor que nos demos prisa. Le hemos dicho al tío Frank que fuera a la casa de Luther Yerkes de Bel-Air ¿verdad?

494

—Sí. ¿Por qué?

—Lástima, hubiéramos debido mandarle a Malibu. Bel-Air está prácticamente a la vuelta de la esquina. La casa de Yerkes está en la Calle Stone Canyon. Es la zona más próxima de Bel-Air, justo después de la UCLA. En cuanto llegue allí, comprenderá que le han engañado. Apuesto a que regresará aquí en ocho minutos. Esto significa que disponemos de menos de veinte minutos.

Barrett ya había puesto el coche en marcha.

—De acuerdo, entrarás y saldrás en diez minutos. ¿Crees que puedes hacerlo?

—A no ser que algo salga mal. Por favor, date prisa, Mike.

Barrett rodeó por la derecha la estación de servicio y después se dirigió hacia el norte, hacia la residencia de los Griffith. Las luces de la entrada estaban encendidas pero, desde la calzada, sólo podía verse una de las partes laterales de la casa. El resto de la residencia permanecía oculto por los setos y los árboles.

Al aproximarse a la calzada, dijo Barrett:

—¿Tienes la llave de la entrada de servicio de la parte posterior?

—Sí.

—Entonces baja aquí. —Aminoró la marcha del convertible al llegar al final de la calzada y puso los frenos—. Retrocederé a lo largo del seto. Así podré verte cuando salgas por el patio lateral y podré vigilar la calle. Podré ver si Griffith sube desde el Sunset Boulevard.

Ella abrió la portezuela y se apeó.

—¿Cuanto tiempo me queda, Mike?

El miró la esfera de su reloj de pulsera.

—Para estar seguros, cuenta con nueve minutos, diez como máximo. Buena suerte.

La vio subir por la calzada y cruzar el césped a la izquierda para alcanzar el sendero que rodeaba la casa y conducía a la entrada de servicio. Cuando ya no pudo verla, hizo marcha atrás y se apartó lentamente de la calzada acercándose al reborde del seto. Apagó el encendido y las luces.

Tenía que ser fácil, pensó. Dentro de pocos minutos, tendría lo que deseaba y podría devolverles a Zelkin y a Sanford su fe en la palabra "confianza" y en su propio juicio y todo ello le conduciría al testigo que podría salvar a la tambaleante defensa y a *Los Siete Minutos*.

Apoyó el brazo izquierdo sobre el volante para poder controlar la hora constantemente. Barrett apartaba de vez en cuando los ojos del reloj de pulsera para mirar calle abajo hacia el Sunset, después volvía a mirar el reloj y después otra vez a la calle.

Hacía seis minutos que Maggie se había marchado.

Pronto iba a hacer ocho minutos.

Ahora, sorprendentemente, habían pasado diez minutos y ella seguía sin aparecer; cada fugaz minuto parecía componerse de seis segundos, no ya de sesenta.

El segundero giraba rápidamente alrededor de la esfera.

Ya habían pasado trece minutos... catorce... quince.

Mike Barrett parpadeó y advirtió que unos poderosos faros estaban ascendiendo por la calle procedentes del Sunset Boulevard. Dios mío, si fuera Frank Griffith...

Era Griffith.

En su ascenso, el coche que procedía del Sunset Boulevard pasó bajo una brillante farola de la calle y tanto el brillo plateado de su enrejado como el rico color azul de la cubierta de su motor revelaron que se trataba del Bentley. Ahora subía más rápido, más rápido, más rápido.

Actuó instintivamente. Ningún pensamiento consciente condicionó su acción. Puso en marcha el encendido. Apretó con el pie el arranque. La mano soltó el freno de emergencia. Apretó el pedal del gas.

Al acercarse a la calzada el Bentley azul, el convertible de Barrett se interpuso en su camino cerrándole el paso.

Barrett agarró el volante esperando el impacto del acero contra el acero, pero, en lugar de esto, se produjo un rechinamiento de neumáticos y de frenos, al tiempo que Griffith apartaba su Bentley a un lado para evitar la colisión. El chirrido y el deslizamiento de neumáticos sobre el suelo y, finalmente, el roce de metal contra metal.

Ambos coches se detuvieron frente a la calzada. El coche de Griffith estaba situado casi paralelo al de Barrett, pero algo más adelantado, rozándole con la parte derecha el guardabarros.

Se abrió la portezuela del Bentley y descendió del automóvil un hombre fuerte y vigoroso avanzando en actitud amenazadora. Era Frank Griffith con el rostro enrojecido por la cólera.

—¿Qué manera de conducir es ésta? —rugió al acercarse— ¡Podíamos habernos matado los dos! ¿Qué manera de conducir es ésta! ¿No mira usted a la izquierda cuando tiene que cruzar una calle?

—Lo siento —dijo Barrett adoptando una expresión de pesadumbre—. Creo que estaba distraído. Tengo yo la culpa. Lo siento de veras. ¿Se encuentra usted bien?

—La gente como usted tendría que ser eliminada —gruñó Griffith—. Claro que me encuentro bien. Ha tenido usted suerte. Pero no sé qué demonios le ha hecho a mi coche. Retroceda ¿quiere? y déjeme ver. Y no vaya usted a marcharse.

Muy bien, pensó Barrett. Perdamos el tiempo. Que no atrape a Maggie en el interior de la casa.

Buscó la llave de encendido, y puso el coche en marcha varias veces, permitiendo que el motor se calara deliberadamente cada vez.

—¡Maldita sea! ¿Quiere usted retroceder, sí o no?

Al final, Barrett puso el motor en marcha. Puso marcha atrás y retrocedió unos metros. Al final, se apeó del coche y avanzó hacia Griffith que permanecía de pie, en actitud amenazadora, con las piernas separadas y los puños apoyados contra las caderas, esperándole. Barrett observó una abolladura en su propio guardabarros.

—Mire lo que le ha hecho a mi coche —dijo Griffith.

Barrett pudo ver que había rayado la pintura azul de la portezuela del conductor del Bentley y una parte del guardabarros.

—Esto exigirá toda una mano de pintura para arreglarlo —refunfuñó Griffith—. Esto le costará a su compañía de seguros por lo menos ochocientos dólares. Lo tiene usted asegurado ¿verdad?

—Sí, lo tengo asegurado.

Griffith había sacado una pluma y una pequeña agenda del bolsillo de la chaqueta—. Es mejor que busque la tarjeta del seguro, mientras anoto la matrícula.

Mientras Griffith anotaba el número de la matrícula, Barrett buscó la tarjeta de la compañía de seguros en su cartera y se preguntó qué le habría sucedido a Maggie y rezó en silencio por ella.

Encontró la tarjeta en el momento en que se acercaba Frank Griffith. En el momento en que Griffith le arrancó la tarjeta de las manos, Barrett recordó que en la tarjeta estaban mecanografiados su nombre, su domicilio y su número de teléfono.

Contuvo la respiración.

Griffith estaba anotando el nombre de la compañía aseguradora y el domicilio de la misma. Ahora sus ojos llegaron al nombre del titular de la póliza. Por unos momentos permaneció inmóvil y después levantó su poderosa cabeza y miró fijamente a Barrett. Metió la agenda, la pluma y la tarjeta del seguro en los bolsillos y, al sacar las manos de nuevo, apretó los puños: Barrett retrocedió hasta que se encontró apoyado contra el Bentley. Nunca había visto tanto odio reflejado en el rostro de otra persona.

—Debiera haberle reconocido, hijo de perra —le estaba diciendo Griffith—. ¿Qué demonios está usted haciendo aquí?

—Estamos en un país libre —dijo Barrett estúpidamente.

—¿Un país libre, eh? Para los individuos como usted, no lo es. ¿Qué está usted haciendo merodeando por aquí... espiarme a mí o a mi hijo?

—Ya no me interesa ni usted ni su hijo.

—Yo no estoy tan seguro. Ha demostrado usted esta mañana ante el tribunal que no sabe lo que es el valor. A lo mejor ahora busca una compensación.

Barrett levantó ligeramente el brazo izquierdo. Esperó el golpe.

Griffith emitió un gruñido.

—Me gustaría darle una paliza, pero no voy a hacerle más publicidad. No va a conseguir engañarme. Pero voy a decirle qué haré. Se lo advierto, lárguese. Váyase de aquí cuanto antes. Yo voy a entrar en la casa. Volveré a salir dentro de cinco minutos y si le encuentro todavía husmeando por aquí, le pegaré una paliza y le entregará a la policía por andar merodeando. ¿Me oye?

Luego, se retiró de Barrett, rodeó su coche y se sentó tras el volante. Barrett echó una mirada a la casa. Ni rastro de Maggie. Subió a su auto, retrocedió un poco más y esperó manteniendo el coche parado con el motor encendido. El Bentley de Griffith enfiló rápidamente por la calzada. Barrett cerró los ojos, volvió a rezar por Maggie, después los abrió de nuevo y adelantó algo el coche para poder observar mejor.

Pudo ver que Griffith salía del estacionamiento. Pudo ver que abría la puerta principal. Después ya no pudo verlo.

Pobre Maggie.

No podía hacer nada. Era demasiado tarde.

Y después, más allá de las luces de la calzada, distinguió un movimiento.

Algo se aproximaba apresuradamente a todo lo largo de la pared de la casa y, de repente, apareció la figura de una mujer cruzando rápidamente el césped y dirigiéndose hacia la calzada: era Maggie.

Ya se encontraba junto a la portezuela del coche y estaba sin aliento.

—Dios mío, qué miedo tuve.

—Entra —le ordenó.

Ya estaba en el coche, a su lado.

—He podido entrar bien en la casa, Mike, pero después me he tenido que ocultar de una enfermera que yo misma había contratado para que me sustituyera. Estaba bajando a la tía Ethel por la escalera. Al final, he podido llegar al despacho. Pero, cuando iba a salir, la tía Ethel me ha visto. Sabía que me habían despedido y le he tenido que decir que me había visto obligada a regresar porque había olvidado unos efectos personales. Después ha querido hablar conmigo... me ha estado diciendo que no tenía que haber discutido con su marido y que sentía mucho no haberlo podido convencer para que volviera a aceptarme. El tiempo pasaba y yo me moría de angustia. Después he oído el ruido de fuera, he visto que vuestros coches habían colisionado y le he dicho a mi tía que era mejor que saliera para ver qué había sucedido. He salido por la parte de atrás, he rodeado la casa y te he visto a tí con el tío Frank. Me he vuelto a esconder detrás de la casa. Cuando he escuchado el ruido de su coche, he avanzado a lo largo de la pared lateral y, al oir cerrar la puerta principal, he salido corriendo hasta aquí. Y aquí estoy.

Barrett le había dado vuelta al descapotable y rodaba ya colina abajo. Al acercarse a la estación de servicio, se aproximó al reborde de la acera y aparcó.

Levantó una mano.

—¿Lo tienes, Maggie?

Ella sonrió, sacó una postal de su bolso y la colocó cuidadosamente sobre la palma extendida de Barrett.

—Aquí la tienes. Las llaves del reino.

El estudió la brillante reproducción en color de la fachada del Sunnyside Convalescent Sanitarium. Le dio la vuelta. A la derecha, figuraba el nombre y dirección de Frank Griffith. A la izquierda el espacio para escribir estaba ocupado hasta el último milímetro con frases escritas con una caligrafía de hormiga muy cuidadosa. Sólo la firma resultaba fácilmente legible. La firma rezaba: "Cassie Mc Graw".

—El texto y la firma no corresponden a la misma mano —dijo Barrett—. Vamos a ver si la firma es auténtica.

Extrajo del bolsillo de la chaqueta las fotocopias que había obtenido en el Parktown College. Las desdobló. Tomó la fotocopia correspondiente al reverso de la fotografía de O'Flanagan, Jadway y Cassie en París, en la que figuraba la firma de Cassie y la comparó con la supuesta firma de Cassie de la postal.

—¿Y bien? —le preguntó Maggie.

—La primera firma es decidida y esta última es tan ondulante como un cardiograma pero ambas poseen la misma r grande y aplanada y el mismo punto de la i en forma de flecha, el mismo trazo hacia abajo, el mismo...

Levantó los ojos y sonrió.

—Sí, las firmas corresponden a la misma personas. Hemos encontrado a Cassie McGraw.

—Gracias a Dios.

—Y gracias a ti. —Puso el coche otra vez en marcha—. ¿Dónde tengo que llevarte?

—Esperaba que me llevaras a casa.

—¿A casa?

—Contigo.

Estaba a punto de soltar el freno.

—Sólo tengo una cama, Maggie, una cama de matrimonio.

—¿De matrimonio significa de dos plazas, verdad?

Le cubrió las manos con las suyas y las dejó abandonadas en su regazo.

—¿Te había dicho que te quería?

—¿Por qué no me lo dices más tarde esta noche?

—Más tarde esta noche tendría que salir para Chicago.

Maggie se acercó a él con los labios entreabiertos y ambos se besaron y sus lenguas se rozaron. Después ella susurró:

—¿Cassie no puede esperar a mañana?

Barrett se apartó de ella.

—Esperará a mañana.

Después soltó los frenos estaban libres y se marchaban.

10

Chicago no era un intermedio entre Los Angeles y Nueva York, pensó. Era algo distinto.

A muchos ojos poco amables les había parecido fea. Chicago era el "Matadero de cerdos del mundo" de Carl Sandburg y el "suburbio de Varsovia" de Arnold Bennett y el lugar de "suciedad" y de "salvajes" de Rudyard Kipling. Para quienes la conocían mejor, Chicago era también el *Tribune* de Chicago y Vachel Lindsay, las Hermanas Everleigh y Jane Addams, Al Capone y Edgar Lee Masters, Samuel Insull y Marshall Field. Para otros, Chicago era el Loop, el El, la Universidad, el Illinois Central, y era Sears Roebuck, y Lincoln Park, y Lake Shore Drive, y el Condado Cook, la Ciudad Ventosa, escuálida, atrayente, triste, cordial, la ciudad que siempre se deja cuando se es joven y que uno siempre recuerda.

Sí, era todas las cosas buenas y malas, como muchas ciudades y como la mayoría de los hombres, pero había una cosa que no era Chicago, pensó Barrett al contemplarla a través de la ventanilla del taxi. No era el lugar en que uno pudiera esperar encontrar a la señorita Cassie McGraw, antigua residente en Montparnasse y París.

Pero aquí estaba ella y aquí estaba él y, dentro de pocos minutos, se verían cara a cara. Y aquella ciudad en que había nacido y que sólo recordaba como una borrosa nostalgia de su juventud, se le antojó hermosa de repente.

Al rayar el alba había abandonado su apartamento dejando en él a Maggie y había salido de Los Angeles y ahora era martes por la tarde en Chicago. En el cielo, un sol incierto había luchado brevemente con una horda de belicosas nubes y había perdido la batalla; el día era gris, borrascoso y retador. Había recorrido buena parte de la distancia que separaba al Ambassador East Hotel del Sunnyside Convalescent Sanitarium, en la parte norte de Chicago, y se sentía vivo y expectante.

Cerrando la ventanilla del taxi, apartó la ciudad de su imaginación, le pidió con cierta dificultad a Maggie que le perdonara su falta de atención mental (sabiendo que ella sabría comprenderlo), trató de no pensar en la inútil labor de Abe Zelkin ante el tribunal y se concentró totalmente en su próximo encuentro con Cassie McGraw.

Casi automáticamente, como si ya se tratara de un hábito permanente, extrajo la postal del bolsillo y volvió a leer las palabras tipo hormiga dirigidas a Frank Griffith:

Visto en periódico aquí donde vivo & leído sobre su hijo & juicio & su ataque contra *Los Siete Minutos* & acusación del autor. Yo fui amiga del señor Jadway. Yo inspiré el libro. Juro por la vida de mi hija Judith —que ahora sirve a Dios como monja al igual que su padre sirvió una vez a la libertad humana— que el señor Jadway escribió el libro con propósitos artísticos, con amor & por deseo de liberar a los jóvenes del mañana. Libro no podía perjudicar a su hijo, podría mejorarle & salvarle en el futuro. Leroux & los demás no conocen la verdad. Créame. Tenga compasión.

Atentamente,
CASSIE McGRAW

Yo la creo, Cassie, hubiera querido decir y pensaba decirle, cualquiera que sea su verdad. ¿Pero querrá usted creerme a mí cuando le diga que el pasado muerto no debe seguir estando muerto y enterrado? ¿Tendrá usted la valentía de salir del anonimato, de enfrentarse con el escándalo y de adelantarse para salvar a los que viven?

¿Nos ayudará usted, Cassie?

Se habían detenido, el taxímetro se había parado y había girado mostrando la tarifa.

Mientras buscaba la cartera, Mike Barrett inclinó la cabeza y miró a través de la ventanilla. Los hospitales de convalecientes no le eran desconocidos. Su madre, en sus últimos años de vida, había vegetado en tres hospitales distintos del este. Lo que ahora vio le confirmó lo que ya sabía, es decir, que todos presentaban la misma fachada, edificios alargados de un solo piso, pintados de blanco, aspecto hermético... sólo que éste parecía más elegante y caro que los demás y se observaban alegres geranios en macetas a ambos lados de las altas puertas de cristales.

Barrett pagó el importe del trayecto y le dio una propina al taxista, después se apeó rápidamente del taxi, avanzó por el breve camino de cemento y penetró en el Sunnyside Convalescent Sanitarium.

Recordando los sanatorios que había conocido en su pasado, estaba dispuesto a encontrarse con aquel inevitable olor que era una mezcla de orina y detergentes. Para asombro y placer suyo, le recibió un aroma de lilas. Había ascendido por una rampa alfombrada hasta el ancho corredor principal y, frente a él, las puertas de cristales que daban a un patio permitían comprobar que el patio aparecía bordeado de macetas con plantas en plena floración y enmedio de aquella profusión podían verse varias mesas de metal protegidas por sombrillas de alegres colores. Aparte un caballero anciano que lucía sombrero, jersey de lana gruesa y pantalones holgados, y que aparecía sentado en una silla, el patio estaba vacío.

Desde el mostrador de recepción situado a la izquierda de las puertas que daban al patio una rechoncha y aseada recepcionista le observaba con curiosidad.

Mike Barrett se acercó a ella, se presentó y le dijo que acababa de llegar de Los Angeles y que deseaba hablar con el director del sanatorio. Minutos más tarde, después de varias preguntas, después de atravesar la sala de fisioterapia, y el extenso salón de recreo con sus aparatos de televisión y su tablero de anuncios colgado de la pared, penetró en el claustrofóbico despacho del director y se sentó frente a un tal señor Holliday.

El director parecía un Jesucristo recién afeitado si el Salvador hubiera sido alguna vez un contable. Sonreía con amabilidad forzada, con la sonrisa que probablemente reservaba para los visitantes con quienes no se hubiera concertado previamente la entrevista pero que pudieran ser parientes de pacientes potenciales. Acariciaba con los dedos la insignia del Rotary Club mientras hablaba.

—¿Desde Los Angeles —estaba diciendo— para verme a mí? ¿O acaso he entendido mal? ¿Tiene usted a alguien con nosotros?

—Quería verle a usted y a otra persona que vive aquí.

—Los Angeles. Estuve una vez allí hace cinco años con motivo de una convención —dijo el señor Holliday recordándolo complacido y Barrett comprendió que debía haber hecho el viaje sin su mujer—. No tuve tiempo de ver mucho, sólo Disneylandia y la Kont's Berry Farm. Ciudad muy adecuada para sanatorios.

—Nunca se me había ocurrido pensarlo —dijo Barrett con una sonrisa.

—Pues bien... —El señor Holliday hizo a un lado la calculadora que estaba sobre su escritorio y vació un cenicero vertiendo su contenido en la papelera—. Bien, señor Barrett ¿en qué puedo servirle?

—Quiero ver a una de sus pacientes... o, acaso, una de sus empleadas, no sé qué hace ella aquí.

—El señor Holliday tomó un lápiz.

—¿Su nombre?

—¿Cassie McGraw.

El director frunció el ceño.

—¿Blanca?

—Sí.

—Además de dos enfermeras, todos los otros empleados son de color. Hay que descartar a los empleados. Ello significa que es una paciente, pero el nombre no me suena. —Se incorporó y alcanzó unos popeles que pendían de la pared cercana al escritorio—. ¿Mc Graw dice usted? Vamos a ver.

Pasó las primeras hojas y después llegó a las páginas correspondientes a la M.

—Tenemos más de un centenar de pacientes en estos momentos pero siento decirle que nadie lleva un nombre parecido a McGraw. Tal vez la persona a quien usted se refiere estuvo con nosotros antes. Ya sabe, en estos sanatorios se registra un movimiento constante. Es un resultado de la paranoia y de la culpabilidad. Las personas mayores vienen aquí, se resienten de ello y creen que lo que sienten es abandono y separación por lo que se imaginan toda clase de persecuciones. Cuando los visitantes, que suelen ser parientes, acuden aquí una o dos veces por semana, no hacen más que escuchar quejas constantes contra la administración. Los parientes ya vienen con prejuicios por lo que les resulta fácil creer lo que se les dice. Antes o después trasladan a sus madres o padres a otro sanatorio y cuando siguen escuchando las mismas quejas una y otra vez, al final llegan a comprender el problema. No es culpa nuestra. Es el síndrome de la ancianidad. Por consiguiente, es posible que esta tal Cassie McGraw haya estado aquí...

—Señor Holliday, estaba aquí hace dos semanas y media.

—¿De veras? Bien, veamos el registro del mes pasado. —Abrió otro cajón del escritorio, después otro, hasta encontrar los papeles que buscaba. Los estudió cuidadosamente, página por página, frunciendo el ceño y volvió a dejar los papeles en el cajón en que estaban—. Nadie con ese nombre ha estado aquí hace dos semanas y media ni durante todo el mes pasado. Lo siento, señor Barrett. Tal vez se ha confundido usted de sanatorio.

Barrett sacó la postal y las fotocopias del Parktown College. Le entregó la postal al director.

—¿Son ustedes?

El señor Holliday observó la fotografía que figuraba en la postal.

—Sí, se las damos a los pacientes y a los visitantes como propaganda.

—Dele la vuelta. —Mientras el director así lo hacía, Barrett añadió—: Cassie McGraw firmó una de sus postales —no cabe duda de que se trata de su firma— y ella afirma claramente que reside aquí en este sanatorio.

—No es fácil de leer —murmuró Holliday mientras leía—. Sí, parece ser que es una paciente...

—Desde luego, el texto es de otra persona pero la firma es suya. ¿Podría usted explicarme eso?

El director levantó la mirada.

—Sí. Es muy frecuente. La mayoría de nuestros pacientes padecen artritis o les tiemblan las manos por lo que suelen pedirle a los visitantes que escriban por ellos. En realidad, hay varias organizaciones que envían voluntarios que ayudan a nuestros pacientes en esta clase de menesteres; escriben para ellos, les leen en voz alta, les distraen, por consiguiente, es probable que la paciente lo haya dictado a algún visitante y que después la haya firmado.

—¿Proceden la mayoría de los voluntarios de alguna organización en particular? Porque en este caso yo podría...

—No es fácil localizar a la persona. Hay docenas de organizaciones filantrópicas, cientos de voluntarios.

—¿Pero y en la fecha en que fue escrita?

—Ya comprendo lo que quiere decir. Hablaré con la jefe de enfermeras.

Siguió leyendo el texto de la postal y, finalmente, pareció recordar algo. De repente, levantó la cabeza:

—Jadway —dijo—. Ya me sonaba el nombre, pero ahora lo recuerdo. Los periódicos no hacen más que hablar de eso. El juicio de censura.

—Yo soy el abogado de la defensa —dijo Barrett.

El señor Holliday se mostró repentinamente amable y solícito.

—Bien —dijo Holliday— ¿por qué no me lo dijo al principio? No recibimos a personajes famosos todos los días. Desde luego haré lo que pueda por ayudarle.

Agitó la postal con la mano.

—¿Tiene esto algo que ver con el juicio?

—Todo —contestó Barrett.

Inmediatamente le explicó los antecedentes de Cassie McGraw, sus relaciones con J J Jadway y su importancia para el caso de la defensa.

Holliday le prestaba tanta atención a las palabras de Barrett como si estuviera ante un drama legal que se escenificara por televisión. Al terminar Barrett, dijo el director:

—¿Debía ser alguien, verdad? Pero me temo que no hemos tenido a nadie tan importante en un lugar como el nuestro.

—¿Y por qué no? Los ancianos, por importantes o famosos que

hayan sido en años anteriores, tienen que terminar en algún sitio. Cassie debe tener más de sesenta años ahora. Es posible que esté enferma. Se sabe que no tiene a nadie que pueda cuidarla. ¿Por qué no podría estar aquí?

—Sería curioso —dijo Holliday con cierto tono de respeto en la voz—. Permítame revisar de nuevo nuestra lista de pacientes actuales y la de los más recientes. La revisaré con todo cuidado.

Cinco minutos más tarde no había encontrado el nombre de Cassie ni ningún otro nombre parecido a McGraw.

—¿Nada? —preguntó Barrett.

—Nada. La única posibilidad que nos queda es que esté registrada con su nombre de soltera.

—McGraw es su apellido de soltera —dijo Barrett—. Estuvo casada una vez por muy poco tiempo, tras la muerte de Jadway.

—Entonces es posible que sea esto. ¿Cuál era su apellido de casada?

—No lo sé —dijo Barrett apenado—. ¿En cuanto a su nombre propio, señor Holliday? ¿Tiene a alguna Cassie entre sus pacientes, prescindiendo del apellido?

—Volveré a mirar.

Los ojos del director siguieron el recorrido de su dedo y, al final, mostraron decepción.

—Tampoco hay ninguna Cassie. —dijo.

—Vamos a ver otra cosa —dijo Barrett. Le entregó al director una de las fotocopias—. Aquí hay un ejemplo de la caligrafía de Cassie y de su firma en los años 30. Y aquí tiene usted la postal con su firma actual. Comprobará que no son exactamente iguales, pero sí lo suficientemente parecidas. ¿Hay alguna posibilidad de comparar estas dos firmas con las firmas de sus pacientes? Al fin y al cabo, una firma es como una huella digital.

El señor Holliday hizo un gesto negativo.

—No, no tenemos nada de eso. Son muy pocos los pacientes que firman por sí mismos y, si lo hicieran, sus firmas podrían variar por completo de un día para otro. No tenemos ningún archivo que contenga las firmas de los pacientes. Suelen firmar los parientes que les acompañan aquí. En cuanto a tratar de recoger esta tarde las firmas de todas las señoras, me sería imposible. Las pacientes que tienen dificultades para escribir se molestarían y algunas se resistirían. Oh, si me diera usted algunas semanas de tiempo...

—No dispongo de semanas, señor Holliday, sólo dispongo de unos cuantos días. De acuerdo, dejémoslo. ¿Sería posible que una enfermera les mostrara estas firmas a las pacientes? No quisiera molestarle, pero esto es tan...

—Verá usted, lo haré yo personalmente. Se levantó.

—Haré algo más —le mostraré a cada paciente estas firmas y le preguntaré si las reconoce y le preguntaré a cada una si les suena el nombre de Cassie McGraw. Algunas estarán durmiendo, pero las despertaré. Hablaré con ellas individualmente, si no le importa esperar cosa de media hora.

—¿Que si me importa? No sabría decirle cuanto se lo agradezco. Si pudiera pagárselo de alguna manera.

El señor Holliday había alcanzado la puerta.

—Sí puede. Si le encuentro a Cassie McGraw, envíeme un ejemplar de *Los Siete Minutos* con su autógrafo.

Barret se levantó.

—Si la encuentra, podré enviarle no uno sino diez ejemplares. De lo contrario, me temo que no habrá ejemplares para comprar en ningún sitio.

—Puede usted mirar, señor Barrett, la televisión en el salón de recreo, si lo desea.

—Creo que saldré a dar un paseo. Volveré dentro de media hora.

—Digamos más bien tres cuartos de hora.

Cuando el director se hubo marchado, Barrett se sentó, fumó su pipa y empezó a reflexionar. La frustración casi se había convertido en un dolor físico. Considerando todo lo que Maggie y él habían sufrido para poder llegar hasta allí, teniendo en cuenta cuanto les iba a él y a Zelkin en esta búsqueda, resultaba un tormento estar tan cerca de Cassie y, al mismo tiempo, tan lejos como hacía una semana o un mes.

Se abrió la puerta a su espalda y Barrett se levantó.

Era el señor Holliday.

—No sabía si estaría usted aquí. Le acabo de preguntar a la enfermera jefe de qué organización procedían los voluntarios que estuvieron aquí hace dos semanas y media. Mala suerte. Era un grupo de adultos sanos y fuertes, que recorrían el campo en autobús, deteniéndose en los sanatorios que encontraban por el camino para distraer y alegrar a sus semejantes menos afortunados y después reemprendían el viaje. Estuvieron aquí unas tres o cuatro horas aquella tarde. No consta ni el nombre del grupo ni su procedencia. Lo siento. Voy a preguntar a las pacientes.

Desanimado pero sin haber perdido del todo la esperanza, Barrett salió del despacho del director. Ahora, el corredor del sanatorio estaba más animado. Varias ancianas avanzaban con la ayuda de andadores con ruedas. Dos avanzaban con sillas de ruedas. Otra avanzaba lentamente a lo largo de la pared deteniéndose en la barandilla. En el patio, iluminado por una débil luz del sol, podía verse a una media docena de mujeres vestidas con batas de baño y algunos ancianos con bastones.

507

Una vez más, Barrett se sintió invadido por un sentimiento de frustración. Una de aquellas mujeres, o una de las mujeres que se encontraban en los dormitorios tenía que ser Cassie McGraw.

¿Pero cuál?

A no ser que hubiera decidido ocultarse del mundo, le confesaría al director su identidad cuando éste le mencionara su nombre y le mostrara sus autógrafos. Era su esperanza y se la llevó consigo saliendo a la tarde de Chicago.

Caminó y caminó —no supo cuántas cuadras— hasta que llegó a la zona comercial cuando vio la hora y dio la vuelta para regresar al Sunnyside Convalescent Sanitarium.

Al regresar, habían transcurrido cincuenta y cinco minutos y ya el señor Holliday le estaba esperando fuera del despacho.

—Ha sido mucho más difícil de lo que esperaba, señor Barrett —dijo—. Nadie ha reconocido el nombre de Cassie McGraw, sea porque ninguna de ellas es la señorita McGraw o sea porque no desea admitirlo. Me temo que debe ser esto, señor Barrett. No sé qué otra cosa podría aconsejarle. Creo que tenemos que incluir su nombre en la lista de los desaparecidos. Charlie Ross, Ambrose Bierce, el juez Carter y ahora Cassie McGraw.

—Supongo que tiene usted razón, pero me resisto a admitirlo —dijo Barret.

Al recoger la postal y las fotocopias e introducirlas en su bolsillo, encontró las fotocopias restantes. Las sacó, estudió una de ellas y se la entregó al señor Holliday.

—¿No le había enseñado esto, verdad? Está tomada de una vieja fotografía de Cassie en París en los años 30. ¿Serviría de algo hacerla circular entre las pacientes?

—Lo dudo. Si no han querido admitir el nombre o la identidad del autógrafo, es difícil que esto diera resultado.

—¿Y qué me dice del personal? Tal vez algún empleado podría reconocer algo en este rostro que le recordara a alguna de las pacientes.

—No es probable, señor Barrett. Esto es una fotografía de una muchacha de unos veinte años. Dudo que alguien pudiera descubrir el más ligero parecido entre esta muchacha y una paciente que debe tener más de sesenta o setenta años.

Ya no quedaba nada más por decir, excepto una cosa, el acto final de la desesperación.

—Me gustaría ofrecer una recompensa, señor Holliday. —Aún sostenía la postal en sus manos y se la entregó al director—. ¿Le importaría mostrar la postal y la fotografía a sus enfermeras y decirles que si consiguen descubrir algo, ganarán cien dólares, si me llaman esta noche al Ambassador East?

—Bien, no sé. La mayoría de las enfermeras ya han visto la postal y la fotografía antigua no creo que pueda significar nada. Creo que es inútil...

—Pero por si acaso, señor Holliday.

—Le aseguro que deseo ayudarle. No sería una mala propaganda para nosotros que se encontrara a Cassie McGraw aquí. Pero no creo que estas dos pruebas puedan servir de algo. No obstante, si esto le complace, tenemos otro turno que empieza a las cuatro. Voy a decirle lo que haré. Prenderé la postal y la foto en el tablero de anuncios junto con una nota que diga que si alguien reconoce a la muchacha de la fotografía, se ponga en contacto conmigo y, si yo no estoy, con usted en el Ambassador East, e indicaré que se ofrecen cien dólares de recompensa. ¿Qué le parece?

—Es lo único que puedo pedirle.

—No estaré aquí cuando entren las enfermeras del turno de las cuatro. Pero volveré hacia las ocho de la noche. Si sé alguna cosa que usted no sepa todavía, le llamaré personalmente. Aunque, sinceramente, señor Barrett, yo creo que es mejor que la dé usted por perdida.

—Lo sé.

El director le acompañó por la rampa hasta la puerta que daba a la calle. Barrett se detuvo junto a la puerta.

—Permaneceré en el hotel hasta las ocho, señor Holliday. Si para entonces usted no me ha llamado, regresaré por donde he venido.

—¿No puede usted ganar el juicio sin Cassie McGraw?

—No —dijo Barrett tristemente al tiempo que salía.

A las cinco y media de la tarde, necesitó tomar un trago y se dirigió a tomarlo al bar de la planta baja del Ambassador East.

Había perdido una tarde inútilmente encerrado en su habitación con la guía telefónica de Chicago sobre las rodillas, llamando a todos los sanatorios importantes y casas de reposo del Condado de Cook y preguntando monótonamente una y otra vez si había alguna paciente llamada Cassie McGraw.

No la había en ningún sitio.

Había sido un esfuerzo ilógico, basado no en la razón, y le había reportado lo que era de esperar: nada.

Después llamó a Donna a Los Angeles para que ella transmitiera su fracaso a Abe Zelkin más tarde y para saber qué tal habían resultado los testigos de la defensa de aquel día. Zelkin había aparecido por el despacho una vez, durante la interrupción del mediodía, para saber si había alguna noticia de Barrett y lamentar el hecho de que los testigos de la defensa siguieron siendo tan inefectivos e ineptos y siguieran siendo un blanco tan fácil para los ataques de Duncan durante las repreguntas.

Al colgar el aparato, Barrett se sintió tan deprimido que tentado estuvo de llamar a su apartamiento para escuchar la voz de Maggie y animarse un poco. Pero ya eran más de las cuatro y, puesto que se molestaba en esperar, era necesario mantener la línea libre por si se producía alguna llamada.

Se fumó media bolsa de tabaco y el teléfono siguió en silencio.

Por consiguiente, tras dejar en el conmutador su paradero, bajó al vestíbulo para hacer las reservaciones de su vuelo de regreso a Los Angeles; después se dirigió al bar de la planta baja para verificar si un trago le daba resultado y conseguía librarse del dolor que le afligía.

Estaba bebiendo pero no le servía de nada; se estaba preguntando si un abogado pobre y derrotado tenía derecho de pedirle a una muchacha como Maggie Russell que uniera su vida a la suya. Recordó que era maravillosa y revivió mentalmente y con placer su compañía; en su corazón revivió su dulzura y su calor en su espalda; comprendió que la noche anterior había sido la primera vez en su vida que había experimentado una relación completa y honesta con una mujer que era totalmente hembra.

El tiempo que pasó con Faye no había sido una relación. Había sido algo unilateral. El no había sido un hombre con una mujer, sino un adorno que la llenaba con apariencias de normalidad. Las mujeres anteriores a Faye tampoco habían sido mucho mejores, había sido como dos personas bailando sin música.

Durante años se había sentido un inadaptado como si no hubiera nadie en el mundo con quien pudiera relacionarse. Leía constantemente en las novelas, historias de relaciones satisfactorias que le deprimían porque le demostraban que no podía medirse con ninguna mujer, que no podía hallar ninguna relación comparable con las escenas de amor que leía en los libros. La mayoría de las novelas le habían inducido a creer que toda relación con una mujer dependía especialmente del sexo.

Pero ahora sabía que los libros eran falsos, que había sido engañado.

Había adivinado cuál era la relación auténtica hombre-mujer y cuál era la falsa en el transcurso de sus estudios previos al juicio. Es más, la noche anterior había experimentado lo verdadero y lo auténtico.

Aquel juicio le había enseñado exactamente lo que era mentira, desengaño y decepción en la mayoría de los escritos pornográficos, incluso en los mejores. Sorbió su bebida en silencio y les dio las gracias a su mentores.

Gracias, profesor Ernest van den Haag, maestro número uno, por explicar la falsedad de la pornografía: "El sexo crece en un mundo vacío en el que las personas se utilizan mutuamente como portadores o vasijas anónimas del mismo, exentas de amor y odio, pensamiento y sentimiento, reducidas a simples sensaciones de dolor y placer, existiendo sólo en (y para) incesantes cópulas sin aprehensión, conflicto ni relación".

Gracias, Jacques Barzun, maestro número dos: "El acto sexual vulgarizado con fines literarios empieza con una breve conversación; se acerca hacia un sofá o una cama; presenta a un hombre desnudando a una mujer o una mujer desnudándose sola; subraya algún detalle físico de su cuerpo y después narra una cópula a velocidad militar. En la mayoría de los casos, la empresa suele alcanzar el éxito, a pesar de la carencia de los preliminares que las obras teóricas consideran imprescindibles; en la mayoría de los casos, no se mencionan para nada las consecuencias y en la mayoría de los casos, no suele producirse repetición del acto, ni ninguna clase de conclusión artística, a no ser que se consideren como tal el orgasmo o la apresurada vuelta a vestirse... El moderno acto sexual impreso es sólo una fábula, un truco para corregir determinadas deficiencias de nuestra educación y cultura".

Gracias, profesor Steven Marcus, maestro número tres: "En "Pornotopía", que describe la utopía pornográfica de los libros, el mundo paisajista consta de "dos inmensas lomas blanco nieve... Más allá, la escena se angosta y cambia de perspectiva. Más a la izquierda y más a la derecha sobresalen dos suaves cerros blancos. Entre ellos, en su punto de conjunción, se observa un oscuro bosque... Este bosque oscuro —que a veces se denomina matorral— presenta forma triangular. Es también como un velo cedrino y en el centro presenta una romántica grieta oscura. En esta grieta abundan las maravillas de la naturaleza... Es el centro de la tierra y el hogar del hombre". La naturaleza de la pornotopía es "esta inmensa figura femenina... En cuanto al hombre de este decorado, hay que decir que no forma parte de la naturaleza. En primer lugar, ni siquiera es un hombre. Es un enorme pene erguido al que acierta a estar unido una figura humana".

Este era el cuento de hadas del hombre y de la mujer, el cuento de hadas explicado. Era necesario defenderlo. Pero nunca debía creerse en el mismo.

La realidad de la vida, de la literatura, de la literatura honrada, era otra cosa. Era, tal como el profesor Marcus había señalado, cómo vivían juntas las personas, cuáles eran sus sentimientos y emociones cambiantes, cuáles sus complejos motivos y cuáles sus conflictos íntimos o interpersonales. La realidad era, en la opinión de Barzun, toda la ternura y todas las vacilaciones, todas las sensaciones y todas las fantasías del amor. La realidad era precisamente tal como la

Cathleen de Jadway la recordaba en aquellos intensos siete minutos.

La noche anterior, con Maggie Russell, Barrett había gozado y sufrido la realidad por primera vez en una relación recíproca con una mujer.

Había sido algo más que sus puntiagudas lomas y que la ancha grieta, algo más que su pene erguido y algo más que las maravillas encerradas en la grieta. Habían sido las horas de conversación anteriores, el descubrimiento de cosas en común, la risa, la tristeza, la indignación y la secreta conciencia de que estaban unidos, de que eran especiales, de que estaban por encima del mundo y comprendían su secreto carácter de excepción. Había sido su deseo de estar más juntos, de rozarse, de amarse, de fundirse entre sí. Había sido su decisión simultánea y el dirigirse sin palabras hacia el dormitorio y el emplear ella un contraceptivo antes y su turbación inicial al encontrarse desnudos, y la cicatriz del apéndice de ella y su propio deseo de haber podido estar más delgado antes de conocerla, y sus torpezas y el rito inicial de ella, no de éxtasis sino de incomodidad, y la victoria al unirse y el sonido de una burbuja en el estómago de ella y el fugaz recuerdo de Cassie McGraw y de Chicago antes de su orgasmo prematuro y sus excusas y los besos de ella y sus palabras susurradas después y el té y los *crackers* juntos y más conversación soñolienta y la rítmica respiración de ella en sueños y descubrirse él roncando.

Era todo esto y mucho más.

Sin embargo, a pesar de estar seguro de sus sentimientos hacia ella y de la rectitud de ambos, le preocupaban los sentimientos que ella pudiera experimentar para con él, sentimientos que tal vez pudieran durar toda una vida. Ella había padecido demasiada inseguridad para invertir el resto de su amor, de su vitalidad, de sus posibilidades de tranquilidad, de sus años en la tierra, en un hombre que iba a ser un fracaso. En esta sociedad, un fracasado sólo es medio hombre y Maggie necesitaba a un hombre entero. Si perdía aquel caso, sabía que nunca podría pedirle que se uniera a él y aunque así lo hiciera no era probable que ella fuera lo suficientemente imprudente como para contestarle que sí.

Giró en su taburete del bar para pedir un tercer trago.

—¡Señor Michael Barrett!

Giró el taburete por completo y observó que el *maitre* se estaba acercando. Levantó un brazo para darse a conocer.

—Señor Barrett, hay una llamada telefónica para usted.

Pagó rápidamente la cuenta y siguió al mozo al tiempo que le preguntaba:

—¿Es una conferencia o una llamada local?

—Lo ignoro, señor. Por favor, recíbala en la cabina del vestíbulo.

Se dirigió apresuradamente a la cabina, tomó el aparato y se identificó.

La llamada era local.

Escuchó una voz femenina:

—Señor Barrett, le llamo por lo de la recompensa...

—¿Sí? ¿Quién es?

—Me llamo Avis Jefferson. Soy enfermera del último turno del Sanatorio Sunnyside. Antes he estado ocupada por lo que no había visto el anuncio del tablero hasta ahora. El señor Holliday ha salido, por lo que he pensado que era mejor llamarle directamente a usted. La nota dice que pagará usted cien dólares a quien pueda ayudarle en relación con la postal o la fotografía que aparecen en el tablero.

—Es... es cierto —balbuceó.

—Yo puedo ayudarle. Con la fotografía.

—¿Reconoce usted a la mujer de la fotografía, señorita Jefferson? Esta fotografía fue tomada hace casi cuarenta años.

—Había visto la fotografía antes, señor Barrett.

—¿Dónde?

—Aquí en el sanatorio. Incluso puedo mostrársela. Si esto es lo que desea.

Se sentía alborozado, como flotando por el aire.

—¡Cariño, esto es lo que quiero ni más ni menos! Voy en seguida. No se vaya. Estaré ahí dentro de veinte minutos. Espéreme junto al mostrador.

Cuando él llegó, Avis Jefferson le estaba esperando junto al mostrador de recepción del Sanatorio Sunnyside. Al darle la mano, comprobó que era mucho más alta que él. La negrura de tinta de su piel quedaba rota por la blancura de sus dientes y acentuada por su limpio uniforme blanco. Era amable, efervescente y Mike Barrett confió en ella inmediatamente.

—Sígame —le dijo a Barrett. Se sentía tan torpe como un colegial que acudiera a su primera cita; llevaba el ramo de rosas con el que esperaba obsequiar a Cassie McGraw si es que verdaderamente existía una Cassie McGraw.

Al girar una esquina, la señorita Jefferson le dijo:

—En cuanto vi la fotografía en el tablero, me dije a mí misma esto lo he visto yo antes. Inmediatamente recordé cuándo y dónde. Fue hace un año, cuando estábamos haciendo la limpieza de las habitaciones de los pacientes, en la habitación 34A. Yo estaba arreglando sus maletas y sus efectos personales y viendo si había algo que no se usara cuando tropecé con un viejo álbum de fotos. Por curiosidad

513

natural —porque una siempre piensa en los pacientes como si sólo fueran ancianos olvidando que ellos también fueron jóvenes— miré para ver cómo era cuando joven. Había páginas de instantáneas; algunas de ellas de París —ella me había dicho que había viajado y vivido en el extranjero pero yo no creía que fuera cierto— y estaba esa fotografía suya; me llamó la atención porque ella tenía unos ojos maravillosos y parecía estar plena de naturaleza, no sé si me entiende. Al ver de nuevo la foto en el tablero, recordé que la había visto en su álbum y también otra, una cosa particular. La que ella guardaba en su álbum también tenía una esquina rota igual que la suya. Esto me hizo estar segura.

—¿La cara de Jadway arrancada?

—No sé de quien era la cara.

—¿Nunca la oyó mencionar a Jadway?

—Que yo recuerde, no. Tampoco le he oído mencionar a Katie el nombre de Cassie McGraw.

—¿Cómo dice que se llama?

—Katie. Bueno, sé que ella es la señora Katherine Sullivan.

—Sullivan. —Barrett saboreó el sonido del apellido que tanto tiempo se le había resistido—. Debe ser el apellido del hombre que contrajo matrimonio con ella tras la muerte de Jadway; el marido que murió en la Segunda Guerra Mundial. ¿Habló alguna vez de él?

—Utilizando el nombre de Sullivan, no. En un par de ocasiones dijo que se había quedado viuda y que esto había sido la causa de que su hija se consagrara al Señor.

—Comprendo. Conque es Katherine Sullivan. Muy bien, lo de Sullivan ya está resuelto. Pero me pregunto de dónde ha sacado el nombre de Katherine.

Dio con la respuesta inmediatamente después de haber formulado la pregunta. Al principio del caso, mientras curioseaba por el Emporio del Libro de Ben Fremont, había tropezado con un libro llamado *El Nombre del Nuevo Hijo*, en el que se indicaban las derivaciones de los nombres propios masculinos y femeninos, y buscó su nombre y el de Zelkin. Aprendió que su nombre, Michael, no era irlandés, como siempre había creído, sino de origen judío y significaba "padre de la multitud", y que Abraham también era de origen judío y significaba "aquel que es como Dios". Fascinado, buscó otros nombres que había manejado en el transcurso de la preparación previa al juicio y uno de ellos fue Cassie y leyó que Cassie derivaba del griego y significaba "pura" y era uno de los diminutivos de Katherine. Y ahora comprendió que una de las variantes de Katherine era Cathleen, el nombre de la heroína imaginaria de *Los Siete Minutos*.

Hasta aquel momento, no se había acordado de sus excavaciones arqueológicas de nombres. Ahora estaba claro. Al casarse, Cassie había querido ocultar el pasado e incluso había tomado otro nombre; no obstante, había querido rendir tributo a su inmortalidad en el libro de Jadway y a su propio yo reflejado en las páginas del mismo; de Cathleen había querido conservar un retazo de un tiempo maravilloso haciéndose llamar Katherine.

La señorita Jefferson se detuvo ante una puerta abierta. En la pared, figuraban los números "34A-34B". La enfermera se la señaló con el dedo.

—Aquí dentro.

El la siguió al interior de la habitación. Había dos camas individuales, cuidadosamente arregladas con colchas de color marrón, y separadas por una cortina del hospital. Más allá de las camas había unas puertas de cristal y canceles que daban al patio interior.

—Esta es la de Katie —dijo—. La dejamos estar levantada un rato después de cenar, antes de acostarla.

Barrett examinó el escondrijo de Cassie tan distinto del Dome de Montparnasse y de la Brasserie Lipp. Había una bandeja portátil, con ruedas acopladas, situada junto al pie de la cama y sobre la misma se observaba un vaso de jugo de naranja a medio llenar y una cubeta de papel que contenía unas píldoras color de rosa. Junto a la cabecera de la cama había una mesilla de noche de metal sobre la que se observaba una garrafa de agua, un vaso, un radio de transistores y unas gafas.

Barrett se volvió y advirtió que la señorita Jefferson estaba arrodillada frente a un armario empotrado del que había sacado una deslustrada maleta marrón. Ella la abrió y, después, con aire triunfal, extrajo de la misma un álbum de fotografías rectangular encuadernado en piel de imitación de color azul marino.

—Aquí está, tal como yo la recordaba —rio la señorita Jefferson levantándose.

Siendo veterano de tantas decepciones, a Barret le asaltó una última duda.

—Señorita Jefferson, estaba pensando si la Katherine Sullivan que posee este álbum se parece en algo a la Cassie McGraw de esta vieja fotografía tomada frente a la Torre Eiffel.

—Desde luego que no. ¿Cómo podría ser después de tanto tiempo? ¿Acaso yo me parezco a como era cuando iba a la escuela? No, en absoluto.

—¿Entonces cómo sabe que la fotografía del álbum de la señora Sullivan es suyo? Acaso sea sólo un regalo, enviado por la verdadera Cassie McGraw que quizás fuera amiga de la señora Sullivan.

Avis Jefferson esbozó una amplia sonrisa que dejó al descubierto la blancura de sus dientes.

—Se preocupa usted sin motivo. No es necesario que lo pregunte. Hay otras fotografías en este álbum suyo y, en algunas de ellas, escribió hace tiempo cosas tales como "Yo en París en el "35" y son las mismas, quiero decir que la mujer de las demás fotografías y esta de la fotografía de la Torre Eiffel con los dos hombres son la misma mujer. Ya lo verá.

La señorita Jefferson estaba pasando las páginas y, de repente, se detuvo y le entregó el álbum a Barrett.

Había cuatro instantáneas en dos páginas; dos de ellas estaban descoloridas y resquebrajadas y la de la extrema izquierda era la que él había descubierto en la Colección Sean O'Flanagan. Era la misma fotografía: O'Flanagan, Cassie y Jadway sin cabeza. La instantánea adyacente representaba a Cassie frente a una construcción medieval y, bajo la misma, ella había escrito: "En el Museo de Cluny, Oct., 1936". La caligrafía le resultaba tan conocida como la de la fotocopia del reverso de la fotografía que guardaba en el bolsillo. Las instantáneas de la página de la derecha mostraban a Cassie sola, una posando en lo que Barrett pensó que debía ser el Pont-Neuf, con el Sena a su espalda, y la otra saludando a la cámara en posición de firmes bajo el rótulo de una calle que rezaba "Boulevard St. Michel".

Sin acordarse de la larguirucha enfermera que estaba mirando también por encima de su hombro, Barrett hojeó rápidamente todo el álbum, desde la primera hasta la última página. La mayoría de las páginas estaban vacías. Sólo había una docena de fotografías más. Dos rígidos retratos que Barrett supuso eran los padres de Cassie. Algunos recuerdos de su infancia, Cassie entre los seis y los doce años, en un coche, en trineo, en un árbol. Una fotografía del joven Sean O'Flanagan en París. Algunas instantáneas de Cassie en Zurich y una dándoles de comer a las palomas de la plaza de San Marcos de Venecia. Una sola fotografía de una niña de cabellos rizados y cara corriente, de unos catorce años quizás, con el nombre "Judith" escrito bajo la misma. Después había una instantánea sobrepuesta que parecía ser de un juvenil soldado, fornido, con el cabello muy corto, y sonriendo pícaramente, vestido con el uniforme del ejército de los Estados Unidos. Sin duda se trataba de Sullivan después de la boda y antes de ser enviado al exterior para convertirse en una baja. Y una última fotografía. Sin ninguna figura humana. Simplemente una puerta, sobre la cual podía leerse claramente: "Imprenta Étoile, 18 rue de Berri".

Barrett contempló la última fotografía y el álbum le tembló en la mano.

Era la confirmación. Cerró el álbum. Cassie McGraw, al fin.

Esperó a que Avis Jefferson metiera de nuevo el álbum en la maleta y la guardara en el armario.

La enfermera cerró el armario y se volvió para mirarle.

—¿Dónde está ella? —preguntó Barrett nerviosamente.

—En la sala de recreo —dijo la señorita Jefferson—. Siempre la dejo allí en su silla de ruedas, después de cenar. Me gusta que tenga un poco de compañía antes de acostarse.

Barrett recogió el ramo de rosas que había dejado sobre la cama.

—Vamos —dijo.

Estaban de nuevo en el corredor y se dirigían al salón de recreo. La señorita Jefferson le miró con simpatía:

—Es bonito que traiga las rosas. Cuando vi la nota en el tablero pensé que tal vez fuera usted un pariente lejano o algo por el estilo. Lo esperaba. Porque nunca viene nadie a verla.

Barrett sacudió la cabeza:

—No tiene a nadie, excepto una hija en un convento.

—Pero después, la postal que usted había colgado en el tablero me desconcertó y pregunté quién era usted. Me dijeron que era el abogado mezclado con el libro sexy y con el juicio de California y que nuestra Katie Sullivan tenía algo que ver con aquel libro.

—Era la amante del hombre que escribió el libro.

—¡Usted bromea! ¿Nuestra Katie? ¿Esta señora tan encantadora? Dios mío, las cosas que uno no sabe de la gente. Es difícil creer viéndola sentada en aquella silla de ruedas como cualquier abuela.

Otra cosa le preocupó. La silla de ruedas. Tendría que seguir conservando su reputación de hombre preocupado.

—¿Por qué está en un sillón de ruedas, señorita Jefferson? ¿Puede andar, no?

—Ya no. Cuando vine aquí hace algunos años, se estaba recuperando de una rotura de cadera, estaba siendo sometida a tratamiento y utilizaba un bastón. Después tuvo otra caída, volvió a romperse la misma cadera y estuvo a punto de morir de una pulmonía después de la operación. Pero es fuerte. Consiguió superarla. De todos modos, ya no pudo andar. Es lástima, sabe, porque tener que estar sentada así todo el tiempo la hace a una sentirse frágil e inútil.

—Sí, es triste —dijo él. Mientras hablaba, Barrett pensaba en las dificultades que entrañaría trasladar a Cassie McGraw a Los Ángeles y presentarla ante el tribunal, pero podría hacerse. Tal vez, si estaba conforme con el precio, el señor Holliday le alquilaría los servicios de Avis Jefferson para que cuidara a su testigo estelar. A cada paso que daba, a cada palabra que escuchaba, Cassie Mc Graw iba tomando una presencia real. Pensó en ella, sentenciada a permanecer sentada en aquella silla de ruedas.

—¿Qué hace todo el día? —preguntó—. ¿Qué está haciendo ahora? ¿Mira la televisión?

—No, nunca la mira mucho tiempo. Le gusta permanecer sentada

517

y soñar y pensar, tal como suelen hacer la mayoría de los pacientes de aquí. A veces me pregunto en qué estará pensando. Se lo pregunté una vez y me sonrió dulcemente, tal como suele hacer, sin decirme nada. Me gustaría saberlo.

—Oh, probablemente piensa en su juventud y en su pasado. Este es el único juego de los ancianos.

—Tal vez, pero no es probable —dijo la señorita Jefferson—. Pensar mucho en el pasado sería bastante difícil para ella.

Habían llegado a la puerta que daba acceso al salón de recreo.

—Es triste que tenga que pasar, pero Katie o Cassie o como quiera usted llamarla ha perdido casi totalmente la memoria.

—¿Que ha perdido la memoria?

Barrett se detuvo estupefacto. Nunca se le hubiera podido ocurrir. Era el único obstáculo que no había previsto y fue un golpe muy duro.

—¿Quiere decir... quiere decir que no le es posible recordar nada?

—Es senil —dijo la señorita Jefferson. Después, al ver la expresión del rostro de Barrett, soltó la puerta que ya había empezado a abrir—. ¿Qué ocurre?

—Contaba con su memoria para el juicio.

—Lástima. ¿Quiere decir que, aunque la haya encontrado, no servirá de nada?

—No, si no puede recordar el pasado.

—Qué mala suerte. Bien, entonces no debería aceptar ninguna recompensa de usted.

—No, usted la ha encontrado. Se merece el dinero. ¿Pero senil? Nadie lo había dicho antes. No obstante, debí suponerlo cuando el señor Holliday pasó la postal y la fotografía a todas las pacientes y ninguna la reconoció. Cassie debe haber visto la postal y la fotografía sin recordarlas. Sin embargo... —Se acordó de otra cosa—. Señorita Jefferson, dígame una cosa. La postal firmada por ella y enviada a Los Angeles. En la misma defiende y recuerda a Jadway y *Los Siete Minutos* y habla de sí misma como de la amiga de Jadway. Estos recuerdos datan de casi cuarenta años. Por consiguiente, se acordaba cuando escribió la postal. ¿Cómo lo explica usted?

—No conoce cómo son los casos de senilidad, señor Barrett. La mayoría de ellos son como su Cassie. Se endurecen las arterias del cerebro. Es una dolencia gradual que se va acentuando progresivamente. Al principio, el paciente experimenta confusión y pierde la noción del tiempo. Poco a poco, la memoria se debilita hasta que un día desaparece... es posible que ni siquiera sepa quién soy yo. Desde luego, Katie no ha llegado todavía a este extremo pero yo está muy cerca. Hay una cosa curiosa en estos casos de senilidad cuando alcanzan el grado en que ella se encuentra. A veces, algunos días, pueden recordar lo que les sucedió hace cuarenta o cincuenta años y, sin embargo, no recuerdan qué han comido o a quién acaban de ver. Pero casi siempre sus cerebros son como los de los caballos, tal como dijo una vez un médico, queriendo decir que si un caballo hace alguna cosa mal y se le castiga diez minutos después, no sabe por qué se le castiga, no recuerda lo que ha hecho mal. No recuerdan más que lo que sucede en el presente. Así suele ser nuestra Katie.

—¿Pero y la postal, señorita Jefferson?

—Bien, tal como le he dicho, debe haber estado en uno de sus días de lucidez. Un par de veces al mes, pasa una o dos horas en las que se comporta normalmente. Casi puedo adivinar lo que sucedió probablemente con esta postal. Cuando yo o cualquiera otra enfermera vemos que registra un momento de perfecta lucidez, sin confusión y con total comprensión de todas las cosas, lo aprovechamos leyéndole algún periódico para que pueda saber que hay un mundo exterior y sepa lo que sucede en él. Por lo tanto esta postal... ¿cuándo fue escrita?

—Hace cosa de dos semanas y media.

—Debió estar perfectamente lúcida aquel día, durante un rato debió comprenderlo todo y yo o alguna otra enfermera le leímos la primera página de algún periódico, tal vez un poco de política, un asesinato o algo interesante como lo es este juicio. Alguna de nosotras debió leerle algún reportaje sobre él y, durante una o dos horas, ella habrá recordado a Jadway y su libro. Algún voluntario debió preguntarle a Katie si podía ayudarla en algo. Y puesto que ella aún debía recordar la noticia del juicio, debió decir, "Sí, tráigame una postal y escriba una cosa que le diré y envíela a la dirección del hombre cuyo hijo está mezclado en este juicio"; el voluntario debió hacerlo, esto es lo que sucedió.

Así había ocurrido y Barrett lo comprendió. Sus esperanzas, al igual que la mente de Cassie, se habían desvanecido. No obstante, había una mente que experimentaba algunas horas de lucidez uno o dos días al mes, y si había eso, también había una esperanza.

—¿Qué tal está hoy? —preguntó.

—No lo sé. No he tenido ocasión de hablar con ella desde que he llegado. Vamos a verla. La veo desde aquí, en su silla de ruedas junto a la mesa del fondo contigua a la puerta que da al patio. Entre y permítame que le presente.

Avis Jefferson cruzó la sala de recreo y Barrett le siguió los pasos. Después pasaron entre un grupo de personas que estaban alrededor del aparato de televisión en color para llegar al centro de la estancia. Barrett pudo contemplar por primera vez a la legendaria Cassie McGraw.

Estaba preparado, pero sabía que nunca podría estar preparado del todo. Comprendía que la alegre y encantadora muchacha de la Orilla Izquierda de los años 30 ya no existía, como no existía Zelda Fitzgeral, no obstante había esperado encontrar alguna reliquia reconocible de aquel esplendoroso pasado. Tal vez una encantadora dama con vestigios de su antigua belleza y de su ascendencia bohemia.

Sin embargo, se encontró frente a las virutas de lo que había sido en otro tiempo una mujer. Una dama, más envejecida de lo que sus años permitían suponer, de blancos y desordenados cabellos, ojos apagados, mejillas hundidas, con algunos pelos grises en la barbilla, de cuello delgado, manos arrugadas y surcadas de venas azules y pies hinchados, toda envuelta en una bata color azul pálido demasiado grande para ella. Estaba sentada junto a la mesa, sin mirar ni el centro de fruta de cera, ni el patio, ni a nadie ni a nada, ni siquiera hacia su interior.

La amante de Jadway, la lozana y amorosa heroína de la novela más prohibida jamás escrita.

Esta era Cassie McGraw.

Barrett dejó sus inútiles rosas rojas sobre una silla cercana, al tiempo que la señorita Jefferson le conducía frente a la línea de visión de Cassie McGraw.

Hola, Katie ¿qué tal está? —le preguntó la señorita Jefferson—. Katie, mire qué señor ha venido a verla. Es el señor Barrett que ha venido desde Los Angeles, California, desde tan lejos hasta Chicago, sólo para verla a usted. ¿Qué le parece?

Barrett se adelantó vacilante:

—Encantado de conocerla, señorita McGraw.

La cabeza de Cassie se levantó lentamente, muy lentamente, y sus apagados ojos parecieron enfocar gradualmente a su visitante. Le miró fijamente durante varios segundos y asintiendo ligeramente, muy ligeramente con la cabeza, sus agrietados labios esbozaron una dulce sonrisa. El esfuerzo de la sonrisa había sido su forma de reconocer una presencia, había sido su bienvenida, pero después volvió a concentrar su atención en una arrugada pelota de Kleenex. Sus débiles y huesudos dedos empezaron a juguetear con la misma y a arrugarla más si cabe.

—Ya ha visto qué le ha sonreído —dijo la señorita Jefferson con gran entusiasmo—. Esto significa que le agrada que haya usted venido. Siéntese, señor Barrett. Háblele. Pregúntele lo que quiera.

Barrett aceptó una silla, se aproximó a Cassie McGraw y se sentó. Avis Jefferson tomó asiento en otra silla al otro lado de la mesa.

—Señorita McGraw —dijo Barrett ansiosamente— ¿recuerda usted a un hombre que fue íntimo amigo suyo hace años, un hombre llamado J J Jadway, o Jad como quizás le llamara usted?

Sus ojos miraron los labios de Barrett mientras éste hablaba pero no se registró en los mismos ninguna señal de reconocimiento o de comprensión y sus dedos siguieron jugueteando con los Kleenex.

No dijo nada.

—Tal vez, señorita McGraw, recuerde usted un libro que Jadway escribió. Usted le ayudó a publicarlo en París. Se llamaba *Los Siete Minutos*. ¿Lo recuerda?

Le escuchaba atentamente y fruncía el ceño. Se mostraba interesada pero levemente confusa.

—Señorita McGraw ¿significan algo para usted los nombres de Christian Leroux y de Sean O'Flanagan?

No le contestó pero pareció estar masticando algo en la boca.

—Tiene la dentadura floja —explicó la señorita. Jefferson— y ahora la está moviendo.

La enfermera sacudió un dedo en dirección a Cassie McGraw.

—Vamos, Katie, no sea terca y no disimule. Yo sé que puede hacerlo mejor. Este señor ha venido para pedirle que le ayude. He visto con mis propios ojos la postal que usted dictó y firmó hace pocas semanas. Fue usted lo suficientemente sensata para firmarla con su propia mano y ahora creo que tendría que decirle a este señor por qué escribió aquella postal.

La anciana dirigió una dulce sonrisa a su enfermera como si elogiara a un cantante por su magnífica interpretación. No dijo nada.

—Katie ¿se acuerda de su hija, verdad? —preguntó la señorita Jefferson.

Los ojos de Cassie parpadearon, siguió ofreciendo la misma sonrisa, pero guardó silencio.

Avis Jefferson miró tristemente a Barrett y se encogió de hombros.

—Creo que no tiene usted suerte, señor Barrett. Tal como le advertí, así es como suele comportarse, es normal en esta clase de pacientes. Es inútil.

Barrett suspiró.

—Me temo que tiene usted razón, señorita Jefferson. Lo que más me decepciona es haber conseguido dar con ella al final y saber que hay tantas cosas de J J Jadway encerradas en su interior... bueno, no lo siento sólo por mí, lo siento también por ella. Así es la vida, qué le vamos a hacer.

Apartó la silla para levantarse y entonces escuchó un sonido extraño, casi un graznido, y después una gruesa voz dijo:

—¿Cómo está el señor Jadway?

Barrett volvió a sentarse en la silla, mirando a Cassie McGraw, murmurando el nombre de Dios en vano, contemplándola mientras sus labios trataban de articular palabras.

—¿Cómo está el señor Jadway? —volvió a repetir Cassie Mc Graw.

—Bueno, estaba bien, estaba bien la última vez que me hablaron de él —dijo Barrett rápidamente. Miró por encima del hombro a la señorita Jefferson que le estaba haciendo excitadas señas con la mano, implorándole que prosiguiera. Volvió a dirigirse a la anciana—. El señor Jadway estaba bien. ¿Qué tal estaba cuando usted le vio por última vez?

—Le dolía dejar París —dijo Cassie—. Ambos estábamos tristes, pero él tenía que volver a casa.

—¿Volvió a casa? ¿Quiere usted decir que dejó París y regresó a los Estados Unidos?

—Con su familia de Conn... Conn...

—¿Connecticut?

—Regresó por su padre. Yo estaba con Judith en Nueva York. Creí que tal vez... —Su voz se quebró. Mascó en silencio, tratando de recordar. Sacudió la cabeza lentamente—. No, no podía quedarme. Tenía que dejarle. Tenía que hacerlo.

Sus ojos parpadearon y sus dedos buscaron de nuevo la bola de papel de su regazo, volviendo a juguetear con la misma.

Tratando de contenerse, Barrett se incorporó hacia adelante y rozó su fina mano que poseía la textura del viejo pergamino en un intento de captarse de nuevo su atención.

—Señorita McGraw...

Cassie McGraw levantó la cabeza pero sus ojos estaban apagados.

—¿Qué me estaba diciendo? —insistió Barrett—. ¿Me estaba usted diciendo que Jadway y usted abandonaron París y regresaron a los Estados Unidos para siempre? ¿Que él no se mató? ¿Que regresó a vivir aquí con su familia de Connecticut y la dejó a usted en Nueva York? ¿Y que a usted no le gustó que la dejara en Nueva York, que no le gustó estar en América y que él regresara con su familia? ¿Esto es lo que usted trataba de decirme?

La expresión de Cassie McGraw era de asombro. Sus dedos jugueteaban con los Kleenex, pero sus labios no se movieron.

—Cassie, Cassie —imploró él— estábamos tan cerca, ya casi lo habíamos conseguido. Por favor, trate, trate de recordar, trate de terminar por lo menos lo que había empezado a decirme. Por favor, dígame ¿se suicidó Jadway en París o es una mentira? ¿Regresó vivo a este país sano y salvo? ¡Por favor, recuerde!

Estaba fascinada por el interés de Barrett, como si se tratara de un ofrecimiento de devoción y amor, pero su dulce sonrisa era como un *non sequitur*.

—Cassie... Katie... inténtelo, inténtelo —le rogaba él—. Dígame una cosa. ¿Estaba vivo Jadway cuando todos suponían que había muerto? ¿Está... está vivo actualmente?

Los ojos de Cassie presentaban una expresión vacía y su mente, lo que quedaba de la misma, había regresado al limbo.

Barrett comprendió que no podría conseguir más. La promesa de un relámpago y de un trueno y después el silencio de los seniles que era como el silencio de los muertos, pero peor.

Apartó la silla de la mesa y se levantó al tiempo que Avis Jefferson hacía lo mismo.

—Estaba tratando de decirle a usted algo —dijo la enfermera— pero supongo que no ha podido. Este algo se ha desvanecido. ¿O acaso sí le ha dicho algo?

—No lo suficiente, en realidad nada que pueda serme de utilidad, teniendo en cuenta su situación.

—Iba a sugerirle que si pudiera usted venir por aquí una o dos semanas, tal vez pudiera coincidir con uno de sus días de buena memoria, como cuando dictó el texto de la postal.

Barrett sonrió tristemente.

—Si estuviera escribiendo una historia, me quedaría. Pero se trata de un juicio y no tengo tiempo. El juicio podría terminar pasado mañana. Creo que estamos perdidos. —Miró a la anciana—. Ha sido amable. Lo ha intentado. Lo ha intentado de veras. Es una señora muy agradable. Debió ser una joven muy interesante.

Contempló el ramo de rosas rojas que empezaba a marchitarse. Lo tomó y dijo:

—Se merece esto, por lo menos.

Se inclinó y, suavemente, colocó el ramo sobre el regazo de Cassie. Ella lo miró con asombro, tocó los pétalos de las rosas, levantó la cabeza una vez más y, por primera vez, su sonrisa presentó otra característica. Era una sonrisa traviesa.

—Flores —dijo Cassie McGraw—. ¿Es mi cumpleaños?

La señorita Jefferson rio alegremente, Barrett también sonrió y, al final, Cassie McGraw empezó a arrancar los pétalos de las rosas y volvió a perder el contacto humano.

La señorita Jefferson seguía riendo y sacudía la cabeza mientras se alejaban.

—Es muy curiosa. ¿La ha oído? "¿Es mi cumpleaños?", preguntó. Ve usted, puede recordar, puede recordar algo. Una vez al año le envían flores por su cumpleaños, es la única vez, sólo cuando es su cumpleaños y supongo que esto es lo que las flores significan ahora para ella, por eso ha creído que era su cumpleaños.

El oído interior de Barrett escuchó su voz interior. Repitió su pregunta en voz alta:

—Creía que estaba sola. ¿Dice usted que recibe un ramo de flores cuando es su cumpleaños? ¿De quién? ¿Quién se las envía?

Y otra pregunta:

—Y, a propósito ¿quién paga la cuenta de su estancia en este sanatorio?

—Una vez se lo pregunté al señor Holliday. Dice que el dinero procede de sus rentas.

—¿Y las flores de su cumpleaños? ¿Se las envía su hija? ¿Sean O'Flanagan? ¿Hay algún nombre en la tarjeta?

—Señor Barrett vienen sin tarjeta, sin ninguna tarjeta.

Habían salido de la sala de recreo y se encontraban de nuevo en el corredor.

Barrett aún no se mostraba satisfecho.

—Si hay flores, *alguien* tiene que mandarlas.

—No sé quién, señor Barrett. Lo único que sé es que se las entregan la mañana de su cumpleaños, cada año, y son de la Florería Milton.

—¿Dónde está la Florería Milton?

—Aquí en Chicago, en la Calle State.

—¿Está usted segura que proceden de allí?

—Claro que estoy segura y le diré por qué. El mensajero siempre anda por aquí, es muy simpático. El y yo bromeamos siempre. Y siempre que trae el ramo de Katie —de su señorita Cassie— insiste en entregárselas él personalmente para poderla felicitar.

Barrett sacó la cartera. Extrajo cinco billetes de veinte dólares. Los colocó en la palma de la mano de la señorita Jefferson:

—Su recompensa —dijo.

—Es muy amable de su parte, pero no tiene usted por qué, teniendo en cuenta que...

Barrett sostuvo en la mano otro billete de veinte dólares:

—¿Le gustaría ganarse esto? Quiero que llame a su amigo de la Florería Milton y averigüe de dónde vienen cada año las flores de cumpleaños de Cassie... de la señora Sullivan, mejor dicho. ¿Quiere usted hacerlo?

La señorita Jefferson aceptó el billete.

—Espéreme aquí, señor Barrett.

Dobló la esquina apresuradamente y él esperó demasiado excitado para poder fumar su pipa.

En menos de cinco minutos, Avis Jefferson regresó sin aliento.

—Mi amigo está esperando al teléfono porque no estoy segura de haber obtenido la respuesta que usted espera.

—¿Qué respuesta le ha dado?

—Lo ha mirado y ha dicho que las flores de Katie Sullivan son una orden permanente de la Florería Capitol Hill de Washington, D. C.

Esto no le dice a usted de *quién* proceden y esto es lo que a usted le interesa saber ¿verdad?

—Eso es lo que me interesa saber. ¿Quién paga la orden permanente de Washington, D. C.?

—Es lo que yo pensaba. Se lo he preguntado y dice que no lo sabe. Pero, dado que es usted tan amable y generoso, yo le he dicho que a lo mejor usted pagaría la conferencia a Washington, D. C. y puesto que ahora está solo en la tienda, puede decir que es el dueño y averiguarlo. ¿Quiere usted que lo intente?

Rápidamente, Barrett le entregó un billete de diez dólares que extrajo de su cartera y se lo entregó a la señorita Jefferson:

—Dígale a su amigo que llame a Washington, D. C.

—A lo mejor tardará diez minutos o un cuarto de hora.

—Esperaré aquí.

Ella volvió a marcharse. Y Barrett siguió esperando.

No quería pensar. Permaneció de pie, entumecido.

Habían transcurrido menos de diez minutos cuando descubrió de nuevo la desgarbada figura de Avis Jefferson cruzando el vestíbulo y acercándose a él. Su expresión denotaba alegría.

—Lo ha conseguido, señor Barrett. Este inteligente muchacho se lo ha conseguido. Ha fingido ser el dueño, se ha inventado un embuste diciendo que tenían que efectuar un intercambio y que era muy importante, en la florería de Washington lo han mirado y le han dicho que lo único que tenían era la dirección donde tienen que enviar la cuenta cada año, es el nombre de una mujer, con dirección y número telefónico recién cambiados, es la que paga la cuenta cada año por medio de un talón bancario. Aquí está. Lo he anotado.

Le entregó un trozo de papel.

Barrett lo miró. En la hoja de papel había escrito lo siguiente: "Señorita Xavier, Senado de los Estados Unidos, Edificio Antiguo, Washington, D. C. Para telefonear, marcar la cifra 180 del área de la central Capitol, número 224-3121 y pedir después el número de la señorita Xavier, 4989".

—Señorita Jefferson, casi le tendría que dar un beso.

—No se atreva a hacerlo.

—¿Dónde puedo conseguir un taxi?

A continuación, se marchó.

Veinticinco minutos más tarde, a través del teléfono de su habitación del Ambassador East, marcó el número de la central Capitol.

Ahora sabía todo lo que había que saber, todo lo que había buscado saber de Cassie McGraw. Ella se lo había dicho en parte. Y después había dicho *¿Es mi cumpleaños?* y con esto le había dicho lo demás.

Habló al Senado de Washington, solicitó hablar con la señorita

Xavier, e indicó el número especial 4989, en el edificio Antiguo del Senado.

—Un momento, por favor. Trataré de conseguirle comunicación.

Se escuchó un zumbido interminable pero no hubo respuesta alguna.

Intervino de nuevo la voz de la telefonista:

—Lo siento, señor. La señorita Xavier debe haberse ido ya a su casa. Parece que no hay nadie en el despacho del senador Bainbridge...

—... pero, si es algo urgente, puedo tratar de localizar a la señorita Xavier o al senador Bainbridge en su casa.

—En realidad, necesito hablar con el senador. Es urgente, muy urgente.

—Trataré de localizarlo. ¿Quién tengo que decirle que le llama?

Pensó rápidamente y después dijo en tono de negocios:

Dígale que está aquí el señor Michael Barrett. Dígale que el señor Barrett, amigo de la señorita Cassie McGraw, le llama desde Chicago.

—Michael Barrett. Amigo de Cassie McGraw. Muy bien. Por favor, si quiere esperar, veré lo que puedo hacer.

El aparato permaneció mudo y Barrett lo sostuvo junto a su oído, esperando en su última esperanza.

Volvió a hablar la telefonista:

—¿Señor Barrett?

—Estoy aquí.

—He localizado al senador Bainbridge. Ahora hablará con usted.

Hubo un momento de silencio y después se escuchó una voz bronca al otro lado de la línea:

—Dígame.

—¿El senador Bainbridge? Soy Michael Barrett. Soy el abogado que defiende el libro de Jadway en el juicio que se celebra en Los Angeles.

Hubo una pausa prolongada.

Cuando volvió a escucharse la voz al otro extremo de la línea, había desaparecido el tono de aspereza de la misma.

La voz sonaba cautelosa:

—Sí, señor Barrett, nos estábamos preguntando cuanto iba a tardar usted. Jadway y yo... estábamos... lo esperábamos... desde hace mucho tiempo.

La señorita Xavier resultó ser una mujer de más de treinta años, pequeña, compacta, reservada, de reluciente cabello negro que le llegaba hasta los hombros, tez bronceada que revelaba su ascendencia indio americana y labios sin pintar. Le estaba esperando junto a la escalera eléctrica del Capitolio.

En cuanto se fue el chofer del senador para regresar al coche, ella le dijo:

—El senador Bainbridge no estaba seguro de si podría verle aquí o en su despacho del Edificio Antiguo del Senado. Tenía que organizar primero dos citas. Pero voy a acompañarle a su despacho donde podrá concederle a usted veinte minutos.

—Gracias —dijo Mike Barrett.

—Bajaremos por la escalera eléctrica hasta el sótano del Senado.

—Usted primero, señorita Xavier.

Recordando su breve conversación con el senador Bainbridge la noche anterior, advirtió que no había conseguido enterarse de nada a no ser que un chofer le recogería delante del hotel Mayflower a las once menos cuarto de la mañana. No obstante, lo que había sabido antes de hablar con el senador Bainbridge ya había sido suficiente. Todas sus crecientes sospechas —que habían empezado con el anacronismo de las fechas del doctor Eberhart y la cita de Sean O'Flanagan— se habían confirmado finalmente.

La oscuridad había cedido el paso a la luz cegadora.

J J Jadway estaba vivo.

Después, desde Chicago, había llamado por teléfono a sus colaboradores de Los Angeles y había anunciado su asombroso descubrimiento a Zelkin, Sanford y Kimura. Había permanecido en silencio mientras le escuchaban y después mostraron una excitación y un entusiasmo incontrolables.

—¡Magnífico —gritaba Zelkin— has llevado a cabo la Operación Lázaro! ¡Has gritado: "Jadway, levántate" y el que estaba muerto se ha levantado! ¡Mike, has levantado a Jadway de entre los muertos!

Y los otros tres gritaron en coro como posesos a través del hilo transcontinental:

—¡Amén!

Durante treinta minutos, examinando todos los pasos de la caza de Barrett, sopesando cada una de las palabras relacionadas con el hallazgo, se perdieron en especulaciones acerca de la resurrección de Jadway y de su nueva vida. Al final, Barrett consiguió restablecer la calma entre sus colaboradores. Le rogó a Zelkin que le pusiera al corriente acerca del juicio para poder estar exactamente informado del mismo cuando se encontrara cara a cara con el senador Bainbridge y Jadway horas más tarde.

Zelkin le explicó que los testigos de la defensa habían resultado más efectivos por la tarde. Empezaron mal cuando la condesa Daphne Orsoni, importada de la Costa Brava española para atestiguar el buen carácter y las honradas intenciones de Jadway, fue obligada a confesar, bajo el fuego de la repregunta de Duncan, que había conocido a Jadway en el transcurso de un baile de disfraces en Venecia y que Jadway no se había quitado su máscara en ningún momento y que no, que ella no podía jurar que su invitado hubiera sido Jadway ni que le hubiera "visto". Después el especialista sueco en problemas sexuales, el doctor Rolf Lagergren había pronunciado un brillante discurso acerca de los standards comunitarios contemporáneos y acerca de la actitud del hombre normal con respecto al sexo, pero Duncan había maltratado mucho al doctor en el transcurso de la repregunta.

Después de conseguir del doctor Lagergren la afirmación de que *Los Siete Minutos* era una cuidadosa descripción en forma de ficción de los sentimientos y de la conducta de la mayoría de las mujeres en la vida real, Duncan citó el estudio más reciente del sexólogo, que rebatía esta afirmación. En dicho estudio de mil mujeres casadas y solteras, el doctor Lagergren había descubierto que tres de cada cuatro mujeres, es decir, la mayoría de las mujeres, alcanzaban el orgasmo, no en siete minutos, sino en un período comprendido entre uno y seis minutos y que sólo una de cada cuatro mujeres tardaba siete minutos o más —desde siete minutos hasta veinte minutos— en alcanzar el orgasmo. Comprendiendo que sus afirmaciones acerca del orgasmo femenino estaban en contradicción, el doctor Lagergren había perdido su aplomo por unos momentos y había afirmado rápidamente que Jadway había estructurado su novela basándose en algún estudio sexual anterior y menos amplio y que sí, que tal vez el autor se había permitido alguna licencia literaria. Al tranquilizarse de nuevo, el doctor Lagergren había insistido en que, aunque la heroína de Jadway no pudiera calificarse de corriente, utilizando el reciente estudio sobre el tiempo de los orgasmos, el retrato de Jadway de los sentimientos sexuales de una mujer reflejaba el de la mayoría de las mujeres. Tras la presentación del especialista sueco, había ocupado el estrado Rachel Hoyt, la bibliotecaria, que había estado magnífica en su elocuente proclamación de la pureza esencial y de la valía del libro.

Mañana habría más testigos, como por ejemplo el novelista Guy Collins, que hablarían en defensa de los méritos de *Los Siete Minutos*. Y, al día siguiente, sólo tendrían al doctor Yale Finegood que trataría de demostrar que la lectura no era la causa de la violencia de los jóvenes como Jerry Griffith.

—Y después, ya habremos terminado —dijo Zelkin a través del teléfono—. Después, ya habremos presentado todas nuestras pruebas y lo que le hemos presentado al jurado no es suficiente, Mike. Hemos ganado un poco de terreno, pero no hemos alcanzado el éxito. Tal y como están las cosas, Ben Fremont acabará en prisión y *Los Siete Minutos* terminará en una hoguera. Necesitamos un testigo espectacular —sólo uno— para salvarnos. Y si este testigo fuera Jadway en persona lo habríamos conseguido. Has conseguido un milagro, Mike. Has demostrado que está vivo. Pero ¿puedes traerle aquí a testificar en favor nuestro?

—No lo sé —dijo Barrett— pero, ahora que lo hemos descubierto, no veo por qué tendría que negarse a comparecer.

—¿Ha habido alguna indicación en el sentido de que Jadway estaría presente mañana cuando te entrevistes con el senador?

—Ninguna en absoluto. Es muy posible que Jadway está presente. Tengo que esperar a ver. En cuanto a Bainbridge, desconozco el papel que desempeña pero, al parecer, se encarga, o se ha encargado, de algunos de los asuntos de Jadway. Es extraño, teniendo en cuenta el hecho de que es senador, que no sepa nada de él. Me gustaría saber *algo*, antes de hablar con él.

Acordaron que Kimura se dirigiría inmediatamente a la Biblioteca Pública de Los Angeles y que después acudiría al archivo del periódico *The Los Angeles Times* para más tarde indicarle a Barrett lo que hubiera averiguado.

Después de la conferencia, Barrett llamó a su apartamiento y habló largamente con Maggie Russell. Ella se alegró de saber que la pista de Cassie McGraw hubiera conducido al descubrimiento de J J Jadway.

Se mostró orgullosa de Barrett, le habló cariñosamente y prometió estarle esperando cuando regresara.

Dos horas más tarde, Zelkin le llamó de nuevo para leerle las notas obtenidas rápidamente por Kimura, pero la información era muy escasa.

—Nos has oído hablar mucho del senador Thomas Bainbridge porque hace poco tiempo que actúa en público —le dijo Zelkin—. Murió uno de los senadores por Connecticut —sólo hace cuatro meses, ahora lo recuerdo— y el gobernador señaló a Thomas Bainbridge para que ocupara el puesto vacante hasta finalizar el término del mandato. Bainbridge era decano de la Escuela de Derecho de Yale y estaba asociado con una empresa jurídica de Washington y tenía allí un segundo domicilio. Antes que eso, déjame ver, fue juez del Tribunal de Apelaciones del estado. Y antes, presidente de una gran fábrica... aquí no se indica de qué. No importa. En cuanto a sus antecedentes educacionales, se graduó en Yale y, en el año 1932, obtuvo el bachillerato legal.

Esto había sido la noche anterior y, antes de medianoche, Barrett había conseguido alcanzar un vuelo que le trasladó a Washington desde Chicago y después tomó un taxi que le llevó desde el aeropuerto internacional hasta el hotel Mayflower.

Aquella mañana, exactamente a las once menos cuarto, un chofer con librea le había recogido y conducido a lo largo de la Pennsylvania Avenue hasta Capitol Hill acompañándole ante la presencia de la señorita Xavier.

La voz de la señorita Xavier volvió a llevarle a la realidad. Se encontraban bajo el Capitolio, en el sótano del Congreso. La señorita Xavier le señaló un tren en miniatura.

El tren de Toonerville —dijo ella sin sonreír—. Hay dos kilómetros de distancia hasta el Antiguo Edificio del Senado.

Medio minuto más tarde, se apearon del diminuto tren y, segundos después, tomaron una ascensor. Los despachos del senador Bainbridge estaban muy cerca.

En la sala de recepción había dos escritorios y las paredes estaban decoradas con fotografías panorámicas y un gran mapa en relieve de Connecticut. A la derecha, Barrett pudo observar otras dos salas llenas de escritorios y archivadores y a varios empleados, hombres y mujeres, blancos y negros. Barrett se detuvo frente al mapa en relieve preguntándose si estaría el senador solo o bien el senador y Jadway, mientras escuchaba que la señorita Xavier anunciaba por teléfono su llegada. Trató de disimular su nerviosismo.

—Sí, senador, le haré pasar inmediatamente —dijo ella. Le hizo una indicación a Barrett—. Por aquí, señor.

Le acompañó hasta la reluciente puerta de roble.

En el transcurso de aquellos segundos, Barrett pareció dudar. Había sido la caza tan larga y desesperada, con tantas cumbres y valles, con sueños tan brillantes y con pesadillas tan negras, con tantas cosas tangibles y con tantos espejismos. Y a través de aquella odisea, al adentrarse en el pasado, siempre había experimentado la sensación de estar acercándose cada vez más a la sombra de Jadway oculta tras cada recodo. Y si bien Jadway había adquirido consistencia en su imaginación, convirtiéndose en una persona y finalmente en un compañero que merecía ser salvado y que, a su vez, podría salvarles a todos ellos, Barrett siempre había aceptado hasta entonces que Jadway ya no existía, que era ceniza y polvo, que no era ni una persona, ni un compañero, ni un salvador. Pero ahora, tal como había dicho Abe, J J Jadway era una realidad, era un Lázaro surgido de aquellas cenizas que se habían esparcido sobre el Sena. Unos pasos más, y allí estaría Jadway, podría tocarle, oírle, hablarle... aquel extraño y misterioso autor de un libro, el libro más condenado, el libro más prohibido jamás salido de la pluma del hombre. Allí estaría aquel amante de Cassie, aquel progenitor de Judith, aquel creador de Cathleen, aquel poeta de un panegírico del amor que había logrado que la palabra "joder" se pudiera imprimir sin vergüenza y se convirtiera en el símbolo de un acto de belleza. Jadway, aquel nombre mágico que Duncan y Yerkes habían evocado como el sésamo que les abriría el camino del poder, aquel nombre de basilisco que miles, millones de fanáticos habían utilizado para prender fuego a los libros y a la libertad de expresión.

Barrett se detuvo. Le atenazaba una emoción cuyo significado no alcanzaba a comprender. Pensó que era una emoción semejante a la experimentada por el periodista Henry Morton Stanley el día en que —tras dos meses de búsqueda de un explorador-misionero perdido en el Africa Central— llegó a la aldea de Ujiji y encontró vivo al que tanto tiempo se le había escapado. "Hubiera querido correr hacia él, pero fui un cobarde ante aquella muchedumbre, le hubiera querido abrazar pero no sabía cómo me recibiría; por consiguiente, hice lo que la cobardía moral y el falso orgullo me sugerían hacer: avancé con aire deliberado hacia él, me quité el sombrero y le dije: "¿El doctor Livingstone, supongo?".

Stanley había concluido con la siguiente frase: "Finis coronat opus". Barrett lo comprendió: El fin corona el esfuerzo.

Ahora hubiera querido correr hacia Jadway, abrazarle pero, en lugar de ello, avanzó con aire deliberado hacia la reluciente puerta de roble que la señorita Xavier mantenía abierta.

Entró.

Había un hombre solo. Era el senador Thomas Bainbridge. No estaba J J Jadway. Sólo Bainbridge, Amigo e intermediario.

El senador Bainbridge permanecía de pie, tan erguido como si su columna vertebral fuera de acero... detrás de su escritorio, rígido, exangüe, distante, inmaculado, más parecido a un retrato de Gilbert Stuart o Thomas Sully que a un hombre vivo del siglo veinte. Barrett advirtió con decepción que era como uno de aquellos retratos primitivos americanos de un juez federal, como por ejemplo el del presidente del Tribunal Supremo John Marshall. Barrett pensó que sus facciones eran más pronunciadas que las de Marshall. Eran cesarianas, como la personificación de una autoridad perentoria. Su suave cabello era de color gris hierro. Su frente era despejada, sus ojos penetrantes, su nariz romana, sus labios aparecían apretados. Era alto, no estaba gordo, iba elegantemente vestido, su conservador traje gris no tenía ni una sola arruga. Allí estaba el austero yanqui de Connecticut.

Cuando el senador Bainbridge se movió, Barrett se sorprendió. Le estaba tendiendo la mano:

—¿El señor Barrett, supongo?

Barrett se desconcertó momentáneamente recordando a Stanley y Livingstone y comprendiendo que su anfitrión se había adueñado de la frase que le correspondía haber pronunciado a él. ¿La dijo con ironía o con humor? ¿O con ninguna de ambas cosas? Barrett no pudo saberlo. Tomó su mano y comprobó que le estrechó la suya con fuerza. Inmediatamente, los ojos de Barrett recorrieron la estancia automáticamente, para estar seguro.

—No —dijo el senador Bainbridge secamente—. He pensado que sería mejor recibirle a usted personalmente. Siéntese, por favor, señor Barrett.

Había una silla tapizada en verde oscuro frente al escritorio grabado y Barrett la tomó. Mientras esperaba a que el senador tomara asiento tras el sólido escritorio, Barrett examinó el despacho rápidamente. Había una mesa de conferencias, un lujoso sofá de cuero, una silla de cuero y un diván, varias estanterías de libros, una desigual escultura de Giacometti sobre una mesa de lámpara y numerosos diplomas y menciones colgando de las paredes y, a través de la ventana situada detrás de la silla giratoria de alto respaldo del senador, Barrett pudo observar el Hotel Carroll Arms al otro lado de la calle.

El senador ya estaba acomodado en su asiento y su porte aristocrático no le ofreció ninguna afabilidad de carácter verbal.

Barrett decidió adelantarse.

—Tengo entendido que acaba usted de ser admitido en el Senado. Le felicito.

—Gracias. Yo no lo buscaba ni lo deseaba. Era un deber. ¿Ha leído usted a de Tocqueville? Una pequeña mancha llamó a nuestro Connecticut, una pequeña mancha, una mancha que le proporciona a América el vendedor de relojes, el maestro de escuela y el senador. "El primero te proporciona el tiempo; el segundo te enseña qué hacer con el mismo; el tercero crea tus leyes y tu civilización". Alguien tiene que crear las leyes. Tal vez yo estoy tan capacitado para ello como la mayoría de los demás.

—Por sus antecedentes, estoy seguro de que está usted de sobra capacitado. —Pero a Barrett le preocupaba el tiempo que se le había asignado y lo que tenía que hacer—. Basándome en lo poco que sé acerca de sus antecedentes, senador, debo decirle que me sorprende que J J Jadway figure en los mismos.

Los ojos de Bainbridge no parpadearon.

—La vida reune a extraños compañeros de habitación, señor Barrett. Crecí con Jadway. Formábamos parte de la misma hermandad en Yale.

—¿Ha seguido usted manteniendo contacto con él durante todos estos años?

—Más o menos.

—El hecho de que usted haya seguido en contacto con Cassie McGraw —y que él no lo haya hecho— me sorprende.

—¿De veras? Usted es el abogado de *Los Siete Minutos*. Ha escuchado usted las calumnias que se han vertido contra el libro y contra su autor. ¿Le asombra a usted que, en los últimos años, no desee cargar con un pasado que pudiera constituir un obstáculo para su actual posición en la vida? Jadway no estaría dispuesto a comprometerse.

—Si está usted al corriente de nuestro juicio...

—Lo estoy, señor.

—... sabrá usted que mis colegas y yo consideramos el libro que defendemos como una obra de arte, como una obra talentosa, como una obra que su autor podría estar tan orgulloso de defender como lo estamos nosotros.

—Me temo que es usted un romántico, señor Barrett —dijo el senador—. La vida no suele ser así. Jadway lo aprendió muy pronto.

—¿Es decir que no quiso seguir manteniendo contacto personal con la señorita McGraw por temor a ser descubierto?

—Así es. En las cuestiones relacionadas con su pasado, yo he sido su representante, respetando sus deseos de permanecer en el anonimato. En el trivial recuerdo del cumpleaños de la señorita Mc Graw, por ejemplo. Y en algunas otras cosas, muy pocas.

Barrett comprendió que le iba a resultar difícil y hubiera deseado tener a su lado a Cassie McGraw, a Abe Zelkin y a Maggie, para que le ayudaran a ablandar a aquel yanqui. Pero los segundos pasaban rápidamente y los minutos también y era mejor que tratara de aprovecharlos al máximo.

—Senador ¿J J Jadway está vivo, verdad?

—Lo sabía usted ya antes de llamarme anoche. No veo por qué tendría que negarlo.

—Simplemente quería escuchárselo afirmar de nuevo. Hizo usted una observación curiosa anoche. Me dijo que usted y Jadway se estaban preguntando cuánto tardaría en llegar a saber que él estaba vivo y me dio a entender que ambos habían estado esperando que yo me acercara a ustedes más pronto o más tarde. ¿Creía Jadway que yo le encontraría? ¿Por qué razón lo pensaba?

Bainbridge se incorporó hacia adelante apoyando los codos sobre la mesa y entrelazando los dedos.

—Desde el momento en que usted quiso adquirir aquellas cartas de Jadway en posesión del comerciante de autógrafos Olin Adams, supusimos que usted iba a dar con nosotros.

—¿Sabía usted lo de las cartas?

—Ciertamente, señor Barrett. ¿Qué otra persona hubiera podido adquirirlas? Yo las recuperé para Jadway.

Barrett se asombró.

—¿Fue usted el comprador? Hubiera jurado que había sido el Fiscal de Distrito de Los Angeles. Mi teléfono lo había interceptado Luther Yerkes, industrial que apoya políticamente al Fiscal de Distrito Duncan.

—Es posible que Yerkes sea más poderoso que yo. Pero yo tengo mejores relaciones.

—¿Mejores relaciones, senador?

—Sean O'Flanagan por ejemplo. Le habían dicho que las cartas estaban a la venta. Pensó que era mejor informar a Jadway de ello. Entonces me llamó. Le autoricé a adquirirlas inmediatamente. Pero cuando quiso intentarlo, era demasiado tarde. Un tal señor Barrett las había adquirido e iba a llegar desde Los Angeles a la mañana siguiente para recogerlas. Entonces yo volé también a Nueva York y las recogí fingiéndome el señor Barrett. Perdóneme, señor Barrett. Recuerde que estoy encargado de ayudar a Jadway a permanecer en el anonimato.

—¿Incluso a costa de permitir que el nombre de Jadway sea calumniado y difamado?

—Olvida usted una cosa. Jadway ha muerto. Está enterrado junto con su pasado. Sólo a la historia le interesa el pasado. Jadway se ha creado un presente nuevo y mejor.

Barrett se agarró al borde del escritorio.

—Senador, mientras vivan Cassie McGraw y Sean O'Flanagan y mientras exista *Los Siete Minutos*, Jadway nunca podrá volverle la espalda al pasado.

Bainbridge se irguió.

—Cassie McGraw, O'Flanagan —Jadway se ha encargado de ellos— yo me he encargado de ellos en su nombre. Procuré que O'Flanagan estuviera a salvo. Primero con su publicación trimestral y después, al hundirse ésta, otorgándole una pensión anual que le permitiera vivir bajo techado, comer y beber.

—Guardando silencio.

—Desde luego, esto también. En cuanto a Cassie, encargamos a O'Flanagan que la vigilara. Cuando ya no pudo bastarse a sí misma, ni física ni económicamente, O'Flanagan se encargó de que tuviera los cuidados necesarios. Lo hemos seguido haciendo así hasta hace poco, dado que la bebida lo ha hecho menos formal. Ultimamente, la señorita Xavier se ha estado encargando personalmente de pagar las cuentas del señor Holliday y de la florería. Como usted ve, Jadway se ha preocupado de sus dos amigos del pasado. Y muy pronto, siendo simplemente mortales, tanto ellos como él serán sometidos a cremación o enterrados como lo fue el propio nombre de Jadway en París. Entonces sólo quedarán *Los Siete Minutos*. Pero también morirá, cuando el jurado de Los Angeles emita su veredicto.

—¿Y Jadway permitirá que muera?

—Sí.

—¿Por qué? ¿Acaso se avergüenza del mismo?

—No, señor Barrett, no se avergüenza. A menudo advierto que más bien se siente orgulloso. Considera que fue algo honrado, verdadero y que incluso pudo ser de utilidad para algunos lectores. Cier-

534

tamente, puedo decirle a usted que fue creado por el amor. Pero la ley de la supervivencia es válida tanto para los libros como para las especies. Si el mundo no le permite vivir, tendrá que morir.

—No morirá un libro únicamente, senador, no quisiera parecer exagerado, pero lo creo con toda mi alma. Si este libro muere por supresión legal, morirá una libertad humana de nuestra sociedad.

Por primera vez, Bainbridge reveló cierta emoción. Frunció el ceño.

—¿Qué está usted diciendo, señor Barrett?

—Estoy diciendo que en este juicio no se debate simplemente un libro, sino algo más —añadió Barrett fogosamente—. Digo que se está juzgando la libertad de expresión. La libertad de expresión ha sido sometida a juicio con frecuencia, pero nunca con tantos enemigos apostados a su alrededor. Los recientes años de tolerancia en las artes han hecho que los defensores de la libertad fueran más complacientes, los ha hecho ciegos. No han podido ver la unión masiva de las fuerzas de la censura. Hemos llegado a una encrucijada. Si se hunde el libro de Jadway, preveo la venida de una nueva edad del oscurantismo.

—No tiene usted que enseñarme nada acerca de la libertad, señor Barrett. Lo único que le he pedido que me dijera es qué está usted intentando decirme.

—Intento decirle que ahora que sabemos que Jadway vive, que podemos revelar los hechos relacionados con su persona y con su libro, le imploramos que lo haga así. Consideramos que es absolutamente necesario que lo haga así, sin tomar en cuenta lo que ocurra en su vida privada. El impacto de su aparición ante el tribunal, la sensación que causaría su testimonio, la exposición de la verdad por primera vez, todo esto puede abatir las afirmaciones de la acusación y conseguir para nosotros el veredicto de inocencia, contribuyendo así a derrotar a los censores y a liberar *Los Siete Minutos*. Senador, quisiera que Jadway comprendiera lo que digo...

—Le prometo que se lo diré.

—... y quiero pedirle que comparezca personalmente como testigo de la defensa mañana en Los Angeles.

—Puedo pedírselo... también puedo darle su respuesta: no.

—¿Está usted seguro?

—Completamente.

Barrett se levantó seriamente agitado.

—No puedo comprenderlo, no puedo entender que un hombre capaz de realizar un prodigio de liberación en el pasado, pueda repudiarlo ahora. ¿Cómo es posible? ¿Qué clase de cobardía o de egoísmo es éste? ¿Qué clase de hombre es Jadway?

Era consciente de que Bainbridge lo observaba, escuchando cada una de sus palabras. Ahora advirtió que Bainbridge deseaba responderle. Barrett esperó y el senador habló, escogiendo cuidadosamente las palabras:

—Le diré qué clase de hombre es Jadway a ver si después entiende usted sus motivos. Si en su juventud Jadway fue un idealista, ahora, a su avanzada edad, es un hombre práctico. Sabe que lo que es bueno para la mayoría, para el bienestar común, es también lo mejor para él mismo, ya que él forma parte del todo. Le resolveré el enigma. Jadway se graduó en derecho al mismo tiempo que yo. No le interesaba el derecho. Consideraba que estaba mejor dotado para escribir. Se fue a París. Trató de escribir y, bajo la influencia de Cassie McGraw, así lo hizo. Le satisfizo poder ser más útil a la causa de la libertad, poder hacer más para liberar el alma humana, escribiendo que a través del ejercicio de su carrera legal. Pero intervinieron otras circunstancias —no pregunte cuáles porque no puedo divulgarlas— y como resultado, Jadway tuvo que abandonar su carrera de escritor así como el derecho. Años más tarde, cuando se le ofreció la posibilidad de elegir, ya había perdido todo interés por la literatura, pero seguía existiendo el derecho. Regresó a él para servirlo lo mejor que pudiera. Se ha elevado muy alto. Y ahora se elevará aún más. Puedo decirle, en confianza que, dentro de pocas semanas, habrá una vacante en el Tribunal Supremo de los Estados Unidos y que el presidente le ha preguntado en privado a Jadway si aceptaría un puesto en el Tribunal Supremo.

—¿El Tribunal Supremo? —balbució Barrett. Estaba anonadado—. Sigo... sigo imaginándome a Jadway como un bohemio tal como era en su época de París, dado que así es como ha sido descrito ante el tribunal. ¿Quiere usted decir que ha alcanzado tanta estatura y respetabilidad como para ser electo para el Tribunal Supremo?

—Es elegible y será nominado.

Todo el significado de esta información se apoderó de Barrett y le impulsó a acercarse a Bainbridge.

—Senador ¿sabe lo que esto significa? —preguntó Barrett—. Significa que Jadway —o como se llame en la actualidad— es un testigo cien veces más valioso de lo que yo había imaginado. Y es cien veces más necesario que comparezca, por nosotros y por el mismo.

Bainbridge comenzaba a protestar, pero Barrett prosiguió con creciente convicción.

—Imagínese la aparición de un hombre así en nombre de su libro, cómo rebatiría los cargos de que se le acusa —dijo Barrett—. Le diré lo que sería —por lo menos desde el punto de vista de un abogado— sería una de aquellas verdades increíbles como... como por ejemplo en aquel juicio de Lizzie Borden. Usted lo recuerda, estoy seguro. El padre de Lizzie y su madrastra fueron encontrados muertos brutalmente golpeados. Todo, todas las pruebas circunstanciales, estaban en contra de Lizzie Borden. No obstante, su defensor la hizo comparecer en el estrado de los testigos. Fue un lance arriesgado, pero tuvo un resultado brillante. Allí estaba Lizzie tan bien educada, tan bien vestida, tan elegante y delicada. Y su defensor se limitó a señalarla al tiempo que se dirigía a los jurados. "Para declararla culpable, deberían creer que es una arpía. Señores ¿acaso lo parece?" ¿Lo parecía? No lo parecía. Nunca podría parecer tal cosa. Era impensable. Todas las pruebas perdieron su importancia. Lizzie fue declarada inocente. Barrett tomó aliento y siguió hablando.

—Senador Bainbridge, si atribuir a Lizzie Borden un crimen de aquella clase era inconcebible, entonces me atrevo a sugerirle que es imposible considerar a un candidato al Tribunal Supremo, a un caballero que se ha ganado una alta estimación, a un erudito, como si fuera un pornógrafo, divulgador de suciedad. Permítame que Jadway sea mi último testigo, mi testigo estelar, y será suficiente. El jurado sabrá, en cuanto yo se lo señale, que un hombre así no puede haber escrito un libro sucio capaz de depravar y corromper a los jóvenes. Sabrán, antes de que él haya contestado a ninguna pregunta, que sus motivaciones sólo pueden haber sido óptimas. Confiarán en su valía moral y en su testimonio. Senador, conseguiremos la absolución para Ben Fremont, para *Los Siete Minutos* y para el mismo Jadway, tal como Lizzie Borden consiguió...

—Señor Barrett —le interrumpió el senador—. No es necesario que me siga usted explicando las tácticas legales del caso Borden.

Después añadió cáusticamente:

—Al fin y al cabo, yo *he sido* decano de la Escuela de Derecho de Yale.

Barrett se excusó inmediatamente.

—Perdóneme, señor. Pero es que un testigo tan perfecto es muy difícil que...

—Señor Barrett, permítame por favor terminar lo que había empezado a decir.

—Por favor.

—No dudo de que Jadway sería un testigo perfecto para la defensa. No obstante, en esta cuestión están en juego cosas mucho más importantes que su juicio: una nominación para el Tribunal Supremo. El anuncio se hará muy pronto y usted conocerá la identidad de Jadway y nadie fuera de esta habitación, exceptuando a nuestra querida Cassie y a nuestro amigo O'Flanagan, sabrá que el nuevo Juez del Tribunal Supremo fue en su día el autor de *Los Siete Minutos*. Ahora, dígame, señor Barrett, con toda sinceridad, si fuera usted Jadway ¿sacrificaría usted esta oportunidad única en la vida para trasladarse a California sólo por defender, en un juicio de poca monta, un libro que usted hubiera escrito en su juventud? Yo le digo que esto sería autocomplacencia. Porque, se lo aseguro, si Jadway tuviera que revelar su pasado ante el jurado, si él compareciera para salvar este caso, ello significaría la destrucción de su reputación. Se le retiraría inmediatamente el ofrecimiento de convertirse en juez del Tribunal Supremo. Sí, su llamada de la noche pasada le fue comunicada inmediatamente a Jadway; lo angustió y lo hizo reflexionar. Su decisión no se debió al temor de perjudicar su reputación, su ambición, su posición social o su familia. Creyó que podría hacer mucho más en favor de la causa de la libertad desde el alto cargo que ocuparía en los próximos años, que sacrificando esta oportunidad a cambio de hablar en un juicio de defensa de su propio pasado. Se trata de la oportunidad de defender muchas libertades y no solamente una. Le digo a usted que esta es la elección no de un egoísta, sino de un hombre animado de espíritu cívico, no de un hombre cobarde sino de un hombre valiente. Esta es la clase de hombre que es J J Jadway. Esa es la razón por la que se niega a comparecer en su juicio.

Barrett permaneció en silencio. Se acercó lentamente a la ventana, miró con aire distraído hacia la calle y finalmente regresó junto al escritorio.

—Senador Bainbridge —dijo pausadamente— creo que el señor Jadway se equivoca. Sé que no puedo convencerlo a usted o convencerlo a él a través de usted, pero tengo que decirle lo que pienso. Creo que hay muchos hombres tan capacitados para ocupar el cargo vacante del Tribunal Supremo como el señor Jadway y que podrían servir a la sabiduría y a la justicia con tanta competencia como él. Sin embargo, solo hay un hombre, un solo hombre en el mundo, que pueda salvar a este libro en particular y todo lo que el libro representa y todo lo que significa para el futuro. Creo que aquí es donde el señor Jadway debería librar su combate: aquí y ahora, donde él solo puede salvarnos y salvarse a sí mismo si se niega a abjurar de su pasado. Creo que su pasado significa más para el presente, para su presente y el nuestro, que su futuro. Esto es lo que yo pienso. Y aún hay más. Si se perdiera este caso, quedaría establecido como precedente legal el que los tribunales crean que los hombres pueden ser inducidos a la violencia —tal como ha afirmado la acusación con el ejemplo de Jerry Griffith— a través de una obra literaria. Si dicha afirmación no se rebate, si esta falsedad se abre camino y es aceptada legalmente, entonces todas las palabras habladas o escritas a partir de este momento estarán sentenciadas a muerte y los males auténticos de nuestra sociedad, que son los que alimentan y estimulan la violencia, estarán en condiciones de crecer más y más hasta que todos nosotros y nuestros herederos y todo lo que amamos sea destruido. Gracias por escucharme, senador Bainbridge. Dígale al señor Jadway que espero que duerma bien con la conciencia tranquila esta noche.

Ya estaba junto a la puerta cuando escuchó la voz de Bainbridge.

—Señor Barrett...

Esperó.

Bainbridge estaba de pie detrás de la mesa de su escritorio.

—Procuraré que el señor Jadway reflexione sobre todo lo que usted ha dicho. Si cambiara de opinión, sabrá dónde encontrarle.

Barrett trató de sonreir.

—Pero usted sabe que no cambiará de opinión ¿verdad?

El senador no contestó. Pareció estar reflexionando. Dijo:

—Tal vez le agrade saber que Christian Leroux no mintió conscientemente al hablar del libro de Jadway, de la vida de éste, de su suicidio y de las razones que le impulsaron al mismo. No dijo la verdad porque no conocía la verdad. Sólo conocía la mentira. Al igual que el padre Sarfatti sólo conocía la mentira. La mentira de Jadway y de Cassie. Tal vez esto tenga importancia ahora. No puedo decirlo. Sólo siento una cosa. Siento que se crea que un libro pueda inducir a un muchacho a cometer una violación, a actuar violentamente. La violación ya era un pasatiempo de los hombres mucho antes de que aprendieran a leer. Este aspecto del resultado de esta causa será muy triste. Pero tal vez el señor Jadway estará en condiciones de rectificarlo un día... algún día y de otra manera.

—Senador, no hay tal día. Sólo hay *mañana*. Adiós.

Al bajar a la calle, comprendió que había llegado al fondo pedregoso. ¿Cuántas veces había pensado que había llegado al fondo del pozo de la desesperación? Casi no podía acordarse del número. Pero esta vez estaba en el fondo. Ya no podía acudir a ninguna otra parte. Se había apagado la última luz de esperanza.

Salió a la luz del día, bajó tristemente el tramo de escaleras que conducía a la calle y se dirigió hacia un taxi.

Un vendedor de periódicos que se encontraba junto a una esquina estaba gritando a los peatones:

—¡La última sensación del juicio del libro sexual de Los Angeles!

¿La última? ¿Qué demonios podía ser?

Barrett corrió hacia la esquina, le entregó al muchacho una moneda y desdobló la primera plana del periódico.

Los grandes titulares en negro le azotaron como un látigo:

¡SHERI MOORE HA MUERTO!

LA VICTIMA DE LA VIOLACION DEL CASO LOS "MINUTOS" DE JADWAY MUERE INESPERADAMENTE: EL DEBATIDO LIBRO PORNOGRAFICO SERA SOMETIDO MAÑANA A LA DELIBERACION DEL JURADO.

Se estremeció.

Pensó primero en la pobre muchacha del hospital que ya se había marchado, después pensó en su padre, Howard Moore, en Jerry Griffith, en Maggie y, finalmente, en Abe y en sí mismo.

Minutos antes, había creído haber alcanzado el fondo pero era un fondo falso porque ahora se había abierto la última trampa bajo sus pies y comprendía que era posible hundirse más y allí abajo estaba oscuro, era el día más oscuro que había conocido.

Ya era bien entrada la mañana en Los Angeles y en el dormitorio del apartamento de Barrett, Maggie Russell había terminado de secarse después de la ducha y se estaba abrochando el sujetador cuando sonó el teléfono por segunda vez en una hora. Vestida únicamente con su sucinto *slip* y su sujetador, corrió hacia el salón para recoger la llamada.

Para alivio suyo, era Mike Barrett que llamaba desde Washington.

—Mike, estaba rezando para que fueras tú —le dijo ella—. Quería llamarte pero no sabía si iba a encontrarte. ¿Lo sabes? Me refiero a Sheri... Sheri Moore. Ha muerto esta noche.

—Sí, he visto los titulares hace media hora.

—Es una pena. Era tan joven. Lo siento mucho. Y Jerry está desesperado. Y tú —te lo noto en la voz— creo que estás muy deprimido.

—Estoy deprimido. Esta pobre muchacha, Sheri... no la conocía pero cuando suceden cosas así, todo lo demás deja de tener importancia.

—Es verdad. No puedo apartarla de mi pensamiento. Por egoísmo, me preocupo también por Jerry, por las repercusiones que ello tendrá para él. —Se detuvo—. Y estoy preocupara por ti, Mike.

—Por mi no te preocupes. Desde luego que estoy deprimido. Llevo una mañana espantosa, pero por lo menos estoy vivo.

—¿Qué quieres decir? Pensaba que... bueno, aparte de todo lo que ha sucedido, creía que tendrías *buenas* noticias. ¿No ibas a ver al senador Bainbridge y a Jadway esta mañana?

—He visto a Bainbridge. Punto. Acabo de dejarle.

—¿Qué ha sucedido, Mike? ¿No me digas que no ha querido...

—No ha querido. Es imposible.

—Oh, Mike, cuánto lo siento. Estaba segura de que cuando comprendieran que tú estabas al tanto de que Jadway no había muerto, ellos...

—No es tan sencillo. La principal preocupación de Bainbridge parece ser la de perpetuar el mito de que Jadway ha muerto. Me ha dado una pequeña esperanza. Me dijo que trataría de que Jadway reflexionara. Pero estoy convencido de que no conseguirá nada.

—¿No podrías emplazar a Jadway?

—¿Dónde? ¿Cómo? ¿Cómo puede emplazarse a un espectro?

—Es un consejo estúpido, lo sé, pero estoy tan afligida por ti...
que quisiera dar con alguna solución. —Pensó entonces en otra cosa—.
Mike ¿qué ocurrió con el senador Bainbridge? ¿Qué es lo que te
dijo? ¿Quieres contármelo?

La voz de Barrett sonaba tan abatida que ella sintió un profundo
pesar pero le rogó que continuara; él le contó entonces todo lo que
había sucedido desde el momento en que se encontró con la señorita
Xavier en el Capitolio hasta que abandonó el despacho del senador.

Después prosiguió. Después de su fracaso con Jadway, había
sabido de la muerte de Sheri. Había regresado al hotel y, dada la
diferencia de horario existente, había podido localizar a Zelkin en
el despacho antes de que éste se marchara al Palacio de Justicia.
A Zelkin también le había afligido la muerte de Sheri y la negativa de
Bainbridge y de Jadway.

—Tal como Abe ha dicho, si un autor se niega a defender su
propio libro y su propia vida ¿cómo podemos esperar nosotros defenderla con éxito? —dijo Barrett—. El hecho de que haya muerto
Sheri Moore ha apenado mucho a Abe... siente lo que le ha ocurrido a la pobre muchacha tanto como nosotros. Pero, aparte de esto,
está por verse la influencia que ejercerá la muerte de Sheri en el
resultado del juicio. Abe ha tenido que admitir que, aunque su muerte
no tenga nada que ver con los verdaderos aspectos legales del caso, el
efecto emocional que ejercerá sobre los miembros del jurado y sobre
todas las personas relacionadas con el juicio, será espantoso. Es el
punto exclamativo final del argumento de Duncan según el cual el libro
de Jadway indujo a Jerry a hacer a Sheri lo que le hizo, constituyendo
la auténtica causa de su muerte. Jadway ha dejado de ser un violador. Ahora es un asesino, él y cualquier otro que en lo sucesivo desee
expresarse libremente.

—¿Y no puedes hacer nada más? —le preguntó ella lentamente.

—Nadie puede hacer nada, Maggie, como no sea el mismo Jadway. Si él hubiera accedido a comparecer, hubiéramos podido superar
incluso el efecto emocional de la muerte de Sheri. Su aparición volvería a centrar el interés del juicio sobre el libro. Es posible que hubiera
conseguido explicar la honradez de su libro. De esta manera, hubiéramos tenido la oportunidad de demostrar, a través de una prueba viviente, que un autor y un libro así no podrían haberle hecho daño
a Jerry no siendo por tanto responsables de la muerte de Sheri. Pero
¿por qué perder el tiempo en especulaciones? Todo ha terminado.
A todos los efectos, Jadway sigue estando tan muerto hoy como lo
estaba cuando comenzó el juicio. Y los que sienten lo mismo que

nosotros van a sufrir por ello. Los censores han conseguido acomodarse en la silla del caballo. Los perseguidores de brujas vuelven a cabalgar. La libertad de hablar, de disentir, de protestar, todas quedarán destruidas junto con la libertad de leer. Bien ¿a qué seguir? Podría regresar para asistir al entierro de Sheri...

Mike...

—¿Sí?

Le había estado escuchando atentamente y había estado pensando mucho, tenía que saber otra cosa.

—Aparte de lo que ahora le suceda a tu caso, Mike, este último desenlace le dificultará mucho las cosas a Jerry ¿verdad?

El pareció vacilar. Finalmente, contestó:

—Sí, me temo que sí, Maggie.

—¿Hasta qué extremo?

—Podemos hablar de ello cuando regrese.

—Quiero saberlo ahora, Mike. Soy un adulto. Dímelo sin rodeos.

—Muy bien. Hasta ahora, con la víctima viva, Jerry hubiera podido ser condenado desde tres años hasta cadena perpetua en una prisión del estado; pero como colaboró con la oficina del Fiscal de Distrito y dadas las pruebas psiquiátricas y todo lo demás, hubiera podido ser condenado a un año o a un máximo de tres. No obstante, con la muerte de Sheri, al delito de violación forzada se asocia el de homicidio y lo más probable es que bueno, que sea sentenciado a cadena perpetua.

—¿Cadena perpetua? —Maggie se estremeció—. No es posible. No es justo. Ellos no conocen a Jerry.

—Maggie, la ley sólo sabe lo que se ve y lo que se oye.

Sólo lo que se ve y lo que se oye, pensó ella.

—Mike, Jerry ha sabido dónde me encontraba yo a través de Donna en tu despacho. He hablado con él esta mañana.

Barrett pareció dudarlo.

—¿De veras? ¿No está en la cárcel todavía?

—¿En la cárcel? ¿Qué quieres decir, Mike?

—Creía que lo habías entendido. Mientras Sheri estuviera viva, él podía permanecer en libertad bajo fianza. Ahora que ha muerto, se trata de un asesinato y Jerry tiene que ser confinado en una prisión del condado.

—Ahora lo entiendo. Ha llamado para hablar conmigo. No tiene a nadie con quien hablar. Hemos discutido acerca de lo que había sucedido y yo he tratado de tranquilizarle y finalmente le he preguntado si podía venir aquí y me ha contestado que intentaría eludir la vigilancia de su padre para verme, pero que tendría que regresar en seguida. Ha dicho que el Fiscal de Distrito iría a casa este mediodía para hablar con él y con el tío Frank. Mike, ¿lo arrestarán?

542

—Sí. Normalmente, Jerry ya tendría que estar en la cárcel. Pero dado que su padre y Duncan son amigos... supongo que ésta ha sido la razón del retraso en la detención. Pero me temo que lo meterán a la cárcel esta tarde.

—Entonces me alegro de que vaya a venir aquí. Sólo quería tranquilizarle, pero ahora... bien, no importa. Es mejor que termine de vestirme. ¿Vas a regresar hoy?

—Supongo que ya me han conseguido el billete. Iré directamente al Palacio de Justicia, si aún sigue el juicio. En caso contrario, me dirigiré al despacho. Te veré esta noche.

—Esta noche —dijo ella vacilando. Después añadió—: Mike, no te des por vencido. Todavía puede pasar algo.

—Cariño, creo que Dios tiene un cupo determinado de milagros para cada uno de sus hijos y me temo que el mío ya se ha agotado.

Tal vez el tuyo, hubiera querido decirle ella, pero no el mío. Pero solo le dijo adiós.

Después de colgar, permaneció de pie junto al teléfono tratando de recordar lo que Mike le había dicho.

Le había dicho: *Maggie la ley sólo sabe lo que se ve y lo que se escucha.* Pero Mike ¿y si no se ha visto y no se ha escuchado todo?

Le había dicho: *¿Cómo emplazarse a un espectro?* Pero, Mike ¿por qué no intentarlo?

Le había dicho: *Dios tiene un cupo determinado de milagros para cada uno de sus hijos.* Es cierto, Mike, pero tal vez el mío no está agotado todavía.

¿Qué es lo que siempre decía el escribano? La verdad, toda la verdad y nada más que la verdad, así Dios le salve.

Muy bien, que Dios me salve. Había llegado la hora de toda la verdad y nada más que la verdad.

Trató de reflexionar. Cuando lo hubo hecho, cuando lo hubo ordenado todo, se dispuso a empezar.

—Primero, la conferencia a Washington.

En menos de un minuto consiguió la comunicación.

—¿La señorita Xavier? ¿La secretaria del senador Bainbridge?

—Sí.

—Soy Maggie Russell de Los Angeles. —Ahora una mentira inocente—. Pertenezco a la Agencia de Publicidad Griffith. Es muy importante que pueda hablar mañana con el senador Bainbridge, en nombre del señor Griffith, por una cuestión de negocios. ¿Sería posible concertar una cita?

—Me temo que mañana será imposible, señorita Russell. Mañana el senador no estará en la ciudad.

—¿Estará fuera mucho tiempo?

—No sabría decirle, señorita Russell. Lo que sé es que se irá por la mañana. Desde luego, cabe la posibilidad de que regrese de Chicago a última hora del día. Si quiere usted indicarme el negocio de que se trata, tal vez yo pueda arreglarle...

—No, no importa. Gracias. Volveré a hablar con usted la semana que viene.

Conque *era* Chicago. El senador Bainbridge se iba a Chicago. En cierto modo, no le sorprendió en absoluto.

Este era el primer paso. Hasta ahora, todo bien.

Ahora el segundo. Jerry Griffith. Estaría al llegar y ella estaría vestida, esperándole. Llegaría esperando poder reclinarse en su hombro para llorar y esperando, como siempre, la píldora tranquilizante. Pero esta vez no, Jerry. Nada de placebos y nada de farsas. Y nada de hombro tampoco porque lo necesitaba para otra cosa, para darle de palos con el mismo hombro.

Después el tercer paso. Howard Moore. Incluso en su aflicción por la muerte de su hija, sobre todo por esta aflicción que le embargaba, accedería a verla, lo sabía.

Finalmente, el último paso. Llamaría al Aeropuerto Internacional. Reservaría un pasaje para volar a Chicago aquella noche.

Así lo haría... siempre que creyera en los milagros.

Se dirigió hacia el dormitorio, repitiendo mentalmente un estribillo. California, aquí estoy... California, aquí estoy.

11

Al día siguiente, jueves dos de julio, un chofer y una *limousine* alquilados, recién llegados del Aeropuerto Internacional O'Hare, esperaban frente al Sanatorio de Convalecencia Sunnyside.

En el interior de la residencia, más allá del rumor de los empleados sacando los platos del desayuno de las habitaciones de los pacientes para llevarlos a la cocina y de dos mozos que estaban limpiando el suelo del pasillo con una solución antiséptica, se abrió la puerta del despacho del director.

Primero salió del despacho el senador Thomas Bainbridge y detrás de él, satisfecho y sonriendo con deferencia, apareció el señor Holliday.

—No, no, no, senador —estaba repitiendo una vez más el señor Holliday—. Le aseguro a usted que no ha perturbado en absoluto la rutina. Nuestro horario de visita siempre es muy flexible.

—Gracias, señor Holliday. No tardaré mucho.

—Es un honor, es un placer, senador Bainbridge. Sé que la señorita McGraw —la señora Sullivan, mejor dicho— sé que estará encantada. Es el segundo visitante importante que hemos tenido en dos días. Ayer, desde Los Angeles...

—Lo sé, señor Holliday.

Habían llegado a la entrada de la sala de recreo.

—Desde luego, tal como ya le he dicho, senador Bainbridge, no siempre se muestra comunicativa. Puede registrar momentos de lucidez y hablar con sentido común, pero con frecuencia estos pacientes tienden a estar, bueno un poco... confusos. Pero si coincidimos con uno de sus días buenos, ya me entiende...

—Le entiendo perfectamente, señor Holliday.

—Acaba de desayunar y, a esta hora, podrá usted hablar con ella con toda tranquilidad.

Bainbridge entró en la sala acompañado por Holliday.

—¿Cuál es ella? —preguntó Bainbridge.

—La que está sentada sola al lado de la mesa, junto a la ventana que da al patio —dijo el señor Holliday—. En la silla de ruedas, con el abrigo rosa. La enfermera la está arreglando... ¡Oh, señorita Jefferson! ¿Puede venir?

La delgada enfermera cruzó rápidamente la sala.

—La he arreglado bien, señor Holliday.

—Excelente, excelente. Señorita Jefferson, le he prometido al senador un poco de tranquilidad. Procure que nadie interrumpa.

—Me encargaré de eso, señor Holliday.

—Bien, senador... —empezó a decir el director.

—Si no le importa —le interrumpió el senador Bainbridge—, desearía estar a solas con ella.

—Desde luego, desde luego —se excusó el señor Holliday, alejándose junto con la señorita Jefferson.

Bainbridge permaneció en el mismo sitio sin moverse.

Se armó de valor. Había cosas que uno tenía que hacer. Tenía que hacerlo ahora, se dijo a sí mismo. Inmediatamente.

Avanzó rápidamente con su caja de dulces.

Al acercarse, aminoró el paso rodeando la silla de ruedas para no asustarla.

Ella estaba contemplando el centro que se encontraba sobre la mesa pero advirtió la presencia de alguien a su lado y entonces levantó la cabeza y le miró de arriba abajo sin mostrar reacción alguna.

—Cassie McGraw —dijo él.

Ella no pareció reconocer aquel nombre.

—¿Le importa que tome asiento?

Sin esperar su respuesta, Bainbridge dejó la caja de dulces sobre la mesa, colocó su impermeable ligero sobre el respaldo de la silla y se sentó frente a ella.

—Soy Thomas Bainbridge —dijo—. ¿No recuerda mi nombre, verdad?

Ella mostró interés por la cinta amarilla que rodeaba el envoltorio de la caja de dulces. El tomó la caja y se la ofreció. Ella la rozó con la mano pero no la aceptó.

—Es para usted —dijo él—. ¿Quiere que la abra?

Ella sonrió dulcemente.

Bainbridge arrancó la cinta y el papel, abrió la caja y se la ofreció.

—¿Quiere tomar uno?

Ella contempló los dulces pero no hizo ademán de ir a tomar ninguno.

—¿Qué le gustará? —dijo él—. ¿Le gustaría uno blando?

Ella asintió.

Buscó un dulce de chocolate con un centro de crema y se lo colocó en la mano. Ella se acercó la mano a la boca, tomó el dulce, lo masticó con aire ausente y siguió sonriéndole.

Ahora, se dijo a sí mismo, ahora.

—Cassie —dijo—, he venido para cumplir un encargo especial, una misión, de parte de un hombre que usted conoció y amó y que la amó a usted y no ha cesado de amarla desde entonces. Estoy aquí en nombre de J J Jadway.

Esperó su reacción ante aquel nombre, pero pareció no haberle escuchado. Le fascinaba la aguja de oro de su corbata. Masticaba el dulce y seguía mirando fijamente y con aire ausente la reluciente aguja de corbata.

—Cassie —prosiguió él ansiosamente—, sé que usted lee ocasionalmente los periódicos y que a veces mira y escucha las noticias de la televisión. Estoy seguro de que está informada del juicio de Los Angeles sobre el libro de Jadway... el libro que él escribió, usted debe recordarlo, *Los Siete Minutos*. Bien, Jadway... estoy seguro de que usted sabe que está vivo...

Pero no estaba seguro y esperó que ella mostrara alguna señal de saberlo. No mostró ninguna pero, finalmente, apartó la mirada de la aguja de corbata y le miró a la cara. El pensó entonces que tal vez estuviera dispuesta a escucharle.

—¿Recuerda que usted permaneció en París e hizo lo que él le había dicho que hiciera —estaba diciéndole— y que regresó para acompañarla a Cherburgo y ambos regresaron juntos a Nueva York? Usted y él lo dispusieron así. Tenía que ser declarado muerto. Pero usted y yo —y Sean —sabíamos que no estaba muerto. Era nuestro secreto. Pero ahora este abogado de Los Angeles que la visitó ayer ha descubierto que Jadway está vivo y quiere que Jadway comparezca como testigo en el juicio. Fue una terrible decisión para Jadway. Pero tuvo que tomarla. No podía comparecer en aquel juicio, Cassie. Porque el Jadway que usted y yo conocimos ya no existe y considera que no merece la pena destruir el presente para salvar algo del pasado. Sólo una cosa le preocupaba al tomar la decisión y era usted. Un día es posible que usted llegara a saber que el juicio se perdió y que él no estuvo allí para defender su pasado y para defenderla a usted y todo lo que ustedes dos representaron. Quería que usted supiera que el pasado no puede resucitar —que una parte del mismo siempre viviría en el interior de cada uno de ustedes pero que no podía serlo todo, que no podía representar todo el presente. Quería que usted lo supiera, Cassie, y que lo comprendiera.

Bainbridge se detuvo:

—Se lo quiero decir en su nombre para que usted comprenda y pueda perdonar a Jadway.

Ella tragó el último fragmento de chocolate y movió los labios.

—¿Quién es Jadway? —preguntó.

El permaneció erguido e inmóvil y después suspiró levemente. Pensó, ahora se está derrumbando un corazón noble. Pensó, buenas noches, dulce princesa...

—¿Quién es Jadway?

Movió la cabeza arriba y abajo.

—Eso es, Cassie. ¿Quién es Jadway? Está muerto ¿verdad? Murió en París hace tiempo. Usted tiene razón y él también la tiene, es mejor dejar que el pasado siga permaneciendo enterrado.

Ella asintió con aire ausente y le dirigió una sonrisa.

Bainbridge se levantó y tomó el impermeable de la silla.

—Adiós, Cassie —dijo amablemente.

No estuvo seguro de que le hubiera escuchado. Su estropeada mano alcanzó la cinta de la caja de dulces.

Se alejó silenciosamente.

Al salir de nuevo al corredor, se alegró de no encontrarse con el señor Holliday. Se dirigió hacia el mostrador de recepción, extrajo un sobre alargado y se lo entregó a la recepcionista.

—Es un talón bancario —dijo—. Por favor, aplíquelo a la cuenta anual de la señora Sullivan.

Salió fuera. La *limousine* estaba esperando y el chofer había saltado de su asiento para abrir la portezuela posterior.

Entonces observó que se abría la portezuela de otro coche —la portezuela de pasajeros de un taxi estacionado detrás de su *limousine*. Una bonita muchacha, de cabello oscuro y ojos verde gris, tan alegre, vivaz y exuberante como Cassie había sido, había bajado a la acera y parecía correr a su encuentro.

A pocos metros de la *limousine*, le cerró el paso.

—Senador Thomas Bainbridge —dijo sin entonación de pregunta en su voz.

Asombrado, asintió:

—Sí, soy el senador Bainbridge.

—Llevo esperándole aquí fuera quince minutos —dijo ella—. Me llamo Maggie Russell. He volado desde Los Angeles para verle. Se trata del juicio de censura próximo a finalizar en Los Angeles esta tarde. No, no me ha enviado Mike Barrett. Me ha enviado Jerry Griffith.

—¿Jerry...?

—El muchacho que testificó que el libro de Jadway le impulsó a... a violar a una muchacha, la muchacha murió ayer. ¿Lo sabe usted?

—Desde luego que lo sé.

—Bien, yo estoy aquí por Jerry porque usted es el único que puede ayudarle.

—Jovencita ¿cómo puedo ayudarle yo?

—Consiguiendo que J J Jadway vaya hoy a Los Angeles, hoy mismo, hable con Jerry y entonces...

—Señorita, no tengo la menor idea de quién es usted. Y no veo ninguna razón por la que tenga que persuadir al señor Jadway...

—Si es usted razonable, si escucha mis razones —no sólo por Jerry, sino también por Cassie—. Por favor, senador ¿no querrá ni siquiera escucharme?

El la miró fijamente y descubrió la misma cara y la misma dedicación que Jadway debió observar en la Cassie del pasado.

—Muy bien —dijo él bruscamente—, puede acompañarme al aeropuerto. Pero, sea lo que sea lo que usted tenga que decirme, creo que puedo asegurarle que sus esfuerzos serán inútiles. Entre. Tengo que tomar el avión.

En Los Angeles, el juicio se había suspendido temporalmente y acababa de empezar la pausa del mediodía.

En el sexto piso del Palacio de Justicia, en el interior del salón personal del Fiscal de Distrito contiguo a su despacho, se hallaban los cuatro alegremente reunidos para gozar de un almuerzo que el rumboso Luther Yerkes había mandado traer del restaurante Scandia.

Yerkes había llegado temprano, antes de la suspensión del mediodía y antes de que la prensa y los espectadores hubieran abandonado la sala de justicia. Ahora, luciendo un nuevo postizo color castaño rojizo, con sus gafas ahumadas de color azul, su holgada chaqueta sport color azul claro con botones de metal y sus pantalones azul marino, Luther Yerkes se encontraba sentado en cuclillas sobre el sofá, como un alegre Buda, y se dedicaba al plato de Kalvfilet Oskar —chuletas de ternera con patas de cangrejo— colocado sobre una mesa de café con tabla de mármol. Sentados en sendos sillones a ambos lados de Yerkes y manteniendo los platos apoyados sobre las rodillas, se encontraban Harvey Underwood e Irwin Blair.

Sólo Elmo Duncan permanecía de pie. Apenas había comido nada de su ración de Kalvfilet Oskar y ya había regresado a sus notas que yacían sobre una consola de nogal.

Masticando sin cesar, Yerkes observaba al Fiscal de Distrito concentrado en sus notas.

—Elmo, tendrías que terminar de comer... —empezó a decir Yerkes.

Duncan levantó la mirada.

—Comer demasiado no me sienta bien —dijo—. Creo que tenemos una tarde muy importante por delante.

—Bien, no tienes por qué preocuparte —dijo Yerkes—. Has estado magnífico. Lo has conseguido.

El Fiscal de Distrito Duncan se acercó al centro de la estancia y dijo:

—No se ha conseguido nada hasta que el presidente del jurado dicte Culpable. —Después sonrió—. Pero creo que tenemos muchas posibilidades. Ellos deben estar a punto de terminar con los testigos. Estoy seguro de que Barrett terminará de presentar todas las pruebas de la defensa esta tarde. Es mejor que me prepare para el resumen que tendré que hacerle al jurado.

Tocó las notas con las manos.

—Sé que ya me habéis escuchado ensayarlo dos o tres veces...

—Cuatro veces —dijo Irwin Blair con una sonrisa.

Duncan fingió ignorarle.

—Hay algunos puntos que me gustaría preparar. ¿Os importa que lo ensaye con vosotros?

—Me encantará escucharlo —dijo Yerkes secándose la boca con la servilleta—. Cada sílaba es oro puro para mí. Habla, Demóstenes.

—Primero, la parte en la que reviso el testimonio del doctor Trimble acerca de la relación entre la pornografía y la conducta antisocial. Algo así. —Duncan carraspeó y adoptó automáticamente la postura de un orador—. Los resultados de las investigaciones de otros muchos especialistas psiquiatras confirman la opinión del doctor Roger Trimble. Entre los más famosos, cabe citar al doctor Nicholas G. Frignito, director psiquiátrico del Tribunal Municipal de Filadelfia. El doctor Frignito declaró ante un comité del Congreso que el cincuenta por ciento de los delincuentes juveniles tienen acceso a la literatura obscena o a materiales semejantes. Fue el doctor Frignito quien dijo al comité: "La actividad antisocial, delictiva y criminal suele ser el resultado del estímulo sexual ejercido por la pornografía. Este estímulo sexual anormal exige con tal fuerza una expresión práctica que se produce la satisfacción del mismo a través de medios substitutivos. Las muchachas huyen de sus hogares y se abandonan a la prostitución. Los muchachos y los jóvenes... se hacen sexualmente agresivos y generalmente incorregibles". Ante este mismo tribunal han escuchado un joven, a un joven honrado, transformado en un animal sexualmente agresivo e incorregible por culpa de un libro, de un libro llamado *Los Siete Minutos*. —Duncan se detuvo y modificó su tono de voz—. Después añadiré lo que me habéis oído ensayar antes y subrayaré dramáticamente los efectos ejercidos por el libro en Jerry Griffith.

—Estupendo —dijo Yerkes.

—Me gustaría también anticiparme a Barrett y cortarle desde un principio antes de que empiece a hablar, tal como estoy seguro que hará, de las garantías que ofrece la Primera Enmienda y de cómo estamos intentando suprimir la libertad de expresión. Algo así —Duncan volvió a adoptar su postura de orador—. Al condenar *Los Siete Minutos*, no nos proponemos en modo alguno reducir las libertades a que se refiere la Primera Enmienda. Porque quiero dejar bien sentado que este libro obsceno no puede acogerse a la protección de la Primera Enmienda. Recordemos que, en nombre del Tribunal Supremo, expresando la opinión de la mayoría, el juez señor Brennan afirmó claramente en el célebre caso de Samuel Roth de 1957 que la Primera Enmienda no garantiza la libertad de expresión a los que suministran material obsceno. "La protección otorgada a la expresión y a la prensa se propone asegurar el libre intercambio de ideas con el fin de que puedan llevarse a cabo los cambios políticos y sociales deseados por el pueblo... Todas las ideas, por escasa que sea su importancia social —ideas heterodoxas, ideas polémicas, incluso ideas en contra del clima predominante de opinión— pueden acogerse a la total protección que ofrecen las garantías... Pero...

Duncan hizo una pausa dramática y su última palabra osciló sobre los oyentes como una figura colgando de un farallón, volvió a repetir la palabra y prosiguió:

—Pero, en su "Historia de la Primera Enmienda", siguió afirmando el juez Brennan, expresando la opinión de la mayoría del tribunal, "se implica el rechazo de la obscenidad como algo totalmente carente de importancia social. El rechazo por estos motivos se basa en la opinión universal según la cual la obscenidad debería restringirse, lo cual se refleja en un acuerdo internacional suscrito por más de cincuenta naciones, en las leyes contra la obscenidad de todos los... estados y en las veinte leyes contra la obscenidad promulgadas por el Congreso entre los años 1842 y 1956... Sostenemos que la obscenidad no forma parte del área de la expresión o la prensa constitucionalmente protegidas".

Señoras y señores del jurado, durante los días de este juicio, hemos tratado de demostrarles que este libro, *Los Siete Minutos*, es totalmente obsceno y absolutamente carente de importancia social por lo que no puede acogerse a la protección que garantiza la Primera Enmienda de la Constitución. Confiamos haber demostrado que este libro merece ser sometido a censura; mejor dicho: desterrado para siempre de la sociedad civilizada. —Miró a los demás—. ¿Qué les parece?

—Lo aplastarás, lo pondrás fuera de combate —rio Blair—. Aunque cuentes hasta diez mil, Barrett no se levantará.

—Es excelente —dijo Underwood.

Yerkes jugueteó con su corta plumas dorado.

—Me interesa más el argumento final. Has dicho que iba a ser sustancioso.

—Sí —dijo Duncan.

Se dirigió hacia la consola, dejó sus notas sobre la misma y regresó al centro del salón frotándose las manos.

—¿Estáis preparados? Ahí va. —Se irguió y empezó a dirigirse a los invisibles jurados—. Señoras y señores del jurado, el Estado considera que este libro fue creado por un autor con todas las características del pornógrafo profesional que solo escribe con fines de lucro. Para demostrarlo, descubrimos la mentalidad cínica y enferma, el sadismo de este pornógrafo y de todos los vampiros depravados como él. Les hemos acompañado a ustedes en su viaje a través del mundo subterráneo en el que habita, tal como el senador Smoot dijo una vez al referirse al autor del *Ulysses*, "un hombre de mentalidad enferma y con un alma tan negra que llegaría incluso a oscurecer las tinieblas del mismo infierno". Este hombre es el pornógrafo cuya única vocación es la de sobrevivir, enriquecerse y gozar, humillando el amor, ensalzando el pecado e infectando a los inocentes con la lujuria de quien, con cada una de sus sucias palabras, viola constantemente a la Musa. Esta es la mentalidad que pervertiría a los jóvenes, escarnecería la advertencia de Jesucristo que dice que "si alguien escandaliza la conciencia de alguno de estos pequeñuelos que creen en mí, más le valdría arrojarse a las profundidades del mar con una muela de molino atada al cuello". Este es el pornógrafo que, si nadie le detiene, convertirá nuestra sociedad de acuerdo con la opinión de las autoridades más respetadas, en un mundo "más vulgar, brutal, ansioso, indiferente, desindividualizado y hedonista".

Sabemos, gracias al testimonio de nuestro ilustre testigo de Francia, Christian Leroux, y de nuestro honorable testigo del Vaticano, el padre Sarfatti, que J J Jadway no era más que un pornógrafo de esa clase, un pornógrafo declarado que se proponía convertir nuestra sociedad en un mundo vulgar y brutal. Que él fuera una de las primeras víctimas de su abominable obra no nos preocupa hoy. Nuestra preocupación actual es conseguir que la obscenidad creada por Jadway no quede en libertad y pueda encontrar nuevas víctimas, convirtiendo a Jerry Griffith en un criminal sexual en contra de su voluntad y destruyendo a una muchacha inocente, Sheri Moore. ¿Cuántas víctimas permitirán ustedes que siga cosechando este monstruo de la obscenidad, esta obra vil, este libro de J J Jadway? Yo les ruego que salven sus hijos, sus hogares, su sociedad, su mundo, su mundo y el nuestro, aherrojando al monstruo ahora que está en sus manos hacerlo.

Señoras y señores del jurado, en sus manos dejo la acción de la justicia, convencido de que al hacerlo, al realizar este acto de justicia, ustedes podrán dormir más tranquilos porque el mundo dormirá más seguro gracias a su veredicto. Señoras y señores, muchas gracias.

Yerkes se puso de pie y Underwood y Blair le imitaron al tiempo que aplaudían enérgicamente.

Duncan, aún agitado, sonrió con timidez. Después, mirándoles a los ojos dijo:

—Creo firmemente lo que digo, creo todas y cada una de estas palabras... Bien ¿alguna sugerencia?

—Sólo una —dijo Yerkes—. Creo que podemos tomar el postre.

En otro lugar del sexto piso del Palacio de Justicia, en el cuartel privado de la sala de conferencias que la defensa había utilizado con frecuencia durante la pausa del mediodía, los cinco se hallaban sentados alrededor de la mesa, presos del desaliento.

Era una comida pero, para Mike Barrett, era como un velorio.

Barrett miró sombríamente primero a Zelkin y Kimura y después a Sanford y Fremont que masticaban sus sandwiches y sorbían las heces de su café tibio.

Zelkin apartó su plato a un lado.

—Bien —dijo—, no es exactamente la reunión victoriosa y optimista que esperaba.

—No estamos para bromas —dijo Sanford.

Zelkin acercó el negro magnetofón portátil.

—El argumento final que Mike dictó esta mañana. —Se dirigió a su colaborador—. ¿Te importa que lo ponga donde lo hemos dejado? Podría darnos una inyección de optimismo.

—¿De qué sirve una inyección de optimismo —dijo Barrett— cuando el paciente ya ha expirado?

—Escuchémoslo de todos modos —insistió Zelkin—. A lo mejor nos da alguna idea.

Apretó el botón e inmediatamente la cinta empezó a moverse dejando oir el resumen de Barrett.

—El procedimiento de la defensa en este caso se ha basado en la sabiduría de las más eminentes mentalidades jurídicas de nuestro tiempo —anunció la voz de Barrett desde la cinta—. El juez del Tribunal Supremo Douglas escribió: "La idea de utilizar censores para obstaculizar los pensamientos sexuales es peligrosa. Una persona sin pensamientos sexuales es anormal. Los pensamientos sexuales pueden inducir a prácticas sexuales más beneficiosas para las relaciones matrimoniales. Los pensamientos sexuales que hacen que el amor resulte más atrayente no deberían proscribirse. Si se incluye lo ilícito, ello no debería constituir una diferencia desde el punto de vista legal. Ya que la educación en cuanto a lo que es ilícito puede inducir en gran manera a las personas a buscar sus experiencias dentro del matrimonio y no fuera del mismo".

Así habló un Presidente del Tribunal Supremo de los Estados Unidos. No tener pensamientos sexuales es anormal. Tenerlos es normal. Utilizar las leyes contra la pornografía para impedir los pensamientos sexuales es peligroso. Prohibir una obra de arte porque induce a pensar en el sexo es amenazar la salud de nuestra sociedad. Esta ha sido la tesis de la defensa a lo largo de todo este juicio.

Pero el juez Douglas no fue el único en definir nuestro caso. En el año 1957, como consecuencia del célebre caso Roth, otro juez del Tribunal Supremo, el juez Brennan, nos dijo lo siguiente: "Sexo y obscenidad no son sinónimos. Material obsceno es un material que trata del sexo de tal manera que suscita un interés lascivo. La descripción del sexo —en arte, en literatura, en obras científicas—, no es en sí misma motivo suficiente para negar al material la protección constitucional de la libertad de expresión y prensa. El sexo, fuerza grande y misteriosa de la vida humana, ha sido indiscutiblemente objeto de gran interés por parte de la humanidad en todas las épocas; es uno de los problemas vitales del interés humano y de la preocupación pública".

Barrett hizo una mueca al escuchar su propio discurso, pero Zelkin en cambio se mostraba fascinado. Manipulaba el magnetofón, haciendo avanzar la cinta, deteniéndola, volviéndola a poner en movimiento.

—Hay un par de pasajes que me gustaría... Espera, ya lo tengo. Quiero escuchar esta parte otra vez, Mike. Donde hablas de las fantasías que inspiran los libros pornográficos. Escuchen.

El discurso grabado de Barrett sonó por toda la estancia.

—Señoras y señores del jurado, desde el estrado de los testigos han escuchado ustedes al célebre psiquiatra doctor Yale Finegood hablarles de los efectos inofensivos de la pornografía. El peor efecto de estas lecturas, escucharon decir al testigo, son las fantasías que suscitan en la imaginación del lector. A este respecto, dos psicólogos ingleses se han planteado la pregunta: ¿Qué hay de malo en las fantasías eróticas, causadas por lecturas excitantes, en las personas inmaduras que aspiran a ellas? Esta es una pregunta importante. Antes de contestarla, sería interesante tratar de saber qué clase de conducta provocan en el lector tales alucinaciones. Se sabe que el gran diarista Samuel Pepys leyó un libro de carácter pornográfico en el año 1768, que le impresionó grandemente. El libro, publicado tres años antes, era L'Escole des Filles de Michel Millilot. La historia consistía en un diálogo entre dos mujeres, una de ellas virgen y la otra experta en relaciones sexuales. Pepys lo calificó de "libro extremadamente lascivo", pero lo leyó, y más tarde refirió que le había provocado una erección induciéndolo a masturbarse. Este efecto ocasional debido a la lectura de un libro lascivo fue también mencionado por otra figura de la literatura, el Conde de Mirabeau, estadista que intervino activamente en la Revolución Francesa convirtiéndose luego en Presidente de la Asamblea Nacional en 1791. Cuando Mirabeau fue encarcelado por haber huído con la esposa de diecinueve años de un hombre de setenta, trató de aliviar el aburrimiento de la prisión escribiendo tratados sociales y libros de contenido pornográfico. Una de éstas fue la obra titulada *Mi Conversión* y, con gran sinceridad, escribió en el prefacio de esta obra erótica la siguiente invitación al público: "Y ahora, leed, devorad, masturbaos".

Zelkin rio.

—Estupendo, Mike. El jurado estará pendiente de cada una de tus palabras. Escuchemos el resto.

La voz de Barrett siguió sonando a través del micrófono del magnetofón.

—"Masturbaos". Tal vez esta palabra puede turbarle a uno. Ciertamente no se trata de un acto que la defensa pretenda justificar, aunque Mark Twain lo justificó en su tratado *Algunos Pensamientos sobre la Ciencia del Onanismo.* La defensa pretende concluir que el peor resultado que puede esperarse de la lectura de un libro erótico puede ser la masturbación, acto que no perjudica a nadie, mientras que, por el contrario, el lector de un libro sobre homicidio no dispone de un desahogo inofensivo que pueda satisfacer sus sentimientos hostiles sobreexcitados: el único desahogo posible en ese caso, —desahogo perjudicial—, el golpear o asesinar.

Esto nos lleva al otro punto que la defensa ha tratado de desarrollar a través de los testimonios presentados. Hay una paradoja que nos planteó el estudioso de problemas de censura Gerson Legman: "El asesinato es un crimen. La descripción de un asesinato no lo es. El sexo no es un crimen. La descripción del sexo sí lo es". Este punto puede desarrollarse también en otro sentido. El conocido antropólogo británico Geoffrey Gorer se ha preguntado por qué los censores creen que la lectura de un libro que trate del sexo deprava, corrompe e induce a una persona a la violencia sexual, no creyendo en cambio que la lectura de un libro que trate de un asesinato deprave, corrompa e induzca a una persona a cometer un asesinato. Existen respuestas psicológicas que se han propuesto a ustedes en esta sala de justicia.

La defensa ha presentado pruebas que corroboran estas afirmaciones, una de un psiquiatra y otra de un periodista. El psiquiatra doctor Robert Lindner escribió en cierta ocasión lo siguiente: "Estoy convencido de que si mañana desaparecieran de la faz de la tierra todos esos libros y el material similar, ello no afectaría en absoluto las estadísticas criminales, la delincuencia, la conducta amoral y antisocial ni tampoco las estadísticas referentes a las perturbaciones individuales. Seguiría siendo la misma sociedad frustrada y negativa y los jóvenes y los adultos seguirían expresándose violentamente contra ella. Estos problemas se resolverán únicamente cuando tengamos la valentía de enfrentarnos con las cuestiones sociales de fondo y con los problemas personales que son causantes de tales conductas".

En cuanto al periodista Sydney J. Harris, afirmó lo siguiente: "No creo que la obscenidad, sea de la clase que sea, resulte tan perjudicial como algunas personas parecen pensar. Las más profundas inmoralidades de nuestros tiempos son la crueldad, la indiferencia, la injusticia y el empleo de los otros como medio y no como fines en sí mismos. Si todo lo que se considera indecente u obsceno fuera eliminado de la noche a la mañana, ello no produciría como consecuencia un mundo mejor ni una sociedad más «moral»".

Zelkin presionó el botón y detuvo la grabadora; después la hizo avanzar otra vez.

Barrett protestó:

—Creo que ya hemos escuchado bastante, Abe.

—Sólo un pasaje, Mike. Cuando hablas de Platón. —Trató de localizarlo en la cinta y, al fin, dijo: Oye ¿cómo sabes que incluirá esta cita de Platón en su resumen?

—Se la oí mencionar una vez en una conferencia organizada por la LFPD —dijo Barrett—. No resistirá la tentación de volverla a utilizar. Querrá disponer de una autoridad clásica para reforzar sus argumentos.

—Todos quietos —dijo Zelkin—. Atención. La voz de nuestro maestro.

Barrett escuchó su propia voz emerger una vez más de la cinta, cerró los ojos pero no los oídos. Se escuchó a sí mismo junto con los demás.

—El honorable abogado del Estado les ha dicho a ustedes que el filósofo Platón era partidario de la censura literaria. Ciertamente lo era. De hecho, quería que la *Odisea* de Homero fuera sometida a censura para que no pudieran leerla los jóvenes. Pero lo que no les ha dicho a ustedes el abogado de la oposición es que Platón quería también la censura musical, especialmente para los flautistas. Esto a mí no me hubiera producido gran satisfacción de haber vivido en la República de Platón. Porque a mí me gusta la flauta. Pero a Platón no le gustaba. Por consiguiente, no me hubiera sido posible comprar una flauta o tocarla en privado porque un censor me habría dicho que la flauta me depravaría y me corrompería. En resumen ¿quién puede saber lo que es necesario prohibir a los demás? Más aún ¿quién sabe lo que efectivamente es obsceno para los demás?

El abogado del Estado cree saber lo que es obsceno. En esta confianza, considera que ustedes podrán comprender no sólo las actividades sino las motivaciones de dos personas: el pornógrafo y el librero. Sin embargo, nuestro erudito fiscal se ha olvidado de una persona clave que no puede separarse de este dúo. Ha omitido al propio censor. Y yo considero que, al igual que ha sido importante en este juicio conocer al pornógrafo, también debería ser importante, al juzgar *Los Siete Minutos*, conocer la mentalidad del censor, de la persona que puede decirnos lo que es obsceno y lo que no lo es.

Hay una característica común que distingue a los censores de las otras personas. Los miembros de esa casta son los únicos que están seguros de saber lo que es bueno y lo que es malo para nosotros. Un libro como *Los Siete Minutos* puede ser perjudicial para nosotros, dicen los censores, incluso puede inducirnos a cometer actos de violencia. ¿Pero por qué tenemos que ser siempre "nosotros" los protegidos y nunca "ellos"? ¿A qué se debe que el censor, que está expuesto a los mismos peligros que nosotros al leer una obra perniciosa, nunca sea corrompido, nunca sea infectado, nunca se convierta en un violador tras su lectura? ¿Por qué posee el censor esta inmunidad de la que carecen los demás? ¿Por qué pueden resultar perjudicadas otras personas y nunca el censor?

Y ello nos conduce a otra pregunta correlativa. ¿Qué decir de los miles de individuos a lo largo de toda la historia que han leído y coleccionado libros pornográficos y que nunca han sido destruidos ni inducidos a la violencia por su lectura? ¿Qué decir del barón Richard Monckton Milnes, el primer barón de Houghton, culto coleccionista de pornografía? ¿Qué decir de Coventry Patmore, el poeta católico que coleccionaba pornografía? ¿Qué decir de J. Pierpont Morgan y Henry E. Huntington, nuestros grandes símbolos americanos del éxito, que coleccionaban pornografía para sus bibliotecas, y del doctor Alfred Kinsey, el liberador del sexo, que la coleccionaba con fines científicos? ¿Qué decir de los bibliotecarios del Museo Británico de Londres que tienen a su cuidado veinte mil libros de los llamados obscenos, y de los prelados de la Biblioteca Vaticana de Roma que tienen a su cargo veinticinco mil volúmenes de carácter erótico? ¿Dónde está la prueba de que los libros que tratan del sexo hayan corrompido a estos hombres?

Hay más pruebas que confirman nuestra tesis. Los más célebres censores del mundo de habla inglesa fueron Thomas Bowdler, que murió en Inglaterra en 1825, y Anthony Comstock, que murió en los Estados Unidos en 1915. Estos dos hombres vivieron setenta y un años, habiendo dedicado buena parte de estos años a la censura literaria. La pornografía no indujo a ninguno de los dos a cometer violaciones o asesinatos.

Thomas Bowdler, médico y clérigo, leyó las piezas teatrales de Shakespeare y se sintió consternado. Tenía la *Doceava Noche*, que abundaba en frases salaces tales como "Por mi vida ¡es la mano de mi dama! Estos son sus C, sus U y sus T y así hace ella su gran P". *Mucho Ruido y Pocas Nueces* en la que la "pijota" de Hércules parece "tan maciza como su clava". Había obras como *Romeo y Julieta*, *Ham-*

let, Macbeth con sus chanzas vulgares y con palabras tales como "ramera" y "puta". Bowdler sabía lo que había que hacer para salvar a los jóvenes de la corrupción de Shakespeare y lo hizo. En el año 1818, Bowdler publicó una colección expurgada en diez tomos titulada *El Shakespeare Familiar* y explicó que "Existen muchas palabras y expresiones de carácter tan indecente que hacen altamente aconsejable su eliminación". A los indignados y enfurecidos críticos que le reprochaban su puritanismo y sus cortes, Bowdler replicó diciendo que "Si cualquier palabra o expresión es de tal naturaleza que la primera impresión que produce es una impresión de obscenidad, esta palabra no debe ser pronunciada, escrita ni impresa; y, si se imprime, debe eliminarse". Así fue como un hombre, un censor, hizo que los huesos de Shakespeare se agitaran en su tumba. Y el mismo año de su muerte, Bowdler publicó su propia versión de la *Historia de la Decadencia y Caída del Imperio Romano,* de Gibbon, también sometida a censura, purificada higiénicamente para un público retrógrado al que él creía que había que decirle lo que podía leer.

En Nueva York nuestro Anthony Comstock, veterano de la Guerra Civil, miembro de la YMCA —(Young Men's Christian Association)—, con sus patillas y su ropa interior de franela roja asomándosele por debajo de las mangas de su levita negra inició, Biblia en mano, su larga cruzada contra todo lo que fuera "impúdico y lascivo" en la literatura y en el arte. En 1913, como inspector de las Oficinas de Correos de los Estados Unidos y antiguo presidente de la Sociedad de Nueva York para la Supresión del Vicio, se vanaglorió de haber enviado tantos editores y escritores a la cárcel como para llenar sesenta y un vagón de ferrocarril, habiendo destruido ciento sesenta toneladas de literatura obscena. También admitió haber destruido dieciséis vidas, las vidas de personas que en muchos casos fueron impulsadas al suicidio y a la muerte por su fanático puritanismo. Por si fuera poco, Comstock consiguió que Walt Whitman fuera despedido de su empleo en el Departamento del Interior por haber escrito *Hojas de Hierba.* Consiguió que fuera prohibido el libro de Margaret Sanger sobre el control de la natalidad y envió a su marido a la cárcel por vender publicaciones obscenas. Atacó la comedia de George Bernard Shaw *La profesión de la Señora Warren* y el inofensivo desnudo del pintor Paul Chabas titulado "Mañana de Septiembre". Tras la muerte de Comstock, Heywood Broun escribió el siguiente epitafio: "Anthony Comstock puede haber estado en lo cierto al suponer que la división de las criaturas humanas en varones y hembras era un vulgar error, pero una conspiración del silencio a este respecto difícilmente podrá alterar los hechos".

Thomas Bowdler y Anthony Comstock siguen estando vivos en nuestro lenguaje. En 1836, Perronet Thompson forjó el verbo "bowdlerizar" en su significado de "expurgar". En 1905, George Bernard Shaw forjó el nombre de "comstockación" como sinónimo de censura impertinente y puritana. Actualmente, las sombras de Bowdler y Comstock toman cuerpo en nuestras vidas, en la de ustedes y en la mía, cada vez que un individuo o un grupo insiste en afirmar que sabe lo que debemos leer o pensar acerca del sexo. Estamos en esta sala de justicia porque se nos ha dicho que no debemos leer Los Siete Minutos, tanto si deseamos leerlo como si no. Se nos ha dicho, a través de la opinión de un reducido número de personalidades, que este libro es obsceno, peligroso y sin ninguna clase de atenuante. Mi colega y yo estamos aquí para afirmar que lo que es obsceno a los ojos de un observador puede ser moral y valioso a los ojos de otro.

Barrett ya estaba harto de escucharse.

—¡Por el amor de Dios, Abe, apaga esto!

Asustado, Zelkin apagó el aparato.

—Lo siento, Abe —dijo Barrett—, decir que lo que es obsceno a los ojos de un observador puede ser moral y valioso a los ojos de otro me hizo reflexionar sobre nuestra tesis. Casi puedo leer los pensamientos del jurado, preguntándose: Los Siete Minutos ¿moral y valioso para quién? ¿Para la muchacha muerta, Sheri Moore —suponiendo que ya se hayan enterado de lo sucedido— o para este pobre muchacho Jerry Griffith? No sirve de nada, Abe.

—Es un argumento final muy convincente, Mike —dijo Zelkin muy en serio.

—No lo suficiente —dijo Barrett.

Zelkin se sumió en el silencio como los demás y Barrett, para estar solo, volvió los ojos hacia su interior, pensando en todo lo que había sucedido en los días anteriores y tratando de imaginarse la muerte al atardecer que tan pronto iba a producirse.

La defensa había presentado y examinado a su último testigo por la mañana y la acusación llevaría a cabo el interrogatorio inmediatamente después de la pausa de mediodía. Había pasado el tiempo. Barrett sabía que habían llegado al final sin haber conseguido abrir ninguna brecha en la argumentación de Duncan. Las pruebas del fiscal seguían siendo tan fuertes e inquebrantables como en la primera semana del juicio: Jadway era tan solo un pornógrafo disoluto con afanes de lucro que se había suicidado a causa de sus remordimientos por haber escrito Los Siete Minutos; el libro había inducido a conductas violentas (siendo susceptible de seguir corrompiendo a los lectores), tal como lo demostraba el crimen de Jerry Griffith que había causado la muerte de una víctima inocente.

Durante toda la mañana, Barrett lo había visto reflejado en los rostros de los doce jurados. La mayoría de ellos evitaban mirarle a los ojos como consecuencia de lo que ya sabían que iban a hacerle a él y al acusado. Los pocos jurados que lo miraron subrepticiamente parecían hacerlo como si él fuera el abogado del Diablo al defender y justificar la maldad.

En este momento, pensó Barrett, los doce miembros del jurado eran casi objetivos e imparciales como podrían serlo las personas que acompañaron a Sheri Moore a su última morada.

Sentado allí, Barrett cerró los ojos y trató de imaginarse la reacción del jurado y sus rostros si supieran todo lo que él sabía ahora pero no podía demostrar. Cómo se asombrarían, cómo lo considerarían a él y a Jadway y a Los Siete Minutos desde otro punto de vista.

Su imaginación voló hacia Cassie McGraw preguntándose si aún tendría algún otro momento de lucidez ¿qué pensaría de aquel su pasado, de ese libro enterrado que podría haber sido como un monumento para ella y una guía para las mujeres inhibidas y temerosas?

Su mente voló a Washington y, de allí, a algún lugar nebuloso y desconocido donde un J J Jadway entrado en años vivía resguardando su secreto. Barrett se perdió especulando sobre los recelos de Jadway y sobre lo que ahora disfrutaría Jadway en su cargo en el más alto tribunal de la nación.

Sin embargo, los jurados no sabían y no sabrían que no habían escuchado a los principales actores del caso y que no habían asistido a la auténtica exposición de la verdad. Pronto escucharían el argumento final de Duncan, después escucharían el suyo y después escucharían las instrucciones del juez Upshaw. Serían conducidos por el alguacil al piso de arriba donde fingirían deliberar acerca de un veredicto que ya estaba decidido de antemano. Después de un prudente lapso de tiempo (para subrayar así su integridad) se presentarían de nuevo para declarar su decisión final. Y volverían de nuevo a casa, a sus cocinas familiares, a sus comedores y dormitorios, con la seguridad de haber servido a la justicia y a la democracia y a la Constitución, habiendo contribuído a la causa de la verdad y de la libertad.

La imaginación de Barrett buscó y encontró un pasaje de Eggleston que había leído cuando estudiaba en la Escuela de Derecho: "No creo exagerar al decir que la prueba sólo contiene fragmentos caleidoscópicos de los hechos. Es como si la realidad se observara a través de un tablero de cuadros blancos y negros. Lo que se registra es únicamente aquello que se ve a través de los cuadros blancos".

Aquellos concienzudos y complacientes jurados nunca llegarían a saber, como él lo sabía, qué clase de verdad se ocultaba detrás de los cuadros negros.

Y seguían existiendo algunos cuadros negros que le ocultaban a él también la verdad. Sabía más que los jurados, más que el fiscal, pero no lo sabía todo, no sabía lo bastante. Después, inesperadamente, su imaginación voló hacia Maggie Russell que no estaba en su apartamiento cuando él regresó anoche. Había encontrado una enigmática nota junto al teléfono: "Tuve que irme para tratar un negocio importante. Te veré mañana". Mañana era hoy. ¿Dónde se había marchado, de qué negocio se trataba?

Y Faye, Faye Osborn, maldita sea por haberle predicho el resultado de aquel caso. Se había equivocado en cuanto al error que suponía aquella causa, pero había acertado en cuanto a las probabilidades de ganarla y en cuanto a los desastrosos efectos que el caso provocaría en su moral y en su reputación.

Deseó que hubiera terminado. No podía soportar la idea de regresar a la sala y a la escena de la matanza.

Un viejo, viejo estribillo de su infancia que había recordado anoche y que seguía persistiendo en sus pensamientos, le había estado martilleando las sienes durante toda la noche y toda la mañana y seguía sonando monótonamente en su cabeza. No era muy aficionado al beisbol, excepto cuando se jugaban las series mundiales, pero estaba familiarizado con la literatura y la ciencia del beisbol y, una vez, en el auditorio de su escuela superior había escuchado recitar desde el escenario el poema de E. L. Thayer y, en momentos de derrota inminente, la última estrofa del mismo siempre parecía burlarse de él. La presuntuosa aguja del fonógrafo de su imaginación volvió a pasar una vez más por aquella última estrofa:

> ¡Oh! En algún lugar de esta hermosa tierra
> está brillando el sol.
> Suena la banda en algún lugar y en algún lugar
> se alegran los corazones,
> Y en algún lugar los hombres ríen y en algún
> lugar gritan los niños;
> Pero no hay alegría en Mudville,
> el fuerte Casey ha sido derrotado.

Y no hay alegría en los hombres libres: el pobre Barrett ha sido derrotado.

Abrió los ojos para reunirse con los demás.

Zelkin se dirigía a Phil Sanford.

—Bien, Phil, cuando vuelva a reunirse el tribunal dentro de media hora, Duncan interrogará a nuestro testigo, el doctor Finegood. Luego se nos pedirá que presentemos al siguiente testigo. Pero ya no hay ningún otro. Me limitaré a decir que ya he presentado todas las pruebas. Después Duncan pronunciará su argumento final y Mike nuestro resumen. Como tú sabes, será mucho mejor que los fragmentos que hemos escuchado en la grabadora. Después Upshaw dará instrucciones al jurado, éste abandonará la sala y poco tiempo después volverán. Sí, creo que al atardecer ya conoceremos el veredicto.

Ben Fremont dejó de limpiar las gafas.

—No puedo esperar —dijo amargamente.

—Usted no es el único que tiene problemas —le dijo Sanford al librero—. Piense en lo que va a sucederme a mí.

Zelkin echó una mirada a Barrett que se encontraba al otro lado de la mesa.

—¿Estás preparado para terminar, Mike?

—No —dijo Barrett lentamente—. Pero lo haré.

—Tal vez pueda encender todavía un pequeño fuego ante el jurado —dijo Ben Fremont.

—¿Sin un cerillo? —preguntó Barret.

—Por asociación de ideas, cruzó por su imaginación un viejo aforismo. Las llamas de la hoguera no iluminan la oscuridad. No, no la iluminan, pensó. Indiferentemente, mordió el sandwich. Nunca había advertido antes que el pan podía saber a ceniza.

Llamaron tres veces a la puerta, que estaba a sus espaldas, y él gritó por encima del hombro:

—Pase.

La puerta se entreabrió mientras Barrett se volvía. Un policía asomó la cabeza:

—Hay una señorita que pregunta por el señor Barrett.

—¿Una señorita? ¿Quién?; bien, ¿quién es?

El oficial de policía se hizo a un lado y Maggie Russell entró apresuradamente; una extraña luminosidad brillaba en sus ojos; todo su rostro reflejaba una íntima excitación.

—Maggie —dijo Barrett incorporándose— ¿Dónde has...?

—Chicago —contestó ella rápidamente—. Fui sola. Pero vuelvo con alguien. Tú ya lo conoces, Mike, pero voy a presentarlo a los demás.

Abrió la puerta de par en par.

—Aquí están todos —gritó hacia el pasillo.

Una impresionante y majestuosa figura apareció junto al dintel de la puerta, los observó, se adelantó y cerró la puerta tras él.

—Señores —dijo Maggie—, permítanme presentarles al senador Thomas Bainbridge.

Barrett, que se había levantado torpemente, detuvo la silla que estaba a punto de caer y miró fijamente a Bainbridge, sorprendido.

—Senador —alcanzó a decir mientras escuchaba que los demás se ponían de pie.

Thomas Bainbridge avanzó lentamente y, al llegar junto a Barrett, se detuvo e hizo algo que él no le había visto hacer antes: sonrió. No de muy buena gana es cierto. Pero sonrió.

—Señor Barrett —dijo—, ayer estuvo muy convincente. Pero, al final, fue más convincente aún esta joven. Esta joven y... y alguien que también fue joven en otros tiempos y que hoy vive en Chicago, fueron quienes me convencieron. Una me hizo pensar en la responsabilidad respecto del pasado y otra en la responsabilidad en cuanto al futuro.

Después dijo inesperadamente:

—Señor Barrett ¿le gusta a usted la poesía?

La vieja estrofa de Thayer cruzó por su imaginación pero avergonzándose la apartó de sus pensamientos.

El senador Bainbridge no esperó su respuesta.

—Bien, al señor Jadway siempre le ha interesado la poesía y hay un verso en particular de James Russell Lowell que expresa extraordinariamente bien los sentimientos del señor Jadway. En efecto, Lowell dice que admira al hombre que está dispuesto a hundir la mitad de su reputación en favor de la libertad de pensamiento y dice, también, que sea débil o fuerte la causa por la que luche este hombre, él arriesgaría la otra mitad en favor de la libertad de expresión.

Se detuvo imperturbable, mientras Barrett y los demás esperaban en silencio, confundidos.

Carraspeó:

—El verso es muy malo —dijo— pero los sentimientos perfectos. Los recorrió a todos con la mirada para después fijar sus ojos en Barrett.

—Aquí tiene usted su respuesta, señor. Sí, tendrá usted su testigo estelar. Yo colocaré personalmente los cimientos. Luego, si usted así lo desea, presentaré hoy ante el jurado y el mundo entero a J J Jadway.

—Puede llamar a su siguiente testigo, señor Barrett.

—Gracias, Señoría.

Anunció a su testigo, escuchó el murmullo que recorrió la sala y luego lo llamó.

Mientras el secretario corría hacia el estrado con la Biblia en la mano, Mike Barrett permaneció de pie junto al relator del tribunal y contempló la máquina de estenotipia que sonaba suavemente y los fonogramas moviéndose rápidamente sobre el papel. Contemplando los símbolos, mesmerizados por aquel prodigio, pudo visualizarlos en la transcripción final de *El Pueblo del Estado de California vs Ben Fremont*:

SENADOR THOMAS BAINBRIDGE

llamado como testigo por y en nombre del acusado, después de haber prestado el debido juramento, fue examinado y prestó la siguiente declaración:

EL SECRETARIO: Declare su nombre, por favor.
EL TESTIGO: Senador Thomas Bainbridge.
EL SECRETARIO: Deletree su nombre, por favor.
EL TESTIGO: B-a-i-n-b-r-i-d-g-e.
EL SECRETARIO: Tome asiento, Senador.

Barrett se volvió hacia el estrado.

Sabía que sobre su persona se concentraba toda la atención del jurado, la del juez y la de cuantos se apiñaban en la sala, que tenía delante al más asombroso y distinguido de cuantos testigos se hubieran presentado hasta entonces.

—Senador Bainbridge ¿cuál es su ocupación actual?

—Soy miembro del Senado de los Estados Unidos, en Washington, D. C., recién designado por el gobernador de Connecticut para completar el mandato del fallecido senador Mawson.

—¿Cuál era su ocupación anterior?

—Era decano de la Facultad de Derecho de la Universidad de Yale, de New Haven, Connecticut.

—¿Y antes?

—Fui designado juez del Tribunal de Apelaciones de Connecticut.

—¿Ha desempeñado usted algún cargo no relacionado con el derecho?

—Sí. Cuando era más joven fui presidente, a lo largo de un período de diez años, de una compañía manufacturera heredada de mi padre, que a su vez la había heredado del suyo.

—¿Se convirtió usted en juez al cabo de ese período de diez años?

—Sí.

—¿Puedo preguntarle por qué abandonó sus negocios privados y se dedicó al derecho?

—Porque la empresa de mi familia ya no exigía mis servicios. Pensé que las cualidades que pudiera tener serían más útiles al servicio de mi Estado y de mi país.

—¿Durante la época en que sirvió a la ley como funcionario y como profesor y ahora en su calidad de senador ha escrito y publicado usted algún libro?

—Sí.

—¿Eran obras de ficción?

—No eran de ficción. Escribí dos libros jurídicos de texto.

—¿Está usted familiarizado con las obras de ficción, clásicas o modernas?

—Como lector, sí. Clásicas y modernas. Considero que leer novelas es un excelente método para descansar.

—¿Ha leído usted una novela titulada *Los Siete Minutos* de J J Jadway?

—Sí señor.

—¿La ha leído más de una vez?

—La he leído muchas veces.

—¿Cuánto tiempo hace que leyó el libro entero por última vez?

—Lo volví a leer anoche.

—¿Conoce usted el artículo 311.2 del Código Penal de California?

—Sí.

—¿Sabe usted que se acusa a *Los Siete Minutos* de ser material obsceno, según lo define dicho artículo del Código Penal?

—Lo sé.

—Senador Bainbridge ¿considera usted que *Los Siete Minutos* es un libro obsceno?

—No. Considero que es un libro profundamente moral.

—¿Cree usted que el autor de este libro pretendía provocar sentimientos lascivos, despertar un interés degradante y morboso hacia la desnudez y el sexo al escribir este libro?

—No sólo no creo que pretendiera suscitar un interés lascivo en el lector al escribir el libro, sino que me consta positivamente que no pretendía suscitar tal interés.

—Sabe usted que el libro no fue escrito para despertar un interés lascivo. Puedo preguntarle, senador ¿cómo lo sabe?

—Porque estoy íntimamente familiarizado con las circunstancias que rodearon la creación y la publicación de *Los Siete Minutos*.

Se produjo un murmullo de perplejidad entre los miembros de la prensa y el público. Antes de que el juez Upshaw golpeara con su mazo, las palabras de Barrett restablecieron el silencio en la sala.

—¿Quiere usted explicar a los jurados y al tribunal cómo llegó usted a ese íntimo conocimiento?

—Con mucho gusto, abogado. No hay ninguna persona viva, ni siquiera la apreciada señorita Cassie McGraw que fuera tan amiga y que conociera mejor al autor J J Jadway que yo.

Barrett vio como los jurados se acomodaban en sus asientos para oír mejor y escuchó los murmullos que se levantaban de entre los espectadores. Después se hizo un silencio expectante.

—Senador ¿quiere usted decir que estaba usted en París cuando J J Jadway escribió *Los Siete Minutos*?

—Quiero decir que estaba en París cuando escribió el libro.

—¿Conoce usted los motivos que le indujeron a escribirlo?

—Sí.

—¿El conocimiento que usted posee acerca de J J Jadway y de *Los Siete Minutos* confirma o contradice el testimonio presentado ante este tribunal por los testigos del fiscal?

—Mi información sobre el Jadway real y sobre los motivos verdaderos que lo impulsaron a escribir y publicar el libro, contradice completa y enteramente las pruebas que hasta ahora se han presentado ante este tribunal.

Escuchando el creciente rumor de voces excitadas que se producía a su espalda, Barrett esperó que sonara el mazo del juez y después aprovechó rápidamente el silencio que se produjo para continuar con su interrogatorio.

—Senador Bainbridge ¿comprende usted que los anteriores testigos prestaron juramento y hablaron bajo juramento, que se sabían expuestos a ser acusados de perjurio si mentían, que estaban bajo juramento como lo está usted en esos momentos?

—No mintieron. Simplemente no dijeron la verdad. Porque no conocían la verdad. Todo lo que se ha escuchado en esta sala de justicia hasta ahora acerca de J J Jadway, todo lo referente a su libro, todo lo referente a sus sentimientos en relación con el mismo, todo lo referente a sus intenciones y propósitos, a su carácter, costumbres y condición y a su final ha sido la ficción más pura, y esta ficción la planeó y la llevó a efecto el propio Jadway por motivos relacionados con su vida privada.

—Senador ¿está usted dispuesto a referirnos su versión de la vida de Jadway y de las circunstancias que rodearon la publicación de *Los Siete Minutos*?

—Sí.

—Senador Bainbridge, antes de empezar, creo que al tribunal le interesará saber por qué razón se ha adelantado usted ahora para presentar este testimonio.

—¿Por qué me he adelantado? John Milton me dio la respuesta hace tres siglos. "Casi se mata a un hombre cuando se mata un buen libro; aquel que mata a un hombre, mata a una criatura racional, Imagen de Dios; pero aquel que destruye un buen libro, mata a la misma razón, mata la Imagen de Dios". Esto explica, abogado por qué me encuentro aquí.

—¿Para salvar *Los Siete Minutos*?

—Para salvar a todos los libros, para salvar a la sabiduría, al placer y la experiencia que ellos nos brindan y para salvar a quienes puedan sacar provecho de su lectura.

—Senador Bainbridge ¿quiere decirnos ahora lo que usted sabe acerca de J J Jadway y de su libro, que está en contradicción con los testimonios presentados ante este tribunal?

—Sí.

—Senador Bainbridge, por favor, díganos cuál considera usted que es la verdadera historia, distinta de la que usted ha calificado como falsa, inventada por el propio Jadway pero creída hasta hoy

566

por quienes no conocían la auténtica. Por favor, hable teniendo en cuenta que está bajo juramento, senador.

—Diré la verdad, porque estoy calificado para hacerlo. J J Jadway no escribió Los Siete Minutos por dinero. El tenía dinero. Poseía una fortuna. Procedía de una rica familia. Jadway ni era adicto a la bebida ni a las drogas y no era un disoluto en modo alguno. Recibió una severa educación, pero no tuvo ninguna instrucción religiosa. Su rebelión fue la rebelión que toda la juventud realiza contra la autoridad de los padres, si es que algún día quiere valerse por sí misma con fuerza suficiente para desarrollar su individualidad y autoridad. Jadway dejó el hogar familiar de Nueva Inglaterra y se fue a París para buscar su propia libertad, su propia identidad, para convertirse en un hombre, en lugar de ser simplemente un hijo de papá. Llegó a París con un problema, derivado de su educación y del ambiente en que había vivido, y allí conoció a Cassie McGraw liberándose entonces de la esclavitud que le había mutilado y coartado. Quería conocer lo que era el amor y la señorita McGraw le enseñó el significado del amor. Quería sanar después de haber estado sexualmente enfermo. Quería ser un escritor para desafiar las tradiciones de su ambiente y ella le estimuló a expresarse y a escribir. Escribió Los Siete Minutos en calidad de monumento en honor de Cassie McGraw y de su amor, porque ésta fue la única experiencia personal enteramente suya que jamás conoció. Escribió este libro para celebrar su propia salvación del temor y la vergüenza sexual, para celebrar su liberación de una enfermedad que había nacido de su temor y de su vergüenza, y de sus sentimientos de culpabilidad con relación al sexo...

—Permita que le interrumpa, senador Bainbridge ¿está usted refiriéndose literalmente a una enfermedad?

—Sí, estoy hablando de una verdadera enfermedad; no física sino psicológica, de una enfermedad que aflije a media humanidad civilizada. Puede revestir diversas formas. En el caso de Jadway, revistió forma sexual y el amor de Cassie McGraw le restituyó a Jadway su virilidad y su normalidad. Es una condición que Jadway describió en Los Siete Minutos. Reflejó esta condición en uno de los tres personajes masculinos del libro, el personaje masculino que, al final, es el que Cathleen lleva a su lecho y el que consigue amarla durante esos místicos siete minutos. El esquema del libro de Jadway proviene de un pasaje del Antiguo Testamento de la Santa Biblia. Pero el contenido del libro representa su esfuerzo por reflejar, con palabras, la historia de aquella libertad que Cassie conocía y le había descubierto para que él pudiera ser libre. J J Jadway escribió el libro para liberar a otros del mismo temor, de la misma vergüenza y del mismo sentimiento de culpa. Y Jadway consiguió su propósito; sus palabras ya han liberado a otras personas.

—Un momento, senador Bainbridge. ¿Dice usted que *Los Siete Minutos* ha liberado a algunos lectores del temor, la vergüenza y los sentimientos de culpabilidad sexual?

—Me refiero a que el libro de Jadway liberó hoy a un joven, le hizo confiarme una verdad sobre sí mismo, una verdad que hasta ahora no había confiado a ninguna otra persona. Jerry Griffith no fue impulsado a cometer la violación como consecuencia de la lectura de este libro. No fue inducido a cometer ninguna violación, porque Jerry Griffith era prácticamente incapaz de conseguir una erección. Jerry Griffith no trató de violar a Sheri Moore en contra de su voluntad. Trató de entrar en ella siguiendo una invitación de la muchacha. Pero fracasó como siempre había fracasado antes y fracasaría hoy, porque Jerry Griffith era entonces, lo era antes y lo es hoy, sexualmente impotente.

La sala de justicia pareció estallar y el juez Upshaw golpeó enérgicamente una y otra vez su mazo, hasta que el rumor no empezó a apagarse. Sólo entonces pudo escucharse la voz de Elmo Duncan gritando desde la mesa de la acusación.

—¡Protesto, Señoría, protesto! —gritaba el Fiscal de Distrito.

—Sí, señor Duncan ¿sobre qué se basa?

—Protesto basándome en que la defensa está presentando pruebas absolutamente de oídas a través del testigo, pruebas que superan el alcance de los conocimientos del testigo y, que además, no vienen al caso...

—¿El fiscal protesta porque se trata de pruebas de oídas o porque no vienen al caso?

—Pruebas de oídas, Señoría.

—Se admite la protesta... señor Barrett, debo advertirle que, a lo largo de todo el interrogatorio, usted se ha estado aproximando peligrosamente, a obtener una respuesta o una opinión que podría considerarse como basada en rumores. Me refiero específicamente a las preguntas y respuestas referentes a J J Jadway. Las correspondientes a Jerry Griffith son, decididamente, rumores, a no ser que esté usted dispuesto a demostrarlas.

—Gracias, Señoría —dijo Barrett respetuosamente—. Trataré de demostrar todo lo que se ha dicho hasta ahora ante este tribunal y lo que venga a continuación.

—Prosiga su interrogatorio.

Barrett se acercó al senador Bainbridge que lo esperaba en el estrado en una actitud sombría.

—Senador, ya dijo usted que, durante sus años de juez, de decano de una escuela de derecho y de senador, escribió y publicó usted dos libros y que dichos libros eran jurídicos. ¿Bajo qué nombre se publicaron estos libros?

—Bajo mi nombre y apellido. Thomas Bainbridge.

—Antes de convertirse en juez, anteriormente ¿había escrito o publicado usted algún otro libro?

—Sí.

—¿Cuántos libros?

—Uno solo.

—¿Se publicó este libro bajo el nombre de Thomas Bainbridge?

—No. Fue publicado bajo un seudónimo.

—¿Puede usted decirnos el título de ese libro y el seudónimo que utilizó para escribirlo?

—El libro se llamaba Los Siete Minutos, y el seudónimo era el de J J Jadway. Yo soy J J Jadway.

Un ruido infernal se produjo en la sala y, en pocos segundos, ésta parecía un manicomio. Varios miembros del jurado se levantaron de sus asientos. Los periodistas se habían alborotado. El rostro del Fiscal de Distrito parecía una máscara de la muerte. Y el juez, estupefacto, con la boca abierta, se había olvidado de golpear el mazo.

Barrett pudo observar que el único que estaba tranquilo era J J Jadway. Había sufrido, pero había superado una crisis de conciencia y ahora, como su libro, tal vez pudiera sentirse al fin libre.

Lo demás transcurrió rápidamente.

La confesión de Bainbridge de su doble vida convirtió el interrogatorio de Duncan en un acto rutinario, como si deseara que el testigo descendiera cuanto antes del estrado y desapareciera de su vista. Al marcharse el testigo, Barrett comprendió que Leroux y casi todos los restantes testigos de la acusación habían sido rechazados y que el testimonio de Jerry Griffith ya se consideraba solo fantasía, que era falso y que se había restablecido la honestidad y la verdad de Los Siete Minutos.

Pero cuando los jurados recibieron las instrucciones del juez previas a su deliberación, Barrett sabía ya que considerarían otras cuestiones. ¿Era el senador Bainbridge, aquel puntal de Nueva Inglaterra, que había sacrificado su anonimato para presentarse ante el tribunal, un pornógrafo? ¿El libro había perjudicado o ayudado a Jerry Griffith, aquel pobre muchacho enfermo que había preferido declararse culpable de violación y asesinato antes que ser materia de burlas por su impotencia? Aquel libro, escrito para cantar las glorias de una mujer libre, que había liberado a su hombre; ¿era una obra destinada a despertar la lascivia?

Barrett supo que cuando los jurados se preguntaran a sí mismos si Los Siete Minutos era obsceno tendrían que plantearse también estas preguntas.

El tribunal ya estaba otra vez reunido mientras los jurados terminaban de volver a la sala y se acomodaban en sus asientos.

El juez Upshaw dirigió la mirada al presidente del jurado y le preguntó:

—¿Han dado ya su veredicto?

—Sí, Señoría.

—Por favor, entregue el veredicto al alguacil.

El alguacil tomó la hoja de papel y, dirigiéndose hacia el juez, se la entregó. El juez Upshaw la leyó y se la devolvió al alguacil.

El alguacil se dirigió hacia el centro del estrado, se irguió y después, con un grito estentóreo, anunció el veredicto:

—¡Nosotros, el jurado, en el caso del Pueblo contra Ben Fremont, consideramos al acusado *inocente* de distribuir o suministrar material obsceno!

—¿Es un veredicto unánime? —preguntó el juez Upshaw.

Al unísono, los doce jurados gritaron en coro:

—Sí, Señoría.

Pero sus voces casi no se escucharon entre el estruendo que llenaba la sala.

Media hora más tarde, cuando el tumulto y el barullo hubieron cesado, cuando el jurado había salido, y Zelkin, Sanford, Kimura y Fremont abrazaron a Barrett y los periodistas se hubieron arremolinado alrededor de Barrett con sus blocks de notas en la mano, la Sala de Justicia 803 de la Audiencia de Los Angeles, quedó por fin vacía con excepción de dos personas.

Mike Barrett estaba solo junto a la mesa de la defensa, recogiendo lentamente sus papeles y colocándolos en su cartera. La multitud se había trasladado al corredor del Palacio de Justicia donde Jadway —Bainbridge— había concedido una conferencia de prensa a la televisión, que no había sido admitida en la sala. Barrett escuchaba amortiguado el ruido del caos del exterior pero aún no estaba en condiciones de alegrarse de su triunfo. El repentino cambio de los acontecimientos, la electrizante aparición de Bainbridge, la aplastante victoria que ocupaba el lugar de una derrota segura, habían sido demasiado para que su mente y su cuerpo pudieran asimilarlo.

Era como si todavía anduviera en busca de algo, tenso y anhelante. Porque ahora, al cerrar su cartera, advirtió que aún quedaban pequeños misterios. El sensacional testimonio de Bainbridge había resuelto muchas cosas y la nueva aparición de Jerry Griffith ante el tribunal, seguida de las apariciones de la convaleciente Darlene Nelson y del acongojado Howard Moore habían resuelto muchas más cosas, las suficientes como para obtener un veredicto de completa absolución para Ben Fremont y una total libertad para *Los Siete Minutos*. Pero, para Mike Barrett, seguían existiendo muchos otros "cuadros negros" cubriendo parte de la realidad.

Escuchó pronunciar su nombre y se volvió. Creía que estaba solo, pero no lo estaba y se alegró de ello. Maggie Russell avanzaba hacia él corriendo por el pasillo.

La recibió en sus brazos.

—Mike, estuviste magnífico. Ya se ha terminado y has ganado... Estoy tan orgullosa de ti, soy tan feliz.

—Gracias a ti, cariño.

—Yo he intervenido también, pero todo lo has conseguido tú. Estas semanas el mundo parecía haberse detenido. Ahora vuelve a girar y hay amaneceres, ocasos, vida, esperanza.

La soltó.

—Maggie ¿qué ocurrió?

—Ya sabes lo que sucedió. Lo has oído en esta sala.

—¿Pero cómo llegó hasta aquí? Quiero las respuestas antes de seguir adelante. Dime.

Se sentó en una silla junto a la mesa de la defensa, al lado de Maggie y esperó.

—Bueno, no sé cómo... cómo... —dijo ella.

—¿Cómo empezar? Empieza con lo que la mayoría de nosotros no sabíamos: la impotencia de Jerry.

—Sí.

Por unos momentos ella pareció perderse en sus pensamientos.

—Jerry tenía tantos problemas. Demasiados para discutirlos ahora. Pero uno de sus mayores problemas eran las chicas. Con ellas era tímido, inseguro, temeroso. Yo solía hablar con él de éstas cosas. Durante meses y meses tuvimos conversaciones confidenciales. Yo trataba de inculcarle el sentido de su propio valor, que se identificara consigo mismo. Trataba de que se sintiera tan atrayente como efectivamente lo era. Bien, al fin, poco a poco, empezó a salir con muchachas. Se asombró de comprobar lo fácil que le resultaba, la facilidad con que las muchachas se sentían atraídas, no simplemente por su coche o su dinero, sino por su propia persona.

Ofreciéndole un vaso de agua a Maggie, Barrett preguntó:

—¿Se acostó Jerry con alguna de esas muchachas? O antes quizás ¿había...?

—No, nunca —dijo ella llanamente—. Era virgen. Yo no lo sabía al principio. Lo supe después. Al salir con muchachas descubrió que el beso junto a la puerta no era el final de una velada sino tan solo el principio. Pobre muchacho. Estaba asustado. No obstante, tenía que afrontarlo. Tenía que pasar del beso junto a la puerta a la cama. Sí, se acostó con las muchachas con las que salía. La primera, la segunda, la tercera y siempre le fue imposible consumar el acto sexual. No era eyaculación precoz. Era —bueno, ya sabes— impotencia fláccida. Sin embargo, Jerry consiguió superar en cierto modo estos fracasos gracias a me imagino que las muchachas fueron amables con él. Pero después salió con otra, otro tipo de muchacha y esa si fue menos amable. En verdad, fue cruel. Jerry regresó a casa desesperado, angustiado, estaba convencido de que no podría vivir como un eunuco virtual.

Maggie bebió del vaso de agua con aire ausente.

Barrett le preguntó con suavidad:

—¿Fue eso lo que le condujo a su primer intento de suicidio?

—Sí fue eso lo que le condujo a su primer intento —dijo ella—. Afortunadamente, le descubrí a tiempo y pude salvarle. Entonces supe la verdad. Bajo los efectos del medicamento —balbuciente y malhumorado— me confesó su secreto. Desde entonces, aparte de las muchachas con quienes había salido, yo era la única persona en el mundo con quien compartía su secreto, hasta hoy.

—¿Fue entonces cuando pensaste en San Francisco?

—Bueno, comprendí que había que hacer algo, Mike. No había nadie a quien consultar. Desde luego, ni el tío Frank ni la tía Ethel. Era un secreto y Jerry confiaba en mí. Por consiguiente, decidí encargarme personalmente del asunto. Me informé un poco y supe los nombres de dos especialistas de confianza en el norte, uno médico y el otro psicoanalista, y concerté citas con ellos. Después, con cualquier pretexto —no recuerdo cual pero, a fin de cuentas tío Frank estaba en viaje de negocios y eso facilitaba las cosas— conseguí sacar a Jerry de la casa una semana y fui con él a San Francisco. Primero al médico: Examen completo. Total seguridad de que la impotencia no era física sino psíquica. Después, dos largas sesiones con el psicoanalista, que confirmó el diagnóstico del médico. La condición de Jerry era psíquica, susceptible de curación, con tiempo y una terapia adecuada. Se le expusieron los hechos a Jerry. Ni los tratamientos hormonales ni las medicinas le servirían de nada. Sólo el tratamiento de un psicoanalista podría ayudarle a superar sus sentimientos de inferioridad y culpa, comprender sus hostilidades y guiarle, en cierto modo, en la búsqueda de su propia identidad.

—Y después vuelta a Los Angeles —dijo Barrett—. Una pregunta. ¿Trataste tú de conseguir que un analista de aquí lo tratara?

—Mike, no es una cuestión de si traté o no de hacerlo. Jerry ya se había repuesto y la decisión le correspondía a él. Desde luego, le animé pero no podía seguir insistiendo para no molestarle. Le habían dado un buen consejo, el mejor. Pero él carecía de voluntad, de valentía y de la confianza necesarias para ponerlo en práctica. Sabía muy bien lo que hubiera tenido que hacer primero, pero le resultaba imposible abandonar el hogar de sus padres y marcharse a vivir por su cuenta. En forma velada, llegó a comentar con su padre la posibilidad de someterse al tratamiento de un psicoanalista. ¿Y cuál fue la respuesta? Una larga parrafada, una denuncia de Freud y de otros psicoanalistas, y Jerry nunca volvió a mencionar el tema. Para Jerry, sólo había una cosa lógica que hacer: tratar de ser normal.

Barrett sacudió la cabeza.

—Dios mío. Querer ser un héroe olímpico cuando uno no tiene piernas. De acuerdo, Maggie. Sigue. Ya tenemos a Jerry avanzando hacia un camión, por así decirlo. ¿Qué sucedió de paso?

—¿De paso? —repitió ella vagamente—. Bueno, ante todo, tratar de ser normal significa tratar de tener amigos normales. Jerry conoció a George Perkins, trató de ganarse su amistad porque George actuaba con naturalidad, no tenía ninguna clase de complejos y sí mucha facilidad con las mujeres. Supongo que Jerry trataba de ser normal por ósmosis. Una noche, bajo la guía de George, recogieron... bueno, era Sheri Moore y la acompañaron a su apartamiento.

—Y resultó ser una muchacha ligera —dijo Barrett—. Mira, lo sospeché cuando empecé a hacer investigaciones sobre ella. Tuve el presentimiento de que era una muchacha fácil, que le gustaba hacer felices a los muchachos. No sé por qué no seguí esta corazonada. Supongo que permití que me convenciera la propaganda.

—Tú mismo te hiciste la propaganda —dijo Maggie con una ligera sonrisa— Procedes de una generación a la que se enseñó a creer que todas las muchachas son —o debieran ser— inocentes. Querías creer que la pequeña Sheri era dulzura y luz, como lo había sido tu madre y la madre de tu madre. No hablo de ti como intelectual, sino como hijo.

—Tal vez —dijo Barrett sonriendo—. Estudiaremos esto cuando nos acostemos juntos. De acuerdo, la cama de Sheri era acogedora. Primero fue George. Después le correspondió el turno a Jerry. No estamos en el teatro, Maggie. ¿Qué sucedió en realidad?

Maggie siguió hablando lentamente. Mientras escuchaba, Barrett cerró los ojos y la narración se transformó en una serie de diapositivas estereópticas en el interior de su cabeza.

Muy bien, Mike...

La suave voz de Maggie y las diapositivas llenas de colorido.

Jerry penetró en el dormitorio de Sheri cuando salió George, se desnudó y se deslizó en el interior de la cama junto a ella. Pero Jerry no la penetró. Fue incapaz, impotente. Y Sheri, inconsciente hija del hedonismo, al principio se divirtió pero después se puso desafiante. Había tenido a muchos chicos y hombres y esto nunca le había sucedido antes. Con Sheri todos lo pasaban bien. Todos se divertían con Sheri, porque Sheri era una *femme fatale*. Jerry no podía hacerlo, lo cual era algo así como una especie de reproche a su ego y a sus habilidades. Trató de conseguirlo, sometiéndolo a toda una serie de caricias previas, pero sin resultado. Entonces la muchacha se irritó, se puso impaciente, aburrida y, finalmente, se encolerizó. Era una ofensa a su sexualidad. El mayor de los insultos. Tal vez creyó que fracasaban por ella y no por él y se resistió a admitirlo. Se rió de él, se burló de él, lo ridiculizó.

Ciego de rabia, llorando, Jerry intentó huir, vestirse y escapar. Pero ella no lo soltaba tan fácilmente. Se levantó de la cama, lo persiguió; él trató de apartarla, librarse de ella; ella comenzó a insultarlo con sarcasmos sucios. Cuando él quiso responderle, Sheri trató de golpearlo pero no pudo: resbaló sobre la alfombra y cayó; la cabeza pegó contra el ángulo de la mesilla; el cráneo se le abrió como si fuera una cáscara de huevo; quedó inconsciente. Jerry pidió auxilio, pero George Perkins no quiso verse mezclado en el asunto.

Poco después, Darlene Nelson llegó al departamento y encontró a su compañera semi inconsciente. Darlene se inclinó sobre su amiga tratando de saber qué había pasado. Sheri le susurró la verdad pero le pidió un favor. Que su padre no supiera cuál era su conducta, cómo se comportaba con los muchachos. "Diles cualquier cosa, Darlene", le rogó, "diles que ha sido una violación". Y cuando llegó la policía, la ambulancia y Howard Moore, Darlene les dijo que había sido una violación.

Después Jerry fue detenido. Tenía su propio código. No delatar a los amigos, sobre todo si tenían tantas agallas como George. Y la violación, sí, era una forma de ocultar la vergüenza que le ocasionaba el sentirse descubierto, que le evitaba las burlas de los demás. La violación forzosa denotaba un carácter muy viril. Era una manera de demostrar que podía lograrlo. Hasta había un poco de humor negro en todo aquello, era una especie de chiste malo: la violación es un ataque con un arma amiga. Por lo menos un arma, un arma poderosa. Cometiendo una violación se era un criminal, es cierto, pero se era un hombre. Si confesaba toda la verdad, quedaría para siempre sentenciado a la impotencia y al ridículo.

Mike Barrett abrió los ojos y desaparecieron las diapositivas mientras Maggie seguía hablando.

—Así, pues, admitió la violación.

—Y, de repente, el libro tuvo la culpa —intervino Barrett—. De la noche a la mañana, Los Siete Minutos se convirtió en el criminal. Pero hay algo que no se ha dicho en el juicio, Maggie. ¿De dónde sacó Jerry el libro?

Ella no contestó. Bajó los ojos.

—¿Y bien, Maggie?

—¿Es importante ahora?

—Quiero saberlo —respondió él con firmeza— ¿De dónde sacó el libro?

—De mí. Se lo dí yo.

Barrett abrió enormemente los ojos. *De mí.* ¿Había oído bien?

—¿De ti, Maggie?

Ella irguió la cabeza.

—Sí. Lo compré para mí porque quería leerlo y para tía Ethel; sabía que le gustaría.

La escuchó con incredulidad mientras Maggie seguía hablando.

Maggie sabía que a tía Ethel le gustaban esta clase de novelas, es más, que la entusiasmaban, porque encontraba en las mismas un mundo que jamás se le había permitido conocer. Por consiguiente, Maggie adquiría los libros para leerlos y después, cuando el tío Frank no estaba en casa, se los dejaba leer a su tía Ethel.

—Pero la tía Ethel nunca llegó a leer *Los Siete Minutos* porque, inmediatamente, Maggie se lo dio a Jerry. El dijo que no le interesaba pero Maggie insistió en que lo leyera. Conocía el problema de Jerry, dado que le había acompañado a San Francisco, y quería que supiera que otros que habían padecido el mismo problema habían sido ayudados a vencerlo e incluso habían sido capaces de escribir abierta y francamente acerca del mismo. Porque, en la novela, mientras Cathleen yacía en su lecho gozando del hombre que estaba en su interior, pensaba en muchos hombres, pero pensaba sobre todo en tres hombres que había tenido en su vida.

—¿Recuerdas cómo era en el libro, Mike? —preguntó Maggie—. Si lo recuerdas, comprenderás por qué se lo entregué a Jerry.

Reflexionó por un momento y lo recordó.

La Cathleen de Jadway yacía recordando sus aventuras con los tres hombres que la habían querido, tratando de imaginarse qué tal sería pertenecer a cada uno de ellos. Sabía que el primer hombre era mimado y egoísta; sin embargo, era un gran amador, un Casanova, hábil y experimentado, que le prometía una memorable vida carnal. Sabía que el segundo hombre era un amante conservador, un hombre vulgar, que dedicaría más tiempo a alcanzar el éxito en su trabajo que a su mujer, prometiéndole una cómoda vida desde el punto de vista material. Sabía que el tercer hombre era un amante transitoriamente impotente, pero, además, un hombre muy sensible, creador e inteligente, que le prometía una vida fascinante desde el punto de vista intelectual y espiritual. Y a uno de estos se entrega ella finalmente, pero Jadway no revela la identidad del mismo hasta la última página del libro. Y, al final, el lector se entera de que ella ha estado viviendo aquellos memorables siete minutos con el tercer hombre. Gracias a su calor y a su ternura, ella le convierte en un hombre, y, al convertirle en hombre, ella se realiza plenamente como mujer. Desde luego, el tercer hombre es el propio Jadway. Es una narración claramente autobiográfica. Por eso Maggie se lo había dado a Jerry.

—¿Conseguiste que Jerry la leyera? —preguntó Barrett.

—Sí. Y la leyó no una, sino dos veces. Aunque en buena parte el libro le turbó, le permitió comprender mejor a las mujeres y le hizo concebir alguna esperanza. Pero no era suficiente. Sin la guía de un psicoanalista, o del autor, era imposible que Jerry trasladara las experiencias narradas por Jadway en el libro, a sus propios propósitos. Jadway no podía ayudarle mucho. Jadway le había dicho algunas palabras, muy útiles ciertamente, pero Jerry necesitaba algo más del autor, y el autor estaba muerto. ¿Qué hacer entonces? Tratar de emular a alguien que estuviera vivo, a alguien que tuviera éxito con las mujeres. Justamente su amigo George Perkins. Siguió imperfectamente a George hasta la cama de Sheri Moore. Pero Jerry no era George. Jerry era el héroe impotente de Jadway, sólo que Sheri no era la Cathleen de Jadway.

—Comprendo —dijo Barrett—. Jerry se apropió del semen de George que se encontraba en el interior de la víctima y optó por la violación. Y después fue detenido y el libro...

Todo estaba mucho más claro ahora.

El libro —el ejemplar de Maggie— había sido encontrado en el lugar donde ella lo había ocultado de Frank Griffith, es decir, en la cajuela del coche que compartía con Jerry. Y creyendo que el libro era el verdadero culpable (o queriendo creerlo), estimulado por Elmo Duncan y Luther Yerkes, Frank Griffit lo había acusado inmediatamente de corromper a su hijo. Sí, todo estaba ya más claro. Jerry, sin atreverse a contradecir a su padre, temeroso de contradecir la ley, y queriendo creer que había sido el libro para poder alegar circunstancias atenuantes en su supuesto crimen, se dejó arrastrar, siguió la corriente, confesó y compareció ante el tribunal.

—Maggie ¿y qué me dices del segundo intento de suicidio? ¿Cuál fue la causa?

—Se apenó mucho por el estado de Sheri en el hospital. Sufrió realmente. Hubiera deseado que George se hubiera mostrado amable con él, que le presentara a la compañera de habitación de Sheri, no para revelarle toda la verdad, sino para tener la oportunidad de explicarle que la herida de la cabeza de Sheri había sido accidental. Por esta razón huyó de casa y fue en busca de George dirigiéndose a aquel club de Melrose pero, tal como tú mismo pudiste ver, George no quiso saber nada de él, no quiso meterse en líos. Así, pues, para librarse de Jerry, George le indicó quién era Darlene Nelson. Tú viste que Jerry trató de hablar con ella. Quería explicarle que había sido un accidente; implorar perdón, tranquilizar su conciencia, pero ella lo azotó con sus palabras, burlándose de su impotencia. Fue infame, cruel. —Maggie se encogió de hombros—. Pero supongo que todos podemos ser desagradables alguna vez. Darlene se mofó de él con un viejo dicho irlandés: "Que Dios te atiese". Jerry se alejó aturdido. Estaba seguro de que todo el mundo sabía o iba a saber muy pronto su situación. No podía resistirlo. Trató de matarse. ¿Comprendes por qué, verdad?

—Sí —dijo Barrett.

—Fue este mismo temor, Mike, la causa de que amenazara constantemente con quitarse la vida antes que testificar ante el tribunal. No temía a Duncan. Ni siquiera te temía a ti personalmente. Era el arma que tú poseías, la bajeza del interrogatorio, el pánico atroz de caer bajo un inquisidor hostil y de que se expusiera ante todo el mundo la verdad de su impotencia.

Había otra pregunta que Barrett quería plantear.

—Maggie, si tú sabías desde el principio cuál era el problema sexual de Jerry ¿por qué no hablaste inmediatamente para salvarle de la acusación de violación que pesaba sobre él? —Volvió a repetir la pregunta—. Si sabías que era incapaz de cometer una violación ¿por qué demonios no lo dijiste?

—Porque no estaba tan segura de que Jerry hubiera sido impotente la noche de la supuesta violación. Yo sólo sabía con certeza cuál era su estado antes de aquella noche. Pero después pensé —no sé— que tal vez, movido por una suerte de desesperación, había pensado violar a la muchacha y que ese estímulo, como el de muchos hombres que dicen ser potentes sólo cuando la víctima opone resistencia, bueno, pensé que esa excitación había producido en Jerry su primera erección, facilitándole alcanzar un éxito nefasto.

Barrett asintió.

—Sí, tiene lógica.

—Pero ayer, Mike, cuando murió Sheri Moore, la verdad se me hizo evidente. Supuse que ciertas cosas habían sucedido, o mejor dicho, que no habían sucedido. Como ocurrió con Howard Moore. Podría haberse mostrado encolerizado contra Jerry pero, sin embargo, en el transcurso de las entrevistas que concedió a la radio y la televisión inmediatamente después del fallecimiento de su hija, no pronunció ni una sola palabra contra Jerry o *Los Siete Minutos*. Entonces, sabiendo lo que sabía de Jerry, empecé a sospechar algo más había sucedido la noche en que Jerry estuvo con Sheri Moore. Recordé otra cosa. Cuando le entregué *Los Siete Minutos* a Jerry, me dijo que le gustaría que el autor, Jadway, viviera para hablar con él. ¿Por qué? Porque Jadway era el único hombre del mundo que podía comprender el problema de Jerry. Jerry no quiso decirme más, no quiso decirme qué hubiera deseado contarle a Jadway. Supongo que pensó que ya me había contado demasiadas cosas y que yo no le respetaba en mi fuero interno a causa de su problema. Sospecho incluso que llegó a pensar que la hazaña de la violación le había granjeado parte del valor que creía haber perdido a mis ojos; como quiera que sea, no quiso decirme nada más sobre de sus sentimientos. Jerry creía que sólo a otro ser humano que hubiera superado su misma situación, uno como Jadway, podría confiarle toda la historia de su fracaso de aquella noche con Sheri Moore. Y después...

Se detuvo, pensativa, y finalmente Barrett le preguntó:

—¿Entonces qué, Maggie?

—Entonces nos diste la noticia de que Jadway estaba vivo. Y cuando llamaste desde Washington diciendo que habías visto al senador Bainbridge y que éste te había comunicado que no deseaba colaborar, bueno, entonces fue cuando yo decidí ver al senador Bainbridge para suplicarle que reuniera al Jadway vivo con el Jerry moribundo. Después, cuando llamé a Washington y me dijeron que Bainbridge se había ido a Chicago donde tú habías encontrado a Cassie McGraw fue cuando la sospecha que anidaba en lo más hondo de mi imaginación se convirtió en una certeza. Estaba segura —deducción, intuición, simple conjetura— de que Bainbridge iba a Chicago para ver a Cassie McGraw y que iba a ver a Cassie porque él era J J Jadway. Mike ¿no sospechaste tú esta posibilidad?

—Cruzó por mi imaginación. Pero no pude aceptarla porque Bainbridge no correspondía al modelo que yo me había forjado de Jadway. Y, en cuanto a Jerry, desde luego no tenía la menor idea de su...su problema.

—No podías tenerla porque no sabías lo que yo sabía acerca de Jerry. Ahora deja que te diga qué sucedió cuando Jerry vino a tu apartamento ayer por la mañana.

Barrett escuchó atentamente mientras Maggie proseguía.

Jerry había ido a verla el día anterior antes de entrar en la cárcel. Al llegar, Maggie fingió conocer la verdad acerca de su noche con Sheri Moore. Fingió haberla sabido a través del padre de Sheri. De esta manera, consiguió averiguar la verdad. Jerry se desconcertó y confesó su mentira. Ella le rogó que diera a conocer la verdad para librarse de la cárcel inmediatamente y tal vez para siempre. Pero Jerry se negó. Podría soportar la cárcel por violación, pero no sobreviviría a la vergüenza de que los demás llegaran a conocer su fracaso final. Entonces Maggie le dijo que J J Jadway vivía. La noticia pareció causarle una gran impresión a Jerry. Si pudiera hablar con Jadway. Y Maggie le dijo que trataría de solucionarlo.

Al principio, había pensado entrevistarse con Howard Moore, para saber si conocía aquella verdad que ella había sospechado.

Pero cuando vio a Howard Moore, le dijo la verdad referente a que había engañado a Jerry para inducirle así a confesar. El le confirmó tristemente la verdad. Inmediatamente después de la muerte de su hija, su compañera de habitación Darlene Nelson le había comunicado las últimas palabras de su hija. Sí, sabía que la culpa había sido de su hija. De su pobre niña perdida. Sí, ella tenía la culpa y no Jerry. No, no divulgaría la verdad si el muchacho no quería divulgarla. Pero si Jerry estaba dispuesto a cambiar su testimonio, apoyaría al muchacho ante los tribunales.

Para Maggie, la solución dependía de una persona.

Voló a Chicago para entrevistarse con Bainbridge. Tal como había esperado, había encontrado a J J Jadway. De camino hacia el aeropuerto, le había contado la historia de Jerry Griffith. En el aeropuerto, él tomó finalmente una decisión. Dijo que si podía infundirle a Jerry la valentía de confesar la verdad, tal vez él pudiera encontrar el valor para hacer lo mismo.

Volaron juntos a Los Angeles. Se dirigieron a la prisión del Condado donde dejó a Bainbridge con Jerry durante una hora. Cuando Bainbridge abandonó la prisión para reunirse con ella, ya no era Bainbridge. Era J J Jadway. Y le dijo simplemente:

—Jerry está dispuesto a confesar la verdad y también está dispuesto a confesarla el senador Thomas Bainbridge, para salvar el libro y a todos aquellos que puedan liberarse gracias a él y a otros libros semejantes del futuro.

Maggie había terminado su relato.

—Esto es todo lo que puedo decirte, Mike. ¿Tienes más preguntas?

—No —dijo él lentamente. Al otro lado de la sala, a través de las altas ventanas, pudo ver que el día estaba muriendo.

—Vamos, Maggie.

Se levantaron y él dijo:

—¿Qué te gustaría hacer para celebrarlo esta noche?

—Estar contigo.

El dijo:

—Saldremos a cenar. Empezaremos por esto.

Mientras avanzaban por el pasillo, ella dijo:

—Es posible que llegue un poco tarde a cenar. Cuando Jerry fue puesto en libertad, le dije que nos encontraríamos en el bar del hotel Beverly Wilshire. El senador Bainbridge se reunirá allí con nosotros cuando consiga librarse de la gente de la televisión. ¿Sabes qué vamos a decirle a Jerry? Que salga de aquella casa. Que viva por su cuenta. Que se someta a un tratamiento con el doctor Finegood. Yo pagaré sus gastos hasta que consiga encontrar un camino.

—¿Crees que lo hará?

—¿Qué?

—Encontrar un camino.

Ella contestó al llegar a la puerta de la sala:

—No lo sé, Mike. Quizás no inmediatamente. Es difícil acostumbrarse a la libertad. Pero, una vez te acostumbras, es algo maravilloso. Lo sé. Yo lo he aprendido. Y espero que Jerry lo aprenda algún día.

Se encontraban en el pasillo.

—Bueno, si vas a estar ocupada un rato —dijo Barrett— voy a quedarme un poco por aquí. Hay algunas cuestiones relacionadas con Jadway. Me gustaría escuchar las respuestas de Bainbridge, si es que todavía se encuentra en el edificio.

—Estás decidido a saberlo todo ¿verdad?

El sonrió.

—Son siete minutos. No puedo conformarme con seis.

Ella se despidió.

—Nos veremos luego.

—No tardes —contestó él.

Cuando ella se hubo marchado, Barrett se preguntó dónde podría encontrar al senador Thomas Bainbridge. Pasó un guardia y Barrett se lo preguntó.

—Acaban de subir al sexto piso —dijo el oficial—. Están los equipos de otra cadena en la Sala 603 y acaban de iniciar una nueva entrevista con el senador.

La Sala 603 era la sala de prensa del Palacio de Justicia.

Había tres escritorios de nogal y el periodista de *Los Angeles Times* había abandonado su escritorio del centro y le había cedido su asiento al senador Thomas Bainbridge.

Exceptuando el espacio libre alrededor del escritorio, bañado por la intensa luz de los focos, y las dos cámaras de televisión que dirigían sus ojos de cristal hacia aquel círculo, junto con los bulliciosos componentes de los equipos, toda la sala de prensa estaba abarrotada de espectadores curiosos.

Mike Barrett se unió a la muchedumbre y trató de descubrir qué estaba haciendo el senador.

El senador Bainbridge estaba sentado junto al escritorio, frío e imperturbable, esperando.

Desde algún lugar de detrás de una cámara, alguien gritó:

—Bien, senador, está usted en el aire. Puede empezar su declaración.

El senador Bainbridge asintió brevemente con la cabeza y miró con nobleza en dirección a la cámara de televisión más próxima.

Con las manos cruzadas sobre la carpeta del escritorio, habló íntima y directamente en tono llano y reposado sin emocionarse.

—Ya he testificado en la sala de justicia hace poco más de una hora que yo escribí en el año 1934 el libro titulado *Los Siete Minutos* bajo el seudónimo de J J Jadway —empezó el senador Bainbridge—. Ahora, puesto que a ustedes les interesa, resumiré los puntos esenciales de mi testimonio y tal vez añadiré algunos detalles autobiográficos más adecuados para una declaración informal como la presente que para un testimonio legal. Ustedes quieren saber toda la historia y merecen saberla. Como ven, amigos, no sólo defiendo la libertad de expresión sino que me aprovecho de la misma ahora que tengo un libro que vender.

Barrett se unió a las risas del público y le satisfizo observar que el senador también sabía sonreir.

El aristocrático rostro de Bainbridge volvió a recuperar la seriedad.

—Crecí en un rígido hogar de Nueva Inglaterra —dijo—. Eramos cinco. Mi padre, que se había abierto camino por sí mismo, muy voluntarioso, bien intencionado pero dogmático y dominador. Mi madre que era poco más que una tímida sirvienta. Mis dos hermanas más jóvenes, temerosas de nuestro padre, obedientes a todos sus deseos, reprimidas e irremediablemente espirituales. Y yo, el heredero, considerado por mi padre como una simple prolongación de él mismo, nacido únicamente para ayudarle en su negocio y para sucederle.

Asistí a una escuela de derecho sólo por conveniencias del negocio familiar y además porque resultaba algo elegante. No tenía personalidad alguna y, antes de ser engullido por mi padre y su negocio, llevé a cabo un último esfuerzo para averiguar quién era o podía ser yo. Necesité armarme de todo mi valor para solicitar un año de estancia en el extranjero, un solo año, se me concedió el permiso y el dinero necesarios porque alegué motivos de carácter cultural y prometí comportarme como es debido. En 1934 inicié mi viaje de descubrimiento —de auto-descubrimiento—. Mi destino era París lugar en donde deben comenzar inevitablemente todas las exploraciones.

Tenía que aprender no sólo que era un hombre, sino que era una persona. Hasta entonces no había sido un hombre ni en el más amplio ni en el más estricto sentido de la palabra. Me asustaba tanto la independencia como el sexo. En realidad, tal como lo escribí en mi libro y como lo dije ante el tribunal, yo era impotente lo mismo para crear como sexualmente. Quería escribir y no podía. Quería amar y era incapaz de hacerlo. Quería ser una persona que hiciera su propia historia y no una nota a pie de página en la historia de su padre.

Durante mis primeros meses en París, todo fue inútil; estaba inerte, perdido. No hice nada, no gané nada. Esta era mi situación desesperada cuando conocí a una joven americana en París, una artista que había salido al extranjero para hallar su identidad personal y la misma libertad que yo buscaba. Ella había encontrado lo que hasta entonces yo no había conseguido todavía encontrar. Era Cassie McGraw. Nos enamoramos. Nunca sabré qué pudo ver ella en mí. Tal vez vio que en mi interior vivía una persona más interesante pero aprisionada: aprisionada, golpeada y pugnando por escapar. Esa fue la persona a quien ella amó y quiso liberar. Esta es la persona que ella liberó, la que se conoce bajo el nombre de J J Jadway.

Cassie y yo vivíamos juntos. Ella me indujo no sólo a hacer lo que yo más quería, es decir, escribir acerca de mí mismo y de mis percepciones, con veracidad y honradez, sino que me proporcionó una conciencia de ciertos placeres que no pueden comprarse con dinero: contemplar a los pájaros en pleno vuelo; mirar el amable verdor de los campos cubiertos de hierba; comprender los monumentos que son de historia viva; descubrir el arte vigorizante de la conversación, la tolerancia de los puntos de vista ajenos y, por encima de todo, el conocimiento del amor que trasciende el sexo.

Yo canté a Cassie y a nuestro amor en Los Siete Minutos. Mientras estaba escribiendo, finalizó mi permiso en el extranjero. Yo le escribía excusas a mi padre para tratar de prolongar mi estancia. Exasperado, dejó de enviarme fondos y entonces mi madre y mis hermanas me ayudaron con su propio dinero, a escondidas de mi padre. Christian Leroux no estaba en lo cierto cuando declaró ante el tribunal que yo había escrito la novela en tres semanas. Escribí el primer borrador en tres meses y dediqué otros tres meses a revisarla. No la escribí, como Cleland escribió Fanny Hill, para salir de la cárcel por deudas. Recibía dinero suficiente de mi familia.

En cuanto al libro, trata de mis experiencias con y de Cassie McGraw. No hay ninguna alegoría deliberada. Pretende ser una novela realista, tal vez con ligeras influencias de un escritor que agitó y de otro escritor que conmocionó la literatura, es decir, de D. H. Lawrence y James Joyce. No fueron mis nuevos sentimientos acerca del sexo ni siquiera el estímulo de Cassie, las causas que me permitieron escribir el libro honradamente. Fue el consejo que extraje de un ensayo escrito por Lawrence titulado "A propósito del Amante de Lady Chaterley" el que me proporcionó la fuerza necesaria para escribir el libro sin inhibiciones.

Había, por una parte, el problema del lenguaje. Y Lawrence me aconsejó: "Las palabras que tanto turban al principio, no turban en absoluto al cabo de un tiempo. ¿Se debe acaso a que la mente se corrompe a través del hábito? En absoluto. Se debe a que las palabras perturban al ojo, pero nunca a la mente. Las personas sin inteligencia pueden seguir escandalizándose, pero poco importa. Las personas inteligentes comprenden que no se escandalizan y que no se han escandalizado en ningún momento: y experimentan una sensación de alivio. Y esta es la cuestión. Hoy en día, estamos mucho más evolucionados como seres humanos y hemos superado los tabús inherentes a nuestra cultura".

Después tenía dudas acerca de la forma honrada de describir los distintos actos sexuales en la narración. Y una vez más Lawrence colaboró con Cassie en la indicación del camino a seguir, diciéndome: "Quiero que los hombres y las mujeres puedan pensar en el sexo total, completa, honrada y limpiamente. Aunque no podamos actuar sexualmente a nuestra entera satisfacción, por lo menos pensemos sexualmente, en forma clara y completa. Todas estas ideas de las jóvenes y de la virginidad, como una hoja de papel en blanco en la que nada está escrito, son una pura insensatez.

Una muchacha y un muchacho son una maraña de tormentos, una hirviente confusión de sentimientos sexuales y de pensamientos sexuales que sólo los años conseguirán apaciguar. Años de honrados pensamientos sexuales, años de agitados actos sexuales nos conducirán al final, allí donde pretendíamos llegar, a nuestra real y completa castidad, a nuestra plenitud, cuando nuestro acto sexual y nuestro pensamiento sexual estén en armonía, y no se interfieran mutuamente"

Así, animado, hice a un lado las viciosas indirectas, las sugerencias, las miradas lascivas, eliminé el último asterisco y escribí mi verdad. Para guiar mi pluma, me inspiré en el Capítulo Sexto del Cantar de los Cantares de Salomón del Antiguo Testamento. Es posible que lo recuerden ustedes: "Los cercos de tus muslos son como ajorcas labradas de mano de maestro. Tu ombligo como taza de luna, que está vacía. Tu vientre como montón de trigo cercado de violetas. Tus dos pechos como cabritos mellizos de una cabra". Y después tal vez recuerden también: "Yo soy de mi amado y su deseo a mí", y después: "Levantémonos de mañana a las viñas, veamos si florece la vid, si se descubre la uva menuda, si brotan los granados, allí te daré mis amores".

Así fue escrito y más tarde publicado *Los Siete Minutos*. Yo conservé mi anonimato, rehusando conocer a mi editor porque era muy pronto para atreverme a que mi padre o mi familia supieran lo que estaba haciendo. Quería esperar a ver si el libro alcanzaba éxito permitiéndome seguir así la única carrera que me interesaba. Como consecuencia de su tiraje limitado y de la censura general, el libro me reportó muy poco dinero. No obstante, me animé a proseguir gracias a las conversaciones que pude escuchar acerca del mismo en los cafés y a las cartas que recibí de estudiantes y turistas extranjeros. Inicialmente, no repudié el libro. Más tarde quise que Monsieur Leroux y los demás creyeran que lo había repudiado, por necesidad imperiosa, razón por la cual permití que se divulgara esta fábula.

Al final, tuve que tomar una decisión. Cassie estaba encinta. Yo estaba esperando poder escribir otros libros. Estaba dispuesto a ser yo mismo. Regresé solo a Connecticut para representar mi última escena con mi padre. No pude hacerlo. Estaba gravemente enfermo. Mi madre estaba a punto de sufrir una depresión nerviosa y mis hermanas vivían aterrorizadas. Lo único que sostenía a mi padre y permitía a toda mi familia abrigar esperanzas de curación, era su regreso a la Iglesia. Había vuelto a abrazar el catolicismo, con toda devoción, y ello le reconfortaba. Supe entonces que la Iglesia estaba llevando a cabo investigaciones acerca de J J Jadway y que el libro de Jadway —mi libro secreto— iba a ser incluído en el Indice. Comprendí que ello constituiría un golpe fatal para mi padre, y también para mi madre y hermanos. Temiendo por su vida, decidí destruir a J J Jadway para siempre, para que nunca pudiera ser descubierto en mi y destrozara a mis padres.

Escribí a París inmediatamente. Escribí a Cassie y a Sean O'Flanagan. Les dí instrucciones explícitas y les envié dinero para que pudieran poner en práctica las instrucciones. Creyeron en mi buena intención, creyeron que, aunque destruyera un seudónimo, yo seguiría siendo Jadway bajo otro nombre. Forjé la historia del mal carácter de Jadway, de su remordimiento, de su suicidio, todo lo peor que pude imaginar, para que los curiosos, los investigadores, Leroux, el arzobispo de París, el padre Sarfatti y otros quedaran plenamente satisfechos y no volvieran jamás a realizar pesquisas. Cuando el padre Sarfatti trató de llegar hasta mi, Sean O' Flanagan le telefonó utilizando mi nombre e interpretando el papel de Jadway. Fue Cassie McGraw quien le entregó al padre Sarfatti la carta que yo había preparado cuidadosamente. Fue Sean O'Flanagan quien acompañó a Cassie hasta Venecia, presentándose como Jadway en el baile de disfraces y en el transcurso del interrogatorio de la Curia que tuvo lugar en el palacio ducal de Venecia. En cuanto a las conversaciones telefónicas que se decía mantuve con Christian Leroux, mi editor, fue Sean quien efectuó dichas llamadas fingiendo ser Jadway y siguiendo las instrucciones que yo le había dado. Estas conversaciones entre Sean y Leroux tuvieron lugar mientras yo me encontraba en los Estados Unidos, mucho tiempo después de la publicación del libro, y Leroux ha referido correctamente el contenido de las mismas, pero no las ha situado en el tiempo que les corresponde. Desde el estrado de los testigos, Leroux ha indicado que estas conversaciones con Jadway tuvieron lugar en un período anterior. O bien ha olvidado cuándo tuvieron efectivamente lugar o bien ha falseado deliberadamente el año para subrayar su importancia como testigo de la acusación.

La simulación de mi muerte ficticia fue una tarea muy fácil. Sean

O'Flanagan trabajaba para la edición de París del *Herald Tribune* de Nueva York a principios del año 1937. Le fue fácil escribir e incluir una nota necrológica correspondiente a J J Jadway. Fue igualmente fácil comprar a la prensa venal de la época para que publicara la nota necrológica y algunas semblanzas del autor. Le fue fácil a Sean divulgar la noticia por los cafés. Pero tenía que haber algo más. Tenía que ser auténtico. La misma Cassie preparó un funeral privado en memoria de Jadway, al que asistió ella, algunos admiradores y el propio Leroux.

Ya estaba hecho. Jadway ya no existía. Yo estaba a salvo, había conseguido preservar la vida y la fe de mi padre, había apartado a mi familia de la desgracia. Después supe que Cassie había dado a luz a una hija, Judith. Abandoné la cabecera de mi padre y regresé a Francia y me encontré con Cassie y Judith en Cherburgo. Embarcamos allí de regreso a Nueva York. Yo quería fijar la fecha de nuestra boda. Cassie aún no estaba dispuesta a ello. Se casaría cuando mi padre se repusiera y yo rompiera con él y volviera a ser el hombre que ella amaba. Esperó en Nueva York mientras yo permanecía junto a mi familia y llevaba el negocio, esperando también en Nueva Inglaterra.

Mi padre no se repuso. Mi padre murió terriblemente. Mi padre murió sin que yo hubiera roto con él. Seguí siendo una prolongación suya, su apoderado en la vida. Mi madre se vino abajo. Mis hermanas estaban desvalidas y con miedo. El negocio que mi padre había levantado se estaba hundiendo y exigía una mano vigorosa. Estas responsabilidades me agobiaban. ¿Acaso podía abandonar a mi familia? Cassie había hecho mucho para mi independencia, pero no había tenido tiempo de hacer lo suficiente. Yo seguía siendo víctima de mi pasado.

Visité a Cassie, le rogué que se convirtiera en mi esposa, que permaneciera a mi lado hasta que consiguiera sacar adelante a mi familia y el negocio del que dependían ellas. Cassie me dijo simplemente: "Pero Jadway ha muerto y yo amaba a Jadway". La próxima vez que fui a visitarla, se había ido. Cassie había desaparecido. Sólo Sean sabía dónde estaba, pero guardó la promesa de no decirme nada. Yo mantuve a nuestra hija a través de Sean hasta que supe que Cassie contrajo matrimonio. Más tarde, cuando supe que Cassie estaba enferma y carecía de medios, corrí con los gastos de su estancia en un sanatorio privado.

Al pasar el tiempo, comprendí que Cassie tenía razón. Jadway se había ido y no volvería jamás. Pasaron los años, me casé, tuve hijos y, también medios económicos suficientes para poder abandonar el negocio de mi familia. Sin Cassie, me faltaba valor para escribir de nuevo. Sí, Jadway estaba muerto. Recuperé interés por el derecho, gracias al cual podía aún contribuir a la causa de la libertad de expresión; desde entonces he formado parte del mundo del derecho.

Ayer, cuando el defensor, Barrett, me encontró, me vi obligado a enfrentarme con el hecho de que J J Jadway aún vivía. Esta mañana, debí tomar una decisión. Pero, antes de hacerlo así, llamé por teléfono a mi esposa y mis hijos. Ella ya había sospechado la verdad; mis hijos no. Todos apoyaron calurosamente mi actitud. Después he telefoneado al Presidente de los Estados Unidos para rogarle que no señalara mi nombre al Congreso para ocupar el cargo vacante en el Tribunal Supremo, explicándole mis razones. Lo sintió de veras, estuvo muy amable y, bromeando, me dijo que, por lo menos, la Primera Dama me encontraría todavía más fascinante. Finalmente, llamé a otra persona: a Cassie McGraw. No pude hablar con ella pero sí con su enfermera:

—Comuníquele este mensaje cuando tenga un día de lucidez —le pedí—, dígale simplemente: "Jadway vive". Ella lo entenderá.

Mientras escuchaba, Barrett suspiró.

Después dio media vuelta y dejó la sala de prensa... y a Jadway.

Fuera, la noche había caído y el aire era limpio y refrescante.

Al penetrar en el estacionamiento de la calle Temple, donde había dejado su convertible, advirtió que alguien lo seguía.

Se detuvo, sin estar seguro de quién era ese hombre rubio y entonces le reconoció. Permaneció esperando hasta que el Fiscal de Distrito Elmo Duncan le alcanzara.

—No sé si me ha oído en medio del estruendo que se produjo tras el veredicto —dijo Elmo Duncan— pero le he felicitado, Mike.

—Se lo agradezco, Elmo.

—Vamos, le acompañaré hasta su coche. —Caminaron en silencio durante varios segundos y después Elmo Duncan volvió a hablar, no con amargura pero sí con tristeza, como hablando consigo mismo—. Cuando era niño en Glendale, había un deportista que yo admiraba como a un héroe. Era Babe Ruth. Y él dijo algo en cierta ocasión que siempre he recordado, algo con más sensatez que nada de lo que yo he leído en Sócrates, Spinoza o Kant. Babe dijo: "Un día se es un héroe y otro un inútil; ¡qué demonios!".

Duncan le dirigió a Barrett una sonrisa infantil:

—Yo también digo ¡qué demonios!, Mike.

En ese momento, Duncan le simpatizó más que en ningún otro momento antes o después del juicio. Comprendió por qué: el otro Duncan no era éste Duncan, sino tan sólo una parte de la intriga controlada por Luther Yerkes, a la que se habían unido Frank Griffith y Willard Osborn II, y promovida publicitariamente por Harvey

Underwood e Irwin Blair. Este, en cambio, si era el verdadero Duncan.

—Casi nos había vencido Elmo —dijo Barrett—. Hizo usted un trabajo magnífico. Hasta hoy, nos tenía en sus manos. Tuvimos suerte con un buen golpe.

—No han tenido suerte —dijo Duncan—. Merecían ganar y yo merecía perder. Yo lo intenté, pero ustedes lo han intentado más intensamente. Usted nunca se dio por vencido. En determinado momento, estuve excesivamente confiado. Me fié de... de otros, y empecé a mirar más allá del juicio cuando el juicio todavía no había terminado. Si hubiera trabajado por mi cuenta, luchando por mi vida, sin creer en nadie, es posible que tampoco me hubiera dado por vencido y, tal vez, hubiera llegado hasta Cassie y Jadway antes que usted, incluso es posible que hubiera conocido la verdad acerca de Jerry Griffit y que hubiera hecho algo al respecto. Bien, ha sido una lección. No la olvidaré.

—Sigo estando convencido de que algún día será usted senador.

Duncan gruñó:

—Me daría por satisfecho si pudiera estar seguro de que volveré a ser elegido Fiscal de Distrito.

Habían llegado junto al coche de Barrett.

—Gracias de nuevo, Elmo —dijo Barrett.

—Hay otra cosa —dijo Duncan—. Créame, no lo digo porque esté dolido.

—¿A qué se refiere?

—Sigo creyendo que *Los Siete Minutos* es una obra obscena. No la había leído la primera vez que vino usted a mi oficina, y por eso no estaba seguro de ello. Pero en este momento, Jadway o no Jadway, Jerry o no Jerry, pienso que ese libro es obsceno y perjudicial y bien podría declararse culpable. Usted pudo salvarlo gracias a que demostró que uno de mis testigos cometió perjurio y otro mintió inconscientemente. Pero al menos, para mí, Mike, usted no pudo probar que el libro fuera digno de entrar en una casa decente. Tal vez eso se deba a mi educación, mis normas de conducta, mis pensamientos sobre la familia; en fin... me parece que el libro es un peligro y no debería haberse publicado. Creo que puede hacer daño o perturbar a los adultos. Mucho más grave resulta el que pueda sobreexcitar a un niño durante la pubertad, antes de que él pueda aceptar sus pensamientos sobre el sexo como algo natural. Estos libros conducen a los jóvenes a un mundo de fantasías sexuales que los perturba en su crecimiento normal, los distrae de las experiencias reales en su adecuado nivel, hasta que dichas fantasías terminan por hacer inútiles todas sus oportunidades de actuar normalmente.

—En otras palabras, Elmo, ¿usted cree que toda la literatura, todas las ideas deberían dirigirse y satisfacer a los lectores de doce años? Si esa fuera nuestra opinión, terminaríamos con una nación adulta de niños de doce años. ¿Es lo que buscamos? No, no puedo aceptarlo. Los muy jóvenes no se sienten tan sutilmente interesados en el desarrollo sexual, pero se harán viejos sin haber tenido la oportunidad de leer nada sobre eso. De cualquier modo, podría argüirse que los libros representan sólo una mínima parte, acaso la menor, del medio ambiente sexual de los jóvenes. ¿Recuerda aquella encuesta que se realizó en cuatrocientas escuelas para señoritas hace algunos años? Se les preguntó a las muchachas qué era lo que más las estimulaba sexualmente: ¿una obra teatral?, ¿una película?, ¿una fotografía? ¿un libro? La inmensa mayoría respondió: un hombre. Por lo que toca a la influencia de los libros en los jóvenes, bien, si tiene que haber censura, ésta no debería proceder ni de usted ni del estado; debería ejercerse en el mismo hogar, por los padres. Que cada familia decida cómo debe educar a sus hijos y lo que éstos pueden o no leer.

Duncan miró hacia el suelo. Después sacudió la cabeza.

—No, Mike. Demasiado inseguro. Creo en la censura tal como la establece actualmente la ley, no sólo porque procede de la ley sino porque salvaguarda la libertad y la protege de los miembros de las juntas vigilantes. Es necesario que existan normas. Recuerdo un caso de censura que tuvimos aquí hace algunos años en torno a *Trópico de Cáncer*. Uno de los testigos de la acusación, un profesor llamado Baxter, se mostró muy elocuente acerca de esta necesidad y aún puedo recordar lo que dijo —bueno, casi todo— y sigo estando de acuerdo con él. Admitió que la censura le molestaba porque odiaba la idea de que unos hombres impusieran sus opiniones y su voluntad por encima de las opiniones contrarias y las voluntades de otras personas. No obstante, dijo, en una sociedad compleja como la nuestra, es necesario vivir de acuerdo con ciertas normas. Tiene que haber una norma que indique a los automóviles que deben circular a la derecha de la avenida. Es posible que ello coarte la libertad del conductor, que atente contra sus derechos individuales, pero es necesario imponer la norma. Después dijo: "Sabemos que no podemos enviar impunemente por correo tratamientos contra el cáncer porque son charlatanerías fraudulentas. Sabemos que no podemos vender postales pornográficas en las escuelas. En resumen, hay un nivel que es la gran preocupación y la dificultad de la zona de penumbra de toda censura... Nuestra sociedad americana nos garantiza mucha libertad... no obstante, existe un nivel más allá del cual no es socialmente deseable, seguro y sano que se permita llegar a las personas".

Barrett asintió.

—Estoy de acuerdo, Elmo. Ahora ya casi hemos completado el írculo. Normas. ¿Quién las impone? ¿Usted? ¿Yo? ¿Frank Griffith?

¿El senador Bainbridge? Coincido con la opinión del juez del Tribunal Supremo Stewart. Este afirmó que aquellos que redactaron la Primera Enmienda creían que una sociedad sólo podía ser auténticamente fuerte si era auténticamente libre. "La Constitución protege tanto la expresión burda como la refinada y no menos la vulgaridad que la elegancia. Un libro sin valor para mí puede tener valor a los ojos de mi vecino. En la sociedad libre en la que nos ha situado nuestra Constitución, cada cual debe efectuar sus propias elecciones". Elmo, no puede haber ningún árbitro para nadie, por lo menos en cuestiones de gusto. Hay un viejo chiste que lo refleja muy bien. Un paciente acudió a visitar a un psiquiatra. El paciente accedió a someterse a la prueba de asociación de palabras, una especie de Rorschach oral. El psiquiatra tenía que leer en voz alta una serie de palabras y el paciente tenía que contestar inmediatamente a cada una de ellas con la primera palabra que se le ocurriera. El psiquiatra empezó por la palabra "Casa" y el paciente contestó "Sexo". El psiquiatra dijo "Silla" y el paciente contestó "Sexo". El psiquiatra dijo "Mesa" y el paciente contestó "Sexo". Después de otras veinte palabras más de rutina —como "Cocina" o "Jardín"— a todas las cuales el paciente contestó "Sexo", el psiquiatra empezó a molestarse.

—Mire —le dijo al paciente— debo decirle que posee usted una mentalidad insólitamente limitada.

El paciente pareció asombrarse.

—Pero doctor —protestó— ¡si es usted el que me está diciendo todas estas palabras sexuales!

Barrett sonrió y se encogió de hombros:

—Esta es la cuestión.

El Fiscal de Distrito sonrió levemente. Pero sólo levemente. No se divertía.

—Mike, la mayoría de nosotros sabemos lo que es sexual y lo que no lo es. También sabemos lo que es sucio y lo que no lo es. Y creo que la mayoría de nosotros pensamos que Los Siete Minutos y los libros similares son sucios, son obscenos y no merecen estar en circulación. Pase lo que pase, Mike, mientras sigan produciéndose esta clase de cosas, yo seguiré luchando contra ellas.

Barrett asintió.

—De acuerdo, Elmo. Mientras siga usted luchando contra ellas, yo seguiré luchando contra usted. —Se detuvo y después añadió—: Y también seguiré luchando contra las cosas que considero verdaderamente obscenas en la actualidad.

—¿A qué se refiere?

—Me refiero a que la verdadera lucha que hay que emprender no es contra los escritos que se refieran al acto sexual o al empleo de palabras de cuatro letras, sino contra las obscenidades tales como llamar "negro" a una persona de color. Lo verdaderamente obsceno es golpear o perseguir a un hombre porque es distinto o tiene ideas distintas, obligar a nuestros jóvenes a asesinar a otros jóvenes de países lejanos en nombre de la autodefensa o, como lo dijo un predicador, ver "a un hombre completamente vestido temblar y agitarse mientras una descarga de electricidad aplicada por los oficiales de nuestra prisión del estado corre a través de su cuerpo". O realmente obsceno es enseñarles mentiras a los estudiantes, fomentar la hipocresía y la deshonestidad, hacer de los fines materiales una forma de vida, ignorar la pobreza en un país de abundancia, contribuir a la injusticia y a la desigualdad al tiempo que se ensalza la Bandera los Padres de la Patria y la Constitución. Estas son las obscenidades que me preocupan.

—También me preocupan a mí —añadió Elmo Duncan—. Y cuando pueda, combatiré contra ellas codo a codo con usted. Donde no estamos de acuerdo es en la cuestión de la libertad de expresión y de los derechos de quienes se aprovechan de la misma por razones morbosas o egoístas contra nuestras familias y de nuestra nación.

Se detuvo y miró fijamente a Barrett.

—Muy bien, seguimos sin entendernos acerca de la cuestión de la pornografía. Pero, con franqueza, Mike ¿usted cree en la conveniencia de un poco de censura, ¿verdad?

—Cuando pueda usted hacerme creer en un poco de embarazo, entonces creeré en un poco de censura. Y sospecho que aunque fuera posible un poco de censura, siempre sería demasiado, por los extremos a que podría conducir. George Bernard Shaw ya lo dijo. El asesinato, dijo, es la forma extrema de censura. Lo es y no lo olvido. Pero le diré una cosa, Elmo. Cuando los científicos puedan demostrar por medio de pruebas que la obscenidad de los libros resulta perjudicial, cuando los tribunales puedan discernir verdaderamente lo que es obsceno de lo que no lo es y cuando podamos encontrar árbitros más sabios que cualquier hombre de la tierra que puedan determinar lo que debe censurarse y lo que no, sin atacar ni dañar otras libertades humanas, entonces y sólo entonces dejaré de oponerme a usted. ¿Qué le parece?

—Tal vez llegue este día, Mike.

—Recemos los dos porque así sea.

Estaba a punto de despedirse cuando algo cruzó por su imaginación y no supo por qué, dado que no tenía nada que ver con lo que habían estado discutiendo... o tal vez sí tuviera que ver.

—Elmo —dijo—, ¿ha oído hablar alguna vez del mejor testamento jamás escrito? Fue escrito por un abogado de Chicago, un tal Williston Fish, en el año 1897, en colaboración con y para su cliente Charles Lounsbury. ¿Lo conoce?

—Creo que no.

—Creo que los que ejercemos la profesión legal tendríamos que leerlo y volverlo a leer de vez en cuando. Procuraré acordarme de enviarle una copia.

—¿Qué dice?

—Bueno, para darle una idea, el testamento empieza así: "Yo Charles Lounsbury, en pleno uso de mis facultades mentales, hago y publico esta mi última voluntad y testamento para distribuir, con la mayor equidad posible, mis intereses en el mundo entre los hombres que me sucedan... En primer lugar, les doy a todos los buenos padres y madres, en depósito para sus hijos, todas las buenas palabras de elogio y todos los graciosos diminutivos, y los responsabilizo para que los utilicen con justicia y generosidad de acuerdo con las necesidades de sus hijos.

Les dejo a los niños exclusivamente, pero sólo para la vida de su infancia, todos y cada uno de los amargones de los campos y también las margaritas, con derecho a jugar libremente entre ellos según la costumbre de los niños, previniéndoles al mismo tiempo contra los abrojos. Y les ofrezco a los niños las playas amarillas de las calas y las doradas arenas junto a las aguas con las libélulas que rozan la superficie y el aroma de los sauces que se inclinan y las blancas nubes que flotan suavemente por encima de los bosques de árboles gigantes.

Y les dejo a los niños largos, largos días de alegría de mil clases, y la Noche y la Luna y la maravilla del tren de la Vía Láctea, sujeta también no a los derechos de los amantes que más abajo se especifican; y le otorgo a cada niño el derecho de escoger su propia estrella...

A los amantes les entrego un mundo imaginario, con todo lo que puedan desear, como las estrellas del cielo, las rosas rojas junto al muro, la nieve del páramo, los dulces acordes de la música y todo lo que puedan necesitar para describirse mutuamente la duración y la belleza de su amor.

Y a los que no son niños, ni jóvenes, ni amantes, les dejo el Recuerdo..."

Barrett se detuvo y le dirigió a Duncan una cálida sonrisa.

—Elmo, estemos de la parte que estemos —dijo—, creo que coincidimos en que esto es lo esencial ¿no es cierto?

Duncan sonreía abiertamente.

—Sí —dijo—. Sí. Esto es lo esencial. Buenas noches, Mike.

Buenas noches, Elmo, y buena suerte... para los dos.

Tres cuartos de hora más tarde, cuando Mike Barrett llegó a su apartamiento, encontró una gran botella de dos litros de champán G. H. —Mumm—, envuelta como regalo y adornada con un lazo, esplendorosamente colocada delante de su puerta.

Al abrir y penetrar en el interior, trató de encontrar la tarjeta del remitente. Pero la habitación estaba a oscuras lo cual significaba que Maggie no había llegado aún y tuvo que encender las luces y volver a buscar la tarjeta. Al fin la encontró. La extrajo del sobre y leyó la nota:

A MICHAEL BARRETT:

Le saludo a usted en su merecida victoria. También quiero recordarle la máxima de Charles Lamb, a saber: "No es abogado el que no sabe tomar dos partidos". Disponga de tiempo, me agradaría interesarle en mi partido. Es posible que no le parezca desagradable y tal vez le resulte provechoso.

Con mis mejores deseos,

LUTHER YERKES

Barrett rompió la tarjeta en dos pedazos y la tiró a la papelera. Contempló la botella de champán de dos litros.

El botín del vencedor.

Se quedaría con ella.

El teléfono sonó y se apresuró a tomarlo. La voz que escuchó era la que menos se esperaba.

—Hola, campeón —dijo Faye Osborn—. Acabo de terminar de comerme una opípara cena de cinco platos... todos ellos de palinodia. He pensado que te gustaría saberlo, Mike.

—Bien, es muy amable de tu parte, Faye.

—Has resultado ser un abogado de primera categoría. Hasta papá lo dice. Cualquiera que haya podido conseguir que este sucio librito parezca tan puro como la nieve merece el Premio de la Admiración Osborn y, además, el Premio Nobel. De hecho, papá está tan impresionado que creo que casi está dispuesto a revocar la decisión que había tomado con respecto a ti.

—Sería muy generoso de su parte.

—Mike, te diré por qué te he llamado. Creo que somos lo suficientemente sensatos como para olvidar lo que nos dijimos el uno al otro. Pensé dar una pequeña fiesta en tu honor pero después me dije: ¿Por qué esperar a algo de tanta etiqueta? ¿Por qué no esta misma noche? Debes estar en buena disposición para las celebraciones. He pensado que quizás estuvieras libre para salir esta noche.

Barrett escuchó el rumor de la llave en la cerradura y vio que se abría la puerta y aparecía el radiante rostro de Maggie.

Miró al teléfono y se lo acercó más a la boca.

—Lo siento, Faye. Tengo otro compromiso. Me temo que voy a estar muy ocupado de ahora en adelante.

—Entiendo. Así son las cosas. Pensé que merecía la pena probar y tratar de averiguarlo. Au revoir, Mike, tal vez volvamos a encontrarnos algún día.

—Tal vez —dijo él—. Adiós, Faye.

Levantó los ojos.

—Hola, Maggie —dijo.

Lo habían celebrado con champán y ambos estaban demasiado cansados y se sentían demasiado felices para poder dedicarse a algo más que a una simple cena temprana fuera y ahora se dirigían cruzando Oakwood, hacia Los Angeles Oeste.

Mike Barrett aminoró la marcha del coche en Center Boulevard, giró después hacia la Calle Tres y condujo el vehículo al primer puesto de estacionamiento vacío.

Al abrir la portezuela y ayudar a Maggie a salir, dijo:

—Vamos a dar un paseo antes de volver.

La acompañó hacia el escaparate de una tienda de muebles y después, tomados de la mano, contemplaron los de otras tiendas.

Se detuvieron frente al Emporio del Libro de Ben Fremont. En el escaparate principal, aparecían de nuevo grandes pilas de ejemplares de Los Siete Minutos, y cada pila parecía un gran ramo de flores. En el interior, la tienda estaba brillantemente iluminada y Ben Fremont se encontraba junto a la caja registradora y había varios clientes y lectores.

Salieron dos jóvenes con traje de cuero; uno de ellos llevaba un libro bajo el brazo. Barrett pudo advertir que se trataba de Los Siete Minutos. Al pasar por su lado, Barrett pudo escuchar que el que portaba el libro le decía a su compañero:

—Sí y, además de esto, me han dicho que hasta hay una escena en que lo hacen al revés. En serio.

En serio.

Pasó junto a ellos otra pareja y se detuvo a examinar el escaparate; se trataba de una pareja de mediana edad respetablemente vestida.

—Aquí está —dijo ella—. Es el que se ha comentado en todos los periódicos. Dicen que es algo serio. Y no pongas esta cara. Tu hija ya podría enseñarle a este escritor más de una cosa. Así son los muchachos de hoy en día, todo ha cambiado y tú lo sabes. Vamos, sé bueno, compremos un ejemplar, para divertirnos.

Para divertirnos.

Barrett les observó mientras entraban en la tienda. Sintió una sombra de preocupación. Sería leído, como serían leídos otros libros, por motivos equivocados. Había libros decentes y había lectores indecentes. Pero después su preocupación se desvaneció. En una sociedad abierta, siguiendo las reglas de aquella sociedad, nadie tenía derecho a interponerse entre una idea y su auditorio.

Recordó un escrito de la Sociedad de Autores de América: El contenido de un libro —obsceno o no— sólo es conocido de aquellos que escogen leerlo o que siguen leyéndolo cuando llegan a pasajes objetables. Esta elección no debe preocupar legítimamente a los demás ciudadanos, que no se sienten inclinados a leer obras objetables, y tampoco debería preocupar al estado.

Recordó un alegato de Charles Rembar, otro abogado que se había opuesto a la censura para preservar la palabra: Los libros proporcionan un vehículo para la transmisión del pensamiento que no puede compararse con otras formas de expresión... Las otras formas de expresión pueden ser tan buenas o mejores para la distracción, la excitación o la provocación de una respuesta emocional, pero la palabra impresa es y será el medio más importante para la comunicación entre mente y mente en la que se basa nuestra civilización. Cualquier ejercicio del poder gubernamental que impida la libre circulación de libros constituye por tanto una amenaza para nuestra sociedad.

Un libro no era un conjunto de papeles. Un libro era una mentalidad, una persona, muchas personas, nuestra sociedad, la civilización misma.

Se dijo que, en último término, no era el arte lo que había que modificar sino las personas.

Siempre eran las personas. Tener personas bien instruídas era como tener aire, aire libre.

Contempló por última vez los libros del escaparate.

Inocente.

Sintió la mano de Maggie sobre su brazo.

—¿Te gustaría entrar? —le preguntó ella.

—Esta noche no —dijo él—. Creo que, al fin, puedo dejar a Cathleen en su cama. Creo que, a partir de ahora, preferiré estar con Maggie.

Maggie le tomó suavemente del brazo y ambos se dirigieron al coche.

El dijo:

—Sabes, Maggie, nosotros hemos tenido nuestros siete minutos.

Me estaba preguntando a mi mismo qué es lo que podría ocurrir después.

—¿En el octavo minuto?

—Y el noveno y el décimo y todos los millones de minutos de la vida de una persona que siguen a continuación. También cuentan. Igual o tal vez más.

—Sí, es cierto.

—¿Te gustaría saber cómo serían para ti y para alguien que te amara?

—Sí. Pero tendría que ser alguien que me amara tanto como yo le amara a él, tanto como Cassie y Jadway se amaron. Sólo que, en mi caso, no serían minutos, sería una eternidad, para siempre.

—Bien, tu caso es muy difícil, Maggie, pero ¿sabes una cosa? Me gustaría intentarlo.

—¿De veras?

El le dirigió una sonrisa.

—Maggie —dijo—, para bien o para mal, has conseguido un abogado.

1.- perspicacia 2.- Censores 3.- Anticensores,
4.- emancipación 5.- dilema

1.- Sinón de clarividencia, agudeza de vista
penetración del entendimiento

2.- Sinón crítico, del latín antiguo Magistrado de Roma; el q'está encargada, por la autoridad competente, del examen de los libros, periódicos, etc, desde el p. de vista moral o político // En el colegio individuo encargada de cuidar de la observancia de estatutos, reglamentos, etc.

3.-

4.- acto jurídico solemne - o efecto legal del matrimonio - q'confiere a un menor libre gobierno de sí mismo y cierta capacidad jurídica

6.- (griego dilemma, de dis, dos, y lambanein, tomar) argumento q'presenta al adversario una alternativa de 2 proposiciones tales q'resulte condenado cualquiera q' sea la su posición q'escoja; encierra a su adversario en un dilema.

LOS SIETE MINUTOS

Este libro publicado por EDITORIAL GRIJALBO, S. A., en Av. de las Granjas No. 82, México 16, D. F., se terminó de imprimir el día 14 de Octubre de 1974, en los talleres gráficos de Bolea de México, S. A., en Calle 3-A No. 9. Naucalpan Edo. de México.

Se tiraron 10,000 ejemplares.